LINDSEY KELK

Sag einfach mal Aloha

Buch

Tess Brookes ist die Art von Person, die morgens immer ein bisschen früher als alle anderen im Büro ankommt, um noch ein paar Extrastunden Arbeit unterzubringen, und die am Abend als Letzte geht. Doch dann wird sie, anstatt endlich die Beförderung zu erhalten, auf die sie so lange hingearbeitet hat, völlig unerwartet entlassen. Ist es da ein Wunder, dass Tess ein kleines bisschen durchdreht? Als sie sich kurz nach der Hiobsbotschaft im Büro auch noch mit einem ihrer besten Freunde zerstreitet, tut sie zum ersten Mal in ihrem Leben etwas total Impulsives und Verrücktes: Sie geht an das Telefon ihrer fiesen Mitbewohnerin Vanessa, nimmt in deren Namen einen Job als Fotografin auf Hawaii an und setzt sich mit einem Koffer voller »geliehener« Klamotten in den nächsten Flieger. Wie schwer kann es schon sein, auf einer paradiesischen Insel ein paar Fotos zu schießen? Doch auf Hawaii angekommen, muss Tess feststellen, dass sie mit dem unerträglichsten Reporter der Welt zusammenarbeiten soll: Nick, einem arroganten, egoistischen Casanova. Und bald schon herrscht in Tess' Leben ein noch größeres Chaos, als sie sich je hätte vorstellen können …

Autorin

Lindsey Kelk begann mit dem Schreiben, als sie sechs Jahre alt war und alle Bücher in ihrem Kinderzimmer durchgelesen hatte. Tragischerweise wurde ihr erster Roman nie veröffentlicht. So entschied sie sich 22 Jahre später, Lektorin für Kinderbücher zu werden, damit niemanden ein ähnlich schweres Schicksal trifft. Lindsey Kelk lebt in London und liebt New York und das Kaufen von Schuhen.

Von Lindsey Kelk außerdem bei Blanvalet erschienen:

Verliebt, verlobt, Versace (37398) – Mit Chic, Charme und Chanel (37450) – Gucci, Glamour und Champagner (38017) – Einmal Happy ohne End, bitte! (38018)

Lindsey Kelk

Sag einfach mal Aloha

Roman

Aus dem Englischen
von Uta Hege

blanvalet

Die Originalausgabe erschien 2013
unter dem Titel *About a Girl* bei HarperCollins, London

FSC
www.fsc.org
MIX
Papier aus verantwortungsvollen Quellen
FSC® C014496

Verlagsgruppe Random House FSC® N001967
Das FSC®-zertifizierte Papier *Holmen Book Cream*
für dieses Buch liefert Holmen Paper, Hallstavik, Schweden.

1. Auflage
Deutsche Erstausgabe September 2015
bei Blanvalet, einem Unternehmen der
Verlagsgruppe Random House GmbH, München

Umschlaggestaltung und -motiv: www.buerosued.de
Redaktion: Judith Weißschnur
AF · Herstellung: sam
Satz: Buch-Werkstatt GmbH, Bad Aibling
Druck und Bindung: GGP Media GmbH, Pößneck
Printed in Germany
ISBN: 978-3-7341-0135-9

www.blanvalet.de

Für meine Mädels
Della, Beth, Emma und Terri

Prolog

Die Dinge hätten nie derart außer Kontrolle geraten sollen.

Okay, ich hatte meinen Job verloren. Und die Liebe meines Lebens. Meine Mutter sprach nicht mehr mit mir. Meine beste Freundin war total sauer, meine Mitbewohnerin hatte inzwischen bestimmt einen Killer auf mich angesetzt, und spätestens in vierundzwanzig Stunden würde ich wahrscheinlich obdachlos sein.

Aber, na, ihr wisst schon, irgendwie kommt's immer anders, als man denkt.

Dafür, dass in meinem Leben gerade einfach alles schieflief, war ich überraschend gut gelaunt. Ich streckte mich, klappte meine Fingerspitzen um das Kopfteil des bequemen Betts und vergrub die Zehen in dem frisch gestärkten weißen Baumwolllaken, das aus irgendeinem Grund bis ans Fußende geglitten war. Es herrschte eine wunderbare Ruhe, und ich lächelte versonnen vor mich hin. Irgendwo im Zimmer hörte ich das Schrillen eines Handys. Doch statt aufzuspringen, um zu hören, wer mal wieder etwas wollte und wie schnell ich es besorgen konnte, konzentrierte ich mich auf das Wasser, das im Badezimmer rauschte, und presste so fest wie möglich meine Lippen aufeinander, um das wunderbare Kribbeln aufzufrischen, ehe es nicht mehr zu spüren war. Das von frischen Bartstoppeln hervorgerufene Brennen meiner Wangen würde sich bestimmt nicht so schnell legen. Womit ich durchaus zufrieden war.

Meine beste Freundin hatte sich geirrt. Es würde alles gut. Wahrscheinlich. Auch wenn in der letzten Woche manche Dinge nicht ganz glattgelaufen waren. Und ich mich täglich hundertmal gefragt hatte, ob ich vielleicht ein Fall für den Psychiater war. Aber jetzt war es vorbei. Ich hatte überlebt. Heute Nachmittag flöge ich wieder heim. Ich würde mich nicht mehr benehmen wie die jämmerliche Hülle eines Menschen, sondern alle Leute kontaktieren, die ich kontaktieren musste. Kühl, gefasst und ruhig mit ihnen sprechen und die Dinge klären, die zu klären waren. Denn wenn ich die letzte Woche überstanden hatte, würde ich auch alles andere überstehen.

Hätte mir vor sieben Tagen irgendjemand angedeutet, was alles passieren würde, hätte ich mich auf der Stelle unter irgendeinem Tisch verkrochen und mich rundheraus geweigert, jemals wieder rauszukommen. Aber wie ich aus diversen Sendungen im Fernsehen und aus unzähligen Büchern wusste, fand man erst heraus, wie stark man war, wenn einem das Leben keine andere Wahl mehr ließ. Und ich war auf alle Fälle deutlich stärker, als ich jemals angenommen hatte. Oder vielleicht auch ganz einfach völlig durchgeknallt. Wobei die Grenze sicher fließend war.

Wieder drang das Piepsen eines Handys an mein Ohr.

Es würde alles gut. Die Fotos waren gemacht und sahen fantastisch aus. Paige würde damit sehr glücklich sein. Und Mr. Bennett war es schon. Kekipi waren die Aufnahmen anscheinend völlig schnurz, aber schließlich konnte man nicht alles haben, und wenn zwei von drei Leuten zufrieden waren, war das ein ziemlich guter Schnitt. Alles, was ich jetzt noch machen musste, war, den Rest des

Morgens hier in diesem Bett zu liegen und gedanklich all die schlimmen Dinge durchzugehen, die ich mit einem schlimmen Mann getrieben hatte. Denn in vierundzwanzig Stunden würde ich wieder zu Hause sein.

Glücklich, weil ich mich in meinem momentanen Zustand selbst nicht sehen konnte, rollte ich mich auf den Bauch. Mein viel zu langes Haar war hoffnungslos zerzaust, mein sorgsam aufgetragenes Make-up war auf den Kissenhüllen verteilt, und – seien wir ehrlich – postkoitale Selbstzufriedenheit steht keinem Menschen wirklich gut. Hätte ich mich selbst in diesem Augenblick gesehen, hätte ich mir vielleicht selber eine reingehauen. Dabei war mir dieses Aussehen nicht sonderlich vertraut. Vielleicht die wild zerzausten Haare und das schreckliche Make-up, aber dieses selbstzufriedene Lächeln, dem man überdeutlich ansah, dass ich eben erst von einem superattraktiven Mann durch Sonne und Mond gevögelt worden war? Das hatte ich bisher noch nie gehabt. Dabei gab es sicher eine Art von eleganter postkoitaler Selbstzufriedenheit. Warum brachte man uns diese Dinge nicht ganz einfach in der Schule bei? Zusammen mit dem Einblick in die wunderbare Welt der Tampons durch die Schulschwester. Denn wenn es eine Sache gab, die Frauen wissen mussten, dann war es, wie sie es sich eingehend von einem Mann besorgen lassen konnten, ohne dass die obersten drei Schichten ihrer Haut dem allzu innigen Kontakt mit seinen Bartstoppeln zum Opfer fielen.

Das Handy klingelte erneut.

Egal wie sehr ich mich bemühte, das Geläut zu ignorieren, das Ding gab einfach nicht auf. Ich schniefte traurig, denn mir wurde klar, ich würde rangehen müssen. Nur dass das verflixte Handy nicht wie sonst auf meinem Nachttisch lag. Weil dies nicht mein Nachttisch war. Aber wo zum Teufel hatte sich das blöde Teil versteckt? Mein wunderschönes rotes Valentino-Seidenkleid lag in einer Zimmerecke, mein BH in einer anderen, und irgendwo dazwischen lag ein weißes Hemd auf einem bunten Badetuch. Aus dem Haufen achtlos fortgeworfener Männerkleidung ein Stückchen weiter drang das Klingeln eines zweiten iPhones an mein Ohr. Ein regelrechter Chor der Kommunikation, der mich an einen Song von One Direction denken ließ.

Seufzend gab ich auf. Zur Hölle mit dir, Vodafone.

»Vanessa?«

Ich betrachtete den riesengroßen Bambusventilator, der im Rhythmus des Geklingels unter der Decke seine Runden drehte, ohne auf die Anrufe oder die Männerstimme aus dem Bad zu reagieren.

»Vanessa?«

Ach ja, richtig. Das war ich. Zumindest ungefähr.

»Ja?«, rief ich zurück und sah mich in dem Raum nach meiner Unterhose um. Die größte Schwierigkeit bei wildem Sex, bei dem man sich die Kleider gegenseitig von den Leibern riss, war das möglichst würdevolle Wiederauffinden besagter Kleider nach dem wilden Sex. Denn man fühlte sich unweigerlich wie eine Schlampe, wenn man auf der Suche nach der eigenen Unterhose nackt über den Boden kroch. Das wäre sicher gut und schön, wenn ich eines dieser Mädchen wäre, die auch nach dem Sex noch keine Lust hatten, sich wieder anzuziehen, aber so ein Mädchen war ich ganz eindeutig nicht. Ich war eher der Typ, der für den Fall, dass es anfing zu brennen, immer vorsorglich in einem Nachthemd schlief. Ich meine, Himmel, bereits das Wort Sex kommt mir so schwer über die Lippen, dass es sicher besser wäre, ließe ich in Zukunft gänzlich davon ab.

»Ist das meins? Kannst du mal drangehen?«

»Ja.«

Denn theoretisch könnte ich natürlich an sein Handy gehen. Obwohl es mir zuwider war, in meinem Zustand aufzustehen. Deshalb schob ich mich ans Fußende des Betts, bemühte mich, die Wimperntusche auf meinem Handrücken zu ignorieren, klemmte meine Haare hinter meinen Ohren fest und beugte mich mit dem Kopf voran über den Matratzenrand, um die dort aufgetürmten Kleider zu durchwühlen.

Als ich sah, dass mein BH vibrierte, schob ich mich vom Bett und machte einen eleganten Kopfsprung in den Kleiderberg. »Dies ist das Handy von Nick Miller«, sprach ich in das schicke schwarze iPhone, während ich mich abermals auf die Matratze schwang. »Aber natürlich ist er selber gerade nicht am Apparat.«

»Und wer *ist* am Apparat?«, erkundigte sich eine unbekannte, vorwurfsvolle Frauenstimme.

Sicher war Hawaii die schönste Insel, die ich je gesehen hatte, aber der Empfang war einfach grauenhaft.

»Hier spricht Tess. Das heißt, Vanessa. Ja, genau, Vanessa.«

Oh, verdammt, ich konnte, wenn ich müde war, einfach nicht richtig denken, und für eine gute Lüge fehlte mir erst recht die Kraft.

»Ich versuche schon die ganze Zeit, Nick Miller zu erreichen.«

»Wie gesagt, dies ist sein Handy«, klärte ich sie nochmals gähnend auf. »Darf ich vielleicht fragen, wer dort spricht?«

»Tut mir leid, aber wer sind Sie überhaupt? Und warum haben Sie Nicks Handy?«

»Weil er im Augenblick unter der Dusche steht.« Ich konnte deutlich spüren, dass ich mich im nächsten Augenblick um Kopf und Kragen reden würde. Trotzdem fuhr ich tapfer fort: »Ich bin Tess. Das heißt, Vanessa. Ja, verdammt, Vanessa.«

»Holen Sie Nick ans Telefon«, verlangte die mir unbekannte Frau. »Und zwar sofort.«

Statt zu tun wie mir geheißen, drückte ich sie einfach weg und warf das teure Handy in das volle Wasserglas, das auf dem Nachttisch stand. Denn vielleicht machte ich den Anruf auf die Art ja ungeschehen.

Danach schwang ich mich vom Bett und suchte auf dem Fußboden nach meinem eigenen Handy. Vielleicht hatte ich ja noch genügend Zeit, um dranzugehen. Vielleicht gäbe es für mich ja doch noch irgendwas zu tun. Vielleicht ...

»He, wer war denn dran?«

Ein äußerst attraktiver, splitternackter Mann trat durch die Tür des Badezimmers und fuhr sich mit einem blütenweißen Handtuch durch das blonde Haar. Ich betete, dass er sich gleich nach seiner Hose bücken würde, um sie anzuziehen. Weil es mir schwerfiel, mich auf eine neuerliche Notlüge zu konzentrieren, während ich auf einen nackten Penis blickte.

»Niemand«, zirpte ich. »Anscheinend hat sich irgendwer verwählt.«

»So was gab's zum letzten Mal vor zwanzig Jahren.« Nick marschierte durch den Raum und ließ das Handtuch fallen. »Und wo hast du mein iPhone hingelegt?«

»Oh, das ist mir aus der Hand gefallen.« Ich sah von

meinem Platz am Boden auf und hoffte, Nick würde durch meine nackten Reize vielleicht von dem Akt roher Gewalt, den ich »versehentlich« begangen hatte, abgelenkt.

Doch meine Hoffnung trog.

»Wie zum Teufel konnte das passieren?« Mit einem unterdrückten Schluchzen schnappte er das Glas und starrte es mit großen Augen an, als wäre es ein Exponat von Damian Hirst. *IPhone im Wasser.* Dafür gäbe es auf jeden Fall den angesehenen Turner-Preis. »Mein verdammtes Telefon ist kaputt. Was soll ich ohne iPhone tun?«

Egal wie heiß er war, sein Gejammer war alles andere als attraktiv. Ich zog meinen Slip aus einem seiner Schuhe, denn ich hoffte, wenn ich halbwegs angezogen wäre, käme mein Gehirn vielleicht wieder in Gang.

»Es ist mir aus der Hand gerutscht.« Zum Zeichen meiner Unschuld reckte ich die Arme in die Luft und drückte gleichzeitig mit beiden Oberarmen seitlich gegen meine Brust. Weil Ablenkung die beste Waffe eines Magiers war und ich auf jeden Fall die Fähigkeiten eines Magiers bräuchte, um mich irgendwie aus dem Schlamassel herauszuziehen. Oder besser noch ein Wunder. Wo in aller Welt war Jesus, wenn man ihn mal brauchte? Oder der berühmte David Copperfield? Aber Jesus hätte mir in diesem Fall wahrscheinlich eher gedient. »Es tut mir leid.«

Nick betrachtete noch immer traurig die durchnässte kleine Kiste, die ihn mit der Welt verbunden hatte, und stieß eine Reihe herzerweichender Geräusche aus. Ich selber suchte immer noch nach meinem eigenen Handy, das mir trotz des tausendfach gesprungenen Bildschirms immer noch mit seinem lauten Piepsen auf die Nerven ging. Vielleicht steckte es ja in der schicken, hübschen, kleinen Seiden-Clutch, die ich zusammen mit dem Kleid verloren hatte, als wir gestern Abend knutschend durch die Tür getaumelt waren. MAC-Make-up, Chanel-Parfüm, Reservebatterien und Dutzende von Kugelschreibern waren auf dem Fußboden verstreut. Manchmal war ich wirklich seltsam. Der Gedanke, einmal ohne Kugelschreiber dazustehen, rief nackte Panik in mir hervor.

Schließlich zerrte ich das Handy aus Nicks Boxershorts. Igitt. Am liebsten hätte ich mich gar nicht erst gemeldet, sondern das Gerät erst mal mit einem feuchten Lappen abgewischt. Doch dies war nicht der rechte Augenblick für eine meiner Zwangsneurosen, dachte ich und meldete mich tapfer mit »Hallo?«.

»Tess, ich bin es, Paige. Wo steckst du? Ich habe es schon mindestens zehnmal bei dir probiert und dich schon überall gesucht.«

Na super. Konnte ich nicht einmal fünf Minuten postkoitalen Frieden haben?

»Wo soll ich denn schon sein? Ich bin in meiner Hütte. Was ist los?«

»Nein, da bist du nicht. Da habe ich schon nachgesehen.« Nach einer kurzen Pause fragte sie: »Bist du etwa bei Nick?«

»Gott, ja, genau das habe ich gemeint. Dass ich in seiner Hütte bin.« Ich lenkte meinen Blick auf ihn. Anscheinend tröstete der Anblick meiner Titten ihn inzwischen doch über den vorzeitigen Tod seines Telefons hinweg. »Wir wollten gerade schnell die Bilder durchgehen.«

Nick zog eine Braue hoch und warf sein iPhone achtlos fort. Es war geradezu erstaunlich, wie schnell sich ein Mann von einem schmerzlichen Verlust erholen konnte, wenn er auch nur die geringste Chance zum Beischlaf sah.

»Okay, ich komme rüber. Du musst etwas unternehmen. Stephanie hat angerufen und ist mega angepisst. Sie will mich feuern. Verdammt, Tess, was sollen wir jetzt tun?«

»Okay, brich bitte nicht in Panik aus, aber komm jetzt bitte auch nicht her.« Entschlossen klemmte ich mein Handy zwischen mein Gesicht und meine Schulter und versuchte, Nick daran zu hindern, mir die Unterhose, die ich erst vor zwei Minuten angezogen hatte, wieder auszuziehen. »Ich habe dir schon eine Reihe Nachrichten aufs Band gesprochen, weil ich dir noch jede Menge Zeug von gestern zeigen muss. Und jetzt beruhig dich erst einmal. Ich komme rüber. Nick ist momentan beschäftigt, aber …«

»Nick ist allerdings beschäftigt«, raunte er mir leise zu und schob die Daumen unter die hauchdünne Seide, die um meinen Hintern lag. »Genau wie du.«

Er schnappte sich mein Handy, schleuderte es fort, und ich musste mit ansehen, wie es quer über den blank polierten Teakholzboden rutschte und unter dem Bett verschwand. Wo Paiges panische Stimme nur noch undeutlich zu hören war.

»Du bist eine Frau mit einem wahnsinnigen Sexappeal«, erklärte er und schmiegte sein Gesicht an meinen Hals. »Und du hast keine Ahnung, wie unglaublich heiß ich gerade auf dich bin.«

»Ich würde wirklich gerne mitspielen«, stieß ich heiser hervor und klappte meine Augen zu. Ich war es wirklich nicht gewohnt, dass irgendjemand mich für sexy hielt. Oder auch nur für eine Frau. Die meisten Männer nahmen mein Geschlecht höchstens am Rande wahr, und solche Dinge aus dem Mund eines derart attraktiven Mannes zu hören, machte mich natürlich schwach. »Nur ist dies der denkbar ungünstigste Augenblick für so etwas.«

»Vanessa.« Seine großen Hände packten meine winzig kleinen Fäuste, und er sah mich reglos an. »Du hast mein Handy in ein Wasserglas geworfen. Dafür bist du mir was schuldig. Also halt den Mund und tu, was man dir sagt.«

Seit ich ihn zum ersten Mal gesehen hatte, gingen alle Worte, die er sprach, direkt in Richtung meiner Vagina, doch dieses eine Mal musste ich ihm einfach widerstehen. Und ich konnte stark sein. Mindestens solange ich noch meine Unterhose trug.

»Tut mir leid, aber ich muss jetzt wirklich gehen.« Ich entwand mich seinem Griff und hob mit einer überraschend flüssigen Bewegung meinen Büstenhalter auf. »Wie gesagt, es tut mir leid.«

»Das braucht es nicht.« Er packte abermals mein Handgelenk. »Bleib einfach hier.«

Ehe ich ihm widersprechen konnte, klopfte es vernehmlich an der Tür.

»Tut mir leid, aber ich muss jetzt wirklich los.« Ich entwand mich seinem Griff und versuchte zu ergründen, welcher Teil des auf dem Fußboden verstreuten Stoffs am Vorabend von mir getragen worden war. »Das ist Paige. Mach bloß nicht auf.«

So dämlich konnte man doch gar nicht sein. Denn wenn man Nick etwas verbot, tat er es garantiert erst recht.

»Und was ist dabei, wenn sie es ist?« Er blickte mich mit hochgezogenen Brauen an. »Wir sind schließlich erwachsen, oder nicht?«

»Bitte fang nicht davon an.« Ich hatte einfach keine Zeit für diese Diskussion. Manchmal war er wirklich ein Idiot. Das hieß, im Grunde war er immer ein Idiot, wenn er nicht gerade etwas tat, woran sein bestes Stück beteiligt war. »Und bitte, bitte mach nicht auf!«

So nackt, wie er einst auf die Welt gekommen war, marschierte Nick zur Tür und riss sie auf.

Das blonde Mädchen auf der Schwelle starrte ihn mit großen Augen an.

»Paige.« Er nickte knapp. »Vanessa und ich waren gerade dabei, die Pläne für morgen durchzugehen.«

Um nicht Nick in seiner nackten Pracht noch länger anzustarren, lenkte sie den Blick auf meine Unterhose. Was wahrscheinlich auch nicht besser war.

Schließlich aber überwand sie ihren ersten Schrecken, zählte zwei und zwei zusammen und verzog unglücklich das Gesicht. Ohne nachzudenken, trat ich auf sie zu, verfing mich dabei allerdings in Nicks verfluchten Boxershorts.

Ich sah sie flehend an.

Sie lenkte ihren Blick auf ihn.

Und er sah wieder einmal furchtbar selbstzufrieden aus.

»Oh, Tess.« Sie stieß ein unfreundliches Lachen aus. »Tess, Tess, Tess.«

Ich flehte: »Lass es, Paige«, obwohl mir klar war, dass es wenig nützte, Frauen anzuflehen, die einen nur in Unterwäsche an der Seite eines Mannes überraschten, den sie selbst sich hätten angeln wollen. Vor allem, wenn dieser Mann vollkommen unbekleidet war. »Bitte.«

»Tess?« Nick war nicht unbedingt immer die hellste Kerze auf der Torte, auch wenn er das selbstverständlich anders sah. »Wer in aller Welt ist Tess?«

»Sie«, erklärte Paige und wies auf mich. »Nicht wahr?«

»Vanessa?« Nick bedeckte seine Männlichkeit mit einer Hand, und auch sein selbstgefälliger Gesichtsausdruck verflog. Hätte ich nicht unbedingt vor lauter Scham im

Erdboden versinken wollen, hätte ich wahrscheinlich laut gelacht.

»Was hat das alles zu bedeuten?«, fragte er, und unsicher, wie ich ihm die Geschichte auseinandersetzen sollte, fing ich an.

»Ich kann es dir erklären, Nick. Das ist eine lange, ziemlich witzige Geschichte, hmm. Auch wenn ich keine Ahnung habe, wo ich anfangen soll.«

»Ich schon«, mischte sich wieder Paige in das Gespräch. »Dies ist Tess. Eine hundsgemeine, egoistische, verlogene Kuh, die allen etwas vormacht und die ich nur deshalb nicht verraten habe, weil ich selbst eine Idiotin bin.«

Das war ein bisschen harsch. Ein bisschen harsch, aber durchaus korrekt. Plötzlich wurden meine Knie weich. Der noch immer nackte Nick war hoffnungslos verwirrt, und unglücklicherweise reichte seine Männlichkeit nicht aus, um Paige daran zu hindern fortzufahren.

»Um es kurz zu machen: Sie heißt nicht Vanessa, sondern Tess«, klärte meine bisherige Freundin und Vertraute ihn entschlossen auf. »Sie heißt Tess Brookes, und nichts an ihr ist echt.«

Tja, nun.

Sie hatte das, was ich mit vielen Worten hatte sagen wollen, auf den Punkt gebracht.

1

Zwei Wochen vorher

Im Grunde fing der Tag, an dem für mich alles den Bach hinuntergehen sollte, wie alle anderen Tage an.

Beim Läuten meines Weckers stand ich auf, duschte und sah eine Viertelstunde Frühstücksfernsehen ohne Ton, weil meine Mitbewohnerin noch schlief. Danach zog ich mich an, überprüfte meine Tasche, ob die Tampons reichten, obwohl meine nächste Periode garantiert noch vierzehn Tage auf sich warten lassen würde, vergewisserte mich doppelt, ob ich mein Glätteisen auch ausgeschaltet hatte, und fuhr ins Büro. Wo ich wie stets die Erste war. Keiner von den anderen lief montags dort vor zehn Uhr ein, aber ich war einer dieser nervtötenden Menschen, die am meisten schaffen, wurden sie nicht vom lauten Klappern Dutzender anderer Tastaturen abgelenkt. Weshalb die frühen Vormittage und die späten Nachmittage meine Freunde waren. Und so häufig, wie ich früher oder länger als die anderen an meinem Schreibtisch saß, waren sie auch fast die einzigen. Doch an diesem ganz besonderen Montag tauchte ich aus gutem Grund frisch wie der junge Frühling im Büro auf. Denn nach sieben Jahren Schufterei würde sich mein Traum von der Beförderung erfüllen.

Ich, Tess Brookes, stand im Begriff, die jüngste künstlerische Leiterin zu werden, die bei Donovan & Dunning je gesichtet worden war.

Selbstverständlich fanden das die anderen nicht so aufregend wie ich, deshalb war es für mich nicht wirklich überraschend, dass ich schon vor dem Büro der Personalleiterin saß, bevor sie auch nur aus der U-Bahn ausgestiegen war. Doch ich selbst war richtiggehend schwindelig vor Glück.

»Morgen, Raquel«, grüßte ich die Frau mit einem derart breiten Lächeln, dass mir regelrecht die Backen schmerzten, als sie endlich auf der Bildfläche erschien. Das konnte sicherlich nicht schaden, dachte ich, denn schließlich war dies mein großer Tag. Manche Mädels traten vor den Traualter, andere bekamen Babys. Und ich selbst wurde befördert.

»Tess.« Raquel, eine kleine Frau mit viel zu stark gebleichtem Haar, kalt wie Hundeschnauze, bedeutete mir, ihr zu folgen. Offenbar war sie nicht überrascht, mich vor der Tür sitzen zu sehen. Aber weshalb hätte sie auch überrascht sein sollen? Wir hatten schon seit einem halben Jahr über die Beförderung gesprochen, und wahrscheinlich war sie jetzt einfach froh, wenn ich nicht mehr jede Woche bei ihr auftauchen würde. Ich brauchte nur meinen Vertrag zu unterschreiben, und dann wäre sie mich los. Zumindest für das nächste halbe Jahr. Denn schließlich war ich ehrgeizig.

»In Ordnung, lassen Sie uns gleich zur Sache kommen.« Sie nahm hinter einem viel zu großen Schreibtisch Platz und sah mich lächelnd an. »Ich habe schlechte Nachrichten.«

»Okay.« Ich richtete mich kerzengerade auf und sah sie fragend an. Schlechte Nachrichten? Schied sie womöglich aus der Firma aus? Vielleicht schied sie ja aus der Firma aus. Ich hoffte inständig, sie würde aus der Firma ausscheiden.

»Wie Sie wissen, gab es in dem Unternehmen im vergangenen Jahr viele Veränderungen.« Raquel faltete die Hände auf der Schreibtischplatte, legte ihren Kopf ein wenig schräg und bedachte mich mit einem ernsten Blick. Wahrscheinlich weil sie ihren Lebensunterhalt damit verdiente, dass sie andere feuerte und deshalb die verhassteste Person in der gesamten Firma war. »Und deshalb müssen wir bestimmte Maßnahmen ergreifen, um eine erfolgreiche Umstrukturierung sicherzustellen.«

»Okay.« Ich nickte. Auch wenn ich es etwas seltsam fand, dass sie mir nicht einfach zu meinem neuen Posten gratulierte, während sie mir gleichzeitig den Schlüssel der Toilette auf der Chefetage überließ. Natürlich war mir klar, dass es Veränderungen geben würde. Ich bekäme ein erheblich größeres Büro und eine deutliche Gehaltserhöhung. Die auch dringend nötig war, denn meine todschicken Beförderungs-High-Heels, die meine Füße leise schluchzen ließen, waren noch nicht bezahlt.

»Wie Sie wissen«, fuhr sie fort, »war der ursprüngliche Plan, Sie zur künstlerischen Leiterin zu machen, der die Werbe- und Design-Leute direkt untergeordnet sind.«

»Der ursprüngliche Plan?« Ein Teil von meiner Euphorie verflog.

»Der ursprüngliche Plan«, bestätigte sie mir und sah mir weiter reglos ins Gesicht.

Das klang nicht wirklich toll. Warum juchzte sie nicht laut? Warum überreichte sie mir kein Präsent? Und warum lächelte sie nicht? Aber schließlich lächelte sie nie.

»Unglücklicherweise können wir den ursprünglichen

Plan aufgrund der Maßnahmen, die wir ergreifen müssen, um das Unternehmen umzustrukturieren, nicht in die Tat umsetzen. Denn die Position der künstlerischen Leiterin wird bei der vorgesehenen Verschlankung unseres Unternehmens nicht noch einmal besetzt.«

Zum ersten Mal stieg leise Panik in mir auf.

»Das heißt, dass Ihre Position gestrichen worden ist.«

Jetzt bräuchte ich auf alle Fälle Juchzer und Präsent.

»Sie sagen, dass die Position der künstlerischen Leiterin gestrichen worden ist?«, hakte ich mit unsicherer Stimme nach.

Nach sieben Jahren voller Überstunden und zahllosen Wochenenden in der Firma brachte diese widerliche Personalerin mich mit ein paar blöden Floskeln und Klischees um den Lohn für alle meine Mühen.

»Ja.« Ihr Blick war der, mit dem man sonst ein kleines Kind bedachte, das beim Anblick eines Rindviechs voller Stolz erklärte, Kühe machten muh.

»Ich werde also nicht die neue künstlerische Leiterin?«

»Nein, werden Sie nicht.«

Puff. Das war's. Leb wohl, Beförderung. Hallo, Gott weiß wie viele Jahre noch an meinem alten Arbeitsplatz. Hallo, ihr vielen Überstunden, die ich leisten werden muss, bis meine neuen Schuhe abgestottert sind. Ich starrte auf den Oxford-Uni-Becher, der am Rand des Schreibtischs stand, und musste das Verlangen unterdrücken, ihn so weit wie möglich von mir fortzuschieben, damit dieses Weib ihn nicht urplötzlich an den Kopf bekam. Wer ging schon nach Oxford und endete dann als Personalerin einer PR-Firma?

»Wie Sie sehen werden, haben wir ein wirklich faires Kündigungspaket für Sie zusammengestellt«, fuhr Raquel fort. Und noch während ich mir sagte, dass das sicherlich ein fürchterliches Missverständnis war, schob sie mir einen steifen Umschlag hin und klopfte zweimal kurz auf den Karton. »Unter den gegebenen Umständen verstehen wir natürlich, falls Sie sofort gehen wollen. Ihre persönlichen Dinge kann ich Ihnen schicken. Wenn Sie mir Ihr Handy und den Firmenausweis überlassen, kümmere ich mich um den Rest.«

Ich starrte auf den Umschlag und dann wieder auf die Satansbrut, die vor mir saß.

»Ich fürchte, ich kann Ihnen nicht ganz folgen«, sagte ich möglichst höflich. »Kündigungspaket?«

»Es gibt für Sie keine Position mehr im Unternehmen.« Raquel kratzte sich diskret am Nasenflügel, und ich musste das Verlangen unterdrücken, ihr genauso unauffällig eine reinzuhauen.

»Wenn Sie also sagen, dass die Position der künstlerischen Leiterin gestrichen worden ist …« Ich atmete tief durch, weil mir mit einem Mal speiübel war. »Wollen Sie damit in Wahrheit sagen, dass man *mich* gestrichen hat.«

»Die Position der künstlerischen Leiterin«, wiederholte sie mit einem Nicken, »ist im aktuellen Geschäftsplan nicht mehr vorgesehen. Und Sie sind die künstlerische Leiterin.«

»Aber ich habe den Job noch gar nicht angefangen. Wie kann es also sein, dass mit dem Job auch ich gestrichen worden bin?« Meine Stimme wurde schrill, und sicher würde ich im nächsten Augenblick auch noch in Tränen ausbrechen. Ich fing hektisch an zu blinzeln und starrte auf den Oxford-Becher, während ich um Fassung rang.

»Mir ist klar, dass Sie wahrscheinlich ein paar Fragen haben.« Raquels kalte Augen wurden glasig. »Vielleicht würden Sie ja gern einen Termin ausmachen, um die Dinge morgen telefonisch durchzugehen.«

»Oder vielleicht würde ich auch einfach wollen, dass Sie endlich Klartext reden und mir sagen, warum ich gefeuert worden bin?«, schrie ich sie an.

Jetzt brachen sich die Tränen Bahn. Ich konnte nichts dagegen tun, denn ich verspürte einen glühend heißen Zorn, und außerdem taten mir meine Füße mittlerweile einfach höllisch weh. Ich benahm mich weder damenhaft noch sonderlich professionell, aber nachdem ich plötzlich ohne Job war, spielte es sicher keine Rolle, ob ich mich damenhaft benahm.

»Vielleicht könnten Sie mir ja erklären, warum man mich mit einem Mal entlässt, obwohl ich eigentlich hätte befördert werden sollen? Vielleicht könnten Sie mir ja erklären, wer die künstlerische Leitung jetzt an meiner Stelle übernimmt? Vielleicht könnten Sie mir ja erklären, wer in Zukunft all die Aufträge an Land ziehen, sämtliche Kampagnen leiten und sich sogar an Silvester seinen Arsch aufreißen soll, damit der Kunde, dessen dämlicher WC-Reiniger von uns beworben werden soll, nicht zu einem Konkurrenten geht?« Ich schnappte mir den Pappumschlag und schlug damit im Rhythmus meiner Worte auf den Tisch, bevor ich ihn quer durch das Zimmer fliegen ließ. »Wobei der Reiniger tatsächlich ätzend war.«

»Es zweifelt niemand daran, dass Sie immer engagiert gewesen sind«, gab Raquel ungerührt zurück. »Und wir stellen Ihnen gern ein gutes Zeugnis aus, mit dem sich sicher ganz problemlos woanders eine Anstellung finden lässt.«

»Eine Anstellung?«, fuhr ich das Weib mit schriller Stimme an. »Verdammt, wir sind doch nicht bei *Down-*

ton Abbey. Und ich bin kein kleines Küchenmädchen, sondern der mit Abstand kreativste Kopf, den Sie hier haben, und das wissen Sie genau. Wo ist Michael? Wo, verdammt noch mal, ist Michael?«

Michael war mein Boss. Und ein eitler Gockel. Jedes Jahr, wenn er mir auf der Weihnachtsfeier Rotwein auf die Bluse kippte, tat ich das mit einem Lachen ab. Und als Michael mich und meine Brüste letzten Sommer vor den Ohren eines neuen Kunden als »seine drei Lieblingsangestellten« tituliert hatte, hatte ich es höflich ignoriert. Selbst wenn Michael mich in den vergangenen sieben Jahren *jedes Mal,* wenn ich Schluckauf hatte, begrabscht und so getan hatte, als ob das der ganz normale Heimlich-Handgriff wäre, hatte ich den Mund gehalten. Und wo war er jetzt?

»Mr. Donovan ist heute früh nicht im Büro«, klärte Raquel mich gelangweilt auf. »Ich kann verstehen, dass Sie erregt sind, aber das geht wirklich nicht persönlich gegen Sie. Es geht ganz einfach darum, dieses Unternehmen umzustrukturieren.«

»Warum fangen Sie dann nicht bei sich selbst an?«, brüllte ich. Auch wenn das keine allzu originelle Antwort war. »Das ist vollkommen lächerlich. Ich leite hier das künstlerische Team. Ich hatte die Ideen zu sämtlichen Kampagnen. Ich bin hier der kreative Kopf.«

»Das Gespräch hat keine Relevanz für die getroffene Entscheidung.« Sie stand auf und öffnete die Tür ihres Büros. Wahrscheinlich in der Hoffnung, dass ich endlich ging. »Ihre Position ist in dem Unternehmen nicht mehr existent. Ich werde Ihnen Ihre persönlichen Dinge und die Einzelheiten unseres wirklich großzügigen Abfindungspakets nach Hause schicken. Vielleicht denken Sie erst mal in Ruhe über alles nach. Für den Fall, dass Sie danach noch Fragen haben, rufen Sie mich einfach an. Ich bin sicher, dass ich Ihnen telefonisch Antwort darauf geben kann.«

Ich schnappte mir den Oxford-Becher, holte aus und schleuderte ihn kraftvoll auf den Boden. Doch statt zu zerspringen, rollte er nur kurz über den beigefarbenen Teppich, wobei sich ein dünnes Rinnsal schwarzen Kaffees über seinen Rand ergoss.

»Fühlen Sie sich jetzt besser?«, fragte Raquel und zog eine Braue hoch.

»Nicht wirklich.« Zornig streckte ich den Arm aus, fegte einen Stapel Akten von dem viel zu großen Tisch, stampfte trotz der Blasen unter meinen Füßen einmal zornig auf, riss einen Klebestift aus dem Regal und steckte ihn entschlossen ein.

»Den nehme ich mit«, erklärte ich ihr trotzig. »Ziehen Sie den meinetwegen von der großzügigen Abfindung, die ich bekomme, ab.«

Wenn man unter Schock steht, setzen die normalen Hirnfunktionen offenbar kurzfristig aus.

Sieben Jahre Arbeit, und mein Boss besaß noch nicht einmal den Anstand, pünktlich in der Firma zu erscheinen, um bei meiner Kündigung dabei zu sein. Ich hatte Hochzeiten, Geburtstage und Rendezvous verpasst, um Projekte abzuschließen, Präsentationen durchzuführen und Fristen einzuhalten, aber stets ein Lächeln im Gesicht gehabt. Während alle meine Freudinnen und Freunde sich die Seelen aus dem Leib gereihert oder irgendwelche Fremden abgeschleckt hatten, saß ich selbst vergangenes Silvester hinter meinem Schreibtisch und habe drei Stunden lang einen Massageigel an die Wand geworfen, bis mir die Idee zu einer neuen, aufregenden Werbung für die dämliche Toiletten-Ente kam. Die sich dann als echter Hit erwiesen hat. Überall in meiner Wohnung lagen irgendwelche Bücher, die ich zwar gekauft, doch nie gelesen hatte, Stapel ungesehener DVDs und Berge von CDs, von denen bisher nicht einmal die Plastikfolie abgezogen war. Großer Gott, ich hatte schon so lange keine Zeit mehr zum Musikhören gehabt, ich hatte wirklich noch CDs. Was mir bisher völlig egal gewesen war. Denn ich hatte einen Plan gehabt. Egal, wie häufig meine letzten beiden Freunde mich gebeten hatten, langsamer zu machen, weil der Job nicht alles sei, hatte ich nicht auf ihre Worte hören wollen. Denn da mein Job mein Leben *war,* hatte mir natürlich nichts gefehlt.

Doch ohne Job hatte ich auch kein Leben mehr.

Ich nahm zum letzten Mal den Lift, in dem es immer leicht nach Katzenfutter roch, und mir wurde bewusst, dass der Verlust meines Jobs noch viele andere grauenhafte Dinge nach sich zog. Jetzt könnte ich nicht mehr in eine eigene Wohnung ziehen und würde dadurch auch die Mitbewohnerin, die mir das Leben schwer machte, nicht los. Und ohne eigene Wohnung würde auch mein Leben niemals richtig anfangen. Ich bräuchte weder tolles Kochgeschirr noch hübsche Vorhänge für irgendwelche Fenster, bräuchte keinen Sushi-Kochkurs zu belegen und auch keinen Fernseher, der die gesamte Wand einnahm. Ich könnte Charlie nicht zum Abendessen einladen, ein bisschen zu viel trinken und ihn fragen, ob er Lust hätte, noch einen Film zu sehen, in dem wahrscheinlich Emma Stone mitspielen würde. Und ich könnte nicht genau in dem Moment, in dem die Frauen sie als besonders liebenswert empfanden, während die Männer vollends ihrem Sexappeal erlagen, meinen Kopf an seine Schulter lehnen und ihm so zeigen, dass ich seine Emma sein wollte. Ich würde ihn nicht küssen und danach auch nicht für alle Zeit mit ihm zusammen sein. Auch dieser Traum war ausgeträumt. Denn ohne Job gab es keine eigene Wohnung, keine Einladung zum Abendessen, keinen Filmabend mit Emma Stone, keinen Kuss und garantiert kein Happy End.

Aus der Traum, das war's.

Nachdem ich bisher nie gefeuert worden war, wusste ich nicht genau, wie man sich in einem solchen Fall korrekt verhielt. Zum ersten Mal war ich tatsächlich dankbar, dass die anderen im Büro so faule Säcke waren. Denn dadurch bekam niemand mit, wie ich schniefend wahllos meine Sachen in eine Tesco-Plastiktüte stopfte. Abgesehen von einer Praktikantin, die völlig verängstigt guckte, und dem Grafiker, von dem wir alle wussten, dass er mehrmals täglich auf dem Klo verschwand und dort an einer Tube Kleber roch. Mit diesem Unternehmen ging es den Bach runter, deshalb wurde ich gefeuert, während dieser Klebstoff-Schnüffler seinen Job behielt. Na toll.

Ich starrte meinen Tacker an. Bisher hatte ich immer einen Plan gehabt. In der Schule hatte ich die Mädchen-Fußballmannschaft aufgebaut, weil unser Sportlehrer ein elender Sexist gewesen war, beim weihnachtlichen Krippenspiel in unserem Dorf hatte der Getränkestand dank meiner Mithilfe zum ersten Mal Gewinn gemacht, und im zehnten Schuljahr bei der Klassenfahrt nach Alton Towers hatte ich dafür gesorgt, dass ich auf der Hin- und Rückfahrt neben Jason Hutchins saß. Ich hatte immer einen Plan gehabt, und meine Pläne hatten immer funktioniert. Ich griff nach dem Tacker, ließ ihn in die Tüte fallen und marschierte aus dem Haus.

In einer Hand die Plastiktüte, in der anderen den Rest meiner Würde, wanderte ich los. Nach zehn Minuten landete ich am Bloomsbury Square und humpelte in Richtung einer leeren Bank. Auch wenn der Sommerschlamm das wunderbare helle Wildleder meiner neuen Schuhe sicher ruinieren würde, streifte ich sie ab und zog auch noch die Nadeln aus meinem erst zwei Stunden zuvor so sorgsam aufgesteckten Haar. Traurig starrte ich die beiden Hunde an, die ausgelassen auf der Wiese spielten. Irgendwie sahen Hunde immer glücklich aus. Wahrscheinlich, weil sie immer glücklich waren. Denn sie hatten keinen Plan. Sie hatten nicht seit sieben Jahren auf eine Beförderung gehofft. Waren nicht seit mindestens zehn Jahren hoffnungslos in ihren besten Freund verliebt. Nun, natürlich konnte ich nicht mit Bestimmtheit sagen, dass sie das nicht waren, doch es kam mir ziemlich unwahrscheinlich vor.

Ich wühlte in der Tesco-Tüte, um mich von dem Elend abzulenken, das mich plötzlich überkam. Aber außer dem gestohlenen Tacker, drei gerahmten Fotos, einer noch geschlossenen Packung Müsliriegel und zwei Dutzend Stiften (überwiegend Textmarker, weil ich Textmarker liebe) fand ich nichts. Das war's. Nach sieben Jahren Schufterei hielt ich jetzt die Reste meiner Existenz bei Donovan & Dunning in einer halbvollen Tesco-Plastiktüte auf den Knien.

Ich zog die Fotos nacheinander aus der Tüte und legte sie vorsichtig auf einem meiner schwarz bestrumpften Knie ab. Das erste war von mir und Amy, als wir zwei noch kleine Mädchen waren, die sich als Prinzessinnen verkleidet strahlend in den Armen lagen. Anders als die Menschen auf dem nächsten Bild. Ich und meine Schwestern, meine Mum und meine Oma blickten ernst und förmlich in die Kamera. Weil die Familie Brookes immer eher zurückhaltend gewesen war. Erst wenn jemand starb, rang meine Mutter sich zu mehr als einem strengen Schulterklopfen durch. Nach dem Tod meines ersten Opas hatte sie mir das Haar zerzaust. Ein Augenblick, der unvergesslich für mich ist. Auf dem dritten Foto sah man wieder mich und Amy, diesmal als erwachsene Frauen und zusammen mit Charlie, der für mich Kollege, bester Freund und in den ich seit zehn Jahren verschossen war. Wir lungern auf dem Bild auf einer Couch vor einem riesengroßen Spiegel im Foyer eines Hotels, und gegenüber ist ein zweiter großer Spiegel aufgehängt. Wir hatten damals einen Kurztrip nach Paris gemacht. Mein Gesicht war auf dem Bild hinter der Kamera versteckt, die mich in jenem Sommer pausenlos begleitet hatte, doch meine abgeschnittenen Jeans und das gestreifte T-Shirt sind im Spiegel gut zu sehen. Und die Spiegelbilder der Gesichter meiner Freunde sehen mich lächelnd an. Links von mir sitzt Amy, die mit ihrem schwarzen Bubikopf wie *Amélie* aussieht, und hat lässig ihre Beine über unseren Beinen ausgestreckt, während rechts von mir die Liebe meines Lebens ihren Kopf auf meine Schulter legt und die Zigarette seitlich hält, damit ja keine Asche auf meine entblößten Arme fällt. Obwohl das auf dem Foto nicht zu sehen ist, weiß ich noch, dass ich gelächelt habe. Weil wir schließlich die drei Musketiere waren. Stein, Schere, Papier. Amy war die Schere, Charlie das Papier und ich der Stein. Denn ich war immer schon der Fels, auf den sich bauen ließ.

Langsam, aber sicher nahm die Spannung zwischen meinen Schultern etwas ab, und ich bekam wieder ein bisschen besser Luft. Gerade rechtzeitig, um festzustellen, dass inzwischen jemand dicht an meiner Seite saß.

»Morgen.« Ein unglaublich durchschnittlicher Mann mit kahl rasiertem Kopf und schwarzer Bomberjacke nickte mir knapp zu.

»Morgen«, antwortete ich, während ich vorsichtig die Fotos wieder in die Tüte schob. Denn schließlich gab es keinen Grund, nicht höflich auf den Gruß zu reagieren. Vor allem, weil dies ab jetzt mein Leben war. In Zukunft säße ich wahrscheinlich häufiger in irgendwelchen Parks und unterhielte mich mit anderen Arbeitslosen, während mich der Staat mit Teilen der Hundesteuer, die die anderen Leute zahlten, unterhielt. Ich überlegte, ob ich mir gleich im Supermarkt am Russell Square Schnaps kaufen sollte. In Zukunft würde eine Flasche Schnaps sicher häufiger nötig sein.

»Mach jetzt keinen Aufstand«, bat der Mann, ohne mich anzusehen. »Rück dein Bargeld und dein Handy raus.«

»Wie bitte?« Ich hatte mich sicher verhört. Denn dieser Kerl wollte mich doch bestimmt nicht wirklich überfallen. Während meiner sieben Jahre hier in London war mir nie etwas passiert. Und ausgerechnet heute Morgen wurde ich das Opfer eines Raubs? Das konnte doch nicht sein.

»Geld und Handy. Jetzt.« Der Typ zückte ein kleines Schweizer Taschenmesser und bemühte sich um einen möglichst bösen Blick. »Zwing mich nicht, dir wehzutun.«

Ich legte meinen Kopf ein wenig schräg und starrte ihn mit großen Augen an. Ohne Haare sah der Kerl eher wie ein Riesenbaby und nicht wirklich furchteinflößend aus.

»Ich wäre froh, wenn ich ein Handy hätte«, gab ich ungerührt zurück. Anscheinend war es wirklich so: Ich wurde tatsächlich von einem Riesenbaby in Bomberjacke ausgeraubt. »Und meine Brieftasche ist leer und war vor allem ein Geschenk.«

Er riss überrascht die Augen auf. »Jeder hat ein Handy. Also rück dein Handy raus.«

»Nein, ich habe wirklich keins.« Ich klappte meine Tasche auf und kippte ihren Inhalt auf die Bank. Drei Lippenstifte, eine Puderdose, meine Schlüssel sowie Unmengen von Tampons und Stiften fielen klappernd auf das Holz. Ich griff nach meinem Geldbeutel und klemmte ihn entschlossen zwischen meinen Knien fest. Denn schließlich hatte ich bereits gesagt, dass er mein Portemonnaie nicht haben könnte, und auch gegenüber einem Kriminellen hielt ich auf alle Fälle Wort. »Sehen Sie? Kein Handy. Meine Firma hat mich eben an die Luft gesetzt. Und mein Handy einbehalten, weil es auf die Firma lief.«

»Du hast echt kein Handy?«, fragte mich der Räuber voller Mitgefühl. »Das ist natürlich ätzend.«

»Allerdings.«

Wir beide starrten schweigend vor uns hin, doch schließlich sammelte ich meine Sachen wieder ein. Anscheinend waren Textmarker ihm nicht so wichtig. Aber schließlich hatte er in seinem Job auch keinen wirklichen Bedarf daran. »Das mit dem Handy ist nicht weiter schlimm. Dass ich meinen Job los bin, schon eher.«

»Das kann ich gut verstehen.« Er schnappte sich ein paar der Tampons und ließ sie in meine Tasche fallen. »Ich hatte auch mal einen Job. Aber den habe ich verloren. Was allein die Schuld dieser verdammten Tories ist, nicht wahr?«

»Ich schätze, dass die Rezession für alle ziemlich hart ist«, stellte ich mitfühlend fest. »Die Zeiten sind im Augenblick nicht gerade gut.«

Plötzlich zog das Riesenbaby aus seiner Tasche ein

brandneues iPhone und hielt es mir hin. »Hier, benutz ruhig mein Handy, falls du telefonieren musst.«

»Das wäre wirklich toll«, erklärte ich, obwohl das Muster auf der Hülle seines iPhones nicht gerade meinem Geschmack entsprach. Ich war mir ziemlich sicher, dass es in den Handyläden keine iPhone-Hüllen mit Hakenkreuzen gab. Diese Hülle war also eindeutig selbst gemacht. Trotzdem nickte ich ihm freundlich zu. »Vielen Dank, das ist echt nett.«

»Keine Angst, ich höre schon nicht mit.« Mit einem knappen Nicken stand er auf und wanderte ein paar Meter davon. Die mittelalte Frau mit Wachstuchjacke und Haarreifen, die ihm entgegenkam, bog eilig ab, und ich senkte den Blick, als ihr mein neuer Freund dicht auf den Fersen blieb.

»Hallo?« Ich selber ginge nie ans Telefon, wenn ich nicht wüsste, wer am anderen Leitungsende ist. Meine Freundin aber schon.

»Ich bin's, Amy.«

»Und von wo aus rufst du an? Was ist los? Du hat doch wohl nicht etwa schon ein neues Handy? Sag mir nicht, dass du ein iPhone hast. Hast du auch Siri? Könntest du ihr eine Frage für mich stellen?«

»Dieses Ding gehört nicht mir«, unterbrach ich ihren Redefluss. »Bist du bei der Arbeit?«

»Ja.« Sie klang nicht überzeugt. »Bis fünf.«

»Oh. Sie haben mir gekündigt, und ich dachte, dass du vielleicht Lust hast, dich nach Kräften zu betrinken.«

»STELLA!« Ich riss meinen Kopf zurück, als Amy ihre Chefin anschrie, während ihre Lippen weiter dicht an ihrem Handy waren. »Ich habe Kopfschmerzen und fahre heim. Okay?«

»Ich glaube nicht, dass man mit Kopfschmerzen noch so laut schreien kann«, bemerkte ich.

»Ich bin in einer halben Stunde da«, gab Amy ungerührt zurück. »Mach bis dahin keine Dummheiten, okay?«

»Okay«, versprach ich. Der Gedanke war mir bisher nicht gekommen, aber nun, da sie davon gesprochen hatte, fiel mir auf, wie nah die Themse war. Ein kurzer Sprung, und ich bräuchte mich nicht mehr arbeitslos zu melden. Und noch nicht mal rauszufinden, wo das blöde Arbeitsamt überhaupt lag. Vielleicht könnte mir mein neuer Freund dabei ja weiterhelfen. Oder vielleicht brächte ich mich doch am besten einfach um.

Amy hatte aufgelegt, bevor ich sie nach ihrer Meinung fragen konnte, und ich merkte, dass der Besitzer meines Handys in der Zwischenzeit zurückgekommen war. Also hielt ich ihm das iPhone lächelnd wieder hin.

»Weißt du was?« Er winkte ab. »Behalt das Ding. Ich kann mir jederzeit ein neues holen.«

»Oh nein.« Ich drückte ihm das iPhone in die tätowierte Hand. »Das kann ich ganz unmöglich annehmen. Nein, wirklich nicht.«

»Nein, behalt's!« Jetzt drückte er mir seinerseits das iPhone in die Hand. »Wie willst du ohne Handy eine neue Arbeit finden? Los, behalt das Ding.«

»Nun, vielen Dank.« Ich blickte ihn mit meinem schönsten Lächeln an. »Das ist unglaublich nett.«

»Schon gut.« Er reckte seinen Arm zu einem Gruß, der mir entfernt bekannt vorkam. »Und mach dir keine Sorgen. Schließlich bist du echt ein flotter Feger und kriegst sicher sofort einen neuen Job. Denk einfach dran, dass die dich alle mal sonst was können.«

»Ja, genau«, erklärte ich, auch wenn ich es verwerflich

fand, mich über dieses Kompliment zu freuen, da es von einem Neonazi kam.

Ich sah dem trotzdem netten Straßenräuber hinterher, die harten Ränder des gestohlenen Hakenkreuz-iPhones schnitten mir in die Hand, und während es anfing zu regnen, brach ich abermals in Tränen aus.

2

Die junge Frau, die ich daheim im Spiegel sah, war eine völlig andere als die, die drei Stunden zuvor dort aufgebrochen war. Der schicke Nackenknoten hatte einer wirren Masse hoffnungslos durchweichter Locken Platz gemacht, und die sorgsam aufgetragene, aber zugleich dezente Schicht Make-up hatten der Regen und die Tränen aufgelöst. Die braunen Augen, die gefunkelt hatten, als ich aus dem Haus gegangen war, blickten trüb und wiesen dicke rote Ränder auf. Mein schlichtes schwarzes Wickelkleid war durch und durch nass und wirkte dadurch nicht mehr elegant, sondern schmiegte sich wie eine schwarze Wurstpelle an meinen Körper. Auf jeden Fall konnte ich jetzt verstehen, weshalb der kleine Junge, den ich vor dem Supermarkt an unserer Ecke angelächelt hatte, laut schreiend davongelaufen war. Ich starrte noch immer auf mein Spiegelbild und bemühte mich, mit reiner Willenskraft die drei neuen Falten, die sich auf der Stirn gebildet hatten, zu vertreiben, als die Tür der Wohnung aufgerissen wurde und ein kleines, schwarzhaariges Wesen auf mich zugeschossen kam.

»Oh mein Gott! Was ist passiert? Was hast du getan?« Amy sprang auf ihre Zehenspitzen und schlang mir die Arme um den Hals. »Hast du dich mit jemandem geprügelt? Kohle unterschlagen? Deinen blanken Arsch kopiert und die Bilder rumgeschickt?«

»Das Unternehmen wird ›verschlankt‹.« Schluchzend entwand ich die aufgeweichten Reste meines Ichs dem Würgegriff, der sie umklammert hielt. »Sie ›strukturieren den Laden um‹.«

»Du weißt, dass ich es hasse, wenn du mit den Fingern Anführungszeichen machst«, erklärte Amy, während sie auf meine Hände schlug. »Auch wenn das natürlich echt enttäuschend ist. Dann hast du also niemandem dort eine reingehauen? Nicht mal Charlie?«

Amy und ich waren beste Freundinnen, seit wir sprechen konnten. Und ich denke, bereits im Mutterleib haben wir uns gut verstanden. Schon unsere Mütter waren beste Freundinnen, seit sie sich bei dem Aerobic-Kurs in unserem Gemeindehaus verschwestert hatten. Und sie hatten unsere Empfängnis extra so gelegt, dass wir fast zeitgleich auf die Welt gekommen waren. Alle Meilensteine unseres Lebens – von den ersten Worten, die wir sprachen, und den ersten Schritten, die wir taten, bis hin zu den ersten wilden Knutschereien und den jüngsten Katern – hatten wir gemeinsam absolviert, und in Notfällen gleich welcher Art waren wir immer füreinander da. Etwa wenn mir spätabends der Tee oder Zucker ausgegangen war, oder als sie drei Tage vor ihrer Hochzeit bei ihrem Verlobten ausgezogen war. Aber schließlich war sie allgemein für ihren Wankelmut bekannt. In den letzten beiden Jahren hatte sie vier verschiedene Kreditkarten sowie drei verschiedene Jobs verschlissen, aber in Bezug auf mich war sie verlässlich wie ein Schweizer Uhrwerk und vor allem durch und durch loyal.

»Es gab ganz einfach keine Gelegenheit, um irgendwem dort eine reinzuhauen.« Ich konnte immer noch nicht glauben, was geschehen war. Urplötzlich war ich arbeitslos. Man hatte mir schon viele Dinge nachgesagt, doch etwas Schlimmeres als das gab es für mich nicht. »Die Personalerin hatte mich einbestellt. Ich dachte, wegen der Beförderung, und dann hat sie mit einem Mal gesagt, dass ich entlassen bin.« Ich rang erstickt nach Luft.

»Es wäre nichts Dramatisches. Nicht wirklich aufregend. Sie strukturieren einfach um.«

»Geht's dir gut?« Meine Freundin sah mich ängstlich an, als würde ich vielleicht gleich durchdrehen und die Wohnung auseinandernehmen oder so. Was nicht völlig unbegründet war. Denn wenn ich in dem Augenblick etwas hätte empfinden können, wäre ich wahrscheinlich wirklich durchgedreht. »Weil dein Job schließlich dein … Ein und Alles war.«

Genau das wollte ich jetzt hören.

»Ich weiß nicht, wie's mir geht.« Ich kam mir vor, als hätte man mir einen dicken Wattebausch in meinen Mund gestopft, und fand, dass meine Stimme dementsprechend seltsam klang. »Ich empfinde nichts.«

»Nichts?« Amys Stimme machte deutlich, dass sie mit der Antwort nicht zufrieden war. »Du bist nicht wütend oder traurig oder irgendwie verwirrt? Du hast nicht das Gefühl, dass du am liebsten irgendwem den Hals umdrehen würdest? Denn so fühle ich mich ab und zu, wenn mir gekündigt wird.«

Was mit schöner Regelmäßigkeit geschah.

»Nichts von alledem«, erklärte ich. »Mein Kopf ist total … leer. Und ich verspüre eine gewisse Kälte.«

»Eine emotionale Kälte?«

Irgendwie fand ich, dass meine Freundin etwas übereifrig klang.

»Fühlst du dich innerlich tot?«

»Die Kälte ist eher körperlich.« Vielleicht hätte ich mich doch nicht bei ihr melden sollen. »So, wie wenn man dringend Pipi machen muss.«

»Enttäuschend.« Amy zog mich in die Küche, um dort eine der drei Flaschen Billigsekt zu öffnen, die sie mitgebracht hatte, weil Alkohol aus ihrer Sicht in allen Lebenslagen half. »Ich kapiere es ganz einfach nicht. Sie können dich doch nicht einfach so feuern. Schließlich ist uns allen klar, dass außer dir in diesem Laden niemand irgendwas gebacken kriegt. Haben sie dich gefeuert, weil du irre bist? Was hat Charlie zu der ganzen Angelegenheit gesagt?«

»Er war nicht da, als ich gegangen bin.« Ich nahm den Snoopy-Becher voller Cava an und gönnte mir den ersten Schluck. Der Billigsekt brannte mir in der Kehle. Aber irgendwie tat mir das Brennen gut. »Ich weiß nicht, ob er es schon weiß.«

Natürlich wusste Charlie es. Inzwischen würde jeder dort wissen, dass ich gefeuert worden war. Jeder. Einzelne.

»Er hat dich also noch nicht angerufen?« Amy schenkte mir beflissen nach, und ich hatte nicht die Energie und auch keine Lust, sie daran zu hindern, als sie eine Packung süßer Pop-Tarts aus dem Schrank meiner Mitbewohnerin stibitzte und zwei Scheiben in den Toaster schob.

»Die Leiterin der Personalabteilung hat mein Handy einkassiert«, erklärte ich, während ich gleichzeitig mein neues iPhone aus der Tasche zog. »Aber zu meinem Glück wollte mich vorhin im Park so eine Glatze überfallen und hat mir stattdessen dieses Ding geschenkt.«

Meine beste Freundin schnappte sich das iPhone, um es sich genauer anzusehen. »Oh, das ist eins von den Neuen.

Die Testergebnisse waren super. Nur die Hülle ist ein bisschen seltsam, findest du nicht?«

Entschlossen nahm ich ihr das iPhone wieder ab, entfernte die peinliche Hülle und hielt es ihr wieder hin. »Ich kann es nicht behalten. Schließlich ist das Ding geklaut.«

»Dann lass uns doch einfach tauschen. Wenn du willst, bekommst du meins.« Sie drückte auf diverse Knöpfe, hüstelte und fragte: »Siri, warum sind die Chefs bei Donovan & Dunning solche Wichser?«

»Tut mir leid, ich weiß nicht, was damit gemeint ist«, gab das Ding zurück. Was für einen toten Gegenstand sehr diplomatisch war.

Ich lehnte mich gegen die Wand, leerte den zweiten Becher Cava und starrte auf die Dächer von Ostlondon. Sie sahen noch genauso aus wie heute Morgen, als ich aus dem Haus gegangen war. Während ich die immer gleichen Schornsteine fixierte, ging mir eine Reihe schwachsinniger Dinge durch den Kopf. Wie zum Beispiel, was meine Mutter sagen würde, wenn sie hörte, dass ich urplötzlich entlassen worden war. Was ich machen sollte, wenn mein Wecker morgen klingelte. Ob ich vielleicht auf der Straße enden würde. Schließlich hatte ich keine Ahnung, wie man eine Arbeit fand. Denn in der Firma hatte ich direkt nach meinem Studium angefangen. Oder eigentlich schon während meines Praktikums im letzten Studienjahr. Ich müsste einen Lebenslauf verfassen. Machte man das heutzutage noch? Oder müsste ich etwas twittern? Vielleicht gab es ja eine Arbeitslosen-App auf meinem neuen Handy. Am allerlächerlichsten aber war, dass ich mir Gedanken um die ganzen Dinge machte, die ich auf der Arbeit nicht hatte zu Ende bringen können. Irgendjemand musste die Präsentation des Lufterfrischers gegenlesen. Und wer würde sich jetzt um die neue Werbung für die gebackenen Bohnen kümmern? Vielleicht würden sie ja einfach was aus *Mad Men* kopieren, weil es so am schnellsten ging.

Ich presste meinen Rücken fest gegen die kalte Küchenwand und ließ mich auf den Boden gleiten. Ah. Das war schon besser. Amy, die in einer Hand das iPhone und in der anderen eine Pop-Tart hatte, schwang sich auf die Arbeitsplatte und bedachte mich mit einem sorgenvollen Blick. Das kam mir irgendwie nicht richtig vor. Bisher hatte stets ich sie mit diesem Blick bedacht, denn die Chaotin von uns beiden war eindeutig sie.

»Tess.«

Ich sah über den Rand des Snoopy-Bechers zu ihr auf.

»Du sitzt in einem völlig durchgeweichten Kleid auf deinem Küchenboden.«

»Ja.« Da hatte sie eindeutig recht.

»Dein Kopf liegt auf dem Mülleimer. Der furchtbar stinkt.«

»Das stimmt.« Ihre Beobachtungsgabe war einfach phänomenal.

»Findest du nicht auch, dass du dich vielleicht erst mal umziehen solltest?«

Nein, das fand ich nicht. Denn wenn ich aus meiner Arbeitskleidung stiege, hätte ich vielleicht nichts anderes anzuziehen als meinen Schlafanzug, und wenn ich den erst angezogen hätte, würde ich ihn vielleicht niemals wieder ausziehen. Hatte Michael an das Mittagessen mit dem widerlichen Typen aus dem Autohaus gedacht?

Amy deutete mein Schweigen zutreffend als nein.

»Wie wäre es mit einem Bad? Du bist doch sicher völlig durchgefroren.«

Auch das klang deprimierend. Denn in einer Badewanne gab es nichts zu tun, was nicht mit Schluchzen und Rasierklingen zusammenhing. Ich fragte mich, ob Sandra, die Designerin, wohl daran dachte, dass das Eichhörnchen für die Papierhandtuch-Kampagne farblich noch verändert werden musste.

»Bitte gib mir ein verbales Feedback, Tess.« Amy legte kurz ihr Frühstück fort und schnipste laut mit ihren Fingern vor meinem Gesicht. »Was willst du machen?«

Ich sah auf, schob mir das feuchte Haar aus dem Gesicht und schüttelte den Kopf.

»Keine Ahnung«, sagte ich. »Ich weiß es wirklich nicht. Ich weiß überhaupt nichts mehr.«

Zum dritten Mal an diesem Tag brach ich in Tränen aus. Was meiner Mutter furchtbar peinlich wäre. Gut, dass sie nichts davon mitbekam.

Seufzend hüpfte Amy von der Arbeitsplatte, kauerte sich neben mich, zwängte ihren Arm zwischen meinem Rücken und der Wand hindurch und zwang mir eine innige Umarmung auf. »Ich weiß, dass du dich jetzt total beschissen fühlst. Obwohl du das bestimmt nicht nötig hast. Denn du hast deinen Job hervorragend gemacht. Aus welchem Grund auch immer diese Leute was auch immer ändern wollen, wird es garantiert nicht lange dauern, bis sie sehen, dass der Laden ohne dich nicht läuft. Aber dich hätte der Job auf Dauer umgebracht. Spätestens in einer Woche hast du einen neuen, besseren Job bei einer anderen, besseren Agentur. Du weißt, dass es so ist.«

Obwohl meine Freundin nach erfolgreichem Anglistik- sowie Publizistikstudium bisher nur in ihrem Job als Kartenabreißerin unseres Kinos länger als zehn Wochen durchgehalten hatte, beschloss ich zu nicken. Vielleicht hatte sie ja recht. Und vor allem hatte ich gar keine andere Wahl. Ich war gut in meinem Job. Charlie hatte mal gesagt, ich wäre derart gut, ich könnte nicht nur Eis an Eskimos verkaufen, sondern sie sogar noch davon überzeugen, dass mein Eis von Elfen aus gefrorenen Einhorntränen angefertigt worden war und sie dem lieben Gott auf Knien dafür danken müssten, dass sie die Gelegenheit bekamen, diese Gaumenfreude zu erstehen.

Ich brauchte einfach einen neuen Plan. Und noch etwas von dem Sekt.

»Aber erst mal brauchst du eine heiße Dusche, wenn du schon nicht baden willst.« Amy gab mir einen Wangenkuss und sprang entschlossen auf. »Sonst holst du dir den Tod, und vor allem halte ich den Anblick deiner Haare nicht mehr aus. Du siehst einfach erbärmlich aus.«

»Okay.« Ich ließ mich von ihr auf die Füße ziehen. Manchmal gab mir Amy das Gefühl, als wäre ich ein Trampeltier. Weil sie winzig klein und zart wie eine Elfe und ich selbst einen Meter siebenundsiebzig groß und nicht gerade zierlich war. Meine Oma hat mich immer als gestandene Frau bezeichnet, aber irgendwie klang das nie wirklich schmeichelhaft.

»Du gehst jetzt erst mal duschen, und ich laufe los und hole uns etwas Vernünftiges zu essen – da in eurem Kühlschrank ja mal wieder totale Ebbe herrscht.« Amy schlug mir auf den Hintern und schob mich in Richtung Bad. »Hitler kommt doch sicher nicht so schnell zurück, oder?«

»Du weißt, dass du sie nicht so nennen sollst«, rief ich ihr stöhnend in Erinnerung. Zum Glück war meine Mitbewohnerin die ganze Woche unterwegs. Denn sie und Amy waren sich spinnefeind.

»Sie kommt erst am Wochenende wieder.«

»Gott sei Dank. Sie wäre jetzt das Letzte, was wir brauchen.«

»Stimmt.« Ich wollte Amy ganz bestimmt nicht noch in ihrer Abneigung bestärken, aber meine Mitbewohnerin war wirklich eine blöde Kuh, von der in einem Unglücksfall nicht das geringste Mitleid zu erwarten war. Wenn ich also diese Woche überstehen und eine neue Arbeit finden könnte, ehe sie nach Hause käme, wäre mir das durchaus recht.

»Genau.« Amy zog den Schlüssel meiner Wohnung, den sie für den Notfall hatte, aus der Tasche und wies damit auf die Badezimmertür. »Du gehst also erst mal Haare waschen, ich laufe schnell los und hole Schokolade, und dann treffen wir uns auf deinem Sofa und beginnen einen *Buffy*-Marathon. Aber mehr als diesen einen freien Tag bekommst du von mir nicht, denn ab morgen werden sich sämtliche Werbeagenturen Englands um dich reißen, und dann hast du keine Zeit mehr, um gemütlich auf der Couch zu liegen und zu gucken, wie sie den Vampiren auf die Mützen haut.«

Ich umarmte sie und ging ins Bad, denn plötzlich hielt ich es in meinen nassen Kleidern nicht mehr aus. Mit einem leisen Klatschen traf das durchgeweichte Kleid auf den Bodenfliesen auf, und ich hätte beinahe gelächelt, während ich unter die Dusche trat. Ich war völlig durchgefroren, und das heiße Wasser brannte wunderbar auf meiner kalten, klammen Haut. Ich spürte, wie die Wärme mir bis in die Knochen drang, und freute mich, weil meine Sinne doch nicht völlig abgestorben waren. Nur blöd, dass London offenbar bisher noch gar nicht mitbekommen hatte, dass inzwischen Sommer war. Seit Mai hatten wir drei Tage mit Sonnenschein gehabt, und inzwischen war der Juli fast vorbei.

»Vielleicht sollte ich verreisen«, wandte ich mich an die Gummiente, die in unserer Duschkabine lebte. »Vielleicht irgendwohin, wo es warm ist.«

»Und von welchem Geld?« Die Ente konnte manchmal ein echter Spielverderber sein. »Du hast doch nichts gespart.«

Aber leider hatte sie recht. Dieses verdammte Biest. In den ersten Jahren nach dem Studium hatte ich vor allem Schulden abgestottert. Praktika und Assistenzjob wurden leider nicht besonders gut bezahlt, und da meine Eltern mir nicht sonderlich unter die Arme hatten greifen können, hatten hilfsbereite Fremde mich bei meinem Studium unterstützt. Das freundliche Personal, das mir ein Studiendarlehen gewährt hatte, freute sich später über die Rückzahlung des Geldes mitsamt Zinsen. Ich hatte also nichts gespart, doch zumindest war ich auch die Schulden wieder los. Das war schon mal nicht schlecht.

»Ich komme schon zurecht«, erklärte ich dem voreingenommenen Vieh und seifte mich entschlossen ein. »Morgen schreibe ich an alle, die ich bei den anderen Agenturen kenne. Wie viele Empfehlungsschreiben habe schließlich ich für irgendwelche anderen allein im letzten Jahr verfasst?«

Die Ente antwortete nicht. Weil sie nicht nur ein Spielverderber, sondern obendrein auch alles andere als höflich war.

»Jede Menge. Wirklich jede Menge. Und die ganzen E-Mails an die Personaler müssen doch noch irgendwo gespeichert sein.«

Das waren sie bestimmt. Und abgesehen davon, dass ich wirklich gut in meinem Job war, hatte ich erheblich länger als die meisten anderen eine Anstellung bei D&D

gehabt. Sie hatten eine ziemlich hohe Personalfluktuation, und aus mir bisher unerfindlichen Gründen hatte jeder sich gesträubt, wegen eines Zeugnisses zur Leiterin des Personalbüros zu gehen.

»Es besteht kein Grund zur Panik«, fuhr ich fort. »Das ist einfach eine kurze Unterbrechung meiner Karriere. Spätestens in einer Woche habe ich auf alle Fälle einen neuen Job. Einen besseren, als ich bisher hatte. Wahrscheinlich den besten, den man sich nur wünschen kann.«

Okay, vielleicht nicht unbedingt den besten. Weil der Job der Zahnärztin von Alexander Skarsgård in der nächsten *True Blood*-Staffel sicher schon vergeben war. Aber schließlich wusste man nie. Ich bekäme sicher einen Job bei einer besseren Agentur. Wäre für bedeutendere Kunden zuständig. Als Leiterin von einem Team, dessen Mitglieder nicht Kleber schnüffelten, wenn ich mal nicht in der Nähe war. Dies war die Zeit der großen Träume. Vielleicht wäre meine Zeit in London ja vorbei. Vielleicht könnte ich ja so wie ein paar andere Mädchen, die ich kannte, ein paar Jahre in die Staaten gehen. Am besten nach New York. Denn schließlich hatte ich *Sex and the City* immer schon geliebt. Oder vielleicht sogar nach Australien. Ich hatte gehört, die Möglichkeiten in Australien seien unbegrenzt. Ich hoffte nur, ich könnte meine beiden besten Freunde davon überzeugen mitzukommen, ohne dass ich ihnen erst Gewalt androhen müsste oder so.

Ich blieb im Bad und schrubbte Scham, Enttäuschung und die ersten beiden Hautschichten von meinem Leib, bis ich hörte, dass die Wohnungstür geöffnet wurde und im nächsten Augenblick die Glotze lief. Eilig hüllte ich mich in das flauschigste und größte Badetuch, das ich entdecken konnte und das eindeutig nicht mir gehörte, und kehrte ins Wohnzimmer zurück, um Amy über meine Pläne aufzuklären. Zur Enttäuschung meiner Ente hatte ich dabei ein breites Lächeln im Gesicht.

Das ich ganze drei Sekunden beibehielt.

»Ist das etwa mein Handtuch?« Meine Mitbewohnerin Vanessa sah bei meinem Anblick alles andere als beeindruckt aus. »Denn wenn ja, bestehe ich darauf, dass du es mir ersetzt.«

Oh. Verdammt.

»Kann ich es nicht einfach waschen?«, fragte ich, und meine positive Einstellung löste sich endgültig in Wohlgefallen auf.

»Nein, das kannst du nicht.« Sie wirkte fürchterlich enttäuscht von mir. »Das ist ein Handtuch. Und ein Handtuch teilt man nicht. Das ist einfach widerlich.«

Es gab nicht viele Menschen auf der Welt, die wirklich schrecklich waren. Ja, okay, es gab Sadistinnen wie Raquel aus der Personalabteilung, denen es Vergnügen machte, anderen das Leben schwer zu machen, aber sie ging abends ganz bestimmt nicht heim und warf dort zum Vergnügen kleine Hunde an die Wand. Und wie ich heute selbst hatte erleben dürfen, hatten unter Umständen selbst Neonazis, wenn die Sterne günstig standen, so was wie ein Herz. Vanessa Kittler allerdings war ein wirklich grauenhafter Mensch. Es würde mich nicht wundern, hätte sie in ihrem Zimmer einen ganzen Wurf an kleinen Hundebabys, um sie an die Wand zu werfen, wenn ihr danach war. Es hätte keinen Menschen überrascht, sie in einem Dalmatinerpelzmantel zu sehen. Und wenn ich dahinterkäme, dass sie selbst ein Nazi wäre, wäre ich nicht einmal ansatzweise überrascht. Wenn ich merken würde, dass sie die heimliche Chefin einer Gruppe von Faschisten wäre, die jeden Menschen töten wollen, der einen unerwünschten Body-Mass-Index oder zu grell gefärbte Haare hat, zöge ich womöglich eine Braue hoch. Aber nur eine. Weil ich nie in meinem Leben einer schrecklicheren Frau als ihr begegnet bin.

Todschick in engen schwarzen Jeans, einem geradezu obszön tief ausgeschnittenen weißen T-Shirt sowie einer schwarzen Bikerjacke, einen kleinen Silberkoffer neben ihren hochhackigen Stiefeln, stand sie da und unterzog mich einer eingehenden Musterung.

»Warum bist du überhaupt mitten am Tag daheim und läufst in meinem Handtuch rum?«, fragte sie in einem Ton, als hätte sie mich überrascht, während ich mir vor den Augen meiner Mum vom Bauch unseres Premierministers ein paar Linien Koks reinzog. »Solltest du nicht auf der Arbeit sein?«

»Ich dachte, du wärst die ganze Woche weg?«, bemühte ich mich, Zeit zu schinden. Denn ich hatte wirklich keine Lust, ihr zu erzählen, was geschehen war, während ich in einem Handtuch – ihrem Handtuch – neben unserem Sofa stand. »Hast du nicht ein Shooting oder so?«

»Das habe ich gecancelt«, gab sie knapp zurück, während sie ihr schimmernd blondes Haar mit einer knappen Kopfbewegung über ihre Schulter warf. »Sie hatten einen Flug mit EasyJet für mich gebucht. Also bin ich auf direktem Weg vom Flughafen zurückgefahren. Verdammt, was machst du hier? Kann man nicht einmal in seine eigene Wohnung kommen, ohne dass einen dort jemand nervt?«

Ihre Antwort rief beinahe körperliche Schmerzen in mir wach. Denn ich selbst war so gewissenhaft und krankhaft zuverlässig, dass ich, selbst nachdem man mich gefeuert hatte, das Verlangen unterdrücken musste, in der Firma anzurufen und dafür zu sorgen, dass das Eichhörnchen, das für Papierhandtücher werben sollte, eine andere Farbe als geplant bekam.

Meine Mitbewohnerin war Fotografin. Damit meine ich, dass sie viermal im Jahr von irgendeinem Freund gebucht wurde und dann mit etwas Glück für ein paar Tage mit der Kamera, die ich ihr vor vier Jahren überlassen musste, weil ich meine Miete nicht hatte bezahlen können, und die sie mir seither nicht zurückgegeben hat, verschwand.

Ich ignorierte die Bemerkung mit der eigenen Wohnung, in der schließlich auch ich selbst seit fünf Jahren zu Hause war. Wobei allein durch meinen Teil der Miete die monatlichen Hypothekenraten zu zwei Dritteln abgegolten waren. Während sie nicht einen Penny für das Dach bezahlte, unter dem wir lebten, weil ihr Dad die Hypothek bezahlte, und zwar seit sie irgendwann vor Urzeiten zum Studium an der Kunsthochschule zugelassen worden war. Die Abmachung war die, dass er bis zum Ende ihres Studiums zahlen würde. Und da sie anscheinend nicht die Absicht hatte, ihre Ausbildung je abzuschließen, hatte er die Zahlungen bis heute tapfer fortgesetzt. Was für Vanessa kein Problem war, denn so hatten sie es schließlich abgemacht.

Ich atmete tief durch und setzte abermals zu meinem momentanen Lieblingsthema an. »Ich wurde heute Morgen freigestellt.«

»Du wurdest was?« Sie blinzelte und fing dann an zu lächeln.

»Freigestellt.«

Es wurde auch nicht einfacher, wenn man mich zwang, die Worte möglichst oft zu wiederholen.

»Oh mein Gott.« Sie brach in schallendes Gelächter aus. »Du hast deinen Job verloren?«

Nickend schob ich einen meiner nassen Füße auf den anderen und tropfte lautlos vor mich hin.

»Aber was willst du jetzt machen?« Sie ließ sich aufs Sofa sinken und starrte mich an. »Ich meine, weil's für dich doch nie was anderes als die Arbeit gab.«

»Kein Problem«, rief ich mir selber in Erinnerung. »Spätestens in einer Woche habe ich was Neues.«

»Bist du irre?«, fragte sie. »Und wo soll das bitte sein? Wenn ein Unternehmen, für das du dir fast sieben Jahre lang derart den Hintern aufgerissen hast, dich nicht mehr haben will, glaubst du doch wohl nicht im Ernst, dass sonst jemand Interesse an dir hat? Wie willst du überhaupt erklären, dass man dich gefeuert hat?«

»Man hat mich nicht gefeuert«, wiederholte ich und kämpfte gegen ein Gefühl der Panik an. »Ich wurde freigestellt und bringe jede Menge an Erfahrung mit.«

»Erfahrung im Gefeuertwerden«, gab die blöde Kuh zurück. »Du weißt doch, wie es heißt – es ist leichter, einen Job zu finden, während man noch einen hat. Denn wer wird dir schon glauben, dass du völlig ohne Grund gefeuert worden bist?«

Sie verstand es wirklich, einen aufzubauen.

»Was auch immer du in deinem Job gemacht hast, wenn ich jemanden einstellen müsste, der dasselbe macht, wen würde ich dann nehmen? Den, der sich bewirbt, obwohl er gut genug ist, dass seine Firma ihn behalten will, oder den, den man gefeuert hat, weil er überflüssig ist?«

Zur Hölle mit der bösartigen Logik dieses Weibs.

»Ehrlich, ich bin überrascht, dass du dich nicht schon umgebracht hast«, meinte sie und rekelte sich auf der cremefarbenen Couch, ohne wenigstens die Stiefel auszuziehen. Sie war echt ein bösartiges Weib. »Denn seit du keinen Job mehr hast, kannst du dich schließlich auf die ganzen anderen tragischen Bestandteile deines jämmerlichen Lebens konzentrieren.«

»All die anderen tragischen Bestandteile?«

»Du hast nicht nur keinen Job, sondern bist auch Single, hast kaum Freunde …«, zählte sie all meine Fehler an den Fingern ab. »Und dann noch diese Haare …«

Ich zog mir das Handtuch von den Haaren und packte eine feuchte Strähne. »Was soll damit sein?«

»Du könntest ja vielleicht auf eine dieser *Eat, Pray, Love*-Selbsterfahrungstouren gehen«, schlug sie mir fröhlich vor. »Obwohl, dafür bräuchtest du ein Mindestmaß an Fantasie. Kannst du übrigens den Wasserkocher anstellen? Ich hatte wirklich einen grauenhaften Vormittag.«

Ich bedachte sie mit einem bitterbösen Blick. Vanessa hatte also einen grauenhaften Vormittag gehabt. Na klar.

Wir kennen uns inzwischen seit fünf Jahren. Ich hatte nach einer neuen Wohnung in der Nähe des Büros gesucht und sie nach einer neuen Mitbewohnerin, die nicht nach spätestens zwölf Wochen wieder ausziehen würde, weil sie länger einfach ganz unmöglich zu ertragen war. Was mir in dem Moment natürlich nicht bewusst gewesen war. Ein Kumpel von Charlie, der damals versucht hatte, bei ihr zu landen, hatte sie mir vorgestellt: Und obwohl es alles andere als Liebe auf den ersten Blick war, war die Wohnung einfach wunderschön, lag mitten in Clerkenwell und nur zwanzig Fußminuten vom Büro entfernt. Sie erzählte mir, sie wäre Fotografin, und ich hatte selbst gerne fotografiert, bevor ich ganz in meiner Arbeit aufgegangen war, deswegen dachte ich, es wäre vielleicht nett, zu ihr zu ziehen. Wir betrieben etwas Small Talk über Bradley Cooper, den wir beide liebten, und nach einer Viertelstunde hatte ich den Mietvertrag.

Am Abend meines Einzugs durften Charlie, Amy und ich selbst mit ansehen, wie Vanessa sich von Charlies Kumpel auf der Couch flachlegen ließ. Danach habe ich den Kerl nie wieder gesehen. Wogegen Vanessa mir erhalten blieb.

Innerhalb von Wochen hatte sie sämtliche Regeln übertreten, die es zwischen Mitbewohnern gab. Sie bediente sich bei meinem Wein, meinem Tee *und* meiner Milch, kaufte niemals Klopapier, hörte so laut Musik, dass nur mit Ohrstöpseln an Schlaf zu denken war, und innerhalb von einem Jahr hatte sie Angelina Jolie vom ersten Platz meiner privaten Hitliste der bösartigsten Frauen verdrängt. Sie zankte sich mit meinen Freundinnen, schlief mit meinen Freunden, trug meine Klamotten, ohne mich zu fragen, und ich war mir ziemlich sicher, dass sie auch schon mindestens einmal an meinem Geldbeutel gewesen war.

An meinem fünfundzwanzigsten Geburtstag hat sie einen Striptease in dem Restaurant, in dem wir aßen, hingelegt, weil sie sich plötzlich für eine geborene Burlesque-Tänzerin hielt. Und sie bezeichnete mich als fürchterliche Langeweilerin, als ich sie entschlossen von der Theke zog. Auch meine Großeltern, die mit uns aßen, waren nicht wirklich angetan von ihr.

Am Tag, an dem mein zweiter Opa starb (was meines Wissens nach jedoch in keinerlei Zusammenhang mit ihrer tänzerischen Darbietung während des Essens stand), schlug sie mir so fest auf den Arm, dass der blaue Fleck sich eine Woche hielt, und sagte mir, ich sollte keine solche Leichenbittermiene ziehen. Ihr Lieblingsspitzname für Amy ist »die blöde Fotze«, und sie lässt nichts unversucht, um Charlie in ihr Bett zu zerren, seit er mir geholfen hat, in ihrer Wohnung einzuziehen, obwohl sie weiß, dass ich in ihn verschossen bin. Und obwohl sie sich in dem Moment, in dem sie ihm zum ersten Mal begegnet war, von einem seiner besten Freunde hatte vögeln lassen.

Doch natürlich gab es auch Gründe dafür, dass ich nicht schon längst wieder bei ihr ausgezogen war. Ich hasste Umzüge und hasste es noch mehr, bei irgendwelchen Fremden einzuziehen. Amy weigerte sich standhaft, die WG in Shepherd's Bush, in der sie lebte, aufzugeben, und ich weigerte mich rundheraus, das Bad mit einem halben Dutzend junger Frauen in der Schwesternausbildung zu teilen. Damit war diese Möglichkeit vom Tisch, und vor allem war die Miete, die ich zahlte, so gering, dass ich mein Studiendarlehen mühelos zurückbezahlen konnte, ohne mich dadurch vollends zu ruinieren. Und einmal jedes Vierteljahr benahm sie sich fast wie ein Mensch und überzeugte mich beinah davon, dass sie im Grunde ihres Herzens vielleicht doch gar nicht so übel war. Dann lungerten wir abends auf dem Sofa, sahen uns irgendwelche dämlichen romantischen Komödien an und zerrissen uns die Mäuler über alle Männer, denen wir jemals begegnet waren. Oder sie schlug vor, was beim Chinesen zu bestellen, und beleidigte mich während der gesamten Mahlzeit höchstens zwei-, dreimal. Vor allem schenkte sie mir jedes Jahr, wenn ich Geburtstag hatte, einen brandneuen Vibrator. Und das war echt nett gemeint. Außerdem war ich fast täglich bis zum späten Abend im Büro, und sie war ständig unterwegs. Deshalb hatte es die ganzen Jahre, wie auch immer, funktioniert.

Aber als ich jetzt die Klingel hörte, stand ich immer noch in einem Handtuch, das nicht mir gehörte, vor der Couch und wünschte mir von ganzem Herzen, ich hätte den Vorschlag meiner besten Freundin damals angenommen, in das Haus mit sieben Zimmern und nur einem Bad im Westen Londons umzuziehen.

»He, tut mir leid, dass es nicht schneller ging, aber mich hat dieser …«

»Oh verdammt, sag nicht, dass du die blöde Lesbe eingeladen hast«, stöhnte meine Mitbewohnerin. »Das halte ich einfach nicht aus. Es ist schließlich schon schlimm genug, dass du hier bist, ohne dass jetzt auch noch diese Irre kommt.«

»Oh Gott, sie ist daheim.« Der Ton von Amy, der die Freude über die bevorstehende Schokoladensause deutlich anzuhören gewesen war, wurde so kühl, dass sicher selbst Medusa sich warm anziehen müsste, spräche sie auf diese Art mit ihr.

Als die beiden sich zum zweiten Mal begegnet waren, hatte meine Mitbewohnerin von Amy wissen wollen, ob es ihr Probleme machte, dass sie lesbisch sei. Soweit wir sagen konnten, war sie ausschließlich aufgrund von Amys Schuhen und Frisur auf die Idee gekommen, dass ihr Frauen vielleicht lieber waren. Dass Amy in dem Augenblick auf ihrer eigenen Verlobungsfeier auf dem Schoß ihres Verlobten Dave gesessen hatte, hatte sie nicht im Geringsten interessiert. Denn sie hatte Amy in die hübsche kleine Lesbierinnen-Schublade in ihrem Kopf gesteckt, aus der es kein Entrinnen gab. Obwohl Amy nicht mal ansatzweise lesbisch war.

»Ja, ich bin daheim«, erwiderte Vanessa, ohne ihren Blick vom Fernseher zu lösen. »Weil dies schließlich meine Wohnung ist. In der du ganz bestimmt nicht lebst. Also hau am besten einfach wieder ab.«

»Ich bin mir ziemlich sicher, dass auch Tess hier lebt. Deswegen bleibe ich auf alle Fälle hier«, informierte Amy sie mit falscher Freundlichkeit. »Ich dachte, du wärst unterwegs.«

»Du stalkst mich doch wohl nicht? Denn ich habe dir schon mal gesagt, du bist einfach nicht mein Typ.«

»Nein, ich weiß. Du willst jemanden mit Schwanz. Oder eher den Schwanz als solchen, denn zu wem das Teil gehört, ist dir schließlich egal. Wie geht's übrigens den Chlamydien?«

Vanessa richtete sich eilig auf. »Oh mein Gott, du hast es ihr erzählt?«

Gut zu wissen, wie man ihr Interesse wecken konnte. Offensichtlich hätte Amy nicht erfahren sollen, dass Vanessa sich bei wem auch immer etwas eingefangen hatte, doch so war es nun einmal. Vor allem hätte sie es mir ja nicht zu sagen brauchen. Und als einzige Erwachsene in der Wohnung hatte ich sie jeden Tag daran erinnern müssen, ihre Antibiotika zu nehmen, weil sie selber solche Kleinigkeiten grundsätzlich vergaß. Schön, wenn man in Dinge einbezogen wurde, auch wenn diese Dinge die Geschlechtskrankheiten anderer Frauen waren.

»Tess kann nichts dafür, dass du ein Flittchen bist.« Amy warf die Tasche voller Schokolade auf den Tisch und rollte ihre Ärmel hoch. Oh, sie wollte sich doch wohl nicht mit Vanessa schlagen? Dabei hätte dieses Miststück es auf jeden Fall verdient. »Wenn du täglich eine Viertelstunde deine Klappe halten und mal nicht die Beine spreizen würdest, wäre das wahrscheinlich nicht passiert.«

In der Plastiktüte blitzte das Display von Amys Handy

auf. Bei meiner Freundin hielt ein Handy durchschnittlich acht Wochen – niemand sonst ging derart nachlässig mit teuren technischen Geräten um –, und plötzlich überlegte ich, wie viele ihrer Handys wohl bereits bei meinem neuen Kumpel aus dem Park gelandet waren. Aber statt ihr einen Vortrag darüber zu halten, dass man teure elektronische Geräte nicht einfach in Plastiktüten steckte, schnappte ich mir das Gerät und überließ die beiden weiter ihrem Streit. Sie würden gar nicht merken, wenn ich aus dem Raum ging, denn das hatten sie bisher noch nie bemerkt. Und ich musste drangehen. Weil es Charlie war.

»Hallo«, grüßte ich ihn etwas atemlos. Ja, ich kannte ihn inzwischen seit zehn Jahren, und in den vergangenen drei Jahren hatten wir sogar noch das Büro geteilt. Doch das hatte nichts geändert. Weil ich immer noch total verschossen in ihn war. »Hier ist nicht Amy, sondern Tess.«

»Tess? Ich bin es, Charlie. Bist – bist du okay?«

Oh, der gute Charlie. Wie besorgt er um mich war.

»Es geht mir gut«, log ich und zog die Tür von meinem Zimmer vor dem drüben ausbrechenden Dritten Weltkrieg zu. »Amy ist hier.«

»Was ist passiert?« Der Gute klang ja richtig aufgelöst. »Bei mir kam gerade eine Rundmail an, dass du aus der Firma ausgeschieden wärst. Was ist los? Hast du etwa gekündigt, ohne mir etwas davon zu sagen?«

Das war ja wohl völlig lächerlich.

»Sie haben eine Rundmail rumgeschickt, um euch zu sagen, dass ich nicht mehr bei der Firma bin?« Ich lehnte mich erschöpft gegen die fetten Kopfkissen auf meinem Bett und klappte meine Augen zu. »Mehr haben sie nicht gesagt?«

»Nein. Ich habe dich heute Morgen mehrmals angemailt, aber die Dinger kamen jedes Mal zurück. Also habe ich dich angetextet, und als du dich nicht gerührt hast, habe ich bei Raquel angerufen, um zu fragen, ob du krank bist. Darauf haben sie die Rundmail rausgeschickt. Was ist passiert?«

»Sie strukturieren das Unternehmen um. Wollen es verschlanken. Deshalb haben sie mich freigestellt.«

»Oh. Veeer…dammt.«

»Genau.« Zum ersten Mal seit einer ganzen Weile spürte ich, wie eine neuerliche Träne über meine Wange kullerte.

Ich hörte meinen Freund am anderen Leitungsende seufzen und stellte mir vor, wie er an seinem Schreibtisch knapp drei Meter von dem Platz entfernt, an dem ich selbst bisher gesessen hatte, saß. Seine Haare, die denselben Kupferton wie meine eigenen Haare hatten, waren sicher wie gewohnt total zerzaust. Sein Schlips wäre gelockert wie bei anderen erst am Freitagnachmittag, und er hätte seine Brille mit den Fenstergläsern auf, die er bei Urban Outfitters erstanden hatte, um ein bisschen intellektueller auszusehen, weil er sich nachmittags mit einem großen Kunden traf.

»Scheiße, Tess«, erklärte er nach einer Pause. »Tut mir leid. Das ist ja wohl totaler Schwachsinn. Diese blöden Wichser.«

Außerdem war seine Eloquenz der Grund, warum ich selbst die künstlerische Leitung hätte übernehmen sollen, während er mit unseren Kunden sprach. Oder auf jeden Fall der Grund, weshalb er mit den Kunden sprach.

Ich liebte Charlie Wilder seit zehn langen Jahren, aber mir kam es noch deutlich länger vor. Bereits als ich ihn zum ersten Mal vor unserem Wohnheim auf dem Campus sitzen sah – eine Gitarre voller Smiths-Aufkleber und einen zerfledderten *Fänger im Roggen* neben sich –, wusste ich, dass er die Liebe meines Lebens war. Okay, ich selbst hatte das Buch noch nie gelesen und ich kannte auch nur ein, zwei *Smiths*-Lieder aus irgendwelchen Filmen, die im Fernsehen gelaufen waren, aber trotzdem war ich hin und weg. Denn diese beiden Dinge zeigten mir, dass Charlie Wilder, anders als sämtliche Jungs aus meiner Schule, *echten Tiefgang* hatte. Und als er sich von der Bank erhob und ich bemerkte, dass er mit seinen fast 1,90 Meter größer war als ich, selbst wenn ich hochhackige Schuhe trüge, war es endgültig um mich geschehen. Unglücklicherweise aber wurde er nicht auch von Amors Pfeil erwischt.

Ich brauchte fast neun Monate, bis ich genügend Mut gesammelt – oder vielleicht auch genug getrunken – hatte, um ihn anzusprechen, und bis dahin war er schon mit einer anderen liiert. Aber nach zwei Jahren, während derer ich sämtliche Bücher, über die er je gesprochen hatte, las und jedes einzelne Gedicht von Morrissey auswendig lernte, bahnte sich so was wie eine erste zarte Freundschaft an. Und diese Freundschaft wollte ich auf keinen Fall dadurch gefährden, dass ich ihm mit einem Mal gestand, wie hoffnungslos verliebt ich in ihn war. Vor allem, da er selbst die Emotionen, die er mir entgegenbrachte, keinesfalls zu unterdrücken schien. Hin und wieder knutschten wir ein bisschen, wenn wir angetrunken waren, doch wie Amy regelmäßig sagte, knutschte jedes Mädchen irgendwann versehentlich mit seinem besten Freund. Oder schenkte ihm, wenn es Vanessa hieß, eine hübsche Geschlechtskrankheit.

Ganz egal, wohin wir gingen, dachten alle, dass wir zwei zusammen waren. Und wenn es sie überraschte, dass wir zwei nur beste Freunde waren, lachte Charlie jedes Mal und sagte nur, ich wäre viel zu gut für ihn. Dann stimmte ich ihm lachend zu. Und brach innerlich in lautes Schluchzen aus.

Weil ich es schrecklich fand, dass wir nicht mehr als gute Freunde waren. Jeden Sonntag gingen wir gemeinsam in den Pub und aßen so viel Yorkshire-Pudding, bis uns übel war. Er brachte meine Spinnen um, und da er nie ans Sockenkaufen dachte, brachte ich ihm regelmäßig frische Socken mit. Aber immer wenn wir miteinander sprachen – ob es dabei um die Arbeit, Fußball oder um die neuen Starbuck-Specials ging –, wünschte ich, er würde mich an seine Brust ziehen und mir sagen, dass er mehr für mich empfand. Was zugegebenermaßen etwas traurig war. Was mich betraf, gab es zwei Arten Männer auf der Welt – Charlie und den Rest. Und der Rest war mir total egal.

Weshalb vielleicht verständlich ist, dass ich ein bisschen brauchte, um auf seinen nächsten Satz zu reagieren.

Schließlich aber fragte ich: »Moment mal – sonst haben sie niemandem gekündigt? Sonst haben sie niemanden freigestellt?«

»Nein. Du warst die Einzige. Und Michael hat uns eben erst verkündet, dass der Auftrag für die Lufterfrischer-Werbung eingegangen ist. Alle wollten wissen, wo du bist. Das ist einfach völlig krank. Was genau hat er zu dir gesagt?«

Widerstrebend ging ich die Geschichte noch mal durch, und mein Herz sank zwischen meine Füße, als mir klar wurde, was heute früh geschehen war. Sie strukturierten Donovan & Dunning gar nicht um. Die einzige Person, um die sie das Büro verschlankt hatten, war ich. In meinem ganzen Leben hatte ich mich nie so jämmerlich gefühlt. Warum zum Teufel hatten sie mich entlassen? Was hatte ich verkehrt gemacht?

»Ich versuche rauszufinden, was da läuft«, versprach er mir. »Willst du später rüberkommen? Wir könnten uns hoffnungslos betrinken und zusammen *Top Gun* gucken.«

Top Gun fand ich toll.

»Ich könnte auch noch diesen ganzen Mädchenkram besorgen, den du gerne magst. Du weißt schon – quietschsüßen Rosé, diese riesengroßen Cookies und dazu noch irgendwelche Schokolade, die was anderes ist als Mars.«

Auch Mädchenkram war toll.

»Los, Tess, dann wirst du dich besser fühlen. Du weißt selber, dass du rüberkommen willst.«

Und das wollte ich tatsächlich. Nur dass ich es einfach nicht ertragen würde, mich auf seine Couch zu fläzen und dort Schokolade in mich reinzustopfen, die was anderes war als *Mars,* während er ein Stück weiter hockte und mich ein ums andere Mal mit mitleidigen Blicken maß. Das Einzige, was schlimmer war, als jemanden zu lieben, der nicht seinerseits verliebt in einen war, war, jemanden zu lieben, der einen mitleidig ansah.

»Ich glaube, ich will einfach schlafen. Weil ich hundemüde bin.« Ich rollte mich aus meinem Handtuch in das Nachthemd, das wie immer unter meinem Kissen lag. Was machte es schon aus, dass gerade einmal Mittag war? Schließlich war ich arbeitslos. »Wir telefonieren morgen wieder, ja?«

»Auf jeden Fall«, erklärte er in strengem Ton. »Keine Sorge, es wird alles gut. Ich liebe dich, mein Schatz.«

»Ich dich auch«, gab ich zurück, auch wenn mich jedes Wort von seinem letzten Satz zusammenzucken ließ.

Nicht, weil Charlie mich nicht liebte, sondern weil er mich tatsächlich liebte. Aber unglücklicherweise eben auf die falsche Art. »Oh, und Charlie – mir ist klar, was du gleich sagen wirst, aber könntest du wohl dafür sorgen, dass Sandra dem Eichhörnchen noch eine andere Farbe gibt?«

»Du bist einfach ein hoffnungsloser Fall«, stieß er mit einem leisen Seufzen aus. »Aber okay.«

Ich legte auf und hievte meinen Hintern in die Luft, bis ich mich unter die Decke zwängen konnte, die ich mir bis über beide Ohren zog. Amy und Vanessa stritten immer noch, doch außer schrillem Kreischen war nichts zu verstehen. Es klang, als spielten zwei Delfine *Toy Story* nach.

Ich hatte nicht gelogen. Ich war wirklich hundemüde. Morgen früh würde ich wieder aufstehen, meinen Lebenslauf verfassen, mir von Charlie ganz genau erzählen lassen, was bei Donovan & Dunning ablief, und dann all die wunderbaren Jobcenter und Werbeagenturen darüber informieren, dass ich ab sofort für neue, anspruchsvolle Tätigkeiten zur Verfügung stand. Wenn ich erst mal einfach schliefe, sähe morgen sicher alles besser aus. Denn so war's im Kino und im Fernsehen schließlich auch.

3

In den vier Tagen seit meiner Kündigung hatte ich Folgendes gelernt: Erstens, was im Kino funktionierte, musste im realen Leben längst nicht funktionieren. Zweitens, in der Werbebranche lief es wie in *Girls Club – Vorsicht, bissig!* ab. Drittens, vier Tage genügten nicht, damit das Haar anfing, sich selbst zu waschen. Viertens, falls du während dieser Zeit nicht aus dem Bett kommst, riechst du den Gestank nach drei Tagen nicht mehr, deshalb ist drittens eigentlich egal.

Als ich am Dienstag meine Augen aufschlug, war ich munter, zuversichtlich und vor allem fest entschlossen, ein neues Kapitel der Geschichte meines Lebens zu beginnen. Amy meldete sich noch einmal mit Kopfweh krank und suchte einen aufmunternden Mix aus den verschiedenen CDs, die ich gekauft, doch bisher nie gehört hatte, heraus.

Bis zum Mittag hatte ich einen phänomenalen Lebenslauf, telefonisch alle Werbeagenturen Londons informiert, dass ich – jetzt endlich – zur Verfügung stand, und fast sechs – große – Tassen Kaffee in mich reingekippt.

Nachmittags um vier war dieser Lebenslauf an acht verschiedene Jobcenter gegangen, ich war sechsmal auf dem Klo gewesen und der gute Charlie hatte mindestens ein Dutzend widersprüchlicher Gerüchte über meinen »Fortgang aus der Firma« aufgeschnappt. Die drei

Favoriten waren offenbar, dass ich Informationen an die Konkurrenz gegeben hatte, dass ich D&D hatte erpressen wollen, damit sie mich befördern, und – was ich besonders witzig fand – dass Michael mich nach einer Nacht in seinem Bett nach Frankreich hatte reisen lassen, damit ich sein Kind nicht hier gebar. Denn schließlich lebten wir im Jahre 1852, und so machten es die Bosse, wenn eine der Untergebenen von ihnen schwanger war.

Gegen sechs war Amy los zu ihrem gelegentlichen Kneipenjob, Charlie hatte mir das fünfzehnte Gerücht gemeldet (dass ich mich in einen Mann verwandeln ließe und im nächsten Jahr als Terence wiederkäme), und das fünfte Jobcenter hatte mich telefonisch informiert, dass momentan niemand gesucht würde, die Lage ziemlich schwierig und es deswegen das Beste wäre, ließe ich mir eine Umschulung zur Lehrerin von ihnen finanzieren. Also gab ich auf, zog meine Menschenkleider wieder aus, stieg in den Flanellpyjama, den ich schon vor Jahren hätte aussortieren sollen, aß den Kühlschrank leer und schaltete das iPhone, das ich von der Glatze hatte, aus.

Vierundzwanzig Stunden später stellte ich es optimistisch wieder an. Da jedoch die Einzigen, die mit mir hatten sprechen wollen, meine beiden besten Freunde waren, stellte ich es traurig wieder aus. Das einzig Positive war, dass ich genau zum Beginn meines Lieblingsvorabendprogramms im Wohnzimmer erschien und dass Vanessa auf geheimnisvolle Art mit ihrem schicken Silberkoffer und ihrer giftigen Persönlichkeit verschwunden war.

In den letzten drei Tagen hatte ich mein Bett nur ab und zu verlassen, wenn ich aufs Klo musste, um im Kühlschrank nachzusehen, ob dort noch irgendwas zu essen war, oder um mir eine neue Staffel von *Sex and the City* aus dem Wohnzimmer zu holen. In *Sex and the City* wurde niemand jemals freigestellt. Und am Schluss bekamen alle Frauen die Männer, die sie haben wollten. Auch wenn ich wahrscheinlich nie verstehen würde, was an einem Typ wie Steve so reizvoll war. Doch auch wenn ich mich dadurch nicht wirklich besser fühlte, hielt ich jede Folge bis zum Ende durch.

Nach drei Tagen aber kamen Amy und das Universum zu dem Schluss, dass es jetzt reichte.

»Aufstehen, aufstehen, aufstehen!«, kreischte sie und hüpfte auf mein Bett. »Los. Wir haben Samstag, und wir gehen jetzt aktiv gegen dein Elend vor.«

»Das will ich aber nicht.« Ich schubste sie vom Bett und presste mein Gesicht in meinen Kissenhaufen. »Hau am besten einfach wieder ab.«

»Oh nein. Denn du hast schließlich keine ansteckende Krankheit. Was bedeutet, dass du deine Wohnung ruhig auch mal verlassen darfst. Also krabbel endlich aus der Kiste und schwing deinen Hintern, ja?« Sie sprang mir auf den Rücken und schlang mir die Beine um den Leib. Für ihre Größe war sie geradezu erstaunlich stark. »Erst mal musst du duschen. Denn wir haben schließlich jede Menge vor.«

»Das kann nicht sein.« Entschlossen schob ich mich auf alle viere und versuchte, Amy abzuschütteln, doch sie klammerte sich an mir fest, als säße sie beim Rodeo auf einem ganz besonders wilden Pferd. »Lass mich weiterschlafen.«

»Dafür ist jetzt keine Zeit. Ich parke in der zweiten Reihe. Also zieh dich endlich an, du Schmuddelweib.«

Die andere Person, die mich aktiv aus meinem Elend

reißen wollte, musste Charlie sein. Schließlich schaffte ich es, Amy abzuschütteln und die tote Katze, die auf meinem Kopf lag, so zurechtzurücken, dass sie sich zu einem Pferdeschwanz zusammenbinden ließ. Es war nicht so, dass er nicht schon des Öfteren auf meinem Badezimmerfußboden gesessen und mein Haar zurückgehalten hatte, während ich die halbe Kneipe der Toilette überließ, aber trotzdem wollte ich nicht unbedingt wie eine Schlampe vor ihn treten, wenn es irgendwie vermeidbar war. Falls es irgendwie vermeidbar war.

»Wieso parkst du in der zweiten Reihe? Schließlich hast du gar kein Auto.« Blinzelnd blickte ich im grellen Tageslicht auf die phänomenal gebaute Männersilhouette, die vor meinem Fenster stand.

»Es ist wirklich irre, Tess. Aber heutzutage brauchst du nur ins Internet zu gehen, einen Mann zu fragen, ob du dir ein Auto leihen kannst, ihm die Nummer von deiner Kreditkarte zu geben, und, verdammt, schon hast du eins«, erklärte er. Wobei Sarkasmus keine seiner echten Stärken war. Im Gegensatz zu seinem wundervollen, wirren Haar, seinen wundervollen Augen, seinen langen, langen Beinen und der breiten, breiten Brust. Aber ich schweife vom Thema ab.

»Wenn du dich nicht über Nacht in Howard Hughes verwandelt hättest, wüsstest du, dass heute Nachmittag die Taufe meiner Nichte ist, zu der wir eingeladen sind.« Amy lockerte den Würgegriff, in dem sie mich noch immer hielt, rollte sich über das Bett und zog ihre hübsche, kleine Nase kraus. So kerngesund, wie sie mit ihrem leicht zerzausten schwarzen Bob und den vor Anstrengung rosigen Wangen wirkte, war sie das genaue Gegenteil von mir. »Also steh endlich auf und geh unter die Dusche, denn wir fahren gleich nach Norden, ob du das nun möchtest oder nicht.«

Manchmal war das Schicksal einfach ungerecht.

»Amy! Tess!«

Traditionsgemäß sprang meine Mutter auf, als kämen wir aus einem Krieg zurück und hätten nicht erst sechs Minuten vorher angerufen, um zu sagen, dass wir jetzt die Autobahn verließen und in fünf Minuten da wären. Allerdings umarmte sie uns nicht. Aber schließlich hatte sie das auch noch nie gemacht.

»Und Charlie.«

Ebenfalls der Tradition entsprechend wurde er von ihr mit einem ganz besonders riesigen Hallo begrüßt. Weil sie die Einzige auf Erden war, die ihn noch mehr liebte als ich. Ich war mir nicht sicher, ob er ihrer Meinung nach eher mich oder sie selbst hätte heiraten sollen. Natürlich hatte sie schon einen Mann, aber obwohl mein Stiefvater bestimmt der beste Mann auf Erden war, umarmte meine Mutter Charlie wieder einmal eine Spur zu innig. Denn im Gegensatz zu mir umarmte sie ihn jedes Mal.

»Freut mich riesig, dich zu sehen, Julie«, juchzte er. »Und du siehst wieder mal fantastisch aus.«

»Ist dies nicht ein wunderbares Wochenende?« Mum bot Charlie einen Platz an, setzte sich dann selbst wieder an den Tisch, und Amy riss die Tür des Kühlschranks auf, um sich von allem zu bedienen, was dort aufzutreiben war. »Das wird sicher eine wundervolle Taufe. Amy, du musst furchtbar stolz auf deine Schwester sein.«

»Ja, denn schließlich ist es heutzutage eine echte Leistung, wenn man aus Versehen schwanger wird.« Amy trank den ersten Schluck von ihrem Bier. »Und es grenzt fast schon an ein Wunder, dass sie sogar zwei Kinder von zwei verschiedenen Männern hat.«

»Wie gesagt, du bist doch sicher furchtbar stolz auf sie«, wiederholte Mum und fuhr kalt lächelnd fort: »Und was hast du momentan für einen Job? Und gehst du immer noch mit diesem netten Schwarzen aus?«

Ich schüttelte den Kopf und legte mein Gesicht auf den nach Sagrotan und Peinlichkeit riechenden Küchentisch.

»Nein, denn dabei ging es nur um Sex«, klärte Amy meine Mutter auf. Sie liebte es, mit Mum zu streiten. Wobei diese Streitereien immer nur die Vorbereitung auf den Streit mit ihrer eigenen Mutter waren. »Aber du weißt ja, was man sagt – wenn man einmal einen Schwarzen hatte …«

»Nein, das weiß ich nicht, aber es klingt durchaus interessant.« Wie immer langweilte sich Mum bei den Scharmützeln. Deshalb wandte sie sich wieder Charlie zu. »Und wie steht's mit dir, mein Lieber? Was macht deine Arbeit? Kehrt Tess immer noch die Sklaventreiberin heraus?«

Na toll. Ich fand die Stimmung in der Küche bereits angespannt genug.

Doch auf der zweistündigen Fahrt in den siebten Kreis der Hölle hatte ich die beiden anderen eingehend gebrieft. Deshalb wussten sie, dass Mum nicht wusste, dass man mich entlassen hatte, und dass ich auch nicht die Absicht hatte, sie darüber aufzuklären. Anfangs hatte ich mich einfach viel zu sehr vor ihrer Reaktion gefürchtet, und dann war ich zu dem Schluss gekommen, dass es gar nicht nötig wäre, sie unnötig aufzuregen, denn ich hätte sowieso in ein paar Tagen einen neuen, besseren Job. Vor allem aber hatte ich drei Tage pausenlos im Bett verbracht, dort päckchenweise Kekse in mich reingestopft und deshalb einfach keine Zeit für einen Telefonanruf bei ihr gehabt.

Charlie fand, ich sollte es ihr sagen. Aber schließlich dachte Charlie auch, dass meine Mum so nett wie Mary Poppins ist. Und vor allem liebte Charlie meine Mum, weil sie total verschossen in ihn war.

Amy fand, ich sollte es ihr nicht erzählen. Amy fand es kennzeichnend für die Beziehung zwischen mir und meiner Mum, dass mir die Bezeichnung »meine Mum« nur alle Jubeljahre mal über die Lippen kam. Amy konnte meine Mum nicht leiden, weil auch meine Mum nicht wirklich etwas von ihr hielt. Und auch wenn wahrscheinlich niemand schlecht von seinen Eltern denken will, stimmte ich nicht unbedingt mit Charlies, dafür aber durch und durch mit Amys Sicht von meiner Mutter überein. Und irgendwie fand ich es tröstlich, dass es einen Menschen gab, der alles von mir wusste und mich trotzdem liebte, ohne dass er sich aus Gründen der Genetik oder per Gesetz dazu verpflichtet sah. Doch unglücklicherweise hieß das auch, dass Amy all die Streitereien, das Gebrüll und all die Tränen mitbekommen hatte und – so wie es einer besten Freundin anstand – meiner Mutter all den Groll entgegenbrachte, den ich mir verkneifen musste, weil sie nun mal meine Mutter war.

Ich liebe meine Mum und weiß, sie liebt auch mich. Außerdem ist mir bewusst, dass sie mich noch mehr liebt, wenn ich aus ihrer Sicht erfolgreich bin. Erreichte ich bei einer Prüfung achtundneunzig Punkte, wollte meine Mutter von mir wissen, wo die beiden anderen Punkte waren. Bei einer Gehaltserhöhung interessierte sie, warum ich nicht befördert wurde. Und befördert war ich ihrer Meinung nach nur dann, wenn mir eine entsprechende Visitenkarte ausgehändigt worden war.

Sie setzte mich als Mutter immer unter Druck. Doch

immer wenn ich deshalb traurig oder wütend war, versuchte ich, mir einzureden, dass ich mich darüber freuen sollte, dass sie ihre Kräfte darauf konzentrierte, mich erst schulisch und danach beruflich anzuschieben, und vor allem Dankbarkeit empfinden müsste, weil in meiner Kindheit das Reality-TV noch nicht erfunden worden war. Denn dann wäre ich auf alle Fälle spätestens im Alter von sechs Jahren bei *X Factor* gelandet und in einem hautfarbenen Outfit aus BH und Unterhose im Rhythmus von Kelis' *Milkshake* vor der Jury rumgehüpft. Sie meinte es nicht böse, sagte ich mir ein ums andere Mal. Schließlich wünschte sie mir nur das Beste. Wollte, dass ich all die Dinge hätte, die sie niemals hatte. Oder vielleicht war der Ehrgeiz, den sie in mich investierte, auch nur eine Spätfolge von ihrem Lieblingsfilm aus jungen Jahren, *Die Waffen der Frauen.* Denn sie hatte mich ganz sicher nicht aus Zufall Tess genannt.

»Oh, du weißt doch, Tess ist nicht in meinem Team«, erklärte Charlie diplomatisch. »Gott sei Dank. Denn wahrscheinlich würde sie mich total vorführen, weil sie ihre Arbeit selbst so super macht.«

Das hatte er ganz ausgezeichnet formuliert. Mum und ich saßen einander gegenüber und lächelten synchron. Ihre Haare waren nicht so lang wie meine und wurden vor allem allmählich grau, aber unsere Augenfarbe war identisch, und auch meinen Riesenvorbau hatte ich ganz eindeutig von ihr. Meine Größe, meine Neigung, immer alles tausendfach zu überdenken, und das mangelnde Talent, beim Singen auch nur einen Ton zu treffen, hatte ich von meinem Vater, aber davon abgesehen wirkte ich wie Julies Klon.

»Also, was gibt's Neues?«, wandte sie sich jetzt auch

mal an mich. »Was macht dein schickes Eckbüro? Wurden deine neuen Visitenkarten schon gedruckt?«

»Noch nicht«, erklärte ich und gab mir alle Mühe, irgendwelche Lügen zu vermeiden. »Und im Grunde sind die Aufgaben der künstlerischen Leiterin kaum anders als die Aufgaben in meinem bisherigen Job. Nur dass es eben anders heißt.«

Ich schätzte, dass es tatsächlich so war. Denn jeder wusste, dass man frühestens nach einem Jahr in einem neuen Job auch die entsprechende Beförderung bekam.

»Sie sind alle schwer beeindruckt und können es kaum erwarten, dass du selbst ihnen davon erzählst.« Mum trug meine Leistungen immer wie einen Orden vor sich her. »Wir werden deine Schwestern auf der Taufe sehen.«

Juhu.

»Wo ist eigentlich Brian?«, fragte ich nach meinem Stiefvater und sah mich suchend nach dem einzigen nicht durchgeknallten Mitglied der Familie um. Verständlich, dass es zwischen ihm und uns keine genetische Verbindung gab. »Er versteckt sich doch wohl nicht vor uns?«

»Er ist auf dem Golfplatz. Aber er kommt gegen zwei zurück.«

Ich nickte und versuchte, mir nicht anmerken zu lassen, dass ich leicht beunruhigt war. Weil Brian in der letzten Zeit mehr auf dem Golfplatz als zu Hause war.

»Übrigens war Amys Mum vorhin kurz hier und hat gefragt, ob du nicht ein paar Fotos auf der Taufe machen kannst.«

»Das würde ich ja gern, nur leider habe ich die Kamera nicht mitgebracht«, erklärte ich und hoffte, dass sie mich nicht fragen würde, wo das teure Stück geblieben war.

Denn ich hatte die Kamera ja Vanessa letzten Sommer

statt der Miete überlassen. Weil ich nach dem blöden Wochenendausflug mit Charlie, auf dem ich die ganze Zeit allein in unserem Hotelzimmer herumsaß, nachdem er mich sofort nach unserer Ankunft wegen eines blonden Teenies hatte sitzen lassen, blank gewesen war. Die Kamera, die meine Mum sich sehr viel hatte kosten lassen und die mich bei Tag und Nacht begleitet hatte, bis mein blöder Job mir keine Zeit mehr ließ. Die Kamera, die jetzt im Zimmer meiner Mitbewohnerin, der »Fotografin«, lag, und langsam, aber sicher in Vergessenheit geriet.

»Dann muss sie eben jemand anderen finden«, stellte Mum mit einem gleichmütigen Achselzucken fest. »Ich habe Amys Mutter gleich gesagt, dass es nicht nett ist, dich zu fragen. Denn du hast die ganze Woche hart geschuftet, deshalb kann sie ja wohl kaum von dir verlangen, dass du jetzt noch Bilder auf der blöden Taufe ihrer Enkeltochter machst. Ich meine, du bist künstlerische Leiterin in einer großen Agentur. Und wenn Karen so weitermacht, wird dies wohl kaum die letzte Taufe sein. Womit ich dir ganz sicher nicht zu nahe treten möchte, Amy.«

»Kein Problem. Denn schließlich weiß ich selbst, dass meine Schwester eine noch größere Schlampe ist als ich.«

»Sollten wir uns nicht allmählich umziehen?« Ich stand auf, griff meine überstürzt gepackte Reisetasche und fragte mich flüchtig, was für Kleider Amy wohl für mich gefunden hatte, während ich im Bad gewesen war. »Weil wir uns schließlich nicht ums Badezimmer streiten wollen.«

»Meinetwegen.« Meine Mutter mimte die Enttäuschte, weil wir ihr so schnell wieder entkommen wollten, obwohl sie in Wahrheit eher erleichtert war. »Viertel vor drei wieder hier unten, ja? Dann können wir zusammen in die Kirche gehen.«

Na, hoffentlich flippte ich nicht schon vorher aus.

Die Taufe verlief so, wie es bei Taufen auf dem Land wahrscheinlich üblich war. Babys schrien, Mütter säuselten, und die zwei Dutzend Kinder, die sofort nach ihrem achtzehnten Geburtstag aus der Gegend abgehauen waren, standen unbehaglich etwas abseits und erklärten ihren alten Kindergärtnerinnen, weshalb sie noch immer ledig waren.

»Weil wir nicht heiraten können«, klärte Amy unsere Erzieherin, die mittlerweile über siebzig war, mit lauter Stimme auf. »Weil ich und Tess und Charlie eine Dreiergruppe sind und die Gesellschaft unsere Liebe einfach nicht versteht. Weil unsere polyamore Lebensweise nun mal nicht die Regel ist.«

»Eure polya-was?«, fragte Mrs. Rogers sie verwirrt. »Ich kann dir nicht ganz folgen, Amy-Schatz.«

»Das hat uns gerade noch gefehlt.« Stöhnend ließ sich Charlie auf den freien Stuhl an meiner Seite fallen. Inzwischen waren wir in der *Alten Mühle,* die für uns die »wahre Kirche« war. Fast meine gesamte Klasse drängte sich im Wirtshaus, kippte Bier in sich hinein, machte Aufnahmen von Amys neuer Nichte Katniss und stellte sie umgehend bei Facebook ein. Ich hatte gedacht, es wäre wieder mal ein blöder Witz von Amy, dass die Kleine Katniss hieße, aber nein. Ich hätte es ihr sofort glauben sollen. Weil die große Schwester schließlich Bella hieß.

»Was?« Ich stieß mit meiner Diet Coke gegen sein Bierglas und trank einen vorsichtigen Schluck. Wie vorherzusehen war, hatte Amy es beim Packen meiner Tasche alles andere als leicht gehabt. Weil der Inhalt meines Schranks fast ausschließlich aus durch und durch vernünftigen Kostümen, Twinsets oder anderem bürotauglichem Zeug bestand. Weshalb ich nun an einem warmen Sommertag in kniehohen schwarzen Lederstiefeln, einem Minirock mit goldenen Pailletten und in einer weißen Baumwollbluse, die ich vorher dringend hätte bügeln sollen, in einem Pub in Yorkshire auf der Taufe einer Nichte meiner besten Freundin saß.

»Dass Amy durch die Gegend läuft und überall herumerzählt, wir drei wären zusammen.« Er riss an seinem Schlips, obwohl der bereits ziemlich locker saß. »Aber wahrscheinlich ist sie es allmählich leid, dass jeder von ihr wissen will, was aus dem netten Dave geworden ist.«

»Die Frage konnte sie schon fünf Sekunden nach der Trennung nicht mehr hören«, gab ich zurück und stellte mir die unterhaltsamen Gespräche, die ich selbst noch mit Lorraine, der Bibliothekarin, oder Donna aus dem Postamt würde führen müssen, vor. »Jetzt ist ihr einfach langweilig. Warum hat sie uns überhaupt gezwungen herzukommen?«

»Sicher wollte sie dich nur daran erinnern, weshalb ihr gleich nach der Schule von hier abgehauen seid. Und das hat doch ganz sicher funktioniert.« Charlie trank den Rest von seinem Bier und wies auf mein halb leeres Glas. »Ich gehe an die Theke. Willst du auch noch was?«

Lächelnd wischte ich den Schaum von seiner Oberlippe ab. »Noch eine Diet Coke. Mir ist gerade nicht nach Alkohol zumute.«

Er sah dorthin, wo die gute Amy gerade vor den pensionierten Nachbarn ihrer Mutter einen Stepptanz absolvierte. »Du hast doch nur Angst, dass du dann vielleicht auch mal aus dir rausgehst.«

»Ich wäre nicht mal annähernd so unterhaltsam«, gab ich knapp zurück. »Aber danke, dass du mitgekommen bist. Auch wenn das sicher total ätzend für dich ist.«

»Es geht so.« Er stand auf und streckte sich. »Aber schließlich sollte man sich freuen, wenn man Familie hat.«

»Wobei das Gras der anderen immer grüner als das eigene ist.«

Lachend wandte Charlie sich zum Gehen und baute sich inmitten all der anderen Leute, die erheblich kleiner waren, an der Theke auf. Zum ersten Mal war er an Weihnachten des dritten Unijahrs mit mir hier aufgetaucht. Seine Eltern hatten sich zu der Zeit gerade scheiden lassen, und ich hatte angeboten, dass er mit zu meiner Mutter kommen könnte, weil ich aus Erfahrung wusste, dass die Zeit, wenn sich die Eltern trennten, für die Kinder alles andere als lustig war. Nie im Leben hätte ich gedacht, dass er tatsächlich kommen würde. Doch inzwischen war er schon achtmal über die Feiertage mit mir heimgekommen, hatte seinen eigenen Strumpf für die Geschenke sowie einen festen Platz am Tisch, wenn es das Weihnachtsessen gab. Genau wie ich sah Charlie seinen Dad so gut wie nie, seine Mutter war mit seinem Stiefvater nach Malta umgesiedelt, seine Großeltern waren tot, und da er auch keine Geschwister hatte, wurde er alljährlich in der Weihnachtszeit zu einem Ehrenmitglied der Familie Brookes.

»Tess! Du bist tatsächlich hier! Wir hatten schon befürchtet, dass du vielleicht zu beschäftigt wärst!«

Nur eine echte Vollblut-Brookes beherrschte diesen passiv-aggressiven Ton. Ich lenkte meinen Blick von Charlies Arsch auf meine beiden Schwestern, die, die Arme voller Babys, auf der Bildfläche erschienen waren und auf mich heruntersahen.

»Sind das neue Stiefel?«, fragte Melanie, und Liz fügte hinzu: »Ich finde, dass das kurze Haar dir deutlich besser stand.«

»Danke, ihr seht auch gut aus«, erklärte ich und nickte dann den Babys zu. »Hallo.«

»Hier, halt mal.« Melanie, mit ihren sechsundzwanzig Jahren schon eine Ewigkeit verheiratet und Mutter zweier Kinder, hielt mir Töchterchen Tallulah hin. »Sie weiß noch nicht mal, wer du bist. Ist das nicht witzig?«

Ich verkniff mir die Bemerkung, dass Tallulah mit ihren neun Monaten wahrscheinlich nicht mal wusste, wer sie selbst war, setzte ein leicht angespanntes Lächeln auf und nahm dann meine Nichte auf den Arm.

Dann senkte ich den Kopf und flüsterte der Kleinen zu: »Nur spuck mir bitte nicht aufs Hemd. Denn das war ein Geschenk.«

»Du bist einfach ein Naturtalent.« Liz, trotz ihrer zweiundzwanzig schon verlobt, bisher aber leider erst Mutter eines Babys, drückte mir den nächsten Kleinen in den Arm. »Hier, nimm Harry auch kurz, damit ich uns was zu trinken holen kann.«

»Ich kann unmöglich zwei Babys auf einmal halten«, kreischte ich und blickte mich verzweifelt um. »Was, wenn ich mal muss?«

»Das geht dann einfach nicht.« Mel strich sorgfältig die Falten ihres Knitterkleides glatt, sank neben mir auf einen Stuhl, griff nach dem fremden Weinglas neben sich und leerte es in einem Zug. »Willkommen in meiner Welt.«

»Ich habe auf der Fahrt hierher gelesen, dass es sowieso schon viel zu viele Menschen auf der Erde gibt, deswegen kehre ich am besten möglichst umgehend in meine eigene Welt zurück.« Ich wollte ihr Tallulah wiedergeben, aber da ich beide Arme voller Babys hatte, fehlte mir die Hand, um eins der beiden abzuladen. Außerdem verströmte eins der beiden Babys einen wirklich seltsamen Geruch. »Geht's ihnen gut? Ich kann den beiden schließlich nicht in die Gesichter sehen. Wie kriegt ihr das nur hin?«

»Denk einfach nicht zu viel darüber nach, denn sonst lässt du bestimmt eins fallen«, empfahl sie ungerührt. Unsere Haare waren identisch, aber während ich die kupferrote Masse sorgfältig zu einem langen Pferdeschwanz gebunden hatte, stellte sie den Wust aus wilden Locken ungezähmt zur Schau. »Obwohl mir klar ist, dass man dir genauso wenig sagen kann, nicht über irgendetwas nachzudenken, wie man Liz etwas verbieten kann.«

Womit sie wieder mal bei ihrem Lieblingsthema, nämlich ihrer unseligen Position als zweites von drei Kindern, war. Während unsere Mutter mich in unserer Kindheit unbedingt auf die Karriereleiter hatte hieven wollen, hatte unser Stiefvater die süße, kleine Lizzie grenzenlos verwöhnt, und Mel hatte als einzig wahres Scheidungskind alleine mittendrin gesessen, ihren Kopf geschüttelt und voll Ungeduld darauf gewartet, endlich rauszukommen, schnellstmöglich zu heiraten und selbst zu sehen, wie sich eine Familie am besten ruinieren ließ. So weit, so gut. Sie hatte einen Ehemann, ein hübsches Haus, einen Geländewagen von Toyota und zwei Kids. Und obwohl sie mich nicht leiden konnte, mochte ich sie durchaus gern. Weil sie über einen herrlich trockenen Humor verfügte und erschreckend ehrlich war. Wir sahen uns nur selten, hauptsächlich, weil ich am liebsten einen möglichst großen Bogen um die alte Heimat machte und für sie als Mutter zweier Babys eine Fahrt nach London ziemlich stressig war. Trotzdem hätte ich sie, wenn sie nicht schon meine

Schwester wäre, gern als Freundin. Auch wenn das wahrscheinlich etwas seltsam klingt.

»Weiiiin.« Fröhlich kam auch Liz an unseren Tisch zurück und hielt Mel einen Eimer voller Weißwein hin.

»Also, Tess, erzähl mir, wie's dir geht. Du aktualisierst deinen Facebook-Status schließlich nie. Hast du einen Freund?«

Liz hingegen würde ich ganz sicher nicht zur Freundin haben wollen.

»Hat Mel dir schon erzählt, dass ich und Jamie Ende nächsten Monats umziehen? Ganz in ihre Nähe. Ist das nicht genial? Dann wachsen alle unsere Babys miteinander auf. Tja, abgesehen von deinen. Wobei du natürlich, wenn du selber Babys haben möchtest, langsam in die Hufe kommen solltest – du wirst ja schließlich nicht jünger.«

Dass die eigene Halbschwester, die obendrein sechs Jahre jünger war als ich, mich gnadenlos daran erinnerte, dass sich die besten Jahre meiner Eierstöcke langsam, aber sicher ihrem Ende näherten, setzte der beschissenen Woche noch das Sahnehäubchen auf.

»Hat Charlie eine Freundin?«, fragte sie und zupfte ihren blonden Pferdeschwanz zurecht. Sie war die Einzige von uns, die von den dunklen Haaren und dem großen Vorbau unserer Mum verschont geblieben war. »Vielleicht gibt er sich ja als Samenspender her, wenn er verzweifelt genug ist. Ich könnte ja mal mit ihm reden, wenn du willst.«

»Ich kann dir auch den Hals umdrehen«, bot ich an und sehnte mich danach, endlich die Babys wieder loszuwerden. Vorzugsweise das, das mittlerweile wirklich verdächtig stark roch. »Und außerdem ist Charlie nicht verzweifelt.«

Meine Schwestern tauschten vielsagende Blicke miteinander aus.

»Und ich genauso wenig«, fügte ich hinzu.

»Weißt du, dass hier das Gerücht die Runde macht, dass du und Amy lesbisch seid?« Liz trank einen Schluck von ihrem Wein und sah mich aus zusammengekniffenen Augen an. »Aber ich habe Karen gesagt, dass das totaler Blödsinn ist. Weil ihr nicht lesbisch seid. Oder vielleicht doch?«

»Nein, wir sind nicht lesbisch, Liz. Aber als viel beschäftigte Karrierefrauen gehen uns eben andere Dinge als Babys und Freunde durch den Kopf.« Obwohl das sogar stimmte, klang es wie eine Entschuldigung. »Und bestimmt hat Amy selber das Gerücht verbreitet, damit Karen sich blamiert, wenn sie es rumerzählt.«

»Dann läuft es also gut in deinem neuen Job?«, übernahm jetzt meine andere Schwester das Verhör und eins der Babys. Wenn auch leider nicht das stinkende. Und auf meinen bitterbösen Blick hin fing Tallulah einfach laut zu schmatzen an. So respektlos konnte man in dem Alter doch sicher noch nicht sein.

Tapfer setzte ich zu einer Lüge an. »Ja, klar. Warum?«

»Weil ich dir eine Mail geschrieben habe, die zurückgekommen ist.«

Verdammt. Sie hätte mir doch einfach Blumen schicken können oder so.

»Um, der Server hatte ein Problem.«

»Aber nur mit deinen Mails? Weil meine Mail an Charlie angekommen ist.«

So viel dazu, dass ich sie gut leiden konnte. Neben ihrem Haar und ihrem Vorbau hatte Mel von unserer Mum die Fähigkeit geerbt zu wittern, wenn etwas nicht stimmte, und sich so lange in einer Sache zu verbeißen, bis sie wusste, was geschehen war.

»Ich wollte auf der Taufe nicht darüber sprechen …« Amy sagte immer, dass es gut war, eine Lüge damit zu beginnen, sich vor seinem Gegenüber in ein möglichst gutes Licht zu rücken. Denn dann stand man einfach besser da. »… aber ich arbeite dort gar nicht mehr.«

»Und wo arbeitest du dann?« Die zwei starrten mich an, als wüssten sie die Antwort schon, müssten aber trotzdem dringend hören, wie sie auch mir selbst über die Lippen kam.

»Nirgends«, gab ich leise zu. »Ich wurde freigestellt.«

Mel rang nach Luft, und Liz riss mir Tallulah aus dem Arm, als fürchte sie, sie stecke sich mit meiner Krankheit an.

»Du weißt, dass das nicht deine Tochter ist?«, hakte ich vorsichtshalber nach.

»Mum!« Liz schnappte sich den Arm von unserer Mutter, die in diesem Augenblick an ihr vorüberlief. »Tess hat ihren Job verloren.«

»Oh, verdammt.« Ich presste eine meiner Hände gegen meine Stirn und hoffte inständig auf einen Herzanfall oder etwas in der Art. Denn für diese Unterhaltung fehlte mir im Augenblick einfach die Kraft. Ich verfluchte meine Freundin innerlich, weil ich nur ihretwegen hier gelandet war, und wünschte Charlie irgendeine widerliche Krankheit an den Hals, denn schließlich hatte er uns herchauffiert. Meine Mutter starrte mich entgeistert an und ließ ihr Glas mit Rotwein auf den Fliesenboden krachen, denn womöglich hatte irgendwer die Worte meiner Schwester nicht gehört. Es zerbrach (war also bestimmt nicht aus Kristall), und jede von uns Töchtern bekam ein paar Flecken von der roten Plörre ab.

»Was will sie damit sagen, Tess?« Mum sah aus, als hätte sie soeben einen Schlaganfall gehabt. Ich hoffte nur, das wäre nicht der Fall. »Was soll das heißen, du hast deinen Job verloren?«

»Ich hätte es dir später sagen wollen, nach …« Ich zeigte auf den Raum, in dem inzwischen Todesstille herrschte, und fuhr fort: »Ich wurde freigestellt.«

Sofort setzte das Tuscheln ein. Denn zwar kannte jeder irgendwen, dem irgendwann einmal gekündigt worden war, aber Tess Brookes? Die sofort nach der Schule in die Großstadt abgehauen war? Zu irgendeinem ach so tollen Job? Das hätten sie niemals gedacht.

»Aber sie haben dich doch gerade erst befördert.« Das Gesicht von Mum war immer noch erschreckend grau.

»Nein«, gab ich in möglichst ruhigem Ton zurück. Nur gut, dass ich nie überreagierte. Denn genauso furchtbar hatte ich mir den Moment der Wahrheit ausgemalt.

»Ich kann einfach nicht glauben, dass du mir das antust«, fuhr mich meine Mutter zähneknirschend an. »Kann einfach nicht glauben, dass du einfach auftauchst und mir so etwas erzählst, als wäre das total normal. Ich kann nicht glauben, dass du mich vor all meinen Freunden derart blamierst.«

Obwohl Mum mich gar nicht ansah, lenkte ich den Blick aus meinen tränenfeuchten Augen auf den Boden, wo der Rotwein, den sie dort verschüttet hatte, einen dunkelroten Fleck auf der Papierserviette, die dort jemand hatte fallen lassen, hinterließ. Es gab so viele Dinge, die ich hätte sagen wollen. Wie zum Beispiel, dass ich es ihr ganz sicher nicht vor allen Leuten hätte offenbaren wollen. Das hatte Liz getan! Plötzlich kam ich mir wieder wie mit fünfzehn vor. Denn auch damals hatte Liz mich immer schon verpetzt. Doch genau wie damals wusste ich, es wäre völlig sinnlos, jetzt etwas zu sagen. Weil sie noch nicht fertig war.

»Sitz nicht einfach flennend rum. Was hast du getan?«

Nachdem sie den Schaden angerichtet hatte, tauschte Liz ihr Baby gegen das von Mel, murmelte, sie müsste Harry frisch machen, und schlenderte davon. Mel drückte mir noch aufmunternd die Schulter, machte sich dann aber ebenfalls so schnell wie möglich aus dem Staub.

Genauso hatte sie es damals schon gemacht.

Und wo steckte Amy, wenn ich sie mal brauchte?

»Ich habe *nichts* getan – sie haben einfach Stellen abgebaut«, erklärte ich. Wobei es mir nicht gerade nützte, dass ich selbst nicht wirklich wusste, was genau geschehen war. »Ich habe nichts verkehrt gemacht.«

»Also bitte, Menschen werden nicht einfach ohne Grund gefeuert, Tess«, fuhr meine Mutter fort, während eine fremde Sechzehnjährige, die sicher auf dieselbe Schule wie ich selbst vor einer Ewigkeit ging, mit einem Lappen für den Rotweinfleck am Boden kam. »Ich hätte wissen müssen, dass etwas nicht stimmt, als du in diesem Aufzug in die Küche kamst.«

Da hatte sie vollkommen recht. Seltsam, dass mein Aufzug ihr nicht schon viel eher aufgefallen war.

»Ich fasse es ganz einfach nicht. Nach allem, was ich für dich getan habe?«

»Und was? Was hast du je für sie getan?«

Jetzt endlich tauchte Amy auf, und wieder senkte sich erwartungsvolle Stille über den gesamten Raum.

»Was genau hast du getan?« Entschlossen baute sie sich zwischen mir und meiner Mutter auf, stemmte ihre Hände in die schlanken Hüften und stampfte mit einem ihrer winzig kleinen Füße auf. »Abgesehen davon, dass du sie in den vergangenen zwanzig Jahren immer nur unter Druck gesetzt hast?«

Sie waren beide genau gleich groß. Ich hatte schon seit Jahren wissen wollen, wer von ihnen wohl als Siegerin aus einer Schlägerei hervorgehen würde, und so, wie es aussah, fände ich es vielleicht gleich heraus.

»Ich weiß, das ist nicht leicht für dich, aber bitte misch dich nicht in Dinge ein, die dich nichts angehen, Amy.«

Interessant. Jetzt spielt Mum also die Mutterkarte aus.

»Könntet ihr wohl beide aufhören?«, mischte ich mich möglichst ruhig in ihren Streit ein. »Können wir darüber nicht zu Hause diskutieren? Dies ist schließlich … Katniss' großer Tag.«

Was selbst in meinen Ohren ziemlich albern klang.

»Das werden wir auf jeden Fall«, erklärte Mum und starrte Amy bitterböse an. »Und vor allem werden wir darüber diskutieren, warum du deine Mutter angelogen hast. Und Amy, du schläfst heute Nacht vielleicht besser bei dir daheim und nicht bei uns.«

Ehe Amy etwas sagen konnte, machte Mum auf ihren flachen Schuhen kehrt, marschierte aus dem Pub und warf die Tür hinter sich zu.

Kaum dass sie verschwunden war, endete die Stille und die anderen Gäste tauschten sich mit angeregten Stimmen über das Geschehen aus.

Wahrscheinlich sollte ich mich freuen. Denn ohne den Verlust meines Jobs hätten sich die Leute sicher nicht so prächtig amüsiert.

»Sorry.« Amy kletterte mir auf den Schoß und lehnte ihren Kopf an meine Schulter. Weil sich so der Chor der Lästermäuler, die von uns als Lesben sprachen, garantiert am ehesten zum Verstummen bringen ließ. »Ich konnte einfach nicht mitanhören, wie sie dich angefahren hat.«

»Oh, ich glaube nicht, dass du die Lage dadurch sehr verschlimmert hast.« Ich tätschelte ihr aufmunternd den Kopf. »Und früher oder später hätte sie es sowieso herausgefunden.«

»Ja, wahrscheinlich. Aber trotzdem tut es mir leid, dass ich dich gezwungen habe mitzukommen«, stieß sie schniefend aus. »Ich dachte, wenn du herkommst und die ganzen Loser siehst, würdest du daran erinnert, wie fantastisch unser Leben ist.«

Als sie meinen ungläubigen Blick bemerkte, schränkte meine Freundin schulterzuckend ein: »Okay, zumindest meins.«

Stöhnend stand ich auf und sah sie an. »Ich brauche etwas frische Luft. Bist du okay? Ich habe dich vorhin für Mrs. Rogers tanzen sehen. Das waren echt coole Moves.«

»Könntest du vielleicht mal aufhören, dir Gedanken über mich zu machen, und zur Abwechslung mal an dich selber denken?« Amy strich ihr viel zu kurzes rotes Röckchen glatt und rückte ihren schwarz schimmernden Bob zurecht. »Denn mir geht's schließlich immer gut.«

Was nicht gelogen war.

Ich blickte sie mit einem Lächeln an, und ohne auf die feixenden Gesichter meiner alten Klassenkameradinnen zu achten, stapfte ich zum Notausgang und flüchtete mich vor dem Chaos, das dort schuldlos von mir angerichtet worden war.

4

Direkt hinter der *Alten Mühle* lag der Mühlteich, ein so winziges Gewässer, dass die Grenze zwischen der verruchten und der anständigen Seite fließend war. Doch natürlich hingen all die coolen Kids in ihrer Freizeit auf der schlimmen Seite ab und kippten irgendwelchen Billigfusel in sich rein, während auf der anständigen Seite Großmütter mit ihren Enkelkindern standen und dort altes Brot ins Wasser warfen, um den Enten anschließend beim Fressen zuzusehen. Auch ich selbst hatte den Enten unzählige Male altes Brot und trockene Brötchen mitgebracht, erst mit meiner Oma und später allein.

Ich drehte langsam eine Runde um den Teich und suchte mir dann eine Bank zwischen den beiden Polen, denn mit meinem wirren Outfit hätte ich wahrscheinlich weder zu den coolen Kids noch zu den alten Frauen und Kleinkindern gepasst. Die coolen Kids hätten mich sicher viel zu alt gefunden, um mit ihnen abzuhängen, und mich zutreffenderweise als zu uncool eingeschätzt, um für sie die nächste Flasche Billigwodka zu erstehen, und die Omas hätten sicher nicht gewollt, dass ihre Augensterne sich mit einer Fremden unterhielten, die wie eine Stripperin auf dem Weg zu ihrem Job in einem Call Center gekleidet war. Aber das war mir egal. Denn im Grunde war ich völlig taub. Und zugleich gingen mir derart viele Dinge durch den Kopf, dass ich nichts anderes tun konnte, als hier zu sitzen, nicht darauf zu achten, dass die Holzsplitter der Bank mir in die Oberschenkel piksten, und gelegentlich ein leises Quietschen auszustoßen, weil ein lautes Schluchzen mir zu peinlich war. Ich fragte mich, ob ich vielleicht einfach nicht mitbekommen hatte, dass ein fürchterliches astrologisches Ereignis stattgefunden hatte, von dem alle Steinböcke betroffen waren, kam dann aber zu dem Schluss, dass das höchst unwahrscheinlich war. Denn auch Kate Middleton war Steinbock, und von einer ähnlich grauenhaften Wendung ihres Lebens hätte ich doch sicher etwas in den Nachrichten gehört.

Ich streckte meine Finger aus, als säße ich vor einem Laptop, und versuchte, in den Arbeitsmodus umzuschalten. Denn ich war hellwach und blitzgescheit, wenn ich im Arbeitsmodus war.

Wenn ich noch eine Arbeit hätte und ein funktionierendes Mitglied der Gesellschaft wäre, würde ich doch sicher einen Weg finden, die Scherben meines Lebens so zu kitten, dass sich eine Selbsthilfekampagne damit starten ließ.

Doch mit welchem meiner zahlreichen Probleme finge ich am besten an? Ich hatte keinen Job, ich hasste meine Mitbewohnerin und wurde meinerseits von meiner Mum gehasst, war in meinen besten Freund verliebt, der seinerseits nicht mehr als freundschaftliche Zuneigung für mich empfand, und – als wäre das nicht bereits schlimm genug – hatte nicht einen Hauch von Leben. Nicht die allerkleinste Schrulle, die sich irgendwie zu einem liebenswerten Markenzeichen machen ließ. Als Marke war ich weniger begehrenswert als Skoda, und selbst mir fiele es schwer, mich an den Mann oder die Frau zu bringen, so wie ich war. Aber es war nicht unmöglich – ich bräuchte lediglich ein neues Image, weiter nichts. Und schließlich hatten alle Unternehmen, die erfolgreich waren, auch irgendwann einmal ein Tief. Selbst Apple hätte einmal fast Bankrott gemacht. Und wenn sogar *Old Spice* inzwischen wieder cool war, musste auch ich selbst zu retten sein.

Aber was für eine Marke war Tess Brookes?

Wegen dieser Frage hatte ich bisher noch nie eine Kontaktanzeige für das Internet erstellt. Denn wie hätte ich mich selbst beschreiben sollen? Ich war loyal, gewissenhaft und kreativ und konnte logisch denken. Ich fand immer eine Lösung, selbst für ein besonders kniffliges Problem, wusste immer, wie ich einen Kunden glücklich machen konnte. Außer wenn dieser Kunde ich selbst war. Auch mein Aussehen war nicht sonderlich bemerkenswert – abgesehen von meinen grauenhaften Haaren und meinen enormen Brüsten, was mir jedoch beides eher peinlich war. Es gab also nicht eine Sache, von der jemand sagen würde: »Das ist einfach typisch Tess.« Ich hatte keine Lieblingsband, kein Lieblingsbuch und sah mir selbst im Fernsehen einfach an, was gerade lief. Ich kannte sämtliche Statistiken, die es in England gab, und könnte genau erzählen, was die Menschen dazu brachte, Coca-Cola Pepsi vorzuziehen, doch ich hätte nicht sagen können, ob mir selber Tupfen oder Streifen lieber waren. Ich wusste jede Menge über alle anderen Leute, doch nicht das Geringste über mich. Und wie sollte ich jemanden dazu bringen, mich zu kaufen, wenn es nichts zu kaufen gab?

»Da bist du ja.«

Ich blickte auf und sah, dass Charlie stirnrunzelnd in meine Richtung kam. Trotz der Falten war er einfach wunderwunderschön.

»Ich habe dich schon überall gesucht.«

»So weit war ich doch gar nicht weg.« Ich sah mich

um. Ich saß keine fünf Minuten vom Lokal entfernt. Denn selbst wenn ich traurig war, war ich entsetzlich faul. »Schade, dass du die phänomenale Szene zwischen mir und meiner Mum nicht mitbekommen hast.«

»Ich habe es gehört. Ich war nur auf dem Klo.« Seufzend setzte er sich neben mich, zog seinen Pulli aus und hängte ihn mir um. »Aber hinterher hast du verpasst, wie Amy sich das Baby an die Brust gedrückt und *Circle of Life* gesungen hat. Ich schätze also, wir sind quitt.«

»Mein Gott, ich bin doch erst seit einer halben Stunde weg.« Ich lachte und versuchte, mich nicht allzu sehr zu grämen, weil ich nicht dabei gewesen war, als Amy einen meiner Lieblingshits aus einem meiner Lieblingsfilme sang. Doch im Grunde waren alle Disney-Filme toll. So! Da hätten wir's. Ich wusste doch etwas von mir. Nämlich, dass ich achtundzwanzig, arbeitslos und Single war und Trickfilme für Kinder liebte. Wenn ich bei der Arbeit wäre, würde ich versuchen, mir ein neues Katzenfutter und dazu noch eine wunderhübsche Strickjacke aus möglichst weicher Wolle anzudrehen. Am besten legte ich mir einen neuen Namen zu und zöge um – denn ein besserer Imagewechsel wäre wohl nicht für mich drin.

»Ich habe mir Sorgen um dich gemacht.« Charlie stieß mich aufmunternd mit seiner Schulter an. »Weil du schließlich eine echt beschissene Woche hattest, Brookes. Wie kommt's, dass du noch nüchtern bist?«

»Ich habe einfach nicht daran gedacht, mir was zum Trinken mitzunehmen. Schließlich kenne ich mich nicht so gut mit diesen Dingen aus.«

»Zum Glück hast du ja mich«, erklärte er und zeigte die halb volle Wodka-Flasche, die mir bisher gar nicht aufgefallen war.

»Du bist wirklich clever.« Dankbar griff ich nach der Flasche und genehmigte mir einen möglichst großen Schluck. Obwohl ich Alkohol nicht wirklich gut vertrug. Ich liebte einen guten Drink, nur leider liebten mich die Drinks anscheinend nicht. Die beiden Becher Sekt, die ich mir Montag nach der Kündigung genehmigt hatte, waren der erste Alkohol, den ich seit Monaten getrunken hatte, aber da ich schon ein neues Image brauchte, ginge ich am besten alle Möglichkeiten durch. Vielleicht wäre die neue Tess ja eine Trinkerin. Vielleicht würde sie ja lernen, wie man schicke Cocktails mixte, und allwöchentliche all ihre Freunde zu sich einladen. Oder vielleicht tränke sie auch Whiskey und hätte auf ihrem Schreibtisch stets eine Karaffe stehen. Oder vielleicht säße sie auch auf der Bank am schlimmen Mühlteich-Ufer und kippte dort Billigwodka in sich rein.

»Behalt ihn drinnen.« Charlie rieb mir aufmunternd den Rücken und nahm mir die Flasche ab. »Spuck ihn ja nicht wieder aus.«

»Himmel, ist das eklig«, stieß ich hustend aus, während das Zeug mir in der Kehle brannte. Vielleicht sollte ich die Ausbildung zur Säuferin lieber mit etwas anderem als Billigsekt und Billigwodka anfangen. »Trotzdem danke.«

»Nichts zu danken.« Charlie zuckte nicht zusammen, als er einen Schluck aus unserer Flasche nahm, bevor er sie mir zurückgab. Die Sonne ging allmählich unter, und das Treiben am verruchten Teichufer nahm merklich zu. »Also, was sollen wir mit dir machen?«

»Keine Ahnung.« Ich versuchte, ihn mit einem Lächeln anzusehen. »Genau die Frage habe ich mir gerade selbst gestellt.«

»Wenn du eine Kundin wärst, würde ich zuerst versuchen rauszufinden, was du mit deiner Kampagne überhaupt erreichen willst«, erklärte er, und während ich den zweiten Schluck aus der Flasche nahm, sah ich aus dem Augenwinkel, dass er sich die rechte Augenbraue rieb. Das hieß, er dachte nach. Wenn er sich das Kinn massierte, war er eher verwirrt. Und wenn er nickte und sich gleichzeitig im Nacken kratzte, hörte er nicht richtig zu. Es gab nichts an diesem Mann, was ich nicht wusste.

»Also, sag mir, was du willst.«

Genau aus diesem Grund waren wir seelenverwandt. Weil er meine Probleme auf genau dieselbe Weise lösen wollte wie ich selbst.

»Meinen Job«, gab ich zurück.

»Das kannst du dir abschminken.« Er schlug mir auf den nackten Schenkel, und ich durfte nicht vergessen, beleidigt zu gucken, statt von dieser Geste angeturnt zu sein. »Als Kundenbetreuer muss ich dir ehrliches Feedback geben und dir aufzeigen, was machbar oder was nicht machbar ist. Dein alter Job ist endgültig vom Tisch. Sag mir also, was du sonst noch willst?«

»Im Grunde nichts«, erklärte ich und klemmte die inzwischen warme Flasche zwischen meinen Knien fest. »Wenn ich meinen alten Job zurückbekäme, wäre wieder alles so wie früher, und ich könnte weitermachen wie bisher. Das wäre perfekt.«

»Wenn uns diese Woche eins gezeigt hat, dann, dass es für dich bisher ganz sicher nicht perfekt gelaufen ist«, klärte mich Charlie unbarmherzig auf, drehte sich zu mir herum und presste dabei eins von seinen Knien an mein Bein. »Jeden Tag verlieren Menschen ihre Arbeit, Tess. Aber deshalb legen sie sich nicht gleich vier Tage ins Bett.

Sie gehen zu ihren Freunden, fahren in Urlaub, lesen dicke Bücher oder schreiben vielleicht sogar selbst einen Roman. Oder sie starten einen Blog. Sag mir, was dich abgesehen von der Arbeit glücklich macht.«

Damit meinte er ganz sicher nicht sein Knie an meinem Bein.

»Du?«, stieß ich mit leiser Stimme aus.

»Ich?«

»Du und Amy?«, korrigierte ich und hätte mir am liebsten selber eine Ohrfeige verpasst.

Charlie nickte kurz und nahm mir dann die Flasche wieder ab. Die mit altem Brot gefüllten Enten auf dem Teich schwammen langsam Richtung Schilf, weil es für sie allmählich Zeit zum Schlafen war.

»Ich glaube, du bist es zu sehr gewohnt, über die Lösung von Problemen nachzudenken, um zu wissen, wie man sie am Schluss dem Kunden präsentiert. Das ist mein Job.« Tröstend nahm er meine Hand. Seine Hand war fast so weich wie meine, aber viel, viel größer, und, ein wenig angeturnt vom Wodka, unserer Nähe und meinem absurden Outfit, drehte ich mich zu ihm um und sah in seine großen braunen Augen. Denn sie waren einfach wunderschön.

»Also, ich werde dir sagen, was ich sehe. Du bist eine wunderschöne, hochintelligente, aber trotzdem witzige Person. Du hast zu hart gearbeitet, dir zu viel aufgehalst und machst dir einfach zu viele Gedanken über die Erwartungen von anderen Leuten. Außerdem machst du dir viel zu viele Sorgen um die Menschen, die dir nahestehen, und lebst mit einer Irren unter einem Dach, aber davon abgesehen, sind die grundlegenden Elemente alle da.«

Wunderschön. Er fand mich wunderschön.

»Wofür?«, fragte ich ihn.

»Für ein Leben«, gab er gut gelaunt zurück. »Du weißt gar nicht, was für eine tolle Frau du bist.« Er wusste, dass mein leises Wimmern zeigte, dass ich kurz vor einem Tränenausbruch stand, und fuhr entschlossen fort: »Du hast einen unglaublichen Ehrgeiz und setzt alles dran, um deine Ziele zu erreichen. Und jetzt musst du diese Energie einfach in eine neue Richtung lenken, auf ein neues Ziel. Ich sage nicht, dass dir dein Job egal sein sollte, denn das sollte er ganz sicher nicht. Ich sage nur, dass es daneben auch noch andere Dinge geben sollte, die dir wichtig sind. Es darf nicht nur eine Sache geben, die dich glücklich macht.«

»Bist du denn glücklich?«, fragte ich und hielt weiter seine Hand. Ich hatte etwas Angst, ich ließe sie womöglich niemals wieder los. »Ich meine, bist du im Allgemeinen glücklich?«

»Ja, das bin ich. Ich mag meinen Job, ich habe gute Kumpels und auch meine Wohnung sagt mir zu. Natürlich gibt es Dinge, die ich gerne ändern würde, aber im Großen und Ganzen kann ich mich beim besten Willen nicht beschweren. Und wie steht's mit dir?«

»Ob ich glücklich bin? Ich glaube nicht, dass ich je wirklich glücklich oder unglücklich gewesen bin.«

Das Geständnis war nicht leicht für mich, doch sobald die Worte ausgesprochen waren, wusste ich, dass sie die Wahrheit waren.

»Was würdest du in deinem Leben ändern wollen?«, fragte ich und wartete auf ein Gefühl von Trunkenheit. Denn plötzlich wollte ich um jeden Preis betrunken sein. »Du hast gesagt, es gäbe Dinge, die du gerne ändern würdest.«

»Oh, du weißt schon.« Charlie drückte mir die Hand und scharrte mit der Spitze seines Schuhs im Dreck unter der Bank. »Ich hätte gerne eine eigne Wohnung. Hätte gern, dass Arsenal die Meisterschaft gewinnt. Und eine superheiße Freundin, die für mich die Wäsche macht, damit ich immer saubere Socken habe, wäre nett.«

»Ich bin es langsam leid, dass ich dir ständig neue Socken kaufen muss. Was machst du mit den Dingern? Isst du sie zum Abendbrot?« Ich stieß so etwas wie ein Lachen aus, lehnte mutig meinen Kopf an seine Schulter an und atmete tief ein. Er trug das Aftershave, das er an Weihnachten von mir bekommen hatte, und roch kühl und würzig und vor allem wunderbar vertraut. Schmetterlinge flatterten in meinem Magen, meine Fingerspitzen fingen an zu kribbeln, und ich fuhr mit rauer Stimme fort: »Du würdest problemlos eine heiße Freundin finden, wenn du wirklich eine wolltest. Denn du bist einfach ein toller Mann.«

»Und du bist eine tolle Frau.« Er legte seinen Kopf auf meinen, und während sich unsere kupferroten Locken mischten, schlang er einen Arm um meine Schultern und fügte hinzu: »Das ist dir nur nicht klar.«

»An mir ist gar nichts toll«, erklärte ich und übersah die Teenies, die begierig auf die Flasche starrten, die ich in den Händen hielt. »Ich bin schließlich aus gutem Grund allein.«

»Du hast doch mich«, erklärte er. »Du bist also ganz sicher nicht allein.«

Ich lachte laut. »Jetzt komm mir bloß nicht so.«

Wir saßen nicht zum ersten Mal auf einer Bank und kippten irgendwelchen Fusel in uns rein. Nicht zum ersten Mal versuchte einer von uns zweien, dem anderen in einer Krise beizustehen. Doch mit einem derart durchdringenden Blick aus seinen wunderschönen Augen hatte er mich nie zuvor bedacht. Und nie zuvor hatte sein Daumen zärtlich meinen Handrücken gestreichelt und sein Herz noch schneller als mein eigenes Herz geklopft.

»Wir haben uns, nicht wahr?«

Ich spürte die Gänsehaut an meinen nackten Beinen und drehte mich um, um ihn genauer anzusehen. Auf seinen Wangen lag der erste Anflug rötlich brauner Stoppeln, und die dunklen Augen waren vom frühen Aufstehen, der weiten Autofahrt und dem genossenen Alkohol etwas gerötet, als er seinen Kopf an meine Stirn legte und mich mit leiser Flüsterstimme fragte: »Oder, Tess?«

Worte waren mein Ding. Worte waren mein Job. Ich verwendete sie jeden Tag, manipulierte sie, formte sie um, brachte sie dazu, im Kreis zu tanzen, aber jetzt halfen mir Worte nicht weiter. Und statt etwas Schlaues oder Witziges zu sagen, holte ich tief Luft und küsste ihn.

Während eines Augenblickes hätte ich nicht sagen können, wer von uns schockierter war. Wir saßen völlig reglos da, und ich schmiegte mich an Charlie und presste meine kalten Wodkalippen fest auf seinen kalten Wokamund.

Und dann küsste Charlie mich zurück.

Erst so sachte, dass ich mir nicht sicher war, ob ich mich vielleicht täuschte, aber dann nahm ich die fast unmerkliche Bewegung seiner Zungenspitze und die Wärme seines Atems wahr.

Ich hatte mich zehn Jahre lang gefragt, was für ein Gefühl es wäre, einen Zungenkuss von Charlie Wilder zu bekommen, und jetzt wusste ich, es fühlte sich fantastisch an.

Er verstärkte seinen Griff um meine Schultern, legte seine andere Hand an mein Gesicht und setzte die Erforschung meines Mundes fort.

Ich schlang ihm die Arme um den Hals, und in meinem Innern juchzte eine laute Stimme: »Und jetzt lassen wir uns nie mehr los!«

Neben Wodka schmeckte ich noch Bier in seinem Mund. Ich hasste Bier, doch das war jetzt egal. Denn ich küsste Charlie Wilder, und er küsste mich zurück.

»Warte.« Trotzdem machte ich mich von ihm los und stieß mit schmerzerfüllter Stimme aus: »Du küsst mich doch nicht einfach, weil ich traurig bin?«

»Ich glaube nicht«, erwiderte er rau und gerade atemlos genug, dass mein Herz einen beglückten Trommelwirbel schlug.

»Und du küsst mich auch nicht nur, weil du betrunken bist?« Ich musste diese lächerlichen Fragen einfach stellen. Dabei war es völlig schnurz, falls er mich küsste, weil er was getrunken hatte.

Manchmal hasste ich mich selbst.

»Vielleicht. Zum Teil«, räumte er ein und küsste mich erneut. »Könntest du wohl bitte aufhören, so lange darüber nachzudenken, bis die Stimmung dahin ist?«

»Nein«, gab ich zurück, presste ihm aber gleichzeitig ein Lächeln auf den Mund. »Du weißt doch, wie ich bin.«

Circa vier Sekunden nach Beginn des zweiten Kusses hörten wir die Kids am Ufer grölen, und obwohl der Sonnenuntergang am Mühlteich das mit Abstand schönste und romantischste Ereignis der Umgebung war, turnte einen das Gegröle ziemlich ab.

»Zu dir oder zu mir?«, erkundigte sich Charlie, und ich

hielt für kurze Zeit den Atem an. Denn die Bedeutung dieser Frage war mir hinlänglich bekannt.

»Zu dir geht ja wohl schlecht«, gab ich in amüsiertem Ton zurück. Er sollte ja nicht mitbekommen, dass ich mir vor Angst fast in die Hosen machte. Denn mein letzter Sex war fast zwei Jahre her und hatte mir nicht wirklich Spaß gemacht. Aber dies war mehr als nur ein beiläufiger Beischlaf nach einer beschissenen Party, um in dieser Hinsicht nicht vollkommen einzurosten. Dies war Charlie Wilder. Und von Sex mit Charlie Wilder hatte ich bereits seit einer halben Ewigkeit geträumt.

»Wir könnten auch die Rückbank meines Wagens nehmen.«

Unsicher, ob das ein Scherz war, und vor allem unsicher, ob er jetzt Scherze machen sollte, machte ich mich von ihm los.

»Aber auch wenn das zum Teenie-Thema dieses Tages passen würde, würde ich es vorziehen, mit dir ins Bett zu gehen«, klärte Charlie mich mit leiser, rauer Stimme auf. Diese Stimme hatte ich noch nie bei ihm gehört. »Ist das nicht wirklich seltsam?«

Allerdings. Genauso seltsam, wie bereits der ganze Tag gewesen war. Ich saß in einem Minirock mit goldenen Pailletten am Mühlteich und knutschte mit einem Jungen, den ich seit der ersten Nacht auf der mit einer Gummimatte überzogenen Matratze meines Bettes im Studentenwohnheim hatte küssen wollen. Ich hätte sagen sollen, dass es nicht so eilig ist. Hätte sagen sollen, wir könnten nicht ins Haus meiner Eltern schleichen, um in dem Etagenbett in meinem alten Kinderzimmer Sex zu haben.

Aber warum eigentlich nicht? Ich hatte einen guten Teil der Flasche Billigwodka intus, und der tolle Charlie

Wilder wollte mit mir schlafen. Plötzlich war ich wieder achtzehn. Und was gleich geschähe, wäre ganz allein die Schuld meines Pailletten-Minirocks.

»Das ist überhaupt nicht seltsam«, widersprach ich ihm, sprang auf und zog ihn von der Bank. »Nun komm schon mit.«

Und plötzlich waren wir ein Paar.

5

Am nächsten Vormittag schlug ich die Augen auf und war in meine alte himmelblaue Kinderdecke und ein Paar brandneuer Arme eingehüllt. Ich wagte nicht, mich zu bewegen, und holte so langsam und so gleichmäßig wie möglich Luft. Denn ich teilte das Bett mit Charlie. Und genau wie ich hatte auch Charlie keine Kleider an. Denn wir hatten während der vergangenen zwölf Stunden pausenlos Sex gehabt.

Ich klappte meine Augen wieder zu, blendete mein Kinderzimmer, meine Abschlusszeugnisse und meine Lieblingsfotos an den Wänden aus und prägte mir die letzte Nacht so gut wie möglich ein. Dabei fiel es mir nicht leicht, mir die Geschehnisse in der korrekten Reihenfolge in Erinnerung zu rufen, nicht, weil ich zu viel getrunken hatte, sondern weil ich eindeutig von Amys viel zitierter *Vögelamnesie* befallen war. Nichts trübte die Erinnerung so gut wie anständiger Sex. Ich empfand ein Übermaß an Glück, und da ich vorher ewig schon nicht mehr mit einem Mann im Bett gewesen war, tat mir alles weh. Zum Glück war es tatsächlich so, wie alle sagten, und mit dem Sex war es wie mit dem Fahrradfahren. Wobei ich letzte Nacht auf einem wirklich tollen Rad gefahren war. Ich erinnerte mich noch, dass wir durchs dunkle, menschenleere Haus geschlichen waren, bei einem Knutsch-Stopp in der Küche unbeholfen an diversen Knöpfen oder Reißverschlüssen rumgefummelt hatten und dann erst nach einer halben Ewigkeit im ersten Stock in meinem Zimmer gelandet waren. Es war seltsam, jemanden so gut zu kennen und so gut wie alles über ihn zu wissen und dann plötzlich etwas mit ihm zu erleben, was einem bisher vollkommen unbekannt gewesen war. Ich hatte Charlie niemals vorher nackt gesehen und nicht gewusst, was mich beim Sex mit ihm erwarten würde. Hatte keine Vorstellung davon gehabt, wie es wohl wäre, ihm auf diese Weise nah zu sein.

Amy hatte häufiger versucht, mir meine Schwärmerei für Charlie dadurch auszutreiben, dass sie meinte, ein so netter Kerl wie er könnte im Bett nur eine Niete sein, und wenn wir zusammen in der Kiste landen würden, käme mir das sicher eher wie Sex mit meinem eigenen Bruder vor. Zwar hatte ich nur Schwestern, doch wenn Inzest auch nur ansatzweise so fantastisch war wie die vergangene Nacht mit meinem besten Freund, konnte ich verstehen, dass er lange noch nicht ausgerottet worden war. Denn Amy hatte sich geirrt. Der Sex mit ihm war traumhaft. Rundherum phänomenal. Wie Sex im Film, ganz tief, bedeutungsvoll und wunderwunderschön. Ich schob meine Hand in die von Charlie und fing an zu lächeln, als er instinktiv nach meinen Fingern griff. Denn endlich, endlich waren wir ein Paar.

»Hi.«

Ich spürte seine Stimme mehr, als sie zu hören, denn sie kitzelte in meinem Ohr.

»Also.« Er schmiegte sich enger an mich an, und ich beglückwünschte mich stumm, dass ich am Tag zuvor die Mühe nicht gescheut hatte, mir meine Beine zu rasieren, obwohl ich eigentlich zu faul dazu gewesen war. »Jetzt ist es passiert.«

»Es ist passiert«, gab ich zurück.

Ich wagte nicht, mich umzudrehen und ihn anzusehen. Weil Nacktheit, wenn es dunkel war, etwas völlig anderes war als Nacktheit morgens mit verlaufenem Make-up und schlechtem Atem.

Wir lagen schweigend da, und ich war froh, dass Charlie mich nicht lächeln sah. Denn ich grinste wie die Katze, die erst sämtliche Kanarienvögel aufgefressen hatte und danach noch über einen schweineteuren Papageien hergefallen war.

Ich war erst seit wenigen Minuten wach, doch mir kam es so vor, als lebte ich mit einem Mal in einer völlig neuen Welt. Mit einem Mal sah meine Zukunft mehr als rosig aus. Aladin und seine Wunderlampe könnten mir gestohlen bleiben. Denn ich hatte vielleicht keinen Job und meine Mitbewohnerin war eine Psychopathin, doch das war mir vollkommen egal. Denn ich hatte Charlie. Meinen bisher besten Freund, der jetzt – nun, was auch immer – doch auf alle Fälle auch der beste Mensch auf einem anderen Sektor war.

Er küsste meine Schulter, rollte sich mit einem leisen Seufzer auf die Seite und ließ meinen Rücken kalt und sehnsüchtig zurück. Da er auf der Wandseite des unteren Etagenbettes lag, gab es für ihn kein Entkommen. Was ein bisschen peinlich war.

»Amy wird sich nicht mehr einkriegen vor Lachen«, meinte er nach einem Augenblick.

Ich zog mir die Bettdecke über die Brust, wischte mir den Wimperntuschen-Fallout mit meinen Fingern weg und rollte mich zu ihm herum.

»Ach ja?«, erkundigte ich mich mit einer möglichst unschuldigen Stimme. »Meinst du?«

»Meine Güte, ja.« Er sah völlig unverändert aus. Hatte kein entrücktes Lächeln im Gesicht, und auch sein Blick drückte eindeutig nicht das Maß an Liebe aus, das einen ehrfürchtig verstummen ließ. Er lachte einfach. Hahaha. »Sie wird uns bis ans Lebensende damit aufziehen. Weil sie schon seit einer Ewigkeit darauf gewartet hat.«

»Ach ja?«

Natürlich mimte ich die Ahnungslose, dabei hatte Amy seit zehn Jahren miterleben müssen, wie ich mich nach ihm verzehrte, und mir regelmäßig eine vor den Gong gehauen, wenn ich über »mich und Charlie« sprach. Oder über »Chess«, wie unser Deckname für meine unerfüllte Liebe war. Doch wenn wir drei zusammen waren, war es völlig anders. Dann zog Amy uns nach Kräften auf, sobald wir irgendwelche Witze machten, die für Außenstehende nicht zu verstehen waren, und wies uns regelmäßig an, ein Zimmer anzumieten, wenn sie uns platonisch miteinander kuscheln sah. Aus Charlies Perspektive hatte Amy sich bereits seit Jahren über unsere Nicht-Beziehung amüsiert. Aber schließlich wusste er auch nicht, dass sie mich hinter seinem Rücken klammheimlich beriet. Hatte keine Ahnung, was ich schon seit einer Ewigkeit für ihn empfand. Was hieß, dass immer noch die Möglichkeit bestand, dass die Gefühle, die er für mich hatte, andere waren. Schluck. Würg. Schluck.

Er raufte sich das wundervoll zerzauste Haar, zuckte mit den Achseln und riss seinen Mund zu einem Gähnen auf.

»Vielleicht brauchen wir es ihr ja nicht zu sagen«, brach er mir in gleichmütigem Ton das Herz. »Zumindest bis wir wissen, was das alles zu bedeuten hat.«

»Hmm, das könnten wir natürlich tun.« Ich rückte unauffällig etwas von ihm ab. »Aber erst mal würde es mir helfen, wenn du mir erklären könntest, was du mit ›das alles‹ meinst.«

So. Jetzt war mein Leben rundherum komplett. Ich hatte mit den Fingern Fragezeichen in der Luft gemacht, während ich mit Charlie Wilder in der Kiste lag. Amy hätte sicherlich der Schlag getroffen, wenn sie hätte sehen können, was geschehen war.

»Ich weiß nicht«, gab er unbekümmert zu.

Ein riesengroßer Teil von mir wollte einfach nicken, lächeln und die Klappe halten. Denn die Liebe meines Lebens lag auch weiterhin in meinem Bett. Und wir hatten fast die ganze Nacht lang keinen bloßen Sex gehabt, sondern Händchen haltend tiefe Blicke ausgetauscht und Barry-White-Schnulzen gehört. Dieser Teil von mir wollte jetzt keine großen Wellen machen und war ziemlich sicher, dass ich einfach ruhig dort liegen bleiben müsste, damit Charlie wieder einfiel, dass er einen Penis hatte, der vor Kurzem regelmäßig in mich eingedrungen war, und dass es fantastisch wäre, täte er das noch einmal. Denn das war der Weg zur großen Liebe. Das war allgemein bekannt.

Doch ein winzig kleiner Teil von mir fand nicht den mindesten Gefallen an seinem »Ich weiß nicht« und an dem »wahrscheinlich sollte deine beste Freundin erst mal nichts davon erfahren, dass was zwischen uns gelaufen ist«.

»Du weißt nicht?«

Es brach einfach so aus mir heraus. Ich konnte wirklich nichts dagegen tun.

»Ich will ganz bestimmt kein Arschloch sein.« Charlie richtete sich auf, stieß mit seinem Kopf gegen das Holz des oberen Etagenbetts und ließ sich wieder auf das Kissen fallen. »Ich werde nicht so tun, als wäre nichts passiert, aber trotzdem müssen wir die Sache realistisch sehen. Wir sind seit Jahren befreundet, und wir können schwerlich einmal miteinander in die Falle gehen und dann auch weiter einfach gute Freunde sein. Denn das wäre einfach seltsam.«

»Stimmt. Aber ich wollte damit auch nicht sagen, dass wir tun sollten, als wäre nichts passiert.« Ich versuchte, weiterhin in ruhigem Ton zu sprechen, aber da ich nun mal ich war, fiel mir das nicht leicht. »Ich will ganz sicher nicht so tun, als wäre nichts passiert.«

»Gut. Weil das, was letzte Nacht passiert ist, der totale Wahnsinn war.« Er streichelte mir sanft den Arm und sah mich mit dem schiefen Lächeln an, das zeigte, dass er fürchterlich verlegen war. »Wir müssen einfach erst mal selbst rausfinden, was das alles zu bedeuten hat, ohne dass uns dabei Amy in die Quere kommt. Denn sie würde sich wahrscheinlich auf der Stelle online irgendwo zur Priesterin ernennen lassen und uns zwingen, umgehend den Bund fürs Leben einzugehen.«

»Natürlich, du hast recht.« Ich hängte noch ein helles Lachen an und warf den Kopf zurück, was sicherlich wie eine Mischung aus totaler Sexgöttin und kleinem Pony rüberkam. »Verstehe.«

»Es ist einfach immer schwierig, wenn es zwischen guten Freunden zu so etwas kommt.« Lächelnd fuhr er mit den Fingern durch mein Haar. Was aufgrund der langen Locken, die infolge unserer wilden Nacht nur noch ein dichter Haufen wirrer Strähnen waren, alles andere als einfach war. »Das scheint nie zu funktionieren, und da du mein bester Kumpel bist, will ich nicht, dass diese Sache dich auf irgendeine Art verletzt.«

Ohhh.

Manchmal richteten auch nett gemeinte Worte einen ungeheuren Schaden an. Gute Freunde. Bester Kumpel. Und er wollte nicht, dass diese Sache mich auf irgendeine Art verletzte. Gott sei Dank.

»Ich glaube, ich muss erst mal dringend duschen.« Eilig schnappte ich das Handtuch, das über der Heizung hing, hielt es vor mich und stieg aus dem Bett. »Genau.«

»Warte. Du bist doch nicht sauer, oder?«

Zornbebend fuhr ich herum und starrte ihn mit großen Augen an. Er war groß und attraktiv und wirklich gut im Bett. Doch davon abgesehen war er mir plötzlich völlig fremd.

»Warum haben wir, du weißt schon …«, fing ich zögernd an. »Gestern Abend. Warum hast du plötzlich mit mir schlafen wollen?«

»Weil du mich geküsst hast.« Charlie schaffte es, auch weiterhin in ruhigem Ton zu sprechen, und sein Blick verriet, wie unschön er in diesem Augenblick meine erhobene Stimme fand.

»Und ohne diesen Kuss hättest du nicht…« Ich brachte es nicht über mich, noch einmal auszusprechen, was geschehen war.

»Keine Ahnung. Schließlich hast du mich geküsst.« Während er dies sagte, blickte er sich suchend auf dem Fußboden nach seiner Unterhose um. »Ist das jetzt der normale Mädchenirrsinn nach dem Sex?«

»Keine Ahnung.« Ich hob seine Boxershorts vom Boden auf und schleuderte sie in sein fragendes Gesicht. Die Baumwoll-Boxershorts von Marks & Spencer hatte sicher seine Mum für ihn gekauft. »Denn ich habe viel zu selten Sex, als dass ich sagen könnte, ob ich hinterher von Sinnen bin.«

»Könntest du vielleicht ein bisschen leiser schreien?«, murmelte er durch den Stoff von seinen Boxershorts. »Weil deine Mutter uns sonst sicher hört.«

»Und das wollen wir schließlich nicht!«, bellte ich Charlie an. Ich brüllte nicht, sondern ich bellte, denn inzwischen war ich außer mir vor Zorn. »Wir wollen schließlich nicht, dass irgendwer erfährt, dass du von mir in mein Bett gezwungen worden bist.«

»Verdammt, kannst du dich vielleicht erst einmal beruhigen?« Eilig stand er auf, legte mir die großen Hände auf die Schultern und erkundigte sich in verständnislosem Ton: »Was ist nur mit dir los? Das Einzige, was ich gesagt habe, war, dass Amy möglichst nicht erfahren soll, dass ich mit dir geschlafen habe, bis wir beide wissen, was das zu bedeuten hatte. Was ist daran so verkehrt?«

»Alles«, antwortete ich. Ich würde nicht in Tränen ausbrechen. Nicht in Tränen ausbrechen. Nicht in Tränen ausbrechen.

Doch auch duschen wollte ich nicht mehr. Ich wollte nur noch fort. Entschlossen schüttelte ich seine Hände ab, stieg in meine Unterhose, meine engen Jeans und den schlabberigen schwarzen Pulli, den ich unter den von Amy eingepackten Sachen fand. Und brach in Tränen aus.

»Bitte, nicht.« Jetzt klang seine Stimme nicht mehr nur verwirrt und wütend, sondern obendrein auch leicht besorgt. »Setz dich bitte einfach hin und sprich mit mir.«

»Ich will mich aber nicht setzen. Will nicht mit dir reden. Will nicht rausfinden, was all das zu bedeuten hat. Denn das ist mir bereits klar. Diese ganze Sache hat nichts anderes zu bedeuten, als dass du ein blöder Wichser bist.«

»Und warum bin ich ein blöder Wichser?«, fragte Charlie mich mit ungläubiger Stimme, während ich mir meine Tasche schnappte, um zu gucken, ob sie alles Wichtige enthielt. Ich hatte das Gefühl, als würde dieser Augenblick zerstört, wenn ich mich erst noch in meinen riesengroßen Büstenhalter zwängen müsste, also hob ich ihn vom Boden auf und ließ ihn einfach in die Tasche fallen. »Was habe ich getan, was ich nicht hätte machen sollen?«

»Nichts«, gab ich zurück und drehte meine Haare kurzerhand zu einem Knoten auf. »Ich wollte dich küssen, und ich wollte mit dir schlafen, ohne dass es mir dabei einfach ums Ficken ging.«

Es machte keinen Sinn zu tun, als würde ich nicht weinen, also drehte ich mich zu ihm um und ließ ihn meine Tränen, meine Schniefnase und all die anderen Hässlichkeiten sehen.

»Ich liebe dich schon ewig, und ich konnte bisher einfach nichts dagegen tun. Ich wäre nie darauf gekommen, dass es helfen würde, einfach nur einmal mit dir ins Bett zu gehen, aber wie es aussieht, hat mich die vergangene Nacht von meiner Schwärmerei kuriert. Weshalb ich dir zu Dank verpflichtet bin.«

Ehe ich Gelegenheit bekam, in lautes Schluchzen auszubrechen, flüchtete ich in den Flur, warf die Tür hinter mir zu und rannte in die Küche, in der meine Mum mit Brian saß und schweigend ihren Sonntagmorgenkaffee trank.

»Wir müssen uns dringend unterhalten, junge Dame«, nahm sie mich mit kühler Stimme in Empfang.

»Dafür ist jetzt keine Zeit.« Entschlossen zog ich meine Primark-Ballerinas an und wandte mich an Brian. »Könntest du mich wohl zum Bahnhof fahren?«

»Sicher, Liebes.« Er zog seine Autoschlüssel aus der

Tasche und ließ seinen noch halb vollen Kaffeebecher einfach stehen. »Auf geht's.«

»Wag es ja nicht, einfach zu verschwinden, Fräulein.« Meine Mutter klang schockiert. Was durchaus verständlich war. Denn dies war das allererste Mal in meinem Leben, dass ich nicht gehorchte und ihr obendrein noch widersprach. Eine echte Heldentat für eine Frau von achtundzwanzig Jahren.

»Du setzt dich jetzt an diesen Tisch und erzählst mir ganz genau, was mit dir los ist, wenn du dieses Haus noch mal betreten willst.«

»Ich werde meine Schlüssel Brian geben«, rief ich über meine Schulter. Sicher handelte ich etwas überstürzt. Wahrscheinlich dachte ich in dem Moment einfach nicht nach.

»Oh Gott, es geht um Drogen, stimmt's? Ich wusste es. Trotz der ganzen Überstunden in der Firma hattest du nie Geld, und dann haben sie dich plötzlich ›grundlos‹ an die Luft gesetzt. Was ist es? Heroin? Nimmst du etwa Heroin?« Sie brüllte laut genug, damit die Nachbarn umgehend auf Facebook posten könnten, dass Tess Brookes endgültig auf die schiefe Bahn geraten war.

»Natürlich, Mum«, gab ich im selben Ton zurück. »Ich nehme Heroin. Kannst du nicht die ganzen Einstichstellen überall an meinen Armen sehen? Ich kann ganz einfach nicht genug davon bekommen. Denn das Zeug ist echt der Hit.«

Ich marschierte Richtung Tür, denn ich wollte nur noch raus aus diesem Haus.

»Tess Sigourney Brookes, du kommst sofort zurück.« Meine Mum klang alles andere als amüsiert.

Doch ich drehte mich noch nicht mal zu ihr um. Und

gab ihr auch keine Antwort. Sondern stieg so schnell wie möglich in den Wagen.

Mit einem entschuldigenden Lächeln wandte ich mich meinem wunderbaren Stiefvater zu. »Tut mir leid, Brian. Nur ist es einfach so, dass diese Woche ziemlich ätzend für mich war.«

»Keine Sorge, Liebes, das passiert uns allen mal.« Er ließ den Motor an und lenkte seinen Wagen rückwärts aus der Einfahrt. »Das passiert uns allen mal.«

Als ich endlich heimkam, war die Wohnung herrlich leer. Genau wie der Akku meines iPhones, und da ich das Ladekabel bei der überstürzten Flucht bei meiner Mum vergessen hatte, nahm ich erst einmal ein ausgiebiges Bad, wusch alle Spuren von Charlie Wilder von mir ab und beschloss, mich hinterher mit einer Riesentüte Erdnussflips auf die Couch zurückzuziehen. Oder vielleicht auch mit einem halben Dutzend Riesentüten Chips.

Noch vor einer Woche hatte ich mich auf den ersten Tag in meinem neuen, tollen Job gefreut. Und inzwischen war ich arbeitslos, hatte keine Aussichten auf einen neuen, tollen Job, hatte Sex und danach einen Riesenstreit mit meinem besten Freund gehabt und war mir ziemlich sicher, dass auch meine Mutter ganz schön sauer auf mich war. Ich hatte meine Sache wirklich gut gemacht. Und ein Jahrzehnt an Dramen innerhalb von gerade einmal sieben Tagen absolviert.

»Manchmal ist es einfach nötig, aus seiner Routine auszubrechen«, klärte ich die Gummiente auf. »Weil man nur auf diese Art herausfindet, wo seine Grenzen sind.«

Sie antwortete nicht. Aber schließlich war sie auch ein arrogantes Biest.

Während ich die dritte *Das perfekte Dinner*-Folge guckte, hörte ich ein lautes Hämmern an der Wohnungstür.

»Oh nein, Vanessa ist zurück.« Ich zog mir die gestreifte Wolldecke bis unters Kinn.

»Tess?«

Es war gar nicht Vanessa. Sondern mein bis heute Morgen bester Freund.

Doch es war zu spät, um mich unter dem Bett in meinem Zimmer zu verkriechen, also zog ich mir die Decke bis über den Kopf und stieß ein zorniges »Verschwinde« aus.

Aber als ich vorsichtig über den Rand der Decke lugte, stand in meinem Wohnzimmer ein großer, immer noch zerzauster Mann. Der traurig seine Schultern hängen ließ. Am liebsten hätten meine Eierstöcke einen Satz gemacht und sich innig an ihn angeschmiegt.

»Deine Mum hat mir deinen Ersatzschlüssel gegeben.« Charlie hielt ihn hoch und warf ihn mir dann zu. »Denn du hättest mir bestimmt nicht aufgemacht.«

»Das hätte ich ganz sicher nicht«, gab ich zurück und wünschte mir, ich hätte etwas anderes als ein Haargummi und ein schlabberiges I-Aah-Schlaf-Shirt an. »Also hau am besten einfach wieder ab.«

»Ich muss mit dir reden.« Er näherte sich vorsichtig der Couch, nahm in möglichst großem Abstand zu mir Platz und massierte sich die Braue.

Ich rollte mich zu einem ziemlich großen Ball zusammen und verzog beleidigt das Gesicht.

»Ich muss dir sagen, dass mir diese Sache furchtbar leidtut.«

»Das kann sie auch. Also sag, dass es dir leidtut, und zieh Leine.«

»Tut mir leid.«

»Jetzt hast du es gesagt. Warum bist du also noch hier?«

Charlie atmete tief durch und starrte seine Füße an. Ich zog mir die Knie bis zur Nase und blickte ihn abermals über den Rand der Decke an.

Es war einfach grauenhaft.

»Weißt du noch, wie du zum ersten Mal mit mir gesprochen hast? Ich meine, nicht bei einer Übung oder einem Seminar, sondern als du dich zum ersten Mal richtig mit mir unterhalten hast?«

»Ja.« Natürlich wusste ich das noch, du Blödian.

»Das war auf der Uni-Weihnachtsparty. Du und Amy hattet euch wie Elfen kostümiert, und die Jungs aus meinem Stock haben gewettet, wer von ihnen euch als Erster rumkriegt.«

Ja, genauso ging es in den ehrwürdigen Lehranstalten der Elite unseres Landes zu.

»Und dann haben wir uns gleichzeitig für was zu trinken angestellt, obwohl du da schon nicht mehr wirklich nüchtern warst«, fuhr Charlie lächelnd fort. »Und du hast mich gefragt, ob ich die Lektüre für das Medienseminar schon gelesen hätte, und als ich erklärt habe, dass ich die Sachen dafür niemals lese, warst du vollkommen entsetzt.«

»Weil ich im Gegensatz zu dir eben eine fleißige Studentin war«, murmelte ich.

»Und während wir uns unterhalten haben, kam das Mädchen, mit dem ich damals zusammen war, und hat mich mitten auf den Mund geküsst.«

»Sarah Luffman.« Die verdammte Sarah Luffman. Ich würde sie noch nicht einmal als Facebook-Freundin akzeptieren.

»Sarah, ja. Natürlich weißt du ihren Namen noch.« Er stützte seine Hände auf den Knien ab, als mache er sich selber dadurch Mut. »Aber wie dem auch sei, tauchte sie plötzlich auf, und als sie mich geküsst hat, habe ich gesehen, wie dir die Kinnlade herunterfiel. Du hast ausgesehen, als bräche dir in dem Moment das Herz. Ich wusste nicht, warum, aber trotzdem war ich deshalb furchtbar traurig, denn ich hatte schon den ganzen Abend dich statt Sarah küssen wollen.«

»Wegen der Wette?«, fragte ich.

»Nein.« Er schüttelte den Kopf. »Weil du fantastisch ausgesehen hast.«

Oh.

Ich fragte mich, ob es wohl passend wäre, ihn zu bitten, kurz zu warten, während ich im Schlafzimmer verschwände, um mich umzuziehen. Denn ich konnte diese Unterhaltung ganz unmöglich führen, während ich in einem Shirt, das ich im Schlussverkauf im Disney-Store gekauft hatte, auf meinem Sofa saß.

»Aber als ich wieder hinsah, warst du nicht mehr da. Und bis wir uns wiedersahen, wusste ich von meinem Mitbewohner, dass du mit dem Kerl vom Uni-Sport zusammen warst. Deshalb habe ich mich nicht an dich herangemacht. Aber wir hatten so viele Gemeinsamkeiten, waren ständig in denselben Kursen und, du weißt schon …«

»Und danach bist du nie mehr auf die Idee gekommen, dass vielleicht aus uns was werden könnte?« Ich streckte meine Füße vorsichtig in seine Richtung aus. »In all den Jahren?«

»Ich weiß, auch deine Eltern sind geschieden, Tess, aber wenn du hättest durchmachen müssen, was ich selbst durchmachen musste, wärst du nicht so schnell bereit, eine Freundschaft zu riskieren, indem du mit einem deiner besten Freunde in die Kiste steigst. Und wir waren supergute Freunde, bis wir beide wieder Singles waren. Hatten so viele Gemeinsamkeiten – unsere Bücher, unsere Musik und all das andere Zeug –, und die hätte ich niemals riskieren wollen. Ich war damals gerade einmal zwanzig und konnte mir nicht vorstellen, eine längerfristige Beziehung einzugehen. Doch genau das hätte ich mit dir gewollt.«

»Dir ist doch wohl klar, dass ich alle diese Bücher nur gelesen und mir all die Songs nur reingezogen habe, damit wir ein Thema für Gespräche haben, oder nicht?« Ich starrte auf ein Astloch im Parkett. »Weil du mir ungemein sympathisch warst.«

»Hinterhältiges Miststück.« Lächelnd zerrte er die Ärmel seines Pullis über seine Hände. »Aber wie dem auch sei, wollte ich dich einfach wissen lassen, warum ich vorhin so seltsam war.«

»Und warum warst du das?«, erkundigte ich mich mit wild klopfendem Herzen. »Denn das ist mir irgendwie noch nicht ganz klar.«

Er verzog den Mund zu dem leicht schiefen Grinsen, das ganz einfach typisch für Charlie Wilder war. »Ich bin einfach ausgeflippt, weil ich keine Ahnung hatte, was da zwischen uns geschehen ist. Oder was du dir vielleicht davon erhoffst. Dieses ›Freunde mit gewissen Vorzügen‹ kann ich mir zwischen uns einfach nicht vorstellen. Denn schließlich bist du meine Tess. Und ich liebe dich.«

»Du liebst mich?«

Diese Worte hatte ich schon tausend Mal aus seinem Mund gehört und selbst schon tausend Mal zu ihm gesagt, nur dass ihre Bedeutung plötzlich eine völlig andere war. Ich hatte das Gefühl, als spielten Amor, ein niedlicher Hundewelpe sowie eine Auswahl süßer Kätzchen Ringelreihen in meinem Bauch.

»Du liebst mich?«, fragte ich, um ganz sicherzugehen.

»Natürlich.« Er nahm meine Hand. »Weil du schließlich meine beste Freundin bist.«

Amor, Hund und Katzenbabys brachen ihr fröhliches Tänzchen ab und drehten sich erschrocken zu mir um.

»Weil ich deine beste Freundin bin?«

Mein Französischlehrer hatte stets gesagt, die beste Weise, etwas zu verstehen, wäre, es so oft zu wiederholen, bis man es nie mehr vergaß. Aber die Bedeutung dieser Worte wollte mir beim besten Willen nicht in den Kopf.

»Meine allerbeste Freundin.« Charlie drückte meine Finger derart fest, dass sie wahrscheinlich gleich brechen würden, und ich rückte unauffällig wieder von ihm ab. »Und wir wissen schließlich beide, dass Freundschaft das Wichtigste im Leben ist.«

»Ach ja?«

»Wie oft hast du schon miterlebt, dass eine meiner Beziehungen den Bach runtergegangen ist?« Er ließ von mir ab und warf die Arme in die Luft. Die Arme, die mich während der gesamten Nacht nicht losgelassen hatten, weil er kurzfristig nicht nur mein bester Freund gewesen war. »Ich bin beziehungstechnisch eine Null! Ich halte es mit keinem Mädchen länger aus. Das weißt du ganz genau.«

Da hatte er natürlich recht. Denn Charlie tauchte circa jedes Vierteljahr mit einer neuen Freundin auf. Während ich selber circa jedes Vierteljahr ein anderes Mädchen online stalkte und verschiedene Gottheiten anflehte, dass sie möglichst schnell von selbst wieder verschwinden würde und ich nicht gezwungen wäre, ihr etwas anzutun. Und bisher hatte es immer funktioniert. Wahrscheinlich schuldete ich jeder großen Religion inzwischen einen Fünfer, denn im Durchschnitt hielt kein Mädchen es länger als acht Wochen mit ihm aus. Eine einzige Beziehung hatte fast ein halbes Jahr gedauert, doch die Hälfte dieser Zeit hatte er in Australien verbracht, und ich wusste mit Bestimmtheit, dass er währenddessen mehr als einmal fremdgegangen war. Wobei er seine Freundinnen normalerweise nicht betrog. Oder höchstens ab und zu.

»Es gibt einen Grund, aus dem aus uns nie was geworden ist.« Charlie wählte seine Worte offensichtlich mit Bedacht. Ich hoffte nur, er wählte auch die richtigen. »Was, wenn es nicht funktioniert und wir uns am Ende hassen? Ich würde dich enttäuschen, Tess, das würde ich. Aber ich möchte nicht, dass du mich hasst. Ich will, dass du im Altersheim, wenn ich zu alt und blind bin, um zu lesen, die Ergebnisse der Fußballspiele für mich aus der Zeitung raussuchst. Will, dass du für immer Teil von meinem Leben bist.«

Einer nach dem anderen hinkten Amor, kleiner Hund und Kätzchen leise tuschelnd aus dem Raum. Anscheinend konnten sie nicht mitansehen, wenn jemand weinte, und bei Gott, wahrscheinlich stünde ihnen eine wahre Tränenflut bevor. Die Tränen, die ich vormittags vergossen hatte, waren nichts verglichen mit der Sintflut, die sie zu ertränken drohte, brächten sie sich nicht sofort in Sicherheit.

»Ah, verdammt – genau das meine ich. Wir sind noch nicht einmal zusammen, und schon fängst du meinetwegen an zu weinen.« Charlie hechtete vom Sofa, zog mich eng an seine Brust und versuchte so, den Tränenstrom zu unterbrechen. »Guck? Es würde niemals funktionieren.«

»Aber … aber du hast letzte Nacht mit mir geschlafen.« Während ich die Worte aussprach, fragte ich mich, ob ich vielleicht plötzlich den Verstand verloren hätte und in Wahrheit gar nichts zwischen uns geschehen war.

»Ich weiß.«

»Nach zehn Jahren. In denen nie was zwischen uns gelaufen ist.«

»Ich weiß.«

Eines musste ich ihm lassen. Er wirkte entsetzlich schuldbewusst. Auch wenn das keine Rolle spielte. Weil mein Herz in tausend Stücke brach.

»Warum?«

»Keine Ahnung. Ehrlich.«

Schweigend nahm er wieder Platz, und ich löste mich aus der Umarmung, die an Sinnlichkeit ganz sicher nicht zu unterbieten war. Ich starrte auf sein wirres Haar und in sein kreideweißes Gesicht und bemerkte seinen unglücklichen Blick. Er starrte reglos mein I-Aah-Shirt an, und am liebsten hätte ich ihn wieder in den Arm genommen und gesagt, dass alles gut werden würde, es würde keine Rolle spielen, und wir könnten doch so tun, als wäre nie etwas passiert. Könnten einfach weiter beste Freunde sein, und ich würde einfach weiter darauf warten, dass er irgendwann erkennen würde, dass auch ich die Liebe seines Lebens war. Obwohl ich immer noch die heißen Tränen spürte, die von meinem Kinn auf meine Brüste tropften, hielt ich es nicht aus, ihn derart unglücklich zu sehen. Meine Selbstachtung saß irgendwo in einer Zimmerecke und schüttelte erbost den Kopf.

Sonst sagte Charlie nichts. Und auch ich selbst brachte

keinen Ton heraus. Zum Glück war da noch jemand anders, der nicht so sprachlos war.

»Meine Güte, was ist jetzt schon wieder los?«

Wegen des emotionalen Dramas hatte ich nicht mitbekommen, dass erneut die Wohnungstür geöffnet worden war. Und dass Vanessa in der Diele stand. Aber ihre Stimme war beim besten Willen nicht zu überhören.

»Erzählt mir bitte nicht, dass zwischen euch was läuft.« Sie hängte ihre Schlüssel an den eigentlich für meine Schlüssel vorgesehenen Haken an der Wand neben der Tür und inspizierte ihre Nägel. »Die Mühe hättest du dir sparen können, Tess, denn er ist eine Null im Bett.«

»Was sagst du da?« Ich hatte mich bestimmt verhört.

»Dass du dir die Mühe hättest sparen können, weil der Typ ein Schlappschwanz ist«, wiederholte sie, bevor sie gut gelaunt in ihrem Schlafzimmer verschwand. »Und unter uns gesagt – der gute Mr. Wilder ist noch nicht mal wirklich gut bestückt. Wie gesagt. Die. Mühe. Lohnt. Sich. Nicht.«

Ich und Charlie fuhren auseinander, ehe ich mich wie ein Haufen Elend aus zu langen Gliedmaßen und übergroßem Esel-Shirt auf den Boden sinken ließ.

»Du?« Ich wies auf ihn. »Und sie?« Ich wies auf meine Mitbewohnerin.

»In Ordnung, flipp jetzt bloß nicht aus, aber …«

»Oh mein Gott, du warst mit ihr im Bett.«

Es war zu spät. Ich flippte aus. Der kleine Hund wurde zu einem Rottweiler und Amor tauschte Pfeil und Bogen gegen eine AK-47 aus.

»Es hatte echt nichts zu bedeuten.« Charlie packte meine Handgelenke eine Spur zu fest. »Es war einfach eine dieser Sachen, die passieren. Ich kann mich nicht mal mehr daran erinnern. Es war vollkommen bedeutungslos.«

»Also bitte. Schließlich ist es sogar öfter vorgekommen«, rief Vanessa durch ihre geschlossene Zimmertür. »Bei dir, bei mir und in diesem Hotel in Wales.«

»Du warst mit ihr in Wales?«, stieß ich mit erstickter Stimme aus. »Du hast einen Kurzurlaub mit ihr gemacht?«

Das war der berühmte Tropfen, der das Fass zum Überlaufen brachte. Weil ein Kurzurlaub das eindeutige Zeichen wahrer Liebe war. Sagte zumindest Bridget Jones.

»Du hast mich extra angefleht, Tess erst dann etwas davon zu sagen, wenn du sicher wüsstest, was das alles zu bedeuten hat«, rief meine Mitbewohnerin.

Genau das hatte er zu mir an diesem Vormittag gesagt.

»Weil du Angst hattest, dass sie zusammenbricht, wenn sie etwas davon erfährt.«

»Das habe ich ganz sicher nicht gesagt.« Charlie drückte meine Handgelenke, bis sie schmerzten. »Nein. Es hatte echt nichts zu bedeuten, Tess. Und deshalb hätte es sich einfach nicht gelohnt, dich deshalb aufzuregen.«

»Stimmt. Ich habe es dir nicht erzählt, weil es sich nicht gelohnt hätte, wenn du deswegen ausgerastet wärst«, stimmte ihm Vanessa zu. »Genauso, wie es sich eindeutig nicht gelohnt hat, dass mein Pilz deshalb zurückgekommen ist.«

»Oh verdammt«, entfuhr es mir. Was der Esel auf dem Shirt seiner Miene nach zu urteilen ganz genauso sah.

»Und nach all der Mühe, die er sich gemacht hat, um bei mir zu landen, bin ich nicht einmal gekommen. Da hätte ich bestimmt mehr Spaß mit einer elektrischen Zahnbürste gehabt.« Vanessa tauchte wieder auf und schwenkte ihren Pass. »Und danach hat er mir noch die Ohren vollgeheult. Ich würde dir die Nachrichten ja vorspielen, aber ich habe sie als Witzbeitrag im Radio in der Nacht der offenen Mikrofone laufen lassen und danach gelöscht. Wie dem auch sei, hörst du mir überhaupt noch zu? Ich fahre mindestens für eine Woche weg. Ich weiß, das interessiert dich nicht, aber die letzten Tage waren für mich der pure Stress. Nächste Woche müssen wir die Grundsteuer bezahlen. Denk dran, ja?«

Natürlich machte sie sich nicht die Mühe, wenigstens die Tür hinter sich zuzumachen, deshalb war es umso einfacher für mich, auch Charlie Wilder aus der Wohnung zu bugsieren.

»*Raus!*«, schrie ich ihn an, packte ein paar Strähnen seiner Haare und stieß ihn gewaltsam von mir fort. Ich wollte ihn nur noch so schnell wie möglich los sein. Meine Haut fing an zu kribbeln, wenn ich daran dachte, dass der Kerl mit meiner Mitbewohnerin geschlafen hatte. Dass er sie geküsst hatte und sie ihn so berührt hatte wie ich in der vergangenen Nacht. »Raus aus meiner Wohnung.«

»Tess, ich liebe dich.« Verzweifelt klammerte sich Charlie an den Rahmen meiner Wohnungstür.

»Verpiss dich!« Wütend knallte ich die Tür vor seiner Nase zu.

Mir war total egal, ob ich ihm dadurch alle Finger brechen würde, oder vielleicht hoffte ich sogar im Stillen auf seinen Schmerzensschrei. Womit I-Aah vollkommen einverstanden war. »Verschwinde, Charlie. Und komm nie wieder zurück.«

Keuchend zählte ich bis zehn, und irgendwann brachen sein Flehen und mein Weinen ab, und ich nahm nur noch Stille wahr. Er war also verschwunden. Dabei hatte er mir eben erst gesagt, dass er mich liebte. Und ein Verhältnis mit der schlimmsten Mitbewohnerin der Welt gehabt. Die Grundsteuer war nächste Woche fällig. Ob vielleicht mein Herz gebrochen war? Ich hatte keinen meiner bisherigen Freunde je wirklich geliebt und deshalb keine Ahnung, was für ein Gefühl das war. Ich wartete auf das Verlangen, abermals in Tränen auszubrechen und enorme Mengen Eiscreme zu verschlingen. Doch ich wollte weder weinen noch hatte ich Appetit auf irgendwelche Milchprodukte. Weil mir übel und weil ich vor allem irre wütend war. Am liebsten hätte ich Vanessa an die Wand geklatscht, aber leider hatte die sich ja schon wieder aus dem Staub gemacht. Also würde ich vielleicht ersatzweise ein paar ihrer Sachen an die Wand werfen.

Mit geballten Fäusten trat ich ihre Tür ein (was nicht wirklich nötig, aber einfach passend war) und sah mich suchend um. In ihrem Zimmer sah es wie im berühmten Saustall aus. Auch mein eigenes Zimmer war nicht immer aufgeräumt, doch es war sauber, ordentlich gestrichen und wies einen makellosen cremefarbenen Teppichboden auf. Ein wackeliger Stapel ungelesener Zeitschriften und eine Sammlung von Kreditkartenbelegen auf dem Schreibtisch waren das Maximum an Chaos, das dort jemals anzutreffen war. Vanessas Schlafzimmer war widerlich. Während mein Raum eher enttäuschend war. In all den Jahren seit meinem Einzug hatte ich nicht ein einziges Foto oder Bild dort aufgehängt – die Lieblingsbilder, die ich hatte, hatten bisher alle auf dem Schreibtisch im Büro oder im Haus von meiner Mum gelebt. Hier gab es zwar einen gerahmten Druck von Warhol, der aus der Tate Modern stammte und seit einem halben Jahr an der Kommode lehnte. Doch obwohl mein bisher bester Freund allsonntäglich vorbeigekommen war, um ihn für mich aufzuhängen, hatte er es bisher nie geschafft. Er lehnte also noch immer an der Kommode, aber schließlich wirkte das gesamte Zimmer auch nach all den Jahren, die ich schon dort lebte, irgendwie vollkommen unbewohnt. Es war einfach der Ort, an dem ich meistens gegen Mitternacht unter die Decke kroch, wenn ich von einem Kundenessen kam, und an dem ich meine schicken Arbeitssachen aufbewahrte, ohne wenigstens die Folien, in die die Reinigung sie hüllte, abzuziehen.

Ich starrte auf Vanessas Kleiderschrank, der überquoll, und plötzlich hasste ich die Sachen, die ich selber immer trug. Ich hatte das Gefühl, als hätte ich nur schwarze, blaue oder weiße Twinsets und Kostüme sowie eine Handvoll viel zu kurzer, mit Pailletten übersäter Outfits, zu denen mich Amy überredet hatte und die vollkommen untragbar waren. Sogar meine Jeans hatte ich bisher passend zum Casual Friday in der Firma ausgewählt. Die Spitzen meiner Chucks waren blütenweiß, und abgesehen von den Beförderungs-High-Heels waren alle meine Schuhe praktisch und bequem. Ich hasste dieses ganze Zeug. Genauso wie mich selbst.

In Vanessas Schrank drängten sich Farben sowie Stoffe jeder Art. Ich berührte kaum die Tür, und schon ergoss sich der gesamte Inhalt auf dem Boden, als versuche er verzweifelt, der schrecklichen Enge zu entfliehen. Rote, trägerlose Kleider, bunt bedruckte Schlaghosen, Leggins, die so eng saßen wie eine zweite Haut, Seide und Satin und Samt und Leder drängten sich um meine Füße, und es kam mir vor, als flehten sie mich an, sie aus der Enge und dem Chaos zu befreien. Während ich versehentlich auf ein Paar lächerliche Leder-Hotpants trat, in denen sie mit Schmollgesicht auf irgendeiner langweiligen Party hin und her geschlendert war.

Ihr Zimmer war genau wie sie. Zwei der Wände waren dunkelrot gestrichen und die beiden anderen leuchtend pink. Was nicht hätte funktionieren sollen, es aber, egal aus welchen Gründen, tat. Die Farben bissen sich und waren vor allem viel zu grell, aber trotzdem sah es super aus. Wie Vanessa selbst. Und wenn ihr Zimmer wie sie war, war dann mein Zimmer so wie ich? Reflektierte die langweilig weiß gestrichene Hülle eines Raumes ohne jegliche Persönlichkeit tatsächlich mich?

Statt auf einem Teppich stapfte ich auf einer Sammlung schmutziger Klamotten, aufgerissener Briefumschläge sowie achtlos fortgeworfener Zeitschriften herum. Überall im Zimmer waren ungespülte Becher, halb geleerte Pappkartons vom Italiener und Chinesen, Teller und benutzte Gabeln aufgetürmt. Messer aber sah ich nicht. Denn Vanessa aß stets ohne Messer, was ich einfach grässlich fand. Noch schlimmer aber war, dass ich nichts fand, was sich zerbrechen ließ. Die schmutzstarrenden Teller rührte ich nicht an, und der Fernseher, der in der Ecke stand, war mir einfach zu schwer. Die einzigen anderen Dinge, die nicht völlig wertlos waren, waren ihr toter »Arbeits«-BlackBerry und meine alte Kamera. Ich hätte es nicht über mich gebracht, sie einfach zu zerstören, deshalb stieß ich einen leisen Wutschrei aus und drosch zornig auf ein Kissen ein.

Ich hatte einfach kein Talent zum Wütendsein. Ich hatte schon Bedienungen bei Pizza Hut erlebt, die stärker ausgerastet waren. Ich war einfach eine Versagerin.

Traurig kehrte ich ins Wohnzimmer zurück und hörte dort das Klingeln unseres Telefons. Es gab in dem Moment auf Erden niemanden, mit dem ich hätte reden wollen. Aber natürlich ging ich trotzdem dran.

»Hallo?« Ich wappnete mich für das Schlimmste. Vielleicht rief ja mein bis heute bester Freund, Vanessa oder meine Mutter an.

»Ohmeingottbistduokay?«, drang stattdessen Amys Stimme an mein Ohr.

»Was?«

»Bist. Du. Okay? Ich bin vor lauter Angst um dich hier oben beinahe durchgedreht. Warum ist dein Handy aus?«

»Weil mein Ladekabel noch bei meiner Mutter liegt. Amy, wusstest du, dass Charlie mal was mit Vanessa hatte?«

»Hm…«

»AMY.«

»Er ist so ein blöder Wichser!«, brüllte sie ins Telefon. »Aber du darfst deshalb nicht sauer sein. Ich weiß es nur, weil er einmal davon gesprochen hat, dass er in Wales gewesen wäre, und danach Vanessa ebenfalls von einem Wochenende dort gesprochen hat. Also wollte ich von Charlie wissen, ob das etwas zu bedeuten hat, und da hat er es zugegeben. Ich habe dir nichts davon erzählt, weil er gesagt hat, dass es echt nichts zu bedeuten hätte, und weil ich nicht wollte, dass du deshalb traurig bist und …«

»Nein, nein, nein.« Ich schlug mir mit dem Hörer vor die Stirn, als gingen ihre Worte mir auf andere Art nicht in den Kopf. »Du hast es gewusst? Und nichts davon gesagt?«

»Sieh's doch mal aus meiner Perspektive«, schlug mir Amy jammernd vor. »Du hast damals täglich hundert Stunden in der Firma abgerissen, bis die Werbung für die widerlichen Bio-Lutscher fertig war, die ich damals immer essen musste, weil du steif und fest behauptet hast, sie wären total gesund.«

Das war vor einem halben Jahr gewesen. Und die Lutscher hatten wirklich fürchterlich geschmeckt.

»Außerdem warst du gerade an diesem Typen interessiert, den du aus dem *Floridita* kanntest, und ich dachte, wenn ich dir etwas davon erzählen würde, wärst du vielleicht abgelenkt. Außerdem hatte ich Charlies Eier da bereits im Würgegriff, und er hat mir geschworen, dass es eine einmalige Sache war, und es deshalb bestimmt nicht nötig wäre, dass du deshalb traurig bist und …«

»Eine einmalige Sache?«, fiel ich ihr ins Wort.

»Genau.«

»Obwohl du wusstest, dass die zwei zusammen nach Wales gefahren sind? Und dort miteinander in der Kiste waren?«

Was war das für ein Geschmack in meinem Mund? Richtig, Galle. Was wohl sonst?

»Ah. Ja. Nun, das habe ich erst ewig später rausgefunden.«

»Ich fasse es nicht, Amy.«

»Ich habe den Gedanken, dir etwas davon zu sagen, einfach nicht ertragen«, gab sie leise zu. »Er hat gesagt, es hätte nichts bedeutet. Ich wusste, dass es dir das Herz brechen würde, und ich dachte, dass du sowieso bald ausziehen würdest und … verdammt. Ich habe es verbockt. Verdammt, verdammt, verdammt.«

Ich war total verwirrt. Ich war Amy wirklich böse. Denn sie hatte es die ganze Zeit gewusst und mir kein Wort davon gesagt. Aber gleichzeitig war ich so sauer auf Vanessa und vor allem auf Charlie, dass für meine Wut auf Amy nichts mehr übrig blieb.

Nach einem Augenblick der Stille fand ich meine Stimme wieder und stieß heiser aus: »Ich war mit ihm im Bett!«

»Du warst *was*?«

Ich hatte keine Ahnung, wo im Land genau sie gerade war, war mir aber ziemlich sicher, dass es jetzt im Hochland Schottlands ein paar zusätzliche taube Rinder gab. Denn wenn Amy wollte, konnte sie entsetzlich schreien.

»Seid ihr deshalb abgehauen? Seid ihr zusammen durchgebrannt? Seid ihr schon verheiratet? Wie war's? Erzähl mir alles ganz genau. Ich wusste immer, dass so was passieren würde, wenn ihr miteinander in die Kiste steigt ...« Sie ließe sich ganz sicher nicht noch einmal unterbrechen, denn sie war total in Fahrt. »Ich werde aufhören, für euch zu existieren. Jetzt werdet ihr nur noch zu zweit was trinken und auf irgendwelche Dinnerpartys gehen und euch mit etwas Glück gelegentlich daran erinnern, dass es einmal dieses kleine, schwarzhaarige Mädchen gab, mit dem ihr immer abgehangen habt. Und euch fragen, was aus mir geworden ist. Oder vielleicht auch nicht, denn ich werde einsam sterben, ohne dass ihr überhaupt was davon mitbekommt.«

»Bist du fertig?«, fragte ich.

»Und, seid ihr verheiratet?«, gab sie zurück.

»Oh nein, ganz sicher nicht.«

»Dann, ja. Das heißt, Moment – warst du mit ihm im Bett, bevor oder nachdem du die Geschichte mit Vanessa rausgefunden hast?«

»Bevor.«

»Ohhh. Scheiße.«

»Allerdings.«

Ich hielt den Hörer an mein Ohr, weil ich es tröstlich fand, dass sie mit mir zusammen schwieg. Weil es schließlich sonst nichts mehr zu sagen gab.

»Bist du okay?«, brach sie das tröstliche Schweigen. So, wie sie es immer tat.

»Nicht wirklich.« Doch im Grunde war ich nur noch abgrundtief erschöpft.

»Bist du sauer?«

»Ja.«

»Auf mich?«

»Auf die gesamte Welt«, erklärte ich. »Außer vielleicht auf Ryan Gosling.« Denn auf Ryan Gosling konnte man unmöglich sauer sein.

»Soll ich rüberkommen, sobald ich wieder in London bin? Wir könnten Fotos von den zweien verbrennen. Oder einfach all ihr Zeug kaputt machen.«

Meine beste Freundin war eine begnadete Gedankenleserin. Wir hatten jede Menge Fotos abgefackelt, als es zwischen ihr und Dave vorbei gewesen war. Denn zwar hatte sie den Ärmsten abserviert, aber trotzdem hatte sie für die Beendigung dieser Beziehung eine Prise selbstgerechten Zorn gebraucht. Abgesehen von ihrem Exverlobten hatten wir uns damals alle prächtig amüsiert. Wahrscheinlich fehlte ihm die zwanzig Jahre alte Comic-Sammlung fast so sehr wie sie. Oder vielleicht sogar ein bisschen mehr.

»Ja. Aber ich gehe gleich ins Bett, also lass dich einfach selber rein.« Ich war tatsächlich vollkommen fertig. Meine Glieder waren so schwer, dass mir bestimmt im nächsten Augenblick der Hörer aus den Fingern fiele, deshalb meinte ich: »Bis dann.«

»Okay. Ich liebe dich.« Sie machte Kussgeräusche durch das Telefon. »Mach keine Dummheiten.«

»Die habe ich noch nie gemacht. Ich wüsste gar nicht, wie das geht.«

Ich warf mich auf die nächste weiche Oberfläche, sprich Vanessas Bett, atmete geräuschvoll aus und versuchte, irgendwas zu fühlen. Aber da war nichts. Mein Hirn war wie ein Auto voller Clowns bis zum Bersten angefüllt mit regenbogenfarbenen Perücken, roten Nasen und Tanzbären in Tutus.

Ich sollte diesen Raum verlassen. Sollte mir was anziehen. Sollte meine Mum anrufen und sie um Verzeihung bitten. Doch im Grunde hatte ich gar keine Lust dazu. Irgendwann müsste ich auch mit Charlie sprechen. Und ich dürfte nicht vergessen, unsere Grundsteuer zu zahlen. Eine Sache nach der anderen, Tess.

Ehe ich entscheiden konnte, welche Sache auf der Liste all der Dinge, die ich gar nicht machen wollte, ich zuerst in Angriff nehmen sollte, klingelte erneut das Telefon. Und wieder ging ich für den Fall, dass die Grundsteuer vielleicht schon etwas früher fällig wäre, an den Apparat.

»Hallo?«, stieß ich mit matter Stimme aus.

»Kittler«, schnauzte eine Frau. »Sag, verdammt noch mal, kein Wort. Weil ich, verdammt noch mal, echt sauer auf dich bin.«

Oh nein. Ich hatte wirklich keine Lust, mir anstelle von Vanessa irgendwelche Vorhaltungen anzuhören. Heute noch viel weniger als sonst.

»Ich bin nicht …«, fing ich an.

»Ich habe gesagt, du sollst deine verdammte Klappe halten«, fuhr die Frau mit zornbebender Stimme fort. »Weißt du eigentlich, wie schwer es für mich ist, Jobs für dich zu finden? Hast du darüber schon einmal nachgedacht?«

»Nein«, gab ich zurück. Denn das hatte ich tatsächlich nicht.

»Nein, natürlich nicht, weil du eine selbstsüchtige Ziege bist. Es ist wirklich schweineschwer. Und nachdem du letzte Woche einfach nicht erschienen bist … sollte ich dich feuern. Sollte nicht mal mehr dran denken, ob ein Job für dich in Frage kommt. Und jetzt ist auch noch dein verdammter BlackBerry kaputt? Was zum Teufel ist bloß los mit dir?«

Inzwischen war mir klar, dass ich mit der Agentin von Vanessa sprach. Weil der Umgang mit Worten sie verriet. Denn niemand fluchte schöner als Veronica.

Mit Vanessas Karriere war es nicht weit her. Bisher hatte ich nicht mal ein Dutzend Aufnahmen von ihr gesehen. Hauptsächlich schien sie Porträtfotos von ihren Freundinnen für deren Eitelkeitsprojekte aufzunehmen, und gelegentlich bekam sie irgendwelche Fashionjobs und Aufträge von Indie-Magazinen, ohne dass sie irgendjemand zweimal nahm. Was für mich als Fotonärrin durchaus zu verstehen war. Denn die Bilder, die ich von ihr kannte, waren flach, vollkommen überladen und zum Teil derart verschwommen, dass die meisten Leute sie nicht mal auf Instagram gepostet hätten, und ich hasste Instagram. Nur dass keinen Menschen interessierte, was ich von den Bildern hielt. Die Leute interessierten sich für sie als heiße Braut, dafür, dass sie jede Menge Leute kannte, und noch mal für sie als heiße Braut.

Ehe ich Veronica erklären konnte, dass ich erstens nicht Vanessa war und zweitens sagen könnte, was mit ihr nicht stimmte – nämlich, dass sie ganz genau die widerliche Schlampe war, als die Veronica sie schon des Öfteren bezeichnet hatte –, schrie sie mich schon wieder an.

»Zu deinem Glück ist gerade jemand echt verzweifelt. Irgendwer bei dieser neuen Zeitschrift konnte Bertie Bennett dazu überreden, ihnen kurzfristig ein Interview zu geben, deshalb brauchen sie ganz dringend eine Fotografin.«

»Bertie Bennett?« Diesen Namen hatte ich noch nie gehört.

»Willst du mich verarschen? Bertie. Blödmann. Bennett«, schnauzte Agentin Veronica mich an. Sie fluchte wirklich gern und viel. »Der reinste Kinderkram. Einfach eine Reihe von Porträts, ein paar Bilder seiner alten Lieblingsstücke und dazu noch ein paar Bilder seiner Lieblingsstücke aus der neuen Kollektion. Mit echter Arbeit hat das nichts zu tun. Einen derart tollen Job hast du gar nicht verdient, und wenn ich nicht das Pech hätte, dass alle anderen Leute gerade irgendwelche anderen Shootings haben, würdest du jetzt ganz bestimmt nicht meine liebreizende Stimme hören.«

Ihre Stimme war tatsächlich wunderschön.

»Du nimmst noch heute Abend einen Flieger nach Hawaii und bist am Freitag wieder da.«

»Hawaii?«

»Was zur Hölle ist bloß mit dir los?«, fragte sie mich schon zum zweiten Mal. »Du klingst total bekifft. Machst du gerade eine Saftkur oder so? Weil du dich wie neugeboren fühlen willst? Oder hattest du eine Erleuchtung oder so? Ich hoffe nicht, denn dieser ganze Esoterik-Kram ist der totale Mist.«

»Tut mir leid, ich bin nicht …«, fing ich an und hätte jetzt nur noch den Namen meiner Mitbewohnerin anfügen müssen, um dann wieder auf dem blöden Sofa Platz zu nehmen, in meinem genauso blöden Schlaf-Shirt weiter irgendwelche blöden Sendungen zu sehen und mich in meinem Selbstmitleid zu aalen, bis später meine beste Freundin käme, um mir darin beizupflichten, dass mein Leben rundherum beschissen war.

Aber vielleicht flöge ich stattdessen ja auch einfach nach Hawaii.

»Kittler, du bekommst jetzt zehn Sekunden Zeit, um ja zu sagen, wenn du jemals wieder deinen blöden Winzig-Arsch zu einem blöden Shooting schwingen willst. Also sag gefälligst ja.«

Zehn, neun, acht.

Hawaii.

Der reinste Kinderkram.

Ich blickte in den Spiegel, der – tatsächlich – über dem verfluchten Bett meiner Mitbewohnerin unter der Decke hing, und überlegte kurz. Ich hatte Haare wie ein Mopp. Ein trauriges Esel-Schlaf-Shirt an. Keine Arbeit. Keinen Freund. Nur eine Freundin. Eine ätzende Familie. Müsste bald die Grundsteuer bezahlen. Und es würde alles andere als leicht, die anderen davon zu überzeugen, dass Tess Brookes trotz allem eine gute Marke war.

Aber was, wenn ich nicht mehr Tess Brookes, sondern Vanessa Kittler wäre? Nur vielleicht nicht ganz so schlampig und mit einem leichten nördlichen Akzent?

»Drei, zwei.«

»In Ordnung«, sagte ich zu meinem Spiegelbild und zu Veronica. »Ich fliege nach Hawaii.«

»Verdammt, natürlich fliegst du nach Hawaii. Die genauen Instruktionen schicke ich per Mail. Ich weiß, du stellst dich bei den Flügen immer furchtbar an, also buch die Tickets einfach selbst, lass dir das Geld erstatten, und jammer mir später nicht die Ohren voll, wenn du nicht den ganzen Preis bezahlt bekommst. Auf Daddys Kreditkarte ist sicher noch ein bisschen Platz.«

»Okay.« Mein Puls fing wieder an zu rasen. Dieses Mal jedoch aus einem völlig anderen Grund. »Uh, mein BlackBerrry ist, hm, im Arsch. Am besten schicken Sie die Mail an die Adresse meiner Mitbewohnerin. Tess S Brookes at googlemail. Und, uh, ich gebe Ihnen auch noch eine andere Nummer. Weil ich auf dem BlackBerry ja nicht mehr zu erreichen bin.«

Hawaii.

»Was auch immer. Pack jetzt einfach deinen Scheiß zusammen, Kittler.« Es klang, als wäre die Agentin alles andere als glücklich mit meiner verfluchten Mitbewohnerin. Aber sicher trotzdem glücklicher als ich. »Du verarschst mich nicht noch mal. Dies ist deine allerletzte Chance. Diese Fotos müssen so gut werden wie die Fotos, aufgrund derer ich mich deiner damals angenommen habe, und kein solcher Müll wie das, was du seither geliefert hast. Ich habe dir doch schon gesagt, dass all das Zeug der letzten Monate nur Müll gewesen ist?«

»Ja?« Ich wünschte mir, ich könnte diese Bilder sehen. Wahrscheinlich hatte sie getrunken, ehe sie zu ihren Shootings aufgebrochen war. Oder hatte viel zu viel damit zu tun gehabt, meinen bis vor ein paar Stunden besten Freund zu vögeln, um sich auf die Jobs zu konzentrieren. Wer konnte das schon sagen? Weil es schließlich jede Menge potenzieller Gründe gab.

»Natürlich ja, verdammt«, fuhr mich ihre Agentin an. »Und, verdammt, der Job ist deine allerletzte Chance. Lass mich also, verflucht noch mal, am besten nicht im Stich.«

Ob letzte Chance oder Neuanfang. Im Grunde gab es da wahrscheinlich keinen Unterschied.

6

Erst als ich am internationalen Flughafen von Honolulu einen Fahrer stehen sah, der ein großes Pappschild in die Höhe hielt, auf dem »Vanessa Kittler« stand, wurde mir klar, wie absolut idiotisch mein Entschluss gewesen war.

Ich war an einem Ort, an dem ich bisher nie gewesen war, um dort für eine Zeitschrift, die ich bisher nie gelesen hatte, Aufnahmen von einem Mann zu machen, dem ich nie zuvor begegnet war. Ich hatte meine alte Kamera, Vanessas Ausrüstung und irgendwelches Zeug aus ihrem Schrank gepackt und für Amy einen Zettel mit den Worten »Bin für ein paar Tage in Hawaii. Rufe dich nach meiner Ankunft an. Sorry, XXX« an die Wohnungstür geklebt. Wahrscheinlich hatte ich das alles unter anderem deswegen getan, weil in meinem Leben das totale Chaos ausgebrochen war und ich einfach keine Lust mehr hatte, dieses Leben unverändert fortzuführen. Und vor allem schien die richtige Vanessa ihre Sache auch nicht wirklich gut zu machen, ganz egal, wo sie jetzt gerade war. Weshalb mein Entschluss mir durchaus richtig vorgekommen war. Genauso richtig wie, dass zwei plus zwei nichts anderes war als drei plus eins. Das war nicht falsch, aber auch nicht wirklich richtig.

Ich umklammerte den feuchten Plastikgriff von meinem schlecht gepackten Koffer, stolperte kurz über meine eigenen Füße und nickte erhaben, als der Fahrer mit dem

Schild in meine Richtung wies. Auch wenn meine Erscheinung sicher alles andere als erhaben war. Trotzdem nickte er zurück, öffnete die Tür des Fonds und nahm mir den Koffer ab. Juhu. Einen Menschen hatte ich schon mal erfolgreich hinters Licht geführt. Indem ich meinen Mund gehalten und mit wenig eleganten Schritten auf ihn zugestolpert war.

Ich hatte nicht genau gewusst, welche Kleider für meinen spontanen Karrierewechsel richtig waren. Wie liefen Fotografinnen herum? Meine eigene Garderobe bestand überwiegend aus vernünftigen Ensembles, wie sie in Bürojobs üblich waren. Aus jeder Menge Schwarz und Blau von Marks & Spencer oder ähnlich hippen Shops. Während meine Mitbewohnerin in irgendwelchem obercoolen Designerzeug herumstolzierte, das sie entweder bei ihren Freundinnen stibitzte oder sich von ihrem Dad bezahlen ließ. Zum Glück hatte ich festgestellt, dass die einzige Gemeinsamkeit, die wir abgesehen von Charlie Wilders Penis hatten, unsere Maße waren. Und nachdem ich mir schon ihren Namen, ihren Job und ihre Kamera geliehen hatte, hätte sie wahrscheinlich nichts dagegen, nähme ich auch zwei von ihren Jeans, einen Armvoll T-Shirts sowie ein paar andere Klamotten von ihr mit. Und dazu noch für den Fall der Fälle zwei Paar superteurer Schuhe. Sowie einen hübschen Pulli für den Flug. Wir hatten beide jede Menge Kurven, wobei ihre allerdings an den idealen Stellen saßen, während meine überall an meinem Körper angesiedelt waren. Dass ich mir fast sieben Jahre lang das Hinterteil an einem Schreibtisch plattgesessen hatte, hatte ihm nicht wirklich gutgetan. Trotzdem passten mir die meisten ihrer Sachen, wenn ich möglichst enge Unterwäsche trug und meinen Bauch einzog. Worüber ich unendlich glücklich war. Außer ihren Sachen hatte ich noch meine eigene Unterwäsche, Flipflops und einen Bikini eingepackt. Das arme, alte Ding. Ich hätte nicht mehr sagen können, wann ich ihn erstanden hatte, war mir aber ziemlich sicher, dass er alt genug war, um die Prüfung zu einem mittleren Schulabschluss zu bestehen.

In London war es neblig und grau gewesen, als ich in den Flieger eingestiegen war, doch bei meiner Ankunft kaum elf Stunden später war das Wetter wunderbar. Anfangs hatte ich mir eingeredet, dass die Götter mir auf diese Weise deutlich machen wollten, dass meine Entscheidung gut gewesen war und sie mich für meinen Mut erst mit winzig kleinen Flaschen Alkohols während der Reise und jetzt noch mit Sonnenschein belohnten. Nur war dies kein grauer Sonntagnachmittag in Heathrow, aber eben auch kein sonnenwarmer Sonntagabend in L. A., sondern ein glutheißer Montagmorgen in Hawaii, und allmählich wurde mir bewusst, wie irre dieses Unternehmen war. Auch wenn ich immer noch nicht wirklich fassen konnte, was mit mir geschah. Statt in einem Bus zu sitzen, der sich durch die viel befahrenen Straßen Londons quälte, wurde ich in einer Limousine über eine leere Autobahn chauffiert. Und statt mir die leuchtenden Plakate an den Haltestellen dieses Busses anzuschauen, sah ich hohe Palmen, einen leuchtend blauen Himmel und den Ozean an mir vorüberziehen. Ohne nachzudenken, hatte ich die Themse gegen den Pazifik eingetauscht. Was, um Himmels willen, hatte ich getan?

Ehe ich den Fahrer anflehen konnte, kehrtzumachen und mich umgehend zum Flughafen zurückzubringen, hielt er schon vor einem Haus, das mich an das Modell der Südseeinsel aus einer Kinderzeitschrift, das ich damals nicht gebastelt hatte, denken ließ. Der dreigeschossige Palast war teilweise in einen Hügel integriert, bestand praktisch nur aus Fenstern sowie sanft geschwungenen Kurven und wurde von einem riesigen Balkon gekrönt. Diese Art von Futurismus hatten Architekten in den Sechzigern geliebt, aber gleichzeitig sah es so aus, als wäre dieses Haus fester Bestandteil dieses Hügels und deshalb genauso alt. Bertie Bennett musste mindestens so reich wie Krösus oder J.K. Rowling sein. Ich hatte bisher nicht darüber nachgedacht, wie unglaublich reich er sicher wäre. Er war eindeutig kein Mann, der sich von einer jungen Frau ablichten ließe, die als Fotografin bisher nur Erfahrung darin hatte, eine Woche lang allabendlich ihr Essen abzulichten, um es für die anderen bei Facebook einzustellen, und mithilfe einer App zu gucken, wie sie aussehen würde, litte sie an Magersucht oder an Bulimie.

Ich starrte immer noch auf das phänomenale Haus, als der Fahrer eine Schlüsselkarte über einen unsichtbaren Sensor zog und durch ein riesengroßes Eisentor an dem Palast vorbei durch eine üppig grüne Landschaft fuhr, die links von einem Berg begrenzt wurde und rechts von einem menschenleeren Strand. Und ehe ich auch nur Gelegenheit bekam, zumindest meinen Mund wieder zu schließen, hielt er an und schaltete den Motor aus.

»Miss Kittler? *Aloha, e komo mai.* Willkommen in Oahu.«

Meine Tür wurde geöffnet, und ein untersetzter Mann in einer schlichten schwarzen Uniform reichte mir die Hand. Ich saß da und starrte ihn aus großen Augen an. Sprach man auf Hawaii etwa kein Englisch? Hatte ich an etwas derartig Wichtiges womöglich nicht gedacht? Sein bisher breites Lächeln machte einem Blinzeln Platz, als ich mich nicht rührte, doch ich starrte ihn weiter reglos an.

Seine großen braunen Augen waren viel zu hübsch für einen Mann. Beim Anblick seiner Wimpern würde Bambi garantiert vor Neid vergehen.

»Miss Kittler?«

»Hallo, ja«, waren meine ersten, leicht gekrächzten Worte, seit ich eingereist war, und endlich nahm ich seine Hand. Wie idiotisch ich mich mal wieder benahm. »Ich bin wegen der Fotos hier. Für *Gloss*?«

Vor allem war ich nach dem langen Flug erstaunlich eloquent. Eloquent und fürchterlich verschwitzt.

»Ja, natürlich«, antwortete er sehr höflich in perfektem Englisch, beugte sich leicht vor und schlang einen Blumenkranz um meinen Hals. Er rümpfte nicht mal leicht die Nase, obwohl ich wahrscheinlich furchtbar stank. Ob er Bertie Bennett war? Ich war hoffnungslos verwirrt. »Mein Name ist Kekipi. Sie müssen sehr müde von der Reise sein. Am besten führe ich Sie erst mal in Ihr Cottage.«

Cottages waren kleine, strohgedeckte Häuschen, neben deren Eingangstüren Rosen wuchsen und durch deren Fenster man sprechende Igel oder alte Kräuterhexen in der alten Küche werkeln sah. Weshalb das Gebäude, zu dem mich Kekipi führte, ganz bestimmt kein Cottage war.

Es war ein wunderschöner Bau mit weiß gekalkten Wänden, einem abgeschrägten Schieferdach und exklusivem Mobiliar. Von meinem Platz aus konnte ich entlang des Strandes noch vier andere solche Häuschen sehen, die mit ihren winzigen Veranden, riesengroßen Fenstern und den weiß lackierten Gartenmöbeln wie Miniaturen des Haupthauses aussahen. Schon die kleine Tess hatte begeistert Reisesendungen gesehen, und die große Tess sah regelmäßig Sendungen, in denen Leute neue Wohnungen oder Häuser suchten. Eine derart tolle Immobilie an einem derart tollen Ort hatten die Makler in der Sendung aber bisher nicht gezeigt. Die Umgebung war beinahe schmerzlich schön. Es sah aus, als hätte jemand den Kontrast an meinem Fernseher verstellt. Der blaue Himmel leuchtete so kräftig, wie ich es noch nie gesehen hatte, und die weißen Wattewölkchen flogen über mir dahin, obwohl die Brise, die vom Meer in meine Richtung wehte, herrlich mild und kaum zu spüren war. Das Meer war klar, der Sand war weiß, die Bäume leuchtend grün und mit hübschen violetten oder pinkfarbenen Blüten übersät. Falls es je ein Argument für intelligentes Design gegeben hatte, dann eindeutig hier. Genau so wäre der perfekte Tuschkasten organisiert, denn die kräftigen Farben waren genauestens aufeinander abgestimmt. Am liebsten hätte ich umgehend meine Kamera gezückt und die Schönheit der Umgebung festgehalten. Was doch sicherlich ein gutes Zeichen war.

»Ich manage das Anwesen für Mr. Bennett.« Vorsichtig legte der Mann in Schwarz eine Hand auf meine Schulter und geleitete mich in mein neues Heim. »Das Cottage ist vollständig eingerichtet, aber bitte rufen Sie mich einfach an, falls irgendetwas fehlt. Sie brauchen nur die Eins des Telefons zu drücken, dann kommt umgehend jemand vorbei. Zum Abendessen möchte Mr. Bennett Sie ins große Haus einladen – für gewöhnlich isst er gegen acht. Und bis dahin machen Sie einfach Gebrauch von allem, was das Cottage und das Anwesen zu bieten haben. Falls Sie nicht zu müde sind, führe ich Sie gern noch kurz herum.«

Die Höhepunkte einer Führung durch mein Anwesen in London bestünden aus meinem extraschnellen Wasserkocher, aus dem Kaffeefleck im Teppich vor der Couch, der sich einfach nicht entfernen ließ, und aus unserem wundersamen Schrank, in dem man Wäsche trocknen können sollte, röche er nicht ständig klamm und feucht.

»Ehrlich gesagt, bin ich tatsächlich ziemlich müde.« Ich versuchte, nicht zu registrieren, dass ich selbst in meinen Chucks noch erheblich größer war als er. Trotzdem kam ich mir wie eine bleiche, wortkarge, verschwitzte Riesin vor. Deshalb setzte ich ein extrabreites Lächeln auf und fügte schnell hinzu: »Aber später würde ich mir wirklich gerne alles ansehen. Denn das Anwesen ist einfach wunderschön.«

Ich schwenkte meine Arme wie der gelbe Riesenvogel aus der Sesamstraße und riss meine roten Augen auf. Die richtige Vanessa hätte sich für die Zurschaustellung meiner Begeisterung wahrscheinlich fürchterlich geschämt.

»Natürlich, Mrs. Kittler«, meinte er und nickte mit dem Kopf. »Drücken Sie einfach auf die Eins, wenn's losgehen soll.«

»Nennen Sie mich bitte einfach Tess«, bat ich ihn automatisch und riss gleichzeitig die Augen auf. »Ness! Ich meine Ness. Oder Vanessa. Denn so heiße ich.«

Seine Miene blieb auch weiter völlig ausdruckslos. »Gern, Vanessa. *Mahalo*.«

»Um, *Mahalo*?« Ich verbeugte mich gestelzt, denn ich hatte keine Ahnung, welche Reaktion wohl angemessen war.

»Das bedeutet ›danke‹«, klärte mich Kekipi auf und zwinkerte so leicht, dass ich nicht sicher hätte sagen können, ob das Zwinkern vielleicht einfach meiner Fantasie entsprungen war. »Vielleicht hatten Sie ja Angst, ich hätte Sie in einer Fremdsprache beschimpft.«

Er rollte meinen Koffer durch die Tür und ließ mich mit einem weiteren *Aloha* erst einmal allein.

Ungläubig starrte ich durchs Fenster auf den Strand. War ich wirklich hier in diesem Paradies? Und was sollte ich jetzt tun? Mich in meinen Badeanzug zwängen und die erste Runde im Pazifik drehen? Oder meine Shorts ausgraben und den wunderschönen Berg erklimmen, an dem wir vorbeigekommen waren? Meinen Kopf gegen die nächste Backsteinmauer schlagen, bis ich wieder halbwegs bei mir wäre? Diese Möglichkeiten waren alle gut. Doch ich stürzte erst mal in die Küche, wühlte dort in allen Schränken und im Kühlschrank, fand dort eine Schachtel schokolierter Macadamianüsse sowie eine riesengroße Tüte Erdnussflips, blieb in meinem ramponierten Nachtflugsoutfit neben der Arbeitsplatte stehen und stopfte wechselweise Erdnussflips und Macadamianüsse in mich hinein. Weil das deutlich einfacher als schwimmen oder wandern und erheblich schmerzfreier als der Zusammenprall meines Kopfes mit einer Backsteinmauer war.

Amy ging gleich nach dem ersten Klingeln an den Apparat. Nachdem ich mein eigenes Handy eingeschaltet hatte, hatte ich dort unzählige Nachrichten von meiner besten Freundin vorgefunden, die befürchtet hatte, dass ich irgendwo in einer Nervenheilanstalt gelandet war. »Gott sei Dank, du lebst. Wo steckst du, und was machst du? Warum war dein Handy einen ganzen Tag lang ausgestellt? Wo treibst du dich herum?«

»Oh Amy.« Ich lehnte mich an die Arbeitsplatte, wischte meine Erdnussfinger an der Hose ab und starrte durch die breite Flügeltür auf die Terrasse meines Häuschens und den weißen Sandstrand, der direkt dahinter lag. »Weißt du noch, als ich im dritten Schuljahr weggelaufen bin, weil ich keine Lust hatte, ins Zeltlager der Pfadfinder zu fahren?«

»Da hast du dich am Ende unseres Gartens unter einen Baum gesetzt. Aber damals hast du nur zwei Stunden durchgehalten, bis du Pipi machen musstest und ins Haus gekommen bist. Sitzt du etwa wieder dort? Aber diesmal bist du schon viel länger weg. Sag also bitte nicht, du hast dich nass gemacht.«

»Ich habe mich nicht nass gemacht«, erwiderte ich zögernd. »Ich habe dir doch einen Zettel an die Wohnungstür gehängt. Hast du meine Nachricht nicht gelesen? Ich bin auf Hawaii.«

Was, wenn Amy meine Nachricht nicht gefunden hatte? Was, wenn vorher schon ein Einbrecher darauf gestoßen war? Was, wenn er in meine Wohnung eingebrochen war und meine tollen … ach, egal.

»Das ist so ungefähr das Lächerlichste, was du je gesagt hast«, stellte sie nach kurzem Überlegen fest. »Noch lächerlicher als deine Behauptung, dass du bei der letzten Staffel *X Factor* mühelos hättest gewinnen können.«

»Gegen den singenden Müllmann hätte ich auf alle Fälle eine Chance gehabt.«

»Darum geht's jetzt aber nicht«, brüllte mich Amy an. »Sag mir endlich, wo du wirklich steckst.«

»Ich stecke wirklich auf Hawaii.« Auch wenn ich das selber immer noch total unglaublich fand. Wobei ein kurzer Blick durchs Fenster mir verriet, dass ich eindeutig nicht unter dem Baum in Amys Garten saß. »Echt. Ich kann das Meer und alles sehen. Ich bin tatsächlich auf Hawaii.«

»Nie im Leben.«

»Doch.«

»Das kann nicht sein.«

»Ich weiß. Aber trotzdem bin ich hier.«

»Das bist du nicht.«

»Amy.«

»Tess.«

Eine halbe Welt von mir entfernt in einer Westlondoner WG schnalzte meine beste Freundin so laut mit der Zunge, dass es mitten im Pazifik noch zu hören war. Ich stimmte ihr mit einem Seufzer zu, zog meine Socken aus, schlängelte mich aus Vanessas Jeans und trat auf Zehenspitzen durch die Flügeltür. Die Bodenfliesen waren herrlich kühl, und die Abdrücke, die meine feuchten Zehen dort hinterließen, lösten sich im Handumdrehen wieder auf.

Das klare Wasser aus der Bucht, die eine elegante Kurve um das Anwesen beschrieb, ergoss sich leise plätschernd auf dem weißen Sand. Der weiße Sand grenzte an eine leuchtend grüne Rasenfläche, und die leuchtend grüne Rasenfläche schmiegte sich an die gekalkten Cottages, die inmitten hoher Palmen, die sich in der milden Brise wiegten, perlengleich am Fuß des Hügels aufgefädelt waren.

Es war die Art von Ort, an dem Vanessa abhing. Denn sie war einfach der Typ für ungeplante Kurztrips nach Hawaii. Während für mich selbst im besten Fall ein regnerisches Wochenende an der Küste meines Heimatlands in Frage kam.

»Du bist also tatsächlich auf Hawaii?«, erkundigte sich Amy. »Aber warum? Was machst du da? Du hättest vielleicht nicht so oft romantische Komödien gucken sollen. Denn die Leute reisen nicht einfach spontan auf irgendeine Insel im Pazifik, außer sie sind Julia Roberts oder völlig abgedreht.«

Ich trat von der Veranda auf das frische Gras. Es wäre

nur ein kurzer Sprung bis an den Strand, doch zum Springen hatte ich im Augenblick ganz einfach nicht die Kraft.

»Dann bin ich offensichtlich völlig abgedreht.«

Es ging überraschend schnell, bis Amy wusste, weshalb ich zum ersten Mal in meinem Leben entweder einfach spontan oder vielleicht auch total verrückt gewesen war. Ich konnte gut verstehen, dass sie meiner Erzählung erst mal schweigend lauschte, doch nach Ende des Berichts stieß sie ein ehrfürchtiges »Wahnsinn« aus.

Das völlig überraschend für mich kam.

»Dann glaubst du also nicht, dass ich verrückt geworden bin?« Ich knabberte an meinem Daumennagel und lief langsam an den Strand. Das herrlich kühle Wasser tat meinen verschwitzten Füßen wirklich gut.

»Oh, natürlich glaube ich, dass du verrückt geworden bist«, bestätigte sie mir. »Aber schließlich wurde es auch langsam Zeit. Das hast du wirklich toll gemacht!«

»Ich stehe hier im Slip an einem Strand und gebe mich als jemand anders aus, weil ich meinen Job und offenbar auch den Verstand verloren habe, und du sagst, das wäre toll?«

»Und ob!«, rief sie begeistert. »Das ist echt der Hit! Kannst du irgendwelche Hulamädchen sehen? Gibt's dort viele Kokosnüsse? Glaubst du, dass du mitbekommen wirst, wie ein Vulkan ausbricht?«

So dämlich diese Fragen klangen, kannte Amy sich mit dieser Inselgruppe offenkundig deutlich besser aus als ich.

»Kokosnüsse gibt's bestimmt. Weil hier jede Menge Palmen stehen«, bestätigte ich ihr und blickte mich zum ersten Mal seit meiner Ankunft richtig um. Oh, welcher Schock – anscheinend war die ganze Insel wunderschön.

»Hulamädchen habe ich bisher noch nicht gesehen, aber direkt in meinem Rücken steht ein wirklich hoher Berg. Ich kann nicht sagen, ob das ein Vulkan ist, hoffe allerdings, dass nicht, denn wenn es einer ist und er gleich ausbricht, habe ich nicht die geringste Chance.«

»Wo bist du genau? Damit ich es gleich googeln kann.« Sie klang noch immer deutlich aufgeregter als ich selbst. Was ich irgendwie beruhigend fand. Weil ich dann vielleicht doch nicht vollkommen verrückt geworden war.

»Du bist wirklich vollkommen verrückt geworden«, fügte sie hinzu. Was deutlich weniger beruhigend war.

Ich schirmte meine Augen mit der Hand gegen die Sonne ab, um mir den kleinen schwarzen Felsen, der wie ein Sombrero aus dem Ozean ragte, anzusehen, und fragte mich, ob die Entfernung wohl zu weit zum Schwimmen war. Für mich auf jeden Fall.

»Keine Ahnung«, meinte ich und klappte meine Augen zu. Ich brauchte einfach eine kurze Pause von der geradezu absurden Schönheit, aber kaum dass ich sie wieder aufschlug, fiel mein Blick auf etwas Neues, was noch schöner als die ganzen anderen Dinge war. Ich brauchte mich nur umzudrehen, damit ich irgendwelche neuen, wunderschönen Einzelheiten sah. Hawaii war rundum prächtig. Offenbar war es unter den Reisezielen dieser Welt, was bei den Menschen Ryan Gosling war. »Ich bin in Honolulu angekommen, und wir sind nicht wirklich weit gefahren. Ich schätze also, dass ich irgendwo nicht weit von Honolulu bin.«

»Finde es heraus – denn ich will wissen, wo genau du bist. Und schreib mir alle zwei Sekunden eine SMS. Oder eine Mail. Oder über Facebook. Oder alles gleichzeitig. Das heißt, am besten twitterst du. Genau, du musst mir immer twittern, wo du gerade bist und was du gerade machst.«

»Ich dachte, dass ich vielleicht erst mal duschen und mir danach überlegen sollte, was ich weiter machen soll.« Ich blickte blinzelnd in den hellen Sonnenschein. »Denn ich bin total erledigt und vor allem vollkommen verschwitzt. Oh!«

Als ich wieder ins Cottage gehen wollte, tauchte plötzlich aus dem Nichts ein Kerl mit nacktem, schweißglänzendem Oberkörper auf und rannte mich fast um.

»Ob Sie k.o. sind, weiß ich nicht, aber verschwitzt sind Sie auf jeden Fall«, stieß er mit einem atemlosen Knurren aus und richtete mich wieder auf. »Und Sie haben eine wirklich hübsche Unterhose an.«

Damit drehte er mich wieder Richtung Ozean und sprintete davon.

»Was war das? War das etwa ein Mann?«, kreischte Amy mir ins Ohr. »Du fliegst gratis nach Hawaii, würgst dadurch Vanessa eine rein, und dann gibt's dort auch noch Männer? Am besten schwinge ich mich in den nächsten Flieger, der in deine Richtung geht.«

»Im Gegensatz zu mir hast du noch einen Job«, rief ich ihr in Erinnerung und blickte auf das Hinterteil des Kerls, der locker flockig weiterlief. Als Folge unserer kurzen Kollision glänzte sein Schweiß auf meinem Unterarm. Was ziemlich eklig war. »Das heißt, den habe ich im Grunde auch. Auch wenn ich keinen blassen Schimmer habe, was ich machen muss. Ich sollte vielleicht langsam los.«

»Man könnte eine super Fernsehserie aus deinem Leben machen«, seufzte sie. »Aber, hm … was meinen Job angeht. Könnte sein, dass ich gefeuert worden bin. Ich hätte also Zeit.«

»Oh, Aims«, stieß ich mit, wie ich hoffte, mitfühlender Stimme aus, weil ihr jetzt schon zum dritten Mal in diesem Jahr gekündigt worden war. »Du machst doch wohl nicht auch jetzt gerade irgendeine Lebenskrise durch?«

»Was auch immer. Aber schließlich war der Job auch ätzend«, stellte sie mit geradezu erschreckend gleichmütiger Stimme fest. »Bis du wieder da bist, bin ich wieder durch und durch vernünftig und habe bestimmt auch längst einen neuen Job. Oder bin nach Kuba abgehauen und gebe mich dort als Spionin aus.«

»Während man mich selbst wahrscheinlich längst schon festgenommen hat«, murmelte ich. Der Jogger war nicht mehr zu sehen. »Bist du in Ordnung, oder brauchst du irgendwas?«

»Was zu trinken und dazu ein Ticket nach Hawaii«, klärte Amy mich mit hoffnungsvoller Stimme auf.

»Ich dachte eher daran, ob ich dir vielleicht bei der Miete helfen soll.« Ich fühlte mich entsetzlich, weil ich so weit weg war, während sie mich brauchte, deshalb fragte ich noch mal: »Und du bist ganz bestimmt okay?«

»Auf jeden Fall«, beruhigte meine Freundin mich. »Mach du erst mal dein Ding und stürz dich für mich in die Wellen oder so. Ich rufe einfach später noch mal an.«

»Das will ich doch wohl hoffen. Denn am besten vergewissern wir uns beide täglich, ob die andere vielleicht doch irgendwo eingeliefert werden muss.«

Ich legte auf und blickte abermals den geradezu absurd verführerischen Ozean an.

»Ach, haltet doch die Klappe«, raunte ich den Wellen zu.

Vielleicht sollte Amy besser stündlich überprüfen, ob ich geistig wenigstens noch halbwegs auf der Höhe war.

Ich ging wieder in das Cottage, hängte dort mein iPhone an das Ladekabel aus dem Duty-free-Shop und legte es wie auch zu Hause auf dem Nachttisch ab. Es war ein herrliches Gefühl, etwas zu tun, was ich auch im normalen Leben tat. Dann blickte ich mich um, schüttelte den Kopf und spürte, wie mein Pferdeschwanz schlaff gegen meinen Nacken schlug. Wenn dies das Gästecottage war, stellte ich mir lieber gar nicht vor, wie prächtig wohl das Haupthaus war. Denn bereits dieses kleine Haus war rundum perfekt. Wobei die blanke Küche und das aufgeräumte Wohnzimmer noch längst nicht alles waren. Durch einen kleinen Flur war ich ins Schlafzimmer gelangt, einen offenen, hellen Raum mit einem riesengroßen Bett, und kichernd drückte ich die Nase in das weißeste und weichste Bettzeug, mit dem ich in meinem Leben jemals in Kontakt gekommen war. Das dunkle Holz des hübsch geschwungenen Frisiertischs war identisch mit dem Holz des Schreibtischs, auf dem neben einem riesigen MacBook Pro ein hochmoderner Drucker stand. Vielleicht sollte ich mich gleich erst mal gemütlich in den schicken weißen Lederschreibtischsessel setzen, um dort meiner Arbeit nachzugehen. Denn schließlich war ich ja der Arbeit wegen hier.

Neben diesen Möbeln gab es in dem Raum noch eine weiße Schrankwand, deren Türen offenbar noch nie von jemandem geöffnet worden waren, an dessen Fingern noch die Reste eines Schokoriegels klebten, und ein weißes Wandbord, auf dem eine leuchtend pinkfarbene Ukulele lag. Ich unterdrückte das Verlangen, mir das Instrument zu schnappen und darauf herumzuschrubben. Dafür wäre schließlich später auch noch Zeit.

Ich spähte aus dem Fenster und entdeckte einen schmalen Pfad, über den man bis zur Rückseite des Bennettschen Palastes kam. Eines Prachtbaus, wie er sonst den Schurken aus den Bondfilmen, den letzten sechs Bewerberinnen bei *America's Next Top Model* und unter Umständen P. Diddy vorbehalten war. Wenn ich dort nachher zum Abendbrot erschiene und auf Beyoncé als Hausgast träfe, würde ich verrückt werden.

Ich riss mich von der Aussicht los, schälte mich aus meinen restlichen Klamotten und marschierte in das an den Schlafraum angrenzende Bad. Dank der Drogerie am Flughafen von Heathrow hatte ich die notwendigsten Dinge für die Körperpflege mitgebracht, brauchte meine mitgebrachten Flaschen allerdings nicht anzubrechen, denn der fürsorgliche Mr. Bennett hatte alles, was das Frauenherz begehrte – Seife, Duschgel, Shampoo, Spülung, Duftkerzen und statt der einzeln eingepackten grässlichen Hotelrasierer, die die Haut in feine Streifen schnitten, sogar einen echten Lady-Shave für mich bereitgestellt. Das bedeutete, er war wahrscheinlich schwul.

Nach der ausgedehntesten und wunderbarsten Dusche meines Lebens setzte ich mich in den weißen Ledersessel und fuhr meinen Laptop hoch. Da ich stundenlang in einem Wi-Fi-losen Flieger eingesperrt gewesen war, hatte ich bisher noch keine Zeit gehabt, um rauszufinden, wer der große Mr. Bennett war. Doch zumindest hatte ich mich vor dem Abflug noch mit einer Reihe Modemagazine eingedeckt und wusste jetzt, dass meine abgewetzte Jeansjacke von H&M bei Weitem nicht so hipp wie eine Luxus-Leder-Bomberjacke war, dass man keine weiten Leinenhosen, sondern kurze Baumwollhosen trug und vor allem Neonfarben der totale Renner waren. Die meisten von Vanessas Sachen, die ich mitgenommen hatte, unterschieden sich bereits sehr stark von meinem eigenen, eher zurückhaltenden Kleidungsstil, aber als ich auf den Koffer voll gestreifter Shirts und enger Hosen starrte, stieß ich einen abgrundtiefen Seufzer aus. Denn was ich als hip und cool und schick empfunden hatte, war nach *InStyle, Marie Claire, Elle* und *Vogue* und *Gloss* und *Belle,* nach *Grazia* und selbst nach *GQ* schon längst wieder ein alter Hut. Verdammt.

Ich klinkte mich in Bennetts Wi-Fi-Netzwerk ein und ging eilig meine E-Mails durch. Ich ignorierte die vier Anschreiben von Amy, tat, als wäre mir egal, dass Charlie sich seit seinem Rauswurf nicht gemeldet hatte, und rief das zehnseitige Schreiben der Agentin auf. Die meine Mitbewohnerin anscheinend ebenfalls nicht gerade für die hellste Kerze auf der Torte hielt. Was mir durchaus gelegen kam. Denn ich konnte jede Hilfe brauchen, die ich kriegen konnte, und sie stellte diesen Job als ziemlich einfach dar.

Ich atmete erleichtert auf, überflog die Mail von *Gloss* und las, dass die Regie bei diesem Shooting offenbar bei einem ihrer Leute lag. Ich brauchte also nur die Kamera dorthin zu halten, wo ich sie aus Sicht von diesem Menschen halten sollte, und dann auf den Auslöser zu drücken, weiter nichts.

Das Einzige, was mich ins Schwitzen brächte, wäre also das Porträt von Bertie Bennett selbst. Was, wenn er ein Arschloch war? Aber schließlich hatte ich in meinem Leben schon des Öfteren mit Arschlöchern zu tun gehabt. Und wenn ich nicht auf der Stelle meine Sachen packen, heimfliegen und Charlie Oberarschloch gegenübertreten wollte, bliebe ich am besten hier und gäbe mich auch weiter als Vanessa aus. Wie schwer könnte es schon werden, ein paar Aufnahmen zu machen? Das würde ich doch sicher vollkommen problemlos hinbekommen.

Mit neuem Selbstbewusstsein warf ich mich aufs Bett, klemmte mir den Kugelschreiber zwischen meine Zähne und ging meinen Zeitplan durch.

Dem offiziellen Schrieb von *Gloss* zufolge waren für heute meine Ankunft und ein erstes Treffen mit dem ehrenwerten Mr. Bennett eingeplant. Wobei ich, wie Veronica es formulierte, »meine blöde Klappe halten und meine verdammte Libido bezwingen sollte«. Was bestimmt nicht weiter schwierig war.

Am Dienstagvormittag träfe ich Paige, die künstlerische Leiterin des Magazins, um das Shooting zu besprechen und mit ihr und Bertie die Klamotten für das Modeshooting durchzugehen. Wieder hatte die Agentin einen wohlmeinenden Rat für mich hinzugefügt. »Piss dem Kerl ja nicht ans Bein.« Das klang ein bisschen harsch, war aber sicher gut gemeint.

Am Mittwoch fänden die besagten Modeshootings statt (wo, würde ich am Vormittag erfahren), und Donnerstag käme das Interview mit Bertie dran.

Der Freitag war noch offen für den Fall, dass irgendwas vorher nicht fertig wäre, und am Samstagabend flögen wir zusammen wieder heim.

Am Ende hatte die Agentin ein paar zusätzliche aufmunternde Worte wie »Vermassel diesen Job und ich drehe dir den Hals um« oder »Sogar ein Schimpanse könnte diese Fotos machen« angefügt. Aber schließlich hatte man Schimpansen auch schon durch den Weltraum fliegen lassen und ihnen das Kartenspielen beigebracht. Im Gegensatz zu mir. Verdammt, verdammt, verdammt.

Ich druckte den Terminplan aus, hängte ihn mit einem

kleinen Stück des unsichtbaren Klebebands, das neben einem Stapel exklusiven Briefpapiers in einer Schublade des Schreibtischs lag, am Spiegel auf und googelte den Namen meines Gastgebers. Nach zwei Minuten und drei Klicks war mir bewusst, dass Bertie Bennett a) total verrückt und b) der Eigentümer eines supercoolen, in New York gelegenen Kaufhauses namens Bennett's war. Wobei Punkt b) vollkommen mühelos herauszufinden war. Weil es eine tolle Webseite zum Bennett's gab und praktisch jede Modeseite sich auf das Geschäft bezog. Wenn ich jemals in New York gewesen wäre, statt immer nur *Friends* und andere Serien zu gucken, hätte ich das sicherlich gewusst. Und Punkt a) erschloss sich mir aufgrund der vielen Aufnahmen im Netz, auf denen Bertie lächerliche Outfits trug und lauter lächerliche Dinge tat. Es gab bei Weitem nicht so viele Bilder von dem Mann, wie ich vermutet hätte, doch die Bilder, die es gab, waren vollkommen absurd. Die drei Jahre in den späten Siebzigern, in denen er nie ohne Frack oder Zylinder aus dem Haus gegangen war, waren genau dokumentiert. Aber schließlich hatte er mit dem Zylinder auch ausnehmend elegant gewirkt. Aus der Phase in den Sechzigern, als er als Astronaut herumgelaufen war, gab es leider kaum ein Bild von ihm.

Dafür, dass er eine Hauptfigur der Modebranche war, hielt Bertie sich seit überraschend langer Zeit auffällig bedeckt. Seit Beginn der Achtziger hatte man fast nichts mehr von dem Mann gehört. Die Zeiten hatten sich anscheinend wirklich sehr geändert. Finge er erst heute in der Branche an, hätte er wahrscheinlich eine eigene Fernsehshow und eine eigene Abteilung bei der Kaufhauskette Debenhams.

Alle Fotos zeigten ihn als jungen, lebensfrohen Kerl mit

einem ausgefallenen Stil. Sagenhaft gepflegt und das, was aus der Sicht von meiner Mum ein echter »Dandy« oder mit den Worten meiner Großmutter ein »eingefleischter Junggeselle« war. Ich würde sicher nicht verstehen, warum den Frauen aus dem Norden das Wort »schwul« so schwer über die Lippen kam.

Kaum aber hatte er das erste graue Haar bekommen, gab es nichts mehr über ihn. Sein Name fand sich höchstens noch in ein paar Klatschkolumnen und in Beiträgen zu irgendwelchen Modenschauen, weil die Mitglieder der Modebranche schließlich eine eingeschworene Truppe waren. Weshalb ich ihn nicht kannte, weil ich selbst kein Mitglied dieses Klüngels war. Trotzdem nagte ich an meinem Stift und fragte mich, weshalb nach all der Zeit urplötzlich doch noch einmal eine Fotografin von ihm eingeladen worden war. Vielleicht hatte er sich liften lassen, wollte allen zeigen, wie fantastisch er jetzt wieder aussah, und ich war die Glückliche, die ihn als Erste zu Gesicht bekam. Juhu.

Nachdem ich das Infoschreiben der Agentin siebenmal gelesen hatte, loggte ich mich kurz bei Facebook ein, rief Charlies Seite auf, und mein neu erworbenes Selbstvertrauen löste sich in Wohlgefallen auf. Er hatte schon seit einer Ewigkeit nichts mehr gepostet, und ich sah vor allem Bilder, die von seinen Freunden hochgeladen worden waren. Ich drückte auf den Knopf für Aufnahmen von mir und ihm und rang erstickt nach Luft. Weil ich die Bilder urplötzlich mit völlig anderen Augen sah. Auf beinah allen Fotos lehnte ich mich an ihn an oder blickte lächelnd zu ihm auf, während er in eine völlig andere Richtung sah.

Jeder Augenblick mit ihm zusammen hatte sich mir ins Gehirn gebrannt. Ich wusste noch genau, wie wir im Kino einen von den *Bourne*-Filmen gesehen hatten und ich fast gestorben wäre, weil wir beide Shorts getragen hatten und bei jeder noch so flüchtigen Berührung unserer nackten Beine meine Atmung ausgesetzt hatte, als hätte jemand mir den Hals mit einer Kordel zugeschnürt. Oder dass er auf der Arbeit öfter wortlos eine Packung Skittels im Vorbeigehen auf meinen Schreibtisch hatte fallen lassen, weil er wusste, dass das meine Lieblingsbonbons waren. Wie ich ihn besucht hatte, nachdem sein Großvater gestorben war, und er mir schluchzend in den Arm gefallen war. Wir hatten nicht gesprochen, sondern einfach auf dem Sofa gesessen und zusammen eine Folge *Top Gear* nach der anderen gesehen. Mitten in der Nacht war ich in seinem Bett erwacht, während er selbst, umgeben von Familienfotos, auf dem Sofa eingeschlafen war. Es hatte mir das Herz gebrochen, ihn so unglücklich zu sehen, doch ich hatte einfach eine Decke über ihn gebreitet und mich selbst wieder ins Bett gelegt. Und am nächsten Morgen waren die Fotos nicht mehr da gewesen, und die roten Augen hatte er damit begründet, dass sein Heuschnupfen deutlich stärker als gewöhnlich war.

Es war noch früher Morgen – nicht mal zehn –, doch nach dem langen Flug war ich total erschöpft. Entschlossen klappte ich den Laptop wieder zu, krabbelte ins Bett und zog mir die weiße, weiche Decke bis zum Kinn. Entweder war ich so müde wie noch nie in meinem Leben oder dieses Bett bestand aus weichen Wattewolken. Denn noch ehe ich mich auch nur auf die Seite drehen konnte, um den Wecker meines iPhones einzuschalten, schlief ich bereits tief und fest.

7

Zu meiner Überraschung merkte ich, dass man problemlos einen ganzen Tag verschlafen konnte, wenn man außer unter grenzenloser Panik auch noch unter Jetlag litt. Als ich meine Augen wieder aufschlug, hing die Sonne bereits tief am Horizont, und der Himmel war mit leuchtend pink- und orangefarbenen Streifen überzogen, die den wolkig grauen Sonnenuntergang über dem Mühlteich meines Heimatdorfs verblassen ließen, von dem ich erst zwei Tage zuvor derart entzückt gewesen war.

Es war schon kurz vor sieben, und in einer Stunde hatte Mr. Bennett mich zum Abendessen einbestellt. Ich hoffte nur, ich würde diese erste echte Feuerprobe wie auch immer überstehen. Jedes Mal, wenn ich die Augen schloss, kam ich zu dem Schluss, ich träumte alle diese Dinge sicher nur. Denn das Verrückteste, was ich bisher jemals getan hatte, war, mich im Jahr 2004 an einem Mittwoch krankzumelden, nachdem Amy Tickets für das Justin-Timberlake-Konzert ergattert und ich die Befürchtung hatte, dass sie noch vor Ende des Konzerts verhaftet oder mindestens Kontaktverbot zu ihrem Schwarm erhalten würde, wenn ich sie allein gehen ließ. Davon abgesehen, dass auch ich selbst ein echter Fan von Justin war.

»Ich darf einfach nicht vergessen, dass ich jetzt Vanessa heiße«, machte ich dem Mädchen Mut, das mir aus dem Spiegel über dem Frisiertisch sorgenvoll entgegensah.

»Das ist das Einzige, was ich auf keinen Fall vergessen darf. Alles andere ist kein Problem.«

Kein Problem. Haha.

Um fünf vor acht nahm ich den von Fackeln beleuchteten Schlängelpfad zum Haus, lief auf die Veranda zu und übte in Gedanken gleichmäßiges Atmen und vor allem ein paar Schlüsselsätze ein. Im Grunde wäre dies ein Job wie jeder andere – ich verkaufte einfach ein Produkt, so wie ich es immer tat. Nur dass das Produkt in diesem Fall ich selbst und der Kunde Bertie Bennett war. Das konnte doch nicht wirklich schwierig sein.

Ich hatte keine Zeit gehabt, um meine Haare ordentlich zu föhnen, und damit die feuchte Abendluft mir keinen wenig schmeichelhaften Afrolook verpassen konnte, trug ich sie in einem straff geflochtenen Zopf. Ich hatte keine Ahnung, welche Kleiderordnung bei dem Abendessen herrschte, und nach einigem Überlegen hatte ich mich für ein schlichtes gelbes Wickelkleid und die Leder-Flipflops, die mir in Vanessas Zimmer in die Hand gefallen waren, entschieden. Passend zu dem schlichten Outfit war auch mein Make-up im klassisch eleganten Stil gehalten, was für mich als echten Tollpatsch mit dem Puderpinsel eine wahre Meisterleistung war.

Jetzt bräuchte ich mich also nur noch an den Tisch zu setzen, eine Mahlzeit einzunehmen, nett zu lächeln und mit möglichst vielen Fragen zu verhindern, dass die Sprache auf mich selber kam. Dank der jahrelangen Arbeit in der Werbebranche wusste ich, am liebsten sprachen andere immer über sich. Und solange man die passenden Geräusche machte und die Unterhaltung irgendwie am Laufen hielt, fiel für gewöhnlich keinem Menschen auf, wenn man nur irgendwelche Floskeln von sich gab. Ich hatte mir schon unzählige Fragen für die anderen zurechtgelegt, würde essen, bis ich platzte, und vor allem jeden Alkohol vermeiden. Deshalb ging ich sicher davon aus, dass es bei dem Essen keine größeren Probleme geben würde.

Was natürlich eine grobe Fehleinschätzung war.

Denn kaum betrat ich die Veranda, drückte mir Kekipi mit den großen Rehaugen ein Glas Champagner in die Hand.

»Miss Kittler«, grüßte er. »Sie sehen bezaubernd aus.«

Um nicht unhöflich zu wirken, nahm ich ihm das Glas mit einem netten Lächeln ab.

»Vanessa«, korrigierte ich und gratulierte mir, weil mir mein neuer Name sofort eingefallen war. »Nennen Sie mich doch bitte einfach Vanessa, ja?«

Der Tisch im Hintergrund war eindeutig für jemand deutlich Eleganteren als mich gedeckt, aber schließlich konnte ich durchaus mit Messer und Gabel essen. Oder wenigstens die meiste Zeit.

»Mr. Bennett bittet mich, ihn zu entschuldigen. Er selbst kann heute leider nicht zum Abendessen kommen, möchte aber, dass Sie trotzdem bleiben. Der erste Gang wird gleich serviert.«

Kurz entschlossen leerte ich mein Glas und folgte ihm erleichtert und zugleich etwas verärgert an den Tisch. Ich kam mir vor, als hätte ich die Vorbereitungen für einen wichtigen Geschäftstermin getroffen, und der wäre dann mit einem Mal geplatzt – denn auch wenn ich den Termin nicht wirklich hatte wahrnehmen wollen, war ich trotzdem leicht enttäuscht, weil meine Arbeit für die Katz gewesen war. Allerdings war es nicht gerade einfach, allzu unglücklich zu sein, während man Champagner trank und die milde Brise, die vom Meer herüberwehte, um die nackten Beine genoss. Denn daheim in England würde ich im besten Fall montags nach der Arbeit in der Happy Hour auf zwei Drinks ins *Wagamama's* gehen. Nur mit Amy, weil mein zweiter bester Freund an diesem Tag zum Fußballtraining ging. Nicht, dass ich an Charlie dächte. Nein, ganz sicher nicht.

»Mr. Miller ist im Haus.« Kekipi schenkte mir beflissen nach, und dieses Mal hob ich das Glas nicht sofort an den Mund. »Das Essen wird sofort serviert.«

»Mr. Miller?«, fragte ich.

»Der Gentleman, der Mr. Bennett interviewen wird«, klärte er mich lächelnd auf. »Er kommt sicher gleich heraus.«

Ich war bisher noch nicht auf die Idee gekommen, dass ich unseren Gastgeber fotografieren sollte, während er das Interview für diese blöde Zeitschrift gab. Na super, dachte ich. Wahrscheinlich würde dieser Typ, sobald er mich erblickte, irgendeine hämische Bemerkung machen, weil mein Outfit, das im Grunde nicht einmal mein Outfit war, völlig unpassend für dieses Essen war.

Ich setzte mich auf meinen Platz am Tisch und wartete geduldig ab. Wobei Geduld nicht gerade meine Stärke war. Also nutzte ich die Zeit, die nicht vergehen wollte, um mir den Palast von Bertie Bennett aus der Nähe anzusehen. Die Veranda war ein Teil von einem riesigen Balkon, der das gesamte Haus umgab. Zu meiner Linken führte eine Steintreppe zu einem Schwimmbecken mit angrenzendem Whirlpool, der eine phänomenale Aussicht auf die grundstückseigene Bucht und den samtig weichen Abendhimmel bot. Meine Muskeln schmerzten, und ich sehnte mich danach, im warmen Wasser zu versinken, auch wenn mir der Wunsch ein wenig unhöflich erschien, da es schließlich nur zehn Meter bis zum Ozean waren. Zu meiner Rechten fand sich eine weitere Terrasse, die mit ausladenden Sesseln, Liegen sowie einer Reihe Sonnenschirmen ausgestattet war. Ich glitt mit meiner Hand über das weiche Holz des Stuhls, auf dem ich saß, und versuchte, nicht daran zu denken, wie es wäre, läge man auf einer der bequemen Liegen, schlürfte einen Riesencocktail und bekäme gleichzeitig die Schultern sanft massiert. Ich Ärmste saß an diesem wunderhübsch gedeckten Tisch, hielt ein Glas teuren Champagners in der Hand und wartete darauf, dass jemand mir mein Essen brachte, statt gemütlich eine Runde durch den großen Pool zu drehen. Das Leben hier war wirklich hart, aber ich war mir ziemlich sicher, dass ich mich daran gewöhnen könnte, ständig vor so schwierigen Entscheidungen zu stehen.

Ich blickte auf die große Glastür, der ich gegenübersaß, und sah darin mein Spiegelbild. Mein Zopf wirkte okay, und auch wenn das Kleid vielleicht etwas zu grell war, waren die Lichter angenehm gedämpft, und vor allem sahen bei Sonnenuntergang die meisten Dinge deutlich besser aus als sonst. Mit diesen Sachen kannte ich mich aus. Das hieß, ich war ein fotografisches Naturtalent.

Noch während ich dies dachte, glitt die Glastür lautlos auf, und ein Mann trat aus dem Haus.

»Vanessa Kittler.«

Oh. Natürlich.

Oder eher, oh nein.

Es war der Mann vom Strand.

Barfuß, in perfekt sitzenden Jeans und einem blütenweißen Hemd, das seine Bräune vorteilhaft zur Geltung kommen ließ, schlenderte er lässig auf mich zu. Er hatte einen britischen Akzent mit leichtem Übersee-Einschlag, hatte die vergangenen Monate jedoch ganz sicher nicht in Großbritannien zugebracht. Außer wenn er regelmäßig ins Solarium ging. Was ich nur hoffen konnte, denn das würde zeigen, dass der Kerl ein eitler Fatzke und sein tolles Aussehen nicht von Gott gegeben war.

»Hallo.« Ich räusperte mich kurz, stand auf, konzentrierte mich darauf, nichts umzuwerfen, und gab ihm die Hand. »Freut mich, Sie kennenzulernen.«

»Oh, wir sind uns schon begegnet. Heute früh am Strand? Sie erinnern sich doch sicher noch?« Er ignorierte meine Hand und nahm mir gegenüber Platz. Was für ein unhöflicher Kerl. Ich wünschte mir, ich müsste irgendetwas präsentieren. Denn ich liebte PowerPoint. Ohne musste ich mich ganz auf meinen Mund verlassen, und mein Mund war manchmal ziemlich dumm. »Sie haben sich zum Abendessen umgezogen. Das war wirklich weitsichtig.«

»Ich wusste nicht, wie förmlich dieses Essen sein würde«, hörte ich mich stammeln, während mir eine verlegene Röte in die Wangen schoss. Am liebsten hätte ich erst mir, dann ihm und dann noch mal mir selbst eine Ohrfeige verpasst. »Aber trotzdem dachte ich, T-Shirt und Slip wären vielleicht etwas zu leger.«

»Da hatten Sie eindeutig recht.« Er griff über den Tisch, zog eine Flasche Weißwein aus dem Silberkühler und schenkte sich ein. »Ich bin übrigens Nick.« Mir bot er nicht einmal das allerkleinste Schlückchen an.

»Angenehm.« Ich starrte ihn mit großen Augen an. Das Blut kochte in meinen Adern, und ich wusste nicht genau, ob ich ihm lieber eine klatschen oder mit ihm in die Kiste springen wollte. So ging es mir normalerweise nie. Ich war in höchstem Maß verwirrt.

Er nickte mir unmerklich zu. »Also, Vanessa.«

»Ja?« Ich wartete auf seine nächsten Worte, aber er blieb stumm.

Und irgendwann wurde mir klar, dass er mir keine Frage stellen, sondern mich verarschen wollte. Toll. Statt die Luft wie ein normaler Mensch mit höflichem, bedeutungslosem Small Talk zu erfüllen, hielt er sich das Weinglas vor den Mund, als fürchte er, ich könnte dort den Anflug eines Lächelns sehen. Um mein eigenes Glas nicht noch einmal in einem Zug zu leeren, schob ich es so weit wie möglich von mir fort. Denn ich hatte nichts zu tun, und Stille machte mich nervös. Genau wie attraktive Männer und wie unerwartete Ereignisse. Weshalb ich einfach aufgeschmissen war.

»Also, seit wann sind Sie schon hier?« Ich sah an ihm vorbei auf das Gebäude. Hinter einem Fenster in der oberen Etage flackerte ganz kurz ein kaltes Licht, das aber sofort wieder erlosch. Wie in einem Geisterhaus. »Sind Sie heute angekommen?«

Sein Lächeln wurde etwas breiter, und er trank den ersten Schluck von seinem Wein. Er verzeichnete es offenbar als Sieg, dass ich die Stille nicht mehr ausgehalten hatte, und entschlossen presste ich die Lippen aufeinander und beschloss, jetzt ebenfalls zu schweigen wie ein Grab. Ich würde diesem Typen einfach gegenübersitzen und sein selbstzufriedenes Grinsen und das Netz aus feinen Fältchen um die Augen herum anstarren, deren helles Blau schon fast ins Graue überging. Und die muskulösen Unterarme, die unter den hochgerollten Ärmeln seines Hemdes einfach nicht zu übersehen waren. Ich war ein Riesenfan von muskulösen Unterarmen und von Fältchen um die Augen. Damit sah er aus wie Daniel Craig als Bond, nur ein bisschen weniger lädiert und mit einer hübscheren Frisur. Es hätte keinen Sinn, so zu tun, als wäre er nicht heiß. Aber trotzdem war er nicht mein Typ. Denn mein Typ sah wie jemand anders aus.

»Sie wohnen sicher auch in einem von den Cottages?«, brach es mit einem Mal aus mir heraus. Weil mein Mund ein elender Verräter war.

»Ich kann einfach nicht glauben, dass wir uns nicht vorher schon mal irgendwo begegnet sind.« Seine Stimme hatte einen ruhigen und sonoren Klang. Er war bestimmt ein guter Journalist. Denn den babyblauen Augen und der etwas rauen, selbstbewussten Stimme konnte sicher niemand längerfristig widerstehen. »Aber ich kenne Ihren Ruf.«

»Als Fotografin?«, fragte ich.

»Ja sicher«, antwortete er und brach in lautes Lachen aus. »Ihren Ruf als Fotografin, was wohl sonst?«

Na toll. Ich war vor meinem ätzenden Leben in London abgehauen und mit einem heißen, unhöflichen Kerl in einem Tropenparadies gelandet, der mich offenbar für eine Schlampe hielt. Was ich selbst als überzeugte Feministin durchaus gut verstehen konnte. Weil Vanessa schließlich wirklich eine Schlampe war. Um nicht näher auf das Thema einzugehen, griff ich nach meinem Glas, bemühte mich, nur vorsichtig daran zu nippen, und hoffte verzweifelt auf den ersten Gang. Weil ich inzwischen halb verhungert war.

»Denken Sie, Sie sind für diesen Job gerüstet?« Lässig lehnte sich der Kerl auf seinem Stuhl zurück und verschränkte seine Arme vor der Brust.

»Denken Sie, dass *Sie* für diesen Job gerüstet sind?«, wich ich einer Antwort aus.

»Ja«, gab er zurück. »Weil ich einer von den Besten meiner Branche bin. Deswegen bin ich hier. Und Sie?«

»Weil ich eine der Besten *meiner* Branche bin«, stellte ich so selbstbewusst wie möglich fest. »Warum wohl sonst?«

»Weil Oliver Voss, Dan Fraser, Erica Ishiguro und mindestens fünf andere Fotografen meines Wissens nach bereits gebucht gewesen sind und Bennett uns nur diese eine Woche zugestanden hat.« Nick zuckte weder mit der Wimper, noch machte er eine Pause, noch sah er woanders hin. »Sie sind hier, weil niemand anders Zeit hatte und weil der Herausgeber von *Gloss* Ihrer Agentin noch einen Gefallen schuldig war.«

»Ja, genau. Warum auch sonst?«

»Und Sie können mich bestimmt nicht von sich ablenken, indem Sie mir dieselben Fragen stellen wie ich Ihnen«, klärte er mich auf und rollte seine Hemdsärmel noch ein paar Millimeter weiter hoch. »Denn ich bin Journalist. Das heißt, dass ich im Fragenstellen ein echter Profi bin.«

»Ja, genau. Was sonst?«

Wieder bildete mein Mund einen wahrhaft attraktiven schmalen Strich, und ich bedachte diesen blöden Kerl mit einem bitterbösen Blick. Weil er mir allmählich wirklich furchtbar auf die Nerven ging.

»Am besten würde ich die Bilder einfach selber machen«, meinte er so leise, dass ich mir nicht sicher war, ob ich es hätte hören sollen.

»Dann sind Sie also nicht nur Schreiber, sondern gleichzeitig auch Fotograf?«, fragte ich ihn in gezwungen gleichmütigem Ton.

Er zog eine Braue hoch und sah mich reglos an.

»Nein.«

Ich zwang mich auszuatmen, fuhr mit meinem Daumen über meinen Fingernagel und spürte die Enden, die von mir während des Fluges angeknabbert worden waren. Was mir auch nicht wirklich weiterhalf. Ich konnte nur noch beten, dass Kekipi endlich mit dem Essen käme, ehe dieser Blödmann meine Faust zu spüren bekam. Sein starrer Blick brachte mich vollends aus dem Gleichgewicht. Vor allem, weil er sich dabei in höchstem Maß zu amüsieren schien. Je peinlicher es für mich wurde, umso fröhlicher wurde er selbst.

Ich schnappte mir ein Brötchen aus dem Korb, der vor mir stand, riss eine Ecke ab, lenkte meinen Blick zum Horizont und ignorierte die Nervosität, die ich empfand, sobald ich auch nur in die Richtung dieses Typen sah. Weil ich mich schließlich nicht von meiner Vagina beherrschen ließ.

»Erzählen Sie mir etwas von sich.«

Natürlich hatte ich mir gerade eine Handvoll Brötchen in den Mund gestopft, als die schlimmste aller Fragen kam. Ich kaute, hustete und schluckte und hielt mir die Hand vor das Gesicht.

»Da gibt es nicht viel zu erzählen«, antwortete ich. Was keine echte Lüge war. Denn verglichen mit den Leuten, die er für gewöhnlich interviewte, war selbst eine frischgebackene Gewohnheitslügnerin wie ich wahrscheinlich ziemlich langweilig.

»Was ist Ihr Lieblingsbuch?«

»Hm. Ich weiß nicht.«

»Was ist Ihre Lieblingsband?«

»Ich höre alles Mögliche.«

»Ihr Lieblingskunstwerk?«

»Gibt es viele Leute, die ein Lieblingskunstwerk haben?«

»Ihr Lieblingsfilm?«

Das wusste ich. *»Top Gun.«*

»Das ist wohl eher der Lieblingsfilm von Ihrem Freund«, gab er genauso schnell zurück. »Und was ist Ihr eigener Lieblingsfilm?«

Abermals bedachte ich den Widerling mit einem bitterbösen Blick. Denn ich konnte mindestens so unfair sein wie er.

»Oh.« Er nippte abermals an seinem Wein. »Dann haben Sie sich also gerade erst getrennt?«

Da ich einfach keine Ahnung hatte, was ich darauf sagen sollte, schob ich mir die nächste Handvoll Brötchen in den Mund und kaute eine halbe Ewigkeit darauf herum. Nur dass mein erzwungenes Schweigen nicht dieselbe Wirkung auf den Kerl zu haben schien wie auf mich selbst. Im Gegenteil, er sah mich fröhlich grinsend an.

»So, hier kommt das Essen«, meldete in diesem Augenblick Kekipi, und ein Trupp von weiß befrackten Kellnern schleppte riesengroße Platten voll verschiedener Gaumenfreuden an den Tisch. Der Anblick und der Duft der Speisen lenkten mich vorübergehend von Nicks lächerlichen Fragen ab, und während ich versuchte zu entscheiden, welche Köstlichkeit ich mir als Erstes gönnen sollte, überlegte ich, ob all die Kellner Bertie Bennett wohl auch sonst zu Diensten waren. Ich nahm es an.

»Kann ich Ihnen sonst noch etwas bringen?«

»Danke, nein, Kekipi«, antwortete Nick, bevor ich die Gelegenheit zu einer Reaktion bekam. Was ein zusätzlicher Punkt für meine Liste mit den Gründen, ihm die Nase einzuschlagen, war. »Das sieht alles einfach köstlich aus.«

»*Mahalo,* Mr. Miller. Aber bitte läuten Sie, falls doch etwas fehlt. Wir sind drinnen im Haus.«

Dann hatte Nick Kekipi also nicht gebeten, ihn statt Mr. Miller einfach Nick zu nennen. Doch im Grunde hätte das auch nicht zu diesem arroganten Kerl gepasst.

»Es gibt hier eine Klingel?«, fragte ich und traute meinen Augen kaum, als mein Gegenüber eine kleine goldene Glocke in die Höhe hielt.

»Leck mich doch am Arsch«, brach es aus mir heraus.

»Vielleicht nach dem Essen.«

Während ich anfing zu husten, stellte er die Glocke möglichst weit von mir entfernt wieder auf den Tisch. Ich errötete und kniff mir leicht ins Bein. Weil ich bestimmt nur träumte, dass ich hier mit diesem Blödmann saß.

Um möglichst lange nicht zu sprechen, gab ich bergeweise Schwein und Huhn und Fisch auf meinen Teller und glich diese Sünde wenigstens dem Anschein nach mit einer kleinen Menge Grünzeug aus. Von dem ich sicher wusste, dass ich es nicht essen würde, weil ich einfach kein Salatfan war. Den Bauch voll köstlichem, im Erdofen geröstetem Kalua-Schwein jedoch, hielt ich die Stille nicht mehr aus.

»Sind Sie Mr. Bennett schon einmal begegnet?«, fragte ich in möglichst beiläufigem Ton, damit er ja nicht merkte, dass ich die gesamte Zeit, in der ich mich bemüht hatte, das Schweinefleisch zu essen, ohne dass die Hälfte in den Schoß meines geborgten Kleides fiel, darüber nachgegrübelt hatte, welche Frage möglichst unverfänglich war. Wobei ich hoffen musste, dass das Resultat der Grübeleien besser als das Resultat meiner Versuche, unfallfrei zu essen, war.

»Nein.« Zu meinem Glück war Nick mal nett und ging normal auf meine Frage ein. »Er gibt normalerweise keine Interviews. Weswegen das hier eine wirklich große Sache ist.«

»Haben Sie schon viele Leute aus der Modebranche interviewt?«, erkundigte ich mich. Denn schließlich war ich jetzt in Schwung.

»Nicht viele, nein.« Er schüttelte den Kopf und machte ein Gesicht, als hätte er etwas Ekliges gegessen, was jedoch ganz sicher nicht geschehen war. »Normalerweise rede ich mit Leuten, die tatsächlich etwas zu erzählen haben. Und das haben die Leute aus der Modebranche für gewöhnlich nicht.«

»Hat nicht jeder etwas zu erzählen? Schließlich heißt es sicher nicht umsonst, jeder Mensch hätte ein Buch in sich.«

»Das ist totaler Quatsch. Manche Leute haben nicht mal so viel zu erzählen, dass man einen Post-it-Zettel voll bekommt.«

Ich wischte mir die Fettfinger an der Serviette ab und hatte leichte Schuldgefühle, als ich die hässlichen Flecken auf dem festen Leinen sah. »Sie denken also nicht, dass jeder eine spannende Geschichte zu erzählen hat?«

»Denken Sie das etwa?«, fragte Nick zurück. »Nehmen Sie zum Beispiel sich. Worüber würden Sie je schreiben wollen? Denn schließlich haben Sie kein Lieblingsbuch, keine Lieblingsband und nicht mal einen eigenen Lieblingsfilm.«

»Woher wollen Sie wissen, dass ich nicht viel besser schreiben kann als Sie?« Langsam machte er mich wieder wütend. Angefeuert von dem übertriebenen Selbstvertrauen, das das viele Essen mir verliehen hatte, schlug ich kraftvoll auf den Tisch. Was ziemlich schmerzhaft war. »Woher wollen Sie wissen, dass ich nicht gerade an einem Wahnsinnswerk über eine Gesellschaft in der Zukunft schreibe, in der Heinrich der Achte wieder aufersteht und sich unsterblich in ein Eichhörnchen verliebt?«

»Was haben Sie für eine kranke Fantasie.« Zwar klangen seine Worte weiterhin herablassend, aber sein Lachen klang zum ersten Mal beinahe nett. »Aber vielleicht sollte ich Sie öfter auf die Palme bringen, wenn dann solche tollen Sprüche kommen. Schreiben Sie das Buch. Ich lese es auf jeden Fall.«

»Vielleicht will ich das ja gar nicht.« Ich war sauer. Denn er spielte ständig irgendwelche blöden Spielchen, und ich hatte Spielchen immer schon gehasst. Unter anderem deshalb hätte nicht jemand wie Nick, sondern mein bis gestern bester Freund so gut zu mir gepasst. Denn Charlie war genauso attraktiv wie dieser Affe, der mir gerade gegenübersaß, und ging vor allem nie derart respektlos und herablassend mit anderen um. Er war noch nie auf irgendwelche Mädchentricks hereingefallen, und er sagte nie etwas, einfach um eine Reaktion zu provozieren, so wie dieser Mistkerl es bereits den ganzen Abend tat. Nicht, dass ich an Charlie dächte. Der Vergleich hatte sich einfach aufgedrängt.

»Und Sie wollen mir wirklich nicht erzählen, wie es zu der Trennung kam?«, erkundigte sich Nick und schob mir eine Schüssel mit Gemüse hin. »War es so schlimm? Sie sollten dieses Zeug probieren. Es schmeckt einfach wunderbar.«

»Ich will ganz sicher nicht darüber reden«, antwortete ich und häufte ein paar Möhren auf meinem Teller auf. Denn obwohl sie regelrecht vor Butter tropften, waren sie bestimmt gesund. »Weil es nichts zu reden gibt.«

»Dann gab es also eine Trennung.« Er zog seine Brauen hoch, und ich starrte verlegen meinen Teller an. Wie hinterlistig dieser Kerl doch war.

»Wie wäre es mit einem Deal? Für jede Frage, die ich

Ihnen stelle, dürfen Sie mir andersherum eine Frage stellen. Klingt das fair?«

»Nicht wirklich. Weil Sie schließlich ein professioneller Fragensteller sind«, gab ich ein wenig spitz zurück.

»Besonders eloquent sind Sie tatsächlich nicht«, gab er zurück. »Professioneller Fragensteller?«

Ich fuhr zusammen. Schließlich war ich meinen Job seit gerade einmal einer Woche los, und schon wies ich in meiner Muttersprache erste Lücken auf.

»Also gut. Wo leben Sie?«, erkundigte ich mich, um nicht vor Ärger laut zu schreien.

»Ich habe Wohnungen in London und New York, aber richtig leben tue ich wahrscheinlich nirgendwo«, gab Nick zurück. »Es gefällt mir, wenn ein Mädchen Appetit hat. Das ist schön. Aber jetzt zu Ihnen. Sagen Sie mir, was für Sie das Allerwichtigste im Leben ist.«

»Oh, ich, hm …« Ich war verwirrt und hätte immer noch nicht sagen können, ob ich von dem Kerl als fett bezeichnet worden war.

»Los, Vanessa. Denken Sie nicht lange nach, sondern antworten Sie mir ganz spontan.« Er schnipste ungeduldig mit den Fingern vor meinem Gesicht herum.

»Meine Freunde. Meine besten Freunde. Meine beste Freundin. Amy. Aber jetzt wieder zu Ihnen. Wie alt sind Sie?«

»Sechsunddreißig. Ja, ich weiß, ich sehe immer noch fantastisch aus. Und jetzt zu Frage zwei: Was war Ihre bisher größte Leistung?«

»Ich …«

»Sie sollen nicht zögern.«

»Dass ich meinen ersten Job bereits bekommen habe, ehe ich mit meinem Studium fertig war.« Ich fuhr mit meinen Händen durch die Luft, um mich zu stoppen, ehe ich mich vor dem Kerl verriet. »Bevor ich Fotografin wurde. Vollzeit-Fotografin, meine ich. Und jetzt ist meine nächste Frage dran. Haben Sie eine Freundin?«

»Nein.«

»Warum nicht?«

»Weil ich keine habe«, antwortete Nick. »Und jetzt darf ich Ihnen auch zwei Fragen nacheinander stellen.«

Ich war in diesem Spiel nicht halb so gut wie er. Im Verlauf der nächsten zehn Minuten stellte er mir eine ganze Reihe von abstrakten, schwachsinnigen Fragen, und ich antwortete brav. Erzählte ihm, wie welche Farbe ich mich fühlte, dass Geburtstage mir lieber waren als Weihnachten, dass ich lieber in der Stadt lebte als auf dem Land, dass das Land mir aber lieber wäre als das Meer und dass ich noch nie in meinem Leben fremdgegangen war. Wohingegen ich nicht mehr von Nick erfuhr, als dass er in London auf die Welt gekommen war, in New York, Paris und Argentinien gelebt hatte, dass seine Lieblingsfarbe Blau war, er sich nie die Zeit genommen hatte, einen Führerschein zu machen, abends spät ins Bett ging und wenn möglich morgens lange schlief. Er hatte recht, ich war keine professionelle Fragenstellerin.

»Machen Sie das auch, wenn Interviews mal schwierig sind?« Eine andere Frage fiel mir einfach nicht mehr ein. Ich lehnte mich auf meinem Stuhl zurück und strich traurig über meinen prall gefüllten Bauch, als Kekipi und die Kellner wiederkamen, um das Essen abzuräumen. Weil noch jede Menge übrig war. Am liebsten hätte ich die vielen Köstlichkeiten mitgenommen und der armen, arbeitslosen Amy ein Paket geschickt. Sie hätte all die Reste sicherlich im Handumdrehen verputzt. »Dass Sie selber eine Frage stellen und dann der andere eine Frage stellen darf?«

»Das mache ich, wenn ich mit Kindern spreche«, klärte Nick mich auf. »Vor allem, wenn die Kinder etwas schwierig sind.«

»Aha.« Ich nickte knapp. Gerade hatte ich gedacht, er wäre vielleicht doch ganz nett. »Machen Sie das oft?«

»Nein.«

Ich schüttelte den Kopf. »Ich wüsste nicht, was Sie bei unserem Gespräch an interessanten Dingen rausgefunden haben. Schließlich würde auf die Frage, ob er ein loyaler Mensch ist, sicher niemand nein sagen.«

»Genau das ist es ja.« Jetzt lehnte sich Nick auf seinem Stuhl zurück, und außerhalb des Kerzenlichts konnte ich nur noch seine Silhouette sehen. »Ich habe über Sie aufgrund Ihrer Fragen mehr herausgefunden als Sie über mich durch meine Antworten.«

»Ach ja?«

»Auf jeden Fall.« Er genehmigte sich einen großen Schluck von seinem Wein und räusperte sich kurz. »Sie sind irgendwo in einem Kuhkaff großgeworden und sobald Sie achtzehn waren von dort abgehauen. Nachdem Ihre Freunde für Sie wichtiger als alle anderen Menschen sind, scheint Ihre Beziehung zur Familie nicht besonders eng zu sein. Auch ohne die Erwähnung Ihrer Trennung hätte ich gewusst, dass Sie alleinstehend sind, weil nur alleinstehende Menschen derart stolz auf berufliche Erfolge sind. Und Sie sind auch nicht unsterblich verliebt, denn das hätten Ihre Antworten verraten, ganz egal, ob sie das hätten sollen oder nicht. Außerdem haben Sie nur eine Freundin namentlich erwähnt, was einerseits in höchstem Maß *Sex and the City* ist und andererseits erneut verrät, dass Sie in niemanden verliebt sind. Oder es auf alle Fälle nicht sein wollen. Trotzdem muss ich davon ausgehen, dass Sie mit Ihrem Single-Leben alles andere als glücklich sind, weil es bei den meisten Ihrer Fragen um mein Liebesleben ging. Und nachdem die anderen Fragen meinen Job betrafen und Sie obendrein noch wissen wollten, wo ich bereits überall gewesen bin, schätze ich, dass Sie sich zwar zum Großteil über Ihre Arbeit definieren, aber gleichzeitig auch gern mehr reisen würden, als es Ihnen bisher möglich war. Was für eine Fotografin ziemlich seltsam ist.«

Ich war total perplex.

»Ist das alles, was Sie rausgefunden haben?« Eilig streckte ich die Hand nach meinem Weinglas aus. Denn jetzt brauchte ich dringend einen möglichst großen Schluck.

»Auch wenn ich mich damit wahrscheinlich ziemlich aus dem Fenster lehne, schätze ich, dass Sie sich Sorgen wegen Ihres Alters machen. Denn sonst hätten Sie mich sicher nicht gefragt, wie alt ich bin«, fuhr er achselzuckend fort. »Außerdem waren Ihre Fragen zwar etwas banal und deprimierend nüchtern, aber gleichzeitig wie die nach meiner Lieblingsfarbe wenigstens im Ansatz kreativ. Ich würde also sagen, dass Sie gern Probleme lösen, allerdings auf eine kreative Art. Was schon eher zu einer Fotografin passt.«

Oder zur künstlerischen Leiterin in einem Werbeunternehmen, dachte ich. Einen so professionellen Fragensteller hatte ich beim besten Willen noch nie erlebt.

»Sie sind ziemlich ruhig geworden«, meinte Nick, während Kekipi mit der Hälfte seiner Gang und einer Auswahl köstlicher Desserts auf die Terrasse trat. Zum Glück ließ dieses Kleid genügend Raum für Völlerei. Am Ende dieser Woche wäre ich bestimmt so fett wie eine Kuh. Oder vielleicht sogar zwei.

»Ich habe recht mit dem, was ich gesagt habe, nicht wahr?«

»Zum Teil«, räumte ich widerstrebend ein. »Aber es ist nicht so, als hätte ich nicht auch was über Sie herausgefunden.«

»Na, dann schießen Sie mal los«, bat er, und einer von den Kellnern schenkte uns zwei Tassen Kaffee ein. Ich hoffte nur, er wäre ohne Koffein.

»Verblüffen Sie mich mit den Schlüssen, die Sie aus diesem Gespräch gezogen haben.«

»Vor allem ist mir aufgefallen, dass die Antworten, die Sie gegeben haben, immer möglichst vage waren.« Ich gab Milch in meinen Kaffee und vermied es, ihn beim Reden anzusehen. Denn sein Anblick lenkte einfach zu sehr ab. »Lieblingsfarbe, Führerschein, Ja- und Nein-Fragen, damit hatten Sie kein Problem, aber was den Rest angeht ... anscheinend wollen Sie nicht, dass irgendwer zu viel über Sie weiß.«

»Das ist eine interessante Theorie«, bemerkte er. »Fahren Sie fort.«

Okay. »Tja nun, natürlich bin ich keine Journalistin, aber diese schnellen Antworten, die nackten Füße und der schwarze Kaffee. Dass Sie sechsunddreißig und noch immer Single sind, sich auf keinen Ort einlassen können und sich nirgendwo zu Hause fühlen. Für mich sieht es so aus, als legten Sie sich nicht gern fest.«

»Ich glaube, es ist allgemein bekannt, dass Single-Männer meines Alters ein Problem haben, sich festzulegen«, stellte er betont gelangweilt fest.

Verwundert blickte ich von meiner Kaffeetasse auf. Vielleicht klang er gelangweilt, aber seine Miene drückte heißen Ärger aus.

»Obwohl Ihnen wahrscheinlich klar ist, dass das Thema Bindungsangst von Frauen erfunden worden ist. Kein Mann hat ein Problem damit. Und wenn eine Frau von Bindungsängsten eines Mannes spricht, geht es ihr im Grunde nur darum, dass er sich nicht von *ihr* an die Kandare nehmen lässt. Was ziemlich traurig ist.«

»Wow.« Ich beugte mich ein wenig vor, um ihn genauer anzusehen. »Sind Sie wütend auf uns Frauen im Allgemeinen oder gibt es eine ganz spezielle Frau, auf die Sie derart sauer sind?«

»Das wäre wirklich etwas völlig Neues.« Wieder lehnte er sich weit genug zurück, dass sein Gesicht nicht mehr zu sehen war. »Verletzt und mit gebrochenem Herzen bringe ich jetzt meine Tage damit zu, die Geschichten anderer aufzuschreiben, nur damit ich nicht an meine eigene Geschichte denken muss. Und renne dabei vor mir selbst davon, bis ich irgendwann der Frau begegne, durch die alles anders wird.«

»Von einem gebrochenen Herzen habe ich kein Wort gesagt«, gab ich in ruhigem Ton zurück.

»Nun.« Er trommelte mit seinen Fingern auf den Tisch und lächelte die hübsche Leinendecke an. »Tja, nun, ich nehme an, das haben Sie tatsächlich nicht.«

Die Palmen wiegten sich gemächlich in der milden Abendbrise, und ich schob mir eine Strähne meiner Haare aus den Augen und blickte in Richtung Haus. Ich fragte mich, wie viele Menschen dort wohl lebten. Denn in einem derart riesigen Gebäude lebte Bertie Bennett doch ganz sicher nicht allein.

»Also, erzählen Sie mir mehr über Vanessa Kittler, die phänomenale Fotografin«, brach zum ersten Mal an diesem Abend er die Stille. Und obwohl ich nur geschwiegen hatte, weil mir keine Reaktion auf seine letzten Worte eingefallen war, freute ich mich über diesen ersten Sieg. »Ich würde wirklich gern Ihre Geschichte hören.«

»Nein.« Ich griff nach einem Stückchen Ananas, das vor mir auf dem Teller lag, und nutzte es als süßen Zeigestock. »Der Geschichtenerzähler sind schließlich Sie. Warum haben Sie sich noch nie als Schriftsteller versucht?«

»Haha«, gab er zurück. Irgendwann in den vergangenen fünf Minuten hatte er auch noch den letzten Rest Humor verloren, und jetzt blitzte er mich zornig an. Worüber ich durchaus nicht unzufrieden war.

»Die Trennung hat Sie offensichtlich furchtbar mitgenommen«, stellte ich mit unschuldiger Stimme fest. »Weil Sie Ärmster vollkommen gebrochen sind.«

»Sie sehen einfach zu viel fern.« Nick trank seinen Kaffee aus und entriss mir zornig das Stück Ananas. »Aber sonderlich belesen sind Sie offensichtlich nicht.«

»Und ob«, fuhr ich ihn an. Wie konnte er es wagen, mir mein Stückchen Ananas zu klauen? Zwar war der Teller voll mit anderen Stücken, aber darum ging es nicht. »Ich lese sogar jede Menge.«

»Ich spreche nicht von Zeug wie *Fifty Shades of Grey*.«

»Das habe ich gar nicht gelesen«, klärte ich ihn triumphierend auf. Denn schließlich ging es ihn nichts an, dass ich nur aus Zeitmangel darauf verzichtet hatte, mir aber anhand der Wikipedia-Zusammenfassung die saftigen Stellen aus dem Netz geladen hatte, um zumindest auf dem Laufenden zu sein.

»Wie gesagt, Sie lesen offensichtlich nicht.«

Geschmeidig, doch entschlossen stand er auf, kam um den Tisch herum, legte seine Hände auf die Armlehnen von meinem Stuhl und beugte sich zu mir herab. Ich riss den Kopf zurück und sah ihm reglos ins Gesicht. Eine solche Augenfarbe hatte ich noch nie zuvor gesehen.

Er schob seinen Mund dicht an mein Ohr, und ich atmete den frischen Duft von seinem Shampoo und den dunkleren und wärmeren Geruch von seinem Körper ein.

»Gute Nacht, Vanessa«, raunte er mir zu, richtete sich wieder auf und joggte leichtfüßig davon.

»Aber hallo.« Leicht gekränkt und unglaublich verwirrt griff ich nach dem nächsten Stückchen Ananas, schob es mir in den Mund und passte meine Kaubewegungen dem Trommelwirbel meines Herzens an. »Das war aber nicht besonders höflich.«

»Nein«, ertönte eine Stimme neben mir. »Anscheinend haben Sie einen Nerv getroffen«, klärte mich Kekipi auf.

Ich lachte schuldbewusst. Es machte mich etwas verlegen, dass er meine Selbstgespräche mitbekommen hatte, doch vor allem war ich froh, dass ich mit meiner Meinung nicht alleine war.

»Wie ist die Ananas?« Beflissen schenkte er mir Kaffee nach, genehmigte sich selbst eine Tasse, warf sich auf den Stuhl, auf dem vor einem Augenblick noch Nick gesessen hatte, und schwang seine nackten Füße auf den Tisch. Ich fragte mich, ob er sich gegenüber allen Gästen, die der unbekannte Mr. Bennett hatte, so benahm. Falls außer uns bisher schon irgendjemand anderes Gast in diesem Haus gewesen war.

»Einfach köstlich«, lobte ich mit vollem Mund. Und wirklich hatte keine andere Ananas mir je so gut geschmeckt. Die kleinen Plastikbecher, die ich mir gelegentlich bei Marks & Spencer gönnte, kämen mir nie mehr ins Haus. »Rundherum perfekt.«

»Das höre ich gern.« Kekipi trank den ersten Schluck Kaffee und stieß einen zufriedenen Seufzer aus. Im Gegensatz zu meinem Dinner-Date wirkte er wunderbar entspannt. »Es heißt, dass man erst Ananas gegessen hat, wenn man sie in Hawaii gegessen hat.«

»Dann werde ich so viel wie möglich davon essen, während ich hier auf der Insel bin.«

»Ich werde sicherstellen, dass Sie in Ihrem Cottage immer welche finden«, sagte mir Kekipi augenzwinkernd und blickte auf das Licht, das in meinem Nachbarcottage brannte, seit Nick heimgegangen war. »Haben Sie sich gut mit Mr. Miller unterhalten?«

»Dann wäre er wahrscheinlich nicht beleidigt abgerauscht.« Ich zupfte leicht nervös am Ende meines Zopfs. »Ich habe das Gefühl, als ob mir dieser Mann noch jede Menge Scherereien machen wird.«

»Ich hätte nichts dagegen, wenn ein solcher Mann mir Scherereien machen würde. Denn er ist echt heiß und voll mein Typ.«

»Meiner nicht.« Ich starrte immer noch das Licht hinter dem Fenster an. Wahrscheinlich stieg er – Gerade. Jetzt. In. Diesem. Augenblick. – aus seiner Jeans. »Ich war noch nie ein Fan von blondem Haar.«

»Wenn Sie wollten, könnten Sie doch sicher eine Ausnahme von dieser Regel machen, oder nicht?« Fröhlich rührte sich Kekipi einen Riesenlöffel Zucker in den Kaffee und fuhr unbekümmert fort: »Er ist einer dieser Männer, auf die einfach alle abfahren. Es ist wie mit Pizza und George Clooney. Jeder will ein Stück davon. Solche Typen können Ihre Mutter und selbst Ihre Großmutter bezirzen und zugleich bei Ihrem Vater Eindruck schinden, weil sie wissen, wie man Knoten bindet und dazu noch echte Whiskey-Kenner sind.«

»Er kann Knoten binden?«

»Ganz bestimmt. Wahrscheinlich ist der Kerl so unschwul, wie's nur geht. Deshalb sollte ich mich möglichst gar nicht erst in ihn verlieben. Und auch Sie lassen das besser sein.«

»Das lasse ich auf jeden Fall«, erklärte ich ihm lachend, doch er wirkte alles andere als überzeugt.

»Keine Angst«, verteidigte ich mich. »Im Ernst. Ich werde mich ganz sicher nicht in diesen Kerl verlieben.«

»Ich werde Sie auf Ihrer Hochzeit daran erinnern.«

»Wenn Sie dort als Ehrenbrautjungfer Blumen streuen.« Gegen meinen Willen lenkte ich den Blick zurück auf Mr. Millers Cottage, wo das Licht hinter dem Fenster blinkte, ehe die gesamte Bucht in Dunkelheit versank.

8

Für mein armes, kleines Hirn war der Dienstagmorgen beinah so verwirrend, wie der Montagabend es gewesen war. Es wurde von den Jetlag-Überresten eingenebelt, während ich die letzten vierundzwanzig Stunden gedanklich Revue passieren ließ. Honolulu, Amy, Schlafen, Abendessen, Wortgefecht mit Nick und dann zwei Stunden mit Kekipi, in denen er mein neuer bester Freund geworden war. Ihm zufolge waren wir die ersten echten Gäste, die seit Jahren auf das Anwesen gekommen waren, und er freute sich unglaublich, dass es wenigstens für eine Woche ein vielleicht auch nicht ganz freiwilliges Publikum für seine Reden gab. Müde, doch begeistert hatte ich mir seine endlosen, erstaunlichen Geschichten über seine Abenteuer als einziger Schwuler seines Heimatdorfs und während seiner Zeit als Manager von Bertie Bennetts Haushalt angehört. Die Geschichten von den wilden Partys, die dort früher stattgefunden hatten, hatten einen an *Der große Gatsby* denken lassen, auch wenn ich bei der Lektüre des Buches niemals bis zum Schluss gekommen war.

Aber das war alles letzte Nacht gewesen, und inzwischen war ein neuer Tag. Mein erster vollständiger Tag in meinem neuen Doppelleben und mein erster vollständiger Arbeitstag, an dem ich nicht ich selbst, sondern Vanessa Kittler war. Zwischen zwei und drei der letzten

Nacht – zu einer Zeit, in der man oft die sinnvollsten Entschlüsse fasste – hatte ich beschlossen, eine Woche lang Vanessa nicht einfach zu spielen, sondern tatsächlich zu sein. Denn auch wenn ich es nur ungern zugab, hatten mir die Wortgefechte mit dem blöden Nick im Grunde durchaus Spaß gemacht, und auch wenn Tess Brookes niemals freiwillig einen Streit vom Zaun gebrochen hätte, tat Vanessa Kittler das mit schöner Regelmäßigkeit. Und warum sollte ich nicht etwas mit einem derart attraktiven Burschen flirten? Weil ich schließlich jung und ungebunden und aus Sicht dieses attraktiven Burschen sowieso schon eine Schlampe war. Ich streckte meine Arme über meinen Kopf, bis ich etwas knacken hörte, und versuchte, mich dazu zu bringen, endlich aufzustehen. Denn ich hatte mir Vanessas Leben schließlich nur für eine Woche ausgeborgt – und diese Woche sollte ich so gut wie möglich ausnutzen.

Stattdessen rollte ich mich auf den Bauch, vergrub meine Arme unter meinem Kissen und verzog den Mund zu einem Lächeln, als ich sah, dass meine Canon direkt neben mir unter der Decke lag. Anscheinend hatte ich nach meiner Rückkehr in das Cottage Lust auf einen One-Night-Stand mit meiner Kamera gehabt. Aber schließlich fing man eine Woche in der Ferne auch am besten mit dem Austausch sanfter Zärtlichkeiten mit vertrauten elektronischen Geräten an. Ich strich sanft über den Kasten und bemühte mich, ja keinen Knopf zu drücken und mein Schätzchen aufzuwecken. Denn es brauchte seinen Schlaf, und schließlich stand uns ein harter Tag bevor.

Vorsichtig verließ ich das Bett, ließ meine Kamera dort allein zurück, schleppte mich in meinem Schlaf-T-Shirt in Richtung Küche und bemerkte dort zwei Dinge, die ich nicht gesehen hatte, als ich gestern Abend heimgekommen war. Einen Teller voller köstlich aussehender, frischer Früchte sowie einen dicken, weißen Umschlag, in dem eine steife, weiße, goldwappenverzierte Karte steckte, die in einer wunderbar geschwungenen Schrift beschrieben war.

Liebe Ms. Kittler,
leider werde ich für unseren heutigen Termin nicht zur Verfügung stehen. Bitte entschuldigen Sie mich.

Falls Sie etwas brauchen, wenden Sie sich bitte an Kekipi.

Mit freundlichem Gruß
B. Bennett

Hm. Jetzt hatte er schon wieder abgesagt. Ich fragte mich, weshalb er uns wohl dieses Mal versetzte. Vielleicht wegen der Probleme mit der Mühle, die Kekipi angedeutet hatte? Oder feierte er vielleicht gerade eine Orgie mit Jack Nicholson, Mick Jagger und der halben Playboy-Villa und war deswegen nicht rechtzeitig hierher zurückgekehrt? Wahrscheinlich konnte er sich einfach nicht entscheiden, ob er sich auf einen seiner Liegestühle oder in den Whirlpool lungern sollte. Was bestimmt sehr schmerzlich für ihn war – ähnlich schwierig wie die Wahl, vor der die Hauptdarstellerin des Films *Sophies Entscheidung* stand.

»Schon gut«, erklärte ich der leeren Küche, während ich die Karte auf die Arbeitsplatte legte und mein Haar zu einem wirren Knoten band. »Dadurch habe ich noch einen Tag, an dem ich mich mit meiner Kamera befassen kann.«

Und wenn es ganz schlimm käme, hätte ich am Schluss der Woche noch mal einen ganzen Tag, um damit herumzuspielen. Weil *Gloss* schließlich eine echte Zeitschrift war, bei der von echten Planern echte Pläne für den Notfall vorbereitet worden waren. Das Einzige, was fehlte, wäre eine echte Fotografin. Aber das war ihnen schließlich nicht bewusst. Und vor allem hatte ich urplötzlich einen völlig freien Tag im herrlichen Hawaii …

Der Strand war menschenleer und totenstill. Statt einer frisch gestärkten weißen Bluse über einer schlecht sitzenden schwarzen Hose trug ich eins von meinen superweichen T-Shirts über meinen abgeschnittenen bisherigen »Maler«-Jeans. Und stellte fest, dass das Leben ohne Uniform gar nicht so schlecht war.

Anders als am Vortag wehte nicht die allerkleinste Brise, und die Sonne wärmte meine nackte Haut im Handumdrehen auf. Trotzdem war es nicht zu heiß und nicht zu feucht, sondern einfach wunderbar. Ein Wetter wie für Goldlöckchen gemacht.

»Du darfst nicht vergessen, dass du aus einem bestimmten Grund hierhergekommen bist«, rief ich mir in Erinnerung und hängte mir den breiten Gurt der Kamera entschlossen um den Hals. »Du musst Bilder machen. Und sie müssen gut werden. Zumindest gut genug, damit du anschließend mit Photoshop etwas draus machen kannst.«

Da am Strand und auch oben am Haus kein Mensch zu sehen war, wanderte ich einfach los.

Wie ruhig und friedlich es hier war. Entweder die ganze Insel wurde medikamentiert, oder der rehäugige Kekipi hatte meinem Kaffee gestern Abend heimlich ein Beruhigungsmittel beigemischt. Winzig kleine, rot gekrönte Vögel flatterten um mich herum, der mehlig-weiße Sand schmiegte sich wie ein Paar weißer Söckchen eng an meine nackten Füße an, und ich atmete die blumig-frische Luft als Gegenmittel zu dem grauen Smog daheim so tief wie möglich ein.

»Hi.« Ich nickte einem kleinen weißen Vogel zu, der am Rand des Strandes joggte und dabei sein Köpfchen vor- und zurückwippen ließ. Er blieb kurz stehen, legte das besagte Köpfchen etwas schräg und sah mich fragend an, bevor er wieder seiner Wege ging. Ich war eindeutig Tausende von Meilen von den einbeinigen Tauben Londons, die andauernd in der Mauser waren, entfernt.

Allerdings begannen meine Waden schon nach wenigen Schritten durch den weichen Mehlsand wehzutun. Am besten setzte ich mich erst mal hin.

Irgendwo zwischen den Cottages, dem Ozean und dem Nichts fand ich ein bequemes Plätzchen, vergewisserte mich kurz, dass in der Nähe keine unhöflichen Männer joggten, und wandte mich meiner heiß geliebten Canon zu. Klickend, surrend, blitzend erwachte das gute Stück zum Leben, und ich nickte lächelnd mit dem Kopf.

Es hatte mir das Herz gebrochen, als ich meine Kamera Vanessa hatte überlassen müssen, doch ich hatte damals einfach keine andere Wahl gehabt. Und wie meine Mum die ganze Zeit gesagt hatte, hätte es ganz sicher keinen Sinn gemacht, weiter meine Zeit als Hobbyfotografin zu vergeuden, während ich beruflich derart eingespannt gewesen war. Aber jetzt, als ich den Gurt der Kamera im Nacken spürte und sie selbst nach Monaten der Trennung endlich wieder in den Händen hielt, kam es mir ganz sicher nicht wie Zeitverschwendung vor.

Was es auch ganz bestimmt nicht war, denn schließlich saß ich hier an einem wunderbaren Strand, brauchte mir um meine Arbeit keinerlei Gedanken mehr zu machen – und es fühlte sich fantastisch an.

Ich probierte die verschiedenen Einstellungen aus, wechselte das Objektiv, spielte mit Verschlusszeit und Belichtung und hielt mir die Canon vors Gesicht. Natürlich hatte sie auch einen Digitalbildschirm, aber ich liebte es, mir alles durch den Sucher anzusehen.

»Auf geht's.« Ich richtete die Canon auf ein kleines Segelboot, das in der Bucht vor Anker lag, und drückte auf den Auslöser. So. Jetzt hatte ich mein erstes Bild gemacht. Es war verschwommen, viel zu hell und durch und durch entsetzlich, aber trotzdem hatte ich mein erstes Bild hier in Hawaii gemacht. Das hieß, der Anfang war geschafft.

In den nächsten beiden Stunden wanderte ich ziellos auf und ab und machte Aufnahmen von allem, was mir vor die Linse kam. Zum Glück war diese Insel wirklich fotogen. Die Umgebung war so schön, dass sie mir beinahe die Tränen in die Augen trieb, und innerhalb kürzester Zeit hatte ich die Speicherkarte mit zahlreichen Übungsaufnahmen gefüllt.

»Amüsieren Sie sich?«

Unversehens stolperte ich über einen Mann. Es gelang mir, meine Canon hochzuhalten, doch ich fiel so unsanft auf die Knie, dass es an ein Wunder grenzte, wenn ich nicht irgendwelche riesengroßen Schürfwunden davontragen würde. Gleichzeitig schnitt mir der Gurt der Kamera so schmerzhaft ins Genick, dass mir diesmal nicht die Freude Tränen in die Augen trieb.

»Oje. Oje. Oh bitte, nicht.« Trotz seines Alters sprang er eilig auf und legte unbeholfen eine Hand auf meiner Schulter ab. »Bitte hören Sie auf zu weinen. Denn ich halte es nicht aus, wenn Frauen weinen. Tut mir furchtbar leid. Sind Sie okay?«

»Ja.« Ich rang erstickt nach Luft. Denn ich benahm mich wie ein Kindergartenkind, das in den Matsch gefallen war. »Es … tut … nicht … wirk … lich … weh. Nur … kann … ich … irgendwie … nicht … aufhören … zu … wei … nen«, stieß ich schluchzend aus.

Noch einmal tätschelte er unbeholfen meine Schulter und wartete schweigend ab, bis ich mit meinem jämmerlichen Schluchzen fertig war. Doch schließlich legte ich die Hände vorsichtig auf meine wunden Knie, blickte ihn mit einem zögerlichen Lächeln an, und er atmete erleichtert auf.

»Tut mir leid, ich habe Sie ganz einfach nicht gesehen.« Ich gab ihm meine unblutige Hand, die er beherzt ergriff. »Ich habe Sie doch nicht getreten oder so?«

»Nein, nein«, gab er zurück und hielt dabei noch immer meine Hand. »Der Böse in dem Stück bin ganz eindeutig ich. Denn ich habe Sie näher kommen sehen, wollte Sie aber nicht stören, weil Sie ganz in Ihre Aufnahmen vertieft waren. Ich ging einfach davon aus, dass Sie einen alten Mann wie mich nicht einfach über den Haufen rennen würden.«

»Am besten geht man stets vom Schlimmsten aus«, erklärte ich ihm mit gespieltem Ernst. »Vor allem bei mir, denn manchmal kann ich wirklich furchtbar tollpatschig sein.«

Ich sah mir meinen neuen Freund etwas genauer an und stellte fest, dass die Bezeichnung »alter Mann« kein Scherz gewesen war. Mit dem verwaschenen blauen Nike-T-Shirt, das in den letzten dreißig Jahren sicher Tausende Male im Wäschetrockner herumgewirbelt worden war, der kurzen Opa-Hose, einem dichten weißen Rauschebart, den unzähligen Falten und den weißen Panda-Augen von der Sonnenbrille, die er sicher regelmäßig trug, sah er wie der Weihnachtsmann im Sommerurlaub aus. Er war bestimmt schon über siebzig, aber ohne seine weißen Haare und die vielen Falten hätte man das nie gesehen.

»Oh, das glaube ich nicht einen Augenblick.« Er löste seinen Griff um meine Hand und bedeutete mir, ihm die Kamera zu überlassen. Was ich als wohlerzogene junge Frau, wenn auch mit leichtem Unbehagen, tat. »Ich bin übrigens Al – freut mich, Ihre Bekanntschaft zu machen. Machen Sie Urlaub auf Hawaii?«

»Eigentlich bin ich der Arbeit wegen hier.«

Eilig ging er meine morgendlichen Schnappschüsse vom Strand und der Umgebung durch, und mit, wie ich hoffte, ausdrucksloser Stimme stellte ich mich als »Vanessa« vor.

»Und was arbeiten Sie hier, Vanessa?«, fragte er mit dem Akzent des vielgereisten Mannes und gab mir die Kamera zurück. »Die Aufnahmen sind übrigens sehr gut.«

»Danke«, sagte ich und schaltete mein Baby aus, um Batterie zu sparen. Denn nachdem die Batterie auch schon vor fünf Jahren nicht mehr die stärkste gewesen war, hielt sie jetzt sicherlich nicht länger durch. »Wobei man hier bestimmt nur schöne Bilder machen kann.«

»Ich weiß nicht.« Blinzelnd sah er in die Sonne. »Selbst die schönste Frau kann hässlich aussehen, wenn sie einen schlechten Fotografen oder eine schlechte Fotografin hat.«

»Ich hoffe, dass ich keine allzu schlechte Fotografin bin«, gab ich zurück und legte meine Kamera in meinen Schoß. »Weil ich hier nämlich Aufnahmen für eine Zeitschrift machen soll.«

»Dann sind Sie also ein Profi?« Nachdenklich fuhr er sich mit den Fingern durch das dichte weiße Barthaar, und ich musste das Verlangen unterdrücken, einmal kurz daran zu ziehen. Denn im Vergleich zu ihm wirkte der Weihnachtsmann bei Selfridges wie der reinste Amateur. Was ich mit Bestimmtheit sagen kann, weil Amy mich alljährlich zwingt, bei ihm vorbeizugehen und kurz auf seinen Knien Platz zu nehmen wie ein kleines Kind. »Ich war mir nicht sicher, ob Sie tatsächlich nur eine Hobbyfotografin sind. Und was für Bilder sollen Sie hier machen?«

»Modeaufnahmen für eine Zeitschrift namens *Gloss*. Und Bilder von Bertie Bennett?« Warum erhob ich plötzlich meine Stimme am Satzende so wie der verdammte Nick? »Dem dieser Strand im Übrigen gehört. Sie kennen ihn nicht zufällig?«

»Ich habe schon von ihm gehört«, erklärte Al. »Es heißt, dass er ein fürchterlicher Sturkopf ist.«

»Der mich bereits zum zweiten Mal versetzt hat, seit ich angekommen bin. Ich hoffe nur, er geht mir nicht absichtlich aus dem Weg.«

»Vielleicht weiß er ja einfach nur noch nicht, was für ein hübsches, junges Ding Sie sind«, stellte Al mit einem gutmütigen Grinsen fest. »Ich bin mir sicher, dass er Sie mit Freuden ein paar Fotos von sich machen lassen wird, sobald er es erfährt.«

Vielleicht lag es an der Seeluft oder einfach daran, dass ich in der Zwischenzeit vollends verrückt geworden war. Auf alle Fälle wandte ich mich leise kichernd ab.

Irgendwo in meinem Hinterkopf verzog Tess Brookes aus London angewidert das Gesicht. Aber ich mochte Al. Weil er ein bisschen wie mein Opa und echt freundlich war.

»Wohnen Sie hier in der Nähe?« Ich zog meine Füße aus den Leder-Flipflops und vergrub die Zehen im warmen, weichen Sand. »Die Gegend hier ist einfach wunderschön.«

»Ja«, erklärte er und wies auf eine kleine Hütte, die ein Stückchen weiter stand. »Das Ding da drüben gehört mir. Allerdings wohne ich nur im Sommer hier. Weil meiner Frau die Stadt im Winter lieber ist.«

Die Hütte war so klein, dass sie wahrscheinlich kaum genügend Platz für einen Menschen bot. Wie kämen sie dort wohl zu zweit zurecht? »Sie sind verheiratet?«

»Ich war verheiratet«, stellte er klar. »Ich habe Jane vor zwei Jahren verloren, habe mich aber noch immer nicht daran gewöhnt, dass sie nicht mehr hier bei mir ist.«

Ich fuhr zusammen. »Das tut mir leid.« Super! Wieder so ein peinliches Gespräch. »Wie lange waren Sie denn verheiratet?«

»Fünfzig Jahre«, antwortete Al. »Das alte Mädchen fehlt mir fürchterlich, aber jetzt ist sie an einem besseren Ort. Und niemand möchte diese Dinge in die Länge ziehen, nicht wahr?«

»Nein«, stimmte ich zu. Und wirklich hatten ich und Amy uns versprochen, aktiv zu verhindern, dass das Leid der jeweils anderen im Fall der Fälle unnötig verlängert würde. Auch wenn ich befürchtete, dass ich den Stecker letztendlich nicht würde ziehen können. Im Gegensatz zu ihr. »Und Sie selbst sind zwischenzeitlich pensioniert?«

»Teils, teils.« Er schüttelte den Kopf, bis seine wehmütige Miene einem neuerlichen Lächeln wich, und wackelte mit seinen nackten Zehen. »Ich habe meinen Job geliebt, wurde dann gebeten, damit aufzuhören, und weiß seither nicht mehr so recht, was ich mit mir anfangen soll.«

Ich wollte keine unwillkommenen Fragen stellen, die ihn unter Umständen verlegen machten, deshalb nickte ich und meinte nur: »Das kann ich gut verstehen.«

»Und, gibt es auch einen Herrn Vanessa?«, fragte Al im Ton des ältlichen Verwandten. »Einen Liebsten, der zu Hause auf Sie wartet?«

»Das ist eine längere Geschichte«, räumte ich mit rauer Stimme ein und rammte mir die Fingernägel in den Handballen, weil man sich von Seelenqualen am einfachsten durch körperlichen Schmerz ablenken ließ. »Aber um es kurz zu machen, nein, den gibt es nicht.«

Al nickte ernst, und seine Baseballkappe wippte auf und ab. »Ah, die Pfeil' und Schleudern einer jungen Liebe zu erdulden …«

Gleichzeitig mit meinem hustenden Gelächter brach sich eine neuerliche Träne Bahn, doch ehe Al sie sehen konnte, wischte ich sie eilig fort. »Genau.«

»Wenn man jung ist, lösen sich diese Probleme irgendwann von selbst.« Er blickte mich mit einem sanften Lächeln an. »Erzählen Sie mir mehr von Ihren Fotos. Üben Sie diesen Beruf schon lange aus? Sie müssen eine ziemlich große Nummer sein, wenn dieses Modemagazin Sie Bilder machen lässt.«

»Ehrlich gesagt ist das eine noch längere Geschichte als der Unsinn mit dem Mann.« Ich hängte mir den Gurt der Canon wieder um den Hals und hoffte, dadurch käme ich mir eher wie eine echte Fotografin vor. »Ich habe früher ziemlich viel fotografiert, dann aber eine Zeitlang etwas anderes gemacht. Nur habe ich vor Kurzem meinen Job verloren, und deshalb fange ich jetzt wieder mit den Bildern an.«

»Das ist gut, weil Sie aus meiner Sicht mit Leib und Seele Fotografin sind. Sie haben beim Fotografieren so glücklich ausgesehen, als wären Sie der Welt völlig entrückt.«

»Im Grunde habe ich mich einfach konzentriert«, schränkte ich lachend ein. Denn obwohl ich mich normalerweise darin aalte, wenn man mich beruflich lobte, wurde ich durch dieses Kompliment in dem Gefühl bestärkt, ein falscher Fuffziger zu sein. »Ich habe lediglich versucht, gute Bilder hinzukriegen, weiter nichts.«

»Vertrauen Sie mir.« Er klopfte sachte auf mein Bein. »Wenn man in meinem Alter ist, hat man einen Blick für solche Dinge. Und vor allem war nicht zu übersehen, mit welcher Leidenschaft Sie eben bei der Sache waren. Sie waren dabei in Gedanken Tausende von Meilen von hier entfernt.«

»Da haben Sie wahrscheinlich recht.« Ich lenkte meinen Blick auf meine Kamera, und sie sah voller Liebe zu mir auf. Vielleicht war es ja wirklich Schicksal, dass ich diese Chance bekam. Oder vielleicht war der gute Al auch einfach nur ein irrer, alter Hippie und brabbelte irgendwelchen Unsinn vor sich hin.

»Vergeuden Sie nicht Ihre Zeit, indem Sie sich Gedanken über Dinge machen, die nicht haben sein sollen«, gab er mir noch eine letzte Rentnerweisheit mit. »Denn genau das, was Sie tun, sollten Sie auch tun.«

»Hoffentlich haben Sie recht.« Ich strich mit den Fingerspitzen über das Gehäuse meiner Kamera und sah ihn an.

»Ich habe immer recht.« Er nickte weise mit dem Kopf, bevor er deutlich schneller und geschmeidiger, als ich es jemals könnte, aufsprang und mir auf die Beine half. »Nun, ich muss allmählich los, denn ich habe noch zu tun. War mir ein Vergnügen, Ihre Bekanntschaft zu machen, Vanessa.«

»Das Vergnügen war auf meiner Seite, Al.« Tatsächlich ließ ich ihn nur ungern gehen. »Danke, dass Sie sich so freundlich über meine Aufnahmen geäußert haben.«

»Ich war einfach ehrlich«, korrigierte er und joggte los. So kraftvoll wie ein junger Mann. »Ich hoffe, dass wir uns mal wiedersehen.«

»Vielleicht sollte ich zurück zum Cottage joggen«, überlegte ich und blickte auf den guten Kilometer, den ich während meiner Aufnahmen gelaufen war. Hmm. Ein eher gemütlicher Spaziergang täte es wahrscheinlich auch.

9

Auch wenn mir der Spaziergang sicherlich nicht half, in meinem Bikini besser auszusehen, gab er mir die Zeit, um gründlich über alles nachzudenken und mir einzureden, dass ich offenbar als Fotografin keine allzu große Katastrophe war. Bisher hatte ich die Sache noch nicht vollkommen vermasselt, auch wenn ich wahrscheinlich als Vanessa noch nicht wirklich überzeugend war. Ich war noch viel zu sehr Tess Brookes, und wie ich herausgefunden hatte, funktionierte diese Rolle für mich nicht. Und auch wenn meine Vanessa noch nicht ganz dem Original entsprach, ließ sie sicher noch ein wenig Raum für Verbesserungen meiner angeborenen Persönlichkeit.

Ich nahm in dem bequemen weißen Ledersessel Platz und nahm einen dicken weißen Block und ein paar bunte Textmarker aus der Schublade des Schreibtischs. Weil mit bunten Markern einfach alles besser geht. Dann zog ich einen dicken schwarzen Strich in der Mitte eines Blatts, wobei die linke Hälfte für mich selbst und die andere für Vanessa vorgesehen war.

»In Ordnung – Arbeitsmodus«, raunte ich mir zu und rutschte in dem Schreibtischsessel hin und her, bis auch noch das letzte Körnchen Sand aus meinem Bikini-Unterteil herausgerieselt war. »Was ist Tess für eine Marke?«

Ich zog die Kappe von dem grünen Stift und fing mit Adjektiven an, derer ich mir sicher war. Loyal, grundehrlich, fleißig, engagiert, eine gute Freundin, ziemlich witzig, relativ intelligent und echt. Das war's. Mehr fiel mir spontan nicht ein.

Ich ging die Liste mehrmals durch und fragte mich, ob ich tatsächlich eine gute Freundin war. Amy kannte ich schon seit dem Tag meiner Geburt, und, okay, mit den Kollegen und Kolleginnen bei Donovan & Dunning war ich immer bestens ausgekommen, doch wie viele andere wahre Freunde, abgesehen von dem Blödmann Charlie, hatte ich jemals gehabt? Vergaß ich vielleicht irgendwen? Wahrscheinlich nicht. Denn nicht mal meine eigenen Schwestern waren wirklich wild darauf, mich häufiger als ein-, zweimal im Jahr zu sehen. Zähneknirschend hängte ich noch ein paar Worte an die Liste an, die mir nicht annähernd so lieb wie die bisher notierten Attribute waren. Schüchtern. Herrisch. Langweilig und faul.

Mir war bewusst, dass ich im Grunde eine fürchterliche Langweilerin war. Vielleicht hatte Amy bisher niemals länger als ein Vierteljahr denselben Job gehabt, aber sie probierte dafür regelmäßig etwas Neues aus, und ihre Abenteuerlust hatte sie bereits ziemlich in der Welt herumgeführt. Wohingegen ich vor dieser Reise bisher nur einmal im Rahmen meiner Arbeit bis nach Belgien gekommen war. Und statt mir in meiner knappen Freizeit Brüssel anzusehen, hatte ich über der Kloschüssel im Bad meines Hotelzimmers gehangen und dort irgendwelche Muscheln wieder ausgespuckt. Die ich nur gegessen hatte, weil ich von den anderen dazu überredet worden war. Denn die alte Tess empfand es schon als ausnehmend gewagt, wenn sie Schellfisch und Pommes aß. Und obendrein hatte sie jahrelang darauf gewartet, dass ihr bester Kumpel sich in sie verliebte und ihr Leben dadurch irgendwie in Schwung kam. Aber dafür brauchte es anscheinend mehr. Einen Adrenalinschub, der direkt ins Herz ging wie das Koks, das Mia Wallace schnupfte, wenn sie auf dem Klo verschwand. Indem ich nach Hawaii gekommen war und tat, als wäre ich Vanessa, hatte ich mein eigenes Leben *Pulp Fiction*-isiert. Doch wie sollte es jetzt weitergehen?

Ich musste mich verändern. Denn ich könnte ganz unmöglich noch einmal Nick Miller gegenübersitzen und dabei schamhaft erröten oder anfangen zu schluchzen, wenn ein völlig Fremder fragte, ob es einen Mann in meinem Leben gab.

Wenn Tess langweilig und faul und feige war, was war dann Vanessa? Kurzerhand zog ich die Kappe von dem roten Stift.

Eine Schlampe. Egoistisch. Hundsgemein. Ein Prachtweib. Grottenfaul.

Wer hätte das gedacht? Wir hatten also tatsächlich eine Gemeinsamkeit. Wir waren beide stinkfaul.

»Nicht, dass es mich stören würde, das Wort Schlampe ebenfalls in meiner Spalte zu notieren«, erklärte ich dem leeren Raum. Der mitfühlend schwieg.

Mit Charlie zu schlafen, war so ungefähr die dämlichste Idee gewesen, seit Amy zu unseren Zeiten an der Uni mal versucht hatte, ihr schlabberiges Toastbrot kross zu bügeln. Aber es hatte mir in Erinnerung gerufen, dass meine Geschlechtsteile nicht einzig dafür vorgesehen waren, mir einmal im Monat Schmerzen zu bereiten und den Herstellern von Wärmflaschen Gewinne zu bescheren. Seither war ich heiß und konnte nichts dagegen tun. Obwohl es durchaus etwas gäbe – weil der zweite Gast auf diesem Anwesen schließlich ein durchaus hübscher Bursche war.

Doch ich war mir beinahe sicher, etwas mit ihm anzufangen wäre noch bescheuerter als Amys hoffnungslos misslungener Versuch, beim Zubereiten ihres Sandwiches einen völlig neuen Weg zu gehen.

Aber wie auch immer, Vanessa hätte sich ohne Zweifel an den Kerl herangemacht und ihn wahrscheinlich bereits gestern Abend – mitten auf dem Esstisch – flachgelegt. Und womöglich hätte der rehäugige Kekipi sie und Miller dabei sogar noch gefilmt. Vielleicht hasste ich Vanessa, aber wenn sie etwas wollte, nahm sie es sich kurzerhand. Wohingegen ich zehn Jahre lang darauf gewartet hatte, dass der blöde Charlie endlich mal nichts Besseres zu tun und vor allem genug getrunken hatte, um mit mir ins Bett zu gehen. Vanessa hatte ihn wahrscheinlich innerhalb von zehn Minuten heiß genug gemacht, um nicht nur einmal kurz über sie herzufallen, sondern obendrein auch noch mit ihr in ein Hotel nach Wales zu fahren. Okay, im Grunde hatte ich gar keine Lust, nach Wales zu fahren, doch ich war mir sicher, dass sich aus dieser Geschichte irgendeine Lehre ziehen ließ.

Ich kritzelte die nächsten Worte auf das Blatt. Durchsetzungsfreudig. Kühn. Launisch. Sexy. Unbekümmert. Unbefangen. Stolz. Abenteuerlustig. Aufregend und selbstbewusst.

Im Grunde war Vanessa das genaue Gegenteil von mir. Ich bemerkte, dass die rechte Spalte auf dem Zettel deutlich länger – und erheblich interessanter – als die linke Spalte war.

Die Stichworte waren notiert, weswegen ich den nächsten Schritt zur Umgestaltung meiner Marke unternahm. Die visuelle Botschaft.

Zögernd stand ich auf, machte ein paar tiefe Atemzüge,

schloss mich dann im Badezimmer ein und zog mich aus. Okay. Ich sah gar nicht so übel aus. Auf alle Fälle besser als ein paar der Frauen in *Extrem schön!* Natürlich brachte ich mehr Zeit auf irgendwelchen Schreibtischstühlen als im Fitnessstudio zu, aber da ich keine allzu große Vorliebe für Torten hatte und erst achtundzwanzig war, hatte es die Schwerkraft bisher ziemlich gut mit mir gemeint. Meine Brüste glichen meinen eine Spur zu dicken Hintern aus, und meine Taille war noch fest genug, um nicht beleidigend zu sein. Ich konnte immer noch einen Bikini tragen, wenn ich meine Schultern straffte und die Luft anhielt, und Arme wie Jennifer Aniston hatte doch sicher kein normaler Mensch. Wie auch sonst im Leben ging es einfach darum, dass man diese Dinge aus der rechten Perspektive sah.

Ich entwirrte meinen Zopf und bauschte meine Haare vorsichtig zu losen Wellen auf. Mit genügend Glättungsmittel sähen sie bestimmt gar nicht so übel aus. Oder vielleicht sollte ich sie abschneiden und färben. Oder mir den Kopf rasieren. Miley Cyrus stand die Glatze ziemlich gut. Im Gegensatz zu Britney Spears.

Vielleicht reichte es ja auch, wenn ich erst mal die Spitzen schneiden ließ. Aber irgendetwas fehlte trotzdem noch. Abgesehen von der Lücke zwischen ihren Oberschenkeln hatte meine Mitbewohnerin noch etwas anderes, das mir fehlte. Ja, genau, ein Übermaß an Souveränität. Vanessa war vollkommen schnuppe, wie die anderen sie sahen.

Ich umklammerte den Rand des Waschbeckens, beugte mich zum Spiegel vor und starrte meine großen braunen, rot verquollenen Augen an.

»Es ist dir scheißegal, was andere von dir denken«,

sagte ich mit lauter Stimme. Wirkte aber irgendwie nicht wirklich überzeugt. Vor allem sah ich aus, als würde ich ein bisschen frieren. Aber schließlich war die Klimaanlage im Bad auch auf der höchsten Stufe eingestellt. »Du bist mutig und verwegen und kriegst alles, was du dir vom Leben wünschst.«

Ich war immer gut darin gewesen, unseren Kunden unsere Kampagnen zu verkaufen, auch wenn ich sie selbst für vollkommen idiotisch hielt. Dazu hatte es genügt, mir selber einzureden, dass sie super waren, weil die Dinge, die ich den Leuten erzählte, dadurch immer glaubwürdig gewesen waren. Nur hatte ich bisher noch nicht herausgefunden, was an mir möglicherweise super war.

Ich zog meinen Bikini wieder an, rannte in die Küche und suchte nach meinem Telefon. Am besten rief ich bei Amy an. Denn sie würde wissen, welche Vorzüge ich unter Umständen besaß. Die Tür des Cottages stand noch offen, und weil ich die warme Brise draußen deutlich angenehmer als die Eisluft in der Küche fand, trat ich, während ich ihre Nummer wählte, vor das Haus.

»Na, sind Sie am Arbeiten?«

Gegenüber hockte Nick auf seiner eigenen Terrasse unter einem riesengroßen weißen Baumwollsonnenschirm an einem weiß lackierten Tisch. Es war doch sicher eine Heidenarbeit, all das Weiß zu warten. Vielleicht sollte ich einmal Kekipi fragen, wie ihm das gelang. Obwohl, das ließ ich besser sein. Denn eine solche Frage würde Tess ihm stellen. Nur dass ich jetzt nicht mehr Tess, sondern Vanessa war.

Und was würde Vanessa tun?

Das iPhone in der Hand, marschierte ich in nichts als meinem uralten Bikini dorthin, wo der Kerl vor seinem

Laptop saß. Ich durfte nicht darüber nachdenken, was ich gleich täte, denn sonst täte ich es nie.

Als ich näher kam, erhob sich Nick von seinem Platz. Wobei sein nachdenklicher Blick und sein gutes Aussehen noch genauso nervtötend wie während unseres Abendessens waren. Direkt vor ihm blieb ich stehen und schob mir die Haare aus der Stirn. Mit meinen eins siebenundsiebzig war ich fast so groß wie er. Weil er selbst in Schuhen kaum mehr als eins achtzig maß. Doch dies war nicht der rechte Augenblick, um über seine Schuhe nachzudenken. Jetzt galt es, mir seine goldene Haut, das blonde Haar und die blaugrauen Augen anzusehen.

»Kann ich Ihnen helfen?«, fragte er.

Wortlos packte ich den Kragen seines himmelblauen Hemds und zog sein Gesicht zu mir herab. Der Kuss war eine Explosion. Kaum dass ich seine Bartstoppeln auf meiner zarten, von der Sonne leicht verbrannten Haut und seinen Mund auf meinen Lippen spürte, war ich hoffnungslos verloren. Ich zog ihn noch ein wenig näher, küsste ihn ein wenig fester und stellte vorübergehend meine Atmung ein. Nick als Profi allerdings erholte sich sehr schnell von dieser Überraschung, und bevor ich auch nur meine Augen schließen konnte, glitt er mit den Händen über meinen Rücken bis hinunter auf mein Hinterteil. Seine Haut erhitzte meinen klimaanlagengekühlten Leib und auch wenn mein Busen in meinem Bikini bestens aufgehoben war, zeigte mir die Wärme seiner Hände, dass das Unterteil vielleicht etwas zu knapp bemessen war. Plötzlich war der Schock der körperlichen Nähe zwischen uns zu viel für mich. Während Nick die Hände wieder über meinen Rücken wandern ließ, stieß ich ihn von mir fort und presste meinen Handrücken auf meinen Mund.

Er starrte mich entgeistert an, als hätte ich ihm eine Ohrfeige verpasst. Und ich starrte zurück, als hätte ich die Absicht, das im nächsten Augenblick zu tun.

»Also, kann ich etwas für Sie tun?«, fragte er mich in verletztem Ton.

»Nein.« Ich schüttelte den Kopf und versuchte, die Bikinihose möglichst unauffällig aus dem Spalt zwischen den Pobacken zu ziehen.

»Vanessa.« Hustend und gleichzeitig lachend zerrte er an seinen Leinenshorts herum. Ich bemühte mich, nicht hinzusehen, tat es aber anscheinend doch. Und … wow …

»Komm her.«

»Bis später«, sagte ich, trat einen Schritt zurück, wandte mich wieder meinem eigenen Cottage zu und sprintete zurück. Kaum hatte ich das Haus erreicht, warf ich die Tür hinter mir zu und hob erneut die Hand an meinen Mund. So fühlte es sich also an, wenn man Vanessa war. Nicht schlecht.

Ich legte mein iPhone auf die Arbeitsplatte und bemühte mich zu ignorieren, dass ich zitterte wie Espenlaub. Jemand hämmerte an meine Tür, doch statt zu öffnen, fasste ich den durch und durch vernünftigen Entschluss, ins Bad zu rennen, abzusperren und die Dusche aufzudrehen. Der Mensch, der draußen klopfte, war ganz sicher Nick, und ich hatte keine Ahnung, was passieren würde, wenn ich ihm aufmachte. Entweder legte der Kerl mich auf der Arbeitsplatte in der Küche flach oder bräche einen Streit mit mir vom Zaun. Und auch wenn die erste Möglichkeit zumindest äußerst unterhaltsam wäre, wäre beides gleichermaßen wenig produktiv. Warum hatte ich nicht einfach Amy angerufen? Was in aller Welt hatte mich nur dazu gebracht, etwas zu tun, worauf ich während der gesamten achtundzwanzig Jahre meines Lebens bisher nie gekommen war? Wahrscheinlich lag es an der Sonne. Und dem Sand. An Hawaii. Und meiner Mitbewohnerin. Denn Tess Brookes wäre niemals auf einen Mann, den sie kaum kannte und vor allem nicht mal mochte, zumarschiert und hätte ihn geküsst, als stünde der Weltuntergang unmittelbar bevor. Tess beobachtete höchstens ihre beste Freundin, wenn sie so was tat, und ging dafür lautlos mit ihr ins Gericht, während sie ein Schlückchen Rotwein trank. Ich musste endlich raus aus dem Bikini und normale Kleider anziehen. Eilig riss ich mir das Ding vom Leib. Denn wer konnte schon gute Entschlüsse fassen, während er in zwei winzigen Stoffdreiecken durch die Gegend lief?

»Ich muss mich entspannen«, sagte ich zu mir. »Und ich brauche einen Drink.«

Ich öffnete vorsichtig die Tür und sprintete zurück in Richtung Küche. Benimm spielte jetzt erst mal keine Rolle, also schnappte ich mir einfach eine Flasche und stürzte damit zurück ins Bad. Wenn ich einfach aus der Flasche trank, müsste Kekipi keine Gläser spülen. Ich benahm mich also schlicht und einfach rücksichtsvoll.

»Hallo?«

Warum nur hatte ich die Vordertür nicht abgesperrt?

»Einen Augenblick.« Klirrend stellte ich die Flasche auf dem Rand des Marmorbeckens ab und schnappte mir ein Handtuch, um mich darin einzuhüllen.

»Vanessa?« Die mir unbekannte Stimme kam sekündlich näher. »Ich bin's, Paige von *Gloss*.«

»Hi.« Mit einem Handtuch vor der Brust und eingehüllt in dichten Dampf, riss ich die Tür des Badezimmers auf. »Hallo.«

»Gott, das ist ja wie in dem Bananarama-Video.« Die junge blonde Frau, die vor mir stand, starrte mich mit großen Augen an. »Sie haben wirklich schönes Haar.«

»Danke?«

»Tut mir leid, ich wollte Sie nicht aus der Dusche zerren.« Sie starrte mich noch immer an, und ich lenkte den Blick subtil auf meine Brust, um mich zu vergewissern, dass sie hinlänglich verborgen war. »Ich suche nach Vanessa?«

»Oh, natürlich, das bin ich.« Lässig streckte ich ein Bein nach hinten aus und trat in der Hoffnung, dass die offene Weinflasche ihr noch nicht aufgefallen war, die Tür des Badezimmers zu. Zum Glück hatte mein Arbeitshirn sich eingeschaltet, um mich daran zu erinnern, dass Paige Sullivan die künstlerische Leiterin der Zeitschrift war. Sie sollte Dienstag auf Hawaii erscheinen, und da heute Dienstag war, hätte ich wohl damit rechnen müssen, sie zu sehen.

»Vanessa Kittler?« Leicht verwundert gab sie mir die Hand.

»Ja?« Ich nahm sie widerstrebend an, schüttelte sie dann aber entschlossen. Weil es auf der Welt zwei absolute No-Gos gab – niemand stellte Baby je in eine Ecke, und niemand mochte einen Händedruck, der schlaff war wie ein toter Fisch. »Vanessa Kittler, Fotografin der Extraklasse«, stellte ich mich vor.

Manchmal kam es einfach vor, dass ich mir etwas zu viel Mühe bei den Dingen gab.

»Ja, natürlich, tut mir leid, ich bin nach dem langen Flug noch nicht wieder ganz bei mir.« Paige verzog den Mund zu einem breiten, selbstbewussten Lächeln, das sich aber nicht auf ihre Augen übertrug. »Der Flieger hatte furchtbare Verspätung, deshalb bin ich erst seit fünf Minuten hier. Ich bin praktisch gerade erst gelandet. Gerade jetzt. Ich weiß, ich sehe furchtbar aus. Aber so geht's mir schließlich auch.«

Das sah man ihr bestimmt nicht an. Ihr blondes Haar fiel sanft gelockt auf ihre schmalen Schultern, ihre Augen waren makellos geschminkt, und ihre Lippen waren mit dem perfekten, altmodischen Rot der alten Filmdiven bemalt. Sie war so hübsch, dass sie alleine für ihr Aussehen hätte berühmt sein sollen.

»Und ich nehme an, ich bin ein bisschen abgelenkt, weil ein Großteil Ihres Unterleibs zu sehen ist.« Sie zeigte auf den Saum von meinem Handtuch, sah mir dabei aber weiter ins Gesicht.

»Oh, verdammt.« Eilig ging ich in die Hocke und sah mich nach einem neuen, passenderen Handtuch um. »Tut mir leid. Sie haben mich beim Duschen unterbrochen.«

»Und bei einem Drink?« Sie reckte ihren Kopf und blickte über meine Schulter dorthin, wo die Badezimmertür rebellisch wieder aufgeschwungen war.

»Aber nur bei einem klitzekleinen«, sagte ich und presste meinen Daumen und den Zeigefinger fest zusammen. »Kleiner geht's schon gar nicht mehr.«

»Okay.« Paige zog ihre Bomberjacke aus und enthüllte zwei perfekte Arme, die in einer weißen Baumwollweste steckten, unter der ich leuchtend pinkfarbene Büstenhalterträger hervorlugen sah. Na toll.

»Ich kann mir vorstellen, dass wir zwei uns gut verstehen. Wissen Sie was, ich packe erst mal aus, und dann komme ich auf einen Drink zurück. Weil wir schließlich noch über das Shooting sprechen müssen?«

Ihr leichtes Genuschel ging mir etwas auf die Nerven,

davon abgesehen aber klang ihr Plan durchaus okay. Vor allem war er besser als die Pläne, die ich bisher selbst geschmiedet hatte, und es könnte sicherlich nicht schaden, wenn die künstlerische Leiterin der Zeitschrift gut auf mich zu sprechen war.

»Ja, sicher«, stimmte ich ihr, weiter auf dem Boden hockend, zu. Ich ging jede Wette ein, dass sie unter ihrer aufgesprühten Jeans als Intimschmuck einen echten Diamanten trug. »Und vorher ziehe ich mir sogar noch was an.«

»Was für ein schockierender Gedanke.« Als sie schmutzig lachte, fand ich sie noch netter als zuvor. »Aber nicht zu viele Sachen, nein? Denn vielleicht läuft da draußen ja der eine oder andere attraktive Junggeselle rum. Und da wir gerade davon sprechen, Sie haben unseren Journalisten-Jungen offenbar noch nicht getroffen, oder?«

Oh, ich hatte ihn nicht nur getroffen, sondern auch bereits mit ihm gegessen und geknutscht.

»Nick Miller? Das Vergnügen hatte ich bereits«, gab ich zurück und überlegte, wie ich dieser völlig Fremden, die so was wie meine Chefin war, erklären sollte, dass ihr Journalisten-Junge erst vor einer knappen halben Stunde sexuell von mir belästigt worden war. »Er hat das Cottage nebenan.«

»Oh, gut – ich sollte, na, Sie wissen schon, erst einmal einchecken«, erklärte sie, während sie sehnsüchtig durchs Fenster auf das Nachbarhäuschen sah. »Wissen Sie, ob er jetzt gerade dort ist? Ich sehe hoffentlich zumindest halbwegs präsentabel aus.«

Oh, verflixt. Sie mochte ihn.

Ich nickte stumm und hoffte, auch Nick Miller hielte seinen Mund. Allmählich kam ich mir tatsächlich wie Vanessa vor. Ich hatte diesen Job seit gerade einmal zwei Tagen, und schon hatte ich die Flamme meiner Chefin abgeknutscht.

»Dann treffen wir uns in zwei Stunden wieder hier?« Paige nahm eine riesengroße, viereckige Tasche mit zwei eng verschlungenen Cs von meiner Arbeitsplatte und warf einen Blick auf ihre Glitzeruhr. »Auf einen Cocktail und auf einen kurzen Plausch.«

»Auf einen Cocktail und auf einen kurzen Plausch«, bestätigte ich ihr vielleicht etwas zu aufgeregt, weil plötzlich eine potenzielle neue Freundin auf der Bildfläche erschienen war. »Also, dann bis dann.«

Solange aus den Cocktails und dem Plausch kein Besäufnis und kein Rausch wurden, könnten wir uns sicher prächtig miteinander amüsieren.

Fast drei Stunden später kauerte ich auf der Armlehne der dicken Polstercouch in meinem Wohnzimmer, blickte auf den Ventilator, der unter der Decke seine Runden drehte, und versuchte zu ergründen, ob es klug war, wenn man vormittags auf leeren Magen Rotwein trank. Den Großteil der vergangenen Stunde hatte ich damit verbracht, mein Haar zu föhnen und zu glätten und es anzuflehen, sich trotz der feuchten Luft so gut wie möglich zu benehmen, statt sich neben Paiges perfekten Locken zu blamieren. Und tatsächlich hatte es so gut auf mich gehört, dass ich es nur halb hatte aufstecken müssen, um nicht vollkommen verzottelt auszusehen.

Schließlich klopfte Paige erneut an meine Tür und trat wie schon einmal, ohne eine Antwort abzuwarten, einfach ein.

»Wir sind Zwillinge«, rief sie und streckte strahlend ihre Arme aus.

Wir waren keine Zwillinge. Wir sahen aus wie vor und nach einer Radikal-Verschönerung. Inzwischen hatte Paige sich eine dunkelblaue Jeans auf ihre dünnen Storchenbeine aufgemalt und ihren Torso fest mit schwarzem Abdeckband umhüllt. Ich hatte mich in eine minimal zu enge Jeans von meiner Mitbewohnerin gezwängt und tarnte meine leichte Speckrolle über dem Bund, indem ich ein möglichst weites schwarzes T-Shirt dazu trug. Unsere Schuhe aber sahen fast identisch aus.

»Tribs sind einfach toll, nicht wahr?«, erkundigte sie sich und wies mit einem Fuß auf mich. »Ich weiß, die Schuhe von Yves Saint Laurent sind schweineteuer, aber sie sind einfach unglaublich bequem. Kaum hatte ich mein erstes Paar, habe ich mir gesagt, verdammt noch mal, etwas anderes will ich nie mehr tragen. Tribs sind echt der Hit.«

»Auf jeden Fall«, stimmte ich zu. Ich hatte eindeutig noch nicht genügend Wein getrunken und bisher noch nicht einmal gewusst, dass ich in Schuhen von YSL durch die Gegend lief.

»Also, dieser Typ, der mich hier in Empfang genommen hat, Zippy oder so?« Paige klappte eine kleinere Version ihrer Chanel-Tasche vom Morgen auf und zog einen kleinen schwarzen Lippenstift daraus hervor. »Er kam vorhin vorbei und hat gesagt, ein Stück den Strand hinauf fände eine kleine Feier statt. Ein *Luau* oder so. Nichts Offizielles, aber trotzdem durchaus amüsant. Denn es gäbe dort mehr als genug zu trinken und vor allem jede Menge attraktiver Jungs.«

Sie sprach wahrscheinlich von Kekipi, aber ich verbesserte sie nicht.

»Ich mag Drinks und attraktive Jungs«, erklärte ich und sah ihr dabei zu, wie sie die perfekte rote Farbe ohne Spiegel direkt aus der Tube fehlerlos auf ihre Lippen auftrug. »Aber vielleicht sollten wir dort nicht mit übertrieben hohen Schuhen hingehen. Schließlich ist dort jede Menge Sand.«

»Da hast du recht.« Sie presste ihre Lippen aufeinander und ließ ihren Lippenstift gleichmütig wieder in das Täschchen fallen. »Aber wenn ich Jeans anziehe, muss ich einfach hochhackige Schuhe tragen – sonst sehen meine Beine wie die Stämme von zwei Mammutbäumen aus.«

»Das kann ich mir nicht vorstellen.« Ich weigerte mich rundheraus, das Spiel »Ich bin so fett, du bist so fett« mit einer derart gut gebauten Frau zu spielen. Denn das wäre für mich selbst und auch für sie beleidigend. »Es geht bestimmt auch so.«

»Nein, ich muss mich umziehen«, widersprach sie mir entschieden. »Wenn ich Hosen ohne hochhackige Schuhe trage, sehe ich so aus wie dieser kleine Kerl aus *Game of Thrones,* und er ist der Einzige, der gerade einmal eins zwanzig groß und trotzdem heiß ist. Aber er ist wirklich heiß, nicht wahr?«

»Er wirkt sehr nett.« Ich hievte mich von meiner Sofalehne, blieb kurz stehen und fand nach drei Sekunden trotz der hochhackigen Tribs mein Gleichgewicht. »Also, wie sieht's aus? Willst du noch kurz zu dir, um dir was anderes anzuziehen?«

»Das ist nicht nötig.« Paige klatschte zufrieden in die Hände und bedachte mich mit einem Blick, als hätte sie die Lösung für die Armut in der Welt entdeckt. »Ich leihe mir einfach etwas von dir. Denn deine Sachen passen mir auf jeden Fall.«

Das taten sie ganz sicher nicht, doch ich war so geschmeichelt und zugleich voll Sorge, dass sie vielleicht unter einem Schädeltrauma litt, dass ich mich ohne Gegenwehr von ihr beiseiteschieben ließ, ehe sie gut gelaunt in meinem Schlafzimmer verschwand.

»Oh, Vanessa.« Sie warf ihre Hände vor den Mund, als sie vor meinem Schrank die Sachen, die ich für den Cocktail-Plausch verworfen hatte, auf dem Boden liegen sah. Wobei all diese Sachen gerade einmal drei verschiedene Outfits waren. Denn mehr hatte ich nicht mitgebracht. Das gelbe Wickelkleid vom Vorabend, ein schwarzes Seidenkleid und meine abgeschnittenen Jeans. »Ist das alles, was du hast?«

»Ich dachte nicht, dass ich mich hier extra in Schale werfen muss«, erklärte ich verschämt. »Und vor allem hatte ich kaum Zeit zum Packen, weil ich ziemlich überstürzt in London aufgebrochen bin.«

Paige wandte sich angewidert von dem Kleiderhäuflein ab. »Also gehen wir doch noch kurz zu mir.«

Es hätte mich nicht überraschen sollen, dass ihr Kleiderschrank aus allen Nähten platzte, auch wenn ich mich fragte, wie dem Flieger, der den ganzen Krempel hatte transportieren müssen, überhaupt der Start gelungen war.

Ich saß auf ihrem Bett und begutachtete Outfit Nummer drei. Alleine auf dem Boden hatte ich inzwischen acht Bikinis, eine Handvoll Badeanzüge, zwei Dutzend Schuhe sowie drei *vollkommen gleiche,* bunt gestreifte T-Shirts ausgemacht. Dazu hingen unzählige Kreationen aus Satin und Seide in dem offenen Schrank, und wenn ich mich nicht vorsah, würden sie mich sicher gleich über den Haufen rennen, um sich aus der fürchterlichen Enge zu befreien.

»Wie wäre es hiermit?«

Sie kam in einem riesengroßen, kragenlosen weißen

Hemd mit Falten auf der Brust aus ihrem Bad, und obwohl sie meine Weiblichkeit am Vormittag bereits gesehen hatte, hatte ich ein wenig Angst, sie ließe mich vielleicht auch Teile ihres Unterleibes sehen. Dabei hatte ich ihr meine Genitalien nicht freiwillig gezeigt. »Derek Lam.« Sie streckte ihre Arme aus, als sollte mir das etwas sagen. »Aber leider aus der Kreation vom letzten Jahr. Glaubst du, das fällt auf?«

»Paige«, erklärte ich in möglichst ruhigem Ton. »Wir gehen auf eine Party in Hawaii. Hawaii. Hier würde es wahrscheinlich nicht mal eine Rolle spielen, wäre dieses Teil so alt wie der Koran. Nur kann ich mir nicht vorstellen, dass sich weiße Seide allzu gut mit Rumpunsch und anderen Alkoholika verträgt.«

»Da hast du recht«, erklärte sie, riss sich das Kleid über den Kopf, und ich erhaschte einen Blick auf ihre hautfarbene Unterwäsche, ehe sie unter dem nächsten Outfit – einem bunten Wickelkleid mit einem leuchtend pinkfarbenen Latz – verschwand. Irgendwie erschien mir dieses Kleid wie ein hochmodernes Glücksbärchi-Kostüm.

»Thakoon.«

»Gesundheit«, wünschte ich ihr achselzuckend, und mit einem überraschten Blick in meine Richtung zupfte Paige das Kleid vor ihrem Bauch zurecht, schnappte sich ein Paar hautfarbener Sandalen und schüttelte ihre wunderbaren Locken vor dem Spiegel aus.

»Okay.« Sie schnitt eine Grimasse und fuhr sich mit einem Taschentuch über den rot geschminkten Mund. »Ich brauche einen Lippenstift, der zu meinen Sandalen passt.«

Ich warf mich wieder auf das Bett. Denn es lohnte sich ganz sicher noch nicht aufzustehen.

10

Tatsächlich dauerte es noch über eine halbe Stunde, bis ich Paige dazu bewegen konnte, endlich mit mir auf das Fest zu gehen. Ich selber trug noch immer Jeans und T-Shirt, hatte aber meine hochhackigen Schuhe gegen meine braunen Leder-Flipflops eingetauscht. Inzwischen wehte wieder eine milde Brise, doch es war noch immer furchtbar warm. Weshalb der dicke schwarze Eyeliner, den Paige mir aufgezwungen hatte, bereits auf dem Weg zum *Luau* verlief. Ich musste zugeben, sie hatte mich sehr hübsch zurechtgemacht, aber es war viel zu heiß für derart viel Make-up, und ich war es einfach nicht gewohnt, wie ein sexy Panda auszusehen. Falls Pandas überhaupt je sexy waren. Denn wahrscheinlich gab es einen Grund, warum sie sich nur selten paarten, und der hatte sicher etwas damit zu tun, dass ihre Smokey Eyes in der feuchten Hitze Chinas genauso amateurhaft wirkten wie das Zeug, das ich jetzt selber gerade trug.

Schließlich fanden Paige in ihrem teuren Kleine-Mädchen-Kleid und ich in den gestohlenen Klamotten und geliehenem Make-up den Ort, an dem die Feier stieg. Auf der außer uns nur schwule Kerle waren.

»Du bist tatsächlich gekommen!« Eine Kokosnuss, in der sich ganz eindeutig etwas anderes als Kokosmilch befand, in der Hand, stürzte Kekipi auf mich zu und schlang mir die Arme um den Hals. »Ich habe der

Miss gesagt, dass sie dich mitbringen soll. Dies ist kein richtiges *Luau,* sondern einfach eine kleine Feier unter Jungs, aber wir haben Petroleumfackeln, es gibt eine geradezu obszöne Menge Schweinebraten, und es wird getanzt.«

»Das Schwein würde mir bereits reichen«, stellte ich mit einem leichten Lächeln fest.

Kekipi klatschte lachend in die Hände. Er war eindeutig ein Riesenschatz. »Mr. Bennett schmeißt ja keine Partys mehr. Deshalb haben wir es uns zur Tradition gemacht, tolle Frauen auf unsere eigenen Partys einzuladen, falls es tolle Frauen gibt, die man einladen kann.«

»Paige ist ganz eindeutig eine tolle Frau.« Ich nahm einen eigenen Kokosnuss-Cocktail entgegen und Kekipi schlang mir fröhlich einen Kranz leuchtend pinkfarbener Blumen um den Hals. Ein Stückchen neben mir versuchte Paige, einem halb nackten Typen klarzumachen, dass sie einen Kranz mit babyblauen Blumen bräuchte, weil das Pink auf ihrem Outfit kaum zu sehen war. »Ich bin einfach nur als Anhängsel dabei.«

»Als wirklich tolles Anhängsel.« Lächelnd hakte sich Kekipi bei mir ein und führte mich zu einem leeren Tisch. »Ich muss dich einfach fragen – hast du Mr.-Zwanzig-Fragen heute schon gesehen?«

»Ja«, bestätigte ich ihm und wandte mich dann eilig einem anderen Thema zu. »Ich muss dich auch was fragen. Stimmt mit Bertie Bennett irgendetwas nicht? Warum sagt er ständig unsere Termine ab?«

»Keine Ahnung.« Gleichmütig winkte Kekipi ab. »Ich habe ihn seit Tagen schon nicht mehr gesehen. Keine Ahnung, wo er sich versteckt. Ich finde einfach immer wieder irgendwelche Nachrichten von ihm im Haus. Irgendeine

Familienangelegenheit, über die du dir keine Gedanken machen musst.«

»Dann ist dies vielleicht nicht die beste Zeit, um Journalisten einzuladen.« Ich fand einen Strohhalm in der Kokosnuss und nahm den ersten Schluck. Der Cocktail schmeckte derart köstlich, dass ich bis ans Lebensende nie mehr etwas anderes würde trinken wollen. »Sein Verhalten ist ein bisschen seltsam, findest du nicht auch?«

»Hmm.« Kekipi wollte offenbar nicht über dieses Thema reden. »Natürlich ist es etwas merkwürdig, eine Gruppe Leute für ein Fotoshooting und ein Interview zu sich nach Hause einzuladen und dann plötzlich zu beschließen, dass man ausgerechnet in der Woche, wenn sie da sind, keinen Menschen sehen will.«

»Ein bisschen«, stimmte ich ihm zu und gelangte viel zu schnell ans Ende meines Drinks. Aber vielleicht hatten sie die Kokosnuss ja auch nicht bis zum Rand gefüllt. Oder vielleicht war ich auch inzwischen eine Säuferin. »Das Zeug ist wirklich gut.«

»Fast so lecker wie der gute Mr. Miller.« Er nahm meine leere Kokosnuss und stellte sie vor mir auf den Tisch. »Ich fülle sie erst wieder auf, wenn du mir sagst, worüber ihr euch heute unterhalten habt. War es völlig harmlos, oder habt ihr euch die Augen ausgekratzt?«

»Nicht wirklich.« Oh, ich wollte unbedingt die frisch gefüllte Kokosnuss zurück. »Oder auf jeden Fall bisher noch nicht.«

»Erstaunlich.« Abermals klatschte Kekipi in die Hände, und ein supergut gebauter junger Mann mit einer dichten Matte schwarz glänzenden Haars erschien mit zwei neuen Drinks. Es hatte offensichtlich durchaus seinen Reiz, wenn man als Manager von Bertie Bennetts Anwesen auch für die Einstellung des Personals zuständig war. »Hattet ihr einen Hass-Fick? Du hattest einen Hass-Fick mit dem Typen, nicht wahr?«

»Nein!«, rief ich bemüht empört. Es war mir immer peinlich, wenn jemand mir gegenüber derart unbekümmert über diese Dinge sprach. »Natürlich nicht!«

»Aber du hättest es gewollt.« Er schob meinen neuen Drink in meine Richtung. »Keine Angst, das kann ich gut verstehen. Er ist heiß, er ist ein Arschloch, und ihr seid hier auf Hawaii. Da kommen solche Dinge vor.«

Ich zwang eine lose Strähne in die Haarspange an meinem Hinterkopf und nickte knapp. »Kann sein, aber mir wird so was ganz sicher nicht passieren.«

»Das werden wir ja sehen.« Kekipi wackelte vielsagend mit den Brauen und wandte sich zum Gehen.

Ich blieb allein an meinem Tisch zurück und schaute lächelnd zu, wie Paige im Kreis von Bennetts anderen Angestellten zu den Klängen eines iPods höchst lasziv die Hüften kreisen ließ. Über der Tanzfläche, die Dutzende von Fackeln säumten, waren Lichterketten aufgehängt, und die Palmen waren mit den restlichen Blumenkränzen bunt geschmückt. Wie bei *Dirty Dancing*, nur dass ich hier auf Hawaii inmitten lauter Schwuler war. Wenn ich meine Ohren vor der Musik verschloss – was bei Beyoncé in voller Lautstärke ein bisschen schwierig war –, konnte ich die Wellen plätschern hören, während mir der süße Duft der Blumen und vor allem meines wunderbaren Cocktails in die Nase stieg. Ich klappte meine Augen zu und atmete tief ein. Ich hätte schon viel öfter irgendwelche dämlichen Entschlüsse fassen sollen. Nur wünschte ich mir, Amy wäre hier. Charlie aber nicht. Denn an Charlie dachte ich inzwischen gar nicht mehr.

Während meiner nächsten beiden Drinks und beinah einer Stunde Beyoncé-Rhianna-Robyn-Megamix setzte ich das Nicht-an-Charlie-Denken fort. Fast wäre ich aufgesprungen, als mit einem Mal *Call Me Maybe* erklang, aber Kekipi stürzte eilig auf mich zu, bat mich um Verzeihung, weil ein derart abgedroschenes Lied zwischen die anderen, brandneuen Hits geraten war, und servierte mir den nächsten Drink. Mir war bewusst, dass es nicht wirklich schlau war, derart viel zu trinken, wenn am nächsten Morgen das Shooting war, doch bisher hatten alle dämlichen Ideen ausgezeichnet funktioniert, und deshalb setzte ich die gute Arbeit fort. Vor allem, weil dadurch die Musik erheblich leichter zu ertragen war.

Die Tänzer grölten inbrünstig bei *Single Ladies* mit, und dann kam Paige im Zickzackkurs an meinen Tisch und setzte sich mit einem schiefen Lächeln neben mich.

»Dieser blöde Jetlag«, seufzte sie und blickte zu den Sternen auf. »Mir ist ein bisschen schwummerig.«

»Willst du zurück zum Cottage gehen?« Ich hatte eigentlich noch keine Lust, die Feier zu verlassen, aber irgendwo in meinem Hinterkopf lauerte noch immer Märtyrerin Tess. »Wenn du willst, gehen wir zurück.«

»Nein, nein, ich bin okay.« Sie tätschelte mir sanft die Hand, nahm meinen Strohhalm in den Mund und trank einen Schluck von meinem Drink. »Das hilft.«

»Das glaube ich eher nicht«, erklärte ich und hielt ihr einen Hähnchenspieß und eine Dose Cola hin.

Sie hob abwehrend die Hand, und ihr Gesicht verriet, dass sie einen Softdrink und dazu noch feste Nahrung augenblicklich nicht vertrug. Umso besser, dachte ich. Denn ich hatte selber einen Riesenappetit.

»Sollten wir nicht noch über das Fotoshooting sprechen?«, fragte ich und sah, dass ihre Augen glasig wurden, während sie den Text von irgendeinem Lady-Gaga-Hit mitsang. »Darüber, was ich machen soll?«

»Ich habe alles ganz genau geplant.« Sie klappte ihre Augen zu, türmte ihre Haare auf und ließ sie wieder auf die Schultern fallen. »Ich habe ein fantastisches Konzept. Wir machen das Porträt im Haus, und für die Modeshootings fahren wir zur alten königlichen Residenz nach Honolulu. Im Iolani-Palast haben einst die Herrscher von Hawaii gelebt, deshalb werden wir die Kleider dort fotografieren, während Bennett wie der Modekönig, der er ist, auf einem Thron sitzt und das Ganze überblickt. Was ein echter Knüller werden wird.«

Würde es ein Knüller werden? Ich biss einen Happen Hähnchen ab und nickte möglichst zuversichtlich mit dem Kopf.

»Aber eine Sache muss ich dich noch fragen.« Paige schlug ihre Augen wieder auf, wandte sich mir zu und schob sich das Haar hinter die Ohren. »Warum gibst du dich als Vanessa Kittler aus?«

Mein Hähnchenspieß fiel in den Sand.

»Warum tue ich was?« Ich hoffte, sie hätte genügend Alkohol getrunken, um sich nicht mehr daran zu erinnern, was sie von mir hatte wissen wollen.

»Warum gibst du dich als Vanessa Kittler aus?« Sie sprach jede Silbe klar und deutlich aus. »Weil du nicht Vanessa Kittler bist.«

»Doch, natürlich.« Ich stieß ein gezwungenes Lachen aus. »Wer sollte ich denn sonst sein?«

»Keine Ahnung.« Achselzuckend beugte Paige sich vor und legte ihre Arme auf den Tisch. »Aber diese Hexe Kittler bist du nicht. Deshalb frage ich dich noch mal, und ich hoffe, dass du eine Antwort für mich hast, die mich nicht zwingt, zur Polizei zu gehen. Also, warum gibst du dich als dieses ätzende Weib aus?«

Verdammt. Verdammt, verdammt, verdammt.

»Oh Gott, ich hätte wissen sollen, dass das niemals funktioniert.« Ich suchte gar nicht erst nach einer guten Ausrede und hoffte nur, sie würde gnädig sein. »Die Kurzversion ist die – ich bin Vanessas Mitbewohnerin, hatte eine grauenhafte Woche hinter mir, und als der Anruf der Agentin wegen dieses Shootings kam, war sie gerade nicht da, und irgendwie kam mir die Idee in dem Augenblick fantastisch vor.«

»Nach Hawaii zu fliegen, einen Haufen Leute zu belügen und dich als Vanessa auszugeben?«, fragte Paige. »Als ein bösartiges, widerliches Weib, das niemand in der Branche riechen kann?«

»Ja?«

Sie bestellte bei dem für die Cocktails zuständigen Kumpel von Kekipi eine frische Kokosnuss, bevor sie weitersprach.

»Vanessa Kittler hat vor ungefähr zwei Jahren meinen Exverlobten angemacht.« Ich konnte deutlich spüren, wie mühsam Paige um Ruhe rang. »Wobei er damals nicht mein Ex, sondern mein Verlobter war.«

»Das passt zu ihr.« Mehr wollte ich nicht sagen. Denn das Risiko, dass diese Sache furchtbar in die Hose ginge, war einfach zu groß. »Das tut mir leid.«

»Als ich hörte, dass die blöde Kuh die Bilder machen soll, bin ich vollkommen ausgerastet. Und das ist aus Sicht der Leute, die dabei waren, sicherlich noch höflich ausgedrückt. Aber die Gelegenheit zu diesem Shooting ergab sich ganz plötzlich. Ich war die gesamte letzte Woche unterwegs, und außer ihr war angeblich so kurzfristig sonst niemand frei.«

Sie legte eine kurze Pause ein und leerte ihren halben Drink mit einem Zug.

»Natürlich habe ich versucht, noch jemand anderen zu kriegen. Nicht nur, weil ich sie nicht ausstehen kann, sondern auch oder vor allem, weil sie eine echt beschissene Fotografin ist. Ja, okay, sie hat in ihrer Karriere drei, vier wirklich gute Bilder hingekriegt, aber das war es dann auch schon. Heute buchen sie die Leute nur noch, weil sie mit ihr in die Kiste wollen. Was echt erbärmlich ist.«

»Das passt zu ihr«, erklärte ich erneut. »Abgesehen von der Sache mit den drei, vier wirklich guten Aufnahmen.«

»Das ist schon Jahre her.« Paige ruderte wütend mit den Armen durch die Luft. »Aber sie sind legendär. Echt fantastisch, während alles andere, was sie danach gemacht hat, der totale Scheißdreck war. Nicht, dass ich die Aufnahmen der letzten Jahre selbst gesehen hätte, denn ich arbeite nicht mehr mit ihr. Weshalb es durchaus praktisch ist, dass du nicht Vanessa bist.«

»Und was jetzt?« Ich hatte plötzlich einen zentnerschweren Stein im Magen und starrte zwischen den Holzbrettern des Tisches hindurch meine Zehen an. »Schickst du mich jetzt heim?«

»Wie könnte ich das wohl?«, erkundigte sie sich. »Ich habe keine andere Fotografin, kann die Bilder schwerlich selber machen, und wenn keiner dieser wunderwunderschönen Männer hier ein Profi-Fotograf ist, wäre ich nach deinem Rauswurf noch viel aufgeschmissener, als ich es jetzt schon bin. Hast du eine Vorstellung davon, wie schwer es war, das Interview mit diesem Mann zu organisieren?«

»Nein«, räumte ich ein. »Ich weiß, die Sache ist vollkommen irre. Oder vielleicht bin auch nur ich selbst verrückt.«

Paige rieb sich die unsichtbaren Sorgenfalten aus der glatten Stirn und starrte mich mit großen Augen an.

»Ich habe vorher nichts gesagt, weil ich versucht habe herauszufinden, was hier vor sich geht. Ich dachte, vielleicht gäbe es ja zwei Vanessa Kittlers, oder vielleicht hättest du dir nur das Haar gefärbt und, ich weiß nicht, vielleicht einen Schlaganfall gehabt und wärst seitdem ein völlig neuer Mensch. Ich habe versucht, sie auf Facebook ausfindig zu machen, doch natürlich ist sie nicht auf Facebook, denn für so was ist sie viel zu cool. Aber, wow, es ist tatsächlich so, dass du nicht Vanessa Kittler bist. Sondern nur so tust, als ob du Vanessa Kittler wärst. Hier auf Hawaii, bei einem Fotoshooting, obwohl du nicht mal eine echte Fotografin bist.«

»So kann man zusammenfassend sagen, ja.« Es war nicht leicht, ein ernsthaftes Gespräch zu führen, während im Hintergrund ein Song von One Direction lief, doch irgendwie bekamen wir es hin.

»Kannst du wenigstens fotografieren?«, fragte sie. »Das heißt, vielleicht bist du ja doch zumindest eine echte Fotografin.«

»Meine Bilder sind nicht schlecht.« Ich fuhr zusammen, als ich ihre hoffnungsvolle Miene sah. »Tut mir leid, aber ich weiß beim besten Willen nicht, was ich sonst noch sagen soll.«

»Sag, dass du ein paar brillante Aufnahmen von Bertie Bennett machen wirst, dass ich nicht gefeuert werde und dass uns das alles, wenn wir erst wieder in London sind, wie ein verrückter Traum erscheinen wird.« Sie wirkte so ernst, wie es nach dem Genuss von literweise Cocktails aus ausgehöhlten Kokosnüssen möglich war.

»Ich werde ein paar brillante Aufnahmen von Bertie Bennett machen, du wirst nicht gefeuert werden, und ich kann nur hoffen, dass wir merken, dass das alles nur ein Traum gewesen ist, wenn wir wieder in London sind, denn sonst steht mir eine wirklich schwere Zeit bevor«, gab ich zurück. »Und vielleicht hilft es ja, wenn ich dir sage, dass Vanessa nicht zu cool für Facebook ist, sondern ihr Profil gelöscht hat, weil sie es gehasst hat, ständig irgendwelche wenig schmeichelhaften Bilder von sich selbst zu löschen, und die Sachen, die die meisten Leute über sie geschrieben haben, alles andere als freundlich waren.«

»Wie kannst du nur mit ihr zusammenwohnen?«, fragte Paige. »Warum tust du dir das an? Denn abgesehen von dem vorübergehenden Wahnsinn, der dich jetzt gerade offenbar befallen hat, scheinst du ein normaler, durchaus netter Mensch zu sein. Kannst du dich selbst nicht leiden oder so?«

»Oder so«, bestätigte ich ihr. »Auf alle Fälle oder so. Obwohl ich auch nicht unbedingt begeistert von mir bin.«

»Also gut dann – ich bin froh, dass das geklärt ist. Prost, *Vanessa«,* meinte Paige und stieß grinsend mit mir an. »Aber könntest du mir vielleicht noch verraten, wie du richtig heißt? Auch wenn es sicher besser ist, wenn erst mal niemand was von dieser ganzen Angelegenheit erfährt.«

»Ich heiße Tess.« Ich war abgrundtief erleichtert, dass jetzt endlich jemand wusste, wer ich wirklich war. »Tess Brookes.«

»Auf dich, Tess«, meinte Paige. »Gott, es wird mir

furchtbar auf die Nerven gehen, dass ich dich vor den anderen Vanessa nennen muss.«

»Meinetwegen kannst du mich auch einfach blöde Ziege nennen«, schlug ich fröhlich vor. »Wir könnten ja so tun, als wären wir im *Dschungelcamp*.«

»Ich mag deine Denke«, meinte sie und steckte sich dann wieder ihren Strohhalm in den Mund. »Wollen wir nur hoffen, dass auch deine Bilder mir gefallen. Aber Gott sei Dank bin ich eine phänomenale künstlerische Leiterin.«

»Gott sei Dank«, stimmte ich zu.

»Und jetzt musst du erst mal mit mir tanzen. Dieses Lied ist einfach toll.« Paige erhob sich eine Spur zu schnell von ihrem Platz, und ihr Stuhl kippte rückwärts in den Sand. »Wenn sich noch mal einer dieser Typen an mir reibt, falle ich bestimmt vornüber und lande direkt auf seinem Schwanz.«

»Ich bin mir ziemlich sicher, dass sie alle schwul sind.« Trotzdem folgte ich ihr auf das Stückchen glatten, harten Sandes, das als Tanzfläche fungierte, und schrie über einen Song von Maroon 5 hinweg: »Und zwar jeder Einzelne.«

»Mir egal«, schrie Paige zurück. »Denn schwule Männer lieben mich.«

Gut zu wissen, wo sie selbst die Grenze zog.

Es heißt, die Zeit verfliegt, wenn man sich amüsiert, aber wenn man einen Cocktail nach dem anderen schlürft und mit den schönsten Männern von Hawaii zu heißen Rhythmen tanzt, verschwindet sie in einem schwarzen Loch und tanzt Cha-Cha-Cha und schwenkt Rumbakugeln, wenn sie wieder in Erscheinung tritt.

Es war fast eins, als ich auf meine Uhr sah und zum ersten Mal an diesem Abend ablehnte, als einer von den Jungs mit einer frisch gefüllten Kokosnuss für mich erschien. Paige hatte den Kopf bereits vor einer Ewigkeit auf einen Tisch gelegt und machte dort ein Nickerchen. Ich, Kekipi sowie eine Reihe wunderschöner Kerle, deren nackte Oberkörper warm im Licht der Fackeln glänzten, hatten uns bemüht, sie aufzuwecken und ins Bett zu bringen, doch sie hatte unsere Angebote ausgeschlagen und erklärt, sie würde »warten«. Ohne uns darüber aufzuklären, auf wen oder was.

Ich tanzte gerade gut gelaunt zu einem uralten Madonna-Hit, als mir auffiel, dass ein ungebetener Gast auf unserem Fest erschienen war. Mit dem gewohnten selbstzufriedenen Gesichtsausdruck hatte Nick sich unter einer Palme aufgebaut. Als Erstes fiel mir ein, wie sauer ich am Vorabend auf ihn gewesen war. Als Zweites, dass ich nachmittags vor seinem Haus über ihn hergefallen war.

Er legte seinen Kopf zurück und winkte mich zu sich heran. Doch ich wandte mich entschlossen ab und versuchte, mich auch weiter auf das Lied zu konzentrieren. Ja, Madonna, du hast recht. Das Leben ist ein Rätsel, und wir müssen es alleine überstehen.

Statt nach mir zu rufen, blieb der Blödmann weiter selbstzufrieden unter seiner Palme stehen, und ich rackerte mich weiter zwischen all den anderen Tänzern ab.

»Nick!«

So wie es klang, war jemand anders auf dem Fest nicht ansatzweise so entschlossen, diesem Kerl zu demonstrieren, dass sie nicht so leicht zu haben war. Paige erwachte nach dem einstündigen Koma urplötzlich zu neuem Leben, sprintete über den Sand und warf sich einem wenig freundlich dreinblickenden Nick mit einem lauten Juchzer an die Brust.

Ich konnte nicht hören, was die beiden sprachen, aber es gelang mir, an Kekipi sowie meinen beiden anderen neuen besten schwulen Freunden, Aikane und Makani, vorbeizutanzen, bis sie zu verstehen waren. Paige schlang Nick die Arme um den Hals und versuchte, ihn mit ein paar ausnehmend verführerischen Hüftbewegungen zu animieren, mit ihr auf die Tanzfläche zu kommen. Was in höchstem Maße schmerzlich anzusehen war. Zum Glück besann Kekipi sich, obwohl er voller Cocktails und von lauter heißen Jünglingen umgeben war, noch rechtzeitig auf seinen Job.

»Ms. Sullivan. Paige, Schätzchen.« Entschlossen bahnte er sich einen Weg an den Tanzenden vorbei und zog Paige an seine Brust. Obwohl er viel zu klein und schmächtig wirkte, um eine so große Frau zu schleppen, hatte er das offenbar bereits des Öfteren getan. »Sie sind Cinderella, es ist kurz vor Mitternacht, und wenn Sie sich nicht sputen, steht nachher statt einer Kutsche ein elender Kürbis vor der Tür. Vor allem suchen nicht Sie den Prinzen, sondern er sucht Sie, nicht wahr?«

»Nick muss tanzen!«, kreischte sie und wies auf einen Fleck ein Stückchen neben ihm. »Er muss tanzen!«

»Ich werde dafür sorgen, dass er tanzt«, versprach Kekipi und zog Paige entschlossen aus dem Licht. »Denn die dritte Regel unserer Partys ist, dass man dort tanzen muss, wenn man sie zum ersten Mal besucht.«

»Und was sind die beiden anderen Regeln?«, fragte ich Makani.

»Die erste ist, dass man nie über diese Partys spricht.«

»Und die zweite ist?«

»Dass man trinken muss, bis man sich nicht mal mehr daran erinnern kann, dass es diese Partys gibt.« Plötzlich wirbelte er mich im Kreis, und ich war froh, dass ich in flachen Schuhen auf das Fest gekommen war. »Weil man so, selbst wenn man wollte, nicht darüber reden kann.«

»Das klingt wirklich gut durchdacht«, schrie ich über die Musik hinweg, bevor mich ein Paar Hände aus dem Kreis der neuen Freunde zog. »He, was machst du da?«

»Nichts, was auch nur annähernd so ungehörig ist wie das, was du vorhin gemacht hast«, antwortete Nick und küsste sanft mein Haar. »Mach diese Spange ab. Ich will dich mit offenen Haaren sehen.«

»Kinder, die was wollen, kriegen was auf den Bollen«, erklärte ich und stieß ihn von mir fort. Doch er packte einfach meine Handgelenke und zog mich erneut an seine Brust. »Lass mich los.«

»Du willst nicht mit mir reden?«, fragte er. »Dann hast du also keine Fragen mehr?«

»Die sind mir ausgegangen.« Ich bemühte mich, das Brennen meines Unterleibs zu ignorieren. Dessen Ursache eindeutig weder meine leicht zu engen Jeans noch meine allzu volle Blase waren. »Ich glaube, ich weiß alles, was ich wissen muss.«

»Das glaube ich auch.« Er ließ von einem meiner Handgelenke ab, drehte mich halb um, damit ich mit dem Rücken zu ihm stand, und hielt mich fest. »Komm, wir gehen zu dir.«

»Und warum sollten wir das tun?« Ich lenkte meinen Blick auf meine Brust. So also sah ein wild wogender Busen aus. »Nachdem du mich gestern Abend einfach hast sitzen lassen.«

»Und warum sollten wir es nicht tun?«, fragte er zurück. »Nachdem du auch schon heute Nachmittag über mich hergefallen bist?«

»Ich kenne dich doch gar nicht, Nick.« Ich bemerkte, dass die anderen Partygäste unauffällig einen Kreis um uns gebildet hatten und genau verfolgten, was geschah. Na toll – ich war die offizielle Entertainerin auf einer von Gaga-Klängen untermalten Schwulenparty auf Hawaii. Dabei hatte ich in dieser Woche schon genügend anderes Zeug zum ersten Mal gemacht. »Ich weiß wirklich nicht, was heute Nachmittag in mich gefahren ist. Wahrscheinlich lag es einfach daran, dass ich viel zu lange in der Sonne war.«

»Vanessa.« Er schlang mir die Arme noch ein wenig fester um den Bauch. »Ich bin kein Mann, der gerne Spielchen spielt.«

»Gut, dass ich dich nicht gefragt habe, ob du eine Runde Scrabble mit mir spielen willst.« Keuchend schob ich seine Hände fort.

»Los, das ist mein erstes Mal auf einer solchen Party.« Lächelnd streckte er die Hand erneut in meine Richtung aus.

Ich hasste dieses Lächeln. Weil es eher ein feistes Grinsen war.

»Weshalb ich tanzen muss.«

»Ich bin sicher, dass es jede Menge anderer Interessenten gibt.« Ich schlug abermals auf seine Hand, stapfte davon und lieferte den Blödian der Gnade von Kekipis Freunden aus.

Die Mixtur aus zu viel Rum und tosenden Hormonen erfüllte mich mit heißem Zorn, der sich durch den Genuss von einem halben Liter Wasser, kaum dass ich in meinem Cottage war, nicht lindern ließ. Ich stand im Licht des offenen Kühlschranks und hätte die kalte, klare Flüssigkeit am liebsten gegen einen neuerlichen Cocktail eingetauscht, doch die Angst, am nächsten Tag mit einem fürchterlichen Kater zu erwachen, hielt mich davon ab. Ich wollte herrlich wund von einer aufregenden Nacht neben einem wunderschönen Mann erwachen, doch das wäre mir ganz sicher nicht vergönnt.

Ein leises Klopfgeräusch riss mich aus meinen schmutzigen Gedanken, und in der absurden Hoffnung, dass der späte Gast vielleicht Nick Miller wäre, stellte ich das Wasser fort, kniff mir in die Wangen und ging an die Tür.

Es war Kekipi. Weshalb die verfluchte Wangenkneiferei völlig umsonst gewesen war.

»Ich wollte mich nur vergewissern, ob du wohlbehalten heimgekommen bist«, erklärte er mir in geschäftsmäßigem Ton. Weil er nicht einmal auf einer Party seinen Job vergaß. Obwohl er den Geruch von frisch Erbrochenem verströmte, was bestimmt der Grund für seine säuerliche Miene war. »Als ich eben aus dem Cottage von Miss Sullivan gekommen bin, habe ich das Licht in deiner Küche brennen sehen. Kann ich dir noch irgendwie zu Diensten sein?«

Mein Unterleib war traurig, weil nicht Nick, sondern Kekipi auf der Schwelle meines Häuschens stand, doch dagegen konnte er wohl schwerlich etwas tun.

»Nein, ich wollte gerade schlafen gehen. Kehrst du etwa nicht noch einmal auf das Fest zurück? Schließlich geht die Party jetzt erst richtig los.«

»Das stimmt, und deshalb gehe ich auf jeden Fall noch mal zurück«, bestätigte er mir, und in seine Augen kehrte der vertraute Glanz zurück. »Weil die Jungs die reinsten Tiere sind. Komm doch auch noch einmal mit.«

»Nein, nein.« Ich schüttelte den Kopf. »Für mich ist Schlafenszeit.«

»Natürlich«, antwortete er. »Mit oder ohne Mr. Miller?«

Statt schockiert die Augen aufzureißen, fing ich lauthals an zu lachen, denn bereits die Vorstellung war vollkommen absurd. »So ein Mädchen bin ich nicht.«

»Und warum nicht?«, fragte mich Kekipi achselzuckend. »Er ist ein schöner Mann, hält dich für eine schöne Frau, und es knistert ganz eindeutig zwischen euch. Was also spricht dagegen, mit dem Kerl ins Bett zu gehen?«

»Vielleicht, dass ich kein schwuler Mann bin?«, schlug ich vor.

»Genau das stimmt nicht mit der Welt.« Er wandte sich zum Gehen, ließ meine Haustür aber offen stehen. »Egal, ob Mann, ob Frau, ob Homo oder Hetero. Ich wüsste nicht, weshalb es falsch sein sollte, einen anderen Menschen zu begehren. Weil wir schließlich alle über achtzehn sind.«

Am liebsten hätte ich gesagt, wahrscheinlich wären er und ich erwachsen, aber Nick wäre ein quengeliges Kind im Körper eines Mannes, dem man ordentlich den Allerwertesten versohlen müsste, während jede Faser meines Körpers etwas völlig anderes schrie. Und mich daran erinnerte, dass Nick tatsächlich ein in höchstem Maße attraktives, ausgewachsenes Mannsbild war und ein derart animalisches Verlangen in mir weckte, dass ich ihn hätte wie einen Baum besteigen wollen.

Ich umklammerte den Griff der Tür, um sie ins Schloss zu werfen, abzusperren und ins Bett zu gehen. Stattdessen stand ich einfach da, klappte meine Augen zu und atmete tief durch. Warum sollte ich nicht doch noch einmal auf die Party gehen? Warum war es für mich eine solche Riesensache zuzugeben, dass ich heiß auf diesen Typen war?

»Weil brave Mädchen so etwas nicht tun«, erklärte ich mir selbst. »Weil du so was nicht tust.«

Okay, ich kannte diesen Menschen kaum, und was ich von ihm wusste, war nicht unbedingt sympathisch, aber sicher wäre es bei Weitem nicht so schlimm, wie mit meinem jahrelangen großen Schwarm ins Bett zu gehen, ohne dass ihm dadurch klar geworden wäre, dass auch ich die Liebe seines Lebens war. Das war sicher nicht nach Plan verlaufen, was bewies, dass Pläne manchmal völlig sinnlos waren. Bisher hatte mir mein übertriebenes Nachdenken nicht allzu viel genützt. Kekipi hatte recht. Ich würde nur noch ein paar Tage auf Hawaii sein und müsste Nick danach nie wiedersehen. Und tatsächlich war ich heiß auf ihn, und auch wenn ich das beim besten Willen nicht verstehen konnte, war er offenbar genauso heiß auf mich. Ich sollte unbedingt noch mal auf diese Party gehen. Aber – wieder holte ich tief Luft und bauschte meine Haare auf – ein paar Regeln müsste ich auf jeden Fall befolgen, ginge ich mit diesem Kerl ins Bett. Ich dürfte keinerlei Gefühle in die Sache investieren und am nächsten Vormittag nicht schluchzen, wenn er wieder seiner Wege ging. Ich würde ihn mir schnappen, es mir gut von ihm besorgen lassen und zum Schlafen wieder in mein eigenes Cottage gehen. Mehr nicht. Ich müsste einfach meinen Mut zusammennehmen und die Sache angehen. Weiter nichts.

Ich schlug die Augen wieder auf, und wie durch schmutzige Magie saß Nick direkt vor meiner Nase auf einem der weißen Holzstühle vor meiner Tür. Weshalb mein Herz vor Schreck und Freude einen Trommelwirbel schlug.

»Mich würde wirklich interessieren, was dir gerade

durch den Kopf gegangen ist.« Er legte seine Ellenbogen auf den Beinen ab und sah mich unter seinen wild zerzausten, sonnenhellen Haaren hervor an. »Denn du hast einen wirklich seltsamen Gesichtsausdruck.«

Ich konzentrierte mich darauf zu atmen und nicht ohnmächtig zu werden. Weil das alles andere als sexy war. Wohingegen er im höchsten Maße sexy war. Selbst im Halbdunkel der Bucht war nicht zu übersehen, wie attraktiv er war. Und mit einem solchen Blick wie er hatte mich bisher noch niemand angesehen.

»Ich habe überlegt, ob ich noch zu dir rüberkommen soll«, erklärte ich und blieb vollkommen reglos vor ihm stehen. Denn ich war mir nicht sicher, was passieren würde, machte ich auch nur den allerkleinsten Schritt. Wahrscheinlich würde ich dann einfach auf der Stelle kehrtmachen, ins Haus flüchten und mich – erneut – im Badezimmer einschließen. »Wegen heute Nachmittag.«

»Wolltest du dich bei mir entschuldigen?« Er stand auf und spannte seine Unterarme unter den wie immer hochgerollten Ärmeln seines Hemdes an. Ach, wenn ich doch nicht derart auf muskulöse Unterarme abfahren würde.

»Nein«, stieß ich mit rauer Stimme aus, als er plötzlich direkt vor mir stand. Und wie jedes Mal, wenn er mir so nahe war, verschlug es mir die Sprache.

Dabei war er nicht einmal mein Typ. Er war kaum größer als ich selbst, seine Augen waren zu blau, er war viel zu stark gebräunt, er war blond und arrogant, ich kannte, liebte und ich mochte ihn nicht mal. Er war nicht Charlie Wilder. Und vor allem hatte ich in meinem ganzen Leben keinen Mann derart begehrt.

»Ich werde mich ganz sicher nicht bei dir entschuldigen.«

»Gut.« Er drückte mich gegen die Tür, und mein Schädel krachte wenig sanft gegen das Holz, doch ohne auch nur nachzusehen, ob ich in Ordnung war, und ohne mich zu fragen, presste er mir seine Lippen auf den Mund. Was mehr als nur in Ordnung war. Wunderbar erregt, weil er mit jemand Neuem etwas völlig Neues tat, ging mein Körper regelrecht in Flammen auf, und ich begann, den Menschen zu erforschen, der mich zwischen seinem Leib und meiner Tür gefangen nahm. Ohne unnötig Zeit mit seinen Küssen zu verlieren, bahnte sich Nicks Mund entschlossen einen Weg an meinem Hals herunter bis zum Ausschnitt meines T-Shirts, und mit zugekniffenen Augen konzentrierte ich mich auf das Muster, das der Mann mit seinen Fingerspitzen überall auf meinem Körper hinterließ, und bemühte mich, nicht zu vergessen, dass ich früher oder später doch in Ohnmacht fallen würde, wenn ich nicht ab und zu mal Luft holte.

Er vergrub die Hände fest in meinem Haar und zog meinen Kopf so ruckartig zurück, dass ich vor Schmerz und Überraschung leise schrie. Doch lachend fuhr er fort. Glitt mit seinen Händen über meinen Rücken, suchte dort den schnellsten Weg in Richtung meiner Jeans und schob seine Finger in den Hosenbund. Das machte er ganz sicher nicht zum ersten Mal.

Ich rang erstickt nach Luft, schlang ihm meine Arme um den Hals und klammerte mich hilfesuchend an ihm fest, während er mich durch die Tür schob und ihr einen Tritt versetzte, ehe er den Reißverschluss von meiner Jeans herunterzog.

»Die Hose ist im Weg.«

Er hatte recht, und deshalb zogen wir sie mir im Handumdrehen gemeinsam aus. Da es kein Zurück mehr für mich gab, half ich ihm, den Rücken an der Tür, auch den Rest von meinen Kleidern auszuziehen, ehe ich nach seiner Gürtelschnalle griff.

Denn schließlich sollte er das Spiel ganz sicher nicht alleine spielen. Wobei ich hoffen musste, dass er nicht bemerkte, dass ich im Gegensatz zu ihm noch eine Amateurin war.

Diese Sorge hätte ich mir aber sparen können. Denn zwar war ich fürchterlich nervös, während ich mit meinem damals besten Freund im Bett gewesen war, doch bei Schmuddelspielchen, die ich ganz spontan mit einem praktisch Fremden spielte, war ich offensichtlich ein Naturtalent.

Ich strampelte mich aus den engen Jeans und schmiegte mich mit bereits rauen Lippen, von den Stoppeln seines Bartes wundgeriebenen Wangen und seinem Geschmack im Mund so eng wie möglich an ihn. Mein Hirn hatte die Arbeit eingestellt und überließ die Führung einer bisher unbekannten, sexbesessenen jungen Frau. Sämtliche Gedanken, Sorgen, Gegenargumente hatten sich in Wohlgefallen aufgelöst. Ich wollte diesen Mann nur noch so schnell wie möglich in mir haben und sonst nichts.

Ich vernahm das leise Rascheln seiner Jeans und das Klirren seines Gürtels, als er auf den Boden fiel, während Nick mit heißen Fingern über meinen Schenkel bis hinauf zu meiner Unterwäsche glitt. Dort hielt er kurz inne, sah mich an, und wir beide atmeten so schwer, dass es fast nicht mehr zu ertragen war. Sein Blick war unergründlich, und ich wusste, ich sah vollkommen zerzaust aus. Nur waren mein wild zerzaustes Haar und mein verlaufenes Make-up inzwischen vollkommen egal.

Wieder presste er mir seine Lippen auf den Mund,

schlang mir einen seiner Arme um die Hüfte, hob mich hoch und zog mich eng an seine Brust. Ich schlang ihm die Beine um die Taille, vergrub mein Gesicht an seinem Hals und sog seinen warmen, dunklen, köstlichen Geruch in meine Lungen ein. Inzwischen duftete auch meine eigene Haut nach seinem Schweiß, und wir schafften es nur bis zum Sofa, ehe er mich fallen ließ, sich das Hemd auszog, sich zwischen meine Beine kniete und ich nur noch Härte, Feuchtigkeit und Hitze spürte, während ich mich ganz im Surren des Deckenventilators, einem rauen Männerlachen und dem Flackern von Nicks Fingern tief in meinem Inneren verlor.

Und zum ersten Mal in meinem Leben warf ich jede Selbstbeherrschung über Bord und gab mich ganz den herrlichen Gefühlen hin, die ein beinah Fremder in mir weckte.

11

Als ich aufwachte, war es noch dunkel, und ich brauchte einen Augenblick, um mich zu orientieren. Zwar lag ich in meinem Zimmer und in meinem Bett, doch hatte ich nicht einen Fetzen Stoff am Leib. Oh nein.

Eilig rollte ich mich bis zum Rand meiner Matratze und tastete suchend auf dem Boden, bis ich dort auf einen Gegenstand in Form einer Unterhose traf. Doch als ich ihn hochhob, musste ich erkennen, dass ich eine Männerunterhose in den Händen hielt. Instinktiv warf ich sie durch den Raum – denn niemand wollte ein Paar fremde Boxershorts so dicht vor seiner Nase haben –, drehte mich dann möglichst vorsichtig und langsam um und sah, dass Nick an meiner Seite lag und selig schlief.

Lautlos schwang ich meine Beine aus dem Bett, folgte der Klamottenspur ins Wohnzimmer und fuhr zusammen, weil bereits die winzigste Bewegung schmerzhaft war. Die Nacht mit Charlie war wie Fahrradfahren gewesen, doch beim Sex mit Nick hatte ich mich wie eine Reiterin beim Rodeo gefühlt.

Im Tiefschlaf und mit dem Gesicht in einem Berg aus Kissen sah er vollkommen verändert aus. Am liebsten wäre ich sofort zurück zu ihm ins Bett gekrabbelt, hätte ihn mit sanften Streicheleien aufgeweckt und es mir abermals von ihm besorgen lassen. Weil ich in der Tiefe meines Herzens ausnehmend romantisch war.

Ich ging das Treiben der vergangenen Nacht noch einmal in Gedanken durch, zog meinen Slip sowie das auf der Couch liegende T-Shirt an und begann mit der Begutachtung des Schadens, der von uns in meinem Cottage angerichtet worden war. Wir hatten ein paar Blumenvasen und diverse Stühle umgeworfen und ein Dutzend Kissen auf dem Fußboden verteilt. Mein Hintern war mit leichten Schürfwunden und blauen Flecken übersät. Wie in aller Welt bekam man Schürfwunden in einem Haus mit Hartholzböden? Ich warf einen Blick in Richtung Bad. Ah, die Badematte. Wow, wir hatten es wirklich in jedem Zimmer getrieben.

»Hi.«

Nick war erwacht. Im dunklen Schlafzimmer klang seine Stimme deutlich weicher als zuvor. Und egal ob sie vom Schlaf oder vom Sex ein wenig heiser klang, rief sie in mir das Verlangen nach sofortiger Berührung wach.

»Hi.« Ich stand immer noch im Wohnzimmer und starrte, glücklich, weil er mich im Dunkeln nicht erröten sehen konnte, durch die offene Tür.

»Ich habe das Gefühl, als sollte ich es jetzt erwähnen, ehe eine große Sache daraus wird.« Er richtete sich auf und streckte sich. Was ungeheuer heiß aussah.

»Aber weißt du, die Sache ist die. Ich bin ein deutlich besserer Liebhaber als Freund.«

Ich starrte ihn noch immer reglos an. Mir wurde etwas übel, doch ich nickte stumm.

»Ich weiß, dir geht's nicht anders«, fuhr er fort und klopfte auf die leere Stelle neben sich. »Aber trotzdem ist es einfach besser, wenn man diese Dinge klärt. Damit es nicht zu irgendeinem blöden Missverständnis kommt.«

»Damit es nicht zu irgendeinem blöden Missverständnis kommt?«

»Damit du dich nicht plötzlich doch in mich verliebst«, klärte er mich lachend auf. »Komm wieder ins Bett.«

»Ich bin hundemüde.« Ich hob seine Jeans vom Boden auf und warf sie ihm aufs Bett. »Und am besten schlafe ich, wenn ich alleine bin.«

»Ist das dein Ernst?« Nick fing die Hose auf, machte aber keine Anstalten, sie anzuziehen. »Du wirfst mich raus?«

»Ich möchte nicht, dass du dir falsche Vorstellungen machst.« Da ich plötzlich nicht mehr vor Verlangen brannte, stürmte ich ins Bad. »Du findest sicher selber raus.«

Ich nahm auf der Toilette Platz und schrubbte mein Gesicht mit einem feuchten Tuch, bis die Tür des Cottages ins Schloss gefallen war. Wie konnte er es wagen, davon auszugehen, ich würde mich in ihn verlieben? Und wie konnte er es wagen, einfach davon auszugehen, dass ich diese Dinge ähnlich locker sah wie er?

Obwohl ich das natürlich tat. Auf jeden Fall.

Was für ein blöder Arsch.

Ich beendete die Reinigung meines Gesichts, als meine Wangen nicht mehr nur vor Scham gerötet waren, und lehnte mich am kalten Porzellanspülkasten der Toilette an. Dann entsorgte ich das Tuch im Mülleimer, kehrte ins Schlafzimmer zurück, schüttelte die Decke aus und drehte alle Kissen um. Damit mir der Geruch von diesem Wichser nicht versehentlich beim Schlafen in die Nase stieg. Ich hatte einen One-Night-Stand gewollt und einen One-Night-Stand bekommen. Also war die Sache abgehakt.

Jetzt war es Zeit zu schlafen. Das Problem war nur, dass ich kein Auge zubekam. Weswegen mir nur eines blieb. Ich griff nach meinem iPhone und bat Siri, bei dem letzten Menschen anzurufen, dem ich mich noch anvertrauen konnte, wenn ich in der Patsche saß.

»Tess?«

»Ich bin eine Idiotin, Amy«, grüßte ich.

»Keine Angst, die bin ich auch.« Ihre Stimme klang erschreckend fern und blechern, als sie von mir wissen wollte: »Aber warum rufst du mich extra deswegen an?«

»Weil ich mit einem Mann geschlafen habe.« Traurig rollte ich mich auf den Bauch, starrte auf den leeren Flecken neben mir und drückte meine Hand dort auf die Kissen, wo zuvor Nicks Kopf gewesen war.

»Ich weiß.«

»Oh nein, mit einem anderen«, klärte ich sie auf. »Hier auf Hawaii.«

»Na, das ging aber schnell!« Irgendwie fand ich es schrecklich, wie beeindruckt meine Freundin klang. »Mit wem? Und wo? Und wie? Erzähl mir alle schmutzigen Details. Ich war bereits seit Monaten mit keinem Typen mehr im Bett, und du hattest innerhalb von einer Woche sogar zweimal mit verschiedenen Männern Sex? Wahnsinn. Gratuliere. Auch wenn ich natürlich furchtbar neidisch bin.«

»Er arbeitet als Journalist für diese Zeitschrift.« Ich blickte auf die Kuhle in den Kissen und stellte mir vor, Nick läge noch immer schlafend neben mir. »Und ich habe irgendwie das ungute Gefühl, als hätte ich einen Riesenhaufen genau dorthin gemacht, wo ich noch essen will.«

»Das meinst du sicher bildlich, oder?«, hakte meine Freundin nach. »Ich möchte einfach sichergehen, dass dies nicht der Anfang einer anderen Geschichte ist.«

»Natürlich meine ich das bildlich. Weil es eine Riesendummheit war. Er ist nämlich ein Idiot.«

»Einer von der heißen Sorte?«

»So heiß, wie frau es sich nur wünschen kann.«

»Meine Güte, langsam, aber sicher verwandelt dein Leben sich in einen Song von Taylor Swift. Was echt erstaunlich ist.« Sie klang nicht sonderlich besorgt. »Wirklich, Tess, wo liegt denn dabei das Problem? Du warst mit einem heißen Typen im Bett. Das war guter, reinigender Sex, mit dem du den Geschmack von diesem Arschloch Charlie aus dem Unterleib herausbekommen hast.«

»Wie poetisch du mal wieder bist.« Manchmal war sie wirklich widerlich. »Hast du etwas von ihm gehört?«

»Nein«, erklärte sie. »Und weich jetzt bitte nicht vom Thema ab, sondern erzähl mir mehr von diesem attraktiven Wichser, der dich dazu gebracht hat, deine Liebestöter auszuziehen.«

»Im Grunde weiß ich gar nicht, was passiert ist. Wahrscheinlich hat es einfach was damit zu tun, dass ich hier Vanessa bin«, klärte ich sie mit einem halben Gähnen auf. Der Klang von Amys Stimme wirkte wie ein Becher heißer Schokolade und ein warmes Bad auf mich. »Ich habe ihn gesehen, gehasst und dann wollte ich plötzlich Sex mit ihm. Und habe ihn gekriegt. Ohne groß etwas dafür zu tun. Es war total verrückt.«

»Wie oft habe ich dir schon gesagt, dass Frauen sich nicht ins Zeug zu legen brauchen, wenn sie heiß auf einen Typen sind? Du brauchst einfach nur zu sagen, also, großer Junge, lass es uns probieren. Und wenn sie darauf nicht eingehen, lohnt es sich auch gar nicht, sie ins Bett zu zerren. Weil sie Nieten oder schwul oder beides sind.«

»Ich bin mir nicht ganz sicher, ob ich das genauso sehe, aber meinetwegen«, murmelte ich und versuchte zu ergründen, ob Nick Miller in den letzten beiden Tagen irgendwann einmal von mir als »großer Junge« angesprochen worden war. Das wäre zwar nicht wirklich unpassend gewesen, aber wenig einfühlsam. »Ich bin einfach sauer auf mich selbst, weil er ein solches Arschloch ist und ich ihn nicht mal leiden kann.«

»Dann lass dich von ihm vögeln, bis dir Hören und Sehen vergeht, komm zurück nach Hause und denk nie wieder an ihn zurück«, schlug mir Amy völlig unbekümmert vor. »Weil du schließlich ständig sauer auf dich selber bist. Oder Schuldgefühle hast. Oder Schuldgefühle hast, weil du sauer auf dich bist. Dabei hast du durchaus das Recht, dich einfach mal zu amüsieren.«

»Ach ja?« Dieser Gedanke war mir völlig neu.

»Wirklich, Tess, hör endlich auf, mich anzurufen und zu jammern, weil du über Nacht im Paradies und dort mit einem superattraktiven Kerl im Bett gelandet bist. Du würdest sicher auch noch jammern, wenn du irgendwo ein Zauberpony finden würdest, das von früh bis spät Juwelen scheißt. Genieß einfach die Tage auf Hawaii, okay?«

»Es gibt gar keine Zauberponys, die …« Ich brauchte einen Augenblick, bis ich verstand. »In Ordnung. Tut mir leid. Ich fühle mich im Augenblick einfach ein bisschen widerlich, sonst nichts.«

»Weil du mit einem heißen Typen geschlafen hast?«

»Weil ich mit einem heißen Typen geschlafen habe, den ich fast nicht kenne und der mir noch nicht einmal sympathisch ist.«

»Tess Sigourney Brookes.« Langsam wurde Amy ärgerlich. »Manchmal kommst du mir so vor, als hättest du in deinem Leben das Wort Feminismus nie auch nur gehört.«

»So etwas nennst du Feminismus?« Langsam wünschte ich, ich hätte Amy nicht erreicht. »Soll es etwa ein Fortschritt für die Frauenrechte sein, wenn ich zulasse, dass mich so ein dahergelaufener, blöder Kerl bespringt?«

»*Sex and the City* hast du offenbar noch nie gesehen. Danke übrigens der Nachfrage. Mir geht es gut.«

Oh, verdammt – natürlich. Amy hatte ihren Job verloren. Und ich hatte bisher keinen Augenblick daran gedacht.

»Tut mir leid, ich bin einfach total erledigt. Es ist fünf Uhr morgens, und ich bin total zermatscht. Bist du okay? Hast du schon einen neuen Job?«

»Darüber will ich jetzt nicht reden«, schnauzte sie mich an, stieß einen Seufzer aus und wurde sofort wieder weich. Denn wir konnten uns einfach nie wirklich böse sein. »Denk am besten gar nicht über diese Dinge nach. Am Sonntag kommst du wieder, und dann wirst du alle diese Menschen niemals wiedersehen, nicht wahr? Also amüsier dich einfach, bis du heimkommst, denn dann holt die Wirklichkeit dich sowieso im Handumdrehen wieder ein.«

Damit hatte sie – zu meinem Leidwesen – vollkommen recht.

»Danke, dass du eine derart gute Freundin bist.« Ich riss den Mund zu einem Gähnen auf. Weil ich den verfluchten Jetlag immer noch nicht überwunden hatte, von der ganzen Lügerei geistig erschöpft und körperlich von all dem Sex total erledigt war. »Ich weiß nicht, was ich ohne dich machen würde.«

»Sterben«, gab sie gut gelaunt zurück. »Du würdest einfach sterben. Aber da ich dir wie immer treu zur Seite stehe, wirst du das noch lange nicht.«

»Statt zu sterben, werde ich jetzt erst mal schlafen«, stimmte ich ihr lächelnd zu. »Ich rufe dich so bald wie möglich wieder an.«

»Aber nur, wenn du mir nicht erzählen willst, dass dir wieder etwas derart Schreckliches wie diese Nacht geschehen ist. Ich liebe dich.«

»So wie ich dich«, gab ich zurück, legte das iPhone auf den Nachttisch und schlief auf der Stelle ein.

Mir war schon seit dem Tag zuvor bewusst, dass der Begriff Privatsphäre für Paige ein Fremdwort war. Gleich nach ihrer Ankunft war sie einfach in mein Wohnzimmer geplatzt, und anscheinend fand sie es auch vollkommen natürlich, einfach in mein Schlafzimmer zu kommen, während ich noch schlief.

»Na, du Murmeltier?« Sie schlug mir auf den Kopf, bis ich die Augen öffnete und einen Becher dampfend heißen Kaffees vor mir sah. Der allerdings anscheinend für sie selber vorgesehen war. »Wie kannst du jetzt noch schlafen? Es ist schon fast zehn.«

»Oh, verdammt.« Ich rieb mir meine müden Augen und versuchte, mich so vorsichtig wie möglich zu bewegen. Denn ich war noch immer völlig wund und hatte wahrlich keine Lust, ihr zu erklären, woran das lag. »Wann treffen wir Mr. Bennett?«

»Gar nicht«, klärte sie mich düster auf. »Denn er hat schon wieder abgesagt. Dafür treffen wir in einer halben Stunde seinen Sohn. Sieht aus, als ob sein liebster Daddy eine kleine Diva wäre und der arme Kerl uns jetzt erklären muss, wie's weitergehen soll.«

»Er hat einen Sohn?« Ich war ein wenig überrascht. Aber schließlich hatte Amy mich bereits des Öfteren daran erinnert, dass selbst Elton John ein treusorgender Ehemann und Vater war.

»Ja, und wie es aussieht, übernimmt er das Geschäft.

Oder hat es vielleicht bereits übernommen. So genau weiß ich das nicht, weil ich schließlich nur die künstlerische Leiterin des Ganzen bin. Der kein Schwein irgendetwas sagt.«

»Dann wird Nick also Bennett junior interviewen?« Ich war verwirrt. Und immer noch derart erschöpft, dass ich ihr fast den Kaffeebecher aus der tadellos gepflegten Hand gerissen hätte, weil ich hoffte, dass das Koffein mich halbwegs zu mir kommen lassen würde.

»Keine Ahnung. Wenn wir mehr nicht kriegen können, nehmen wir zumindest das. Wobei ich mir nicht vorstellen kann, dass das irgendwen vom Hocker reißen wird. Ich meine, schließlich ist der Kopf, der hinter einem Unternehmen steckt, den Leuten vollkommen egal. Und wer will schon etwas über Robert Duffy lesen, wenn er sich stattdessen Bilder von Marc Jacobs ansehen kann?«

»Hä?«

»Haha«, gab sie zurück. »Ich vergesse immer wieder, dass du nicht Vanessa, keine Fotografin und nicht in der Modebranche bist.«

Genau diese Worte hatten mir in meinem Zustand noch gefehlt.

»Worüber ich mir jetzt aber keine Gedanken machen kann.« Sie schlug mir krachend auf das in die Decke eingehüllte Hinterteil. »Los, steh auf. Schwing deinen Hintern und dann auf sie mit Gebrüll.«

»Du siehst überraschend frisch aus dafür, dass du letzte Nacht ziemlich erledigt warst.«

Ich schleppte mich ins Bad, und Paige nahm die Verfolgung auf. Sie wollte doch bestimmt nicht mit mir plaudern, während ich unter der Dusche stand?

Fröhlich klappte sie den Deckel der Toilette zu, nahm

Platz und blickte aus erschreckend wachen Augen zu mir auf.

Das hieß, sie wollte es anscheinend doch.

»Vitamintabletten, Augentropfen und vier davon.« Sie hielt ihren Kaffeebecher in die Luft. »Vor allem bin ich in der Modebranche, Schätzchen. Und wenn du es da nicht schaffst, nach einer durchzechten Nacht taufrisch zu wirken, solltest du zu einem dieser Teenie-Magazine gehen, wo sich niemand darum schert, in welchem Zustand du an deinem Schreibtisch hockst.«

»Aha.« Entschlossen drehte ich die Dusche auf, wartete, bis das Glas der Abtrennung beschlug, zog eilig meine Kleider aus, verschwand unter dem Strom aus kochend heißem Wasser und schrubbte die Überreste der vergangenen Nacht von meinem Körper ab.

»Wie dem auch sei, in welchem Zustand warst denn du, als du von dieser Party heimgekommen bist?«, brüllte Paige so laut, dass ich sie trotz des Wassers, das in meinen Ohren rauschte, mühelos verstand. »Warum sind deine Klamotten überall im Wohnzimmer verteilt? Hast du noch jemanden abgeschleppt, oder bist du einfach eine faule Schlampe?«

»Ich bin einfach eine faule Schlampe«, brüllte ich, so schnell es ging, zurück. »Ich war einfach so k.o., dass ich so schnell wie möglich in die Falle bin. Außerdem war ich betrunken. Ja, genau, ich hab eindeutig zu tief ins Glas geschaut.«

Ich hatte nicht vergessen, wie sich Paige am Vorabend Nick Miller an den Hals geworfen hatte. Hatte es vorübergehend verdrängt, während ich mit ihm geschlafen hatte, doch inzwischen konnte ich mich wieder ganz genau daran erinnern. Was mir alles andere als gelegen kam.

»Kommt Nick auch zu diesem Treffen?«, fragte ich in einem möglichst beiläufigen Ton.

»Theoretisch«, gab sie mit demselben Maß an aufgesetzter Nonchalance zurück. »Ich habe ihn kurz angetextet, denn als ich bei ihm geklopft habe, hat er nicht aufgemacht. Ich hoffe, dass er noch am Leben ist.«

»Ha, ich auch«, stimmte ich zu, obwohl ich mir nicht wirklich sicher war. »Also, woher kennst du ihn?«

»Oh, wir hatten im Verlauf der Jahre ab und zu dieselben Jobs – wobei wir meistens für verschiedene Magazine mit verschiedenem Zeug beschäftigt sind. Er hat schon immer gern geflirtet und ich auch. Aber es war nie was Ernstes – dafür ist er einfach nicht der Typ.«

»Und was ist er für ein Typ?« Ich schüttete mir Kokosduschgel in die Hand und rubbelte mir fast die Haut vom Leib, denn falls mir ihre Antwort nicht gefiele, sollte nicht mal mehr die allerkleinste Spur von diesem Kerl an mir zu finden sein.

»Er ist ein anständiger Typ«, räumte sie lachend ein. »Die Art, die dich zum Essen einlädt und dir vor und nach dem Sex nette Dinge sagt und simst.«

»Dann warst du also schon mit ihm im Bett?« Ich streckte meinen Kopf unter der Dusche vor und schnappte mir mein Handtuch, denn mit einem Mal wurde mir schlecht. Genauso hatte sich Vanessa sicher ebenfalls gefühlt, als sie erfahren hatte, dass auch zwischen mir und Charlie was gelaufen war.

»Oh nein.« Sie fuchtelte mit ihrer freien Hand vor ihrem Gesicht herum. »Dabei habe ich schon häufiger mein Glück bei ihm versucht. Aber ich weiß nicht – zwar habe ich ihn wirklich gern, nur ist es einfach so, dass er nicht der Typ für eine feste Freundin ist. Das ist allgemein bekannt, und ich bin keins von diesen Mädchen, die mit einem heißen Typen in die Kiste geht, nur weil er ihr sympathisch ist und weil sie die Hoffnung hat, dass er am Ende merken wird, wie toll sie ist. Weil so was einen nur in Schwierigkeiten bringt.«

»Und was ist, wenn ein Typ zwar heiß, dir aber nicht sympathisch ist?«

»Das ist etwas völlig anderes.« Sie stand auf und ging ins Schlafzimmer zurück. »Zieh dich an, sonst kommen wir zu spät. Über meinen Plan, Nick Miller rumzukriegen, können wir auch später diskutieren.«

»Ich kann es kaum erwarten«, stimmte ich mit schwacher Stimme zu.

Oh Gott.

Auch wenn es geradezu unglaublich war, sah Kekipi wie das blühende Leben aus, als er uns an der Tür des Haupthauses entgegenkam. Obwohl ich selbst nicht wirklich voll gewesen war und mindestens sechs Stunden Schlaf bekommen hatte, sah ich vollkommen erbärmlich aus, wohingegen er und Paige den Eindruck machten, als kämen sie gerade aus dem Wellnessurlaub. Dabei sah normalerweise immer ich so ausgeruht und schwungvoll aus, weil ich mit beinah religiösem Eifer jede Nacht acht Stunden schlief und meine Dienstagabende nicht damit verbrachte, zusammen mit fünfzehn Schwulen einen Cocktail nach dem anderen zu schlürfen und danach mit einem blöden Kerl ins Bett zu gehen. Wenn ich also nicht auf der Stelle lernte, mit Concealer umzugehen, würde ich wohl früher als erwartet mein normales, langweiliges Leben wieder aufnehmen.

»Kann ich sonst noch etwas bringen?«, fragte uns Kekipi formvollendet und wies auf den bereits reich gedeckten Tisch. »Mr. Bennett kommt sofort.«

»Ich gäbe meinen rechten Arm für Toast mit Spiegelei«, murmelte Paige und wandte sich, so schnell es ging, von den Platten voller Sushi ab. Weil es ihr, egal wie frisch sie aussah, offensichtlich doch noch ziemlich dreckig ging. »Fisch? Zum Frühstück?«

»Mr. Bennett wollte es so haben. Aber Sie bekommen trotzdem gern Ihren Toast mit Spiegelei. Und Miss Vanessa?«

»Das bin ich«, erklärte ich etwas zu laut.

Paige zog eine Braue hoch und schüttelte den Kopf.

»Vielen Dank, ich nehme von den Sachen, die es gibt.«

Kaum dass er verschwunden war, schnappte ich mir einen Teller und häufte mir einen Berg kleiner, süßer Törtchen darauf. Vielleicht würde mich der ganze Zucker in Schwung bringen.

»Bevor wir anfangen – bist du dir sicher, dass du diese Sache wirklich durchziehen kannst?«, erkundigte sich Paige und sah mich reglos an. »Dass du es auch weiter schaffst, so zu tun, als ob du Vanessa wärst?«

»Ja?« Nicht mal in meinen eigenen Ohren klang ich überzeugt. Deswegen fügte ich hinzu: »Das kriege ich auf alle Fälle hin.«

»Gut. Denn wenn du es vermasselst und bekannt wird, dass ich wusste, dass du nicht Vanessa bist, sind wir beide dran.«

»Also bitte …« Ich verschluckte mich an einem Mini-Plunderteilchen, zuckte aber mit den Achseln und erkundigte mich möglichst ruhig: »Was würde denn passieren, wenn uns jemand auf die Schliche käme? Wie schlimm könnte das schon sein?«

»Wahrscheinlich würde Bennett dieses Interview dann nicht mehr geben. Mich würden sie feuern, und die Zeitschrift würde Vanessas Agentin und vor allem dich verklagen«, zählte sie die Möglichkeiten an den Fingern ab. »Bennett könnte uns ebenfalls verklagen. Es gibt jede Menge schlimmer Dinge, die passieren könnten. Und in beinahe allen Fällen kämen dabei irgendwelche Leute vor Gericht.«

Ich hatte gerade in das nächste Plunderteilchen beißen wollen, legte es jetzt aber erst mal wieder auf den Teller und sah Paige mit großen Augen an: »Bisher war das Schlimmste, womit ich gerechnet habe, dass Vanessa mir den Kopf abreißt, wenn sie etwas davon erfährt. Verdammt.«

»Und so glimpflich kommen wir wahrscheinlich nur davon, wenn deine Fotos zu gebrauchen sind.« Paige sah mich mit einem zuckersüßen Lächeln an. »Wenn nicht, kannst du mir glauben, dass es noch viel schlimmer kommen wird.«

»Du brauchst gute Fotos. Alles klar.« Ich starrte meine Füße an.

»Ich brauche super Fotos«, korrigierte Paige. »Die besten Fotos, die die Welt jemals gesehen hat.«

»Aber Vanessa ist doch eigentlich gar keine gute Fotografin. Sie bekäme doch wahrscheinlich auch nur halbwegs gute Bilder hin.«

»Die besten Fotos, die die Welt jemals gesehen hat«, wiederholte Paige. »Wenn nicht, musst du nicht mehr befürchten, dass Vanessa dir den Kopf abreißt, denn den bekommt sie dann von mir auf einem silbernen Tablett serviert.«

»Auf einem silbernen Tablett.« Zum Zeichen, dass ich sie verstanden hatte, nickte ich nachdrücklich mit dem

Kopf, der noch auf meinen Schultern saß. »Die besten Fotos, die die Welt jemals gesehen hat.«

»Schön, dass wir uns einig sind«, gab sie zurück. »Ah, und da taucht endlich auch der heiße Mr. Miller auf.«

Ich hatte nicht erwartet, körperlich auf unser Wiedersehen zu reagieren, aber als er missmutig in unsere Richtung stapfte, wäre ich am liebsten aufgesprungen und ins Meer getaucht. Sein hellblaues Hemd war hoffnungslos zerknittert, und die Khaki-Shorts waren nicht mal richtig zugeknöpft. Er wirkte nicht, als hätte er allein in einem weichen Bett in einer Luxusvilla auf Hawaii gelegen, sondern eher, als hätte er die ganze Nacht hindurch eine Frau durch Sonne und Mond gevögelt und sich dann bis Sonnenaufgang schlaflos hin und her gewälzt.

Das hätte ich beim besten Willen nicht gedacht.

Nur um mich nervös zu machen, beugte er sich möglichst dicht vor mir über den Tisch. Schnappte sich die Kaffeekanne, füllte einen Becher und warf schweigend ein paar Zuckerklumpen in das dampfende Gebräu. Paige sah mich mit einem unterdrückten Lächeln an, als er sich in größtmöglichem Abstand zu uns beiden auf einen der Stühle sinken ließ.

Er nahm zwei große Schlucke aus dem Becher und stieß knurrend aus: »Wo ist Bennett? Warum ist er nicht schon hier?«

»Du warst ja auch nicht pünktlich, Schätzchen«, meinte Paige und sah ihn fragend an. »Hast du schlecht geschlafen?«

Obwohl seine Augen durch die Gläser seiner Sonnenbrille nicht zu sehen waren, spürte ich, dass er einen erbosten Blick in meine Richtung warf.

»Geht so.« Sein Gesicht blieb völlig ausdruckslos,

während ich bei diesen Worten einen puterroten Kopf bekam.

»Du siehst total erledigt aus«, stellte ich fest. Wollten wir doch mal sehen, ob ich dem Kerl verbal nicht doch gewachsen war. »Manchmal ist es besser, wenn man darauf wartet, bis der Schlaf von selber kommt. Wenn man sich zu sehr bemüht, ist man am Ende nur frustriert.«

»Keine Angst, ich bin ganz sicher nicht frustriert«, gab er genauso schnell zurück. »Aber du siehst auch nicht gerade munter aus. Vielleicht solltest du dich etwas mehr bemühen.«

»Also bitte, Kinder«, mischte Paige sich ein. Sie bekam anscheinend überhaupt nichts von den fiesen Untertönen unserer Unterhaltung mit. »Lasst uns jetzt nicht streiten, sondern lieber überlegen, wie wir dieses Interview angehen sollen. Habt euch bitte wieder lieb.«

Nick zog eine Ecke seines Mundes hoch und nickte mir knapp zu. »Na, dann komm mal her.«

»Ich glaube, damit wollte sie nur sagen, dass wir diese Stänkereien lassen sollen.« Ich sah ihn reglos an, während ich Milch in meinen Kaffee gab. »Wie es unter Profis üblich ist.«

»Du bist ein Profi?« Hämisch grinsend stützte er sich mit den Ellenbogen auf den Tisch und schob sich die Brille in die Stirn. »Dann schulde ich dir offenbar noch Geld.«

Ehe Paige uns fragen konnte, was er damit sagen wollte und weshalb ich plötzlich derart böse guckte, glitt die Glastür der Terrasse auf, und ein großer, schlanker Mann trat zu uns an den Tisch. Er trug ein Hawaiihemd über Cargoshorts, und trotz des Outfits wusste ich sofort, dass uns Mr. Bennett junior gegenüberstand. Weil er das Ebenbild seines Vaters war. Die Kleider waren lässig, aber maßgeschneidert, seine grau melierten Haare waren schick geschnitten, und trotz seines fortgeschrittenen Alters – er war sicherlich schon Mitte vierzig – bot er ein beeindruckendes Bild. Was nicht nur an dem längsten Zwirbelbart, den ich jemals gesehen hatte, lag. Wie aufs Stichwort zwirbelte er eins der Enden noch ein wenig stärker auf und wartete, bis die gesamte dreiköpfige Gästeschar in seine Richtung sah.

»*Aloha.*« Mr. Bennett junior kam mit ausgestreckten Armen auf uns zu, drehte eine Runde um den Tisch und reichte jedem Einzelnen von uns die Hand. »Bitte verzeihen Sie meine Verspätung. Ich hoffe, Sie haben sich die Wartezeit am Frühstückstisch verkürzt.«

Anscheinend hoffte er, dass sein Amerikanisch britisch klang. Was nicht wirklich funktionierte, seinem imposanten Auftritt aber keinen Abbruch tat. Auch wenn er gleichzeitig ein wenig komisch wirkte. Was vielleicht an seinem Schnurrbart lag.

»Auf jeden Fall«, erklärte Paige. »Wir haben gerade erst gesagt, dass man einen Tag nicht herrlicher beginnen kann.«

Das hatten wir ganz sicher nicht. Wir hatten gerade kaum verhohlene Beleidigungen ausgetauscht, wobei eine der zwei Frauen vom anwesenden Mann praktisch der Hurerei bezichtigt worden war. Aber wenn ich das erzählte, lenkte das die Unterhaltung sicherlich in die verkehrte Bahn, deswegen lächelte ich einfach stumm.

Ebenfalls mit einem Lächeln nahm der Mann am Kopfende des Tisches Platz, und Kekipi schenkte ihm beflissen Kaffee ein und tat ihm einen Berg von Sushi auf. Zum Frühstück. Iiiihhh.

»Vielleicht stellen wir uns erst mal gegenseitig vor. Ich bin Artie Bennett.«

Meine neue Freundin blickte ihn mit ihrem schönsten

Lächeln an. »Paige Sullivan. Ich bin die künstlerische Leiterin von *Gloss*, die das Shooting leiten wird. Und das hier ist Vanessa, unsere Fotografin.«

»Hi.« Ich hob die Hand und winkte etwas unbeholfen. Offensichtlich traute Paige mir nicht mal zu, mich selber vorzustellen. Was ich allerdings durchaus verstand.

Und bevor ich die Gelegenheit bekam, mein »Hi« ein wenig auszuführen, fiel mir Nick bereits ins Wort. »Nick Miller. Ich bin für das Interview mit Ihrem Vater hier. Wann, glauben Sie, dass ich ihn treffen kann, Artie? Es ist etwas frustrierend, dass er bisher keinen unserer Termine eingehalten hat.«

Wow. Der Kerl war wirklich kühn. Mit angehaltenem Atem wartete ich Arties Antwort ab. Warf dabei einen Blick auf Paige und sah, dass sie dasselbe tat.

Artie seinerseits sprach Nick auch weiterhin als »Mr. Miller« an, passte davon abgesehen aber seinen Ton an den des Gastes an. »Da gibt's ein winziges Problem. Ich hatte gehofft, wir könnten erst zusammen frühstücken und uns ein bisschen kennenlernen, aber wenn Sie jetzt schon auf die Arbeit kommen wollen …«

»Das will ich in der Tat«, bestätigte ihm Nick. »Wird Ihr Vater sich nun interviewen lassen oder nicht?«

Artie stellte seinen Sushi-Teller auf den Tisch, stützte sich auf seine Ellenbogen, legte vorsichtig das Kinn auf seinen Fingerspitzen ab und dachte gründlich über seine Antwort nach.

Die Spannung würde mich noch umbringen.

Schließlich räusperte er sich, richtete sich – völlig unpassend zu dem legeren Outfit, das er trug – zu seiner ganzen Größe auf und blickte Nick mit einem schmalen Lächeln an. »Im Augenblick eher nicht.«

Paige entfuhr ein leiser Schrei, und Nick lenkte den Blick zum Himmel und fuhr sich mit einer Hand über das Gesicht, während ich wie schon die ganze Zeit auch weiter meine Klappe hielt. Denn ich hätte sowieso nichts unternehmen können, um die allgemeine Stimmung aufzuhellen.

»Also, was schlagen Sie vor?«, erkundigte sich Nick, während Artie seine Stäbchen nahm und sich einen Happen Lachs-Sashimi, der wahrscheinlich wirklich köstlich war, zwischen die festen Lippen schob. »Sollen wir einfach alle hier herumsitzen und Däumchen drehen, bis Ihr Vater nicht mehr schmollt? Wir sind alle um die halbe Welt geflogen, um mit ihm zu reden, und jetzt spielt er plötzlich nicht mehr mit?«

Ich hatte immer schon daran geglaubt, dass man Fliegen eher mit Honig als mit Essig fing, was Nick jedoch anscheinend anders sah. Es hätte mich nicht überrascht, wäre er über den Tisch gesprungen, hätte Artie Bennett eine Ohrfeige mit einem Samthandschuh verpasst und ihn aufgefordert, sich mit ihm zu duellieren. Er war wirklich angepisst. Wohingegen Paige anscheinend völlig panisch und ich selbst noch unentschlossen war. Denn kaum hatte Artie uns eröffnet, dass der gute Bertie keine Lust hatte, mit uns zu sprechen, war mir durch den Kopf geschossen, dass es ohne Interview doch sicher auch kein Fotoshooting gäbe. Vielleicht käme ich aus dieser dämlichen Scharade ja am Ende doch noch unbeschadet wieder raus.

»Ich werde heute noch mit meinem Vater sprechen«, meinte Artie, nachdem das Sashimi ordentlich gekaut und auf dem Weg in Richtung seines Magens war. »Ich habe ihm erklärt, wie wichtig dieses Interview für unser Unternehmen und mich selber ist und dass Sie eine weite Reise unternommen haben, nur um ihn zu sehen.«

»Nun, das wäre sehr nett von Ihnen.« Nick schob seinen Stuhl über die Terrakottafliesen der Veranda und stand auf. »Und es wäre ebenfalls sehr nett, wenn Sie mich informieren würden, wenn Sie wissen, wann er denkt, dass er mich vielleicht sprechen will.« Er warf seine Serviette auf den Tisch und wandte sich an Paige. »So etwas passiert, wenn man Abmachungen mit dem Affen und nicht mit dem Orgelspieler selber trifft.«

Ohne eine Antwort abzuwarten, stürmte er davon. Er war eindeutig ziemlich schlecht gelaunt. Obwohl man meinen könnte, dass er nach der vergangenen Nacht ein bisschen besser drauf sein müsste.

Auch Paige stand auf, wandte sich aber Mr. Bennett junior zu. »Es tut mir furchtbar leid. Ich verstehe wirklich nicht, was in ihn gefahren ist. Er ist ein sehr emotionaler Mensch und fühlt sich offenbar nicht wohl und …«

Noch ehe sie den Satz beenden konnte, brach der Mann in schallendes Gelächter aus.

»Bitte setzen Sie sich wieder hin, Ms. Sullivan.« Er wies auf ihren Stuhl. »Es geht doch einfach nichts über ein nettes, kleines Drama, während man beim Frühstück sitzt. Offenbar ist Mr. Miller recht frustriert. Was ich ihm nicht verdenken kann. Denn ich habe ganz ähnlich reagiert, als mein Vater gestern Abend meinte, dass er sich jetzt doch nicht interviewen lassen will. Wobei es mich ein wenig stört, dass dieser Mann mich einen Affen nennt.«

»Es tut mir wirklich furchtbar leid.« Paige sah abgrundtief verlegen aus. »Ich bitte um Entschuldigung. Nick ist einfach … nun, er ist …«

»Ein Blödian«, half ich ihr aus. »Er ist einfach ein Blödian. Er kann nichts dagegen tun.«

»Er ist also ein Blödian.« Dieses Mal brach Artie vor lauter Gelächter fast in Tränen aus. »Oh, das war wirklich lustig, Ms. – es tut mir leid, wie war Ihr Name noch?«

»Vanessa.« Ich warf einen Blick auf Paige. »Vanessa Kittler.«

»Vanessa«, prägte er sich meinen Namen ein. »Nick Miller ist ein Blödian. Das haben Sie sehr treffend formuliert. Ich hatte gehofft, ich könnte Ihnen heute Morgen etwas anderes sagen, aber leider ist es so, dass mein Vater momentan ein bisschen schwierig ist.«

»Ich hoffe, dass ich Ihnen mit der Frage nicht zu nahe trete«, fing ich sachte an. »Aber warum hat Ihr Vater uns herbestellt, wenn er gar nicht mit uns reden will? Das ergibt doch keinen Sinn.«

»Er hat Sie nicht herbestellt«, gab Artie unbekümmert zu und klemmte sorgfältig das nächste Stückchen Sushi zwischen seinen Stäbchen fest. »Das habe ich getan. Mein Vater war von Anfang an dagegen, doch nach einer Weile dachte ich, ich hätte ihn von meinen Plänen überzeugt. Erst nach Mr. Millers Ankunft Montagmorgen hat er mir eröffnet, dass er kein Interesse daran hat. Und es ist sehr schwierig, meinen Vater zu etwas zu bewegen, das er nicht will.«

»Ich nehme an, dass er genau aus diesem Grund derart erfolgreich ist?«, schlug ich ihm vor. Weil man mit Schmeicheleien meiner Meinung nach am ehesten weiterkam. »Er scheint genau zu wissen, was er will?«

»Das stimmt«, gab Artie zu. »Nur wäre dies der beste Zeitpunkt für ein Interview. Auch wenn Sie das vielleicht nicht weiter interessiert, sprechen wir bereits seit einer

Weile davon, dass er sich aus dem Geschäft zurückziehen und ich seinen Laden und die Marke weiterführen soll. Weswegen der Artikel wirklich wichtig für mich ist. Wenn Mr. Miller hiergeblieben wäre, um die Dinge noch ein wenig länger zu besprechen, würde er jetzt auch von mir erfahren, dass ich dafür sorgen werde, dass er nicht umsonst gekommen ist.«

»Das ist eine wunderbare Nachricht. Danke, Mr. Bennett«, juchzte Paige.

»Nennen Sie mich bitte Artie«, bot er freundlich an. »Wenn sonst nichts funktioniert, suche eben ich die Sachen für das Modeshooting aus und gebe einfach selbst ein Interview.«

Während Paige anfing zu strahlen, wurde meine Miene ernst. Denn wie es aussah, würde ich wohl doch nicht um die blöden Aufnahmen herumkommen.

»Nun, wir hatten eigentlich geplant, Ihren Dad bei diesem Shooting als König der Modebranche darzustellen«, klärte sie ihn begeistert auf. »Das Shooting hätte in der alten Königsresidenz stattfinden sollen, und wir hätten ihn inmitten all der wunderbaren Natur und historischen Kultur auf einen alten Thron gesetzt. Der Kontrast zwischen dem Alten und der neuen Mode, die wir ablichten wollten, hätte sich bestimmt echt gut gemacht. Vielleicht können wir das Shooting ja genauso machen, nur mit Ihnen als dem Prinzregenten? Als dem Erben dieses Throns?«

»Das geht auf jeden Fall.« Geschmeidig erhob Artie sich von seinem Platz.

Eilig rappelten auch Paige und ich uns auf, und beinahe hätte Paige sich sogar noch vor ihm verbeugt.

»Bitte entschuldigen Sie mich, und machen Sie sich einen schönen Tag. Ich bin sicher, morgen laufen alle Dinge wie geplant. Ich bitte schon im Voraus um Verzeihung, wenn die Zeit dann etwas knapp wird, aber ich bin sicher, dass am Ende alles funktionieren wird.«

»Auf jeden Fall«, pflichtete Paige ihm bei. »Die Models kommen sowieso erst heute Abend an. Aber vielleicht könnten wir uns trotzdem heute schon einmal die Kleider ansehen, weil ich schließlich noch die Auswahl für das Shooting treffen muss.«

»Ich werde sehen, was ich tun kann.« Nickend wandte Artie sich zum Gehen und verschwand, obwohl sein Sushi-Teller noch fast voll war, schnellstmöglich wieder im Haus.

Ich wandte mich an Paige. »Models?«

»Für die Kleider? Wie hättest du denn bitte ohne Models Fotos der Klamotten machen wollen?«

»Einfach, während sie auf Kleiderbügeln hängen?«, stieß ich krächzend aus.

»So doof kann ein Mensch gar nicht sein.« Seufzend setzte sie sich wieder hin und schlug krachend mit dem Schädel auf den Tisch. »Ich bin am Arsch, nicht wahr?«

Alles, was ich denken konnte, war, dass sie damit ganz sicher nicht alleine war.

Da ich keine positive Antwort geben konnte, aß ich kurzerhand das nächste Plunderstück und hielt einfach den Mund.

12

Noch einmal stand uns ein freier Tag im herrlichen Hawaii bevor. Wir konnten tun und lassen, was wir wollten. Aber Paige wollte nur schnellstmöglich zurück ins Bett.

»Ich bin total erledigt«, jammerte sie auf dem Weg zurück zu unseren Cottages. »Die Wirkung des Koffeins lässt langsam nach, und ich muss die Zeitschrift anrufen, damit sie wissen, dass die ursprünglichen Pläne umgeworfen worden sind.«

»Aber sollten wir nicht etwas unternehmen?« Schließlich waren wir hier im Paradies. »Uns die Insel anschauen oder so?«

»Du musst losziehen und ein paar Fotos machen«, klärte Paige mich auf. »Wenn es geht, von echten Menschen, weil du anscheinend dringend Übung brauchst.«

»Da hast du vielleicht recht«, grummelte ich, denn ich hatte mir etwas wesentlich Touristischeres vorgestellt. Wie zum Beispiel, mir im Sea Life den seltenen Wolphin anzusehen. Der zu einer Hälfte kleiner Schwertwal und zur anderen Großer Tümmler war! Wann im Leben würde ich je wieder die Gelegenheit bekommen, mir ein solches Tier mit eigenen Augen anzuschauen? Doch sie hatte recht. Ich brauchte dringend Übung darin, Menschen abzulichten.

»Aber woher kriege ich ein Model?«

Traurig klapperte ich mit den Wimpern und bemühte mich, möglichst erbärmlich auszusehen. Was überraschend einfach war.

»Ich bin müde, Tess«, erklärte sie und riss den Mund zu einem übertrieben weiten Gähnen auf. »Am besten guckst du dich nach jemand anderem um.«

»Bitte?« Flehend legte ich die Hände aneinander. »Denn ich brauche wirklich dringend Übung. Hast du selbst gesagt.«

»Richtig, aber trotzdem bin ich müde und gereizt und brauche dringend Koffein, bevor ich irgendetwas machen kann.« Sie zog ihr Haar zu einem hohen Pferdeschwanz zusammen und ließ es zurück auf ihre Schultern fallen. »Wobei du in der Tat hier in der Gegend außer mir niemanden finden wirst, der einem Model auch nur ansatzweise gleicht.«

»Wird auch ganz bestimmt nicht lange dauern.«

Eilig stürzte ich ins Haus und suchte dort nach meiner Kamera. »Höchstens eine Stunde, dann kannst du dich in die Falle legen, weil du dir dann keine Sorgen mehr wegen des Shootings morgen machen musst, und ich fahre los und gucke mir den Wolphin an.«

»Okay – ich bin am Pool«, rief sie mir hinterher. »Und bring mir einen neuen Kaffee mit, wenn du gleich kommst.«

Hinter unseren Häusern stand eine Reihe von bequemen Liegen unter bunten Sonnenschirmen rund um einen großen, nierenförmigen Pool. Bisher war mir das Schwimmbecken nicht weiter aufgefallen, weil es schließlich ein paar Meter weiter einen ganzen Ozean zum Baden gab, doch für unser falsches Shooting war dies der ideale Ort.

»Also, wo soll ich hin?«, erkundigte sich Paige, als sie aus ihrem Cottage kam. Sie hatte ihre Kleider gegen einen schneeweißen Bikini eingetauscht, sich eine riesengroße Sonnenbrille aufgesetzt und ihr seidig weiches blondes Haar gelöst. Ich würde nie verstehen, wie ein normaler Mensch in Badezeug so gut aussehen konnte – aber vielleicht hatte ihre Tätigkeit für eine Modezeitschrift im Verlauf der Zeit ja auf sie abgefärbt. Weswegen sie mit leuchtend pinkfarbenen, hochhackigen Schuhen und blutrot geschminkten Lippen sonnenbaden ging.

»Hm, da drüben vor der Wand?« Ich wies in Richtung einer kleinen weißen Mauer, die hinter den dichten, leuchtend grünen, bunt blühenden Kletterpflanzen kaum zu sehen war, blickte Richtung Sonne, wartete, bis sie in Position gegangen war, überprüfte den Belichtungsmesser und legte verschiedene Reflektoren, Linsen und Reservebatterien, die meiner Mitbewohnerin gehörten, neben mir zurecht. Denn schließlich schadete es nie, wenn man gut vorbereitet war. »Gut so, bleib einfach dort stehen und guck ins Licht. Posieren musst du nicht. Weil ich erst mal einfach ein paar Probebilder machen will.«

»Ich hasse es, wenn jemand Fotos von mir macht.« Sie pflückte eine leuchtend pinkfarbene Blüte und platzierte sie in ihrem Haar. »Denn ich sehe einfach schrecklich aus.«

»Ja, entsetzlich«, stimmte ich ihr zu, wobei ich durch den Sucher etwas völlig anderes sah. Bereits im echten Leben war sie durchaus hübsch, aber durch die Linse war sie einfach wunderschön. Sah einfach prachtvoll aus. Als ich näher heranzoomte, konnte ich die grünen Sprenkel in den blauen Augen und durch ihr Make-up hindurch die leichten Sommersprossen links und rechts von ihrer

Nase sehen. Ich machte eine Reihe Bilder, während sie die Blumen an der Mauer sanft berührte und die Nase krauszog, weil der Job als Model ihr anscheinend wirklich etwas peinlich war.

»Können wir bald anfangen? Am besten bringen wir die Sache einfach hinter uns«, rief sie und schirmte ihre Augen mit der Hand gegen die Sonne ab. Ich knipste schon seit zehn Minuten, war aber derart vertieft in meine Arbeit, dass ich vollkommen vergessen hatte, ihr zu sagen, dass ich schon fast fertig war.

»Du machst deine Sache wirklich super«, brüllte ich zurück. »Mach einfach weiter so. Ich habe bereits jede Menge toller Schnappschüsse von dir gemacht.«

Doch noch während ich dies sagte, wurde sie urplötzlich völlig starr. Als hätte jemand sie gegen die Wachsfigur der echten Paige getauscht. Alles, was vor meiner Kamera gelebt hatte, erstarb.

»Warum bist du mit einem Mal so seltsam, Paige? Könntest du vielleicht einfach so weitermachen wie bisher?« Ich versuchte rauszufinden, was geschehen war.

»Was war das denn?« Ihre Stimme klang genauso hölzern, wie sie mit den steifen Schultern und der vor Entsetzen starren Miene anzusehen war. »Habe ich etwas Besonderes gemacht?«

»Du hast einfach normal gewirkt.« Anders ließ es sich beim besten Willen nicht formulieren. »Entspann dich einfach, ja?«

»Das tue ich doch schon die ganze Zeit«, gab sie in einem Ton zurück, der ihren Worten widersprach. Wandte sich mir zu, legte ihre Arme eng an ihren Körper und zog ihre Schultern bis an ihre Ohren. »Gut so?«

Nein, ganz sicher nicht.

»Warum setzt du dich nicht auf die Liege?«, schlug ich deshalb vor. »Dann probiere ich mal etwas anderes aus.«

Nickend und erleichtert warf sie sich auf ihren flachen Bauch. Ich tröstete mich mit der Tatsache, dass sie nicht fitter war als ich, sortierte meine Ausrüstung, hockte mich vor sie hin und drückte auf den Auslöser der Kamera. Wahrscheinlich hätte sogar Kim Kardashian lebendiger gewirkt als sie. Ich musste einfach dafür sorgen, dass sie nicht mehr daran dachte, was mit ihr geschah.

»Erzähl mir, wann du Nick zum ersten Mal begegnet bist.«

Ich ließ mich auf den Hintern plumpsen und fuhr möglichst unauffällig mit der Arbeit fort. Wenn ich sie dazu bewegen könnte, etwas zu erzählen, war sie dadurch vielleicht genügend abgelenkt. Und außerdem war ich gespannt auf ein paar Infos über meinen One-Night-Stand.

»Oh, das ist schon ein paar Jahre her.« Sie blinzelte mich an. »Das heißt, das erste Mal ist bereits ewig her, nur dass ich damals noch mit meinem Ex zusammen war. Und er mit seiner.«

Also hatte Nick mal eine echte Freundin oder Frau gehabt.

»Aber kurz nachdem es zwischen mir und Stefan aus war, tauchte er mit einem Mal auf einer Weihnachtsfeier auf, und du weißt ja selber, wie er ist – er sieht schon nach jeder Menge Ärger aus.«

»Auf jeden Fall.« Da hatte sie eindeutig recht. Und seit dem Telefongespräch mit Amy ging mir das mit dem Taylor-Swift-Song nicht mehr aus dem Kopf. »Und dann kamt ihr zusammen oder was?«

»Oh nein.« Lächelnd ließ sie ihre Schultern einen Zentimeter sinken. »Ganz so weit ging es dann doch nicht. Aber immerhin haben wir uns ewig an der Theke unterhalten, während seine Hand auf meinem Oberschenkel lag, und wahrscheinlich wäre ich tatsächlich mit ihm heimgegangen, aber als wir alle gehen wollten, beugte er sich zu mir vor und meinte allen Ernstes, dass er ein totales Arschloch wäre und ich mich deshalb am besten nicht in ihn verlieben soll.«

Lachend ließ sie ihren Schädel auf die Liege fallen, und losgelöst von meinem Hirn fuhren meine Finger mit der Arbeit fort.

»Der klassische Machospruch, nicht wahr?«

Gott sei Dank war mein Gesicht hinter der Kamera so gut wie nicht zu sehen. Denn genau denselben Machospruch hatte ich vor weniger als vierundzwanzig Stunden aus dem Mund desselben Kerls gehört.

»Gott sei Dank kam ich bei diesen Worten wieder zur Besinnung, habe laut gelacht und mich alleine auf den Weg gemacht. Trotzdem habe ich meinen Entschluss danach bereut. Vielleicht sagt er dieses Zeug ja gerade, weil er Mädels reizen will. Weil sie ihn erobern sollen. Und natürlich hat er seit dem Abend niemals wieder auch nur eine Spur Interesse oder so an mir gezeigt.«

»Ja, wobei du doch wahrscheinlich auch schon lange kein Interesse mehr an ihm hast.« Ich kroch quer über die Nachbarliege und legte die Kamera für einen Augenblick in meinen Schoß. »Weil doch sicher jede Menge Typen mit dir ausgehen wollen.«

»Wir wollen immer das, was wir nicht haben können, stimmt's?« Sie richtete sich auf und zog die Knie an die Brust. »Oder auf alle Fälle das, von dem wir wissen, dass es schlecht für uns ist. Weswegen ich seit Stefan niemals wieder fest mit jemandem zusammen war. Weil ich immer noch nicht glauben kann, dass er mich tatsächlich hat sitzen lassen.«

»Tut mir leid.« Ich blickte auf den Bildschirm meiner Kamera. Die letzten Bilder waren unglaublich hübsch. Die, auf denen sie von Nick gesprochen hatte. »Echt.«

»Ich weiß, du gibst dich als Vanessa aus, aber du kannst nichts dafür.« Sie legte eine Hand auf meinen Arm. »Du hast meinen Verlobten nicht vier Wochen vor meiner Hochzeit angemacht.«

»Nein?« Ich fürchtete, ich klang nicht wirklich überzeugt.

»Ich hatte schon mein Hochzeitskleid und alles.« Sie zog ihre Hand zurück und schlang sich selbst die Arme um den Leib. »Im September vor drei Jahren hätten wir heiraten wollen. Dann hätte ich jetzt bestimmt bereits das erste Kind.«

Ich überlegte, ob Vanessa vor drei Jahren je mit einem Stefan heimgekommen war. Hatte sie ihn mir womöglich vorgestellt und hatte ich an einem Samstagvormittag ein peinliches Gespräch mit ihm an meinem Küchentisch geführt? Ausgeschlossen war das nicht.

»Aber wer denkt schon an Babys, während er mit einem wirklich heißen Typen und jeder Menge Cocktails hier in diesem Paradies festsitzt?« Sie riss sich selbst aus ihrer Trance und schlug sich mit den Händen auf die Schenkel. Die anscheinend aus Granit waren. »Diesmal werde ich den tollen Nick auf alle Fälle in die Kiste zerren und dadurch den Fluch beenden, der seit Jahren auf mir liegt.«

»Ich weiß nicht, ob du das tatsächlich machen solltest«, krächzte ich und wünschte mir, ich hielte einen der von ihr erwähnten Cocktails in der Hand. »Weil er eindeutig ein paar Probleme hat.«

»Ja, und eins dieser Probleme will ich selber sein«, gab sie lächelnd zurück. »Keine Angst, ich werde mich ganz sicher nicht in ihn verlieben. Aber vielleicht er sich ja versehentlich in mich.«

»Sollen wir noch ein paar Fotos machen?«, schlug ich ihr gezwungen munter vor, scrollte durch die grauenhaften Bilder, als sie für die Kamera hatte posieren wollen, und löschte sie, so schnell es ging – denn schließlich lenkte mich die Tätigkeit von unserer Unterhaltung ab. »Nur noch ein, zwei?«

»Kann ich mir mal angucken, was du bisher gemacht hast?«, fragte sie.

Ich nickte widerstrebend. Denn ich hatte es nicht nur mit einer Frau zu tun, die sich nicht gerne knipsen ließ, sondern obendrein mit meinem aktuellen Boss.

»Oh Gott, ich sehe furchtbar aus.« Sie verzog unglücklich das Gesicht und klickte eilig weiter. Was sie wirklich damit meinte, war, dass meine Bilder furchtbar waren. »Ich sehe aus wie meine Mum.«

»Ich nehme an, das ist nicht gut?«

Sie schüttelte den Kopf und ging die Fotos viel zu eilig durch, um wirklich festzustellen, wie grauenhaft sie waren. Bis sie zu den Fotos auf der Liege kam.

Die sah sie sich genauer an, und als sie zu den Aufnahmen gelangte, die ich hatte machen können, während sie lachend von Nick gesprochen hatte, stellte sie mit einem zustimmenden Nicken fest: »Das hier ist recht gut. Und das hier ist okay.«

Langsam ging sie alle Bilder durch, bis wir zu den allerersten kamen, als sie nicht gemerkt hatte, dass sie schon ins Visier genommen worden war.

»Oh, Tess, die Bilder hier sind wunderschön.« Sie bedachte mich mit einem völlig neuen Blick. Der Überraschung sowie ehrlichen Respekt verriet. »Ich meine, wirklich wunderschön. Das Licht und mein Gesichtsausdruck. Sie sind einfach genial.«

Vorsichtig gab sie mir meine Kamera zurück und sah mich lächelnd an.

»Du wirst deine Sache super machen«, stellte sie mit einem neuerlichen Nicken fest. »Jetzt mache ich mir keinerlei Gedanken mehr, ob du das Shooting hinbekommst.«

»Das sagst du doch wahrscheinlich nur, damit du endlich wieder ins Bett kannst?«, meinte ich errötend, und sie sah mich grinsend an.

»Vielleicht ein bisschen. Aber diese Aufnahmen sind wirklich toll. Sie sind so heiß, dass du sie meinetwegen sogar gern auf Facebook posten kannst.«

Wow. Das war ein echtes Kompliment.

»*Aloha,* Vanessa.«

Ein paar Stunden später sonnte ich mich immer noch in dem Bewusstsein, dass ich mich inzwischen nicht mehr ganz so schrecklich wie am frühen Morgen fand, und öffnete die Tür. Auf der Veranda stand Kekipi, einen riesengroßen Picknickkorb in der einen sowie einen weißen Umschlag in der anderen Hand.

»*Aloha.*« Ich beäugte seinen Korb wie ein tollwütiger Bär. Weil über der Bearbeitung der Aufnahmen von Paige mein Mittagessen ausgefallen war. »Wie geht es dir?«

»Nachdem Mr. Bennett nochmals abgesagt hat, wurde mir der Vorschlag unterbreitet, dich zu einer Tour über das Anwesen zu bitten. Unten liegt ein Boot, und ich habe ein Picknick mitgebracht.« Er schwenkte den Korb, und ich folgte ihm begierig mit den Augen und fing fast zu sabbern an. »Also, wie sieht's aus?«

»Das klingt ganz wunderbar!« Ich klatschte wie ein kleines Mädchen in die Hände und sprang fröhlich auf und ab. »Kann ich nur noch schnell ins Haus, um meine Batterien auszuwechseln? Denn ich hätte gern die Kamera dabei.«

»*Wiki wiki*«, meinte er und reichte mir den Umschlag. »Das bedeutet ›schnell‹. Ich warte währenddessen hier.«

Ich nickte und wiki-wikite ins Haus. Der Brief kam aus dem Haupthaus und bestätigte, dass Artie morgen alles für das Modeshooting vorbereitet hätte. Also würde ich wirklich als Fotografin auftreten. Doch die Probeaufnahmen von Paige hatten mir neues Selbstvertrauen verliehen, und so legte ich die Karte auf die Arbeitsplatte in der Küche und dachte dann erst einmal nicht mehr darüber nach. Das Einzige, woran ich dachte, war, wie viele tolle Selfies mit der Unterschrift »Hi, Charlie, blöder Wichser, ich bin auf Hawaii, amüsiere mich so gut wie nie zuvor in meinem Leben und denke dabei nicht einen Augenblick an dich« ich auf Facebook bringen könnte, ohne dass es allzu peinlich war.

Wegen meines Sonnenbrands zog ich ein langes schwarzes T-Shirt zu meinem Bikini an, stieg aber gleichzeitig aus meinen Shorts. Weil es nichts Ekligeres gab, als wenn man feuchte Jeans am Körper trug. Das hatte ich bereits als Kind gelernt, denn Amy hatte mich an einem Sonntag im Vergnügungspark einmal zu oft in die Wildwasserbahn gezerrt. Das T-Shirt war zwar nicht lang genug, um als Kleidchen durchzugehen, doch Kekipi würde es bestimmt nicht stören, wenn er ein Eckchen meines Hinterteils sehen würde. Auf alle Fälle wäre er zu höflich, um sich anmerken zu lassen, falls mein Aufzug seiner Meinung nach nicht passend war.

Ich türmte mir die Haare auf den Kopf, schnappte meine Fotoausrüstung und wandte mich zum Gehen. Plötzlich aber fing mein iPhone an zu schrillen, ich riss es aus meiner Tasche, sah auf das Display und wurde schreckensstarr.

Charlie Wilder.

Reglos starrte ich den Namen und das kleine Foto an und hatte wirklich keinerlei Verlangen, an den Apparat zu gehen. Trotzdem drückte ich den Antwortknopf, und die Fortschritte der letzten Tage lösten sich in Wohlgefallen auf.

»Hallo?«

»Tess?«

»Wer soll denn bitte sonst dran sein?« Nun, vielleicht war ich ein wenig arroganter als zuvor.

»Ich … ich wollte mich einfach mal wieder melden. Schließlich habe ich seit einer Ewigkeit nichts mehr von dir gehört.«

»Das stimmt.«

Tausende von Meilen von der Insel und dem Ozean, an dessen Rand ich aufgewachsen war, entfernt, stand ich auf einer Insel, die in einem völlig anderen Ozean lag, in einer Küche, die nicht meine Küche war. Hätte ich auf meiner Insel in der Küche meiner eigenen WG gestanden, wäre ich bestimmt schon längst in Tränen ausgebrochen. Aber hier an diesem fremden Ort hielt mich irgendetwas davon ab.

»Und was möchtest du mir sagen?« Meine Knie wurden weich, deswegen stützte ich mich auf der Arbeitsplatte ab.

Obwohl ich wusste, dass es klüger war, einfach aufzulegen, bettelten die Schmetterlinge, die in meinem Magen flatterten, dass er mich angerufen hatte, um mir endlich – endlich – seine Liebe zu gestehen. Denn nicht einmal der Ort, an dem ich gerade war, oder das, was ich jetzt gerade tat, löschten die vergangenen zehn Jahre einfach aus. Vielleicht sagte er zumindest, dass er mich vermisste.

»Tja, ich wollte einfach hallo sagen«, meinte er und schickte ein nervöses Lachen hinterher. »Ich glaube, so lange haben wir noch nie nichts vom jeweils anderen gehört.«

»Das stimmt«, gab ich zurück und stellte ihn mir vor, wie er sich auf die Lippe biss und seine Braue rieb. »Tut mir leid, ich muss jetzt gehen.«

»Aber ich wollte dir noch sagen ... wollte dir noch sagen ...«

»Was?«, fragte ich knapp und hielt dann hoffnungsvoll den Atem an.

»Wegen der Arbeit. Ich habe gehört, dass D&D in Riesenschwierigkeiten steckt. Was anscheinend nicht nur an der Wirtschaftsflaute liegt. Offenbar hat Michael jede Menge Firmengelder sinnlos rausgehauen, weshalb es jetzt mit uns den Bach hinuntergeht. Oder etwas in der Art. Und für die Stelle, die er dir versprochen hatte, hat deswegen schlicht das Geld gefehlt. Das habe ich auf jeden Fall gehört.«

»Und deshalb rufst du an?« Ich konnte es nicht glauben und umklammerte die Arbeitsplatte derart fest, dass ich das Weiß von meinen Knöcheln sah. »Das war alles, was du mir hast sagen wollen?«

»Ja?« Er klang ein bisschen unsicher. »Ich weiß, dass du

wegen der Kündigung vollkommen fertig warst, aber ich will nicht, dass du traurig bist.«

»Charlie?« Ich blinzelte erbost gegen die aufsteigenden Tränen an. »Bitte ruf mich nicht noch einmal an.«

»Aber ich vermisse dich«, stieß er mit gebrochener Flüsterstimme aus. »Ich vermisse meinen besten Kumpel.«

Kurzerhand legte ich auf, entkrampfte meine Fäuste, stützte mich mit beiden Händen auf der kühlen Arbeitsplatte ab, beugte mich ein wenig vor und kämpfte gegen das Gefühl der Übelkeit, das mich befiel, und gegen das Verlangen, einfach auf direktem Weg ins Bett zu gehen und niemals wieder aufzustehen. Doch das hätte er einfach nicht verdient. Das, wovon er sprach, waren die Probleme der Tess Brookes, die ich bisher gewesen war. Der neuen Tess hingegen waren diese Dinge vollkommen egal. Denn die neue Tess hatte erheblich Besseres zu tun. Wie jede Menge Käsecracker in sich reinzustopfen, während sie auf einer Bootstour im Pazifik war.

Verwirrt und kurz davor, in Tränen auszubrechen, stolperte ich aus dem Haus, schob mir meine Sonnenbrille vor die rot verquollenen Augen und hoffte, Kekipi hätte nichts dagegen, wenn ich mich ihm mit einem leisen Schluchzen an die Brust werfen würde. Nur dass plötzlich Nick an seiner Stelle vor mir stand. Den Picknickkorb in der einen sowie eine Riesentüte Cheetos in der anderen Hand.

»Schließlich braucht man Chips, wenn man ein Picknick macht, nicht wahr?«

»Wo ist Kekipi?«, fragte ich und war nur froh, dass ich nicht ohne Sonnenbrille aus dem Haus gegangen war. »Du kommst doch wohl nicht auch mit auf die Tour?«

»Kekipi geht inzwischen wieder seiner Arbeit nach, und doch, ich komme mit auf diese Tour.« Er sah entsetzlich selbstzufrieden aus und zeigte auf den Schlüsselbund, der an einem seiner Finger hing. »Auf geht's.«

»Kannst du Boot fahren?«

Er nickte stumm.

»Und du kennst dich in der Gegend aus?«

Er nickte nochmals stumm.

»Aber trotzdem steige ich mit dir bestimmt nicht in ein Boot.« Ich verschränkte meine Arme vor der Brust. »Ich hab schließlich *Shirley Valentine – Auf Wiedersehen, mein lieber Mann* gesehen.«

»Dann weißt du auch, warum du sogar unbedingt mit mir Boot fahren solltest«, klärte er mich fröhlich auf. Er schob die Schlüssel in die Hosentasche und streckte die Hand in meine Richtung aus. »Um Himmels willen, Vanessa, schließlich habe ich nicht vor, dich an die Haie zu verfüttern oder so.«

»Hier gibt es Haie?« Ich sah argwöhnisch in Richtung Meer und verdrängte sämtliche Gedanken an den blöden Charlie, Donovan & Dunning und die alte Tess. »Jetzt weiß ich noch weniger, ob ich mitfahren soll.«

»Ich bin mir sogar völlig sicher, also komm.« Er packte meine Hand und zog mich Richtung Strand. »Denn ich brauche Gesellschaft und du jemanden, der es dir besorgt.«

»Ich brauche niemanden, der es mir besorgt.« Ich versuchte, seine Finger abzuschütteln, und das Brennen meiner Haut, dort, wo er mich berührt hatte, zu ignorieren. »Und warum fragst du nicht einfach Paige, wenn du Gesellschaft brauchst?«

»Weshalb sollte ich denn Paige mitnehmen?«, fragte er verwundert, während er mich zu dem Steg neben den Häusern zog, an dessen Ende ich ein winzig kleines Motorboot auf den Pazifikwellen wippen sah. »Ich wüsste wirklich nicht, warum.«

Er beugte sich ein wenig vor, um den Picknickkorb ins Boot zu stellen, und mein Blick fiel auf sein straffes Hinterteil. Generell sah er so stark und männlich aus, als er das Seil entknotete, mit dem das Boot am Ufer festgebunden war, dass ich die Befürchtung hatte, meine Eierstöcke könnten explodieren. Weil sie elende Verräter waren.

»Vor allem, weil ich das Gefühl habe, dass sie seit heute Morgen ziemlich sauer auf mich ist.«

Mein Hirn und meine Vagina waren sich noch nicht ganz einig, wie die Sache zwischen ihm und Paige zu sehen war. Bisher war zwischen ihnen nichts passiert, und wie es aussah, käme es auch nie dazu. Trotzdem hätte ich ihr wohl von der Sache erzählen sollen. Was für eine *Sache* das auch immer war. Und da ich ein Riesenfeigling war und meine neue Freundin mich nicht hassen sollte, wäre ich dem guten Nick am besten möglichst aus dem Weg gegangen. Was jedoch anscheinend nicht so einfach war.

»Vielleicht liegt das einfach daran, dass du dich wie ein Idiot benommen hast?«

»Ich kann es nun einmal nicht leiden, wenn man mich verarscht.« Ein dunkler Ausdruck huschte über sein Gesicht, im nächsten Augenblick jedoch setzte er abermals sein nervtötendes Grinsen auf. »Ich hoffe nur, dass du nicht seekrank wirst.«

»Warum bist du mit einem Mal so gut gelaunt?« Ich überließ ihm meine Hand, und als er mir beim Einsteigen behilflich war, verdrängte ich die plötzlich aufblitzenden Bilder der vergangenen Nacht. »Hast du vielleicht vergessen, heute Morgen deine Pillen einzuwerfen?«

»Das vergesse ich niemals«, gab er zurück, und während ich noch überlegte, ob er scherzte oder nicht, fuhr er mit ruhiger Stimme fort: »Ich habe vorhin die Geduld verloren. Das war ziemlich unprofessionell, aber ich habe einfach ein paar wirklich anstrengende Wochen hinter mir. Und dass Baby Bennett uns verarscht, hat mir gerade noch gefehlt.«

»Im Grunde war er ziemlich nett, nachdem du schmollend wie ein kleines Mädchen abgezogen bist.« Als mein Hintern auf die Holzbank krachte, wurde ich daran erinnert, dass ich keine Hose trug. Verflixt. »Weshalb man dich jetzt vielleicht doch nicht feuern wird.«

»Schließlich können sie mich schwerlich feuern, denn dann hätten sie ja niemanden mehr für das blöde Interview.« Er sprang hinter das Steuerrad und schob den Zündschlüssel ins Schloss. Ich hasste es, dass seine Arroganz und seine Fähigkeit, ein kleines Boot zu steuern, mich derart anturnten. Aber vielleicht sah er ja nicht nur aus wie Daniel Craig, sondern war der richtige James Bond. »Nicht dass mich das interessieren würde. Denn wenn ich hier fertig bin, fahre ich nach Hause und gehe dort wieder echter Arbeit nach.«

»Was soll das denn heißen?« Ich umklammerte den Bootsrand, denn in diesem Augenblick sprang laut dröhnend der Motor an.

»Rede besser nicht mit mir, während ich fahre«, bat er mich und lenkte seinen Blick zum Horizont. »Wenn es uns nicht gehen soll wie in *Lost*, muss ich mich konzentrieren.«

Ich starrte ihn durch meine Sonnenbrille hindurch an und hätte ihm am liebsten einen Tritt verpasst. Warum nur war ich in das Boot gestiegen? Dafür, dass er mich an diesen Kerl verkauft hatte, würde Kekipi büßen.

Wir entfernten uns von Steg und Strand und fuhren

auf das klare blaue Meer hinaus, aber statt die wunderschöne, atemberaubende Umgebung zu genießen, starrte ich noch immer auf den Kapitän des Boots. Ich fragte mich, ob Nick Amy gefallen würde. Er war eindeutig ihr Typ. Ein bisschen untersetzt und muskulös. Weniger durchtrainiert als vielmehr wirklich gut gebaut, als ginge er nicht wöchentlich ins Fitnessstudio, sondern triebe jede Menge echten Sport. Und auch wenn er nicht besonders groß war – wenn er Glück hatte, ein wenig über einen Meter achtzig – war er mit seiner schroffen Art und seinen blonden Haaren wirklich heiß. Nicht viele Männer kamen damit durch, dass sie so arrogant und selbstgefällig waren. Vielleicht Michael Fassbender und Bradley Cooper. Sonst fiel mir spontan niemand mehr ein. Trotzdem war er ganz eindeutig nicht mein Typ. Warum also stellte ich mir vor, wie wir nach der Apokalypse anfingen, die Welt neu zu bevölkern, während ich zugleich das heftige Verlangen unterdrücken musste, ihm so kraftvoll ins Gemächt zu treten, dass eine Geschlechtsumwandlung unumgänglich für ihn war? Mit einem resignierten Seufzer zerrte ich die Tüte mit den Chips über den Picknickkorb. Weil Chips im Zweifel immer eine Lösung waren.

Wir waren erst seit einer Viertelstunde auf dem Wasser, aber mir kam es erheblich länger vor. Ich spähte vorsichtig über den Rand des Boots und tat, als wäre ich in die Beobachtung des Meeresgrunds vertieft. Während ich in Wahrheit nur versuchte, all die Cheetos bei mir zu behalten, die seit Fahrtbeginn von mir genossen worden waren. Denn es stellte sich heraus, dass ich das Bootfahren nicht vertrug. Ich lernte wirklich täglich etwas Neues über mich. Zum Glück beachtete mich Nick fast gar nicht, während er die Nussschale wohin auch immer manövrierte, wobei ich sein fortgesetztes Schweigen deutlich angenehmer als unsere bisherigen Gespräche fand.

Irgendwann verlangsamte das Boot die Fahrt, und wir näherten uns abermals dem Ufer. Ich lehnte mich über den Rand und hoffte, Nick würde mich nicht einfach ins Wasser werfen und alleine weiterfahren. Das Wasser war so klar wie sonst im Fernsehen, und ich konnte unzählige, winzig kleine, leuchtend bunte Fische sehen. Das Meer bei Brighton und mein Badewasser sahen immer völlig anders aus.

Weiter draußen war der Ozean mit kleinen, felsig aussehenden Inseln übersät, die steil aus dem Wasser ragten und mit interessanten Vogelscharen bevölkert waren. Die Hauptinsel in meinem Rücken wurde von dem riesengroßen grünen Berg hinter Bennetts Anwesen beherrscht, der die hohen Palmen und die Banyanbäume wie Miniaturen aussehen ließ. Vom Wasser aus betrachtet sah Hawaii sogar noch schöner aus als sonst, und jedes Mal, wenn ich die Gischt, die mir entgegenschlug, von meinen Wangen wischte, atmete ich gleichzeitig den warmen, süßen Duft der Insel ein. Das Salzwasser machte den zarten Blumenduft noch herrlicher, wie die Meersalz-Karamell-Eiscreme, die ich so gerne aß. Es roch unglaublich sauber, und am liebsten hätte ich den Duft in Flaschen abgefüllt und mir daheim in England auf den Hals getupft. Oder ihn verkauft und so viel Geld damit verdient, dass ich es mir leisten könnte, dauerhaft hierherzuziehen.

»Weißt du überhaupt, wohin wir gehen?«, erkundigte ich mich, denn Nick sprang barfuß aus dem Boot ins knöcheltiefe Wasser und zog uns Richtung Strand. Was ungeheuer heiß und männlich war. »Denn ich habe diesen

Film gesehen, in dem Madonna jahrelang auf einer Insel festgesessen hat.«

»Den Film hat doch kein Mensch gesehen«, gab er zurück. »Und ja, natürlich weiß ich das. Weil ich ganz bestimmt nicht jahrelang an einem einsamen Strand mit dir festsitzen will.«

Ich brauchte einen Augenblick, um zu entscheiden, welche der Beleidigungen schlimmer war.

»Diesen Film haben sich jede Menge Leute angeguckt«, klärte ich ihn knurrend auf und reichte ihm die Hand, damit er mir beim Aussteigen behilflich sein konnte, aber er umfasste einfach meine Taille und trug mich an Land, ohne dass ich auch mit dem allerkleinsten Tropfen Wasser in Berührung kam. Meine Knie wurden weich, und mein Herz setzte zu einem neuerlichen Trommelwirbel an. Ich war einfach ein hoffnungsloser Fall.

»Warum machst du dir überhaupt die Mühe, mich hierherzuschleifen?«

»Tja.« Er watete zurück zum Boot und holte dort den Picknickkorb und die halb – oder zwei Drittel – leere Tüte Chips.

»Vielleicht hattest du ja einfach Lust, jemanden dabeizuhaben, den du permanent verarschen kannst?«, schlug ich ihm vor. »Oder vielleicht hast du irgendwelches schweres Zeug dabei und brauchst jemanden, der es für dich schleppt?«

Er runzelte die Stirn. »Ich wollte einfach herkommen und dachte, dass es dir vielleicht gefällt. Alleine deshalb habe ich dich hergeschleift. Und warum bist du in das Boot gestiegen?«

»Vitamin-B-Mangel?« Ich sah ihn durch die Gläser meiner Sonnenbrille hindurch an. »Jetlag? Selbsthass?«

Er trat auf mich zu, und ich wich einen Schritt vor ihm zurück.

»Bist du immer so?«

»Wie?«

»So gnadenlos und zynisch.«

Nick stand einfach da und wartete auf eine Antwort. Seine blonden Haare waren noch zerzauster als gewöhnlich, und am liebsten hätte ich sie glatt gestrichen, denn sie sahen genauso aus wie nach dem Sex, und das lenkte mich entsetzlich ab. Nur hatte er gesagt, ich wäre zynisch, deshalb waren meine Knie nicht mehr ganz so weich wie noch einen Augenblick zuvor.

Ich stand direkt vor ihm und bedachte ihn mit einem bitterbösen Blick. Niemand hatte je gesagt, ich wäre zynisch. Nicht mal Amy. Fußabtreter, ja. Märtyrerin, Weichei oder Pessimistin. Meinetwegen. Aber ich und zynisch?

»Tut mir leid, das war nicht nett.« Knurrend stapfte er den Strand entlang auf eine Gruppe Bäume zu. »Hier entlang.«

Lächelnd stapfte ich ihm hinterher.

Solange es mir möglich war, blieb ich schweigend ein Stück hinter ihm. Was nicht wirklich schwierig war – denn das Tal, durch das wir liefen, raubte mir den Atem, und alle drei Schritte blieb ich stehen, um die Dinge, die ich sah, sachte zu berühren. Blumen, Blätter, Bäume und selbst Vögel, die zu langsam waren, um vor mir zu fliehen. Nach dem zweiten Schlag auf meine Pfoten aber glitt ich nicht mehr mit den Fingern durch Bougainvilleen und Roten Frangipani, sondern hielt mich möglichst dicht an meinen stummen Führer, und wir wanderten vorbei an wunderschönen Bäumen über einen wunderschönen Pfad, ein paar nicht so schöne Felsen und am Schluss durch alles andere als schönen Schlamm, der mir fast die Flipflops von den Füßen zog.

»Nick?« Ich steckte fest und ruderte wie eine angetrunkene Bergziege mit beiden Armen durch die Luft. Meine Füße rutschten immer weiter auseinander, und ich krallte mich verzweifelt an den glitschig-feuchten Steinen fest. »Könntest du mir wohl mal helfen?«

»Oh, verdammt.« Er hastete zu mir zurück, packte meine Handgelenke und zog mich den Pfad herab. Auch nachdem ich wieder festen Boden unter meinen Füßen spürte, ließ er mich nicht los. »Tut mir leid«, erklärte er und meinte es anscheinend wirklich ernst. »Ich habe einfach nicht nachgedacht.«

»Ich bin in meinem Leben noch nicht oft gewandert«, sagte ich erbost, weil ich um Hilfe hatte bitten müssen, statt weiter so wunderbar zu schmollen. »Wenn ich gewusst hätte, dass wir auf irgendwelche Berge steigen, hätte ich richtige Schuhe angezogen.«

»Das war wohl kaum ein Berg.« Statt meines Handgelenks nahm er jetzt meine Hand. »Und hast du überhaupt richtige Schuhe mitgebracht?«

Ich warf einen Blick auf unsere verschränkten Hände und errötete.

Lächelnd streckte er den Arm aus, pflückte eine pinkfarbene Blume und steckte sie mir hinter das rechte Ohr.

»Auf Hawaii bedeutet eine Blume hinter deinem rechten Ohr, dass du auf Partnersuche bist«, erklärte er und streichelte mir sanft die Wange. »Links bedeutet, dass du schon versprochen bist.«

Wortlos nahm er mir die Blume wieder ab, fuhr mit seinen Fingern durch mein Haar und klemmte sie mir dann hinter das linke Ohr.

»So kitschig kann man doch wohl gar nicht sein.« Ich berührte sanft die weichen Blütenblätter und versuchte, nicht schon wieder zu erröten, während Nick mir leicht die Finger drückte, sich dann eilig abwandte und meine Hand losließ.

»Komm.« In schnellem Tempo lief er wieder los. »Wir sind gleich da.«

»Wo wollen wir denn hin?« Ich versuchte, auf den Weg zu achten, meine Blume festzuhalten und herauszufinden, wann zum letzten Mal jemand mit mir hatte Händchen halten wollen. Was nicht gerade einfach war.

»Wieso kennst du dich hier so gut aus?«

Er trat einen Schritt zurück und schob mich sachte vor sich. »Ich kenne mich hier aus, weil ich schon einmal hier gewesen bin. Und wenn man einmal hier war, vergisst man es nie mehr.«

Als er nickte, bog ich um die nächste Ecke, kämpfte mich durch einen dichten Busch und folgte dem Rauschen, das an meine Ohren drang.

»Oh. Oh. Wahnsinn«, stieß ich flüsternd aus, packte seine Hand und drückte sie. »Oh, Nick.«

Vor uns lag ein kleiner See, der ungefähr die Größe unseres Mühlteichs hatte, sich ansonsten aber nicht im Mindesten mit ihm vergleichen ließ. Am Rand des blaugrünen Gewässers ragten hohe Klippen in die Luft, und die Bäume, die inmitten leuchtend grüner Kletterpflanzen darauf wuchsen, bildeten ein grünes Dach, durch das das Licht der Sonne auf die Wasseroberfläche fiel und sie diamantgleich funkeln ließ. Direkt uns gegenüber tänzelte ein schmaler weißer Wasserfall aus Richtung Himmel über die geschwärzten Steine, und bei seinem Anblick hielt ich ehrfürchtig den Atem an.

»Woher wusstest du von diesem Ort?«, fragte ich mit leiser Stimme. Sicher tauchten gleich noch eine Reihe Meerjungfrauen aus dem Wasser auf und bäten mich um Ruhe oder stimmten wenigstens ein Disney-Medley an.

»Vor ein paar Jahren habe ich mal einen Sommer auf Hawaii verbracht.« Er führte mich über die seichte Böschung an den Rand des Sees. »Ich war damals mit meiner Freundin unterwegs, und eines Tages habe ich mich auf den Weg gemacht, um die Insel zu erkunden, und dabei den See entdeckt.«

Ich versuchte, mir nicht anmerken zu lassen, dass ich bei den Worten »meine Freundin« ohne einschränkendes »Ex« innerlich zusammenfuhr. Denn er hatte mir erzählt, er wäre Single, oder nicht?

»Kannst du dir vorstellen, dass wir immer noch auf Bennetts Grundstück sind?« Nick stellte den Picknickkorb auf einen großen, glatten Stein, zog seine Schuhe aus und machte einen Schritt ins Wasser.

Eilig stieg auch ich aus meinen Flipflops, denn er hielt noch immer meine Hand, weswegen ich ihm folgen musste – ob ich wollte oder nicht. Das Wasser war so kühl und wunderbar erfrischend, dass die Anstrengung des Marschs im Handumdrehen vergessen war. Dutzende von winzig kleinen Kaulquappen flitzten um meine Füße, aber als das Wasser tiefer wurde, waren sie nicht mehr zu sehen. »Weswegen ich im Grunde damals unbefugt hier eingedrungen bin.«

»Im Grunde?«

»Meinetwegen, ich bin unbefugt hier eingedrungen«, gab er zu.

Inzwischen stand er bis zu seinen Knien im Wasser, und der Saum seiner kurzen Hose wurde nass. Tess hätte ihn wahrscheinlich darauf hingewiesen, doch Vanessa hielt den Mund und konzentrierte sich auch weiter auf seinen Bericht. »Ich habe diesen Job auch deshalb angenommen – denn ich wollte schon seit einer Ewigkeit noch mal hierher zurück, hatte aber bisher niemals die Gelegenheit dazu. Weshalb mir dieses Angebot durchaus nicht ungelegen kam.«

Wir blieben, wo wir waren, hielten weiter Händchen und betrachteten den Wasserfall.

»Und du wolltest nicht noch mal mit deiner Freundin kommen?«, fragte ich in möglichst beiläufigem Ton. »Denn schließlich ist das hier doch sicher ›euer‹ Platz?«

»Wir haben uns, kurz nachdem wir hier waren, getrennt«, gab er genauso beiläufig zurück. »Und sie war damals gar nicht mit bei diesem Wasserfall. Nachdem ich ihn gefunden hatte, habe ich versucht, sie dazu zu bewegen, ihn sich anzusehen, aber sie war eher die Art von Mädchen, die den ganzen Tag am Pool herumliegt, statt ein paar Minuten durch einen phänomenalen Wald zu laufen, um sich etwas ganz Besonderes anzusehen.«

Irgendwo in meinem kalten schwarzen Herzen flackerte ein warmer Funke auf. Weil Nick beschlossen hatte, diesen ganz besonderen Ort mit mir zu teilen. Gut, dass er mir von dem kurzen Gang durch den phänomenalen Wald nicht vorher schon etwas verraten hatte. Denn womöglich hätte ich genau wie seine faule Freundin dankend abgelehnt.

»Nachdem Bennett uns erneut versetzt hat, fand ich, dass er uns was schuldig ist.« Er wandte sich mir zu und zog sein T-Shirt aus. Brat mir einer einen Storch, aber er sah einfach fantastisch aus. Und wie romantisch er anscheinend war. Vielleicht war er ja wirklich etwas ganz

Besonderes? »Und ich finde, dass auch du mir nach der letzten Nacht was schuldig bist.«

Bei diesen Worten fiel mir ein, wie schrecklich arrogant er war und dass es hier allein um eine einwöchige Bettgeschichte ging. Nicht mehr, nicht weniger.

Nicht, dass ich ihn daran hindern würde, noch einmal über mich herzufallen. Denn sobald er mich berührte, setzte irgendetwas bei mir aus. Seine Hände waren groß und stark und heiß, und wenn sie über meinen Körper strichen, fühlte ich mich herrlich klein und schwach.

Bisher hatte ich mich beim Sex meistens entsetzlich unbeholfen angestellt. Hatte während des gesamten Vorspiels immer nur versucht, eine möglichst schmeichelhafte Pose einzunehmen oder mich, wenn möglich, kurzerhand unter der Bettdecke versteckt. Selbst mit Charlie hatte ich fast pausenlos an mein enormes Hinterteil gedacht, aber im Zusammensein mit Nick war ich viel zu sehr damit beschäftigt, die Gefühle zu genießen, die er in mir weckte, und herauszufinden, welche Absicht hinter jeder noch so winzigen Bewegung steckte, um darüber nachzudenken, ob er vielleicht dachte, dass mein Hintern dick und schwabbelig war.

Alles an dem Augenblick – seine kurzen, angespannten Atemstöße, seine halb geschlossenen Augen, seine warmen Lippen, die mein Schlüsselbein liebkosten, während er mein Haar um eine seiner Fäuste schlang – verriet mir, dass ihm das völlig schnuppe war. Er wollte mich und gab mir das Gefühl, begehrenswert zu sein. Und das turnte mich mehr als alles andere an.

»Bist du sicher, dass wir ganz allein sind?«, flüsterte ich heiser und beobachtete meine pinkfarbene Blüte, die gemächlich auf dem Wasser trieb. Ich erkannte meine eigene Stimme kaum, wenn ich mit ihm zusammen war. Das hieß, im Grunde war ich selbst mir völlig fremd, wenn ich mit ihm zusammen war.

»Das interessiert dich doch wohl nicht im Ernst?«, erkundigte er sich, während er eine Hand unter den Saum meiner Bikinihose schob.

»Nein.« Ich klammerte mich an ihm fest, presste ihm die Lippen auf den Mund und schmiegte meine Schenkel eng an seine Schenkel an, während ich mich mühsam auf den butterweichen Beinen hielt. »Mach einfach weiter, ja?«

Was er gehorsam tat.

»Also, bist du aufgeregt, weil es morgen endlich losgeht?«, fragte er mich anschließend. Ähnlich einem gut gelaunten, rothaarigen Walross streckte ich mich nach dem wunderbaren Sex auf einem Handtuch aus und genoss das warme Sonnenlicht, das durch das Blätterdach auf meinen Körper fiel. Meinen Bikini hatte ich noch an, mein aufgeweichtes T-Shirt aber trocknete zusammen mit Nicks Zeug auf einem großen, flachen Stein. »Du kannst es doch sicher kaum erwarten, endlich ein paar Aufnahmen zu machen. Irgendeine eins achtzig große Barbiepuppe in ein 7000-Dollar-Kleid zu stecken und ihr zu befehlen, eine halbe Stunde lang zu schmollen.«

»Stimmt, ich kann es kaum erwarten.« Stöhnend vergrub ich den Kopf im Sand. »Und du selber kannst es sicher kaum erwarten, dass du endlich Bertie Bennett irgendwo erwischst.«

»Nach allem, was wir bisher durchgemacht haben?« Nick malte mit seinen Fingern lauter Achten auf mein Hinterteil. »Stimmt, ich kann es kaum erwarten. Falls er sich tatsächlich von mir interviewen lässt, wird das entweder das interessanteste Gespräch, das ich je hatte, oder er ist eins von diesen Arschlöchern, denen man alles mühsam aus der Nase ziehen muss.«

»Ist das nicht furchtbar schwierig?« Ich schloss meine Augen und versuchte, mich auf das Gespräch zu konzentrieren. Was so kurz nach unseren wunderbaren Liebesspielen alles andere als einfach war. »Wenn jemand nicht mit dir reden will?«

»Ist es schwierig, wenn jemand sich nicht fotografieren lassen will?«, gab er die Frage umgehend zurück.

»Das ist mir bisher noch nie passiert.« Na toll, darüber hatte ich bisher noch gar nicht nachgedacht.

»Du Glückliche.« Nick richtete sich auf und wühlte in dem Picknickkorb. »Dann bist du als Fotografin offenbar geschickter als ich selbst als Journalist.«

Zwar hoffte ich, er hätte recht. Hatte aber die Befürchtung, dass dem nicht so war.

»Als du zum ersten Mal hier auf Hawaii warst«, fragte ich und strich mit meinen Fingern über eins der großen grünen Blätter direkt über meinem Kopf. »Mit deiner Freundin …«

»Ja?« Er zog eine Tupperdose voller Ananas aus unserem Korb, legte sie stirnrunzelnd zurück und setzte seine Suche fort.

»Warst du da auch wegen der Arbeit hier?« Ich wusste nicht genau, weshalb ich diese Frage stellte, aber wenn ich seine Antwort hörte, fände ich es sicherlich heraus.

»Nein, wir waren im Urlaub.« Er nahm eine Flasche Wasser aus dem Korb und schraubte die Plastikkappe auf. »Sie lebte in L. A., ich hatte ein paar Monate beruflich in Australien zu tun, und wir haben uns hier getroffen. Weil es in der Mitte lag.«

Was in meinen Ohren fürchterlich romantisch und total nach Jetset klang. Vor drei Jahren hatte ich beschlossen, meine Schwärmerei für Charlie zu vergessen, und mir einen Buchhalter aus Wimbledon gesucht. Aber bereits nach dem dritten Treffen hatte der Gedanke an die über halbstündige U-Bahnfahrt in Richtung City seine Leidenschaft gedämpft. Wir hatten Romeo und Julia also keine echte Konkurrenz gemacht.

»Und was ist dann passiert?«, hakte ich nach. Er hatte ihr doch sicher keine süßen Kurznachrichten aus Australien geschickt und ihr, wenn sie ihn aus den Staaten angerufen hatte, süße Nichtigkeiten zugeraunt. Doch was hatte er getan? Ich brauchte sämtliche Details, um mir später ganz in Ruhe meinen Kopf darüber zu zerbrechen. Und wahrscheinlich über Google alles über seine Ex herauszufinden, was es über sie herauszufinden gab. »Mit euch beiden, meine ich.«

»Nichts Besonderes.« Als er mir die Flasche hinschob, nahm ich sie und hob sie eilig an den Mund. »Sie hat meine Gefühle nicht im selben Maß erwidert. So etwas kommt vor.«

»Ja«, stimmte ich zu, und der vertraute Schmerz drohte den bisher wunderbaren Sex-Ausflug zu ruinieren. »Lebt sie noch immer in L. A.?«

»Keine Ahnung.« Als er mit den Achseln zuckte, sah ich ihn verstohlen von der Seite an. Die Wassertropfen, die in seinen Haaren hingen, glitzerten im Sonnenlicht, und als er mich blinzelnd ansah, konnte ich die Fältchen, die sich um die blauen Augen herum in die Haut gegraben hatten, überdeutlich sehen. Uhhh. Es war, als sähe ich ihn in dem Augenblick zum allerersten Mal.

»Es hat keinen Sinn, jemanden im Auge zu behalten, dem man völlig schnuppe ist.«

Ich nickte zustimmend und nahm mir vor, mir nicht mehr jeden Abend vor dem Schlafengehen Charlies Facebookseite anzusehen. Und auch nicht nach dem Aufwachen. Oder wenn ich zufällig mein iPhone in den Händen hielt.

Der Telefonanruf. Charlie vermisste mich. Oder eher seinen besten Kumpel.

»War sie deine letzte Freundin?«, fragte ich und überlegte, was ich wohl noch alles in Erfahrung bringen könnte, während Nick in Plauderstimmung war. Ich rutschte leicht auf meinem Badetuch herum und zupfte, wie ich hoffte, unauffällig an meiner Bikinihose. Denn anscheinend hatte ich mir leicht das Hinterteil verbrannt, was sicherlich kein allzu schöner Anblick war.

»Warum?« Er suchte nach der Flasche Sonnenmilch und rieb mir vorsichtig den Rücken ein. Ob er Gedankenleser war?

»Spielt das eine Rolle?«

»War nur so eine Frage«, meinte ich in abwehrendem Ton und stellte fest, dass mir die Antwort sogar furchtbar wichtig war. »Und, war sie die Letzte?«

»Ja.« Als er sich über meinen Rücken beugte, sperrte er die Sonne aus, und ich erschauderte.

»Nach der Sache mit ihr wurde mir klar, dass ich ganz einfach nicht der Typ für eine feste Freundin bin. Sonst noch irgendwelche Fragen?«

»Wir haben doch schon festgestellt, dass du der professionelle Fragensteller bist. Ich bin einfach neugierig.«

»Auf mich?« Er nahm mir die Wasserflasche wieder ab und nippte nachdenklich daran. »Also gut, was willst du wissen?«

»Ich finde es einfach seltsam, dass wir, na du weißt

schon, dass wir das hier tun« – ich konnte deutlich spüren, wie mir eine heiße Röte in die Wangen stieg –, »obwohl wir praktisch Fremde sind.«

»Was gibt's schon über mich zu wissen, was du nicht bereits weißt?« Er zuckte mit den Schultern. »Also, sag mir, was noch fehlt? Mein zweiter Vorname? Meine Blutgruppe? Beruf der Eltern? Du brauchst doch bestimmt nicht die Geburtsurkunde eines Kerls zu sehen, damit du den Sex mit ihm genießen kannst, Vanessa, oder?«

»Bist du andersrum denn gar nicht neugierig auf mich?« Ich versuchte, mir nicht anmerken zu lassen, dass mich seine Antwort traf. Dann ging es also nur um Sex. Aber schließlich hatte er das gleich zu Anfang klargestellt. Genauso wie ich selbst. »Ich meine allgemein. Allerdings habe ich meine Geburtsurkunde gerade nicht dabei.«

»Je mehr man über einen Menschen weiß, umso enttäuschter wird man«, gab er knapp zurück. »Im Augenblick gefällst du mir, und ich gefalle dir, und wir haben eine wirklich gute Zeit. Vielleicht sollten wir's dabei lassen, ehe einer von uns beiden was über den anderen rausfindet, was er im Grunde gar nicht wissen will.«

Obwohl ich nickte, hatte seine Antwort meine Neugierde nur noch verstärkt. Er tat ganz sicher nur so cool. Denn niemand war in diesen Dingen so unglaublich nonchalant. Vor allem widersprach er sich andauernd selbst. Schob mir eine Blume hinters Ohr, behauptete, er wolle diesen ganz besonderen Platz mit einem ganz besonderen Menschen teilen, und im nächsten Augenblick erklärte er, er wäre »nicht der Typ für eine feste Freundin«. Wie zum Teufel sollte das ein Mensch verstehen?

»Ich habe einfach das Gefühl, dass ich dich etwas besser kennen sollte«, stellte ich mit möglichst gleichmütiger

Stimme fest. »Da diese Sache zwischen uns anscheinend häufiger passiert.«

»›Sollte‹ ist ein blödes Wort«, murmelte er und glitt mit einem Finger sanft über mein Schlüsselbein. »Tu nie was nur, weil du denkst, dass du es solltest.«

»Und was ist mit den Dingen, die man tut, obwohl man weiß, dass man sie nicht tun sollte?«, fragte ich ihn in Gedanken an die Zeit, seit ich in London aufgebrochen war, und spürte gleichzeitig die heiße Spur, die er auf meinem Körper hinterließ.

Er schwieg einen Moment und dachte nach, setzte dann aber ein ausnehmend verruchtes Grinsen auf. »Ich tue lauter Sachen, die ich nicht tun sollte. So wie du.«

Jetzt verstummte ich. Mir war bewusst, dass ich ein bisschen unfair war, aber es war eine Sache, ein banales Techtelmechtel anzufangen, und was völlig anderes, zu hören, dass es auch dem anderen nur um Sex und nicht mal ansatzweise um dich selbst ging.

»Wann hast du zum letzten Mal etwas getan, was du nicht hättest machen sollen?« Nick legte sich neben mich, und abermals wurde mein Körper in die wunderbare Sonnenwärme eingehüllt.

Er wirkte, als gehöre er in dieses Paradies. Was mich daran erinnerte, dass ich ein Eindringling auf dieser wunderschönen Insel war.

»Abgesehen von der Sache mit mir.«

»Weshalb denkst du, dass die zählt?« Ich zupfte an dem Blatt, das direkt über meinen Augen hing, und weigerte mich rundheraus, ihn anzusehen. Denn er sollte nicht erkennen, dass ich völlig aus dem Gleichgewicht geraten war. »Weshalb denkst du, dass die Sache zwischen uns aus meiner Sicht ein Fehler ist? Vielleicht finde ich ja auch, dass die Idee, mit dir was anzufangen, ausgezeichnet war.«

»Oh, sie war auf jeden Fall ein Fehler.« Wieder sprach er in dem selbstherrlichen, arroganten Ton, der überhaupt nicht zu ihm passte und mir nicht im Mindesten gefiel. »Denn mit mir kann man nur Spaß haben, sonst nichts.«

»Im Grunde deines Herzens bist du ein echt netter Mensch«, gab ich zurück. »Fühlst du dich tatsächlich besser, wenn die Frauen, mit denen du was anfängst, denken, dass du ein totales Arschloch bist?«

»Ja.« Er sah mich reglos an. »Aber jetzt zurück zu meiner Frage. Wann hast du zum letzten Mal etwas getan, was du nicht hättest tun sollen?«

Ich atmete tief durch, rollte mich zu ihm herum und sah ihn an. Sein fein gemeißeltes Gesicht und sein durchtrainierter, angenehm gebräunter Körper waren mir so nah, dass die Wärme seiner Haut noch heißer als die Sonne war, aber trotzdem waren seine Züge nicht genau zu sehen, denn sie hoben sich im hellen Licht der Sonne vor dem Wasserfall wie eine dunkle Silhouette ab.

»Als ich mit meinem besten Freund ins Bett gegangen bin. Das hätte ich nicht machen sollen.«

»Und warum nicht?«, fragte er mich ohne auch nur eine Spur von Sorge oder Eifersucht. »War er in dich verliebt?«

»Nein.« Ich schüttelte den Kopf und starrte meine Fingernägel an.

»Warst du in ihn verliebt?«

Mir wurde klar, dass meine Nägel fürchterlich aussahen. Vanessa wäre nie mit solchen Nägeln aus dem Haus gegangen. Und wahrscheinlich hatte Paige schon über Twitter eine Kurznachricht über den Zustand meiner Nagelhaut verschickt.

»Du warst in ihn verliebt.« Er beugte sich vor und schob mir sanft die Haare aus der Stirn. »Liebst du ihn immer noch?«

Verlegen starrte ich die dünne graue Strähne oberhalb von seiner Schläfe an.

»Liebst du ihn immer noch?« Er sprach in ruhigem Ton und sah mir direkt ins Gesicht.

»Das spielt keine Rolle«, antwortete ich und schüttelte den Kopf. »Denn er liebt mich ganz sicher nicht.«

»Ach, jetzt verstehe ich – du warst noch nie richtig verliebt. Du bist eine emotionale Jungfrau«, stellte Nick mit einem leisen Zungenschnalzen und mit einem übertriebenen Augenrollen fest. »Oder schlimmer noch, ein emotionaler Eunuch, der sich selbst die Eier abgeschnitten hat. Also, was von beidem ist es?«

»Keins von beidem, Blödmann.« Manchmal gab er wirklich lächerliche Dinge von sich. Lächerliche, zutreffende Dinge, die in höchstem Maße schmerzlich für mich waren. »Ich habe durchaus Gefühle. Und ich war auch schon verliebt.«

Auf jeden Fall. Bestimmt.

Weshalb also klangen diese Worte selbst in meinen eigenen Ohren hohl?

»Und warum hast du dann mit ihm geschlafen?« Er wandte sich kurz ab, stützte sich auf seinen Ellenbogen ab, bedachte mich mit einem Blick, der professionelle Neugierde verriet, und spannte die Muskeln seiner Arme gerade so weit an, dass ich sie gern einmal gedrückt hätte, um zu erkunden, ob sie tatsächlich so hart waren, wie sie aussahen. »Dachtest du, dass sich seine Gefühle für dich dadurch ändern?«

»Ich dachte, dass er sowieso schon was für mich empfindet.« Das Gespräch rief ein gewisses Unbehagen in mir wach, deswegen fügte ich hinzu: »Es ist seltsam, darüber mit dir zu sprechen. Gehst du übrigens ins Fitnessstudio?«

»Ich jogge ziemlich viel, und nein, das ist es nicht. Du hast also mit ihm geschlafen, weil du dachtest, dass er sich dadurch in dich verliebt, obwohl du ihn wahrscheinlich schon seit Jahren kanntest und er niemals an dir interessiert gewesen ist?«

Ich bedachte ihn mit einem strengen Blick. »Und was willst du damit sagen?«

»Dass du nicht die Erste bist, der es so geht.« Er legte seinen Kopf ein wenig schräg und fuhr mit seinem typischen, herablassenden Lächeln fort: »Und dass du auch ganz sicher nicht die Letzte bist. Hast du danach noch mal mit ihm geredet? Ihn gefragt, warum er überhaupt mit dir ins Bett gegangen ist? Ich gehe davon aus, dass du nicht an einem Tropenstrand nur im Bikini auf ihn zumarschiert bist und ihm deine Zunge in den Hals geschoben hast.«

»Er hat gesagt, er wüsste nicht, warum.« Ich achtete nicht auf das Brennen meiner Wangen und den liebevollen Hinweis auf den ersten Kuss, den er von mir bekommen hatte, und erklärte schlecht gelaunt: »Und jetzt behauptet er, er will wieder mit mir befreundet sein. Ich verstehe einfach nicht, warum er überhaupt mit mir geschlafen hat.«

»Warum hat Sir Edmund Hillary den Everest bestiegen?«, fragte Nick mich achselzuckend. »Du warst wahrscheinlich einfach gerade da. Und Männer haben nun mal einen ausgeprägten Forscherdrang. Wenn du einmal oben auf dem Berg warst und dort deine Fahne weht, warum solltest du danach noch einmal auf denselben Berg? Während es noch jede Menge anderer, aufregender Berge gibt und immer einer höher als der letzte ist.«

»Ich will aber kein Berg sein.« Ich bemühte mich, nicht jämmerlich zu klingen, was mir allerdings misslang. »Außerdem ist das totaler Schwachsinn. Denn wenn es so wäre, würde niemand jemals heiraten.«

»Auf Dauer wird das ganze Bergsteigen ein bisschen anstrengend«, erklärte er und sah mich reglos an. »Ich glaube, wenn man eines Tages einen Berg entdeckt, der eine wirklich schöne Aussicht bietet, bleibt man eine Weile dort, und irgendwann hat man ein Basislager dort errichtet und geht nicht noch einmal fort. Was allerdings nicht heißt, dass man nicht weiter auch auf all die anderen Berge guckt. Weil Berge nun einmal hübsch anzusehen sind.«

»Das klingt alles andere als beruhigend«, antwortete ich. »Und so, wie du es formulierst, fühle ich mich in der Rolle, die ich habe, auch nicht wirklich wohl.«

»Vielleicht hilft es dir ja, wenn ich sage, dass du einer von den tollsten Bergen bist, die ich in meinem ganzen Leben je gesehen habe.« Er legte eine seiner Hände auf mein Knie und streichelte es sanft. »Aber manchmal ist es eben einfach so, dass Kerle selbst als beste Freunde einfach Kerle sind. Und dieser Kerl ist ganz eindeutig ein Idiot.«

»Weil er mit mir geschlafen hat?«

»Weil er dort nicht sein Basislager aufgeschlagen hat.«

Wir lagen einen Augenblick lang einfach schweigend da, und während seine Hand ein Loch in meine Haut zu brennen drohte, starrte ich verwirrt die Bäume an. Wie konnte ich todtraurig wegen Charlie sein und mich zugleich nach der Berührung eines anderen verzehren?

Ich schüttelte den Kopf und kam mir völlig dämlich vor. Wie die alte Tess.

»Vielleicht war er ja nicht Manns genug, um den Gipfel dieses Berges zu erklimmen.« Nick zog seine Hand zurück, und ich vermisste sie sofort. »Vielleicht ist ihm klar geworden, dass er der Herausforderung nicht gewachsen war.«

»Was, und du bist Manns genug, um damit klarzukommen?«, fragte ich und stieß ein Lachen aus, das leider fürchterlich verbittert klang. »Dabei dachte ich, es geht dir nur um Sex.«

»Das tut es auch. Aber auch wenn ich nicht damit gerechnet hätte, hast du mich zugleich zum Nachdenken gebracht.«

Ich sprang von meinem Badetuch und wischte mit dem Sand auch seine Worte fort. Weil seine Rede mir nicht half.

»Schwimmen?«, fragte ich und wandte mich, noch ehe er mir eine Antwort geben konnte, dem glasklaren Wasser zu.

Ich hatte es als Frage formuliert, doch als Feststellung gemeint. Denn im Wasser könnte ich vielleicht so tun, als hätten wir dieses Gespräch niemals geführt.

Nicks gespaltene Persönlichkeit war wirklich anstrengend für mich. Im einen Augenblick war er unbekümmerter und rücksichtsloser Playboy, und im nächsten war er nachdenklich und rücksichtsvoll und süß. Er war entweder nett und freundlich oder furchtbar arrogant. Und nachdem bei unserer Unterhaltung über Charlie echte Emotionen hochgekommen waren, fiel es mir noch schwerer zu erkennen, was der echte Nick und was die Fälschung war.

Dabei fiel es mir schon schwer genug, mich daran zu erinnern, wer ich selbst angeblich war.

Ich sprang kopfüber in den See, tauchte auf und holte keuchend Luft. Denn die Sonne hatte meinen Körper herrlich aufgewärmt, und das Wasser der Lagune, das mir anfangs so erfrischend vorgekommen war, fühlte sich urplötzlich eisig an. Ohne mich noch einmal umzudrehen, schwamm ich bis zum Wasserfall und blickte auf. Ich fragte mich, woher das Wasser kam, wohin es lief und weshalb es so rein und frisch aussah.

Nick ließ mir zwei Minuten Ruhe, ehe er mit ruhigen, gleichmäßigen Zügen auf mich zugeschwommen kam.

»Was ist mit deiner Ex passiert?«, erkundigte ich mich, sobald er mich erreichte.

»Könnten wir uns vielleicht darauf einigen, dass unsere jeweiligen Exe kein besonders angenehmes Thema sind?«, schlug er mir vor. Doch dadurch, dass er nichts erzählte, wurde ich in meiner Überzeugung, dass es etwas zu erzählen gab, nur noch bestärkt.

»Tut mir leid, aber ich bin nun mal ein neugieriger Mensch.« Ich sprang im Wasser auf und ab, das langsam wieder angenehm erfrischend war.

»Vielleicht sollten wir erst einmal gar nicht reden«, meinte Nick. »Und stattdessen tun, worauf wir beide uns verstehen.«

»Vielleicht sollten wir am besten alles lassen«, schlug ich strampelnd vor. »Du machst dein Interview, ich mache meine Bilder, und danach fliegen wir alle wieder heim.«

»Und was passiert, wenn wir wieder zu Hause sind?« Er fuhr sich mit der Hand durch das Gesicht.

»Wenn wir wieder zu Hause sind?«

»Ja.« Er kam mir nah genug, dass unsere Füße sich berührten. »Wenn das hier vorbei ist. Was hast du für Pläne, wenn die Wirklichkeit dich nächste Woche wieder hat?«

»Oh.« Traurig lächelnd tauchte ich den Kopf ins Wasser. Wenn die Wirklichkeit mich wieder hat …

… würde ich wieder daheim in London sein. Amy, Charlie und Vanessa wiedersehen. Und mich wieder in die alte Tess verwandeln.

Ich sah auf die begrünten Klippen, auf die meterhohen Palmen, auf den goldenen Sand, auf das türkisfarbene Wasser und den Wasserfall, der so laut rauschte, dass man seine eigenen Worte kaum verstand. Es war einfach zu schön, um wahr zu sein. Für jemanden wie mich sah die Wirklichkeit vollkommen anders aus.

»Dann schlage ich die Augen auf und stelle fest, dass alles nur ein Traum gewesen ist«, gab ich zurück. »Dass mein tot geglaubter Ehemann putzmunter ist und gut gelaunt unter der Dusche singt. Und du?«

»Erst mal geht es wieder nach New York«, erklärte er. »Und in der Woche drauf vielleicht nach Hongkong. Was jedoch noch nicht ganz sicher ist.«

»Kommst du nie zur Ruhe?«, fragte ich, weil all die Reiserei nach furchtbar harter Arbeit klang. »Bist du es nicht ab und zu mal leid, ständig unterwegs zu sein?«

»Ich bin nicht gerne zu lange am selben Ort.« Er strampelte zurück in Richtung Wasserfall und fort von mir. »Ich bin ganz einfach nicht der Typ, der je irgendwo Wurzeln schlagen will.«

Ich watete ein Stückchen auf ihn zu, blieb dann aber wieder stehen.

»Wie kannst du überhaupt ein Leben haben, wenn du ständig unterwegs bist? Wie zum Teufel kommst du damit klar?«

»Wenn man nur an sich selber denken muss, ist das gar nicht so schwer. Mir geht es gut«, rief er mir zu und schwamm noch weiter von mir fort. »Hat dir schon mal jemand gesagt, dass du dir zu viele Gedanken machst?«

Er verschwand unter dem Wasserfall und erst, als ich ihn wiedersah, atmete ich auf.

Es ging ihm gut, natürlich, und natürlich grübelte ich immer viel zu viel. Aber zum ersten Mal, seit ich ihn kannte, kam mir der Gedanke, dass es ihm zwar sicher gut ging, er aber bestimmt nicht wirklich glücklich war.

13

Viel zu schnell verging der Rest des Nachmittags. Wir lungerten am Strand, Nick las in einem Buch, ich verschlang die Reste unseres Picknicks, und wir kamen wortlos darin überein, keine kniffeligen Fragen mehr zu stellen. Außerdem verbrachten wir derart viel Zeit mit Küssen, dass ich, bis wir auf dem Heimweg waren, die Befürchtung hatte, meine aufgesprungenen Lippen fielen mir aus dem Gesicht.

Nachdem wir am Strand wortlos auseinander und zurück zu unseren jeweiligen Cottages gegangen waren, blieb ich kurz vor meiner Haustür stehen und blickte über meine Schulter, um zu schauen, ob er in meine Richtung sah. Doch das tat er nicht. Ohne mich auch nur noch eines Blicks zu würdigen, trat er über die Schwelle seines Cottages und zog die Tür hinter sich zu.

Mein Herz zog sich zusammen, doch mein Hirn schob mich entschlossen ebenfalls ins Haus. Ich konnte immer noch nicht ganz verstehen, weshalb der Sex mit einem Typen, den ich fast nicht kannte, nicht mal wirklich mochte und wahrscheinlich nach den nächsten vier Tagen niemals wiedersehen würde, so fantastisch war. Vielleicht hatte Nick ja recht, und ich grübelte einfach zu viel. Wobei es allerdings für mich im Augenblick auch ziemlich viel zu grübeln gab.

Ganz oben auf der Liste stand die Nachricht, die ich an der Tür des Kühlschranks fand. Paige hatte sie auf einem Stückchen Küchenrolle hinterlassen, und ich dachte lächelnd, dass sonst immer Amy so was tat. Doch kaum hatte ich den kurzen Text gelesen, war ich deutlich weniger erfreut.

»Verdammt, ich wünschte mir, sie ließe sich nicht immer selber rein«, murmelte ich und starrte böse auf die Kritzelei.

Die Models waren da.

Es gab also tatsächlich Models. Auf derselben Insel, auf der auch ich selber gerade war. Nicht, dass nicht andauernd Models auf derselben Insel wären wie ich selbst. Denn schließlich lebte ich in London, und dort fuhren normalerweise ständig irgendwelche Models mit dem Bus, in dem ich gerade selber saß – nur hatte ich mit denen nicht das Mindeste zu tun. Diese Models aber sollte ich fotografieren. Und ich hatte eine Heidenangst, dass sie nur einen Blick in meine Richtung werfen müssten, um zu sehen, dass ich total verängstigt war. Models waren wie Pferde. Wenn ich meine Kamera nicht richtig hielte oder ihnen sagte, dass sie bitte lächeln und nicht grinsen sollten, gingen sie wahrscheinlich einfach durch. Immer wenn wir Shootings in der Firma hatten machen müssen, hatte ich die Models jemand anderem überlassen – weil sie viel zu furchteinflößend und vor allem Vanessa viel zu ähnlich waren. Was hieß, dass wir eindeutig nicht auf einer Wellenlänge waren.

Und auch der Rest der Küchenrollennachricht war nicht unbedingt beruhigend. Ich las ihn noch zweimal durch, um mich zu vergewissern, dass ich nichts übersehen hatte.

– *Models kommen 18 Uhr hier an und wohnen in den Cottages neben dir. Bitte geh kurz dort vorbei und sag hallo.*

– Ich habe Pläne. Triff mich morgen früh um 7 vor der Tür.
– Das Shooting machen wir mit Artie, NICHT mit Bertie
Alles Liebe, Paige
P. S. Vergiss nicht deine Kamera.

Hinter dem P. S. entdeckte ich noch einen riesengroßen Zwinker-Smiley.

Also hatte sie den letzten Satz nur als Witz gemeint

Dann stellte also ich das Begrüßungskomitee für unsere Models dar. Was zum Teufel hatte Paige so Wichtiges zu tun, dass sie darauf vertrauen musste, dass jemand wie ich die Richtige für diese Aufgabe war? Ich sah mich um und stellte fest, dass Paige noch etwas anderes als die Küchenrollennachricht hier zurückgelassen hatte, als sie wieder abgehauen war. Auf meinem Sofa türmte sich ein Riesenberg von Kleidern unter einem zweiten Küchenrollenzettel, auf dem stand: »Der Inhalt deines Kleiderschranks hat mich todunglücklich gemacht.«

Ich war beleidigt. Und erfreut. Weil Paiges Klamotten deutlich schöner als die Sachen von Vanessa waren. Ich hielt ein paar der Kleider und der Blusen, die sie achtlos auf die Couch geworfen hatte, in die Luft und fragte mich, ob meine Brüste sie wohl sprengen würden, wenn ich sie oberhalb des Nabels zuknöpfte. Mindestens die Hälfte ihrer Gaben würde niemals passen, aber in die anderen käme ich mit einer positiven Grundeinstellung und dem passenden BH vielleicht hinein. Einige Designernamen kannte ich aus den diversen Zeitschriften, die ich während des Flugs gelesen hatte, und von den versteiften Tragetaschen, die Vanessa gerne überall in unserer Wohnung liegen ließ. Ehrfürchtig griff ich nach einem prächtigen

10-Crosby-Seidenwickelkleid, dessen hübsches weiß-korallenrotes Blumenmuster auf dem puderblauen Untergrund genau das Richtige für diese Insel war, legte es behutsam auf der Sofalehne ab und arbeitete mich durch den Rest des Stoffberges hindurch.

Eine gute Viertelstunde wühlte ich mich wie ein Kind in einem ganz besonders tollen Süßwarengeschäft durch ein buntes Sammelsurium aus Seide und Satin und weichster Baumwollkleider, die mir jemals zu Gesicht gekommen waren. Verglichen mit den herrlichen Ensembles, die mir Paige geliehen hatte, nahm sich die Garderobe meiner Mitbewohnerin wie der Fußboden bei Primark kurz vor Ende eines ganz besonders fürchterlichen Samstags aus.

Bisher hatten Kleider mich nie wirklich interessiert. Weil ich in Gedanken stets mit irgendetwas anderem befasst war. Ich hatte nur etwas gewollt, worin ich seriös wirkte und worauf Flecken möglichst nicht zu sehen waren. Denn ich verschüttete sehr oft etwas. Aber wenn ich schon mal jemand anderen spielte, wählte ich dazu am besten auch das passende Kostüm. Ich entschied mich für ein hübsches, weiches Kleid von Phillip Lim und ging ins Bad.

Nach dem perfekten Nachmittag als Schlampe musste ich mich auf den Abend mit den Models vorbereiten, deshalb nahm ich erst mal eine lange heiße Dusche, machte mir dann vor dem Spiegel selber Mut, trat vor die Tür des Nachbarhauses und holte so tief wie möglich Luft.

Ich trug ein hübsches Kleid, war sorgfältig geschminkt, und auch wenn meine Kamera nicht unbedingt zu meinem Outfit passte, gäbe sie wahrscheinlich eine gute Requisite und im Notfall eine anständige Waffe ab. Und was könnte im schlimmsten Fall passieren? Ja, okay, es waren Models, aber gleichzeitig auch junge Frauen, die sicher vorher niemals in Hawaii gewesen waren. Genau wie mich hatte die Insel sie nach ihrer Ankunft doch wahrscheinlich völlig umgehauen, und deshalb waren sie gut gelaunt und furchtbar aufgeregt.

»Sie sind auch nur Menschen«, rief ich mir mit angehaltenem Atem in Erinnerung. »Sie verdienen einfach ihren Lebensunterhalt, indem sie sich fotografieren lassen, wenn sie einen Schmollmund ziehen. Der Abend wird bestimmt das reinste Kinderspiel für mich werden.«

Ich dachte leicht besorgt an die nicht existente Maniküre, die mir mittags aufgefallen war, klopfte an die Tür und wartete. Und wartete. Und wartete.

Atmete noch mal tief durch und klopfte abermals. So fest, so laut und anhaltend es ging.

Schließlich hörte ich ein schlurfendes Geräusch, das unbeholfene Rütteln an dem Schloss, und dann schwang die Tür zurück und enthüllte ein Geschöpf, das entweder ein Dämon oder ein in höchstem Maß erbostes Model war.

»Was?«, fuhr mich das Wesen an. Es hatte sich das weizenblonde Haar zu einem wirren Knoten aufgesteckt und blitzte mich aus riesengroßen blauen, rot verquollenen Augen an. »Habe ich nicht ausdrücklich gesagt, dass ich mich erst mal hinhauen will?«

»Hm, *Aloha*.« In dem vergeblichen Bemühen, eine etwas freundlichere Atmosphäre herzustellen, hob ich eine Hand zum Gruß. »Ich bin Vanessa.«

»Ja, okay, bestimmt habe ich gesagt, dass ich mich erst mal hinhauen will.« Das Model nickte mit dem Kopf und klammerte sich an die Tür, als bräche es zusammen, nähme ich ihn diese Stütze plötzlich weg. »Also hau am besten einfach wieder ab.«

»Wir kennen uns noch nicht«, erklärte ich ihr eilig, ehe

sie wieder im Haus verschwinden konnte, wies auf meine Kamera und blickte sie mit einem schiefen Lächeln an. »Ich bin die Fotografin. Für das Shooting. Morgen.«

»Was auch immer.« Ohne auch nur eine Hand vor ihrem Mund zu heben, riss sie ihn zu einem breiten Gähnen auf. »Ich komme gerade erst aus einem Flieger, in dem ich fast vierundzwanzig Stunden eingesperrt war, und wenn du morgen keine Aufnahmen von einem Grufti machen willst, schlage ich vor, dass du verduftest und mich schlafen lässt.«

Damit knallte sie die Tür wieder ins Schloss.

»Hat mich auch gefreut«, erklärte ich und winkte ihr noch mal zum Abschied zu. *»Mahalo.«*

Das war also eins der Models. Langsam drehte ich mich nach dem letzten Cottage um. In dem kein Licht zu sehen war. Und durch dessen Fenster nicht der allerkleinste Laut an meine Ohren drang. Vielleicht ließe ich das arme Schätzchen besser erst mal ruhen.

Aufgebrezelt, aber ohne Ziel, wog ich meine Möglichkeiten ab. Ich könnte entweder spazieren gehen, um die Insel noch etwas genauer zu erkunden, oder heimgehen und ein paar der Aufnahmen vom Nachmittag bearbeiten. Könnte gucken, wo Kekipi war, und ihn bitten, meine Lieblingsszenen aus *Joe gegen den Vulkan* zu spielen, oder zu Nicks Cottage gehen und nachschauen, ob er noch so hübsch wie vor drei Stunden war. Das Leben stellte einen ab und zu vor wirklich schwierige Entscheidungen.

»Wo willst du denn mit mir hin?«

Gerade als ich mich entschieden hatte, meinen Lover zu besuchen, drang Paiges Kichern an mein Ohr. Ich presste mich gegen die Wand des Model-Cottages und linste um die Ecke, um zu sehen, mit wem sie sprach.

»Ich dachte, wir wollten nur zum Essen gehen.« Sie lachte immer noch. Ein ansteckendes, attraktives, helles Mädchenlachen, das die Männer sicher reihenweise schmelzen ließ. Ein Lachen, das ich irgendwie nicht hinbekam. »Warum müssen wir denn runter an den Strand?«

»Weil ich dir etwas zeigen will«, gab ihr Dinner-Date zurück. »Also halt einfach den Mund und steig ins Boot.«

Es war Nick.

Paige stieg zu Nick ins Boot.

Genau wie ich am Nachmittag.

Mein Herz zog sich zusammen, meine Wangen brannten, und mir wurde schlecht.

»Ich bin aber nicht für eine Bootstour angezogen«, meinte sie mit aufgesetzter Jammerstimme, und ich sah, wie sie in einem kurzen schwarzen Trägerkleid an Bord des Bootes ging, während Nick mit diesem etwas schiefen Lächeln, das ich so gut kannte, ihre hochhackigen Schuhe in den Händen hielt.

Oh mein Gott, wie dumm ich war! Und ganz bestimmt nicht in der Position, um wütend oder unglücklich zu sein, rief ich mir in Erinnerung und kämpfte heldenhaft gegen die Zornestränen an. Im Grunde war es furchtbar dämlich, auch nur überrascht zu sein. Denn natürlich hat te sich der Kerl an Paige herangemacht. Weil Paige ein echter Berg war, Snowdonia oder so was. Während ich nicht mal ein echter Hügel war. Im besten Fall ein Hügelchen. Nick hatte im Vorbeigehen seine Fahne auf die Kuppe dieses Hügelchens gepflanzt und sich sofort das nächste Ziel gesucht.

Ich blieb wie angewurzelt stehen, bis das Tuckern des Dieselmotors nicht mehr zu hören war. Denn die beiden sollten mich nicht sehen. Ich wollte nicht, dass Nick erfuhr, dass ich gegen meinen Willen betroffen war. Ich wischte mir die schwarzen Tränen von den Wangen und erwog, noch einmal an der Tür des Cottages anzuklopfen. Weil der Tod durch den Zusammenstoß mit einem Model dem Zusammensein mit diesen beiden Menschen morgen früh am Frühstückstisch eindeutig vorzuziehen war. Denn Paiges verliebtes Strahlen und Nicks Selbstgefälligkeit wären wahrscheinlich mehr, als ich ertrug.

Wie clever dieser Kerl doch war – dann legte er also die Fotografin und die künstlerische Leiterin noch vor den Models flach. Schaffte sich die Amateurinnen vom Hals, bevor er zu den Profis überging.

Planlos stürmte ich den Strand hinab und ließ die Cottages, das Licht, das ganze Chaos hinter mir zurück. Vielleicht könnte ich so lange laufen, bis ich irgendwo ein Haus entdeckte, und dort vorgeben, ich litte unter einer Amnesie. Im Fernsehen klappte so was immer, und was man im Fernsehen sah, war schließlich wahr. Ich tastete nach meinem iPhone, doch das hing am Ladekabel neben meinem Bett und bot deshalb keine Ablenkung. Mein dummes Hirn hing also weiter seinen dämlichen Gedanken nach. Nick, Charlie. Charlie, Nick. Ich wünschte mir, ich hätte gerade eine Klopapier-Kampagne, um mich abzulenken. Aber alles, was mir blieb, war meine Kamera.

»Beruhig dich«, wies ich mich mit Flüsterstimme an, klappte meine Augen zu und atmete tief durch. »Das Einzige, was wirklich wichtig ist, ist, dass du morgen gute Bilder machst.«

Ich schlug die Augen wieder auf, und plötzlich war ich völlig ruhig. Die Canon in der Hand, sah ich mich nach einem passenden Objekt für meine Bilder um. Ein Stück die Bucht hinab, neben einem dreißig Jahr alten Surfboard, hockte Al im Sand. Er war zu weit entfernt, um ihn zu rufen, aber nah genug für einen Schnappschuss. Er wirkte nachdenklich, und sein Gesicht strömte mit all den Falten und den Runzeln eine unglaubliche Würde aus. Unter seinem dichten weißen Bart hatte er ein ausdrucksstarkes, ausnehmend erhabenes Profil und sah wie der Führer eines Löwenrudels aus. In jüngeren Jahren war er sicher furchtbar attraktiv gewesen, doch in diesem Augenblick sah er ganz einfach traurig aus. Dachte er wohl an seine Frau? An seinen Job? Oder an verschiedene Dinge gleichzeitig, so wie ich selbst es meistens tat?

»*Aloha,* Vanessa«, brüllte er, starrte aber immer noch aufs Meer. »Na, haben Sie wieder irgendwelche schönen Aufnahmen gemacht?«

»Hm, ja«, rief ich zurück und lief, so schnell der Sand es zuließ, dorthin, wo er saß. »Tut mir leid. Das war sehr unhöflich von mir.«

»Künstler finden ihre Inspiration an den seltsamsten Orten«, stellte er mit einem einladenden Lächeln fest und klopfte neben sich. »Und der Kunst sollte man nie im Wege stehen.«

»Danke.« Ich zog meine Beine unter mich, damit mein neuer, alter Freund nicht meine Unterhose sah, und nickte dorthin, wo das Brett neben ihm lag. »Haben Sie gesurft?«

»Das habe ich.« Er nickte lächelnd mit dem Kopf. »Aus meiner Sicht hält mich das jung, während mein Sohn der Ansicht ist, dass ihn das seinem Erbe näher bringt. Und wie läuft es bei Ihrem Fotoshooting?«

Ich fuhr zusammen, streichelte kurz meine Kamera und stellte achselzuckend fest: »Bisher habe ich noch keine echten Aufnahmen gemacht. Jede Menge Bilder nur zum Spaß, aber mit dem Shooting gibt's ein paar Probleme, deshalb warten wir darauf, dass sich die Sache klärt. Morgen soll ich die Aufnahmen mit den Models machen, und ich bin mir sicher, dass das eine Katastrophe werden wird.«

»Sie mögen keine Models?«, fragte er. »Für eine Modefotografin ist das sicher hart.«

»Ich muss Ihnen ein Geständnis machen.« Sachte legte ich die Kamera auf meinen nackten Knien ab und schob meine Hände unter meinen Beinen in den Sand. »Ich habe bisher noch nie Models fotografiert.«

»Oh.« Mein alter Freund besaß den Anstand, eine sorgenvolle Miene aufzusetzen, aber seine Augen blitzten, und ich hatte das Gefühl, als bräche er im nächsten Augenblick in schallendes Gelächter aus. »Dann üben Sie den Job der Fotografin also erst seit Kurzem wieder aus.«

»So kann man sagen.« Ich sah auf den Bildschirm auf der Rückseite der Kamera und klickte mich durch meine Schnappschüsse von Al. Was deutlich leichter war, als ihm bei meinen nächsten Sätzen ins Gesicht zu sehen. »Bis vor Kurzem war ich in der Werbebranche, doch ich habe meinen Job verloren, und jetzt bin ich hier.«

Genauere Einzelheiten brauchte er erst einmal nicht.

»Und Sie hatten keine Lust auf eine andere Arbeit in der Werbeindustrie?«

»Hm, die Gelegenheit zu diesem Job hat sich spontan ergeben.« Was nicht ganz gelogen war. »Also dachte ich, ich versuche es einfach mal.«

»Zeigen Sie mir, was für Bilder Sie von mir gemacht haben.« Er streckte seine Hand nach meiner Canon aus, und als ich sie ihm gab, scrollte er sich unter leisen Hms und Ahs, gelegentlichem Kopfschütteln und abschließendem Nicken durch die Aufnahmen hindurch. »Haben Sie

Ihre alte Arbeit gern gemacht?«, erkundigte er sich und reichte mir die Kamera zurück. »Waren Sie gut in Ihrem Job?«

»Ich habe ihn geliebt«, räumte ich unumwunden ein. »Und ich war supergut. Aber dann wurde ich plötzlich freigestellt. Ohne einen Grund, von jetzt auf gleich. Was einfach keinen Sinn ergeben hat.«

»Das ist hart«, erklärte er in nachdenklichem Ton. »Ich kann mir vorstellen, was für ein Gefühl das für Sie ist.«

»Es hat mich etwas aus dem Gleichgewicht gebracht«, gestand ich ihm. »Ich wusste bisher immer, was ich will. Oder dachte es auf jeden Fall. Ich hatte immer einen Plan. Und jetzt habe ich plötzlich keine Ahnung, wie es mit mir weitergehen soll.«

»Vielleicht ist die Zeit reif für einen neuen Plan«, schlug Al mir vor. »Vielleicht war es einfach an der Zeit, sich zu verändern, ohne dass Ihnen das klar gewesen ist. Ich weiß, das habe ich auch gestern schon gesagt, aber Ihre Aufnahmen sind wirklich gut. Sie haben Talent, Vanessa – und vor allem sind Sie eine wirklich aufgeweckte, junge Frau.«

»So kommt es mir im Augenblick aber nicht vor.« Ich legte meine Kamera zurück in meinen Schoß.

Al verschränkte seine Arme vor der Brust, streckte seine Beine aus und schnalzte mit der Zunge. »So geht's mir die ganze Zeit – so geht's uns allen. Man sollte meinen, dass die Dinger leichter werden, wenn man älter wird, doch das ist nicht der Fall.«

»Haben Sie sich auch schon einmal wegen eines blöden Kerls zum Volldeppen gemacht?«, erkundigte ich mich und fragte mich, ob die Verwendung des Begriffs »Volldepp« vielleicht etwas unpassend gewesen war. Weil ich schließlich neben jemandem im Alter meines Opas saß.

»Natürlich. Wenn wahrscheinlich auch auf eine andere Art als Sie.«

»Es ist unglaublich peinlich.« Da ich es nicht schaffte, ihn bei diesen Worten anzusehen, legte ich den Kopf auf meinen Knien ab. »Ich kann einfach nicht glauben, dass ich tatsächlich auf diesen Typen reingefallen bin.«

»Geht es um einen Mann hier auf Hawaii? Nicht um irgendwen daheim?«

Ich nickte stumm.

»Dann war es also eine Art von Urlaubsflirt?«

»Etwas in der Richtung«, stimmte ich zu, den Kopf auch weiter auf den Knien. »Ich dachte, ich könnte einfach zum Vergnügen mit ihm in die Kiste gehen, aber jetzt stellt sich heraus, dass das nicht geht. Aus irgendeinem Grund denke ich die ganze Zeit, ich könnte irgendwelche Dinge, und dann stellt sich heraus, dass das ein Irrtum war.«

»Ich bin wahrscheinlich nicht besonders gut darin, jungen Frauen Tipps zu geben, wie sie mit modernen Männern umgehen sollen.« Er tätschelte mir unbeholfen väterlich die Schulter, was ich seltsam tröstlich fand. »Ich war sehr lange verheiratet, und bevor ich meine Jane getroffen habe, war ich auch nicht unbedingt ein echter Schürzenjäger, aber ich kann nicht verstehen, wozu es gut sein soll, wenn Sie beim Sonnenuntergang den Strand entlangmarschieren und sich die Augen wegen eines Kerls ausheulen, der Ihnen vor drei Tagen zum ersten Mal begegnet ist.«

»Ich weiß, Sie haben recht.« Ich blickte auf und glitt mit meinen Fingern über meinen hoffnungslos verschmierten Eyeliner. Warum hatte ich ausgerechnet heute mit dem blöden Zeug herumexperimentiert?

»Ich benehme mich vollkommen dämlich. Vielleicht liegt es immer noch am Jetlag, oder vielleicht habe ich auch eine Ananas-Vergiftung oder sonst etwas. Aber wahrscheinlich bin ich einfach dumm.«

»Sagen Sie nie, Sie wären dumm.« Er bedachte mich mit einem strengen Blick. Soweit ihm das als Träger eines dichten weißen Rauschebartes möglich war. »Was würde Ihr Vater Ihnen raten?«

»Keine Ahnung. Denn wir haben kaum Kontakt. Unser letztes Treffen ist inzwischen ein paar Jahre her.«

»Ich habe auch sehr lange nicht mit meinem Sohn gesprochen«, stellte Al mit einem mitfühlenden Lächeln fest. »Weil er seiner Mutter immer deutlich näherstand als mir.«

»Stehen Sie sich inzwischen näher?«, fragte ich und drehte meine Locken unbewusst zu einem langen Pferdeschwanz. »Sie und Ihr Sohn?«

»Ich glaube nicht, dass wir uns wirklich nahestehen«, gab er zu. »Nach dem Tod seiner Mutter hatten wir uns kaum etwas zu sagen.«

»Es ist bestimmt nicht einfach, wenn man Kinder hat.« Ich wollte möglichst diplomatisch sein, auch wenn ich mir nicht vorstellen konnte, dass nicht jedes Kind begeistert wäre, hätte es den wunderbaren Al zum Dad. Meiner hatte sich immer erheblich mehr für *Star Trek* und für seinen Fußball als für mich und meine Schwestern interessiert, aber schließlich war er auch ein Vollidiot.

Al ließ eine Handvoll Sand durch seine Finger rieseln. »Nein, es ist nicht leicht. Aber manchmal ist es auch nicht gerade leicht, das Kind zu sein, nicht wahr?«

Der pudrig weiße Sand fiel wieder auf den Strand, und ich dachte traurig, dass sich haargenau dieselbe Menge Sand nie wieder greifen ließ. Ich hob meine trockenen Sandfinger an die Schläfen und bekam allmählich das

Gefühl, als hätte ich das große Ganze bisher nie im Blick gehabt. In meinem eigenen, kleinen Leben hatte sich seit Jahren alles immer nur um Charlie und um meinen Job gedreht, weshalb kein Raum für etwas anderes gewesen war. Und die ganzen Sorgen, die ich mir seit Jahren um Amy machte, hatte ich vielleicht nur vorgeschoben, um nicht meinen eigenen Problemen auf den Grund zu gehen. Aber jetzt saß ich an diesem Strand, Tausende von Meilen von daheim entfernt, neben meinem Opa ehrenhalber, und urplötzlich wurde mir bewusst, dass der Mensch, der sich durch alles, was geschehen war, am gründlichsten verändert hatte, eindeutig ich selber war.

»Ah, sehen Sie sich das an.« Al stieß einen Seufzer aus, als die Sonne unterging und das türkisfarbene Meer mit dem schwarzblauen Firmament verband. »Ist das nicht einfach wunderschön? Wie kann man traurig sein, wenn man so etwas sieht? Und jetzt lassen Sie mich gucken, ob ich Sie nicht doch wieder zum Lächeln bringen kann.«

»Ich bin einfach dämlich.« Der Himmel war mit roten und mit pinkfarbenen Streifen sowie jeder Menge Sterne übersät. »Wie gesagt, ich kenne ihn erst seit drei Tagen. Und wie unglücklich kann man schon wegen eines Menschen sein, den man erst seit so Kurzem kennt?«

»Ich habe Jane gebeten, meine Frau zu werden, nachdem wir uns gerade einmal eine Woche kannten.« Al strich über seinen Bart, und irgendwie verlieh die Geste seinen Worten zusätzlichen Ernst. »Denn ich wusste sofort, sie ist die Richtige für mich.«

»Sie haben ihr nach einer Woche einen Heiratsantrag gemacht?« Ich blies mir eine Haarsträhne aus dem Gesicht und lächelte. »Das ist unglaublich. Sie wussten sofort, dass Sie für alle Zeit zusammenbleiben wollten? Alle beide?«

»Nun, sie hat nicht sofort ja gesagt.« Sein Lachen klang wie das von Peter Ustinov. »Ich habe noch drei Monate gebraucht, um sie rumzukriegen.«

»Und wie haben Sie das angestellt?« Ich versuchte, ihn mir vorzustellen, wie er als junger Mann auf Brautwerbung gegangen war. Was mir jedoch beim besten Willen nicht gelang. Denn ich sah ihn immer noch als Weihnachtsmann, der vor Frau Weihnacht auf die Knie fiel.

»Sie hat gesagt, in ihrem ganzen Leben hätte niemand anders sie jemals zugleich so wütend und so froh gemacht«, klärte er mich mit einem wehmütigen Lächeln auf. »Und vor allem habe ich ihr einfach keine Wahl gelassen. Denn wenn ich mir etwas vorgenommen habe, ziehe ich es gegen alle Widerstände durch. Denn das Leben ist zu kurz für Zauderei.«

»Ist es denn nicht schlimm, wenn einen jemand wütend macht?« Plötzlich dachte ich an meine Mum und meinen Dad, die sich in der Küche angeschrien hatten, während ich nur ungestört meine Spagetti hatte essen wollen. »Ich meine, wäre es nicht besser, seinen besten Freund zu heiraten?«

»Sie war auch meine beste Freundin«, stimmte mein Ersatzopa mit einem nachdrücklichen Nicken zu. »Das bedeutet nicht, dass wir in allen Dingen einer Meinung waren. Aber wir haben uns immer gut verstanden, sie hat meine besten Seiten zum Vorschein gebracht und mich permanent herausgefordert, niemals aufzugeben, ganz egal, was auch geschieht. Man braucht diesen besonderen Funken, diesen kleinen Kick, damit es nicht langweilig wird.«

Ich zog meine Nase kraus und überlegte, ob ich seiner Meinung war. Amy meinte immer, dass sie sich mit

Dave gelangweilt hätte, weil sie beide völlig gleich gewesen wären. Doch genau das war der Grund, weshalb ich so verliebt in Charlie war. Ich liebte, dass er immer wusste, was ich dachte und wie ich am liebsten meinen Tee trank, ohne dass er mich erst fragen musste, dass wir niemals stritten und ich seinetwegen niemals traurig war – oder er mich wenigstens niemals mit Absicht traurig machte –, dass er mich für meine Cleverness bewunderte und generell von allem, was ich tat, beeindruckt war, dass wir alles voneinander wussten und es nie Verständnisschwierigkeiten gab.

Wohingegen Nick … Ich wüsste keinen Menschen, der mich so schnell wütend machte, und vor allem dachte er anscheinend, dass er deutlich klüger war als ich, dass er alles besser wusste und im Bett unschlagbar war. Trotzdem war ich einfach heiß auf ihn. Und die Vorstellung von ihm und Paige am Wasserfall verursachte mir eine Gänsehaut. Ich könnte damit leben, ihn nicht zu bekommen, aber der Gedanke, dass er gerade jetzt mit einer anderen zusammen war, war etwas völlig anderes.

Unwillkürlich ballte ich die Fäuste. Und am liebsten hätte ich sie diesem Blödmann ins Gesicht gerammt.

»Erzählen Sie mir von den Aufnahmen, die Sie bisher gemacht haben«, riss mich Al aus meinen Träumereien. »Hier auf der Insel haben Sie doch sicher viele herrliche Motive.«

»Allerdings.« Ich nickte zustimmend. »Denn sie ist einfach wunderschön. Aber auf morgen freue ich mich trotzdem nicht.«

»Ah, die Models.« Er verzog nachdenklich das Gesicht. »Aber das wird doch sicher interessant?«

»Auf jeden Fall«, bestätigte ich ihm. Was noch deutlich untertrieben war. »Die künstlerische Leiterin hat einen ziemlich lächerlichen Plan … Ich weiß nicht. Irgendwie fühlt er sich seltsam an. Wobei ich das wahrscheinlich nicht beurteilen kann.«

»Sie sind die Fotografin«, rief mein alter Freund mir in Erinnerung. »Ich nehme also an, Sie kennen sich durchaus mit diesen Dingen aus.«

»Das stimmt.« Ich atmete tief durch. »Ich bin Vanessa, die Fotografin. Da haben Sie völlig recht.«

»Ich mag Sie, Vanessa«, meinte er und brach erneut in schallendes Gelächter aus. »Obwohl Sie etwas seltsam sind, aber das sind all die anderen wirklich guten Leute schließlich auch.«

»Danke.« Ich fiel in sein Lachen ein, und meine Anspannung nahm etwas ab. »Wollen wir nur hoffen, dass die Models das genauso sehen. Allmählich werde ich ein bisschen panisch. Was bestimmt nichts anderes ist als ganz normales Lampenfieber.«

»Sie werden Ihre Sache super machen. Das wissen Sie selbst. Und vor allem lassen Sie nicht locker, bis Sie mit dem Resultat zufrieden sind. Das spüre ich, denn schließlich bin ich selber ein Perfektionist.«

»Wahrscheinlich.« Früher war ich das auf jeden Fall gewesen. Trotzdem biss ich mir jetzt auf die Lippe und sah in die alten Augen, die dank ihres Blitzens herrlich jung geblieben waren. »Es ist nur … ach, ich weiß nicht. In der letzten Zeit sind derart viele Dinge bei mir schiefgelaufen, deshalb muss das Shooting einfach klappen. Denn ich habe das Gefühl, wenn ich das Shooting hinbekomme, kriege ich vielleicht auch alles andere wieder hin. Weil sich, wenn ich nur in einer Sache wieder richtig gut bin, auch der Rest von meinem Leben wieder geradebiegen lässt.«

»Damit setzen Sie sich aber ganz schön unter Druck«, erklärte Al. »Ich will Ihnen ganz sicher keine Angst machen, aber ich bin mir nicht ganz sicher, ob das Leben nicht ein bisschen anders funktioniert.«

»In dem Fall«, meinte ich und holte zähneknirschend Luft, »muss ich einfach hoffen, dass die Models mich nicht in der Luft zerreißen und am Ende dieses Shootings nur noch lauter kleine Schnipsel von mir übrig sind.«

»Models«, meinte Al in einem Ton wie eine Katze, die sich übergab. »Das werde ich wahrscheinlich nie verstehen. Weil es einfach seltsam ist. Aber schließlich seid ihr Frauen auch seltsame Geschöpfe.«

»Models?«, fragte ich. »Ich glaube nicht, dass Models echte Frauen sind. Sie sind eine völlig andere Spezies. Ich finde wirklich, dass man das in ihre Pässe schreiben muss.«

»Das hat für mich nie einen Sinn ergeben«, stieß er leise lachend aus. »Die männlichen Models, die es gibt, verdienen deutlich weniger, weil Männer nie Klamotten kaufen würden, weil sie hoffen, dass sie danach wie sie selbst, nur besser aussehen. Wogegen die Frauen selbst darauf bestehen, diese perfekt aussehenden Geschöpfe in Kleider zu stecken, die bis zur Unkenntlichkeit abgenäht oder auf andere Art verändert worden sind, um dann sechs Monate im Jahr zu hungern und zu jammern, weil sie selber in den Kleidern nicht so wie die Models aussehen. Natürlich sehen sie darin nicht wie Models aus! Denn echte Menschen sehen niemals wie Models aus. Das heißt, ihr Frauen seid total verrückt.«

»Auf jeden Fall.« Ich konnte meinem Opa ehrenhalber schwerlich widersprechen, denn er hatte völlig recht. »Weshalb auch diese ganzen Modezeitschriften totaler Schwachsinn sind.«

»Ach ja?« Er sah mich an und lächelte. »Aber das würde ich an Ihrer Stelle morgen eher für mich behalten.«

Ich errötete und nickte. Warum hatte ich auf meinem iPhone keine App mit all den Weisheiten von Al? Oder vielleicht könnte ich ja wenigstens sein Lachen aufnehmen und abspielen, wenn ich traurig war?

»Aber jetzt muss ich allmählich los und mich mit einem Typen wegen eines Hundes treffen.« Wie bereits beim letzten Mal sprang er behände auf und riss sein Surfbrett aus dem Sand. Ich nahm mir vor, nach meiner Heimkehr einen Yogakurs zu machen, und konnte nur hoffen, dass das Knacken meiner Knie nicht zu hören war, als ich mich mühsam ebenfalls erhob.

»Und Sie müssen wahrscheinlich los und irgendwelche tollen Sachen tun, die eine Modefotografin macht.«

»Nicht wirklich, aber wenn es hilft, kann ich ja wenigstens so tun.«

Er klemmte sich das Surfbrett unter einen Arm und hob den anderen salutierend an die Stirn. »Ich wünsche Ihnen einen wunderschönen Abend, Vanessa. Ich glaube, diese Unterhaltung hat uns beiden jede Menge Stoff zum Nachdenken beschert.«

Mit der Vermutung lag er sicher nicht falsch.

14

Halb verhungert, psychisch ausgelaugt und ohne einen Tropfen Alkohol im ganzen Cottage, rief ich mit dem Wunsch nach einer Kleinigkeit zu essen sowie jeder Menge Flüssigkeit im Haupthaus an, doch statt eines Abendessens schickte man mir meine schwule gute Fee.

Innerhalb von einer Viertelstunde hatte mir Kekipi aus den mir von Paige gespendeten Klamotten ein passendes Outfit ausgesucht, mir das Haar gebürstet, bis es weich auf meine Schultern fiel, und wartete geduldig ab, während ich unbeholfen möglichst viel Make-up auf Lider, Wimpern, Wangen, Mund auftrug. Denn wenn ich auf Hawaii die Männerwelt erobern wollte, sollte ich vielleicht aufs Ganze gehen.

Ich wusste, dass mir der von uns gewünschte Look gelungen war, als ich aus dem Badezimmer kam und Kekipi strahlen sah.

»Du siehst wie eine Prinzessin aus«, bestätigte er mir und zog mich eilig durch die Tür, bevor ich die Gelegenheit bekam, mich vor einem Spiegel einer eingehenden Musterung zu unterziehen. Weil eine Prinzessin sicher keine schwarzen Kleider trug, die in Höhe ihrer Brüste etwas eng und obendrein so kurz geraten waren, dass man deutlich sah, woher die Babys kamen, und wahrscheinlich nicht so dick geschminkt war, dass die durchschnittliche echte Hausfrau aus *Real Housewives* einen Schock bekäme, liefe jemals eine ihrer Töchter so herum.

»Wo geht's denn hin?«, erkundigte ich mich und drückte mir die Nase an der Scheibe unserer schwarzen Limousine platt, die in diesem Augenblick aus Mr. Bennetts Einfahrt auf die Straße bog.

»Nach Waikiki. Denn es ist schließlich mein Job, dich, so gut es geht, zu unterhalten, und es gibt nichts Unterhaltsameres, als dich mit Cocktails abzufüllen und dann abzuwarten, was passiert. Vor allem, da all die anderen Mode-Tussis heute Abend entweder ein halbes Dutzend Schlaftabletten eingeworfen haben oder irgendwo verschollen sind.«

Ich zwang mich zu lachen. Denn es war mir vollkommen egal, was Paige und Nick jetzt trieben. Auch wenn ich mir wünschte, Paige hätte bei Männern einen besseren Geschmack. Und hoffte, dass Nicks Penis schrumpelte, bis er im besten Falle noch zum Pipimachen zu gebrauchen war.

»Wir fahren also nach Waikiki. Und wo sind wir jetzt?« Ich kannte mich mit der Geografie der Insel nicht besonders aus und tauschte den vertrauten Strand nur ungern gegen eine Fahrt durch ein Gebiet, das mich an die vernachlässigten Stadtzentren in England denken ließ. Denn in der Viertelstunde, seit wir losgefahren waren, hatten wir schon drei McDonald's und vier Burger Kings passiert.

Kekipi schnipste eine unsichtbare Fluse von der Schulter seines makellosen dunkelblauen Poloshirts und breitete die Hände aus. »Unter den Hunderten von Inseln, aus denen Hawaii besteht, gibt es acht Hauptinseln, von denen Oahu am dichtesten besiedelt ist. Und genau auf dieser Insel sind wir jetzt.«

»Du hasst es, wenn du diesen Vortrag halten musst, nicht wahr?« Ich schnipste eine Reihe gut sichtbarer Flusen von der Schulter meines Kleids und breitete die Hände aus, um mich zu vergewissern, dass zumindest meine Fingernägel sauber waren.

»Ja«, räumte er ein und fuhr mit monotoner Stimme fort: »Bertie Bennetts Grundstück liegt am Rand des Städtchens Kailua, das auf der Windseite der Insel ungefähr zwölf Meilen oberhalb von Honolulu liegt. Und Waikiki ist ein Teil von Honolulu. Alles klar?«

Ich nickte stumm.

»Waikiki ist berühmt für seine Strände und sein Nachtleben. Weswegen man dort immer zahllose Touristen trifft.«

»Dann ist Waikiki also schön?«, erkundigte ich mich und schüttelte behutsam meine langen, losen Wellen aus. »Dann ist es also cool?«

»Das habe ich damit nicht sagen wollen.« Kekipi schlug mir auf die Hände und drapierte meine Haare über einer Schulter. »Aber immerhin ist es noch etwas besser, als wenn man bei Dave & Busters etwas trinkt und irgendwelche blöden Spiele spielt. So. Und jetzt lass deine Haare, wie sie sind, wenn ich dir nicht auf die Finger hauen soll.«

»Zu Befehl.« Ich legte meine Hände in den Schoß, knabberte nervös an meiner Unterlippe, schmeckte dort den Lippenstift, den ich zum ersten Mal seit Jahren trug, hörte auf und fing sofort darauf erneut zu knabbern an. Es war eben nicht einfach, eine Frau zu sein.

»Erzähl mir, wie es zwischen dir und Mr. Miller läuft.« Kekipi beugte sich über den kleinen Glastisch und sah mich mit großen braunen Augen an. »Denn schließlich brauche ich ein bisschen Zeit, um mich nach einem Kleid für eure Hochzeit umzusehen.«

»Bevor ich anfange zu lügen, solltest du mir vielleicht sagen, ob es Überwachungskameras in unseren Häusern gibt.«

Er klapperte kokett mit seinen dichten Wimpern, und in seine wunderschönen Augen trat ein unheiliger Glanz.

»Zwei Mai Tais, bitte«, bestellte er, kaum dass der Ober an den Tisch getreten war, und achselzuckend machte die Bedienung kehrt und lief zurück zur Bar. »Und jetzt erzähl mir alles ganz genau.«

»Ich weiß gar nicht, wo ich anfangen soll.« Ich trommelte mit meinen Fingern auf den Tisch und blickte hilfesuchend Richtung Himmel. Der zwar samtig schwarz und sternenübersät und einfach prächtig war, mir aber keine Antwort gab. Verflixt. »Weil die Situation einfach total verfahren ist.«

Wir saßen in der Poolbar einer Luxusherberge, betrachteten die wunderschönen Boote, die im schicken Jachthafen vor Anker lagen, und beinahe kam es mir so vor, als gäbe es den großen Bertie Bennett, dessen Barbie-Traumhaus, Nick und Paige, den Wasserfall, die Models und die ganzen anderen Sachen nur in meiner Fantasie. Abgesehen von den Bergen, Blumen, Früchten und den endlos langen Stränden hätte ich auch sonst wo sitzen können. Oder wenigstens an jedem anderen Ort der Welt, an dem es einen Hafen voller teurer Segelboote und amerikanischer Touristen gab. Ich hatte so viel Zeit mit Nick und Paige verbracht, dass ich beinahe vergessen hatte, dass Hawaii ein Teil der Staaten und nicht einfach die Kulisse einer ganz besonderen Folge meiner Lieblingsserie *Made in Chelsea* war.

Schweigend saugte ich die Atmosphäre der Umgebung in mich auf, doch nach zwölf Sekunden hielt mein Freund die Spannung nicht mehr aus.

»Also, Vanessa, hast du jetzt mit ihm geschlafen oder nicht?«, brach es so laut aus ihm heraus, dass die Leute an den Nachbartischen ihre eigenen Gespräche unterbrachen und gespannt in unsere Richtung sahen. »Denn ja, wir haben Überwachungskameras, aber zwing mich bitte nicht, die Filme anzuschauen. Weil ich nichts sehen möchte, was ich selbst nicht haben kann.«

»Ich habe gute Neuigkeiten«, klärte ich auch meine neuen Freundinnen und Freunde an den anderen Tischen auf. »Ich war mit ihm im Bett.«

»Mit einem heißen Typen?« Das junge blonde Mädchen aus Australien, das zwei Tische weiter saß, blickte mich fragend an.

»Er ist sogar *unglaublich* heiß«, nahm Kekipi mir die Antwort ab. »Ich habe mir schon überlegt, ob ich ihm vielleicht etwas in den Kaffee kippen soll, damit ich, wenn er schläft, in seine Bude schleichen und ihn mir mal aus der Nähe ansehen kann. Falls Sie wissen, was ich damit sagen will.«

»Sie wissen alle, was du damit sagen willst«, fuhr ich ihn zischend an und wandte mich mit einem etwas schiefen Lächeln meiner jungen Freundin aus Australien zu. »Wie gesagt, er ist echt heiß.«

»Das freut mich.« Fröhlich prostete die junge Frau mir zu. »Bestellen Sie ihm doch bitte einen schönen Gruß von mir.«

Wo zum Teufel blieben meine Drinks? Ich brauchte dringend Alkohol.

»Okay, dann wäre das geklärt.« Kekipi ließ die Hände

auf den Glastisch krachen, und ich wandte mich ihm folgsam wieder zu. »Und auch wenn du mir natürlich auch noch alle schmutzigen Details erzählen musst, kommt es mir vor, als ob du nicht ganz glücklich wärst, mein junger Grashüpfer. Was ich beim besten Willen nicht verstehen kann. Also, was ist los?«

Obwohl ich hier mit einem schwulen Hawaiianer hockte, der mich auf die weltbesten Mai Tais in eine schicke Poolbar eingeladen hatte, kam es mir beinah so vor, als säße ich daheim mit Amy auf der Couch. Denn obwohl sich seinetwegen immer noch die halbe Bar über mein Liebesleben unterhielt, empfand ich das Zusammensein mit ihm als derart angenehm, dass ich ihm wirklich alle Einzelheiten von der Sache zwischen mir und Nick verriet.

»Es ist einfach seltsam.« Dankbar schnappte ich mir meinen Drink, verschlang das Stückchen Ananas und leerte dann das halbe Glas in einem Zug. Natürlich durfte ich mich keinesfalls betrinken. Denn in knapp zwölf Stunden müsste ich zwei echte Models ablichten. Doch ein, zwei Drinks würden mich vielleicht so weit beruhigen, dass ich schlafen könnte, käme ich in ein, zwei Stunden wieder heim.

»Ich hatte wirklich kein Interesse an dem Kerl. Bei dem Dinner Montagabend fand ich ihn zwar durchaus attraktiv, aber vor allem schrecklich arrogant, und mit Arroganz hat man bei mir noch nie etwas erreicht.«

»Ich wünschte, so ginge es mir auch.« Kekipi trank erheblich langsamer als ich. »Weil meine Vorliebe für arrogante Typen ganz eindeutig eine Schwäche von mir ist. Doch im Grunde kann ich nichts dafür – denn schließlich bin ich schwul.«

»Heißt das, schwule Männer fahren nur auf arrogante Kerle ab?« Ich schob mein Glas ein Stückchen von mir fort, doch Kekipi schob es mir umgehend wieder hin.

»Trink. Und ja, natürlich heißt es das. Und jetzt sprich bitte weiter.«

»Also, wie gesagt, er hat mir nicht gefallen.« Wieder schob ich mir den Strohhalm in den Mund und sah mein Gegenüber unter dick geschminkten Lidern hervor an. »Das heißt, okay, ich fand ihn heiß. Denn natürlich war mir klar, dass er ein heißer Typ ist, aber trotzdem hatte ich nicht sofort irgendwelche Absichten.«

Ich hob die Hände hoch, um das Wort Absichten auch visuell mit Gänsefüßchen zu versehen, ließ sie aber wieder sinken. Weil nur Tess so etwas tat.

»Aber irgendwann hast du anscheinend doch bestimmte Absichten gehabt.« Statt meiner machte er die Gänsefüßchen in der Luft. »Und wie kam es zu dem Sinneswandel?«

»Vielleicht lag es einfach daran, dass bei mir zu Hause in der letzten Woche alles schiefgelaufen ist«, erklärte ich. Womit der Verlust von meinem Job, die Nacht mit meinem bisher besten Freund, meine Offenbarung, dass ich ihn bereits seit Jahren liebe, seine Offenbarung, dass er diese Liebe nicht erwidert, die Erkenntnis, dass er etwas mit der schrecklichen Vanessa hatte, mein Entschluss, mich selber als Vanessa auszugeben und ihr ihren Job zu klauen, erst mal hinlänglich beschrieben waren. Einzelheiten waren sicher nicht erforderlich.

»Und ich weiß nicht – irgendwas an diesem Kerl hat mich einfach gereizt. Und als ich plötzlich ausgerastet bin, war er zufällig in der Nähe, und ich habe ihn spontan geküsst.«

»Du hast ihn spontan geküsst?« Kekipis lautes Quietschen machte deutlich, dass er keinerlei Interesse daran hatte, dem Stereotyp des Schwulen nicht zu entsprechen, weil er mit sich selbst und seiner Sexualität völlig im Reinen war. »Einfach so? Du hast ihn einfach so geküsst?«

»Ja.« Wahrscheinlich war mir deutlich anzuhören, dass ich selbst davon noch überraschter war als er. Denn schließlich saß ich hier mit einem Mann, dem ich vor drei Tagen zum ersten Mal begegnet war, und alles, was er bisher sicher von mir wusste, war, dass ich mit einem völlig Fremden, zu dem ich im Grunde nur eine berufliche Beziehung haben sollte, ein Verhältnis angefangen hatte und sehr gerne Cheetos aß. Anscheinend war ich als Vanessa-Double ein Naturtalent.

»Und wie ging's dann weiter? Warum ist das ein Problem? Warum sagst du, dass die Situation total verfahren ist?«

»Weil es dabei nur um Sex geht«, stieß ich mühsam aus. Ich würde sicher nie verstehen, wie es jemals dazu gekommen war. »Etwas, was gelegentlich auf Dienstreisen passiert. Es geht dabei ausschließlich um den Spaß.«

»Aber du magst ihn doch.« Kekipi sah mich fragend an.

»Keine Ahnung.« Ich bemühte mich um größtmögliche Ehrlichkeit. »Denn ich bin bereits in jemand anderen verliebt.«

»Ah.« Er fuhr zusammen. »Ich verstehe.«

»Und ich bin mir ziemlich sicher« – Ich stieß einen abgrundtiefen Seufzer aus und trank den Rest von meinem Drink. Der praktisch nur aus Saft bestand. Weil der Alkohol fast nicht zu schmecken war –, »dass auch zwischen Nick und Paige was läuft.«

»Und warum denkst du das?« Seine sorgenvolle Miene sah genau wie die von Amy aus. Halb *ich höre zu* und halb *oh, Tess, drehst du jetzt völlig ab?* »Denn schließlich muss nicht unbedingt was zwischen ihnen laufen, nur weil sie jetzt gerade beide nicht zu Hause sind.«

»Nein, natürlich nicht, aber sie hat mir rundheraus erzählt, dass sie die Absicht hat, ihn rumzukriegen, und dann habe ich gesehen, wie sie zusammen in das Boot gestiegen sind. Und ich bin mir ziemlich sicher, dass er sogar dich flachlegen würde, wenn sonst niemand in der Nähe wäre, der Interesse hätte. Womit ich dir selbstverständlich nicht zu nahe treten will.«

»Das tust du nicht«, versicherte er mir. »Dann hat Paige also etwas für Mr. Miller übrig? Aber das heißt nicht, dass Mr. Miller auch für sie was übrig hat. Bestimmt hatten sie gerade einfach irgendwas … zu tun.«

»Irgendwas zu tun?« Ich zog eine meiner Brauen hoch genug, dass sie mit dem Mond zusammenstieß.

»Irgendetwas anderes«, schränkte Kekipi ein. »Irgendetwas, was mit ihrem Job zu tun hat oder so. Aber das, was wirklich zählt, ist deine Eifersucht, als du die zwei zusammen hast fortgehen sehen.«

Ich zuppelte ein Klümpchen Mascara aus meinem Augenwinkel, schüttelte den Kopf und zuckte zur Verstärkung dieser Geste mit den Achseln. »Von Eifersucht habe ich nichts gesagt.«

»Das musstest du auch nicht. Das war dir nämlich deutlich anzusehen.« Er schnurrte wie die Katze, die über die Sahne oder den Kanarienvogel hergefallen war. Oder die sich erst den Bauch mit feinem Vogel vollgeschlagen hatte und zum Nachtisch noch am süßen Rahm gewesen war. »Obwohl es also nur um Sex geht und du einen anderen liebst, missfällt dir der Gedanke, dass er es auch noch mit einer anderen treibt.«

»So ist es nicht«, erklärte ich, obwohl es eindeutig so war.

»So ist es sogar ganz bestimmt.« Er zog die Schultern hoch und fuhr entschlossen fort: »Aber was hat Paige genau zu dir über ihn gesagt?«

»Dass sie ihn mag, obwohl sie ihn für einen Weiberhelden hält, und dass ich ein schlechter Mensch bin, weil ich mit ihm schlafe, obwohl sie was von ihm will«, erklärte ich. »Okay, das Letzte habe ich hinzugefügt.«

Der Ober kam zurück an unseren Tisch geschlendert, riss den Mund zu einem lauten Gähnen auf und nahm mein leeres Glas.

»Könnte ich wohl noch einen bekommen? Falls Sie gerade nicht zu sehr beschäftigt sind?«, fragte ich in möglichst nettem Ton.

Er sah erst mich und dann Kekipi an und machte wortlos kehrt.

»Die Kellner hier sind echte Arschlöcher«, sagte Kekipi laut genug, damit der Kerl ihn noch verstand. Doch noch immer zeigte er nicht die geringste Reaktion. Er war also anscheinend total zugedröhnt, erschreckend unhöflich oder einfach total bekloppt. »Aber sie haben einfach die besten Cocktails, und sobald wir beide halbwegs angeschickert sind, gehen wir in die fürchterliche Kneipe auf der anderen Straßenseite und machen beim Karaoke mit.«

»Ich kann mich heute Abend nicht betrinken«, sagte ich mit einem leichten Schluckauf, demzufolge ich schon jetzt nicht mehr ganz nüchtern war. »Weil ich morgen bei dem Shooting möglichst fit sein muss.«

»Das wirst du auch. Denn ich werde nicht zulassen,

dass du dich völlig wegbeamst«, versprach mir Kekipi. »Aber erst einmal zurück zu dir – in was für einen anderen Kerl bist du daheim verliebt?«

»Dann denkst du also nicht, dass ich ein schlechter Mensch bin, weil ich mit ihm schlafe, obwohl Paige schon länger etwas von ihm will?«

»Wir sind nicht mehr im zehnten Schuljahr, also ist das meiner Meinung nach total egal. Die zwei sind nicht zusammen, weshalb weder du noch er die gute Paige betrogen hat.« Er klopfte mir mit seinen Knöcheln an die Stirn. »Und vor allem, wenn ein derart heißer Typ mich angebaggert hätte – und du kannst mir glauben, dass er dich am Montagabend wirklich heftig angebaggert hat, denn ich war schließlich dort und habe alles mitbekommen –, also, wenn ein solcher Typ mich angebaggert hätte, hätte mich ein Laster überfahren müssen, um mich davon abzuhalten, schnellstmöglich mit ihm ins Bett zu gehen.«

Trotzdem konnte ich mich des Gedankens nicht erwehren, dass ich Paige verraten hatte. Mir war klar, sie würde total sauer auf mich sein, vor allem nachdem die richtige Vanessa schon mit ihrem Ex im Bett gelandet war.

So gut hätte ich die Rolle meiner Mitbewohnerin wahrscheinlich gar nicht spielen sollen.

»Erzähl mir mehr von diesem anderen Typen, den du liebst. Ich gehe davon aus, dass es zwischen euch kein Happy End gegeben hat?« Kekipi trank den Rest seines Cocktails, als der Kellner mit den frischen Gläsern für uns kam, und hielt ihm das geleerte wortlos hin. Der Ober nahm es, wandte sich dann aber nicht zum Gehen, sondern starrte uns durchdringend an.

»Alles in Ordnung?«, fragte ich. Er sah aus, als hätte gerade jemand sein geliebtes Haustier überfahren.

»Ich bräuchte, hm, noch eine Karte oder so?« Er streckte seine freie Hand aus und blickte mich fragend an. »Und, uh, wollen Sie noch was essen?«

»Nein, wir wollen nichts essen, und hier haben Sie eine Karte.« Lässig reichte ihm Kekipi eine schwarze Amex und verscheuchte ihn von unserem Tisch. »Ich hasse es, zu solchen Leuten unhöflich zu sein – weil ich selber auch schon Kellner war –, aber ich habe wirklich Angst, dass dieser Kerl seine Medikamente nicht genommen hat.«

Lachend überlegte ich, wie viele Ober auf Oahu eine schwarze Amex hatten, nickte aber zustimmend.

»Also, erst einmal zurück zu unserem eigentlichen Thema, und zwar etwas wiki wiki, wenn ich bitten darf.« Er klatschte in die Hände. »Im Vergleich zu Nick, wie heiß ist dieser andere Kerl? Und welcher Art ist die Beziehung, die ihr beiden habt?«

»Er ist auf jeden Fall genauso heiß wie Nick. Wenn auch auf eine andere Art. Ja, genau, auf eine andere Art.« Es fiel mir wirklich schwer, die beiden zu vergleichen. Nick war Feuer, Körper und totale Frustration, während Charlie … nun … mein Ein und Alles war. »Wir sind schon seit Jahren supergut befreundet, und ich liebe ihn schon, seit ich auf dem College war. Vor einer Woche haben wir's zum ersten Mal getan, ich habe ihm gesagt, dass ich ihn liebe, er hat mir erklärt, dass ich sein bester Kumpel bin, und dann habe ich noch herausgefunden, dass mal etwas zwischen ihm und meiner Mitbewohnerin gelaufen ist.«

Mit wem genau ich eine Wohnung teilte und wie unsere Beziehung war, erzählte ich Kekipi lieber nicht.

»Hmm, das ist natürlich hart.« Er lehnte sich auf seinem Stuhl zurück und spitzte seine vollen Lippen. »Aber es klingt so, als ob der Typ ein echter Mistkerl wäre. Deshalb solltest du vielleicht so tun, als ob du schwanger wärst, damit Nick dich heiratet.«

»Das ist ein wirklich guter Tipp.« Ich nickte lächelnd. »Und mit dem Mistkerl hast du völlig recht. Obwohl der heiße Nick aus meiner Sicht ein ebensolcher Mistkerl ist.«

»Natürlich ist er das. Wenn er irgendwo dem Stamm der Mistkerle begegnen würde, würden sie ihn umgehend zu ihrem König machen.« Er wies auf mein volles Glas, und dankbar schob ich mir den Strohhalm in den Mund. »Aber, und das sage ich, weil ich dich gerne habe, irgendwie klingt das für mich, als litte deine Vagina schon ewig unter fürchterlicher Einsamkeit. Als bräuchte sie ganz dringend einen Freund. Der dir zumindest in den nächsten Tagen in Gestalt des heißen Nick doch sicher gerne zur Verfügung steht.«

»Meine Amy wäre völlig deiner Meinung.« Als ich lachte, stellte sich der nächste Schluckauf ein. Was mixten sie auf dieser Insel bloß in ihre Drinks? »Du erinnerst mich einfach total an sie.«

Bei diesen Worten spähte ich in meine Tasche und entdeckte, dass auf meinem iPhone in der Zwischenzeit die dritte Nachricht meiner Freundin eingegangen war. Am liebsten hätte ich sie umgehend zurückgerufen, doch das hätte sich Kekipi gegenüber sicher nicht gehört. Von meinen ständigen Bemühungen, es immer allen recht zu machen, platzte mir wahrscheinlich irgendwann der Kopf.

Ich legte meine Tasche wieder auf den Tisch und wandte mich entschlossen wieder meinem schwulen Gegenüber zu. Denn Amy würde es auf jeden Fall verstehen, wenn ich sie erst am nächsten Morgen anrufen würde.

»Habe ich vielleicht etwas nicht mitbekommen? Willst

du damit etwa sagen, dass der beste Freund, von dem du mir erzählt hast, eine beste Freundin ist?«, fragte er in sorgenvollem Ton.

»Nein, ich hatte einfach neben meinem bisher besten Freund auch immer eine beste Freundin. Die mir wenigstens geblieben ist.« Inzwischen war ich von den Dingen, die ich sagte, völlig überzeugt. Die Cocktails waren wirklich toll. »Sie ist einfach ein wunderbarer Mensch, und ich liebe sie total.«

»Du liebst anscheinend alle Menschen. Würde mich nicht wundern, wenn du mir gleich einen Antrag machen würdest.« Lachend ruderte Kekipi mit den Armen durch die Luft.

»Nach dem nächsten Cocktail ganz bestimmt«, erklärte ich. »Und jetzt erzähl mir mehr von dieser Karaokebar.«

Während drei japanische Touristen fröhlich eins der Lieder von Adele verhunzten, brüllte ich Kekipi an: »Weißt du schon, was du singen willst?«

Die Karaokebar hielt voll und ganz, was mir versprochen worden war. Sie war schummrig, schmutzig, und vor allem wurde vierundzwanzig Stunden täglich irgendwelches Fast Food dort serviert. Denn auch wenn mir vorläufig mein Daiquiri mit gefrorener Ananas genügte, war es gut zu wissen, dass es höchstens fünf Minuten bis zum nächsten Burger waren.

»Keine Ahnung«, heulte er. »Ich will auf alle Fälle nicht wie das Klischee des schwulen Hawaiianers rüberkommen.«

»Und wie willst du rüberkommen?«

»Möglichst glamourös, wie sonst?«

»Das ist natürlich kein Klischee«, stellte ich mit einem

leichten Grinsen fest. »Hau einfach einen Cher-Song raus, dann hast du's hinter dir.«

Ich ließ ihn grübeln und stand auf, um mich ein wenig in der – zugegebenermaßen ziemlich kleinen – Kneipe umzusehen. Ich zog an meinem leuchtend pinkfarbenen Strohhalm, nickte mit dem Kopf im Rhythmus der Musik und zwängte mich vorbei an einer Horde Amis, die versuchten, ihren Sonnenbrand mit literweise Bier zu löschen, einem Trupp natürlich nicht verbrannter, junger Kerle aus Australien, die sich gut gelaunt mit ein paar Einheimischen unterhielten, sowie einer Gruppe von Japanern, die in Anzügen und wenigstens gelockerten Krawatten vor der riesengroßen Tafel mit den Texten standen und es kaum erwarten konnten, noch erfolgreicher als ihre Landsleute, die gerade auf der Bühne standen, einen Song zu massakrieren. Abgesehen von den Karaokeprofis sah ich unzählige Männer in Hawaiihemden herumsitzen und -stehen. Und ich hatte gedacht, das wäre nur im Fernsehen so.

Ich zog am Saum meines Kleids, bauschte mir die Locken auf und nahm auf einem leeren Hocker an der Theke Platz. Weil ich müde und anscheinend doch ein wenig angetrunken war.

»Aber nur ein bisschen«, sagte ich zu der vorbeigehenden Bedienung mit der hübschen blauen Blüte hinter einem Ohr. Was hatte Nick zum Thema Blumen noch einmal gesagt? Ich wusste es nicht mehr. Aber im Grunde war es auch egal. »Was weiß der schon?«

»Wer?« Urplötzlich saß ein ungewöhnlich großer, ungewöhnlich blonder und – wenn man auf muskulöse, durchtrainierte Surfer-Typen abfuhr – ungewöhnlich attraktiver Bursche auf dem Hocker neben mir.

»Na, Nick. Er hält sich für entsetzlich schlau.« Ich stocherte mit meinem Strohhalm auf dem Grund von meinem Glas. »Er denkt anscheinend, dass er alles weiß.«

»Aha.«

Ich musterte den Kerl verstohlen von der Seite und versuchte rauszufinden, ob er nur dem Aussehen nach oder tatsächlich aus Australien kam.

»Und wer ist dieser Nick?«

Ja, genau, ich konnte deutlich hören, dass er aus Down Under kam. Und ich hatte schon in London eine leichte Schwäche für Australier gehabt. Denn sie waren fast alle groß und wunderschön. Was mir anders als die Tatsache, dass sie anscheinend keinerlei Interesse an mir hatten, wirklich gut gefiel.

»Ein Blödian. Aber egal.«

»Bestimmt ist er ein Blödian.« Mein neuer Kumpel gab mir seine große, starke Hand, und ich versuchte, nicht zu kichern, als ich sie ergriff. »Ich bin Owen.«

»Und ich bin … Vanessa?«

»Hast du dir den Namen gerade ausgedacht?«, erkundigte sich Owen, während er dem Mann hinter der Bar ein Zeichen gab. »Es klingt, als ob du dir nicht wirklich sicher wärst.«

»Natürlich bin ich das.« Ich schüttelte so nachdrücklich den Kopf, dass ich beinah vom Hocker fiel und mich hustend wieder auf das Lederpolster schob. »Natürlich heiße ich Vanessa. Wie denn sonst?«

»Okay.« Er wandte sich mir zu und stützte einen seiner stark gebräunten Ellenbogen auf dem Tresen ab. »Und was trinkst du da?«

»Schmeckt wirklich super.« Schlürfend saugte ich auch noch den letzten Rest von meinem Cocktail durch den

Strohhalm und gab traurig zu: »Nur leider weiß ich nicht mehr, wie es heißt.«

Owen nahm das Glas und kippte sich den letzten Tropfen in den Hals. Der durchdringende Blick, mit dem er mich bedachte, rief aber ein leises Unbehagen in mir wach. Weil ich einfach keine Ahnung hatte, was ich sagen sollte, wenn ich neben einem attraktiven Fremden saß. Wo war Amy, wenn ich sie mal brauchte? Ohne mich daheim in England. Was mal wieder zeigte, dass sie eine fürchterliche Egoistin war.

»Ananas-Daiquiri, köstlich. Darf ich dir einen spendieren?«, riss der attraktive Owen mich aus meinen neuerlichen Grübeleien. Seine blauen Augen waren fast so schön wie die von Nick. Und er war bestimmt kein solcher Blödian. Wahrscheinlich nicht. Oder womöglich doch? Denn im Grunde waren fast alle Männer …

Owen beugte sich ein wenig dichter zu mir vor. »Vanessa?«

»Ja, genau.« Ich pikste ihn mit einem Finger an. »So heiße ich.«

»Okay.« Trotz seines leicht besorgten Blicks wandte er sich abermals dem Barkeeper zu, bestellte dort zwei weitere Daiquiris und sah mich dann wieder an. »Also, was hat dich nach Hawaii geführt, Vanessa?«

Aus irgendeinem Grund fand ich es furchtbar witzig, dass hier dieser große, stramme Surfer saß und mich Vanessa nannte. Ich fing an zu kichern und es dauerte einen Moment, bis ich zu einer Antwort in der Lage war.

»Ich bin Fotografin«, meinte ich und blickte ihn mit einem einnehmenden Lächeln an. Das hieß, ich hoffte, dass mein Lächeln diese Wirkung hätte, denn womöglich hatte ich inzwischen meinen Lippenstift auf meinen beiden

Zahnreihen verteilt. »Und ich mache Aufnahmen für eine Zeitschrift.«

»Wahnsinn.« Er bezahlte unsere zwei Erwachsenen-Eistees und schob sich das Haar hinter die – äußerst wohlgeformten – Ohren. »Dann bist du also keine Surferin?«

»Nein, ich bin keine Surferin«, bestätigte ich ihm.

»Aha.« Er atmete tief durch die Nase ein und langsam wieder aus. »Ich bin Surfer. Jage andauernd den Wellen hinterher. Wobei Waikiki die weltbesten Wellen hat.«

»Ist nicht das beste Surfgebiet im Norden?«, fragte ich, auch wenn ich keine Ahnung hatte, wie ich darauf kam. »Und sollte man dort nicht lieber im Winter surfen gehen?«

»Uh, nee, hier unten ist es ganz eindeutig besser.« Owen schob mein Glas in meine Richtung, hob sein eigenes Glas zu einem Toast und meinte: »Auf Hawaii.«

»Auf Hawaii.« Ich prostete ihm zu und überlegte fieberhaft, woher mein ausgeprägtes Surfer-Wissen kam. Vielleicht aus *Gefährliche Brandung?* Charlie liebte diesen Film, doch obwohl auch ich total begeistert davon war, schied er als Quelle aus.

»Und auf neue Freunde«, fügte er hinzu und nahm den ersten großen Schluck des quietschgelben Getränks. »Himmel, ist das kalt.«

»Oh, das ist mein Freund.« Mit einem Mal war ich hellwach und zeigte aufgeregt nach vorne, als Kekipi auf die Bühne trat.

»Dein *Freund*?« Owen zog besorgt die Braue hoch. Die blond, gepierct und wirklich sexy war.

»Nicht diese Art von Freund.« Ich sah ihn an, als wäre er ein bisschen langsam von Begriff. Und stellte fest, dass er das offenbar tatsächlich war. »Was ja wohl offensichtlich ist.«

»Und warum sollte es das sein?«

Erst als Kekipi juchzte: »Whitney Houston, tot, doch unvergessen«, ehe er erstaunlich schön *I'm Every Woman* sang, schien Owen zu verstehen.

»Ah, darum. Ist er schwul?«

»Schwul wie eine Schwalbe.«

Wieder wirkte er verwirrt. »Sind denn Schwalben schwul?«

»Keine Ahnung.« Ich warf einen Blick in meinen lächerlichen gelben Drink und hatte plötzlich das Bedürfnis, jeder Form von Alkohol und anderen Drogen abzuschwören. »Als ich das gesagt habe, kam es mir richtig vor.«

»Wahrscheinlich so wie das, was du über das Surfen weißt«, stellte er mit einem ekelhaft herablassenden Lachen fest, und ehe ich mir überlegen konnte, was ich von dem Lachen halten sollte, legte er mir seine freie, große braune Pranke auf das nackte Bein.

Langsam wanderte mein Blick von seiner Pranke über seinen muskulösen Arm und seine breite Brust, die in einem viel zu engen T-Shirt steckte, bis hinauf in sein Gesicht.

»Stimmt's, Vanessa?«

Ich atmete tief durch. Denn plötzlich fiel es mir entsetzlich schwer, noch halbwegs klar zu denken. Dabei hatte ich bisher noch kaum etwas getrunken oder konnte mich zumindest nicht daran erinnern, wie viel Alkohol ich bisher genossen hatte. Vielleicht hatte ich einfach den Überblick verloren, während ich mich mit Kekipi über Jungen unterhalten hatte. Denn als er von seinem Ex, dem männlichen Burlesk-Tänzer, berichtet hatte, hatten wir die aufkommende Trauer mit ein paar Tequilas weggespült.

»Vanessa.« Owen drückte meinen Schenkel so weit oben, dass mir etwas unbehaglich wurde. »Lass uns austrinken und abhauen. Denn dein Kumpel kommt doch sicherlich auch ohne dich zurecht.«

Ich war hin- und hergerissen. Tess würde jetzt unter irgendeinem Vorwand auf dem Klo verschwinden und versuchen, sich von dort aus heimzuschleichen, ohne dass der Kerl sie sah. Und auch Vanessa würde jetzt wahrscheinlich auf dem Klo verschwinden, dort dann aber ihren Slip ausziehen, um ihm die Arbeit auf der Rückbank irgendeines Taxis zu ersparen.

»Ich fühle mich nicht gut.« Graziös wie ein bekiffter Affe rutschte ich von meinem Hocker, kämpfte mich durch das Gedränge bis auf die Toilette, wühlte dort in meiner Tasche zwischen Lippenbalsam, Kaugummis und alten Quittungen und brach mir einen bereits abgekauten Fingernagel ab, bis ich endlich mein iPhone fand. Inzwischen hatte Amy viermal angerufen. Eilig trat ich durch die Tür einer Kabine, nahm auf dem Toilettendeckel Platz und drückte auf den Kurzwahlknopf. Denn ich musste einfach ihre Stimme hören.

»Verdammt noch mal!«, schrie sie mich an. »Ich dachte, du wärst tot!«

Vielleicht musste ich sie doch nicht hören.

»Was hast du den ganzen Tag gemacht? Du hättest dich regelmäßig bei mir melden sollen!« Sie legte nicht mal eine Atempause ein. »Was ist los? Sitzt du im Knast?«

»Ich sitze auf dem Klo in einer Karaokebar«, erklärte ich im Flüsterton. Weil schließlich die Gefahr bestand, dass Owen käme, um nach mir zu sehen. »Weshalb denkst du, dass ich im Gefängnis sitze? Geht's dir gut?«

»Und warum höre ich kein Karaoke?« Amy wollte offenbar erst Antworten auf ihre eigenen Fragen haben, ehe sie mir Antworten auf meine Fragen gäbe. »Hmm?«

»Weil ich auf der Toilette bin?«, schlug ich vor.

»Tess Brookes, falls du es dir von einem Kerl besorgen lässt, während du mich an der Strippe hast, kriegst du richtig Streit mit mir.« Das Volumen und die Höhe ihrer Stimme hätte nicht mal Justin Bieber vor Beginn der Pubertät erreicht. »Du dreckiges Miststück, ruf mich einfach noch mal an, wenn du wieder alleine bist.«

»Ich lasse es mir nicht …« Das Ende dieses Satzes brachte ich beim besten Willen nicht heraus. »Ich bin einfach auf dem Klo. Und verstecke mich vor einem Mann. Weil mein Freund jetzt gerade auf der Bühne steht und Whitney Houston singt.«

»Dein Freund? Etwa der heiße Typ?«, hakte Amy voller Argwohn nach.

»Er ist schwul«, versicherte ich ihr.

»Der heiße Typ ist schwul?«

»Nicht dieser heiße Typ«, erklärte ich. »Obwohl er durchaus auch heiß ist.«

»Dann bist du also statt mit deinem eigentlichen heißen Typen jetzt mit einem Mal mit einem heißen schwulen Typen unterwegs?«

Ich war verwirrt.

»Weswegen dachtest du, ich würde im Gefängnis sitzen?« Ich presste mein Gesicht gegen die kalte Tür und seufzte wohlig auf. Die Kälte fühlte sich fantastisch an. Bis ich mich kurz darauf besann, dass ich auf der Toilette einer Kneipe saß. Die sicher ziemlich unhygienisch war.

Würgend fuhr ich mir mit einem Haufen Klopapier durch das Gesicht.

»Hm, wegen des Identitätsdiebstahls?«, rief sie mir in Erinnerung.

»Ich glaube nicht, dass man für so was ins Gefängnis kommt.« Mir wurde siedend heiß, und gleich darauf liefen mir kalte Schweißperlen über die Stirn. Igitt, igitt, igitt. »Schließlich habe ich keinen Kreditkartenvertrag auf ihren Namen abgeschlossen oder so.«

»Nein, du hast nur jede Menge Zeug von ihr geklaut und so getan, als wärst du sie, um einen Job zu kriegen«, stellte Amy fest. »Das war bestimmt total legal. Aber wie dem auch sei, erzähl mir alles ganz genau. Bring mich erst mal auf den neuesten Stand.«

»Tut mir leid, Aims, aber ich muss langsam wieder los.« Inzwischen musste ich mich dringend übergeben, und vor allem war ich sicher, dass mich Interpol mit einem Haftbefehl erwarten würde, käme ich gleich wieder in die Bar zurück.

Ach, könnte ich die Zeit nur kurz zurückdrehen. Zu dem Augenblick vor fünf Minuten, als mein einziges Problem ein notgeiler Australier ohne einen Funken Grips gewesen war. »Ich rufe später noch mal an.«

»Das machst du ja doch nicht. Also rede jetzt mit mir. Ich vermisse dich.«

»Wirklich, Amy.« Mit einem diskreten Würgen kniete ich mich auf den Boden und versuchte, mich in der Kabine umzudrehen. Was ähnlich einfach wie das Wenden eines Panzers in einer der alten roten Telefonzellen in London war. »Ich muss jetzt wirklich los. Ich liebe dich und rufe dich auf jeden Fall nachher noch einmal an.«

Es gelang mir gerade noch, das iPhone wieder in die Handtasche zu stecken und mein Haar in meinem Nacken festzuhalten, ehe sich ein vielfarbiger Schwall aus meinem Rachen in die zwischenzeitlich offene Kloschüssel ergoss. Keuchend lehnte ich mich an die Tür, griff nach ein paar Stücken Klopapier und tupfte damenhaft an meinem Mund herum. Sogar mein Erbrochenes war neongelb.

»Ich weiß von Nick, wo man auf Oahu am besten surfen kann«, erklärte ich dem kleinen weißen Plastikhalter, der das Klopapier enthielt. »Er hat es mir vorhin am Wasserfall erzählt.«

»Natürlich hat er das«, gab der Toilettenpapierspender angenervt zurück. »Denn schließlich gibt es nichts, was Nick nicht weiß.«

»Genau«, stimmte ich zu und hoffte nur, der Plastikhalter mache sich genauso über diesen Typen lustig wie ich selbst. Denn mir hätte gerade noch gefehlt, dass dieser tote Gegenstand, mit dem ich sprach, auf seiner Seite war. Doch er antwortete mir nicht noch einmal.

Also beugte ich mich abermals nach vorne, spie den nächsten neongelben Schwall in die Toilettenschüssel, rappelte mich mühsam auf, trat vor das Waschbecken, spülte mir kurz den Mund mit Wasser aus und nickte auf dem Weg nach draußen einer Hawaiianerin zu, die mich verwundert ansah.

»Mahalo«, flüsterte ich leise und ging wieder in die Bar, in der mein schwuler Freund noch immer auf der Bühne stand. Ich fand, er machte seine Sache ziemlich gut, die anderen Gäste aber wirkten nicht sehr angetan. Aber schließlich stand er auch seit über einer Viertelstunde auf der Bühne, sang bereits den dritten Song und würde freiwillig wohl so schnell nicht wieder abtreten.

»He, Vanessa.«

Jemand packte mich am Arm.

»Ich dachte schon, du hättest dich klammheimlich aus

dem Staub gemacht.« Owen lockerte den Griff um meinen Arm ein wenig, hatte aber offenbar nicht vor, mich jemals wieder loszulassen. »Was hast du gemacht?«

»Gekotzt«, erklärte ich, und endlich zog er seine Hand zurück. »Am besten fahre ich langsam heim.«

Es war faszinierend zu verfolgen, wie er mit sich rang. Er saß noch immer an der Theke, und auf seinem hübschen, wenn auch etwas dümmlichen Gesicht spiegelte sich deutlich der innere Kampf, den er nach diesen Worten mit sich focht. Es war schon ziemlich spät, es saßen kaum noch andere Mädchen an der Bar, er hatte mir schon einen Drink spendiert und, wenn ich ehrlich war, hatte ich ihm anfangs durchaus Hoffnungen gemacht. Doch inzwischen hatte ich meinen Daiquiri wieder ausgespuckt.

Was würde er jetzt tun?

»Verdammt, was soll's, lass uns trotzdem zu mir fahren.« Abermals packte er meinen Arm und sprang entschlossen auf. »Komm mit.«

»Ich habe aber keine Lust.« Ich schüttelte die Pranke ab. »Also lass mich los.«

»Die junge Dame hat gesagt, du sollst sie loslassen!« Die laute Stimme, die das rief, wurde von den Klängen eines Keyboards, das *I Don't Know How to Love him* spielte, untermalt. »Lässt du sie freiwillig los, oder muss ich rüberkommen?«

»Ja, genau.« Owen stieß ein wenig attraktives Lachen aus. »Schwul wie eine Schwalbe.«

»Was hast du gesagt?« Kekipi warf das Mikro fort und stürzte durch die Kneipe auf ihn zu. Ehe der fast eins neunzig große Surfer reagieren konnte, hatte ihn der einen Meter sechzig kleine Manager von Bennetts Anwesen bereits gegen die Theke krachen lassen, hielt ihn wenig sanft mit einer Hand am T-Shirt fest und rammte ihm die andere kraftvoll ins Gesicht.

»Im Grunde war das meine Schuld.« Ich versuchte, mich zwischen die beiden Kämpfenden zu schieben, ehe es zu schlimmeren Blessuren kam. »Ich habe das zuerst gesagt. Das habe ich von meiner Oma. Tut mir leid.«

»Keine Sorge, Schätzchen, der Vergleich ist einfach süß.« Kekipi ließ von Owen ab, der sich vollkommen ermattet auf den Boden sinken ließ, hakte sich entschlossen bei mir ein, und während abgesehen von A. L. Webbers Soundtrack plötzlich ehrfürchtige Stille in der Kneipe herrschte, schlenderten wir fröhlich Richtung Tür. »Was hältst du von McDonald's? Ich bin völlig ausgehungert.«

»Ich habe mich eben gerade übergeben.« Ich bemühte mich zu flüstern, konnte aber das Volumen meiner Stimme irgendwie nicht kontrollieren. »Aber trotzdem klingt McDonald's gut.«

»Meinetwegen kann die blöde Schwuchtel diese alte Hexe haben«, hörte ich den Aussie, der noch immer auf dem Boden hockte, murmeln. Eilig legte ich Kekipi beide Hände auf die Schultern, um ihn zu beruhigen, drehte mich noch einmal um, marschierte durch den Raum und verpasste Owen einen möglichst harten, gut gezielten Tritt. Worauf die ganze Bar zusammenfuhr.

»Das ist von der alten Hexe. Und du kannst von Glück reden, wenn dir die blöde Schwuchtel nicht gleich auch noch mal eine verpasst.« Ich drapierte meine Haare über einer Schulter, machte auf dem Absatz kehrt und freute mich, als ich die ehrliche Bewunderung im Blick der blöden Schwuchtel sah. »Und jetzt geht's zu McDonalds's, ja?«

15

Ich saß bequem im Fond der großen schwarzen Limousine, blickte durch das Fenster auf den sternenübersäten Himmel und die wunderschöne Küste von Hawaii und machte mich genüsslich über eins meiner zwei McChicken-Sandwichs her, als Kekipi urplötzlich im Schlürfen seines Erdbeermilchshakes innehielt, den leeren Karton seines Bananenpies zusammenfaltete und mich damit bewarf.

»Vanessa Kittler?«

»Ja?«

»Du bist mir der mit Abstand liebste Mensch, der je auf unserem Anwesen zu Gast gewesen ist«, verkündete er feierlich. »Obwohl du gerade erst hier angekommen bist, hast du schon einen wirklich heißen Typen flachgelegt, einem anderen heißen Typen einen Tritt in seine Kronjuwelen verpasst und dir durch das Fenster einer fahrenden Limousine fast die Seele aus dem Leib gekotzt. Das heißt, du bist ein echter Superstar. Den ich auf jeden Fall bei Facebook adden werde.«

»Was ein bisschen schwierig werden dürfte, weil ich nämlich nicht auf Facebook bin«, log ich so mühelos, dass ich es fast selbst glaubte. »Denn ich hasse dieses Zeug.«

»Du bist auf jeden Fall ein Superstar«, stellte er mit überzeugter Stimme fest. »Ich wünschte, ich hätte deinen Lebenshunger.«

»Und ich wünschte, du hättest meinen Appetit auf Fast

Food«, knurrte ich und schob den nächsten Bissen meines Sandwichs in mich rein. »Bis ich wieder nach Hause komme, werde ich zehn Kilo schwerer sein. Es ist gerade einmal drei Minuten her, dass ich mich übergeben habe – warum also esse ich schon wieder etwas?«

Aber falls es falsch war, sich erst zu betrinken und dann Fast Food in sich reinzustopfen, war mir das im Augenblick total egal.

»Es ist nicht so, als hätte ich ein schlechtes Leben.« Nachdenklich starrte Kekipi durch das Fenster in die Dunkelheit hinaus. »Ich liebe meinen Job und mein Zuhause, und ich singe supergerne Karaoke, bis die Leute anfangen, mich auszubuhen. Aber weißt du, trotzdem wünschte ich, ich hätte mehr aus mir gemacht. Wünschte, ich wäre auch nur annähernd so selbstbewusst wie du.«

»Wie ich?« Ich hörte auf zu essen und sah über meine Schulter. Weil er ganz bestimmt mit jemand anderem sprach.

»Auf jeden Fall.« Er sah mich an, als ob die Dinge, die er sagen wollte, offensichtlich wären. »Du jettest durch die Welt, machst Aufnahmen an glamourösen Orten, suchst dir einen attraktiven Lover hier, einen attraktiven Lover dort, und noch während du zu Hause unter fürchterlichem Herzschmerz leidest, taucht am Horizont bereits die nächste große Liebe auf. Du bist witzig, clever und echt süß, wenn du dich auch nur annähernd bemühst. Wenn man dazu noch den Tritt nimmt, den du diesem Typen in der Bar verpasst hast, bist du eine wirklich tolle Frau. Du könntest Grace sein und ich Will. Oder, wenn wir ein paar neue Schuhe für dich kaufen würden, könntest du auch meine Carrie und ich dein Stanford sein.«

»Das ist das Netteste, was je ein Mensch zu mir gesagt

hat«, stieß ich schniefend aus. Denn es war wirklich wahr. Nur schade, dass das alles vollkommener Schwachsinn war. »Obwohl ich in Wahrheit fast das ganze Jahr lang ein stinklangweiliges, vollkommen normales Mädchen bin, das in der Küche vor dem Kühlschrank steht und Streichkäse-Ecken isst, weil sie sich nicht entscheiden kann, was sie zum Abendessen machen soll.«

»Streichkäse-Ecken habe ich noch nie gegessen. Und ich kann mir auch nicht vorstellen, dass ich das je will. Trotzdem hätte ich noch eine Frage.«

Sollte es tatsächlich einen Menschen geben, der ohne Streichkäse-Ecken groß geworden war?

»Und die wäre?«

»Warum hast du diesen Typen aus der Karaokebar nicht abgeschleppt? Denn abgesehen davon, dass der Kerl ein potenzieller Vergewaltiger und gleichzeitig ein homophobes Arschloch war, fand ich ihn wirklich heiß.«

»Haben diese beiden Gründe nicht gereicht?«

»Hätte mich ein solches Sahneschnittchen angebaggert, hätten wir uns gar nicht lange genug unterhalten, um herauszufinden, dass wir nicht in allen Dingen einer Meinung sind«, stellte Kekipi achselzuckend fest. »Ich habe mitbekommen, dass du mit dem Typen gesprochen hast. Warum bist du nicht über ihn hergefallen wie der sexbesessene Panther, der du schließlich bist?«

»Zum einen bin ich in Bezug auf Sex nicht unbedingt ein Panther, sondern eher ein Faultier, und zum anderen kann ich dir nicht sagen, warum ich urplötzlich auf Distanz gegangen bin. Irgendetwas an dem Kerl hat mich gestört. Ich bin wahrscheinlich einfach nicht die Art von Frau, die sich in einer Bar von einem fremden Mann aufreißen lässt.«

»Weil dein Herz noch immer an dem netten jungen Mann zu Hause hängt?«

»Ich weiß es nicht.« Ich dachte kurz an Charlie, und mir wurde abermals ein bisschen schlecht.

»Oder weil dein Herz an Mr. Miller hängt?«

»Keine Ahnung.« Das Gefühl der Übelkeit verstärkte sich.

»Interessant.« Mein schwuler Freund nahm einen Schluck aus seinem Riesenbecher Diet Coke und wackelte bedeutsam mit den Brauen.

»Oder eher grottendämlich«, stöhnte ich und schob mir unglücklich den Rest des Sandwichs in den Mund.

Mitten in der Sinnkrise, die mich mit einem Mal befallen hatte, schlief ich ein und rührte mich erst wieder, als die Tür, an der ich lehnte, plötzlich aufgerissen wurde und ich wenig sanft auf eine weiche, frisch gemähte Rasenfläche fiel.

»Ich bin wach«, rief ich, als mich mein schwuler Freund entschlossen auf die Beine zog. »Aber wahrscheinlich sterbe ich noch heute Nacht. Wie spät ist es?«

»Du wirst nicht sterben«, meinte er, klang aber alles andere als überzeugt. »Und es ist noch nicht mal zwei. Du bist im Übrigen ein echtes Leichtgewicht.«

»Ich liebe dich auch.« Lächelnd tätschelte ich seine Wangen. Doch da meine Hände furchtbar klebten, lächelte er nicht zurück. »Ich mag es, wenn du singst und alle anderen dich dafür hassen.«

»Das klingt zumindest zur Hälfte wie ein Kompliment«, gab er zurück. »Oh. Na, sieh mal einer an.«

Ich hatte keine Ahnung, was er damit meinte, und war viel zu sehr damit beschäftigt, möglichst sachte einen meiner Füße vor den anderen zu setzen, um nach vorn zu sehen. Im Grunde war ich weniger betrunken als vor allem hundemüde, doch ich sah in beiden Fällen gleichermaßen schrecklich aus.

»Und was habt ihr zwei getrieben?«

Seufzend hob ich meinen Schädel von Kekipis Schulter, schlug die Augen auf und stöhnte laut. Weil auf dem weißen Holzstuhl vor der Tür meines Hauses Nick Miller saß. Mit einem Taschenbuch in einer Hand und in demselben Aufzug, in dem er vorhin mit Paige zum Strand gelaufen war.

»Oh Gott«, murmelte ich und sah ihn böse an. »Was willst du hier?«

»Mr. Miller«, grüßte ihn mein schwuler Freund in höflich-ruhigem Ton und stieß mich wenig sanft mit seinem Ellenbogen an. »Könnten Sie mir vielleicht mit der Tür behilflich sein? Ms. Kittler ist etwas erschöpft.«

»Das sehe ich«, gab Nick zurück. Ich brachte es nicht über mich, ihm ins Gesicht zu sehen, vor allem, da er abermals mit dieser nervtötenden, nachdenklichen Stimme sprach. »Na, Vanessa, anstrengenden Tag gehabt?«

»Ich habe heute bereits einem Typen einen Tritt in sein Gemächt verpasst und warte nur auf einen Grund, das auch bei dir zu tun.«

»Wissen Sie was, Kekipi? Überlassen Sie sie einfach mir.« Gegen meinen Willen entriss mich Nick den Armen meines Freundes und hielt mich wie eine Lumpenpuppe fest. Was ich durchaus heiß gefunden hätte, wäre ich nicht so wütend auf den Kerl gewesen, hätte nicht klebrige Milchshake-Reste überall auf meinem Kleid gehabt und nicht vernehmlich die zuvor vertilgten Sandwichs wieder ausgewürgt. Denn kaum verloren meine Füße den

Kontakt zum Boden, wurde ich den Inhalt meines Magens wieder los.

»Am besten bringe ich Ms. Kittler schnellstmöglich ins Bett.«

»Selbstverständlich, Mr. Miller. Gute Nacht, Ms. Kittler. Morgen früh, wenn ich Sie wecken komme, bringe ich Croissants und Kaffee mit.«

»Und Aspirin.« Ich zitterte vor Übelkeit, als Nick mich über seine Schulter warf. »Jede Menge Aspirin.«

»Ich warte schon seit Stunden.« Nick trat durch die Tür des Cottages und trug mich direkt zu meinem Bett. »Warum bist du nicht ans Telefon gegangen?«

»Weil du mich nicht angerufen hast?« Auch aus dieser neuen, durchaus interessanten Perspektive sah sein Hintern knackig aus. Ich hoffte nur, dass sich nicht gleich der letzte Rest meines McDonald's-Mahls darauf ergoss. »Das hätte ich ja wohl gemerkt, denn schließlich hatte ich mein Telefon die ganze Zeit dabei.«

»Ich habe dreimal bei dir angerufen und dir eine Nachricht auf der Mailbox hinterlassen.« Vorsichtig setzte mich Nick aufs Bett und strich mir die verklebten Haare aus der Stirn. »Was ist das für ein Zeug in deinem Haar?«

»McFlurry.« Ich versuchte, mich ihm zu entwinden. Denn ich wollte nur noch in mein weiches, wunderbares Bett. »Du hast nicht bei mir angerufen.«

»Doch, natürlich.« Nick bedachte mich mit einem strengen Blick. »Wobei deine Stimme auf der Mailbox ziemlich seltsam klang.«

Oje. Oje, oje, oje.

»Und woher hattest du meine Nummer?«, fragte ich, obwohl ich es schon wusste. Mist, Mist, Mist.

»Sie steht im Shooting-Plan.« Er zog mir vorsichtig die

Schuhe aus und massierte meine Füße. Was mich störte, weil es einfach herrlich war.

Er hatte wirklich bei Vanessa angerufen. Aber leider eben nicht bei mir. Weshalb ihr toter BlackBerry, der auf dem Nachttisch neben ihrem Bett in London lag, voll mit Nachrichten von einem Typen auf Hawaii war, der sie in die Kiste kriegen wollte. Oder vielleicht auch eher mich. Wahrscheinlich wäre selbst Vanessa deshalb leicht verwirrt. Zwar war sie es durchaus gewohnt, dass irgendwelche Typen ihr am Telefon Avancen machten, doch ein Fremder aus Hawaii, dem sie noch nie begegnet war? Das ginge sicher selbst für sie etwas zu weit.

»Oh.« Ich musste dringend eine Ausrede für die verpassten Anrufe erfinden. Doch mein Hirn hatte die Arbeit offenbar vorübergehend eingestellt. »Das Handy ist nicht hier.«

»Dann war das also eine alte Nummer?«, bot mir Nick die Lösung des Problems, auf die ich selber nicht gekommen war. »Von deinem alten Telefon?«

»Ja.« Ich tätschelte ihm sanft das Bein und lächelte ihn an. Weil er einfach unglaublich clever war. »Ein altes Telefon mit einer alten Nummer. Das zu Hause auf dem Nachttisch liegt.«

Damit rollte ich mich bäuchlings auf das Bett und klappte meine Augen zu.

»Glaubst du nicht, dass du – ich weiß nicht – erst einmal das Zeug aus deinen Haaren waschen oder vielleicht sogar duschen solltest, ehe du dich schlafen legst?« Er kniff mir in die Zehen. »Denn morgen kriegst du das bestimmt nicht mehr heraus.«

»Meine Haare sind total in Ordnung«, knurrte ich ins Kissen. »Und jetzt geh.«

»Sieht nach einem Cocktail oder nach Erbrochenem aus«, gab er zurück. »Ich selbst habe mal Zuckerwasser über meinem Teppich ausgekippt, deswegen weiß ich aus Erfahrung, dass du deine Haare jetzt noch waschen musst, wenn du das Zeug je wieder rausbekommen willst. Also, hoch mit dir.«

Wieder nahm der Kerl mich gegen meinen Willen auf den Arm und schleppte mich ins Bad. Doch obwohl ich leise jaulte, setzte ich mich nicht zur Wehr. Denn trotz der vielen Zusatzstoffe in den Cocktails und der unzähligen Kalorien in den beiden Sandwichs hatte ich nicht die geringste Energie.

Vorsichtig ließ Nick mich auf den Badezimmerhocker gleiten und drehte das heiße Wasser auf.

»Vielleicht solltest du dich auch noch abschminken.« Er griff nach einem weißen Waschlappen und hielt ihn vorsichtig unter den Strahl. »Denn du siehst aus, als hätte dich ein wild gewordenes Kleinkind angemalt.«

Ich blickte in den Spiegel. Ja, genau so sah es aus. Was mir durchaus nicht schlecht gefiel.

»Tja, nun, ich bin eben nicht Paige, erspar mir also dieses Blablabla.« Naserümpfend zog ich meinen Kopf zurück, sobald er mit dem warmen Lappen näher kam. Denn er war viel zu heiß, nur fehlten mir die Worte, um ihm das zu sagen. Oder sonst etwas.

»Was für ein Blablabla?« Er entfernte weiter sanft die Reste des Make-ups, die ich noch unter meinen Augen trug. »Wovon redest du?«

»Von dir und Paige.« Ich wischte mir die Augen mit den Rücken meiner Klebehände trocken, um ihn richtig anzusehen. »Du warst mit ihr beim Wasserfall.«

»Das war ich nicht.« Erheblich weniger sanft als zuvor rubbelte er jetzt die Schmutzflecken von meinen Pfoten ab. »Im Ernst, was hast du heute Abend alles in dich reingekippt?«

»Ich habe gesehen, wie du mit ihr ins Boot gestiegen bist.« Zornig riss ich ihm den feuchten Lappen aus der Hand und fuhr mir damit durchs Gesicht, bis es feuerrot und eisfrei war. »Was machst du also hier?«

»Ich bin mit ihr ins Boot gestiegen«, gab er unumwunden zu. »Aber wir waren nicht beim Wasserfall. Sie wollte mit mir essen gehen, aber da das Restaurant, in das sie hätte gehen wollen, geradezu absurd romantisch war, und ich nicht wollte, dass sie eine falsche Vorstellung von unserem Zusammensein bekommt, habe ich stattdessen eine Bootstour vorgeschlagen.«

»Weil eine Bootstour auf Hawaii natürlich alles andere als romantisch ist.«

Ich presste mir die Hände an die Wangen. Vielleicht hätte ich sie doch nicht so energisch von dem Eis befreien sollen. Denn wenn ich meine Hände wieder sinken ließe, hätte ich wahrscheinlich keine Haut mehr im Gesicht.

»Nicht für jemanden, der sofort seekrank wird«, klärte mich der abgebrühte Kerl mit einem schiefen Lächeln auf. »Wir haben mal zusammen in Kroatien gearbeitet, und auf der Bootstour, zu der wir am Ende alle eingeladen waren, hing sie pausenlos über der Reling. Mir ist klar, das war nicht wirklich nett von mir, aber ich wollte einfach nicht, dass sie sauer auf mich ist.«

»Warum konntest du nicht einfach sagen, ›Sorry, Paige, ich habe kein Interesse‹ und dann deiner Wege gehen?«

Ich blickte in den Spiegel hinter Nick und dachte an den Film *Kevin – Allein zu Haus*. Denn irgendwie sah ich genauso wie der Hauptdarsteller aus. Mein Erscheinungsbild wurde dem Ernst der Unterhaltung also ganz eindeutig nicht gerecht.

»Stattdessen hast du sie zu einer Bootstour eingeladen, um dir einen wunderbaren Sonnenuntergang mit ihr zusammen anzusehen.«

»Vielleicht ist es ja einfach so, dass ich vorübergehend nicht klar denken kann«, fuhr er mich an. Der Herr war also plötzlich schlecht gelaunt. »Denn schließlich sitze ich seit Tagen dumm herum, warte darauf, dass der alte Schwachkopf sich entscheidet, ob er mit mir reden will, habe keine Ahnung, woran ich bei dir bin, und weiß nicht mal, wohin es von hier aus für mich gehen wird. Tut mir leid, falls du mit meiner Scheißlösung für dieses dämliche Problem nicht ganz zufrieden bist.«

»Was soll das heißen, du hast keine Ahnung, woran du bei mir bist?«

Ich ließ meine linke Wange los. Aber das hätte ich nicht machen sollen. Aua, aua, aua. Anscheinend hatte ich bei unserem Ausflug einen fürchterlichen Sonnenbrand davongetragen. Wobei ich nur hoffen konnte, dass das alles war.

»Lass uns das Gespräch wann anders führen, ja?« Urplötzlich wurde seine Stimme wieder weich, er umfasste zärtlich meine Hände und schob sein Gesicht, so nah es ging, an mein Gesicht heran. »Lass uns erst mal ganz aufhören zu reden, ja?«

Ich klappte meine Augen zu und meine Lippen einen Spalt breit auf. Er roch fantastisch, seine Hände waren herrlich warm, und trotz des Rumnebels, der mich umwogte, reagierte erst mein Körper und im nächsten Augenblick mein Hirn.

»Nein«, stieß ich mit rauer Stimme aus und schob ihn von mir fort.

Himmel, mein Gesicht tat wirklich furchtbar weh. Ich versuchte aufzustehen, überschätzte aber meine Kräfte und nahm gegen meinen Willen eilig wieder Platz. »Nein, ich werde nicht noch einmal mit dir in die Kiste gehen.«

»Und warum nicht?« Nick gab sich die größte Mühe, spielerisch zu klingen, doch ich konnte sehen, dass er überlegte, ob er wirklich gerade von mir rausgeschmissen worden war. »Komm ins Bett, Vanessa. Schließlich habe ich den ganzen Abend über nur an dich gedacht. Und wenn du mich jetzt rauswirfst, drehe ich wahrscheinlich durch.«

»Nein.« Ich starrte seine Füße an. Denn sicher könnte ich nicht standhaft bleiben, sähe ich ihm ins Gesicht. Weil ich gegenüber einer solchen Schönheit einfach machtlos war. »Du willst im Grunde gar nicht einfach Sex mit irgendwelchen Frauen haben. Möglich, dass du denkst, du willst es, aber du bist traurig, ich bin traurig, und im Grunde willst du das ganz sicher nicht.«

»Du redest wirres Zeug«, stellte er fest.

Selbst seine Füße waren wunderschön.

Ich blickte meine eigenen Füße an. Die eher hässlich waren.

»Am besten schaffen wir dich jetzt ins Bett, und ich lasse dich erst mal einfach schlafen, abgemacht?«

»Ich finde auch allein ins Bett«, erklärte ich und schlug nach seinen Händen, während er versuchte, mich auf meinen Beinen abzustellen. »Du hast mir nichts zu sagen, und du weißt bestimmt nicht besser als ich selbst, was für mich das Beste ist. Du bist weder mein Freund noch sonst etwas für mich.«

»Du bist wirklich witzig, wenn du was getrunken hast.«

Knurrend schnappte er sich meine wild rudernden Arme, drückte sie an meinen Leib und führte mich in Richtung meines Betts. »Drücken wir die Daumen, dass du morgen möglichst nichts mehr von dem ganzen Abend weißt. Damit du dich dann nicht zu Tode schämst.«

»Du wirst dich selbst zu Tode schämen«, gab ich schlecht gelaunt zurück. Was Beleidigungen anging, war ich einfach nicht in Form.

Schließlich gab ich auf und folgte ihm. Weil ich total erledigt war.

»Du denkst, dass du mich einfach in die Kiste zerren kannst und das in Ordnung ist, weil du attraktiv und clever und die ganzen anderen Sachen bist, aber es ist nicht in Ordnung, weil du mich nicht liebst und weil es einfach dämlich ist. Du solltest nicht mit Frauen, für die du nichts empfindest, schlafen, weil die Frauen nämlich was für dich empfinden und am Ende alle traurig sind. Du auch. Was ja wohl wirklich dämlich ist.«

»Geht es hierbei überhaupt um mich?« Nick schlug die Bettdecke zurück und lud mich auf der Matratze ab. »Oder geht es um den Kerl, den du zu Hause liebst? Denn ich habe wirklich keine Ahnung, was du sagen willst. Möchtest du noch ein Glas Wasser?«

»Oh, es geht hier nicht um Charlie«, fuhr ich ihn mit rauer Stimme an, aber dem winzig kleinen Teil meines Gehirns, der wach und nüchtern war, war klar – es war zu spät.

»Er heißt also Charlie.«

Ich versuchte, mir mein Kleid über den Kopf zu zerren, als ich plötzlich spürte, wie ein Reißverschluss geöffnet wurde und das Kleid auf wundersame Weise Richtung Decke flog. Ach ja, genau, es hatte einen Reißverschluss.

Nick ließ das Kleid zu Boden fallen und hüllte mich in meine Decke ein. »Ich werde dir noch ein Glas Wasser holen, und wenn du es ausgetrunken hast, machst du die Augen zu und schläfst, okay?«

»Vielleicht wird mir ja noch mal schlecht«, stieß ich mit leiser Stimme aus. Mein Kampfgeist war erloschen, und als ich die Augen schloss, wurde mir schwindelig.

»Dir wird nicht noch mal schlecht. Versprochen.« Seufzend küsste Nick mich auf die Stirn, bevor er durch die Küchentür verschwand.

Im gleichen Augenblick wurde mir klar, dass das Versprechen, das er mir gegeben hatte, unmöglich zu halten war. Denn ich fing bereits zu würgen an.

Mit ungeahnter Energie warf ich die Bettdecke zurück, stolperte ins Bad und spuckte meine beiden Sandwiches wieder aus. Ich spülte eilig, ließ mich schwitzend auf die kalten Fliesen sinken, legte meinen Kopf auf der Toilettenschüssel ab und wartete, ob unter Umständen noch eine zweite Welle käme.

»Nun.« Mit einem Wasserglas und Aspirin erschien auch Nick im Bad.

Bleich, verschwitzt und mit verquollenen Augen sah ich schniefend zu ihm auf.

Hochgewachsen, angenehm gebräunt und schmerzlich schön sah er auf mich herab.

Mit einem echten Lächeln im Gesicht, das man auch noch in seinen Augen sah. »Fühlst du dich jetzt besser?«

Ich zuckte mit den Achseln, unterdrückte heldenhaft ein Stöhnen und ergriff das Wasserglas.

»Langsam nippen«, meinte er und hielt mir zwei Tabletten hin. »Und, zurück ins Bett?«

»Zurück ins Bett.« Ich reichte ihm das Wasserglas zurück und ließ mir bereitwillig von ihm auf die Beine helfen. »Ich will nur noch schlafen.«

Schweigend kehrten wir ins Schlafzimmer zurück. Nick löschte im Vorbeigehen das Licht und hielt mich an der Hand, bis ich wieder sicher unter meiner warmen Decke lag. Dann stieg er aus seinen Shorts, zog sein Hemd über den Kopf und hängte beides ordentlich über der Rückenlehne meines Schreibtischsessels auf.

»Keine Angst, ich bleibe nur, damit ich sehen kann, ob du in Ordnung bist«, erklärte er und stieg zu mir ins Bett. Ich rollte mich zu ihm herum und starrte ihn aus großen, tränenfeuchten Augen an. Da hatte ich mal einen Abend einen draufgemacht, und schon fuhren meine Gefühle Achterbahn.

»Ich werde nicht versuchen, Sex mit dir zu haben, weil ich traurig bin.«

»Tut mir leid«, wisperte ich und zog mir meine Decke bis zum Kinn. »Ich weiß nicht, was das alles zu bedeuten hat.«

»Ich auch nicht«, stellte er mit einem Seufzer fest. »Ich auch nicht.« Sachte schob er einen seiner Arme unter meine Schultern und zog meinen Kopf auf seine warme Brust.

16

Ich hatte Alkohol noch nie wirklich vertragen. Meinen ersten echten Rausch hatte ich während der Orientierungswoche zu Beginn meines Studiums gehabt. Eine Mixtur aus Limonade-Pfirsichschnaps-Cocktails und Preiselbeerlikör hatte dazu geführt, dass mir zum ersten Mal in meinem Leben vor den Augen unzähliger Menschen schlecht geworden war. Dass ich vorher auf der Theke tanzend unzählige Male *Oops I Did It Again* von Britney Spears gesungen hatte und danach mit heruntergelassener Hose auf dem Klo der Aula umgefallen war, wusste ich von den unzähligen Schnappschüssen, die Amy aufgenommen hatte, damit uns für alle Zeit ein wunderbares Souvenir von diesem wunderbaren Abend blieb. Sie verlor auf dieser Feier einen Schuh, ich hingegen meinen Lebenswillen, und im Anschluss hatte ich versucht, mich weitestgehend von jeder Art von Feuerwasser fernzuhalten, doch dem Gruppenzwang der anderen Studenten hatte ich mich nur vorübergehend widersetzen können. Und vor allem waren meine beiden besten Freunde gegenüber jemandem, der Alkohol anscheinend nicht so gut vertrug, nicht besonders tolerant.

Aufgrund meiner bisherigen Erfahrungen mit alkoholischen Getränken hätte ich nicht überrascht sein sollen, als ich am Donnerstag mit Kopfschmerzen erwachte, für die es als Gegenmittel sicher nur noch die Guillotine gab.

Vorsichtig schlug ich ein Auge auf, schaltete den Wecker ab, von dem ich nicht mehr wusste, dass er von mir eingeschaltet worden war, rollte mich in Zeitlupe herum und starrte blinzelnd auf mein leeres Bett.

Hatte nicht noch jemand anders dort gelegen, als ich eingeschlafen war? Ich war mir beinahe sicher, dass ich mir nicht eingebildet hatte, dass mich Nick bemuttert hatte, aber schließlich hatte ich auf der Studentenparty auch gedacht, mir würde ein roter Latex-Catsuit stehen. Und das war ganz eindeutig nicht der Fall. Dessen ungeachtet lag ich jetzt auf jeden Fall allein in meinem Bett. Ich lugte vorsichtig unter die Decke, um zu gucken, ob ich wenigstens noch meine Unterwäsche trug, und obwohl ich das Gefühl hatte, ich läge im Sterben, lag ich mit weit aufgerissenen Augen da und war auch geistig völlig auf dem Damm.

Langsam fielen mir die Ereignisse der letzten Nacht wieder ein. Waikiki, Cocktails, Karaoke, dann McDonald's, Brüllerei, mehrfaches Übergeben und am Schluss ins Bett. Und zwar eindeutig nicht allein. Nur hatte sich Nick Miller zwischenzeitlich aus dem Staub gemacht. Oh Schreck.

Ich wünschte mir, ich könnte mich noch an die Einzelheiten unseres Gesprächs erinnern. Abgesehen von meiner Schreierei, seinem Geseufze und der Tatsache, dass mir urplötzlich schlecht geworden war. Denn ich hatte das nagende Gefühl, als wäre es bei dem Gespräch um etwas Wichtiges gegangen – aber leider wusste ich nicht mehr, worum.

Als ich richtig gucken konnte, sah ich auf das iPhone, das ich in der Hand hielt und auf dem inzwischen eine Reihe Anrufe von Amy eingegangen war. Sie hatte mir drei Nachrichten auf meiner Mailbox hinterlassen und ein halbes Dutzend E-Mails, Kurz- und Facebook-Nachrichten geschickt, die so bedrohlich klangen, dass ich überlegte, ob ich meine Mum anrufen sollte, damit sie mir gegen dieses Cyberstalking half. Dann aber fiel mir ein, dass meine Mum und ich im Augenblick nicht miteinander sprachen, also legte ich das iPhone einfach leise schniefend wieder in der Ladeschale ab. Bevor ich merkte, dass der Druck auf meine Blase größer als mein Wunsch zu weinen war und meine Energie nicht reichte, um zu heulen und gleichzeitig ins Bad zu gehen.

»*Aloha,* Vanessa?«

Aus dem Badezimmer hörte ich ein Klopfen an der Tür und dann eine vertraute Stimme, deren Klang mir fast den Schädel platzen ließ. Ich umklammerte das Waschbecken und würgte, aber nichts geschah. Zumindest hatte ich mich offensichtlich letzte Nacht genügend ausgekotzt. Ein erster Silberstreif am dunklen Horizont.

»Ich habe Kaffee, Frühstück sowie jede Menge Mittel gegen Kopfweh mitgebracht.«

Der Blick, mit dem Kekipi mich bedachte, als ich in der Badezimmertür erschien, war unbezahlbar.

»Stirbst du gerade?«, fragte er. »Du und Mr. Miller habt doch wohl kein Crack geschnupft, nachdem ich letzte Nacht verschwunden war?«

»Soweit ich mich entsinne, habe ich ihn einfach angeschrien und dann noch mal gebrochen.« Müde torkelte ich dorthin, wo der Kaffee stand. Denn er verströmte einen wunderbaren Duft. Auch wenn ich keine Ahnung hatte, ob ich ihn bereits vertrug. »Danke.«

»Nichts zu danken.« Er trat einen Schritt zurück. »In einer Dreiviertelstunde geht es los. Zum Shooting. Glaubst du, das bekommst du hin? Ich habe fürchterliche Schuldgefühle wegen letzter Nacht.«

Kekipi hatte fürchterliche Schuldgefühle wegen letzter Nacht? Warum denn das? Das hieß, Moment. Dreiviertelstunde? Shooting? Wovon redete er da? Ich brauchte einen Augenblick, bis ich verstand.

In weniger als einer Stunde würden wir zum Shooting fahren. Oh Gott.

»Ich fühle mich entsetzlich.« Ich bemühte mich, die aufsteigende Panik zu unterdrücken, um keinen Herzinfarkt zu riskieren, und schenkte mir in aller Eile einen Kaffee ein. »Aber ich werde angezogen sein, eine Kamera in meinen Händen halten und dann einfach hoffen, dass das Shooting doch noch einmal abgeblasen wird.«

»Ich fürchte, dass du dieses Glück nicht haben wirst.« Kekipi rührte mir drei Löffel Zucker in den Kaffee und hielt mir den Becher hin. »Denn anscheinend haben Mr. Bennett junior und Ms. Sullivan beschlossen, diese Sache einfach ohne Mr. Bennett senior durchzuziehen.«

»Na toll«, murmelte ich und nahm den ersten vorsichtigen Schluck des quietschsüßen, doch magischen Gebräus. »Aber es ist schließlich nicht so, als hätte mich nicht schon eine ganze Reihe furchtbarer Entscheidungen bis an diesen Punkt gebracht. Und wer weiß, vielleicht bekomme ich mit einem Kater ja viel bessere Fotos hin?«

»Ich werde ein Kater-Picknick vorbereiten, und du selbst solltest versuchen, erst einmal wieder einen Menschen aus der Kreatur zu machen, die hier vor mir steht. Keine Angst, es wird bestimmt ein wunderbarer Tag. Und zumindest riecht man nicht, dass du dich übergeben hast.«

Nachdem ich mich vergewissert hatte, dass der Kaffee unten blieb, leerte ich den Becher eilig aus und spülte dann mit einem Schlückchen Wasser und mit zwei Tabletten nach. Schrubbte eine Viertelstunde lang an meinen Zähnen rum, flocht mein Haar zu einem Zopf, zog meine Jeans, ein knappes schwarzes T-Shirt sowie meine Chucks an und trug eine dicke Schicht Wimperntusche auf. Weil meine Augen anders nicht zu sehen waren.

Fünf Minuten, ehe ich das Haus verlassen musste, überprüfte ich die Tasche mit der Kamera. Ich hatte Tausende geladener Akkus, alle meine Linsen, alle meine Speicherkarten, mein Stativ, Lichtmesser, Reflektoren, Blitz sowie ein paar andere Dinge, die ich nicht hätte benennen können, die aber für eine Profi-Fotografin sicher trotzdem wichtig waren.

Dann war es Zeit zu gehen.

»Also gut«, erklärte ich dem Spiegel. Mit den vielen Taschen sah ich resolut und nicht mal annähernd so schlecht aus, wie ich mich fühlte. Was jedoch sicher auch nicht möglich war. »Bisher ist alles gut gelaufen, oder etwa nicht?«

Mein Spiegelbild gab keine Antwort, schien mich allerdings zu fragen: »Wirklich, Tess?«

»Sieh dich nur an«, verkündete Kekipi, als ich vollständig bekleidet und auf meinen eigenen Beinen in die Küche kam. »Du siehst aus, als hättest du vergangene Nacht nach Kräften einen draufgemacht, wärst aber trotzdem fit genug, um einen Tag am Set zu überstehen.«

»Mehr war einfach nicht drin.« Ich schnappte mir die nächste Tasse Kaffee und ein zweites Teilchen. Denn im Gegensatz zu süßen Cocktails waren süße Teilchen immer gut. »Sind die Wagen schon da?«

»Ja«, bestätigte mein Freund, während er aus dem Fenster sah. »Du fährst mit Ms. Sullivan. Die Models fahren im zweiten Wagen, und im dritten fahre ich mit Mr. Bennett.«

»Du kommst mit?«

Er nickte knapp.

»Das freut mich. Denn falls ich plötzlich verschwinde, könntest du den anderen vielleicht einfach sagen, dass ich tot bin oder so.«

»Meinetwegen. Aber mach dir keine Sorgen. Du wirst deine Sache super machen – schließlich hast du nur einen leichten Kater, weiter nichts. Ihr seid alle Profis. Was also könnte im schlimmsten Fall passieren?«

»Oh mein Gott, das ist eine totale Katastrophe.« Paige warf sich die Hände vors Gesicht und unterdrückte mühsam einen Schrei. »Sag mir, dass das alles nur ein fürchterlicher Albtraum ist.«

»Das ist alles nur ein fürchterlicher Albtraum?« Tröstend legte ich die Hand auf ihren Rücken und versuchte, sie ein wenig dadurch zu beruhigen, dass ich kleine Kreise zwischen ihren Schulterblättern zog. »Das ist alles nur ein schlimmer Traum.«

Doch es war kein schlimmer Traum. Und es stellte sich heraus, dass meine Sorge wegen meines Katers völlig unnötig gewesen war. Weil wir in einen unvorhergesehenen Tropensturm geraten waren, eins der Models so betäubt von den am Vorabend genossenen Schlaftabletten war, dass sie sich nur mühsam auf den Beinen halten konnte, die von Mr. Bennett ausgewählten Kleidungsstücke so entsetzlich waren, dass sich Lady Gagas Bühnenoutfit im Vergleich zu ihnen beinah langweilig ausnahm, und sich außer uns auch noch eine Gruppe amerikanischer Touristen den Palast ansah. Und irgendwie verlor ein Haute-

Couture-Shooting etwas von seinem Glanz, wenn im Hintergrund der Bilder ein regennasser, dicker Mann aus Arkansas mit einer grell orangefarbenen Bauchtasche zu sehen war.

Weswegen ich um elf noch immer auf der Rückbank des Geländewagens saß und meine fünfte Tasse Kaffee trank, während meine Kamera noch immer brav in ihrer Tasche lag. Ich hatte sie nur einmal kurz hervorgeholt, um ein Bild des Pummelchens aus Arkansas zu machen. Weil man solche Typen wirklich selten zu Gesicht bekam.

»Ich weiß nicht, was ich machen soll.« Ängstlich sah mich Paige aus tränennassen Augen an. »Ich bin supergut in diesen Dingen. Habe schon ein Shooting auf einem Vulkan organisiert, den Eiffelturm vorübergehend schließen lassen, weil die dämliche Naomi Campbell bei den Shootings immer ihre Ruhe haben will, und am Comer See auf einer Jacht ein Shooting nur mit Italienern absolviert. Ich spreche kein Wort Italienisch und war ständig seekrank, aber trotzdem habe ich die besten Fotos heimgebracht, die die Zeitung je gesehen hat. Und was mache ich jetzt?«

Als Fotografin konnte ich nichts sagen, was ihr auch nur ansatzweise helfen würde. Doch als künstlerische Leiterin hatte ich das größte Mitgefühl mit ihr. Weil auch bei mir schon Shootings und Projekte schiefgelaufen waren, doch ein derartiges Chaos hatte ich noch nie erlebt.

Paige hatte es geschafft, ein völlig neues Shooting aus dem Hut zu zaubern, nachdem Bennett senior auf Tauchstation gegangen war, und jetzt saß sie ohne Set und mit einer Hobbyfotografin, einem zugedröhnten Model sowie einem schlecht gelaunten Mann mittleren Alters, der im Outfit einer Dragqueen auf der Bildfläche erschienen war, im Fond eines Geländewagens fest.

Ich blickte aus dem Fenster auf die alte königliche Residenz. Auf dem Weg hierher hatte mir Paige ausführlich ihr Konzept erklärt, davon geschwärmt, wie prächtig die Location war und dass Artie und die Models wunderbar aussehen würden, wenn sie lässig auf den weißen Stufen säßen, an den Palmen lehnten oder in dem alten Thronsaal für die Kamera posierten. Weil sich hier an diesem Ort die kulturelle Pracht des alten Königshauses mit dem Glamour und der Eleganz der Haute Couture perfekt verbinden ließ. Im Augenblick erinnerte die Gegend jedoch eher an den Strand von Brighton, der mit schöner Regelmäßigkeit verregnet war. Selbst der Brunnen in der Einfahrt sah ein bisschen traurig aus. Denn die Konkurrenz durch die sintflutartigen Regenfälle war anscheinend ziemlich hart für ihn. Hoffentlich würde bei diesem fürchterlichen Wolkenbruch nicht unser Wagen weggespült.

»Ms. Sullivan.« Die Wagentür ging auf, und Kekipi streckte seinen nassen Kopf zu uns herein. »Ich habe mit dem diensthabenden Verwalter des Palasts telefoniert. Er meint, es läge keine Reservierung für das Shooting vor und der Event-Manager hätte heute frei. Am besten sehen wir uns vielleicht nach einer anderen Location um.«

»Ich hatte eine andere Location.« Paige massierte sich die Schläfen und kniff unglücklich die Augen zu. »Aber wir hinken terminlich derart hinterher, dass ich die nicht noch mal bestätigt habe. Und, verdammt, ich hatte sogar noch zwei andere Locations, aber die sind beide draußen. Und ich kann mich sicher nicht darauf verlassen, dass der fürchterliche Regen bald ein Ende haben wird, nicht wahr?«

»Ich gehe davon aus, dass er bald aufhören wird, aber drauf verlassen sollten wir uns nicht«, gab er mit einem

Blick hinauf zum dunkelgrauen Himmel zurück. »Aber ich habe eine Idee. Warten Sie einen Moment.«

»Wo sollte ich denn auch hin?« Sie zog einen iPad aus der Tasche und ging hektisch ihre E-Mails durch. Ich konnte mir nicht vorstellen, dass das wirklich half, sagte aber lieber nichts.

»Du siehst gut aus«, meinte ich, denn Komplimente schadeten im Zweifel nie.

»Danke«, antwortete sie, starrte aber weiter ihren kleinen Bildschirm an. »Rag & Bone.«

»Und wie war dein Abend?«, fragte ich und gähnte leicht, um ihr zu demonstrieren, wie egal mir ihre Antwort war. Doch obwohl ich keine Ahnung hatte, ob Nicks Darstellung ihres Zusammenseins tatsächlich stimmte, ging ich davon aus, dass es für Paige nicht ganz nach Plan verlaufen war. »Hast du dich amüsiert?«

»Darüber will ich jetzt nicht reden.« Endlich sah sie auf. Ihr schwarzer Liquid Liner und der scharlachrote Lippenstift waren trotz des Wutanfalls, den sie bekommen hatte, nicht mal annähernd verschmiert. Wie machte sie das nur? »Aber heute Abend könnten wir zusammen essen gehen. Falls ich nicht vorher mich und alle anderen hier beim Shooting umbringe.«

»Auf jeden Fall«, versprach ich ihr. »Wenn du mir dafür vielleicht einen möglichst schnellen Tod bescherst.«

»Auf jeden Fall«, versprach sie mir.

»Ich glaube, ich habe eine Lösung.« Wieder öffnete Kekipi unsere Wagentür und blickte uns mit einem breiten Lächeln an. »Ich hab einen Freund, der Event-Manager im Royal Hawaiian ist. Das ist ein altes, prächtiges und ehrwürdiges Haus. Sie haben einen Raum und ein paar Requisiten, die wir nutzen können. Vielleicht brauchen wir ein bisschen Kreativität, aber eine Location haben wir auf jeden Fall.«

»Wenn Ihnen davon nicht übel würde, würde ich Sie dafür küssen«, juchzte Paige und atmete erleichtert auf.

»Ms. Sullivan«, gab er zurück. »Falls wir davon ein Foto machen und an meine Oma schicken könnten, dürfen Sie das gerne tun.«

Entschlossen steckte sie ihr iPad wieder ein. »Sollen wir uns die Location vielleicht erst mal ansehen? Für unsere Verlobungsfotos ist bestimmt nachher noch Zeit.«

»Zu Befehl, Ma'am.« Kekipi schloss die Wagentür, klopfte kurz aufs Dach und wandte sich zum Gehen.

»Falls du dich ein kleines bisschen mehr nach links drehen könntest?«, rief ich dorthin, wo das blonde Model stand. »Damit ich die Federn etwas besser sehen kann?«

Kekipi hatte nicht zu viel versprochen. Das Hotel war fast so prunkvoll wie die alte königliche Residenz. Doch unglücklicherweise war es gleichzeitig auch leuchtend pink. Hatte denselben, grellen Rosaton wie das widerliche Antibiotikum, das mir als kleinem Mädchen einmal eingetrichtert worden war. Wir befanden uns in einem Hof direkt am Strand, und drei Stunden früher wäre dort das Licht für meine Fotos wunderbar gewesen, doch die dunklen Schatten, die die helle Mittagssonne jetzt auf die Umgebung warf, wirkten düster wie am Tage des Jüngsten Gerichts. Es regnete nicht mehr, doch davon abgesehen lief weiter alles denkbar schief.

Unser blondes Model, Ana, war aus ihrem Dämmerzustand aufgewacht, und auch wenn das fast nicht möglich war, benahm sie sich noch schlimmer als bei unserem Treffen, kurz nachdem sie auf der Insel angekommen war.

Sie beschimpfte unsere Visagistin, zeigte mir den Stinkefinger, als ich hallo sagen wollte, und fauchte wie eine tollwütige Katze, als sie Paige in ihre Richtung kommen sah.

Das andere Model, Martha, ein betörend schönes schwarzes Mädchen mit so großen Augen, dass ich Angst hatte, sie würde mich damit vielleicht hypnotisieren, wirkte so, als bräche sie im nächsten Augenblick in Tränen aus. Ob mit ihr etwas nicht stimmte oder Ana sie womöglich kniff, wenn niemand hinsah, konnte ich nicht sagen. Paige hatte zig Mal versucht, mit ihr zu reden, doch sie zuckte einfach schniefend mit den Achseln und saß wortlos vor dem Spiegel und ließ dort ihre Wimperntusche erneuern. Weil sie ein ums andere Mal verlief.

Als wären das Set, das Licht und die Probleme mit den Models nicht schon schlimm genug, musste ich versuchen, es so aussehen zu lassen, als hätte nicht bereits Joan Collins die Klamotten auf dem Höhepunkt ihrer Karriere 1982 angehabt. Denn das Zeug, das Bennett junior für das Shooting vorgesehen hatte, war bestimmt nicht typisch für die Mode, mit der Bennett senior in den Modehimmel aufgestiegen war. Denn er kleidete doch sicher nicht nur Dragqueen und die Muppets ein.

Momentan war Ana in ein babyblaues Federding gehüllt, das ihr bis auf die Knie reichte und im Rücken so tief ausgeschnitten war, dass die Visagistin das Vergnügen hatte, irgendwie dafür zu sorgen, dass ihr Arschgeweih vorübergehend verschwand.

Martha ging es auch nicht besser, denn sie steckte in einem bis zum Nabel ausgeschnittenen kanariengelben Seidenteil mit derart dicken Schulterpolstern, dass sie ihren Kopf nur etwas zur Seite kippen lassen musste, um sich etwas auszuruhen. Was vielleicht der wahre Grund für ihre Leichenbittermiene war.

Ein, zwei Outfits hatten Paige zu lauten Jubelrufen hingerissen – eines aus den späten Achtzigern, anscheinend von Gaultier, und eins, das sie so ehrfürchtig betrachtete, dass ich mich fragte, ob es vielleicht das Turiner Grabtuch war – doch nein, es war einfach ein Vintage-Teil von Valentino, weiter nichts. Als mir beim Anblick dieser beiden Stücke nur ein kurzes »Oh« entfuhr, fürchtete ich kurz, sie schlüge mich dafür k. o.

Leider waren all die wunderschönen Kleider babyrosa, leuchtend rot oder türkis, und deshalb sah es aus, als hätte jemand einen Regenbogen an die pinkfarbene Wand gekotzt. Und ich musste versuchen, diesen Regenbogen einzufangen und dafür zu sorgen, dass er nicht total absurd aussah.

»Ana, dreh dich bitte etwas weiter zu mir um«, rief ich erneut. »Weil ich mehr Federn sehen muss.«

Im Grunde wollte ich gar nicht mehr Federn sehen. Alles, was ich sehen wollte, waren die Innenseiten meiner Lider und der Grund einer Toilettenschüssel. Langsam, aber sicher wurde dieser Tag genauso ätzend wie der Tag, an dem ich meinen Job verloren hatte, oder der, an dem es zwischen mir und meinem besten Freund den Bach runtergegangen war.

»Ich bin mir nicht ganz sicher, ob das wirklich funktioniert«, sagte ich im Flüsterton zu Paige und ging die Aufnahmen auf meiner Canon durch, während unsere arme Visagistin wieder mit der Schönen und dem Biest beschäftigt war. »Es sieht alles irgendwie total gezwungen aus.«

»Dann sorg dafür, dass es nicht mehr gezwungen aussieht«, gab sie ebenfalls im Flüsterton zurück. »Verbock es ja nicht, Tess. Verbock es nicht. Denn ich kann deutlich sehen, dass Artie langsam sauer wird – wir haben also nicht mehr lange Zeit.«

Ich blickte sie verwundert an. *Ich* sollte diese Sache nicht verbocken? Was, verdammt noch mal, hatte ich bitte falsch gemacht? Ja, richtig, ich war keine echte Fotografin, deshalb waren die schlechten Bilder ganz eindeutig meine Schuld. Und hatte nichts damit zu tun, dass hier ein Mann mittleren Alters in einem grauenhaften Anzug schlecht gelaunt auf einem Pappthron fläzte und die beiden Models links und rechts von ihm es offensichtlich vorziehen würden, sich die Augen auszustechen, statt dafür bezahlt zu werden, in Designerkleidern auf Hawaii herumzustehen.

»Okay, hm, Martha, könntest du dich vielleicht auf die Treppe setzen und die Schleppe hinter dir drapieren?« Denn natürlich hatte das gelbe Kleid noch eine meterlange Schleppe. Martha tat wie ihr geheißen und sah mich erwartungsvoll aus unglücklichen Welpenaugen an.

»Ana, du musst mir etwas Solides geben, du musst möglichst stark aussehen«, brüllte ich das andere Model an.

Alles, um die Auseinandersetzung mit dem Typen auf dem Thron noch kurz hinauszuschieben, dachte ich. Denn ich hatte selbst in einem Fotoautomaten bereits bessere Aufnahmen gemacht.

Ana murmelte ein paar Obszönitäten, nahm dann aber endlich eine Pose ein, die relativ in Ordnung war. Ich nestelte einen Moment an meiner Kamera herum, schob den Blitz ein bisschen höher, um das finstere Gesicht, das Artie machte, etwas zu erhellen, und drückte auf den Auslöser.

»Meine Damen, irgendwie fühle ich mich mit dieser Krone nicht besonders wohl«, bellte Artie von dem Thron und ruinierte auf die Art das erste halbwegs anständige Bild, das mir in über einer Stunde von den dreien gelungen war. »Vielleicht setze ich sie besser ab.«

»Aber die Krone ist der Aufhänger für die gesamte Bilderserie, Artie«, redete die künstlerische Leiterin beruhigend auf ihn ein. Ich persönlich fand, es sähe aus, als wäre er auf seinem Weg von einer Sauftour hier hereingeplatzt, aber meine Meinung war bei diesem Shooting, wie mir Paige inzwischen mehrfach zu verstehen gegeben hatte, nicht gefragt. Immer wenn ich etwas vorgeschlagen hatte, war sie mir über den Mund gefahren und hatte das bisschen Selbstvertrauen als Fotografin, das ich auch dank ihr entwickelt hatte, dadurch längst wieder zerstört. Doch ich durfte nicht vergessen, dass sie hier das Sagen hatte. Denn sie war die künstlerische Leiterin und ich die Fotografin. Und auch wenn es mir entsetzlich auf die Nerven ging, war ich nur hier, um das zu tun, was mir Paige Sullivan befahl.

»Sieht … interessant aus.«

Gerade als ich dachte, dass es schlimmer nicht mehr kommen könnte, tauchte plötzlich Nick neben mir auf.

»Ich, das heißt wir alle haben alle Hände voll zu tun«, gab ich zurück. Ich blickte weiter durch den Sucher meiner Kamera und achtete nicht auf das Kribbeln, das von meinem Nacken bis hinab zu meinem Steißbein lief. »Und Fremde haben keinen Zutritt hier am Set.«

»Natürlich haben sie den. Aber wie dem auch sei, ich bin nur hier, weil ich mit Artie sprechen will.« Er schob seinen Mund dicht an mein Ohr und flüsterte mir zu: »Na, fühlst du dich besser, Schatz?«

»So gut, dass ich dir gleich aufs Hemd kotze, wenn du nicht schnellstmöglich die Biege machst«, erklärte ich.

Was nicht gelogen war. Ich brauchte diesen Typen nur zu sehen, und schon wurde mir schlecht. »Bitte lass mich weitermachen, ja?«

»Dir ist doch wohl klar, wie lächerlich sie aussehen?«, fragte er, tat aber trotzdem einen Schritt zur Seite und verschränkte seine Arme vor der Brust.

Während einer kostbaren Sekunde lenkte ich den Blick von meiner Kamera auf ihn. Und sah zerzaustes Haar, einen Dreitagebart, blaugraue Augen, gebräunte Haut, ein leuchtend weißes T-Shirt und perfekt sitzende khakibraune Shorts. Verflixt, die kurze Hose stand ihm wirklich gut. Dabei standen kurze Hosen praktisch keinem Mann. »Was hält denn Paige davon?«

»Warum fragst du sie das nicht selbst? Ich bin schließlich nur der Affe mit der Kamera.« Ich rückte meinen Zopf zurecht und wandte mich dann wieder Artie und den Models zu. Die Szene war tatsächlich lächerlich. Daraus hätte nicht mal Mario Testino etwas machen können. Und er war ein wirklich toller Fotograf. Vielleicht hätte die Agentin von Vanessa wirklich einfach einen Affen schicken sollen. Mit einer Handykamera. Womöglich hätte er etwas gesehen, was mir verborgen blieb.

»Die Speicherkarte ist voll. Zwei Minuten Pause allerseits«, rief ich den Models und dem schlecht gelaunten Artie zu. »Dann kommt noch ein allerletzter Durchgang, und danach ist Schluss. Versprochen.«

Dicht gefolgt von meinem Schatten, trat ich vor den Tisch, auf dem mein Laptop stand, und schloss die Canon daran an. Wieder waren die Aufnahmen von diesem depressiven Set im besten Falle durchschnittlich. Ich entdeckte nirgendwo auch nur ein halbwegs gutes Bild.

»Es ist nicht deine Schuld«, erklärte Nick mit leiser

Stimme, während er mir sanft über den Rücken strich. »Die Bilder sind nicht schlecht. Nur ist es einfach so, dass all das hier …« – er wies in Richtung des Hotels, auf die Models und die wutschnaubende Paige – »irgendwie einfach nicht zu dir passt.«

Ich lenkte meinen Blick vom Bildschirm auf den Ozean. Der Strand war voller Urlauber, die in der Sonne lagen, in den Wellen planschten, Sandburgen errichteten und sich darüber freuten, dass sie hier auf dieser wunderbaren Insel waren.

Ich fragte mich, was wohl passieren würde, wenn ich einfach Paige eins mit der Kamera über den Schädel gäbe und davonrannte. Vielleicht könnte ich mich einfach neu erfinden und zu einer dieser etwas furchteinflößenden Gestalten werden, die den Strand hinunterliefen und dort frisches Obst verkauften. War bestimmt kein schlechtes Leben.

»Ich denke, dass wir das Hawaii-Gefühl noch mehr betonen müssen«, riss mich Paige aus meiner Träumerei, während sie gleichzeitig Nicks Hand von meinem Rücken schlug. »Es muss alles spaßiger und spielerischer wirken. Los, Kekipi, gehen wir es an.«

Ich war mir ziemlich sicher, dass die spielerische Seite durch die etwas schief sitzende Krone, die auf Arties Kopf saß, und die Outfits unserer Models, die sie mühelos auch selber hätten nähen können, hinlänglich zur Geltung kam. Doch nein. Für Paige bedeutete »Hawaii-Gefühl« und »spielerisch«, dass noch zwei junge Frauen in Baströcken mit Ukulelen sowie einem Haufen Ananas auf meinen Aufnahmen zu sehen wären.

»Oh Gott, erschieß mich«, flehte ich erstickt und riss entsetzt die Augen auf.

»Wenn ich könnte, würde ich das tun«, gab Nick zurück.

»Paige«, begann ich zaghaft. »Bist du sicher?«

»Ja«, schrie sie, wobei sich ihre Stimme beinah überschlug.

»Es ist nur … ich meine, ist das nicht ein bisschen zu klischeehaft?«, fragte ich

Was eindeutig ein Riesenfehler war.

»Verdammt, ich bin im Augenblick bereits gestresst genug, *Vanessa*«, fauchte sie, wobei die Betonung eindeutig auf meinem Namen lag. »Und wenn wir vor Weihnachten noch fertig werden wollen, kriegst du's ja vielleicht hin, ein halbwegs anständiges Bild von den Sachen zu machen, die uns zur Verfügung stehen.«

»Paige, ich weiß, du bist gestresst, aber lass gefälligst deinen Ärger nicht an unschuldigen Leuten aus«, trat Nick zu meiner Ehrenrettung an. Was mir auch nicht wirklich half.

Paige lenkte ihren Blick von den zwei Hulamädchen auf uns. Eilig sorgte ich dafür, dass ein minimaler Abstand zwischen Nick und mir entstand, starrte vor mir auf den Boden und betete stumm: »Bitte, mach, dass sie nicht zu Gewalt neigt, bitte, mach, dass sie nicht zu Gewalt neigt, lieber Gott.«

»Könntest du vielleicht so nett sein und verduften, bis du hier gebraucht wirst, Nick?«, bat sie in zuckersüßem Ton. »Wir versuchen hier zu arbeiten, wobei du keine große Hilfe bist. Vanessa kann es sich einfach nicht leisten, abgelenkt zu werden, während sie ihr Meisterwerk kreiert. Richtig, Van?«

»Ich gehe davon aus, dass sie auch selber für sich sprechen kann«, erwiderte er ungerührt und blieb auch weiterhin wie angewurzelt stehen. Ich schüttelte den Kopf, konzentrierte mich auch weiter auf das Gras, auf dem ich stand, und hoffte inständig, der Boden täte sich so schnell wie möglich unter meinen Füßen auf. Wo zum Teufel waren die Vulkane auf Hawaii? Denn eine Lawine aus geschmolzener Lava hätte mir in jedem Fall etwas genützt.

»Das kann sie ganz bestimmt. Nur ist dies nicht der rechte Ort und nicht der rechte Augenblick dafür. Also zieh jetzt bitte endlich Leine, Nick. Denn wir haben zu tun.«

Wahrscheinlich fand es Nick ein wenig seltsam, dass ich weiter nur Blickkontakt zu dem kleinen braunen Vogel unterhielt, der neben meinen Füßen in der Erde pikte. Denn er wartete bestimmt auf eine freche Antwort oder wenigstens ein knappes »Also bitte, Paige« von mir. Doch ich zuckte einfach mit den Achseln, drückte ein paar Knöpfe meiner Kamera und hielt den Mund.

»Meinetwegen«, gab er sich geschlagen. »Ich bin in der Bar. Schickt Bennett einfach zu mir rüber, wenn ihr hier fertig seid.«

Ich begegnete kurz seinem Blick, doch mein Versuch, die Dinge ohne Worte zu erklären, schlug eindeutig fehl. In höchstem Maß verwirrt und leicht gekränkt wandte er sich zum Gehen.

»Falls ihr die Szene aus dem *Dschungelbuch* nachstellen wollt, in dem Balu als Affe rumläuft, habt ihr das gut hingekriegt. Falls nicht, habt ihr's versaut. Viel Spaß noch, meine Damen.«

Ich sah auf Paige. Paige sah auf mich. Und danach sahen wir die Hulamädchen an.

»Schickt die Mädels wieder weg«, bellte die künstlerische Leiterin erbost. »Behaltet nur die Ananas. Und jetzt lasst uns noch ein paar blöde Bilder machen, weil ich langsam Feierabend machen will.«

Mit unglücklichem Hüftschwung schlenderten die beiden Hulagirls davon. Ich würde sicher gleich in Tränen ausbrechen, gleichzeitig stieg jedoch ein nervöses Kichern in mir auf. Als wäre ich noch einmal in der Schule und als hätte dort im Biounterricht jemand was Witziges gesagt.

»Wag es nicht zu lachen.« Paige zog einen roten Lippenstift aus ihrer Handtasche und trug ihn ohne Spiegel auf. »Lass es einfach sein.«

»Ich käme nie auch nur auf die Idee«, stieß ich mit schriller Stimme aus. »Also, bringen wir es einfach hinter uns?«

»Ja.« Sie schob sich eine lange Veronika-Lake-Welle aus dem Gesicht und atmete tief durch. »Ich brauche dringend einen Cocktail. Tut mir leid. Am besten bringen wir es einfach hinter uns.«

»Und ich brauche ein Wunder«, meinte ich und blickte wieder auf das Set. Das immer noch total idiotisch war. »Aber ein Cocktail reicht mir auch.«

17

»Scheiße, Scheiße, Scheiße, Scheiße, Scheiße, Oberscheiße, Megascheiße, Scheiße …«

Irgendwann saß ich wieder in meinem Cottage und scrollte mich durch die Früchte meiner Arbeit. Hunderte von Aufnahmen, von denen eine schlimmer als die andre war. »Scheiße, Scheiße. Superscheiße. Das Beschissenste, was ich jemals gesehen habe. Oh, na super, dieses Bild ist wenigstens nicht schlechter als der durchschnittliche Scheiß.«

Ich zog meine Beine unter mich, setzte die Begutachtung der Bilder fort und versuchte, nicht in lautes Schluchzen auszubrechen. Denn von all den Cocktails der vergangenen Nacht und den Riesenmengen Kaffee, die ich in mich reingeschüttet hatte, um während des Shootings wach zu bleiben, dröhnte mir der Schädel, und am liebsten hätte ich den Kopf in einen Eimer voller Eiswasser getaucht. Doch dafür fehlte mir die Zeit. Denn jeden Augenblick würde Paige hier sein, um die Bilder mit mir durchzugehen. Und der Gedanke, dass sie diesen Mist zu sehen bekäme, war eindeutig mehr, als ich ertrug. Objektiv betrachtet waren die Aufnahmen durchaus in Ordnung, machte ich mir selber Mut. Objektiv betrachtet sahen die Models auf ein paar der Bilder wirklich super aus, Artie wirkte königlich und das Hotel zwar kitschig, aber gleichzeitig auch klassisch elegant. Außerdem gab es auch eine Reihe Aufnahmen, auf denen keine Ananas zu sehen war. Nur leider tauchten alle diese Elemente niemals gleichzeitig auf einem Foto auf. Nicht ein einziges Mal. Ich hoffte, irgendwer bei *Gloss* wäre ein Photoshop-Genie, denn das war ich ganz sicher nicht.

Ich hatte keine Ahnung, wie Paige reagieren würde, und holte tief Luft, als ich ein ganz besonders fürchterliches Bild sah, auf dem Ana wie ein Storch auf einem Bein stand, Martha schluchzte und der blöde Artie auf das Display seines Handys sah. Nun, zumindest spielte es keine Rolle, dass ich bei dem Shooting nicht ganz frisch gewesen war. Denn ich hätte machen können, was ich wollte, und wahrscheinlich trotzdem nicht ein einziges brauchbares Bild auf meiner Kamera gehabt. Es war beinahe zum Lachen. Denn vor lauter Panik, mich als das schwächste Glied der Kette zu erweisen, war ich gar nicht draufgekommen, dass die Kette selbst so fest wie eine aufgeweichte Küchenrolle war.

»Also gut, dann lass mal sehen.«

Zur Abwechslung ließ Paige sich einfach, ohne vorher anzuklopfen, selber rein und hielt mir einen riesengroßen Becher voller Kaffee hin.

Ich schüttelte den Kopf, doch kurzerhand drückte mir Paige den Becher in die Hand. »Ich habe auch noch Whiskey reingekippt.«

Ich genehmigte mir einen vorsichtigen Schluck, würgte leicht und rutschte auf der Couch ein Stück nach links, damit sie einen freien Blick auf meinen Laptop-Monitor bekam.

»Oje.« Eilig nahm sie mir den Becher wieder ab. »Oje, oje, oje.«

Die Reaktion war deutlich besser als erwartet.

»Mir ist klar, dass diese Bilder furchtbar sind«, setzte ich langsam an und streckte meine Hand erneut nach dem mit Alkohol versetzten Kaffee aus. Denn es war geradezu erstaunlich, wie gut dieses Zeug gegen mein Kopfweh half. »Aber ich bin sicher, dass sich da noch irgendetwas machen lässt.«

»Sie sind nicht furchtbar«, antwortete Paige so diplomatisch es ihr möglich war. »Es sind nicht gerade meine Lieblingsbilder, aber furchtbar sind sie nicht. Ich hätte sie mir eigentlich viel schlimmer vorgestellt.«

Mir war klar, dass sie versuchte, nett zu sein, nachdem sie bei dem Shooting derart ausgerastet war. Das war zwar rührend, brachte mich aber zugleich etwas aus dem Konzept. Ich biss mir auf die Unterlippe, sah sie an und wartete darauf, dass sie mich anschreien würde: »Das war nur ein Witz« und ich obendrein vielleicht noch einen Fausthieb ins Gesicht bekäme.

»Was sollen wir machen?«, fragte ich und ließ sie mit der Maus hantieren, bis sie zwei Sekunden lang auf einem Foto blieb. Das eindeutig noch eins der besten war. Während eines kurzen Augenblicks hatte tatsächlich fast alles gepasst. Das Licht war weich und wunderschön, und Anas kalter Blick bildete einen herrlichen Kontrast zu Marthas traurigem Gesichtsausdruck. Nur Artie sah total bescheuert aus. »Können wir nicht irgendetwas tun?«

»Das ist alles, was wir haben. Also muss ich jetzt die Arschbacken zusammenkneifen und das Beste daraus machen.«

Das war nicht unbedingt das Kompliment, das ich erhofft hatte, aber auf alle Fälle deutlich besser als der Wutanfall, von dem ich ausgegangen war.

»Diese Krone war ein Fehler, nicht?« Paige zog eine Grimasse und legte den Daumen auf das unpassende Accessoire. »Ich frage mich, ob die mit Photoshop noch wegzukriegen ist.«

Da niemand gerne hörte: »Habe ich es nicht gesagt?«, hielt ich meinen Mund. In meinem Kopf jedoch vollführten diese Worte einen wenig ansprechenden Freudentanz, der mich an Tom Cruise in Oprah Winfreys Sendung denken ließ.

»Tut mir leid, dass ich so stur war – aber ich war einfach panisch. Und das bin ich für gewöhnlich nie.« Sie rief ein paar der Bilder auf, die auch ich gedanklich als am wenigsten entsetzlich eingestuft hatte, und nickte langsam mit dem Kopf. »Wenn du diese Bilder noch ein bisschen aufmotzt, schicke ich sie Stephanie, und dann kann sie uns sagen, ob sie sie verwenden kann. Nick müsste heute Abend noch sein Interview bekommen, und dann haben wir's geschafft. Zum Glück.«

»Das Porträt machen wir also nicht mehr?«, fragte ich und fügte kühn ein zusätzliches Bild, das ich nicht ganz daneben fand, der Sammlung akzeptierter Aufnahmen hinzu. »Mit Artie, meine ich?«

»Nach diesem Nachmittag hat er urplötzlich kein Interesse mehr daran«, erklärte Paige. »Also wahrscheinlich nicht. Ich habe wirklich keine Ahnung, was morgen bei dem Gespräch mit Steph passieren wird. Weil es im Grunde bei der ganzen Sache um den großen Bertie und nicht um den Blödmann Artie ging. Die gesamte Modewelt liegt diesem alten Mann zu Füßen. Weil er einer der Letzten von der alten Garde ist. Artie hat im Gegensatz zu ihm einen fürchterlichen Ruf. Ich habe mal gehört, wie Anna Wintour von dem Kerl als von einem verwöhnten Rotzlöffel gesprochen hat.«

»Wow. Wenn ich sehe, wie er jetzt ist, stelle ich mir lieber gar nicht vor, wie er als kleiner Junge war.«

»Oh nein, das hat sie letztes Jahr gesagt«, klärte mich Paige mit hochgezogenen Brauen auf.

»Tut mir leid, ich war dir vorhin keine große Hilfe«, sagte ich. Ich konnte sehen, dass sie im Begriff war aufzugeben, doch das durfte nicht geschehen. Denn wenn sie unterging, würde sie uns alle mitreißen. »Ich hatte einfach solche Angst, die Bilder zu vermasseln, dass ich gar nicht mehr daran gedacht habe, worum es überhaupt bei diesem Auftrag geht.«

»Und ich habe mich darauf konzentriert, dass du die Bilder nicht vermasselst, weil ich einfach nicht dran denken wollte, wie beschissen diese ganze Sache läuft«, räumte sie augenrollend ein und blickte mich mit einem schwachen Lächeln an. »Tut mir leid, dass ich es dir so schwer gemacht habe. Ich weiß, die Sache ist nicht so gelaufen, wie sie hätte laufen sollen, aber trotzdem bin ich froh, dass nicht Vanessa hier ist, sondern du. Und nicht nur, weil sie ein bösartiges Höllenweib ist. Sondern weil du eine wirklich gute Fotografin bist. Das ist mein Ernst. Verdammt, sieh dir doch nur mal an, was du aus diesen drei Idioten rausgekitzelt hast.«

Sie wies auf meinen Laptop, und mir wurde warm ums Herz. Denn ihre Worte klangen beinah wie ein Kompliment, und schließlich war es eine Weile her, seit irgendjemand nett zu mir gewesen war. Nun, abgesehen von Al. Und Nick. Das hieß, in kurzer Zeit hatten mir sogar drei verschiedene Menschen nettes Zeug gesagt. Hmm. Es war sehr angenehm, mich während eines kurzen Augenblicks mal nicht in Selbsthass zu ergehen.

»Steph wird doch bestimmt verstehen, dass unter den

gegebenen Umständen nichts Besseres herausgekommen ist.« Ich war mir alles andere als sicher, dass sie das verstehen würde, aber irgendwie fand ich es richtig, Paige erst einmal aufzubauen. »Du kommst mit einer Story und mit Aufnahmen zurück. Und schließlich kannst du nichts dafür, dass Bertie plötzlich nicht mehr zu erreichen war.«

»Nein, ich weiß.« Paige lehnte sich zurück und trank den Rest ihres Whiskey-Kaffees aus. »Aber sie hat schon Leute wegen weniger gefeuert. Und ich liebe meinen Job.«

»Ich habe meine Arbeit ebenfalls geliebt und wurde völlig grundlos an die Luft gesetzt.« Ich schaltete den Laptop aus. »Du weißt selbst, dass es dazu nicht kommen wird – aber im Ernst, wenn sie dich dafür feuern, dass du dir den Hintern aufgerissen hast, um uns alle vor der vollkommenen Katastrophe zu bewahren, sollen sie dich doch einfach gernhaben. Dann findest du auf alle Fälle eine neue Stelle, wo man deine Arbeit schätzen wird.«

»Hast du das auch gesagt, als dir gekündigt worden ist?« Sie stellte ihren Kaffeebecher auf dem weißen Holztisch ab.

»Ich bin eine Woche lang nicht aus dem Bett gekommen, habe mich auf einer Taufe weggebeamt, mich in einem Etagenbett in meinem alten Kinderzimmer von meinem besten Kumpel vögeln lassen und danach mein Zeug gepackt, um hierher abzuhauen«, klärte ich sie achselzuckend auf. »Ich habe also die Latte ziemlich hoch gelegt.«

»Schuld sind ganz allein die Männer«, meinte Paige. »Hast du noch irgendwas zu trinken da?«

»In der Küche steht noch eine Flasche Champagner.«

Sie rutschte von der Couch, marschierte schnurstracks auf den Kühlschrank zu … und sah dabei einfach fantastisch aus. Wäre mir nicht klar gewesen, wie neurotisch und verrückt sie war, hätte ich sie abgrundtief gehasst. »Wobei ich noch was aus den Bildern machen muss. Ich trinke also lieber nichts.«

Ein lautes Ploppen zeigte mir, dass sie mich nicht verstanden hatte oder so verzweifelt war, dass sie im Notfall auch alleine eine ganze Flasche Schampus leeren würde. Was ihr durchaus zuzutrauen war.

»Wir sollten vielleicht auch was essen«, schlug ich vor, als sie mit einer offenen Flasche Veuve Clicquot und zwei Champagnergläsern wiederkam. Mein Schädel hüstelte diskret, weil er noch leicht unter dem letzten Kater litt, und mein Magen knurrte derart laut, dass es beinahe wie Gewitterdonner klang.

»Ich halte mich beim Essen momentan etwas zurück«, erklärte Paige, obwohl sie eindeutig die dünnste junge Frau der Welt mit Brüsten war. »Weil ich vor der Fashion Week noch drei Kilo abnehmen muss. Ich weiß, das ist ein dämliches Klischee, aber im Ernst, bei diesen Modenschauen in New York muss ich aussehen, als wäre ich vor einer Woche noch todkrank gewesen, wenn die anderen mich nicht fressen sollen.«

»Was vollkommen idiotisch ist, denn schließlich ist an dir kaum etwas dran.« Widerstrebend akzeptierte ich ein volles Glas und wünschte mir, ich hätte endlich mal genügend Mumm, um unhöflich zu sein. Gott sei Dank bot man mir niemals irgendwelche Drogen an – denn sicher hätte ich nicht einmal dazu nein gesagt.

»Was ist dir lieber, Tess – etwas zu essen oder Komplimente?«

»Eh – Komplimente?«

Paiges Gesicht verriet, dass diese Antwort falsch gewesen war.

»Nein, auf alle Fälle was zu essen«, korrigierte ich mich schnell.

»Ich weiß, das klingt total nach Ana, aber schließlich bin ich in der Modebranche tätig.« Paige trank ihren ersten Schluck Champagner, und ihr wolllüstiges Stöhnen rief ein leichtes Unbehagen in mir wach. Sie brauchte offenbar noch dringender als ich mal wieder anständigen Sex. »Ich glaube, es war Kate Moss, die mal gesagt hat: ›Nichts kann so gut schmecken, wie sich dünn sein anfühlt.‹«

»Was ja wohl totaler Schwachsinn ist.« Ich schickte Kekipi in Gedanken eine Nachricht, dass er rüberkommen und uns einen Schweinebraten oder Sushi oder Hühnchen oder meinetwegen auch ein Stückchen schimmeliges Brot mitbringen sollte. Weil mir in der Zwischenzeit vor lauter Hunger richtiggehend schwindlig war. »Aber schließlich glaube ich auch nicht, dass sie in ihrem ganzen Leben jemals eine ganze Pizza oder so gegessen hat.«

»Koks ist ein wunderbarer Appetitzügler«, erklärte Paige, »oder wenigstens angeblich.«

»Ja genau, angeblich.« Dankbar, dass ich neben Alkohol nicht auch noch irgendwelche anderen Drogen in der Küche hatte, stieß ich mit ihr an. »Also. Warum sind die Männer an dem heutigen Debakel schuld? Abgesehen davon, dass die beiden Bennett-Jungs zwei Dramaqueens und ausgemachte Blödiane sind?«

Paige leerte nachdenklich ihr Glas, legte ihren Kopf gemütlich auf der Sofalehne ab und streckte ihre langen, in Jeans steckenden Beine über meinen Oberschenkeln aus. Ich war mir nicht ganz sicher, wie ich darauf reagieren sollte. Aber es war gut zu wissen, dass sie offenbar wieder mit mir im Reinen war. Sie war einfach eine zweite Amy, und auch wenn ihre Verpackung etwas glamouröser wirkte, hatte sie am Nachmittag bewiesen, dass sie mindestens genauso irre war.

»Oh, Tess.« Wie eine Heldin von Jane Austen hob sie seufzend eine Hand an ihre Stirn. Als wäre sie todlangweilig und grottenhässlich und als wäre ich die couragierte große Schwester, die gezwungen wäre, ihre Ehre zu verteidigen und einen reichen Mann für sie zu finden, weil sie selbst dazu beim besten Willen nicht in der Lage war. »Ich komme mir total idiotisch vor.«

»Hände hoch, wer nicht.« Ich blickte mich im leeren Zimmer um und konnte nirgendwo erhobene Hände sehen.

»Nein, ich habe mich vollkommen lächerlich gemacht.« Sie legte ihren Kopf so weit zurück, dass ihr seidig weiches Haar bis auf den Boden hing. »Ich habe Nick gesagt, dass ich in ihn verschossen bin.«

Oh nein.

Obwohl ich mir das bereits hatte denken können, fühlte es sich alles andere als gut an, es aus ihrem Mund zu hören.

»Du, Paige Sullivan von unbestimmtem Alter, hast dem alten Knacker Nick erzählt, dass du in ihn verschossen bist?«, hakte ich nach. Um ganz sicherzugehen.

»Ich bin dreißig, verdammt, aber ja, wir wollten gestern Abend essen gehen, aber dann meinte er plötzlich, dass er lieber eine Bootstour machen will, und ich habe mich die ganze Zeit übergeben, und er war so süß und so besorgt, dass es einfach so aus mir herausgebrochen ist.« Am liebsten erzählte Paige die Dinge stets in endlosen Bandwurmsätzen. »Und er war total lieb, aber leider hat er nicht das mindeste Interesse, deshalb weiß ich nicht mehr, wie ich mit ihm umgehen soll, und komme mir wie vierzehn vor.«

»Er hat kein Interesse?«, wiederholte ich den Schlüsselteil der überstürzten Rede. »Woher willst du das denn wissen?«

»Abgesehen von der Tatsache, dass ich mich ihm auf dieser Bootstour praktisch an den Hals geworfen habe und dass er, obwohl wir auf Hawaii sind und obwohl es sonst hier keine Frau gibt, die ihm zusagt …« Als sie eine kurze Atempause machte, fielen ihr offensichtlich meine schmalen Lippen auf. »Was ist?«

»Nichts. Sprich weiter«, bat ich sie gepresst.

»Tja, nun – es ist ganz einfach so, dass er für den Model-Typ nichts übrig hat«, erklärte sie und machte dadurch alles nur noch schlimmer. »Und du hast diesen Kerl daheim, in den du schon seit einer Ewigkeit verliebt bist, oder nicht?«

Ihre Argumente waren durchaus schlüssig, und ich konnte durchaus nachvollziehen, dass sie mich in Bezug auf Nick anscheinend nicht als Kontrahentin sah. Doch auch wenn ich ihr erzählt hatte, ich würde Charlie lieben – was ja tatsächlich so war –, tat sie mich aus meiner Sicht etwas zu schnell als Konkurrentin ab. Auch wenn das durchaus zu verstehen war – denn schließlich war sie wunderschön, erfolgreich, amüsant und clever, wenn sie wollte, hatte unglaubliches Haar, und wenn die zwei zusammen waren, wirkten sie und Nick wie die Werbeträger ganz besonders teurer Jeans. Wie auf den H&M-Plakaten, die man immer in der U-Bahn sah und auf denen angeblich »echte« Menschen abgebildet waren, die deutlich attraktiver waren als all die Leute, die man in den Zügen sitzen sah. Ich hätte sie sofort für den Verkauf von teuren Küchenutensilien gebucht. Hingegen hätten Charlie und ich bestenfalls für eine Werbung für Pizza Hut getaugt.

»Sprich weiter«, bat ich sie erneut und nippte abermals an meinem Glas, um zu erforschen, ob ich bereits wieder eine kleine Menge Alkohol vertrug.

»Tja, nun, ich hing also über der Reling, und er war echt nett und witzig und hat mir erst ein Glas Wasser und danach ein Handtuch fürs Gesicht gebracht, und ich habe gesagt, er würde sicher einmal eine wirklich gute Ehefrau, und er meinte, ein solches Glück hätte er sicher nicht, und ich habe gelacht und ihm erklärt: ›Oh, ich würde dich ganz sicher heiraten‹, und dann haben wir beide kurz gelacht, ich habe ihm die Hand aufs … Bein gelegt, und da wurde er plötzlich ungewöhnlich still und meinte, dass es ›da schon eine andere gäbe‹, und als ich zu laut gelacht und ihm erklärt habe, ich hätte einfach einen Witz gemacht, hat er gesagt, das wäre ihm natürlich klar, und dann bin ich gegangen, weil mir diese ganze Sache furchtbar peinlich war.«

Meine erste Reaktion war »armer Nick«. Da war er extra nach Hawaii gekommen, um hier einen Kerl zu interviewen, der sich nicht interviewen lassen wollte, und verbrachte praktisch seine ganze Zeit damit, nach jungen Frauen zu sehen, die über der Kloschüssel oder der Reling eines Bootes hingen. Davon träumte sicher niemand. Denn von Brech-Fetischisten hatte ich bisher noch nichts gehört.

Als zweites dachte ich: »Es gibt schon eine andere?« Ach …

»Hast du danach noch mal mit ihm gesprochen?«, fragte ich.

»Nur, als er heute Nachmittag am Set war«, antwortete sie und hob ihr frisch gefülltes Glas an ihren Mund. »Aber das ist kein Problem. Ich muss einfach aufhören, mich in irgendwelche Blödiane zu vergucken, weiter nichts.«

»Na, wenn das alles ist.« Ich tätschelte ihr aufmunternd das Knie. »Das wird bestimmt das reinste Kinderspiel.«

»Du hast gut reden«, stieß sie höhnisch aus. »Weil du auf dem Gebiet der richtigen Entscheidungen ja schließlich eine echte Fachfrau bist.«

Himmel, wenn du wüsstest, dachte ich und stieß ein möglichst lautes Lachen aus.

»Aber du bist doch wohl nicht echt in ihn verliebt?«, erkundigte ich mich und hoffte inständig auf eine Antwort, die mir helfen würde, nachts zu schlafen, statt mich stundenlang in fürchterlichen Selbstvorwürfen zu ergehen. »Ich meine, in Nick.«

»Keine Ahnung.« Sie wickelte sich eine Strähne ihrer Haare um den Finger und fuhr schulterzuckend fort: »Nach der Sache mit meinem Ex hatte ich von Männern erst einmal die Nase voll, und Nick ist so … du weißt schon. Er ist durch und durch ein Mann. Und ich weiß, er redet gerne jede Menge Blödsinn, doch der Freund von meiner Freundin Jackie ist ein Kumpel seines Kumpels Steven, und nach Stevens Meinung hat Nick nach der Sache mit dem Mädel aus den Staaten keine feste Freundin mehr gehabt.«

»Okay«, erklärte ich und fügte diese Info dem Profil, das ich von Nick erstellt hatte, hinzu. Das Mädchen aus L. A. Das zu faul für den Spaziergang bis zum Wasserfall gewesen war. »Aber du glaubst nicht, dass das vielleicht nur eine Masche ist, mit der er eine nach der anderen in die Kiste lockt?«

»Das denke ich auf jeden Fall«, bestätigte mir Paige, doch das Leuchten ihrer Augen machte deutlich, wie erregend sie diesen Gedanken fand. »Doch im Grunde warten gerade solche Männer darauf, irgendwann die Richtige zu treffen. Mir ist klar, das klingt naiv, aber wenn man in ein bestimmtes Alter kommt, wird einem klar, dass es tatsächlich stimmt.«

Ich brachte es nicht übers Herz und hatte auch oder vor allem nicht die Energie, um ihr zu widersprechen, denn sie klang vollkommen überzeugt. Aber wer von ihnen beiden hatte recht? Saßen Männer wirklich einfach in der Höhle, kratzten sich und warteten voll Sehnsucht auf die Liebe einer anständigen Frau, oder stiegen sie so lange auf verschiedene Berge, bis sie keine Lust mehr hatten, irgendwelche Gipfel zu erstürmen, weil sie letzten Endes alle ähnlich waren? So oder so war Amor offenkundig arbeitslos. Aber die Rezession traf schließlich jede Menge Leute hart.

»Dann hast du ihn also wirklich gern?«

»Weißt du, mein Herz sagt ja, aber mein Kopf eher nein«, gab sie zurück und zog die Nase kraus. »Wobei mein Unterleib was völlig anderes sagt. Vielleicht liebe ich ihn wirklich, aber vielleicht will ich ihn auch nur von Kopf bis Fuß mit Schokocreme einschmieren, damit ich sie danach genüsslich von verschiedenen Körperteilen lecken kann. Ich glaube nicht, dass man eine vernünftige Entscheidung treffen kann, während man Sonnenmilch am Körper hat. Weil einen bereits der Geruch vollkommen in den Wahnsinn treibt.«

»Ich habe schon erheblich dämlichere Theorien über Urlaubsflirts gehört.« Vielleicht war an den Dingen, die sie sagte, ja tatsächlich etwas dran.

»Ich nehme an, bis du nach Hause kommst, hat Charlie die totale Kehrtwende gemacht.« Paige richtete sich auf und schenkte erst sich selbst und dann auch mir noch einmal nach. »Wahrscheinlich ist er total ausgeflippt, als du plötzlich abgehauen und ohne ihn fast um die halbe Welt gejettet bist. Es hat ganz sicher seine Eifersucht und seinen Neid geweckt, dass du ihn einfach außen vor gelassen hast. Entfernung macht die Herzen weich.«

»Ach ja?« Davon war ich nicht wirklich überzeugt.

»Auf jeden Fall«, erklärte Paige mit solchem Nachdruck, dass sich ihr Champagner auf der Couch ergoss. Unauffällig schnappte ich mir ein Stück Küchenrolle und saugte diskret die Nässe damit auf. »Auf jeden Fall verhärtet sie den Schwanz. Das klingt vielleicht etwas vulgär, ist aber trotzdem wahr. Er wird sich wie von Sinnen auf dich stürzen, kaum dass du wieder in London bist. Ist bestimmt schon total heiß auf dich. Er ist doch sicher heiß?«

»Auf jeden Fall.« Ich faltete das feuchte Küchentuch zusammen, warf es auf den Tisch und gab mir alle Mühe, nicht an Charlies Penis zu denken.

»Zeig mir ein Bild von ihm.« Sie griff nach meinem Laptop und hielt ihn mir hin. »Los, nur eins. Damit ich sehen kann, was so besonders an ihm ist.«

Mit der Begeisterung eines gestrandeten Wals loggte ich mich bei Facebook ein, wo ich sofort auf Tausende von Aufnahmen von mir und Charlie stieß. Bisher war ich so stolz auf mich gewesen. Denn ich hatte mir die Bilder mindestens schon vierundzwanzig Stunden nicht mehr angesehen. Doch jetzt stieg abermals das alte Elend in mir auf.

»Der ist aber wirklich süß«, begeisterte sich Paige. »Und groß. Wie der nette Typ von nebenan. Ich wette, dass er supergut im Austauschen von Glühbirnen und supersportlich ist. Ihr seid ein wirklich hübsches Paar.«

»Hmm.« Mehr brachte ich beim besten Willen nicht heraus.

»Oh, verdammt – es tut mir leid.« Eilig klappte sie den

Laptop wieder zu. »Ich habe wieder mal einfach nicht nachgedacht. Aber im Ernst, wahrscheinlich braucht er wirklich nur ein bisschen Abstand, bis er zur Besinnung kommt. Es ist wirklich gut, dass du hierhergekommen bist.«

Ich nickte stumm. Vielleicht war es ja wirklich gut, dass ich Hals über Kopf von London nach Hawaii geflogen war. Denn in Paige hatte ich eine tolle neue Freundin aufgetan, hatte mich an meine Leidenschaft für die Fotografie erinnert und entdeckt, dass ich anscheinend eine durchaus talentierte Fotografin war. Was mich wirklich glücklich machte. Doch ich hatte außerdem was mit dem Typen angefangen, für den meine neue Freundin schwärmte, mich als jemand ausgegeben, der ich nie und nimmer war, und meiner Mitbewohnerin den Job geklaut. Weswegen ich noch immer leicht in Sorge war. Aber vielleicht glichen ja die Vorteile der Reise ihre Nachteile zumindest halbwegs aus.

Paige durchkreuzte meinen Plan, mich nicht noch einmal zu betrinken und noch mal die Aufnahmen des Tages durchzugehen. Denn sie hatte offenbar die Absicht, sich nach Kräften wegzubeamen, und nach einer Stunde war sie bei der zweiten Flasche Schampus und meinen drei Jahre alten Facebook-Bildern angelangt.

»Ihr seht alle total glücklich aus«, stellte sie mit einem leisen Schniefen fest. »Du und deine Freunde. Wohingegen ich mit lauter Arschlöchern befreundet bin. Alle meine Freunde waren im Grunde immer mehr mit meinem Ex befreundet, und die Einzigen, die mir geblieben sind, sind aus der Modebranche. Wo es keine echten Freunde gibt.«

»Und wie sieht es mit den Leuten von der Zeitschrift

aus?« Ich hielt ihr ein Glas Wasser hin, aber sie schob es achtlos fort und schenkte sich erneut Champagner ein.

Ich tröstete mich damit, dass die Couch nicht mir gehörte und dass ich auch nicht verantwortlich für all die Flecken war. »Die Mädels von der Zeitschrift sind doch sicher ziemlich witzig, oder nicht?«

»Nur dass ich eben aus der Modebranche komme.« Kopfschüttelnd klickte Paige ein Bild von Amys vierundzwanzigstem Geburtstag an. Ich hatte sie in das Naturkundemuseum eingeladen, um sich dort die Dinosaurier anzusehen. Was ihr jedoch bei Weitem nicht so gut gefallen hatte wie mir selbst. »Die Frauen, die dort schreiben, kennen sich bereits seit einer Ewigkeit. Und irgendwie fällt es mir immer ziemlich schwer, Freundschaften zu schließen. Weil ich den meisten Frauen offenbar unsympathisch bin.«

Ich lehnte mich ein Stück zurück und betrachtete die wunderhübsche, aber sturzbetrunkene Frau, die vor mir auf dem Sofa saß und immer weiter Schampus trank. Trotz ihres Zustands sah sie aus, als hätte sie jemand direkt von ihrem eigenen Mode-Shooting auf die Couch verpflanzt. Ihr hauchdünner Pulli wies nicht eine Falte auf und war noch immer blütenweiß. Ich selbst trug höchstens an den Tagen Weiß, an denen ich nur durchsichtige Flüssigkeiten zu mir nahm. »Ich verstehe nicht, warum.«

»Oh, das liegt ganz einfach daran, dass ich, ach du weißt schon…« Trunken fuhr sie mit der Hand an sich herab. »Was auch immer. Kein Problem.«

Man musste sie einfach dafür bewundern, dass sie derart ehrlich war.

»Ich finde dich sehr nett.« Ich trug die leeren Flaschen in die Küche und stellte den Wasserkessel an. Denn Paige mochte auf halbem Weg in Richtung Katerhimmel sein, doch ich war vollkommen erledigt und hatte noch alle Hände voll zu tun. »Und ich bin eine Frau.«

»Ja, aber dir ist mein Aussehen egal.« Sie lehnte ihren Kopf gegen die Sofalehne und sah mich mit einem schiefen Lächeln an. »Weil du nicht mit mir konkurrierst.«

»Genau.« Ich schlug ihr kraftvoll auf den Oberschenkel. »Aber jetzt solltest du langsam wieder in dein eigenes Cottage gehen, damit ich meine Arbeit machen kann. Du kriegst die Fotos morgen früh.«

»Fein«, stimmte sie zu. Vor anderthalb Flaschen war ihr klar geworden, dass in dieses Glas erheblich mehr Champagner passte als in einen Kelch. »Ich bin sowieso total erledigt. Wie spät ist es, zwei?«

Ich blickte auf die Wanduhr in der Küche. Es war gerade mal halb neun.

»Schon sehr spät«, erwiderte ich ernst. »Du solltest vielleicht langsam schlafen gehen.«

»Ja, wahrscheinlich.« Nickend hievte sie sich von der weichen Couch. »Wir sehen uns dann morgen. Danke, Tess.«

Sie schwankte auf ihren hochhackigen Schuhen Richtung Tür.

»Komm gut heim«, rief ich ihr hinterher. Sie war sturzbetrunken und sah immer noch fantastisch aus.

»Sind ja nur zehn Meter.« Grinsend torkelte sie durch die Tür. »Du machst dir immer viel zu viele Sorgen.«

Und tatsächlich überlegte ich genau in diesem Augenblick, ob die Gefahr bestand, dass sie auf dem Heimweg dicht genug am Pool vorüberlief, dass sie hineinfiel und ertrank.

Dann aber war sie verschwunden, ich schloss meine

Augen, atmete erleichtert auf und dachte zwölf Sekunden lang, dass jetzt vielleicht endlich Ruhe bei mir einkehren würde.

Bis ich mein iPhone auf dem Glastisch hüpfen sah. Ich hatte es während des Shootings stumm gestellt und über dem Gespräch mit meiner Lieblings-Alkoholikerin vollkommen vergessen, doch jetzt war sie nicht mehr da, und niemand jammerte mehr laut, wie schwer es war, so wunderschön zu sein, weshalb das leise Rasseln meines Handys gut zu hören war.

Am liebsten hätte ich mir erst einmal in Ruhe einen Tee gekocht und so getan, als hätte ich das Blinken meines iPhone-Displays übersehen. Aber es war Amy. Und ich hatte sie in den vergangenen vierundzwanzig Stunden schon mal abgewürgt. Deshalb war es ausgeschlossen, jetzt nicht dranzugehen. Am besten brächte ich es also einfach hinter mich.

»Hi.« Ich zog das Ladekabel aus dem Handy, warf mich auf die Couch und streckte mich genüsslich aus. »Großer Gott, mein Tag war einfach grauenhaft.«

»Hi, Amy! Wie stehen die Aktien, Amy? Hast du eine neue Arbeit, Amy? Ich bin außer mir vor Sorge, dass es dir vielleicht nicht gut geht, Amy«, setzte sie zu ihrer Zornesrede an, bevor mein eigener Satz auch nur beendet war. »Es tut mir furchtbar leid, dass du so oft vergeblich bei mir angerufen hast, dass ich mich seit Tagen schon nicht mehr gemeldet habe und du heute rausgefunden hast, dass dein Exverlobter sich mit einer anderen verlobt hat, weil sie von ihm schwanger ist.«

»Ohhh.«

»Aber nein, sprich bitte weiter und erzähl mir ausführlich von deinem grauenhaften Tag.«

Die Stille, die auf diese Bitte folgte, war mir alles andere als angenehm.

»Es tut mir leid, Amy.« Ich wusste einfach nicht, wo ich beginnen sollte. Denn ich war seit gerade einmal fünf Minuten fort, hatte aber das Gefühl, als hätte ich sie ewig schon nicht mehr gesehen. »Bist du okay?«

»Natürlich bin ich nicht okay.« Sie schluchzte leise auf. »Er ist verlobt und kriegt ein Kind. Und ich habe keine Arbeit, eine Mutter, die mich hasst, und keine Ahnung, was mal aus mir werden soll. Komm zurück, ich brauche dich.«

»Ich bin am Sonntag wieder da«, versprach ich ihr. »Wegen diesem Blödian darfst du nicht traurig sein. Du willst ihn schließlich gar nicht heiraten und keine Babys mit ihm haben. Weil er ein Idiot ist, weißt du noch?«

»Nein, das weiß ich nicht mehr«, schniefte sie. »So schlimm war es gar nicht. Ich war auf jeden Fall nicht unglücklich mit ihm.«

»Aber auch nicht glücklich«, rief ich meiner Freundin in Erinnerung und zählte dann all die Gründe auf, aus denen sie kurz vor der Hochzeit abgehauen war. »Du hast Schluss gemacht, weil du echt mutig bist und weißt, dass du was anderes vom Leben willst als eine elende Beziehung irgendwo in einem langweiligen Reihenhaus in Ruislip mit jemandem, den du gar nicht wirklich liebst.«

»Es war ein hübsches Reihenhaus. Und was soll jetzt an meinem Leben besser sein? Kannst du mir das mal sagen, Tess?«

»Dass du dein Leben nicht vergeudest?« Ach, wie gerne wäre ich daheim gewesen, um sie kraftvoll durchzuschütteln. Weil sie sich fast nie in Selbstmitleid erging, aber wenn die Depression sie einmal packte, tauchte sie erst wieder aus dem Tief hervor, wenn sie einen sprichwörtlichen Tritt in ihren Allerwertesten und gegebenenfalls noch eine echte Ohrfeige bekam. »Dass du nicht so zu leben brauchst, wie jemand anders es will.«

»Ich hätte lieber wieder Dave, als ganz allein zu sein«, stieß sie mit erstickter Stimme aus.

Vielleicht war es doch ganz gut, dass Tausende von Meilen zwischen mir und meiner Freundin lagen. Denn ich hätte ihr für diesen Satz ganz sicher einen Tritt verpasst.

»Nein, Amy, das ist nicht wahr.«

Ihr entfuhr ein lautes Heulen, und ich wartete geduldig ab, bis nur noch ein ersticktes Quietschen durch den Hörer drang.

»Am Sonntag bin ich wieder da«, erklärte ich erneut, klappte erschöpft die Augen zu und versuchte, nicht daran zu denken, was das für mich hieß. »Reg dich ja nicht wegen diesem Typen auf. Das zwischen euch ist Jahre her, und ohne ihn bist du viel besser dran.«

»Und wie kommt es dann, dass er bald heiratet und Vater wird und ich noch immer Single und nicht schwanger bin?«

Ahhh. Das war ein erster kleiner Fortschritt. Denn die Tränen machten Platz für einen ersten Wutanfall, und ihre Stimme wurde wieder laut.

»Was habe ich falsch gemacht? Weshalb bin ich immer noch allein?«

»Du weißt, dass es kein Handbuch dafür gibt, wie man sein Leben leben soll«, versuchte ich sie zu beruhigen. Meine beste Freundin bräuchte dringend eine Schulter, um sich daran anzulehnen, und ich fühlte mich entsetzlich, weil ich ihr nicht zur Verfügung stand. »Das, was du im Augenblick erlebst, macht jeder einmal durch. Und schließlich bin ich auch alleine, oder etwa nicht?«

»Ja, aber das liegt daran, dass du so dämlich bist«, fuhr sie mich an.

»Wie bitte?« So viel dazu, dass ich sie hatte beruhigen wollen.

»Oh, du weißt genau, wovon ich rede«, lenkte Amy ihren Zorn auf mich. »Du hast nur deshalb keinen Freund, weil du seit Jahren darauf wartest, dass der blöde Charlie endlich aufwacht und erkennt, dass er dich liebt – und kaum beschließt du, dass du über ihn hinweg bist, landest du mit einem anderen, heißen Kerl im Bett. Mein Mitgefühl mit dir hält sich deshalb momentan durchaus in Grenzen.«

»Dann habe ich es also nicht verdient, mal etwas Spaß mit einem Mann zu haben, nur weil jemand anders die Gefühle, die ich für ihn habe, nicht erwidert?« Irgendwie erschien mir das nicht wirklich fair. »Tut mir leid, dass ich mich in den letzten Jahren nicht quer durch die Stadt gevögelt habe in der Hoffnung, irgendwann wäre vielleicht der eine, wahre Schwanz für mich dabei.«

»Willst du damit sagen, dass ich eine Schlampe bin?« Jetzt klang Amy laut und angepisst. »Red nicht um den heißen Brei herum. Los. Sprich's einfach aus.«

»Ich will damit nicht sagen, dass du eine Schlampe bist«, gab ich möglichst ruhig zurück. Ich war viel zu müde und gestresst für ein derartiges Gespräch. »Aber es ist auch nicht gerade so, als hättest du nicht mindestens deinen gerechten Anteil der Männerwelt ins Bett gekriegt.«

»Ach, leck mich doch am Arsch«, fuhr mich meine beste Freundin an. »Ich weiß, dass es dich glücklich macht, wenn du das Mauerblümchen spielen kannst, aber ein paar von uns haben nun mal ein Leben. Tut mir leid, falls dich das aus der Fassung bringt.«

»Ich will mich nicht mit dir streiten«, sagte ich, wobei die nächsten Worte, die ich sagte, eher wie eine Warnung klangen als entschuldigend. »Ich hatte einfach einen echt beschissenen Tag. Ich bin am Sonntag wieder da. Wir können also entweder jetzt gleich in Ruhe über alles reden oder uns darüber streiten, wenn ich wiederkomme.«

»Ach ja, stimmt, das hatte ich total vergessen. Also los, erzähl mir mehr von deinem grauenhaften Tag im Paradies.« Anscheinend wollte sie mit unserem Streit nicht warten, bis ich wieder in der Nähe war. »Ist den anderen endlich aufgefallen, dass du gar keine echte Fotografin bist? Das ging sicher schnell. Hast du dich als Fotografin auch so dämlich angestellt wie bei Donovan & Dunning, wo du so erfolgreich warst, dass man dich ohne Grund gefeuert hat? Oder bist du bei deinem neuen Freund inzwischen wie zuvor bei Charlie abgeblitzt?«

Ich legte wortlos auf und schleuderte mein iPhone durch den Raum. Was ich sofort bereute, als das Klirr, Klirr, Krach eines zerbrochenen Telefons an meine Ohren drang.

»Es ging gar nicht um dich«, versuchte ich mich selber zu beruhigen, doch mein Blutdruck stieg derart gefährlich an, dass ich das Gefühl hatte, aus meinen Augen quelle dichter Rauch. »Sie war absichtlich so gemein. Weil sie dich verletzen wollte.«

Was ihr eindeutig gelungen war. Wie konnte sie es wagen, so mit mir zu reden? Denn sie wusste schließlich, dass die ganze Angelegenheit mich furchtbar stresste und dass ich vollkommen panisch war. Mit einem Mal war meine Müdigkeit verraucht, und beinah wäre ich vor lauter Zorn geplatzt. Meine Schultern bebten, und ich ballte meine Fäuste und bedauerte zutiefst, dass niemand in der Nähe war, auf den ich losgehen konnte, um mein Elend abzureagieren.

Ich stapfte in die Küche, riss die Türen der Schränke auf und warf sie wieder zu. Weil mir ein Snack jetzt auch nicht half. Die Lage war so ernst, am liebsten hätte ich was Drastisches getan wie mir alle Haare abzuschneiden, meiner Freundin Gwyneth Paltrows Kopf zu schicken … oder vielleicht eher irgendwas zu tun, wozu kein scharfes Messer nötig war.

In meinem Zorn kam mir das luftige und helle Cottage eng und düster vor. Ohne Schuhe, Schlüssel oder eins der anderen Dutzend Dinge, ohne die ich für gewöhnlich niemals aus dem Haus ging, stürmte ich auf die Veranda. Wo die frische Meeresbrise mich wie eine nasse Ohrfeige traf und mich innehalten ließ.

Atme erst mal durch, empfahl mir eine leise Stimme irgendwo in meinem Hinterkopf. *Atme erst einmal tief durch.*

»Alles klar?«

In einer Hand ein Buch, in der anderen einen Drink, den Laptop vor sich auf dem Tisch und mit nachdenklicher Miene hockte Nick vor seinem Haus.

»Ist etwas passiert?«

»Jede Menge«, antwortete ich und blieb wie angewurzelt stehen.

»Wie läuft es mit den Fotos?«, fragte er.

»Wie läuft es mit dem Interview?«, lenkte ich ab.

»Beschissen.« Achselzuckend nahm er eine Pfeife aus dem Aschenbecher auf dem Tisch. Eine echte Pfeife, die wahrscheinlich sogar noch aus Meerschaum war. »Weil

Artie ein stinklangweiliger, aufgeblasener Wichtigtuer ist.«

»Mit meinen Fotos läuft's genauso schlecht«, räumte ich ein, während der Wind des Zorns aus meinen Segeln wich. »Sie sehen einfach nicht richtig aus. Nicht so, wie sie sollten.«

»Diese ganze Sache war von Vornherein totaler Schwachsinn.« Vorsichtig riss Nick ein Streichholz an, und ich beobachtete, wie die grell orangefarbene Flamme sein Gesicht erhellte, ehe sie zu einer weichen goldenen Glut erstarb. »Mach dir nichts draus. Es gibt schließlich noch andere Jobs.«

Ich lachte leise auf und klappte meine Finger auseinander. Er hatte gut reden.

»Ich wollte nur, dass endlich wieder einmal eine Sache richtig läuft.« Ich lenkte meinen Blick aufs Meer. »Ich wollte nur hierherkommen, die Bilder machen und mir selber sagen können, dass sie gut geworden sind. Wollte wissen, dass ich nach den ganzen Dingen, die in den vergangenen Wochen bei mir schiefgelaufen sind, zumindest diese eine Sache kann.«

»Es ist bestimmt nicht deine Schuld«, erklärte er. »Aber du bist ziemlich schnell gestresst, nicht wahr?«

»Ich weiß nicht.« Ich bemühte mich nach Kräften, nicht in Tränen auszubrechen. Denn ich hatte schon seit einer Ewigkeit in keinen Spiegel mehr geblickt, mich vor noch längerer Zeit zum letzten Mal geschminkt und sähe mit rot verquollenen Augen sicher auch nicht besser aus. »Ich hätte es einfach gebraucht, dass diese eine Sache funktioniert.«

»Ein beschissenes Shooting macht dich nicht zu einer schlechten Fotografin«, antwortete Nick, der keine Ahnung hatte, worum es in Wahrheit ging. »Es bedeutet nur, dass du dich beim nächsten Shooting wie im Urlaub fühlen wirst.« Er wies mit seiner Pfeife auf die Luxusunterkunft, in der ich wohnte, und fügte mit einem schiefen Lächeln an: »Auch wenn das in Anbetracht dieser Umgebung sicher leicht ironisch klingt.«

Inzwischen war der Himmel wieder klar und mit Dutzenden von Sternbildern, die ich nicht kannte, übersät. Als wir klein gewesen waren, hatten ich und Amy uns an Sommerabenden oft heimlich fortgeschlichen, irgendwo ins warme Gras gelegt und uns Geschichten für die vielen Sterne ausgedacht. Seltsam, dass die Sterne hier dieselben waren. Ich ging ein Stückchen Richtung Strand und legte mich in den noch immer warmen Sand. Schon immer hatte ich mir abends, wenn der erste Stern zu sehen gewesen war, etwas gewünscht. Allerdings hatte mein jahrelanger Wunsch, dass Charlie sich in mich verlieben sollte, sich bis heute nicht erfüllt, und trotz meiner Wut auf Amy und obwohl ich generell mit meinem Leben augenblicklich alles andere als glücklich war, wurde mir plötzlich eine Sache klar.

Es war allerhöchste Zeit für einen neuen Wunsch.

Nick legte sich neben mich und sah zum Himmel auf. »Hast du einen Spitznamen?«

»Einen Spitznamen?«, fragte ich alarmiert. Hatte Paige mich vielleicht zufällig einmal in seiner Nähe Tess genannt?

»Ja, die Leute sprechen dich doch sicher nicht andauernd als Vanessa an. Das klingt furchtbar dramatisch.« Leise lachend ruderte er mit den Armen durch die Luft. »Vanessa.«

»Nein, ich habe keinen Spitznamen«, gab ich zurück.

Wie gern hätte ich reinen Tisch gemacht. Mich zu ihm herumgerollt, auf einem Ellenbogen abgestützt und ihm erklärt: »Hör zu, das ist eine witzige Geschichte, doch in Wahrheit heiße ich gar nicht Vanessa, sondern Tess…«

Aber das tat ich nicht. Aus irgendeinem Grund fehlte mir dafür einfach der Mut.

»Dann denke ich mir einen für dich aus.« Er streifte seine Schuhe ab und schob die nackten Füße in den Sand.

»Rauchst du wirklich Pfeife? Eine echte Alte-Männer-Pfeife?«, fragte ich.

»Ja, ich rauche wirklich eine echte Alte-Männer-Pfeife«, gab er zu und sah mich mit dem Grinsen an, das eine Schar hyperaktiver, junger Kätzchen durch meinen Körper tollen ließ. »Ich finde das entspannend.«

»Bestimmt hörst du auch gerne Jazz«, stellte ich lächelnd fest. Er war mir derart nah, dass mir sein Geruch entgegenschlug. Er hatte eine Wirkung auf mich wie eine Mischung aus Prozac und Katzenminze – alles andere war vollkommen bedeutungslos, wenn ich in seiner Nähe war. Dann war ich völlig ruhig, während zugleich ein wunderbares Kribbeln über meinen Rücken rann.

»Ich liebe Jazz.« Sein breites Lächeln war ihm deutlich anzuhören. »Bin ich dir Klischee genug?«

Seine Finger suchten meine Hand im Sand, und wir lagen schweigend da.

Schließlich ließ ich meinen Kopf ein wenig auf die Seite fallen, bis er auf seiner Schulter lag. Ich ging fast sicher davon aus, dass er sie mir entziehen würde, hoffte aber, dass er es nicht täte. Und tatsächlich tat er es auch nicht.

»Also«, wisperte ich leise, um den Klang der Wellen nicht zu stören. Weil mir das unhöflich erschien. »Vor zwei Nächten hast du mir erzählt, du wärst ein elender Schweinehund. Und wie passt das damit zusammen, dass du Jazz-Fan bist und Pfeife rauchst?«

»Haha.« Er stieß mich sanft mit seiner Stirn an, und ich vergrub den Kopf an seiner Schulter und lächelte sanft in mich hinein. »Ich bin sogar ein Riesenschweinehund. All dies ist einfach eine List, um mich bei dir einzuschmeicheln, damit du nicht merkst, dass ich in Wahrheit nur das Silber deiner Oma klauen will.«

»Nur dass meine Oma gar kein Silber hat. Sie hat jede Menge Kataloge von Versandhäusern und Nippes-Gänse, aber sonst nichts.«

»Und warum ausgerechnet Gänse?«

»Keine Ahnung«, antwortete ich. »Paige hat mir erzählt, dass du mit jemandem zusammen bist.«

Nick rollte sich auf seinen flachen Bauch, und während weißer Pulversand auf meinen Körper rieselte, sah er mich aus zusammengekniffenen, blauen Augen an.

Ich entzog ihm meine Hand und schob sie, um sie warm zu halten, unter mich.

»Ach ja?«

»Ach ja.« Wie hatte ich so blöd sein können, dieses Thema anzusprechen? Doch irgendwie waren die Worte einfach so aus mir herausgeplatzt.

»Davon hättest du mir ruhig etwas erzählen können.«

»Wenn es diesbezüglich etwas zu erzählen gäbe, hätte ich es dir erzählt.«

»Aha.«

Das war nicht wirklich eine Antwort, und ich war nicht sicher, ob es mir jetzt besser ging. Denn entweder belog er mich, oder er hatte Paige die Unwahrheit erzählt.

Super. Alles, was ich bisher rausgefunden hatte, war, dass Nick ein Lügner war. Probleme dieser Art hatte ich in all den Jahren, während ich an achtzig Stunden in der Woche hinter meinem Schreibtisch festgesessen, über schwachsinnige Werbeslogans für Frischhaltefolie nachgegrübelt und mich gleichzeitig nach meinem besten Freund verzehrt hatte, niemals gehabt.

Es war ein warmer, ruhiger Abend, und mit einem Mal kam es mir vor, als wären all die anderen Dinge, die ich vor dem Verlassen meines Cottages erlebt hatte, inzwischen ewig her. Als hätte ich vor Tausenden von Jahren mit Amy gestritten, was mit Paige getrunken sowie Hunderte von grauenhaften Aufnahmen gemacht. Das Einzige, was jetzt noch zählte, war, dass ich mit Nick am Strand lag und mich nicht mehr rühren wollte. Was bewies, dass von der alten Tess nicht mehr viel übrig war.

Die alte Tess hätte sofort noch mal bei Amy angerufen, um sie um Entschuldigung zu bitten, obwohl sie im Grunde gar nicht schuld an ihrem Streit gewesen war. Oder säße bis zum nächsten Morgen an Paiges Bett und spielte irgendwas auf ihrem Handy, nur um zu verhindern, dass die andere an ihrem eigenen Erbrochenen erstickte, falls sie sich urplötzlich übergab. Die alte Tess würde ganz sicher nicht die Schulter straffen und versuchen, nicht daran zu denken, wann sie wohl zum nächsten Mal mit diesem Typen schlafen könnte, der praktisch ein Fremder für sie war.

Ich lenkte meinen Blick auf Nicks mit dunklen Bartstoppeln verzierten Kiefer und auf seine volle Unterlippe und versuchte zu ergründen, was er gerade dachte.

»Und, hast du von deinem Typen daheim etwas gehört?«

Ohhh.

»Nein«, erklärte ich. »Nicht den allerkleinsten Piep.«

»Und, wirst du ihn anrufen?« Jetzt rollte er sich wieder auf den Rücken, schob sich unmerklich ein wenig näher, und zum ersten Mal in meinem Leben wollte ich nicht über Charlie Wilder reden. Was doch sicher ein gutes Zeichen war.

»War das Interview wirklich so schlecht?«, lenkte ich ihn schnellstmöglich vom Thema ab. »War Artie echt so grauenhaft?«

»Es war wirklich so schlecht, und er war echt so grauenhaft.« Offenbar war Nick an Antworten auf seine eigenen Fragen gar nicht wirklich interessiert. »Woran ich aber nichts mehr ändern kann. Genau wie du an deinen Bildern.«

»Erinnere mich bloß nicht daran.« Stöhnend dachte ich an Artie mit der Plastikkrone auf dem Kopf und dem brummigen Gesicht. »Denn ich hasse es, dass ich keine Kontrolle über diese Dinge habe. Hasse es, dass ich es nicht mehr besser machen kann.«

»Vielleicht hättest du Paige bei diesem Shooting nicht alles allein bestimmen lassen sollen«, schlug er mir locker flockig vor. »Denn jetzt ist es zu spät, um den Kontrollfreak rauszukehren.«

»Das hilft mir nicht wirklich weiter.«

Aber hatte er womöglich recht? Was hätte ich selbst als künstlerische Leiterin dieses Projekts getan?

»Schließlich war Paige der Boss, und es war ihr Konzept – was also hätte ich machen sollen?«

»Ja genau, du warst schließlich nur die, die die Kamera gehalten hat.« Er zog ruckartig an meiner Hand. »Was hättest du da machen sollen?«

»Halt die Klappe«, fauchte ich ihn an. Ich wurde langsam ärgerlich, aber das wollte ich in dem Moment nicht sein. Ich wollte erregt sein, dann befriedigt, danach hungrig über eine Tüte Chips herfallen, schlafen und vielleicht noch mal befriedigt werden. Weiter nichts.

»Du hast doch keine Ahnung.«

»Möglich. Aber vielleicht tut's dir mal gut, dass hier nicht alles nach deiner Nase geht.« Er schob sich das zerzauste blonde Haar aus dem Gesicht. »Weil du eindeutig lernen musst, dass du nicht immer alles kontrollieren kannst.«

»Ich weiß nicht, was du damit sagen willst«, gab ich zurück. Wobei ich sicher ziemlich überheblich klang.

»Wenn du dir alles so wie diesen Job zu Herzen nimmst, hättest du im Grunde längst schon in der Klapse landen müssen«, fuhr er fort. »Ich kenne jede Menge Fotografen, die Perfektionisten sind, aber bei dir kommt noch dazu, dass du die Dinge fürchterlich persönlich nimmst. Ich verstehe nicht, warum dich Sachen, die du sowieso nicht ändern kannst, so wütend machen, während du zugleich nicht mal versuchst, die Dinge zu ändern, die du ändern kannst.«

»Wie zum Beispiel?«, fragte ich.

»Statt darauf zu warten, dass ich Paige erkläre, dass die Requisiten vollkommen idiotisch waren, hättest du ihr das auch selber sagen können. Hättest ihr erklären können, dass diese Klamotten ätzend waren und dass Artie mit dieser verdammten Krone einfach dämlich ausgesehen hat.«

»Sie wollte diese Krone unbedingt«, murmelte ich böse, weil ich wirklich meinen Mut hätte zusammennehmen und was hätte sagen sollen. Aber nein … »Sie fand die Idee sehr gut.«

»Paige findet sehr viele Dinge gut«, erklärte Nick. »Aber sie hat sich schon des Öfteren geirrt.«

»Okay, ich hätte etwas sagen sollen.« Ich verschränkte meine Arme vor der Brust. »Es ist also alleine meine Schuld, dass dieses Shooting furchtbar war, dass die Bilder scheußlich sind und Paige dafür bestimmt gefeuert wird. Bist du jetzt zufrieden?«

»Vielleicht gehst du jetzt ein bisschen weit. Denn schließlich kannst du nichts dafür, dass Bennett senior wie vom Erdboden verschluckt ist, oder?«

»Nicht dass ich wüsste.« Achselzuckend wandte ich mich ab. »Aber wer weiß?«

»Genauso wenig konntest du etwas dafür, dass Paige die Sache mit dem Set vermasselt hat, dass mit einem Mal ein furchtbares Gewitter losgebrochen ist und die Kleider, die das Arschloch Artie rausgesucht hat, derart furchtbar waren.«

»Trotzdem tut es weh, dass ich daran jetzt nichts mehr ändern kann. Weil man sein Ziel erreichen sollte, wenn man engagiert und fleißig ist.« Nach diesem Motto hatte ich seit dem Ende meines Studiums gelebt. Vor allem samstagabends, wenn ich im Büro gesessen hatte, ohne auf das Flehen meiner Freundin, endlich Schluss zu machen und sie irgendwo zu treffen, einzugehen. »Es nervt mich, dass ich diese Sache nicht mehr geradebiegen kann.«

»Dann hat also jeder, der hart arbeitet, unweigerlich Erfolg?« Er faltete meine Arme auseinander und nahm wieder meine Hand. »Dann kriegt also niemand jemals eine reingewürgt, wenn er genug Talent hat und genügend Überstunden macht?«

Oh. Hmm. Verflixt.

»Denn ich habe wirklich hart an diesem Interview gearbeitet, und trotzdem ist es der totale Mist.« Nick fing langsam an, sich aufzuregen. Würde also vermutlich erst mal nicht über mich herfallen.

»Und egal, was ich auch tue, wie gründlich ich recherchiere und wie viele Nächte ich vor meinem Laptop sitze, um den Text noch einmal umzuschreiben, ich kann nichts dagegen tun. Denn die Leute werden den Artikel lesen und sich sagen, ich wäre ein schlechter Journalist.«

»Vielleicht ja auch nicht?«, bot ich ihm zaghaft an.

»Vielleicht werden sie ja auch nicht denken, dass die Aufnahmen, die du gemacht hast, scheiße sind, und vielleicht wird es dir ja auch nicht peinlich sein, wenn du deinen Namen unter diesen Bildern siehst.«

Dies war ganz sicher nicht der rechte Augenblick, um ihm zu sagen, dass der Name, der unter den Bildern stünde, eigentlich gar nicht mein Name war.

Nick richtete sich auf, legte seine Arme auf den Oberschenkeln ab und starrte auf das Meer hinaus. »Als ich letztes Mal hier auf Hawaii war, dachte ich, ich wüsste, wie das Leben läuft. Nur ist es offensichtlich so, dass man mit zunehmendem Alter immer weniger zu wissen scheint. Weißt du, woran das liegt?«

Fast dasselbe hatte einen Tag zuvor auch Al zu mir gesagt. »Da ich so viel jünger bin als du, sollte ich das wissen«, antwortete ich. »Aber ich weiß es nicht.«

Er sah mich lächelnd über seine Schulter an, doch seine Augen blieben ernst. Und obwohl ich sein Gesicht im Dunkeln nicht genau erkennen konnte, sah ich, dass er alles andere als glücklich war. Auch ich setzte mich auf, und seufzend beugte er sich vor und presste seine Lippen sanft auf meinen Mund.

Ich klappte meine Augen zu, um die Zärtlichkeit dieser Berührung zu genießen, aber schon im nächsten Augenblick verstärkte er den Druck auf meinen Mund, warf mich wieder auf den Rücken, schob sich auf mich, drückte meine Arme in den Sand, umschlang mich mit den Beinen und schmirgelte mein Gesicht mit den millimeterkurzen, harten Stoppeln auf seinen Wangen ab.

Wir beide trugen lange Jeans, was ein Fluch und gleichzeitig ein Segen war.

»Wir sollten reingehen«, stieß ich leise hüstelnd aus, und sofort rollte er von mir herunter und stand auf.

»Ich komme gleich. Am besten wartest du im Schlafzimmer auf mich.«

Am besten wartest du im Schlafzimmer auf mich?

Wollte er womöglich vorher noch ein Pfeifchen rauchen oder was?

Doch ehe ich ihm eine schlagfertige Antwort geben konnte, zog er die verdammte Braue hoch und fügte rau hinzu: »Fang bitte nicht schon vorher an.«

Ich erhob mich ebenfalls, klopfte mir kurz die Hose ab und lief mit unsicheren Schritten auf sein Cottage zu. Weil ich eindeutig in Riesenschwierigkeiten war.

18

Kurz bevor es wieder hell wurde, gab ich den Versuch zu schlafen auf und rollte mich leise aus Nicks Bett. Am liebsten wäre ich geblieben und mit weich wogendem Haar und warm schimmernder Haut zu phänomenalem, morgendlichem Sex erwacht, war aber schlau genug zu wissen, dass die Wirklichkeit aus wirren Zotteln auf dem Kopf, schmerzhaftem Sonnenbrand und morgendlichem Mundgeruch bestand. Außerdem war es einfach nicht unser Ding, im selben Bett zu übernachten. Denn so etwas taten Menschen, die zusammen waren, und das waren wir eindeutig nicht.

Ich hob meine Sandalen auf, lehnte meinen müden Kopf gegen den Türrahmen und sah noch mal in Richtung Bett.

Nick schlief noch immer tief und fest. Eine dünne weiße Decke um die Hüften, lag er da und atmete leise ein und aus. Vielleicht waren wir kein Paar, aber trotzdem wäre ich wahrscheinlich traurig, wäre die Geschichte zwischen uns vorbei. Seit der überraschenden Verwandlung dieses arroganten Mistkerls in einen normalen Menschen fragte ich mich immer öfter, was genau da zwischen uns geschah. Wobei es mir nicht wirklich half, dass ich während der gesamten Nacht kein Auge zubekommen hatte und völlig erledigt war. Es gab so viele Dinge, die ich überdenken müsste, aber das würde mir ganz sicher nicht gelingen, solange ich noch in der Nähe seines Schwanzes war. Der für mich das Zeichen meines eigenen temporären Wahnsinns war.

Ich lief zurück nach nebenan und trat mit einem Seufzer durch die Tür meines eigenen Cottages, das für mich inzwischen fast so etwas wie ein Zuhause war.

Nick hatte von Beginn an klargestellt, dass diese Sache zwischen uns nur eine etwas schickere Version einer Dienstreisen-Affäre war. Und selbst wenn ich jetzt vollends den Verstand verlöre und mir mehr davon erhoffte, wäre das vollkommen ausgeschlossen. Weil Nick Miller schließlich dachte, dass er mit Vanessa schlief.

Auf meinem Weg ins Schlafzimmer bemerkte ich den kleinen schwarzen Gegentand, der auf dem Boden lag. Offensichtlich hatte meinem Telefon der Aufprall auf die Zimmerwand nicht wirklich gutgetan. Der Bildschirm war noch ganz, doch alles andere war kaputt, und das Bild von mir und Amy war in tausend winzig kleine Splitter unterteilt. Ich konnte einfach nicht mit schönen Dingen umgehen, nicht mal, wenn sie mir von einem Neonazi-Straßenräuber überlassen worden waren. Wenn er das Gerät jetzt sähe, würde er es sich sicher zweimal überlegen, ehe er mir noch mal einen Teil seiner Beute überließ.

Ich blickte dorthin, wo mein Laptop eingestöpselt, aber schlafend stand, und statt ins Bett zu gehen und es der Kiste gleichzutun, blieb ich vor dem Couchtisch stehen, berührte das Touchpad und weckte sie dadurch auf.

Sofort tauchten die grauenhaften Fotos auf dem Bildschirm auf. Die leider nicht auf wundersame Weise schön geworden waren, während ich vorübergehend von meinem Elend abgelenkt gewesen war. Und ich hatte gehofft, vielleicht hätten die Photoshop-Elfen ein gutes Werk getan und sie klammheimlich ausgetauscht. Gegen Aufnahmen eines Zylinder tragenden Kamels. Einer Reihe Hunde, die um einen Pokertisch versammelt waren. Oder meinetwegen auch des Wolphins. Ganz egal, wogegen. Weil wahrscheinlich alle anderen denkbaren Motive besser als die beiden Models und der fürchterliche Artie waren.

Ich ging ins Bad, zog meine Kleider aus, drehte die heiße Dusche auf und löste meinen Zopf. Ich wusch mein Haar auch sonst nicht gerne, aber wenn es voller Sand war so wie heute, war es besonders schlimm. Ich hätte sogar eher noch einmal einen ganzen Tag lang Aufnahmen der bösartigen Ana und des schlecht gelaunten Bennett junior gemacht, als mir eine halbe Flasche Haarspülung über den Kopf zu kippen und dann jede Strähne einzeln zu entwirren. Frau zu sein war manchmal wirklich hart. Wobei es Brian May bestimmt nicht besser ging.

Die kleinen, bläulich schwarzen Flecken auf den Armen und den Schultern, die ich Dienstagnacht davongetragen hatte, nahmen langsam einen bläulich gelben Farbton an. Fast wie in *Fifty Shades of Grey.*

»Was er auf jeden Fall gelesen hat«, erklärte ich dem Duschkopf. »Also hat der Blödmann mir einfach was vorgemacht.«

Natürlich dauerte es ewig, aber schließlich waren meine Haare sauber und entzottelt, und in frischer Unterwäsche plumpste ich ins Bett.

»Und das alles noch vor Sonnenaufgang. Super, Tess, das hast du wirklich gut gemacht.«

Ich hätte es verdient, erst einmal auszuschlafen, was das Universum jedoch leider anders sah. Ich hatte das Gefühl, als hätte ich den Kopf gerade erst auf meinem Kissen abgelegt, als das laute Schrillen meines iPhones mich aus meinen schönen Träumen riss. Dann war anscheinend also nicht nur das Display, sondern auch die Stumm-Schaltung kaputt. Na toll.

»Vanessa Kittler, du verdammtes Weib, warum hast du nicht auf meine verfluchte E-Mail reagiert?«

Oh, wie schön. Ich hatte die Agentin meiner Mitbewohnerin am Apparat.

»Morgen, Veronica«, grüßte ich mutig und fuhr tapfer fort: »Vielleicht, weil es hier erst sieben ist und ich deshalb noch nicht an meinem Laptop war?«

»Komm mir ja nicht so«, schrie sie mich weiter an. Anscheinend waren ihr Vanessas Schlafenszeiten vollkommen egal.

»Was ist los? Warum habe ich, verdammt noch mal, noch keine Aufnahmen gesehen? Verflucht, du schickst sie auf der Stelle los.«

»Sie sind noch nicht ganz fertig«, antwortete ich. Was nicht gelogen war. »Ich redigiere sie noch mit der künstlerischen Leiterin, und dann schicke ich sie Ihnen zu.«

»Ich hoffe nur, dass du es nicht vermasselt hast.« Dafür, dass sie mich mit Todesangst erfüllte, klang die Stimme dieser Furie erstaunlich gut gelaunt. »Denn wenn du es vermasselt hast, stehe ich am Sonntagabend bei dir auf der Matte und hänge dich eigenhändig an deinen verdammten Titten auf. Verstanden?«

»Ja«, bestätigte ich ihr und legte schützend meinen freien Arm vor meine Brust. »Wir sprechen uns.«

Sie legte bereits auf, bevor ich selber die Gelegenheit dazu bekam, und ließ mich in meiner Unterwäsche auf der Couch zurück, wo ich vor dem schwarzen Bildschirm meines Laptops saß.

»Also gut«, versuchte ich mir selber Mut zu machen.

Noch vor fünf Minuten hätte ich problemlos einen Wirbelsturm verschlafen, aber angesichts der höchst realen Drohung, die man gegen mich und meinen Busen ausgestoßen hatte, war ich plötzlich mindestens so wach, als hätte ich fünf Tassen Kaffee in mich reingekippt. Ich holte mir eine Banane, sammelte meine Gedanken, setzte meine Sonnenbrille auf und trat vors Haus. Weil der Ozean wunderbar beruhigend war.

Vielleicht fände ich ja irgendwo ein Plätzchen, wo ich meditieren könnte. Wobei meditieren eine höfliche Umschreibung für den wahrscheinlich von Vornherein verlorenen Kampf gegen die aufsteigende neuerliche Panik war.

Es war noch früh, aber die Sonne wärmte mir bereits die Haut unter dem dünnen T-Shirt, das ich hastig angezogen hatte, und den nackten Hals. Ich fasste meine Lockenpracht zu einem Pferdeschwanz zusammen, und als ich versonnen damit spielte, sah ich, dass die Sonne ein paar hübsche blonde Strähnen in mein Haar gezaubert hatte, das trotz Meer und Sonne seidiger und viel gesünder aussah als daheim. Aber regelmäßig nach Hawaii zu fliegen, nur um ein paar helle Strähnchen zu bekommen, wäre sicher etwas dekadent. Vielleicht gäbe es für mich als arbeitslose künstlerische Leiterin und verkrachte Fotografin ja noch einen anderen, günstigeren Weg. Mit Blondierspray oder so.

Daheim verzog ich das Gesicht, wenn es bis zur U-Bahn mehr als fünf Minuten Fußweg waren, hier hingegen hätte ich den ganzen Strand hinunterwandern können, ohne dass mir langweilig geworden wäre oder ich mich hätte ärgern müssen, weil mir irgendjemand einen Kinderwagen in die Fersen stieß. Bis ich daran dachte nachzuschauen, wie weit ich schon gelaufen war, konnte ich nur noch die undeutlichen Umrisse der Cottages sehen.

Ich sollte mich wahrscheinlich sowieso schon mal daran gewöhnen, diese tollen Häuser nicht mehr zu sehen, dachte ich und blickte auf das Wasser, das um meine Knöcheln wogte. Denn in zwei Tagen wäre alles, was ich sähe, die Fassade eines Arbeitsamtes, und das Wasser stünde mir wahrscheinlich bis zum Hals.

Aus dem Nichts kullerte plötzlich eine Träne über meine linke Wange. Kurz darauf die zweite, dann ein ganzer Strom, und kurz darauf brach ich in hemmungsloses Schluchzen aus.

»Hör auf«, wies ich mich schniefend an. »Du bist keine Heulsuse. Du heulst normalerweise nie.«

Aber schließlich hatte ich die meisten Dinge, die ich auf Hawaii tat, nie zuvor getan. Und vielleicht hatte ich meine Emotionen in den letzten zwanzig Jahren einfach viel zu häufig unterdrückt.

Ich wusste nicht einmal genau, warum ich weinte. Denn ich war ganz sicher nicht der Typ, der in Slip und T-Shirt heulend in den Wellen stand.

Entschlossen beugte ich mich vor, tauchte meine Hände in das kühle Wasser und hob sie an mein Gesicht. Ah, wie herrlich war es, endlich einmal wieder völlig ungeschminkt zu sein.

»Guten Morgen.«

Und wie herrlich war es, ungeschminkt und mit verquollenen Augen plötzlich einem Menschen zu begegnen, wo man doch angenommen hatte, dass man ganz alleine war.

Mein spiritueller Führer Al winkte mir lächelnd zu. Wobei sein Lächeln hinter seinem dichten Rauschebart nicht wirklich zu erkennen war.

»Hallo, Al.« Ich winkte ebenfalls und kehrte an den Strand zurück. Das Meer würde mir fehlen. So wie alles andere auch. »Wie geht es Ihnen?«

»Oh, es könnte besser, aber auch erheblich schlechter gehen.«

Mit seinem ausgewaschenen, alten Rolling-Stones-T-Shirt und seinen neongelben Shorts sah er wie ein abgerissener Künstler aus. Wenn er kein siebzig Jahre alter Witwer, sondern siebenundzwanzig und vielleicht dazu noch in der Werbebranche wäre, hätte er mit diesem Outfit sicher einen neuen Trend gesetzt.

»Wollen Sie etwas Wunderbares sehen?« Er legte seinen Kopf ein wenig schräg und wies den Strand hinauf.

»Ja.« Ich fuhr mir mit den Handrücken durch das Gesicht und trat entschlossen auf ihn zu. »Auf jeden Fall.«

»Dann kommen Sie mit.« Er bot mir höflich seinen Arm und eskortierte mich über den Strand. Er würde mir unglaublich fehlen. Und, verflixt und zugenäht, sofort brach ich in neue Tränen aus.

»Alles in Ordnung?«

»Ja.« Ich biss mir auf die Lippe, bis der neuerliche Tränenstrom versiegte. Denn Vanessa hätte nie geweint, nur weil ein alter Mann freundlich zu ihr war. Vanessa hätte überlegt, wie sie ihn dazu bringen könnte, sie als seine Erbin einzusetzen, und ihn dann derart erschreckt, dass er einen Herzinfarkt bekommen hätte oder so. Das kam mir allerdings ein wenig drastisch vor, deshalb beschränkte ich mich auf normale Höflichkeit. »Was sehen wir uns denn an?«

»Näher können wir nicht rangehen, aber sehen Sie – da drüben.«

Al zog seine Hand zurück und wies auf einen großen grauen Felsen mitten am Strand.

»Hm, okay?« Ich schirmte meine Augen mit der Hand gegen die Sonne ab und starrte auf den Felsen. »Und wonach suche ich?«

»Sie sehen es bereits«, klärte mein alter Freund mich lachend auf. »Oder etwa nicht?«

»Ich sehe einen großen Stein.« Blinzelnd starrte ich den Felsen an. Und hätte mir vor lauter Panik fast ins Hemd gemacht. Weil er sich plötzlich zu bewegen schien.

»Das ist eine große Meeresschildkröte«, erklärte Al. »Manchmal kommen sie kurz an den Strand und legen sich dort in die Sonne. Man soll nicht näher als zwei Meter an sie rangehen – weil sie unter Naturschutz stehen –, aber ich glaube nicht, dass gerade allzu viele Polizisten in der Nähe sind.«

»Außer Sie wären selbst ein Polizist.« Ich folgte ihm auf Zehenspitzen, bis ich direkt vor der Bestie stand. »Und führten gerade einen Undercover-Einsatz durch.«

»Haha, genau«, stimmte er leise zu. »Weil ich in Wahrheit Magnum bin.«

»Magnum?«

»Die Jugend von heute«, stöhnte er. »Fragen Sie am besten einfach Ihre Mum.«

Bei der Erwähnung meiner Mutter kullerte mir eine neuerliche Träne übers Gesicht.

»Hallo, Schildkröte.« Ich kniete mich ein Stück neben dem großen grauen Wesen in den Sand und hielt den Atem an. »Woher weiß ich, was für ein Geschlecht sie hat?«

»Dafür müssten wir sie auf den Rücken drehen«, erklärte Al. »Aber dazu habe ich nicht wirklich Lust.«

Ich blickte auf das riesengroße, leicht verschleimte Tier, und es starrte unverwandt zurück.

»Nein, ich auch nicht«, stimmte ich ihm zu.

Als kleines Mädchen hatte ich ein Vierteljahr lang aller Welt erzählt, wenn ich erwachsen wäre, würde ich eine Meerjungfrau werden. Bereits nach einer Woche wurde mir verboten, meinen Schlafsack-Meerjungfrauenschwanz zum Abendessen anzuziehen, nach acht Wochen ließ mich meine Mutter *Arielle, die Meerjungfrau* nur noch zweimal täglich sehen, eines Nachts, als ich im Bett lag, stahl mir irgendwer den Muschel-Büstenhalter, den ich mühsam aus zwei Margarineschachteln angefertigt hatte, und mit meinem Wunsch, mir einen echten Krebs zu Weihnachten zu schenken, stieß ich überall auf taube Ohren. Trotzdem kannte ich noch immer den gesamten Text von meinem damaligen Lieblingslied *In deiner Welt* und war immer noch in alles, was im Meer lebte, vernarrt. Vielleicht von Haien abgesehen. Weshalb diese Begegnung zwar vielleicht nicht für das Tier, aber für mich in höchstem Maße aufregend und einzigartig war.

»Also, Miss Vanessa«, meinte Al, nachdem er fünf Minuten lang geduldig zugesehen hatte, wie wir zwei uns anstarrten. »Was hatten die Tränen eben zu bedeuten?«

»Irgendwie kommt es mir vor, als könnte dieses Tier mir direkt in die Seele schauen.« Ehrfürchtig streckte ich die Hand nach seinem Panzer aus. Der – igitt igitt – tatsächlich schleimig war.

»Das kann es nicht«, erklärte er mir rundheraus. Ich hätte ihn als etwas einfühlsamer eingeschätzt. »Sind Sie okay?«

»Nicht wirklich.« Achselzuckend sah ich immer noch den wunderhübschen Panzer an. Am liebsten hätte ich auch eine Schwimmflosse der Schildkröte berührt, doch dazu fehlte mir der Mut. »Aber es wird sicher alles wieder gut.«

»Und was, wenn nicht?«, erkundigte er sich. »Manchmal klappt das nämlich nicht. Ist das Shooting schlecht gelaufen?«

»Die Aufnahmen sind schei… nicht schön«, verbesserte ich mich, und Al bedeutete mir lächelnd fortzufahren.

»Mein Freund meint, auch das Interview, das er gemacht hat, wäre der totale Mist. Er hat Angst, dass das vielleicht seiner Karriere schadet, und als wäre das nicht bereits schlimm genug, sind da noch all die Dinge, die ich regeln muss, wenn ich wieder nach Hause komme, und ich habe keine Ahnung, wo ich überhaupt beginnen soll.«

Die Schildkröte hob unmerklich den Kopf und zwinkerte mir zu. Aus Mitgefühl oder vielleicht auch einfach, weil ich nicht zur Sache kam.

»Und was ist mit dem Typen?«, erkundigte sich Al. »Dem, der nicht zu Ihnen passt?«

»Auch das ist ein Problem.« Mein Pferdeschwanz löste sich auf, und plötzlich rahmten wirre Locken mein Gesicht.

Ich schob sie eilig aus dem Weg und stellte seufzend fest: »Er hat das Interview gemacht.«

Al und die Schildkröte tauschten besorgte Blicke aus.

»Ich habe also die Aufnahmen vermasselt, es mit Charlie und mit Nick verbockt, Paige wird total wütend auf mich sein, Amy und meine Mum reden schon jetzt nicht mehr mit mir, ich habe keinen Job, wenn ich nach Hause komme, und vor allem kriege ich wahrscheinlich einen Riesenzoff mit meiner Mitbewohnerin.« Ich atmete tief ein und versuchte wieder auszuatmen, ohne dass die Tränen wiederkamen, hörte aber selbst, dass meine Stimme ungewöhnlich heiser klang. »Ich weiß nicht, was ich dachte, was passieren würde, aber dass durch meinen Trip hierher alles noch schlimmer werden würde, hätte ich beim besten Willen nicht gedacht.«

Hustend fuhr ich mir mit einem Ärmel meines T-Shirts übers Gesicht und blickte auf das Meer. Damit die Schildkröte mich nicht in diesem Zustand sah.

»Ich weiß nicht, wer all diese Leute sind, aber vielleicht wird es nicht so schlimm, wie Sie jetzt gerade denken«, versuchte der liebe Al, mich aufzubauen. »Könnte doch zumindest sein, nicht wahr?«

»Hmm.« Am liebsten wäre ich bis an mein Lebensende einfach an dem Strand geblieben, nur dass das keine realistische Option war. »Die einzigen Menschen, die bisher noch mit mir reden, wenden sich wahrscheinlich auch bald von mir ab. Die Frau bildet sich nämlich ein, den Mann zu lieben, mit dem ich was angefangen habe, und der Mann bildet sich ein, ich wäre jemand, der ich gar nicht bin.«

»Die meisten Menschen halten uns für andere als die, die wir tatsächlich sind. Woher wissen Sie, dass er nicht recht hat und Sie selbst sich irren? Vielleicht kennt er Sie ja besser, als Sie selbst sich kennen«, gab mein alter Freund mir zu bedenken.

Doch ich schüttelte den Kopf. »Selbst wenn, bekomme ich davon noch keine anständigen Bilder und der arme Nick kein gutes Interview.«

»Was war denn so schrecklich an den Bildern?« Al zupfte an einem losen Faden, der an seinem T-Shirt hing. »Und warum war das Interview von Ihrem Freund so schlecht?«

»Die Aufnahmen sind einfach schlecht.« Ich wusste

nicht, ob ich die Energie aufbrächte, noch mal ins Detail zu gehen. »Ich habe Ihnen doch bereits erzählt, dass Bertie Bennett uns im Stich gelassen hat. Nun, sein Sohn ist für ihn eingesprungen, aber er hat diese grauenhaften Kleider angeschleppt, und ich habe das Interview zwar noch nicht gelesen, aber Nick meint, dass er einfach ätzend und vor allem furchtbar von sich überzeugt gewesen wäre, und er sich die größte Mühe geben muss, ihn nicht wie einen Riesentrottel darzustellen.«

»Verdammt.« Al fuhr sich mit der Hand über das Gesicht und seinen dichten Bart. »Das klingt nicht gut.«

»Er ist einfach ein Idiot. Zwar durchaus nett, aber trotz allem ein Idiot. Ich wünschte mir, sein Dad hätte das Interview nicht abgesagt. Oder gar nicht erst gesagt, dass er es geben würde, und es sich dann urplötzlich noch mal anders überlegt. Weil Nick wegen der Sache wirklich vollkommen am Ende ist. Ich wünschte mir, ich könnte irgendetwas für ihn tun.«

»Das ist natürlich ein Dilemma.«

Stöhnend sah ich auf die Schildkröte und wünschte mir, sie könnte sprechen und mir sagen, wie dieses Problem zu lösen war.

»Es gibt eben Kämpfe, die man nicht gewinnen kann.« Anscheinend hatte Al noch immer nicht ganz aufgegeben, doch ich wünschte mir, er hätte es getan. Weil mir die Hälfte dessen, was er sagte, keine echte Hilfe war. »Sie können nicht ständig die Probleme aller Menschen lösen.«

»Das ist mir klar, weil mir das auch in der Vergangenheit nicht wirklich gut gelungen ist«, räumte ich widerstrebend ein.

»Umso besser«, fuhr er fort. »Und genauso wenig definieren Sie sich allein durch Ihren Job. Wahrscheinlich hatte ich mit meinen Worten vorhin recht – Sie sagen, dieser Nick hält Sie für jemanden, der Sie nicht sind. Aber wissen Sie selber, wer Sie sind?«

»Auf jeden Fall nicht die, die ich in seinen Augen bin«, erklärte ich und streichelte erneut die Schildkröte. »Und ich definiere mich auf jeden Fall allein durch meinen Job. Denn das habe ich immer schon getan. Und vorher war ich die, die in der Schule immer Einser hatte und zu Hause immer so lange am Schreibtisch saß, bis sie mit ihren Hausaufgaben fertig war. Ohne meinen Job bin ich ein Nichts. Denn ich habe keine Ahnung, wie man etwas anderes ist.«

»Das ist vielleicht Ihr Hauptproblem«, stellte Al mit einem halben Lächeln fest. »Und ich glaube, dass das etwas ist, was ich durchaus verstehen kann. Wie wäre es deshalb mit einem Deal?«

»Mit was für einem Deal?« Ich bedachte ihn mit einem argwöhnischen Blick. Denn wie könnte mir wohl jemand helfen, der den ganzen Tag am Strand zu sitzen schien?

»Ich werde Ihnen helfen, das Problem mit Ihren Aufnahmen zu lösen, aber dafür müssen Sie versuchen rauszufinden, wer Vanessa ist.«

»Das ist ein Großteil des Problems, das augenblicklich jeder hat«, erklärte ich und überlegte flüchtig, ob die Schildkröte mich vielleicht in ihr Unterwasserkönigreich mitnehmen könnte, auch wenn echte Meerjungfrauen etwas anders aussahen als ich. In *Splash* hatte es schließlich funktioniert.

»Los.« Mein Opa ehrenhalber ließ nicht locker. »Lassen Sie uns gehen und Ihre Freunde suchen.«

Ich kam mir vor, als wollte Al mich wie vor Jahren Mum ins Zimmer meiner Schwester schleifen, damit ich sie um

Verzeihung bäte, nachdem ich die letzten Ostereier aufgegessen hatte, die von ihr in ihrem Schrank gehortet worden waren.

»Ich bleibe lieber noch ein wenig hier, wenn das für Sie in Ordnung ist. Trotzdem vielen Dank.«

»Sie glauben also nicht, dass Ihr Freund das Interview noch einmal würde machen wollen? Und Sie selber wollen auch nicht noch einmal neue Fotos machen, mit Klamotten, die wahrscheinlich deutlich schöner als die Sachen gestern sind?«

»Doch, natürlich, aber wie …?« Verblüfft nahm ich die Hand, die Al mir reichte, und sprang auf.

Herr oder Frau Schildkröte öffnete das Maul, um irgendwas zu sagen, stieß dann aber einfach einen Seufzer aus und schleppte sich zurück ins Meer.

»Wie wollen wir das anstellen?«

»Ich weiß, Sie haben momentan mit Ihrer eigenen Identitätskrise zu tun.« Abermals hakte mein alter Freund sich bei mir ein und legte seine freie Hand zu einem lässigen Salut an seine Stirn. »Aber auch ich selber habe gerade eine solche Krise durchgemacht und das Gefühl, als sollte ich mich vielleicht endlich einmal richtig vorstellen. Ich bin Albert Bennett. Und es freut mich sehr, dass wir uns hier am Strand begegnet sind.«

19

Eine Viertelstunde später klopfte ich bei Nick.

»Oh. Hallo.«

Er war erheblich weniger begeistert, mich zu sehen, als er es am Vorabend gewesen war.

»Hallo«, stieß ich verlegen aus. Al stand etwas abseits, untersuchte eingehend das Holz eines der Stühle, die auf der Veranda standen, und hörte demonstrativ nicht zu. »Ich habe gute Neuigkeiten.«

»Musstest du dich deshalb mitten in der Nacht aus meinem Cottage schleichen?« Er marschierte durch den Raum und zog ein T-Shirt an. Was wirklich schade war. »Weil du doch sicher nicht verschwunden bist, weil dir deine zerzausten Haare peinlich waren.«

Aua. Er war wirklich sauer. Traurig hob ich eine Hand an meine traurige Frisur, schüttelte den Kopf und erinnerte mich an den Grund meines Besuchs. Ich wollte mich nicht streiten, sondern etwas richtig machen. Was mal etwas völlig Neues war.

»Nein, natürlich nicht«, stimmte ich zu, trat ein und wartete gespannt, was er als Nächstes täte.

Nichts.

»Ich war spazieren.«

»Was natürlich etwas völlig anderes und total verständlich ist.«

»Einen Augenblick. Du warst doch auch verschwunden, als ich gestern Morgen wach geworden bin. Ich dachte, dass du dein Bett nicht gern die ganze Nacht mit jemand anderem teilst.« Ich stemmte meine Hände in die Hüften. Denn zwar war ich hier, um ihm zu helfen, aber wie es aussah, käme es jetzt doch zu einem Streit. Denn er ließ mir keine andere Wahl.

Er öffnete die Kühlschranktür, nahm einen Karton Orangensaft heraus und leerte ihn in einem Zug. Mir fiel auf, dass sein Orangensaft im Gegensatz zu meinem Fruchtfleisch hatte. Kekipi schien bezüglich des Orangensaft-Geschmacks der Gäste Hellseher zu sein.

»Nick, du kannst mir gerne später in den Hintern treten, aber erst mal holst du bitte einen Kuli, einen Block und dein Diktiergerät und kommst auf die Veranda. Weil hier jemand ist, der mit dir reden will.«

»Ich habe keinen Block«, fuhr er mich an. Bevor seine berufsbedingte Neugierde die Oberhand gewann und er sich langsam zu mir umdrehte und wissen wollte: »Und wer soll das bitte sein?«

»Wenn ich dir das sage, wirst du dich echt freuen.« Ich biss mir auf die Unterlippe, denn Nicks böser Miene nach zu urteilen wäre ein Lächeln noch verfrüht. »Das heißt, du wirst total begeistert sein.«

Er stellte seinen leeren Saftkarton zur Seite, schob sich seine Haare aus der Stirn und bedachte mich mit einem ungläubigen Blick.

»Oh, komm einfach mit.« Ich packte ihn am Arm und zerrte ihn zur Tür. »Mein Freund Bertie Bennett würde gern ein bisschen mit dir plaudern, ehe er mich ein paar Fotos von sich machen lässt. Ist das okay für dich?«

»Aber wie …« Nicks Augen fingen an zu leuchten, und er blickte mich mit einem breiten Lächeln an. Plötzlich war er nicht mehr schlecht gelaunt und grüblerisch, sondern hellwach und aufgeregt. Und während der schlecht gelaunte, grüblerische Nick vor allem meinen Unterleib ansprach, rief der wache, aufgeregte Nick höchst beunruhigende, andere Gefühle in mir wach.

»Das heißt, verdammt, erzähl mir das einfach ein andermal. Wo ist er?«

»Draußen.« Ich trat einen Schritt nach links, und Nick blickte an mir vorbei.

Dort stand der Weihnachtsmann, der gerade Urlaub hatte, murmelte etwas in seinen dichten Bart und kratzte mit dem Daumennagel an der Oberfläche eines Tischs. Ich hoffte, dass Kekipi nicht in Schwierigkeiten war. »Ta-ta.«

»Das ist Bertie Bennett?«, flüsterte Nick überrascht. »Bist du sicher?«

»Nun, er ist entweder Bertie Bennett oder ein verrückter Alter, der so tut, als ob er Bertie Bennett wäre.« Ich fing an zu lachen, brach dann aber plötzlich wieder ab und starrte Nick entgeistert an. »Oh, verdammt.«

»Nein, nein.« Er legte eine Hand auf meine Schulter und drückte sie sanft. »Ich bin sicher, dass er kein normaler Irrer ist. Und selbst wenn, gibt er mir sicher trotzdem ein viel besseres Interview als dieser blöde Bennett junior.«

»Stimmt.« Ich atmete erleichtert auf und griff nach seiner Hand. Wir lächelten uns an, und das Gefühl des Schwindels, das mich dabei überkam, war durchaus angenehm. »Aber hoffentlich steht mir der liebe Gott bei meinen Fotos bei.«

»Zur Not stehe auch ich dir dabei gern zur Seite.« Lachend beugte er sich zu mir vor und presste seine Lippen sanft auf meinen Mund. »Tausend Dank, Vanessa.«

Der Name reichte aus, damit der Bann gebrochen war. Seufzend schüttelte ich seine Hand von meiner Schulter, ignorierte den verwirrten Blick, mit dem er mich bedachte, und trat durch die Tür.

»Gern geschehen«, meinte ich, weil es nichts anderes mehr zu sagen gab. »Und jetzt komm und triff meinen Freund Al.«

Anscheinend war er wirklich echt. Denn kaum waren wir am Haupthaus angelangt, bekam die Frau, die dort den Flipper abstaubte, fast einen Herzinfarkt, und alle anderen Leute sahen uns verstohlen hinterher.

Nur Kekipi hatte sich bisher nicht blicken lassen, doch ich war mir sicher, dass er in der Nähe war.

Lächelnd streckte Al den Kopf aus einem bunten Kleiderberg.

»Also, was hat Ihr Interesse an der Haute Couture geweckt«, erkundigte sich Nick, während mein Opa ehrenhalber einen Kleiderschrank durchwühlte, in dem ich problemlos hätte wohnen können. Und in vierundzwanzig Stunden wäre ich wahrscheinlich glücklich, hätte ich zumindest eine solche Unterkunft, ging es mir durch den Kopf, während ich stumm in meiner Ecke saß.

»Frauen«, sagte er und zwinkerte vergnügt. »Mein Vater war Herrenausstatter in Leicester, und ich habe jeden Samstag in seinem Geschäft gejobbt. Ich habe die Männer in den Umkleideraum geführt und dort vermessen, während ihre Frauen draußen rumgesessen haben, bis wir fertig waren. Mit vierzehn wurde mir bewusst, dass mein Dad es total falsch anging, und als ich den Einkauf für den Laden übernommen habe, habe ich ihn davon überzeugt, dass die Frauen mindestens so gute Kundschaft wie die Männer sind. Und je mehr ich über Frauenkleider lernte, umso besser konnte ich mich mit den Frauen unterhalten, wodurch meine Chancen im Verkauf und bei der Damenwelt im Allgemeinen stark gestiegen sind. Das können Sie doch sicher nachvollziehen, Nicholas.«

Nick lächelte ihn an. »Natürlich, Mr. Bennett.«

Der Ankleideraum von Berties Frau, in dem wir saßen, war ein Traum. Vor einer der Spiegelwände fand sich eine weiße Leder-Chaiselongue, auf der all die Kleider lagen, die von Bertie bereits aus dem Schrank genommen worden waren, und in einer Ecke hatte Nick es sich in einem Sessel vor einem so leuchtend pinkfarbenen Frisiertisch bequem gemacht, dass wahrscheinlich sogar Barbie wegen dieser übertriebenen Stereotypisierung etwas anderes verlangt hätte. Trotz des komfortablen Platzes drückte seine Miene ein so ausgeprägtes maskulines Unbehagen über die Umgebung aus, dass ich einfach einen Schnappschuss von ihm machen musste. In dem losen weißen T-Shirt und den khakibraunen Cargoshorts wirkte er so riesig, tölpelhaft und deplatziert an diesem übertrieben hübschen, mädchenhaften Ort, dass ich befürchtete, allein durch seine Gegenwart mache er vielleicht irgendwas kaputt.

»Nennen Sie mich bitte Al. Mr. Bennett ist mein Sohn.« Er schob einen seiner langen Arme in den Schrank und zerrte einen riesengroßen Kleidersack daraus hervor. »Könnten Sie mir den mal abnehmen, Vanessa?«

Ich öffnete den Reißverschluss des Sacks und rang nach Luft, als ich das schönste Ballkleid aller Zeiten sah.

»Uralt-Valentino«, meinte Al, als ich den Kleiderbügel über meinen Kopf hielt und das Kleid zum Tanzen brachte. Es sah völlig anders als das letzte Kleid von Valentino aus. Unzählige Meter leuchtend roter, mit Spitzen besetzter Seide flatterten um mich herum und flüsterten mir zu, dass mein Leben viel, viel besser wäre, liefe ich nur ein einziges Mal in einem derart schönen Kleid herum. »Dieses Kleid hat Jane besonders gern gehabt.«

»Jane Bennett, wie bei Austen«, meinte Nick und sah mich lächelnd an. Denn natürlich kannte er Jane Austen. Und auch wenn ich selber ihre Bücher bisher nicht gelesen hatte, hatte er jetzt leider Pech. Weil Jane Bennett ein Charakter aus einer Mini-Serie war, in der Colin Firth klitschnass und prachtvoll aus dem Teich gestiegen war. Er hatte sich also geschnitten, falls er dachte, dass ich mich auf diese Art als unwissendes Dummerchen blamieren ließ.

»Das war ihr Lieblingsbuch«, erklärte Al. »Sie hat immer gesagt, dass ich ihr Mr. Darcy bin. Dunkelhaarig, groß und furchtbar nervig.«

»Wie haben Sie sich kennengelernt?«, erkundigte sich Nick, während ich noch ganz in meinem Valentino-Kleid und dieser wunderbaren Lovestory versunken war.

»Wie ich bereits sagte, manchmal braucht man einfach Glück im Leben.« Traurig lächelnd stürzte er sich wieder in den Schrank. »Jane kam eines Samstagvormittags im Mai mit ihrem Verlobten zu uns ins Geschäft. Sie suchten für ihre Hochzeit einen Anzug für den Kerl.«

»Also bitte, Al.« Ich löste meinen Blick vom schönsten Kleid der Welt. »Das ist doch nicht Ihr Ernst?«

Nick hob seinen Zeigefinger an die Lippen und bedachte mich mit einem durchdringenden Blick. Ach ja, richtig, eigentlich hätte ich während ihres Interviews die Klappe halten sollen.

»Doch, Vanessa.« Al wackelte vielsagend mit seinen

weißen Brauen. »Weil sie es einfach war. Das wusste ich sofort, als ich sie sah. Sie war größer als die meisten Frauen und mit ihren seidig weichen, roten Haaren und den zornblitzenden Augen einfach wunderschön. Ich wollte sie unbedingt zum Lächeln bringen, und zugleich war ich so gut in meinem Job, dass ihr Ex den Anzug nicht einmal zurückgegeben hat, als die Hochzeit nicht zustande kam.«

»Und wann sind Sie nach New York gezogen?« Nick tippte auf seinem Laptop, während Al mir einen Sack voll Schönheit nach dem anderen in die Arme warf. Ich blickte auf mein Handy, um zu sehen, ob Paige mich in der Zwischenzeit zurückgerufen hatte, doch der kleine Monitor war schwarz. Auf dem Weg zum Haupthaus hatte ich bei ihr geklopft, aber sie hatte einen Zettel mit der Aufschrift »SHOPPING« an die Tür gehängt. Und ihr Handy offenbar vorübergehend ausgestellt. Ich hoffte nur, dass ihr Gespräch mit ihrer Redaktion nicht völlig schiefgelaufen war.

»Jane wollte nach dem Skandal nicht mehr in England bleiben.« Al war seine Freude darüber, dass er ihr Herz gewonnen hatte, auch nach all den Jahren noch deutlich anzuhören. Der kleine Funke der Romantik, der in meinem Inneren noch schwelte, fand diese Geschichte einfach rührend, doch die zynische, erschöpfte Frau von heute wollte mit den Augen rollen und verkünden, dass das einfach typisch Mann war. »Ihre Mutter kam aus Irland, deshalb hatte sie Verwandte in den Staaten, die während der Zwanziger aus Irland ausgewandert waren. Also sind wir rüber nach New York, haben dort einen kleinen Laden aufgemacht, und, tja, das war's.«

»Ich bin mir nicht sicher, ob man es mir durchgehen

lassen wird, wenn ich von einem ›kleinen Laden‹ schreibe.« Grinsend kratzte Nick sich am Kopf. »Ich war selbst schon mal im Bennett's und weiß deshalb mit Bestimmtheit, dass das Kaufhaus riesig ist.«

»Inzwischen«, meinte Al. »Doch zu unserer Anfangszeit war es ein kleiner Laden. Nur ein Stockwerk und nur drei Regale. An der Ecke Madison und 83., gut zwanzig Blocks von dort entfernt, wo das Bennett's heute ist.«

»Und was war das Geheimnis Ihres Erfolgs? Reines Glück kann es wohl kaum gewesen sein.«

Al zeigte uns ein Abendkleid aus petrolfarbenem Satin, das leise raschelte, als er es in die Höhe hielt, hängte es jedoch, als Nick gleichmütig mit den Schultern zuckte, in den Schrank zurück. Womit ich ganz bestimmt nicht einverstanden war.

»Da gibt es kein Geheimnis«, meinte er und reichte mir den nächsten schwarzen Kleidersack. »Es lag allein an Jane. Sie liebte Mode, und ich liebte sie. Was wirklich alles war.«

»Dann hat sie offensichtlich einen wirklich guten Blick gehabt.« Nick sah zu, wie ich ein wunderschönes, kurzes schwarzes Kleid mit weit schwingendem Seidenrock und meterweise Netzgeflecht darunter aus der Tasche zog. »Haben diese Sachen alle ihr gehört?«

»Dior«, erklärte Al und seufzte glücklich auf. »Und ja. Sie hatte einen wirklich guten Blick, und diese Sachen haben alle ihr gehört. Aber sie hat weder das Rampenlicht noch all die Dramen, die sich in der Modewelt abspielen, gemocht, deswegen habe ich die Repräsentationsaufgaben übernommen, und sie hat die Kleider ausgesucht. Zum Glück hat ihr Geschmack nach einer Weile auf mich abgefärbt, denn nach der Geburt von Artie hat sich ihr

Interesse am Geschäft gelegt. Aber Kleider hat sie immer noch geliebt. Meine Janey sah auch weiterhin immer bezaubernd aus.«

Ich schluckte den Kloß in meinem Hals herunter, und Nick räusperte sich und richtete sich kerzengerade in dem goldenen, rosa gepolsterten Sessel vor dem rosafarbenen Frisiertisch auf. Was ein wirklich hübscher Anblick war.

»Das ist es, was so viele Leute heutzutage in Bezug auf Mode nicht verstehen.« Al schnalzte mit der Zunge, warf den nächsten Kleidersack in meine Richtung, und ich presste ihn an meine Brust und wartete das Ende seiner Rede ab.

»Es sollte nicht um Trends, um Größe Null oder um möglichst teure Pelze, sondern einzig und allein um Liebe gehen. Darum, dass eine Frau in einen Laden kommt, ein Kleid sieht und sich ihre Miene aufhellt, so wie Ihr Gesicht sich aufgehellt hat, als das Valentino-Kleid zum Vorschein kam, Vanessa. Was einem als Designer, Einkäufer und selbst Verkäufer klar sein muss. Wenn man seinen Job nicht liebt und sich nicht ehrlich freut, diesen Gesichtsausdruck bei einer Frau zu sehen, wenn man das perfekte Kleid oder ihre Traumschuhe für sie gefunden hat, ist man im falschen Business. Denn, wie gesagt, es sollte in der Branche nicht nur um Beliebtheit, sondern auch oder vor allem um Liebe gehen.«

Auf Als aufmunterndes Nicken öffnete ich auch den letzten Kleidersack und rang nach Luft. Tief in meinem Inneren kippte die ermattete Romantikerin ein Red Bull herunter und schlug das zynische Weib, das ich geworden war, k. o.

»Oh, Albert Bennett«, stieß ich mit erstickter Stimme

aus. »Das hier können wir unmöglich für das Shooting nehmen.«

»Doch, das können wir«, erklärte Al, während er über Nicks gekreuzten Beinen nach dem Silberrahmen griff, der in der Mitte des Frisiertischs stand. Zwischen Schmuckschatullen und Haarbürsten, die in der Sonne funkelten, als hätte jemand sie erst heute Morgen abgestaubt. Auf dem Hochzeitsfoto sah man einen bartlosen und jungen Al, der neben einem hochgewachsenen, wunderschönen Rotschopf stand und so glücklich lächelte, als hätte jemand ihm für das gesamte kommende Jahrhundert alljährlich den Sieg der Meisterschaft durch seine Lieblingsfußballmannschaft prophezeit. Das Lächeln seiner Frau hingegen wirkte glücklich-resigniert, vielleicht weil sie zum Ausgleich dafür, dass sie an den jungen Al geraten war, das wundervollste Kleid, das eine Frau sich wünschen konnte, trug. Genau das Kleid, das ich in meinen Händen hielt.

»Es ist mein Artikel, deshalb suche ich die Kleider für die Fotos aus. Und ich habe mich nach unserer Hochzeit bei der Auswahl aller Kleider, die es je im Bennett's gab, an diesem Kleid orientiert. Weshalb es unbedingt in den Artikel muss.«

Es war ein Meisterwerk der Einfachheit. Am Kleiderbügel sah es nach sehr wenig aus. Cremefarben und schwer, doch schlicht. Mit einem geraden Ausschnitt, angeschnittenen Ärmeln sowie einem weich schwingenden Rock zur Betonung einer derart schmalen Taille, dass mein Magen sich bei ihrem Anblick selbst auffraß. Ich konnte mir kaum vorstellen, wie prächtig dieses Kleid an der richtigen Frau aussehen würde, aber auf dem Bild, das Al in seinen Händen hielt, konnte ich deutlich sehen, dass es einen spektakulären Anblick bot. Das schwarze Kleidchen von Dior lag unbeachtet in der Ecke und schluchzte dort leise vor sich hin.

»Givenchy Haute Couture«, erklärte Al mit angemessen ehrfürchtiger Stimme, und selbst Nick hielt kurzfristig den Atem an. »Elizabeth Taylor war ganz scharf darauf, aber ich habe nein gesagt. Und in *Ein süßer Fratz* hatte Audrey Hepburn eine Kopie des Kleides an.«

»Eine Kopie?«, stieß ich mit schriller Stimme aus, und meine Hände fingen an zu zittern, als mir klar wurde, dass dieses Kleid wahrscheinlich mehr wert war als mein Leben.

»Die etwas abgeändert worden ist.« Er fuhr mit einer seiner Hände durch die Luft, während er unbewusst mit seinem Daumen über das Glas des Hochzeitsfotos strich. »Ebenfalls Givenchy, aber etwas kürzer und vor allem mit einem deutlich weniger voluminösen Unterrock. Wobei meiner Janey dieses Kleid viel besser stand als ihr, weil sie erheblich größer war.«

Während eines Augenblicks gab es nichts mehr zu sagen. Vorsichtig zog ich den Reißverschluss des Kleidersackes wieder zu und nahm ihn in den Arm. Vor allem, weil ich selbst mich plötzlich danach sehnte, dass mich jemand in die Arme nahm.

»Dann werde ich jetzt Martha holen.« Behutsam hängte ich das Kleid an den Ständer mit den anderen Kleidern, die wir für das Shooting vorgesehen hatten, und marschierte Richtung Tür. »Ich bin in einer halben Stunde wieder da. Mit meiner Kamera.«

»Wir werden da sein«, klärte Al mich fröhlich lächelnd auf.

»Schließlich wollen wir beide sehen, was du draufhast«, stellte Nick mit einem fiesen Grinsen fest.

»Mach einfach die Augen auf, dann siehst du es«, gab ich zurück und trat, noch ehe er mir eine Antwort geben konnte, in den Flur hinaus.

Dieser verfluchte Kerl.

Ich klopfte, so laut ich wagte, an die Tür und rief leise: »Martha.« Denn während mein Lieblingsmodel mir bei meinem neuerlichen Shooting helfen sollte, ließ ich Ana lieber außen vor. Es war bereits nach zehn, aber die Vorhänge in ihrem Schlafzimmer waren noch zugezogen, und ich hoffte, dass sie immer noch im Tiefschlaf lag. Ich würde nie verstehen, wie jemand einen Tag hier auf Hawaii verschlafen konnte, aber sicher suchte sie mit schöner Regelmäßigkeit auf Kosten anderer Leute irgendwelche Tropenparadiese auf. Und vor allem war es einfach so, dass sie ein echtes Ekel war. »Martha, ich bin es, Vanessa. Bist du wach?«

»Ja«, rief sie mit Schniefstimme zurück und schob den Schlüssel in das Schloss der Tür. Sie hatten abgesperrt? In London musste ich die Wohnungstür sogar verriegeln, wenn ich nur auf die Toilette gehen wollte, aber hier war ich bisher noch nicht auf die Idee gekommen abzuschließen, wenn ich aus dem Haus gegangen war. »Ist etwas passiert?«

Selbst mit rot verquollenen Augen und obwohl sie derart heftig schluchzte, dass sie mir noch nicht mal einen guten Morgen wünschen konnte, war sie einfach wunderschön. Und zöge irgendwer ihr einen Sack über den Kopf, würde dadurch sicher nur ihr schlanker Schwanenhals betont. Doch dies war nicht der rechte Augenblick, um sinnlos eifersüchtig auf ihr Aussehen zu sein. Dies war der Augenblick für kalte Teebeutel und irgendeine möglichst teure Augencreme.

»Keine Sorge, es ist alles gut.« Ich umklammerte die Tasche mit der Kamera und mein Stativ. Ich hatte eine ausgezeichnete Idee für das bevorstehende Shooting und war derart aufgeregt, dass ich nicht stillstehen konnte, doch ich brauchte Marthas Hilfe. Wenn sie mir nicht helfen könnte, wäre ich auf Ana angewiesen. Und das durfte einfach nicht geschehen. »Ist alles klar mit dir?«

Was eindeutig die denkbar dümmste Frage war.

Weil Martha daraufhin mit einem neuerlichen lauten Schluchzen ihr Gesicht an meinem Hals vergrub.

Eilig ließ ich mein Stativ aus meinen Armen gleiten, ignorierte das nicht gerade angenehme, laute Poltern, als es auf den Boden fiel, und tätschelte ihr aufmunternd den Rücken.

»He, nicht weinen. Er ist es nicht wert«, erklärte ich. Ich hatte fast fünf Jahre lang ein praktisch reines Frauenteam geleitet. Kannte mich also berufsbedingt mit von der Männerwelt verursachten Zusammenbrüchen aus.

»Ich kann einfach nicht me-e-e-hr«, stieß Martha heulend aus. »Er hat eine andere. Kommt jeden Abend heim, nachdem er eine andere gevögelt hat. Ich weiß nicht, was ich machen so-o-o-oll.«

Wahnsinn. Dann betrogen Männer also sogar Models? Wenn das so war, gaben wir normalen Frauen am besten jede Hoffnung auf.

»Das ist schrecklich«, sagte ich so mitfühlend wie möglich und zog ihre Arme sanft von meinem Hals. »Wir sollten unbedingt etwas zusammen trinken und darüber reden, aber vorher bräuchte ich dich kurz für ein paar Aufnahmen, okay?«

»Oh scheiße, ja, natürlich.« Martha schaltete im Handumdrehen in den professionellen Model-Modus um. Auch wenn ihr immer noch die Nase lief.

Am liebsten hätte ich die junge Frau vor lauter Dankbarkeit geküsst.

»Wann?«

»Uh, jetzt gleich?« Ich zeigte ihr die Tasche mit der Kamera. »Und, hm, wir haben keine Visagistin, und ich dachte, dass wir dieses Shooting vielleicht ohne Ana durchziehen.«

»Gott sei Dank.« Mit einem letzten Schniefen warf sie ihre langen, schwarzen Haare hinter sich. »Ich kann die blöde Kuh nämlich nicht ausstehen. Okay, auf geht's. Weil schließlich alles besser ist, als hier herumzusitzen. Weil ich dann andauernd an ihn denken muss. Also, wie gehen wir es an?«

»Das erzähle ich dir unterwegs.« Ich seufzte vor Erleichterung und weil ich gut verstand, wie es ihr ging. »Bereite dich gedanklich schon mal auf eine Reihe wirklich märchenhafter Kleider vor.«

»Besser, als die ganze Zeit daran zu denken, dass ich diesen blöden Wichser in die Wüste schicken muss, wenn ich wieder zu Hause bin«, stieß sie mit unglücklicher Stimme aus. »In Ordnung, gehen wir.«

»Sie sieht echt irre aus«, flüsterte Nick, als ich Kekipis Arme, die den Lichtreflektor hielten, noch ein Stückchen höher schob. Er schnalzte mit der Zunge, seufzte und warf seinen Kopf wie ein erbostes Pferd zurück, tat aber wie ihm geheißen. Weil er zwar als Assistent nicht wirklich zu gebrauchen, doch zumindest willig war.

Martha saß im roten Valentino-Kleid an Janes Frisiertisch, blickte in den Spiegel und tat so, als frische sie das

Rouge auf ihren von ihr selbst perfekt geschminkten Wangen auf. Sie hatte im Verlauf der Jahre offenbar gut achtgegeben, wenn sie von den Visagistinnen verschönert worden war.

Al stand immer noch in Surfer-Shorts und T-Shirt neben der Garderobe, und seine Erinnerung an Jane in diesem Kleid zauberte ein Lächeln auf sein runzliges Gesicht. Am liebsten hätte ich die Bilder, die er sah, aus seinem Kopf herausgeholt, doch sein Lächeln machte deutlich, dass das gar nicht nötig war. »Das ist perfekt.«

»So wie Al davon gesprochen hat, ergibt das alles einen Sinn«, erklärte ich und blickte weiter durch den Sucher meiner Kamera. »Die Bilder sollen intim sein, von ihm selbst und seiner Janey handeln, und da bietet sich der Raum hier einfach an.«

»Ja. Wobei ich mir am Anfang hier in diesem Raum ein bisschen seltsam vorgekommen bin.« Nick spähte über meine Schulter auf das Foto, das auf dem Display der Kamera zu sehen war. »Als würde zehn Jahre nach ihrem Tod noch immer jeden Tag das Bett für sie gemacht und beim Abendbrot ein Teller für sie hingestellt. Aber irgendwie fühlt sich das durchaus richtig an. Weil es ein Zimmer voll mit glücklichen Erinnerungen ist.«

»Genau.« Ich bedeutete Kekipi, diesem faulen Hund, dass er den Lichtreflektor wieder etwas höher halten sollte, und fuhr fort: »Ist dir aufgefallen, dass all die Silberbürsten, Rahmen und die anderen Sachen total neu aussehen?« Nick legte eine Hand auf meiner Taille ab. »Diese Aufnahmen werden perfekt. Ich danke dir.«

Ich errötete und winkte ab. »Hm, Martha, mit diesem Kleid sind wir jetzt durch. Vielleicht ziehst du noch ein anderes an?«

»Das Givenchy?«, fragte sie mit einer Stimme wie ein kleines Mädchen, das die Hoffnung hatte, dass man sie jetzt endlich auf dem süßen Pony reiten ließ. »Das Hochzeitskleid?«

Sie hatte ihr gebrochenes Herz vergessen, kaum dass wir hereingekommen waren. Auf den Bildern hatte sie noch immer einen wehmütigen Blick, doch beim Anblick dieses Kleides hatte sie vor Glück gestrahlt. Ich hatte kurz erwogen, sie dazu zu bringen, umgehend bei ihrem Freund zu Hause anzurufen und noch vor Beginn des Shootings mit ihm Schluss zu machen, hatte sie dann aber einfach weiter juchzen und vor Freude auf- und abhüpfen lassen, während sie die Arme nach dem Kleid ausstreckte, ohne es tatsächlich zu berühren. Und auch Al schien über ihren Modegasmus hocherfreut zu sein.

»Sind Sie sicher, Al?«, hakte ich trotzdem vorsichtshalber noch mal nach. Weil ich mir noch immer nicht ganz sicher war. Bereits alle anderen Kleider hatten rundherum fantastisch ausgesehen, und bei der Zeitschrift würde niemand wissen, wenn wir dieses Stück nicht zeigten, weil es einfach zu persönlich war. »Sollen wir das wirklich tun?«

»Auf jeden Fall.« Er hielt das Kleid der aufgeregten Martha hin. »Genau diesen Gesichtsausdruck, wie sie ihn gerade hat, habe ich vorhin gemeint. Und Janey wäre außer sich, ließen wir ihr Lieblingskleid bei diesem Shooting außen vor.«

»Würde es sie denn nicht wütend machen, dass Sie zulassen, dass jemand anders als sie es trägt?«

»Nein«, erklärte er mir in bestimmtem Ton. »Janey war niemand, der irgendwelche schönen Dinge je für sich behalten hat. Sie würde wollen, dass noch andere Menschen Freude daran haben. Dass die Kleider weiterhin ein Leben haben, statt einfach im Schrank zu hängen, bis sie eines Tages nur noch Lumpen sind.«

»Sie würde ihre Sachen nicht verstecken wollen? Würde wollen, dass sie ein Leben haben?« Ich sah ihn mit hochgezogenen Brauen an. »Wenn das so ist, würde sie das doch bestimmt auch von den Menschen wollen, die ihr wichtig waren.«

»Sie sind wirklich eine kluge junge Dame«, stellte er mit einem leisen Lachen fest. »Und ja, Sie haben recht. Aber schließlich habt ihr Frauen meistens recht. Je eher Sie das lernen, umso besser, Nicholas.«

Nick spannte leicht die Finger, die um meine Taille lagen, an und nickte knapp.

»Ich brauchte etwas Zeit, um über ein paar Dinge nachzudenken, und die hatte ich. Es macht mich noch immer traurig – oder bricht mir eher immer noch das Herz –, dass meine Janey nicht mehr bei uns ist, aber vor allem bin ich froh über die Zeit, die mir mit ihr vergönnt gewesen ist. Und dass wir keinen Augenblick von dieser Zeit vergeudet haben.« Er verstummte, denn in diesem Augenblick trat Martha in dem Kleid durch die Badezimmertür.

Der cremefarbene Stoff bot einen schimmernden Kontrast zu ihrer dunklen Haut, und mit dem schlichten Knoten und der Handvoll loser Strähnen, die um ihre Wangen fielen, sah sie geradezu unglaublich aus.

Al trat einen Schritt zurück, um sie sich anzusehen, rückte kurz den leicht verrutschten Ausschnitt gerade und bot ihr dann höflich seinen Arm. Martha hakte sich mit einem derart breiten Lächeln bei ihm ein, dass ich nicht sicher war, ob sie im Bad vielleicht etwas genommen hatte. Denn in meinem ganzen Leben hatte ich noch niemanden gesehen, der wegen eines Kleides derart glücklich war. Und ich hatte bereits jede Menge Hochzeiten erlebt.

»Dies ist wahrscheinlich nicht das erste Mal, dass jemand das zu Ihnen sagt«, wandte sich Al erneut an mich und blickte streng in Richtung von Kekipi, der in lautes Schluchzen ausgebrochen war. »Aber das Leben ist zu kurz, als dass man irgendwelche Zeit vergeuden könnte. Also sollte man das auch nicht tun.«

»Dann mache ich am besten schnell die letzten Bilder«, antwortete ich und stellte mich dabei absichtlich dümmer, als ich war.

20

Die letzten Aufnahmen waren im Handumdrehen im Kasten. Denn zwischen Al und Martha stimmte einfach die Chemie, und als er sie am Ende einen Blick in Janes Garderobe werfen ließ, vergaß sie kurzfristig, dass sie im Grunde momentan vor lauter Liebeskummer vollkommen am Ende war.

Mit Kekipis Hilfe putzte Al das Model immer wieder neu heraus, und ich ging wieder in mein Cottage, um mir erst einmal die Fotos anzusehen. Kaum hatte ich sie auf dem Laptop, wusste ich, wir hatten es geschafft. Weil die Bilder wunderbar geworden waren. Al sah darauf stolz und glücklich und die wunderschöne Martha absolut entzückend aus. Vor allem hatte Al während des Interviews mit Nick zu jedem Kleid mit einer eigenen Geschichte aufgewartet, und neben den wunderschönen Modebildern hatte ich die ebenfalls perfekten Aufnahmen von ihm am Strand. Sie waren ehrlich, süß und echt. Und nirgendwo war eine Ukulele oder Ananas in Sicht. Irgendwie hatten wir das Unmögliche geschafft. Ehe ich es mir noch einmal überlegen konnte, suchte ich die schönsten Bilder aus und schickte sie Veronica. Denn damit wäre eine Sache abgehakt.

»Vielleicht kommt zu dem einen Wunder ja ein weiteres dazu«, versuchte ich mir Mut zu machen, während ich nach meinem iPhone griff. Widerstrebend wählte das kaputte Ding die Nummer, die es wählen sollte, doch nach mehrmaligem Klingeln sprang am anderen Ende nur die Mailbox an. Ich kniff die Augen zu und räusperte mich kurz. Ich fühlte mich entsetzlich. Bisher hatten wir noch nie derart gestritten und vor allem noch nie fast einen ganzen Tag gebraucht, um uns wieder zu versöhnen. Es war nicht zu fassen, dass sie nicht schon längst noch einmal bei mir angerufen hatte. Und vor allem, dass ich selbst nicht längst schon wieder auf sie zugegangen war.

Ich hatte keine Ahnung, was ich sagen sollte, und fing zögernd an: »Ich bin's, Aims. Ich bin eine Idiotin, hätte es verdient, dass du mir in den Busen boxt, und liebe dich. Es tut mir leid, dass ich so nutzlos, dass ich derart ausgerastet und nicht für dich da gewesen bin, als es dir dreckig ging. Ich hoffe, du bist jetzt gerade im *G.A.Y.* und tanzt dort zu Rhianna auf dem Tisch und liegst nicht auf dem Grund der Themse oder so. Ich komme Sonntag gegen fünf zurück und rufe dich dann sofort an. Falls du bis dahin nicht gestorben bist.« Ich legte eine Pause ein, verkleinerte das Photoshop-Fenster auf meinem Laptop-Monitor und starrte auf den Bildschirmhintergrund, auf dem ich mich, Amy und Charlie um die Wette strahlen sah. Was gerade etwas seltsam war. »Also, um es kurz zu machen, Aims. Ich liebe dich und komme Sonntag wieder heim. Falls du nicht noch mal etwas von mir hörst, liegt es wahrscheinlich daran, dass Vanessa mich im Schlaf ermordet hat.«

Ehe ich noch etwas sagen konnte, klopfte es in meinem Ohr.

»Irgendwer versucht gerade, mich anzurufen, und ich hoffe sehr, dass du es bist. Also bis gleich.«

Doch ich konnte nicht mit meiner Freundin sprechen, weil mein Telefon einfach nicht tat, worum ich bat. Ich pikste ein ums andere Mal mit meinem Finger auf die Überreste des Displays, doch es weigerte sich standhaft, auf den eingehenden Anruf umzuschalten, und nachdem der Bildschirm aufgrund des Zusammenpralls mit meiner Zimmerwand einem modernen Kunstwerk glich, war nicht mal sicher zu erkennen, wer der Anrufer überhaupt war.

»Ich hasse dich, verdammtes iPhone«, brüllte ich frustriert, weil ich jetzt nicht die Chance bekam, mich ordentlich mit Amy zu versöhnen. Nachrichten auf einer Mailbox klangen immer fürchterlich geschäftsmäßig und hohl. Weswegen niemand mehr auf diese Dinger sprach. Abgesehen von mir und, wie es aussah, der Person, die eben bei mir angerufen hatte, denn unter dem gesprungenen Glas blinkte mit einem Mal das grüne Licht zum Zeichen, dass tatsächlich eine Nachricht für mich eingegangen war. Aus reinem Masochismus pikste ich das grüne Licht mit meinem Finger an, und – Wahnsinn – sofort sprang die Mailbox an.

»Das hätte ich mir denken sollen«, zischte ich und drückte meine Nemesis aus dem Technologiebereich gegen mein Ohr. »Du kleines Scheißding.«

»Hallo, hmm, Tess?«

Brat mir jemand einen Storch, wenn das nicht Charlie Wilder war.

»Tja, ich wollte nur mal wieder hören, wie es dir so geht. Ob du okay bist oder nicht und wieder mit mir redest oder nicht. Ich habe auch versucht, bei Amy anzurufen, was vielleicht ein Fehler war. Weil sie nicht gerade glücklich mit mir ist. Aber schließlich war sie das noch nie. Wie dem auch sei, ich habe ein paar Neuigkeiten, hm. Am Mittwoch hat mein Fußballteam gewonnen. Was natürlich nicht die eigentliche Nachricht, aber trotzdem mal was Neues ist …«

Er klang so fremd und so verlegen, dass mein Magen sich zusammenzog. Denn es war ganz alleine meine Schuld. Er war traurig, weil ich nicht mehr mit ihm sprach. Ich hatte ihn zehn Jahre lang immer nur glücklich machen wollen, und jetzt tat ich ihm derart weh, dass er mir irgendwelche blöden Witze über seine Fußballmannschaft auf die Mailbox sprach.

»Aber ruf mich an, ja? Weil ich wirklich dringend mit dir reden muss. Ich weiß, ich bin ein Riesentrottel, der es nicht verdient hat, dass du jemals wieder mit ihm redest, aber ich, nun ja, ich muss wirklich dringend wieder einmal deine Stimme hören.«

Die Nachricht war nicht lang und auch nicht wirklich schlüssig, aber trotzdem stellte ich mein iPhone nach fünf Fehlversuchen aus und legte meinen Kopf auf meinen Unterarmen ab. Und ich Dummerchen hatte gedacht, mit einem halbwegs anständigen Foto würde alles wieder gut. Oder auch mit einer ganzen Reihe wunderbarer Fotos – auch wenn das vielleicht ein bisschen unbescheiden klang.

»Vanessa?«

Jemand klopfte leise an die Tür des Cottages, deshalb wusste ich, es war nicht Paige. Schniefend fuhr ich mir mit einem Arm durch das Gesicht, sah auf und blinzelte wegen des hellen Tageslichts. Ich hatte so lange meinen Laptop-Bildschirm angestarrt, dass mir ein bisschen schwindlig war.

»Kekipi.« Ich versuchte, so zu tun, als würde ich mich freuen, nicht nur seinen großen Picknickkorb, sondern auch ihn zu sehen. »Wie geht es unseren beiden Turteltauben?«

Kekipi lächelte mich an. »Mr. Bennett ist so glücklich wie seit langer Zeit nicht mehr. Sie steckten immer noch bis über beide Ohren in Haute Couture, als ich gegangen bin.«

»Wahrscheinlich haben einfach beide eine kleine Aufmunterung gebraucht.« Vielfraß, der ich nun mal war, beäugte ich den Picknickkorb. Aber schließlich hatte ich auch seit dem Aufstehen noch nichts gegessen, und statt der nervösen Energie, die mich durch den gesamten Vormittag getragen hatte, verspürte ich jetzt nur noch heißen Zorn.

»Die brauchst du anscheinend auch.« Entschlossen stellte er den Korb auf meinem Sofa ab und trat todesmutig auf mich zu. »Ärger im Paradies?«

»Auf alle Fälle Ärger.« Wieder sah ich auf mein iPphone und den Bildschirm meines Laptops und riss meinen Mund zu einem breiten Gähnen auf. Denn mit einem Mal war mir alles zu viel.

»Vor allem bin ich halb verhungert. Also, was ist in dem Korb?«, brach es aus mir heraus. Meine Oma wäre außer sich.

»Nichts zu essen.« Stirnrunzelnd begab er sich in meine Küche und rief durch die offene Tür: »Wie wäre es mit einem Deal? Du duschst erst mal, rasierst dich und tust das, was Mädchen sonst noch alles tun, und ich bereite währenddessen eine leichte, leckere Mahlzeit für dich zu.«

»Warum muss ich duschen, um was Leichtes, Leckeres zu essen?« Ich blickte an mir herab und pikste vorsichtig in meinen weichen Bauch. Vielleicht hatte ich ein bisschen zugenommen, seit ich nach Hawaii gekommen war, aber trotzdem sah ich doch bestimmt noch ganz passabel aus.

»Weil du an einem ganz besonderen Ort zu Abend

essen wirst und lauter Sachen in den Korb sind, um dich dafür herzurichten.« Er unterzog mich einer eingehenden Musterung. »Sachen, die du augenblicklich nicht besitzt.«

Das klang etwas beleidigend, aber er hatte recht. Denn ich benutzte immer noch das Nivea for Men, das ich bei Donovan & Dunning hatte mitgehen lassen, weil ich keine Zeit gehabt hatte, um Körpermilch kaufen zu gehen. Und auch der Rest meines Kulturbeutels sah aus, als hätte ein Hausierer ihn gepackt. »In einer Minute bin ich wieder da.«

»Mach am besten zehn daraus«, empfahl er mir. »Aber deine Haare brauchst du nicht zu waschen, denn sie sehen gut aus, wie sie sind.«

»Zu Befehl, Boss.« Müde hievte ich mich aus dem Schreibtischsessel und schlurfte, geschwächt vom Fehlen jeglicher Süßigkeiten und der Angst vor meinem schwulen Visagisten, Richtung Bad. Ich hoffte nur, ich würde nicht von ihm in irgendeine Schwulenbar geschleift. Obwohl, vielleicht wäre das gar nicht so schlecht.

Als Kekipi mir sein Meisterwerk enthüllte, atmete ich hörbar ein. Mit dem ihm eigenen Sinn für das Dramatische hatte er alle Spiegel im gesamten Cottage bis auf den im Badezimmer zugehängt und mir verboten, einen Blick hineinzuwerfen, ehe er nicht rundherum mit mir zufrieden war. Und tatsächlich war auch ich mit seinem Werk zufrieden, auch wenn das durchaus erschreckend war. Zur Abwechslung wies meine Haut mal keine Tigerstreifen auf, sondern verströmte einen warmen, seidig weichen Glanz, die normale Farbe meiner Lippen war nur minimal verstärkt, und dank großzügiger Eyeliner-Verwendung und der falschen Wimpern, die ich umgehend nach meiner Rückkehr von woher auch immer wieder abziehen würde, sahen meine Augen riesig, aber nicht gespenstisch aus. Ich war tatsächlich fast so hübsch wie er. »Danke, das sieht wirklich toll aus.«

»Gern geschehen«, meinte er und tippte meine Nase sachte mit der Puderquaste an. Womit sein Werk vollendet war.

»Früher habe ich immer Jane geschminkt. Wenn es ihr zu schlecht ging, um das selbst zu tun.«

»Anscheinend war sie eine wunderbare Frau.« Ich erwiderte sein wehmütiges Lächeln und drückte ihm aufmunternd das Knie. »Ich wünschte mir, ich hätte sie gekannt.«

»Sie war einfach unglaublich. Aber sie hatte einen sofort bei den Eiern, wenn man nicht gemacht hat, was sie sagte. Nur den jungen Artie nicht. Denn der konnte aus ihrer Sicht nichts falsch machen.«

»Kommen er und Al deshalb nicht miteinander klar?« Ich hatte unzählige Fragen über die Familie Bennett. Denn sie erschienen mir wie die Hawaii-Version des *Denver Clan*. »Weil sie ihm alles hat durchgehen lassen?«

»Wenn er jemanden ermordet hätte, hätte sie die Leiche höchstpersönlich irgendwo verscharrt und potenziellen Zeugen selbst die Zungen rausgerissen«, stimmte mir Kekipi zu. »Aus ihrer Sicht war alles, was der Junge tat, perfekt. Was Al nicht ganz so sah.«

Ich saß auf einem Barhocker am Frühstückstresen in der Küche und baumelte mit den Beinen. »Was echt traurig ist. Ich wünschte mir, sie würden sich versöhnen. Denn ich finde Al echt cool.«

»Er ist auch nicht immer einfach. Aber vielleicht schaffen sie es ja jetzt.« Kekipi stemmte seine Hände in die Hüften und seufzte zufrieden auf. »Nun, da Mr. Bennett offenbar wieder der Alte ist.«

Plötzlich dachte ich an meine Mum. Hoffentlich war sie okay. Ich müsste mich auf alle Fälle bei ihr melden, sobald ich wieder zu Hause war. Auch wenn unsere Beziehung wie die zwischen Al und Artie alles andere als einfach war.

»Sollen wir dich langsam anziehen?« Er verschwand durch meine Vordertür und kam mit einem schwarzen Kleidersack zurück. »Ich habe etwas ganz Besonderes für dich dabei.«

»Ohhh.« Ich klatschte in die Hände, sprang von meinem Hocker und klemmte mein schwarzes Flauschehandtuch unter meinen Achseln fest. »Was ist es denn?«

»Wenn du das vorher schon gesehen hättest, hättest du beim Schminken garantiert nicht still gesessen, deshalb lag der Sack so lange draußen vor der Tür«, erklärte er. »Mr. Bennett hat es für dich ausgesucht. Aber ich hatte das letzte Wort. Und ehe du mich fragst – es passt dir ganz bestimmt.«

Ich presste mir die Hände vor den Mund und versuchte nicht zu schreien, als er den Reißverschluss herunterzog und das rote Valentino-Kleid zum Vorschein kam. Es war wirklich wunderschön. Für Martha hatten wir es etwas enger machen müssen, also hätte ich zumindest eine minimale Chance hineinzupassen, wie Kekipi mir versichert hatte. Allerdings war Jane zwar mindestens so groß wie ich gewesen, aber ihre Proportionen hatten sicher keine Ähnlichkeit mit meinen Rundungen gehabt. Ganz egal, wie viele leichte, leckere Gerichte ich je zu mir nähme, würde meine Taille niemals auch nur annähernd so schmal, wie ihre es gewesen war.

»Was, wenn ich mich setze und das Kleid dann platzt?«,

fragte ich mit jämmerlicher Stimme, als er den versteckten Reißverschluss des Kleids herunterzog und mir bedeutete, die Füße in den Rock zu stellen. »Ich bin nämlich viel dicker, als man denkt, und komme nur, weil ich so groß bin, damit durch.«

»Du bist nicht dick«, fuhr mich Kekipi an. »Ihr verdammten Weiber. Warum denkt ihr immer, dass ihr fett seid, einfach, weil ihr einen Hintern habt?«

»An meinen Hintern habe ich gar nicht gedacht«, stellte ich schmollend fest. »Aber danke, dass du mich daran erinnert hast.«

»Halt den Mund und streck die Arme aus«, wies er mich an.

Das Kleid war überraschend leicht, und ich musste gedanklich meine Füße an die Bodendielen nageln, weil der weich fallende Rock lautstark nach einer Drehung schrie. So fühlte man sich also als Prinzessin. Aber Kate sollte zur Hölle fahren, denn jetzt stünde erst einmal ich selbst im Rampenlicht.

Ich fühlte mich so schön wie nie zuvor.

»Außerdem hat Jane das Kleid getragen, während sie mit Artie schwanger war. Der Empire-Schnitt lässt um die Taille herum jede Menge Platz.«

Und genauso plötzlich fühlte ich mich wieder dick.

Doch das spielte keine Rolle. Denn als mich Kekipi vor dem Spiegel parkte, fühlte ich mich wieder wunderwunderschön. Wenn Frauen so was trugen, wenn sie schwanger waren, ließe ich mir vielleicht möglichst umgehend von irgendwem ein Kind andrehen. Unter dem leuchtend roten Stoff war meine bleiche Haut nicht peinlich, sondern ein Gewinn, und mit den losen, weichen Wellen, die Kekipi meinem Haar entlockt hatte, sah das Kleid nicht unbequem und förmlich, sondern weich und durch und durch romantisch aus. Ich hatte keine Angst davor, mich zu bewegen und die teure Seide zu zerreißen. Denn das Kleid und ich waren ein Team und atmeten im selben Rhythmus ein und aus. Bodenlange Lagen roter Seide flossen vor und hinter mir und das tief ausgeschnittene, ärmellose Oberteil schmeichelte meinen Brüsten und schmiegte sich weich an meine Taille an. Kekipi hatte recht. Das Kleid war nicht zu eng und ließ sogar noch Raum zum Essen. Toll.

»Oh Gott, du musst ein Foto von mir machen«, bat ich ihn. Am liebsten hätte ich den ganzen Abend über vor dem Spiegel ausgeharrt, aber ein Bild ginge wahrscheinlich auch. »Weil meine Freundin Amy mir sonst niemals glauben wird, dass ich so aussehen kann.« Nicht, dass sie mich bisher zurückgerufen hätte, aber…

»Kein Problem.« Er legte mir die Hände auf die Schultern. »Meiner Meinung nach bist du bereit, Zeit, dich auf den Ball zu schaffen, Cinderella-Schatz.«

»Wir gehen auf einen Ball?«

Kekipi schüttelte den hübschen Kopf. »Nicht wirklich, aber trotzdem müssen wir allmählich los, denn wenn du nicht bis Mitternacht erscheinst, wird der Prinz wahrscheinlich ziemlich angefressen sein.«

»Dann gehen also nicht wir zwei zusammen aus?«

»Schätzchen, selbst wenn du so aufgebrezelt bist wie jetzt, bist du ganz einfach nicht mein Typ.« Entschlossen nahm er meine Hand und zog mich Richtung Tür. »Schuhe brauchst du nicht. Komm mit, Süße.«

Ich war so gebannt von meinem eigenen Spiegelbild, dass wir bereits im Fond eines Geländewagens saßen, als mir einfiel, dass ich immer noch nichts Leichtes, Leckeres gegessen hatte. Und auch nichts, was weder leicht noch lecker war. Traurig legte ich die Hand auf meinen leeren Bauch und stieß ein leises Schniefen aus. Deshalb also waren Models derart schlank.

Egal wie hübsch und elegant und durch und durch erwachsen ich auch aussah, wurde ich zu einem quengeligen Kleinkind, wenn mein Magen knurrte. Weshalb mein Begleiter so lange im Fond des Wagens wühlte, bis er zwei in Zellophan gehüllte Kekse fand. Die ich inhalierte, ohne ihn zu fragen, wo genau er sie gefunden hatte und ob sie tatsächlich noch genießbar waren. Weil mir das vor lauter Hunger völlig schnuppe war.

Als der Wagen wieder hielt, war mein Kleid mit wenig eleganten Krümeln übersät, und knurrend klopfte mich Kekipi ab.

»Mir war klar, wir hätten dich niemals in etwas derart Elegantes stecken sollen. Ein ordentlicher Kaftan hätte es wahrscheinlich auch getan.«

»Ach, halt die Klappe«, juchzte ich, denn das bisschen Zucker und die Freude, weil wir endlich angekommen waren, hatten mir neue Energie verliehen. Ich hatte noch immer keine Ahnung, wo wir waren, doch obwohl Kekipi keine Einzelheiten nannte, hatte ich aus dem Wort Prinz geschlossen, dass wahrscheinlich Nick hier auf mich warten würde, und konnte es kaum erwarten, mich ihm in meinem Prinzessinnengewand zu präsentieren.

»Wo sind wir überhaupt?«

»Halt du doch selbst die Klappe«, schnauzte er zurück, hatte aber schon wieder ein Lächeln im Gesicht. »Steig einfach aus, dann wirst du es ja sehen«, wies er mich an und sagte zu sich selbst: »Was man nicht alles für die Liebe tut …«

Der Fahrer öffnete die Tür, bevor ich selber die Gelegenheit dazu bekam, und ich schenkte ihm mein schönstes Lächeln und stellte möglichst würdevoll die nackten Füße auf der Erde ab. Dabei wäre ich am liebsten auf- und abgesprungen und hätte vor lauter Glück den Ententanz vollführt. Vergessen waren die Bearbeitung der Fotos, meine schlechte Laune, während ich mich hatte schminken lassen müssen, und die Fahrt mit unbekanntem Ziel. Denn wo immer ich auch war, fiel das warme pink-orangefarbene Licht der Abendsonne durch das dichte grüne Blätterwerk der Tropenbäume, während irgendwo in meiner Nähe Wasser rauschte. Was mir irgendwie seltsam bekannt vorkam …

»Da entlang, Prinzessin.« Lächelnd wies Kekipi auf den schmalen Pfad, der durch den Wald verlief. »Wir sehen uns dann später.«

»Willst du mich hier vielleicht irgendeinem Riesenaffen opfern?«, fragte ich ihn ängstlich. »Nicht mal dieses Kleid wäre das wert.«

»Nun hau schon ab.« Mein schwuler Freund scheuchte mich fort, bevor er wieder in den Wagen stieg. »Ruf mich an, wenn du verlobt bist.«

Bei diesen Worten wogte eisiges Entsetzen in mir auf.

»Das war ganz sicher nur ein Witz«, beruhigte ich mein Kleid. »Auch wenn der alles andere als witzig war.«

Irgendwie gelang es mir, immer wieder einen meiner Füße vor den anderen zu setzen, während das zu Anfang leise Plätschern immer weiter anschwoll und mir gleichzeitig der Duft von unzähligen Frangipani-Blüten in die Nase stieg. Kleine Teelichter, die entweder allein oder zu zweit mal links, mal rechts des Pfades standen, wiesen mir den Weg, und als ich eine schmale Steintreppe erreichte, nahm die Zahl der Kerzen zu. Auf jeder Stufe hatte irgendwer drei kleine Glasgefäße aufgestellt. Einige der Kerzen waren bereits erloschen, aber trotzdem sah es einfach reizend aus. Vielleicht ein bisschen kitschig, aber trotzdem wunderwunderschön.

Ich brauchte eine halbe Ewigkeit, um zu erkennen, weshalb das Geräusch des Wassers mir derart bekannt vorkam, denn erst als ich am Fuß der Treppe stand, entdeckte ich den Wasserfall. Genau dort, wo wir im Sand gelegen hatten, stand auch Nick. Mit einem selbstzufriedenen Grinsen im Gesicht, das allerdings verflog, als er mich sah.

»Wow«, entfuhr es ihm.

»Ja.« Ich reckte meine Arme über meinen Kopf. »Ich weiß.«

Direkt am Wasser hatte Nick, wahrscheinlich mit Kekipis Hilfe, einen kleinen runden Tisch voll Essen aufgestellt, das fast noch besser aussah als er selbst.

Am Fuß der Treppe blieb ich stehen, um alles aufzunehmen. Das Rauschen des Wasserfalls, den Duft der Blumen, all die kleinen Kerzen und inmitten dieser Schönheit einen noch schöneren Mann, der mich hierher eingeladen hatte – mich allein.

Seine Haare waren immer noch zerzaust – inzwischen war mir klar, dass sie das immer waren –, doch sein Hemd und seine Jeans waren todschick, und seine Augen leuchteten noch stärker als die Kerzen auf dem Weg. Wenn er einmal nicht selbstgefällig wirkte, hatte er ein ansteckendes Lächeln, das mich ebenfalls bis über beide Ohren grinsen ließ. Ich fühlte mich ein wenig overdressed, und sicher eignete sich mein Kleid nicht zum Schwimmen. Doch zumindest hatte meine Aufmachung die Wirkung, die Kekipi offenbar mit ihr hatte erzielen wollen, nicht verfehlt.

»Dann hast du also hierhergefunden?«, fragte Nick. »Warum kommst du nicht auch noch das letzte Stück bis an den Tisch?«

»Wusstest du, dass man diesen verdammten Wasserfall auch von der Straße aus erreichen kann?«, fuhr ich ihn an und blickte auf die Treppe, über die ich eben elegant zu ihm herabgestiegen war. »Ich hätte mir am Mittwoch beinah das Genick gebrochen, dabei gibt's auch eine Treppe, über die man zu dem See gelangen kann.«

Lächelnd trat er an den Tisch und griff nach der Champagnerflasche, die in einem eisgefüllten Silberkübel lag.

»Im Interesse eines schönen Abends werde ich einfach so tun, als hätte ich dich nicht gehört.« Er ließ den Korken knallen, füllte ein einziges Glas und prostete mir zu. Während ich noch immer ein paar Meter abseits stand. »Hast du eine Vorstellung, wie lange es gedauert hat, über zweihundert Teelichter hierherzuschleppen und dann auch noch anzuzünden?«

»Von denen mindestens die Hälfte nicht mehr brennt.« Ich warf mein Haar zurück, stapfte in dem bodenlangen Ballkleid durch den Sand und setzte mich entschlossen an den Tisch. Weil das Essen einfach zu verlockend war.

Und auch Nick sah ziemlich lecker aus.

»Vielleicht zündest du sie einfach noch mal an, während ich in Ruhe etwas esse.«

»Vielleicht hältst du einfach mal den Mund.« Jetzt füllte er ein zweites Glas, hielt es mir hin, und obwohl sich unsere Fingerspitzen nicht berührten, ließ mich schon die bloße Möglichkeit erschauern, und ich atmete so tief wie möglich ein.

»Hübsches Kleid.«

»Ganz nett, nicht wahr?« Ich fächerte den Rock des

Kleides auseinander und versuchte, meinen Puls auf die Normalgeschwindigkeit zurückzufahren. Aber da ich völlig ausgehungert und von den Geschehnissen vollkommen überwältigt war, hatte ich nicht einmal meine Stimme mehr im Griff. Wobei eine gequietschte Antwort alles andere als sexy war. »Einfach was zum Anziehen, wenn ich am Strand abhängen will.«

»Da ist dieses Stück genau das Richtige.« Er nahm mir gegenüber Platz und stieß mit seinem Bein gegen mein Knie. »Du solltest es ruhig öfter anziehen.«

»Ich nehme an, am Montag auf dem Arbeitsamt macht es sich auch sehr gut.« Ich hob mein Glas an meinen Mund und stellte fest, dass mir ein Fehler unterlaufen war. Denn das war Tess' Problem. »Denn als Fotografin arbeite ich ganz bestimmt nicht mehr«, fügte ich deswegen umgehend hinzu.

»Die Fotos, die du heute Vormittag gemacht hast, waren wunderschön«, erklärte er. »Das weißt du selbst. Ich hab dir gesagt, es würde alles gut werden, wenn du einfach genügend Selbstvertrauen hättest. Du hast Paige ganz sicher nicht gebraucht. Sie hätte dich bei deiner Arbeit nur gestört.«

»Es war nicht ihre Schuld.« Schon wieder kam es mir so vor, als ob ich sie verraten würde, als mir Nick gegrillten Fisch und Brot und, iihh, Salat auf meinen Teller tat. »Es lag einfach an allem. Dass es heute besser war, lag hauptsächlich an Al. Wäre er von Anfang an dabei gewesen, wäre all das nicht passiert.«

»Wäre er von Anfang an dabei gewesen, säße ich wahrscheinlich jetzt nicht hier«, gab Nick zurück. »Denn eigentlich hatte ich sofort nach dem Interview wieder von hier verschwinden wollen.«

»Wartet denn zu Hause etwas Wichtiges auf dich?« Ich schob ein Stückchen mariniertes Schweinefleisch in meinen Mund und versuchte nicht zu schmatzen. Weil es einfach köstlich war. »Vielleicht ein heißes Date?«

Statt etwas zu erwidern, stieß er einen missmutigen Seufzer aus und schüttelte den Kopf. Nachdem er sich vergewissert hatte, dass er mir genug zu essen und zu trinken angeboten hatte, häufte er sich seinen eigenen Teller voll. Und sagte immer noch kein Wort.

»Hast du das Interview schon abgeschickt?«, erkundigte ich mich.

»Ja. Du deine Fotos auch?«

»Ich will sie erst noch Paige zeigen. Die irgendwie den ganzen Tag über verschwunden war.«

Nick lachte, und der Ausdruck seiner blauen Augen wurde wieder etwas freundlicher. »Sie war den ganzen Tag auf Shopping-Tour. Am besten hättest du die Fotos selbst an Steph geschickt. Denn sie sollte wissen, dass nicht Paige, sondern du selbst auf die Idee dazu gekommen bist.«

»Ich wollte Paige nicht in den Rücken fallen«, antwortete ich und fügte stumm hinzu: »Oder zumindest nicht noch mehr als jetzt.«

»Ich nehme an, dass wir uns deshalb bisher nie begegnet sind, Vanessa Kittler.« Er erhob sein Glas zu einem Toast. »Du bist einfach zu gut für diese Welt.«

»Vanessa Kittler ist zu gut für diese Welt.« Ich stieß zögernd mit ihm an und genehmigte mir einen winzig kleinen Schluck. »Das hat bisher noch nie jemand gesagt, und wahrscheinlich wird das auch nie wieder jemand tun.«

»Du hast wirklich ein Problem mit dir, nicht wahr?« Er krempelte die Ärmel seines Hemds bis zu den Ellenbogen hoch. Anscheinend hatte er genug von unserer übertriebenen Eleganz.

»Okay, nachdem es letztes Mal so gut gelaufen ist, lass uns noch mal ein Spiel spielen, ja? Ich hätte gern, dass du dich selbst mit fünf Wörtern beschreibst.«

»Hungrig, müde, overdressed ...« Ich sah mich hilfesuchend um. »Sauer, dass wir Mittwoch nicht über die Treppe hergekommen sind. Jetzt bist du dran.«

»Nur fünf Wörter, habe ich gesagt.« Als er nach dem Brot griff, spannten sich die Muskeln seines Unterarmes sichtlich an, und ich widerstand mit Mühe der Versuchung, einmal kurz hineinzubeißen, weil er derart knackig war. »Also fang noch mal von vorne an.«

»Du bist einfach ein echter Gentleman.« Ich schob mir einen Hähnchenflügel in den Mund und hoffte, dass Kekipi mir in Zukunft regelmäßig Carepakete schicken würde – weil das Essen einfach köstlich war. »Also gut. Hungrig, müde, fleißig, engagiert, loyal.«

Kopfschüttelnd lehnte sich Nick auf seinem Stuhl zurück. »Das glaubst du doch wohl selbst nicht«, tadelte er mich. »Sind das tatsächlich die besten Attribute, die dir einfallen, oder bist du krankhaft zurückhaltend? Wobei ich nicht sagen kann, welche Möglichkeit mich mehr aufregt.«

»Tja, ich hätte auch eiskalt oder verschlagen sagen können, hatte aber Angst, dass das vielleicht ein bisschen eingebildet klingt«, gab ich mit vollem Mund zurück. »Du bist dran.«

»Witzig, clever, scharfsinnig, loyal und schnell«, zählte er die Worte an den Fingern ab. »Wobei eiskalt und verschlagen durchaus auch hinhauen.«

»Du spielst dieses Spiel anscheinend nicht zum ersten Mal. Ich fühle mich veräppelt.«

»Dann fühlst du wenigstens mal etwas anderes als die Last der Erwartungen von anderen Leuten, die die ganze Zeit auf deinen Schultern liegt.« Als ich gegen seine Schulter boxen wollte, zog er eilig seinen Arm zurück. »Siehst du, ich bin wirklich schnell.«

»Und so clever, dass du dich wahrscheinlich sogar manchmal selber überlistest«, antwortete ich und hob zur Stärkung meines angeknacksten Egos abermals mein Glas an meinen Mund. Egal wie groß mein Hunger war, ich brauchte ganz dringend ein, zwei Cocktails, um die nächste Auseinandersetzung mit dem Blödian zu überstehen.

»Du hast wirklich keine Ahnung, wer du bist, nicht wahr?«, erkundigte er sich. »Du bildest dir tatsächlich allen Ernstes ein, du wärst dieses unglückliche Arbeitstier, das von früh bis spät den Pflug über die Felder zieht.«

Ich verschluckte mich an einem allzu großen Stück trockenen Brots. Am besten nähme ich mir zukünftig die Zeit, erst Butter auf mein Brot zu streichen. »Danke für das hübsche Bild.«

»Das ist mein Ernst«, erklärte er und untermauerte den Satz mit seinem plötzlich ernsten Ton und mindestens genauso ernsten Blick. »Ich bin unter anderem deshalb Journalist geworden, weil ich mich sehr gut in andere Menschen reinversetzen kann. Aber du bist völlig undurchschaubar. Du bist ganz eindeutig nicht die Frau, die ich erwartet hatte, aber du bist ganz bestimmt auch nicht die Märtyrerin, für die du selbst dich hältst. Also, wer bist du?«

»Ich weiß nicht, wovon du redest«, antwortete ich und wünschte mir, es gäbe hier ein Klo. Nicht, weil ich auf die Toilette musste, sondern weil mir bei diesem Gespräch in höchstem Maße unwohl war. Früher oder später blieb mir nichts anderes übrig, als Hals über Kopf von diesem wunderbaren Ort zu fliehen.

»Davon, dass du nur so tust, als ob du ein armes, kleines Hühnchen wärst. Du konzentrierst dich ausschließlich darauf, was andere Leute denken, auf die Arbeit und auf diesen dummen Kerl daheim in London, der anscheinend keine Ahnung hat, was für ein Glück er hat, aber wenn du diese Sachen endlich einmal außer Acht lässt, bist du eine umwerfende Frau.«

»Ich bin umwerfend?« Ich sah ihm ins Gesicht, denn ich war sicher, dass er mich aufzog. Aber er sah schmerzlich ehrlich aus, und errötend rutschte ich auf meinem Stuhl herum. »Du kennst mich doch im Grunde gar nicht, Nick.«

»Oh doch, ich kenne dich. Ich habe dein Gesicht gesehen, als du heute früh die Aufnahmen gemacht hast und als Al von seiner Frau gesprochen hat. Wenn du vergisst, dich zu bemühen, bist du wunderschön. Genau, wie wenn wir zwei zusammen sind. Ich liebe deinen Gesichtsausdruck, wenn dir bewusst ist, dass du dich in einen aussichtslosen Kampf begeben hast.«

»Die Kämpfe, die ich ausfechte, sind niemals aussichtslos.« Wütend kippte ich den Rest meines Champagners in mich rein. Und fuhr nach einem kurzen Hicksen fort: »Und vor allem ist es gar nicht nötig, dass du alle diese Dinge sagst, um mich ins Bett zu kriegen. Über dieses Stadium sind wir schließlich längst hinaus.«

»Das ist auch so was«, stellte er lachend fest. »Kaum dass wir auch nur ansatzweise ehrlich werden, machst du einen deiner blöden Witze oder wirst gemein. Du versuchst mich dadurch auf Distanz zu halten. Doch ich habe schon genügend Leute interviewt, um zu erkennen, wenn sich mir jemand nicht öffnen will.«

Ich blickte Richtung Himmel und betrachtete die Vielzahl pink- und pfirsichfarbener Streifen, die das warme blaue Dämmerlicht durchbrach. »Und warum sollte ich mich dir nicht öffnen wollen?«

»Ich gebe mir wirklich alle Mühe, nett zu dir zu sein.« Nick berührte meine Hand und, höflich, wie ich nun mal war, tauschte ich das Brotstück, das ich festhielt, gegen seine Finger aus.

»Ich weiß, ich habe mich wie ein Idiot benommen. Aber schließlich habe ich mich ewig allen Menschen gegenüber so benommen und deshalb beinah vergessen, wie man etwas anderes ist.«

Ich schaffte es noch immer nicht, ihm ins Gesicht zu sehen. »Und warum hast du jetzt urplötzlich damit aufgehört?«

»Keine Ahnung«, antwortete er und stieß ein unehrliches Lachen aus. »Das ist mir selbst noch nicht ganz klar. Obwohl mir tausend Gründe dafür eingefallen sind. Dass ich wieder hier auf dieser Insel bin, gerade Geburtstag hatte und seit einer Ewigkeit mit keiner Frau mehr in der Kiste war.«

Er verstummte und schien eine Antwort zu erwarten, aber mir fiel keine ein. In einer Hand hielt ich mein Glas, und mit der anderen drückte ich sanft seine warmen Finger. Denn ich hoffte, dass das vielleicht tröstlich für ihn war.

»Ich hab das entsetzliche Gefühl, dass es wahrscheinlich daran liegt, dass ich dich wirklich mag«, stieß er mit rauer Stimme aus.

»Weil ich loyal und engagiert und fleißig bin?«

»Weil du heißblütig und leidenschaftlich, fürsorglich und kreativ, amüsant und wunderschön und fürchterlich naiv bist, weil du jede Menge Haare und von all diesen Dingen offensichtlich keine Ahnung hast«, erklärte er und beugte sich zu mir über den Tisch. »Abgesehen von den Haaren. Und weil du dich mit mir angelegt und diesen Kampf gewonnen hast.«

Ach ja?

»Und weil du mir völlig furchtlos stets die Wahrheit sagst.«

Natürlich hatte er noch etwas sagen müssen, um den wunderbaren Bann zu brechen.

Denn am liebsten wäre ich dahingeschmolzen, hätte ihn geküsst und ihn gebeten, mir in Zukunft täglich solche Nettigkeiten aufzutischen, doch das konnte ich nicht tun. Denn schon übermorgen gäbe es die Frau, von der er sprach, nicht mehr. Und die Frau, die ihren Platz einnehmen würde, hatte keine Ahnung, wie sie ihm die Wahrheit sagen sollte. Also zog ich meine Hand zurück, ließ meinen Kopf, so weit es ging, nach hinten fallen und hielt mir die Augen zu. Denn ich brauchte einen kurzen Augenblick, um mir zu überlegen, wie in dieser Angelegenheit am besten vorzugehen war.

Ich sollte es ihm einfach sagen. Sollte lachen, seine Hand ergreifen und erklären: »Das ist eine witzige Geschichte …« Weil das schließlich keine wirklich große Sache war. Nur ein Name, weiter nichts. Mir fiel ein Satz aus meiner Englisch-Abschlussprüfung in der Schule ein. Aus *Romeo und Julia*. »Was uns Rose heißt, wie es auch hieße, würde lieblich duften.« Nur dass die Geschichte alles andere als glücklich ausgegangen war. Verflixt.

»Vanessa?«

Sicher würde es auch reichen, es ihm morgen früh zu sagen, oder nicht?

»Ich habe mich sehr lange keinem Menschen mehr geöffnet.« Nick umklammerte mein Handgelenk, und vorsichtig schlug ich die Augen wieder auf und sah ihn an. Seine angespannte Miene und das Brennen seiner Augen waren mehr, als ich ertrug.

»Deshalb kannst du bestimmt verstehen, wenn mir jetzt ein bisschen unbehaglich ist. Hätte ich das nicht sagen sollen?«

»Ich weiß nicht, was ich sagen soll«, flüsterte ich und blickte ihn aus tränenfeuchten Augen an. »Ich weiß nicht, was ich sagen soll.«

»Dann halte ich mich einfach weiter an den Satz, den ich vorhin gesagt habe«, gab er zurück und presste mir die Lippen auf den Mund. »Damit der Abend angenehm verläuft, werde ich einfach so tun, als hätte ich dich nicht gehört.«

Ich erwachte in Nicks Bett. Nachdem der Rest des Abends, wie von ihm geplant, perfekt verlaufen war. Während ich in seinen Armen lag, dachte ich an unsere Küsse, die unangemessenen Berührungen, das alkoholbedingte Ausziehen unserer Kleider und das Ausblasen der vielen Kerzen auf dem Weg zurück zu unserem Wagen und Chauffeur. Ich hatte Nicks weißes Hemd getragen, und er hatte sich mein teures Kleid über den Arm gehängt. Falls ihn meine alles andere als positive Reaktion auf sein Geständnis, dass er mich sehr gern mochte, getroffen hatte, hatte er das gut vor mir versteckt.

Ich sah an mir herab und stellte fest, dass ich sein falsch geknöpftes Hemd noch immer trug. Der Rest von unseren Sachen war auf dem Parkettboden verstreut, und das Valentino-Kleid hing über einem Stuhl und zwinkerte mir fröhlich zu. Anscheinend war es ziemlich stolz auf mich.

»Schlaf weiter«, raunte Nick, als ich mich bewegte. Er schmiegte seinen heißen, harten Leib an meinen Rücken, und ich musste einfach lächeln, als er mich noch enger an sich zog und mir die Beine um die Hüften schlang.

»Ich sollte langsam rübergehen und packen«, seufzte ich. »Unser Flug geht heute Nachmittag. Ich habe Steph die Aufnahmen noch nicht geschickt, und Paige hat sie noch immer nicht gesehen. Das heißt, ich habe viel zu viel zu tun, um länger hier herumzuliegen.«

»Aber du bist nur im Bett erträglich«, antwortete Nick. »Wenn du aufstehst, fängst du an zu reden, und dann gehst du einem furchtbar auf den Keks.«

»Ich weiß«, stimmte ich zu. »Aber leider kann ich nichts dagegen tun.«

»Du könntest mich ja nach New York begleiten«, schlug er mir mit leiser Flüsterstimme zu. »Dort bräuchten wir tagelang nicht aufzustehen.«

Ich ließ ihn mein Ohr, den Hals und meine Schulter küssen, ehe ich ihm eine Antwort gab. War das nur leeres Bettgeflüster oder tatsächlich ein ernst gemeintes Angebot? Nicht dass ich tatsächlich einfach in die Staaten fliegen könnte. Doch warum eigentlich nicht? Schließlich war ich ja auch einfach nach Hawaii gejettet. Und auf eine Woche länger, die ich nicht zu Hause wäre, käme es doch ganz bestimmt nicht an. Und nach unserer Ankunft könnte ich ihm ja vielleicht alles erklären, und er würde es verstehen. Zumindest ging ich davon aus. Weil es in New York doch sicher jede Menge Lügner gab. Vor allem würde mein Geständnis im Schatten des Empire State Buildings bestimmt erheblich amüsanter klingen. Vielleicht würde ich ja wirken wie Meg Ryan. Ehe an ihr rumgeschnippelt worden war. Wir würden beide herzhaft über die Geschichte lachen, und dann würde alles gut werden …

»Ich soll mit dir in die Staaten kommen?«, stieß ich quietschend aus, als eine seiner Hände über meinen Schenkel glitt.

»Warum denn nicht?« Seine Stimme war vom Schlaf und vor Verlangen rau. »Du hast schließlich gesagt, du hast zu Hause nichts zu tun.«

»Das stimmt.« Vor meinen geschlossenen Augen tauchten eine Reihe Bilder auf, ehe ich erneut dem Reiz der flinken Finger meines Liebhabers erlag. »Aber trotzdem fliege ich vielleicht am besten erst mal heim.«

»Und warum?«

Ich lächelte und schrie dann leise auf.

»Keine Ahnung«, gab ich zu und rollte mich zu ihm herum. »Warum gibst du mir nicht ein paar Gründe, es mir noch einmal zu überlegen«, schlug ich vor, und eine halbe Stunde und zwei wirklich gute Gründe später lag ich auf dem Bett und hörte zu, wie er unter der Dusche stand. Ich sollte längst schon aufgestanden sein, um rüber in mein eigenes Bad zu gehen, aber der Gedanke, mich noch etwas länger mit geschlossenen Augen auf dem seidig weichen Bettlaken herumzurollen, war einfach zu verführerisch.

Vor allem müsste ich mir beim Packen eingestehen, dass meine Woche auf Hawaii vorüber war, und aufhören, mich zu amüsieren, und mich abermals dem Ernst des Lebens stellen.

Außer ich flöge tatsächlich statt nach London nach New York.

Ich gönnte mir noch einen Augenblick in Nicks noch

warmem Bett, sog seinen Duft, der in den Kissen hing, in meine Lungen ein und speicherte ihn dort für alle Zeiten ab. Ihn und den Geruch des Ozeans, der über allem lag. Auch die wunderbaren Küsse, die mir Nick beim Wasserfall gegeben hatte, hatten sich mir unauslöschlich ins Gehirn gebrannt. Trotzdem kam es mir bereits so vor, als hätte ich die Szene nur in einem Film gesehen und nicht wirklich selbst erlebt. Das Rauschen der Dusche klang in meinen Ohren wie das Echo unseres Wasserfalls, und als mir mit einem Mal die Morgensonne in die Augen schien, zog ich mir das Kissen über das Gesicht. Nur noch einen kurzen Augenblick. Noch einen kurzen Augenblick in diesem Bett und dann …

Schrillte mit einem Mal mein Telefon.

Woraufhin die ganze Sache völlig aus dem Ruder lief.

21

»Paige, warte«, heulte ich und lief ihr eilig hinterher. Wobei ich auf dem Weg in Richtung Zivilisation den Saum des weißen Hemds, so weit es ging, herunterzog. Denn meinen Slip wollte ganz sicher keiner der Gärtner und der anderen Angestellten sehen. Weil das gesamte Personal, das von Kekipi angeheuert worden war, aus Mitgliedern der Gay Community von Oahu bestand. »Bitte, lass es mich erklären.«

»Nie im Leben!« Sie lief weiter, ohne sich auch nur noch einmal zu mir umzudrehen. »Hau einfach ab.«

»Vielleicht könntest du ja mir erklären, was das alles zu bedeuten hat?« Nick packte mich am Arm und zog mich kurzerhand ins Haus zurück. Zögernd blickte ich an ihm herab und atmete erleichtert auf, weil er zumindest eine Unterhose trug. »Los, Vanessa, sag mir, was hier vor sich geht.«

»Ihr Name ist Tess!«, schrie Paige. »Aber sie könnte genauso gut Vanessa sein, weil sie es an Gemeinheit und Verlogenheit problemlos mit ihr aufnehmen kann.«

Oh, das war ein echter Tiefschlag. Auch wenn er nicht wirklich überraschend für mich kam.

»Ich kann einfach nicht glauben, dass du das getan hast. Was aber im Grunde nur beweist, wie dumm ich selber bin.« Paige war außer sich vor Zorn. »Du hast es tatsächlich geschafft, mir das Gefühl zu geben, dass du meine Freundin bist. Bravo«, zischte sie.

Oh Gott, ich war ein wahrhaft schlechter Mensch.

»Ich bin tatsächlich deine Freundin«, protestierte ich. »Ehrlich, das hier …«

»… ist was anderes als das, wonach es aussieht?«, fragte sie erbost.

»Warte, Paige.« Ich riss mich von Nick los und bedachte ihn mit einem unglücklichen Blick. »Ich kann es dir erklären«, sagte ich zu ihm. »Aber lass mich bitte erst mal los, damit ich es auch Paige erklären kann. Danach komme ich zu dir zurück.«

»Dann glaubst du also nicht, dass ich zuerst eine Erklärung für das alles hier verdient habe?« Er sah entsetzlich wütend aus. Wütend und verwirrt. »Weil Paige mir immerhin schon mal voraushat, dass sie offenbar zumindest deinen wahren Namen kennt.«

»Oh Gott.« Ich presste meine Hände vors Gesicht und stieß ein frustriertes Jaulen aus. Was sollte ich jetzt tun? Was um Himmels willen sollte ich jetzt tun?

»Okay, mein echter Name ist Tess Brookes. Vanessa ist meine Mitbewohnerin. Sie ist eine blöde Kuh, und ich habe mir ihre Kamera und ihren Job und, tja nun, auch ihren Namen ausgeliehen, um hierherzukommen, denn nachdem man mich gefeuert hat und ich mich obendrein mit Charlie überworfen habe, war ich kurzfristig nicht mehr ich selbst. Das ist die Kurzversion. Kann ich vielleicht gleich zurückkommen und dir die längere Version erzählen?«

»Geh und sprich mit Paige«, forderte er mich mit angespannter Stimme auf und hängte dann zum ersten Mal, seit wir uns kannten, meinen wahren Namen an. »Tess Brookes.«

Wenn ich gewusst hätte, wie leicht es war, ihn dazu zu bewegen, endlich mal den Mund zu halten, hätte ich ihm schon am Montagabend alles offenbart. Statt wütend war er jetzt schockiert und sah in diesem Zustand, wenn ich ehrlich war, wie ein verwirrter Goldfisch aus. Nicht wirklich attraktiv. Aber noch immer ziemlich heiß.

»Ich wollte es dir sagen«, gab ich schwach zurück. »Wollte es dir wirklich sagen.«

»Geh und sprich mit Paige. Nun geh schon«, wiederholte er.

Mir fehlten in dem Augenblick einfach die Worte, um ihn zu beruhigen, also nickte ich nur knapp und folgte Paige, die wie von Furien gehetzt in Richtung Haupthaus lief.

»Paige, warte!«, brüllte ich ihr hinterher, obwohl es alles andere als einfach war, zu gleicher Zeit zu rennen und zu schreien. Für ein solches Drama war ich eindeutig nicht fit genug. »Paige, bleib stehen!«

Aber es war sinnlos. Denn sie hatte ein bestimmtes Ziel, und ich hatte das schreckliche Gefühl, als ginge diese Sache für mich selbst eher übel aus.

Bis ich selbst am Haupthaus war, sprach sie schon mit Al und Artie, die zusammen an dem großen Tisch auf der Terrasse saßen, was Kekipi, seinem strahlenden Gesicht zufolge, sehr zu freuen schien.

Die zwei Bennett-Männer boten einen wunderbaren Anblick. Denn auch wenn er seine rechtmäßige Rolle wieder übernommen hatte, bestand Als Gesicht auch weiter praktisch nur aus Bart und sein Outfit aus knielangen Shorts und einem alten, schlabberigen T-Shirt, während Artie selbst an einem Samstag schon um neun Uhr morgens einen eleganten dreiteiligen Anzug trug. Vor diesem glamourösen Haus, im hellen Sonnenschein wirkten sie beide etwas deplatziert.

»Also, Mr. Bennett, ja, es tut mir leid …«

Endlich war ich nah genug, um zu hören, wie Paige zum Ende ihrer Story kam. Sie hatte ihre Hände vor die Brust gepresst und einen schmerzhaft ernsten Ausdruck im Gesicht. »Und, Mr. Bennett, es war einfach eine furchtbare Verwechslung. Selbstverständlich werden wir uns mit Miss Brookes noch auseinandersetzen, sobald wir wieder in England sind, aber ich wollte Ihnen beiden vorher schon versichern, dass die Zeitschrift keine Ahnung von der ganzen Sache hatte und wir alles tun werden, damit Ihnen kein Nachteil aus der ganzen Angelegenheit entsteht.«

»Ts, ts, ts.« Mit einem breiten, durch und durch vergnügten Grinsen wandte sich Al an mich. »Dann haben Sie also keinen Spaß gemacht, als Sie gesagt haben, Sie wären nicht die, für die Sie jeder hält.«

Zu meinem Entsetzen wurde mir bewusst, dass ich mit make-up-verschmierten Wangen und in nichts als meinem Slip und einem falsch geknöpften Herrenhemd vor diesen Leuten stand. Kekipi zwinkerte mir übertrieben zu, klatschte lautlos in die Hände und bedeutete mir unauffällig, dass natürlich auch meine Mascara verlaufen war.

»Ich weiß nicht, was ich sagen soll.« Ich machte einen Schritt, blieb dann aber erneut wie angewurzelt stehen und verschränkte schützend meine Arme vor der Brust. Paige bedachte mich mit einem kalten Blick und nahm dann gegenüber dem in höchstem Maß verwirrten Artie Platz.

»Es tut mir wirklich leid.«

»Das kannst du unseren Anwälten erklären«, fauchte Paige, ohne mich auch nur anzusehen. »Oder der Polizei.

Ich bin mir nicht ganz sicher, wer von beiden sich als Erstes bei dir melden wird.«

»Oh, Ms. Sullivan.« Aus irgendeinem Grund fand Al die ganze Sache offensichtlich furchtbar amüsant. Denn lachend meinte er: »Ich glaube nicht, dass man mit dieser Angelegenheit zu einem Anwalt oder gar zur Polizei gehen muss. Vor allem, weil ich mir nicht sicher bin, dass unsere Freundin … Tess, nicht wahr?«

Ich nickte unglücklich und wünschte mir, der Boden unter meinen Füßen täte sich so schnell wie möglich auf.

»… wirklich irgendein Gesetz gebrochen hat. Und vor allem hätte ich, wenn ich sie nicht getroffen hätte, gestern nicht das Interview mit Mr. Miller machen können.«

»Sie … Sie haben ihm ein Interview gegeben?« Paige fuhr derart schnell zu ihm herum, dass ihr perfektes blondes Haar nur noch verschwommen zu erkennen war.

»Ich habe eine ganze Reihe Nachrichten auf deiner Mailbox hinterlassen und dir sogar eine Mail geschickt, nur war es einfach so, dass du mich nicht zurückgerufen hast.« In meinem ganzen Leben war ich nie zuvor derart frustriert gewesen wie in diesem Augenblick.

»Und wir haben neue Aufnahmen gemacht«, setzte Al noch einen drauf. »Die sicher ziemlich gut geworden sind.«

»Ja«, bestätigte ich leise und fügte an Paige gewandt hinzu: »Sie sind auf meinem Laptop. Wenn du möchtest, kann ich sie dir zeigen. Denn ich habe sie zwar an Veronica bereits geschickt, dachte aber, dass du sie an deine Redakteurin vielleicht lieber selber schicken willst.«

Sie schüttelte den Kopf und starrte mich auch weiter böse an.

»Ich habe mehrmals versucht, dich zu erreichen, aber

du bist weder an dein Telefon gegangen, noch hatte ich eine Ahnung, wo du bist.«

»Und ich hatte keine Ahnung, wo du gestern Abend warst«, gab sie gereizt zurück. »Was offensichtlich daran lag, dass du beschäftigt warst.«

»Tut mir leid«, mischte sich Artie, der bisher kein Wort herausgebracht hatte, in das Gespräch. »Offenbar habe ich irgendwas nicht mitbekommen. Also, worum geht's?«

Zögernd machte ich den nächsten winzig kleinen Schritt. »Mein Name ist Tess Brookes. Und noch einmal – es tut mir wirklich furchtbar leid.«

»Offen gestanden ist mir Ihr Name total egal«, gab er zurück. »Allerdings wüsste ich gerne, was mit dieser Zeitschrift ist. Mein Interview wird doch gedruckt? Vater?«

Seufzend schenkte Al sich eine Tasse Kaffee ein und bedeutete mir, Platz zu nehmen. Worauf ich auf Zehenspitzen zu dem freien Stuhl an seiner Seite schlich, mich setzte und die Knie eng zusammenpresste, damit niemand meine Unterhose sah. Paige war außer sich vor Zorn, und wären ihre Haare nicht so lang gewesen, hätte ich wahrscheinlich Rauch aus ihren Ohren quellen sehen.

»Artie«, meinte er. »Ich hätte gern, dass wir uns gut verstehen. Ich vermisse deine Mum, und ich vermisse dich. Doch auf meine Bitte hat mir Mr. Miller euer Interview gemailt, und … ich will nicht lügen, Junge – es war einfach grauenhaft. Also nein, ich glaube nicht, dass die Zeitschrift es verwenden wird.«

Die Spannung rund um unsern Tisch war mit Händen greifbar. Paige sah aus, als wollte sie mir an die Gurgel gehen, Artie hätte seinem Dad anscheinend liebend gerne einen Fausthieb ins Gesicht verpasst, und Kekipi sah so glücklich aus, als wäre er am liebsten auf den nächsten freien Stuhl gesprungen, um vor Freude laut zu singen. Dass er erst mal nichts zu dieser ganzen Sache sagen durfte, brachte ihn bestimmt fast um.

»Du warst damit einverstanden, dass wir dieses Interview benutzen, um bekannt zu geben, dass du dich aus unserem Unternehmen bald zurückziehen wirst«, rief Artie seinem Vater in Erinnerung. »Willst du damit etwa sagen, dass du das jetzt doch nicht tust?« Er lockerte seine Krawatte, weil er offenbar nur noch mit Mühe Luft bekam.

»Oh doch, das tue ich«, gab Al in ruhigem Ton zurück. »Die Leitung unseres Unternehmens geht an dich. Das habe ich versprochen, und ich werde niemals ein Versprechen brechen, das mein Sohn von mir bekommen hat. Aber ich hatte mich zu diesem Interview bereit erklärt, weil Dee-Dee mich darum gebeten hatte. Nicht, damit du aller Welt verkünden kannst, dass du das Unternehmen übernimmst. Das war deine Idee, nicht meine. Aber trotzdem brauchst du keine Angst zu haben, denn ich ziehe mich auf jeden Fall aufs Altenteil zurück.«

»Wer ist Dee-Dee?«, fragte ich, als Artie schwieg.

»Meine Patentochter Delia«, erklärte Al, ohne den Blick von seinem Sohn zu lösen. Weil er offenbar genau wie ich befürchtete, den Ärmsten träfe jeden Augenblick der Schlag. »Ihr gehört die Zeitschrift, ähm, *Gloss*.«

»Oh.« Ich warf einen verstohlenen Blick auf Paige, die völlig reg- und ausdruckslos ein Stückchen weiter weg saß. »Da könnten Sie doch ganz bestimmt ein gutes Wort bei Ihrer Patentochter für mich einlegen, nicht wahr?«

»Das könnte ich auf jeden Fall.« Wieder fing er dröhnend an zu lachen, was ich ausnehmend beruhigend fand. »Vor allem, da ich jetzt auch Ihren wahren Namen kenne.«

»Bitte entschuldigt mich.« Als Sohn sprang auf und nickte knapp. »Ich muss ein paar Telefongespräche führen. Wir sprechen uns später, Vater.«

»Wir werden nachher zusammen essen, ob du möchtest oder nicht«, rief Al ihm hinterher und wandte sich dann abermals an uns. »Wenn seine Mutter uns so zanken sehen würde, wäre sie wahrscheinlich außer sich.«

»Aber Sie werden sich doch bestimmt wieder mit ihm vertragen, oder?« Auch als ich nach meiner Kaffeetasse griff, ließ ich Paige nicht aus den Augen. Denn am liebsten hätte sie mir offenbar noch immer einen Schraubenzieher in den Hals gerammt.

»Ich hoffe es.« Er schob sich einen Happen Brot mit Käse in den Mund, ohne dass er sich in seinem dichten Bart verfing. »Aber ich denke, uns ist beiden klar, dass diese Dinge manchmal ziemlich schwierig sind.«

»Ich werde erst mal packen gehen«, entschuldigte sich Paige. »Vielen Dank für Ihr Verständnis, Mr. Bennett.«

»Paige.« Entschlossen sprang ich auf und packte ihre Hand. Doch ehe ich sie ganz umfassen konnte, riss sie ihren Arm zurück.

»Bitte lass es mich erklären.«

»Was gibt's da zu erklären?«, fragte sie und sah zum allerersten Mal nicht wütend, sondern furchtbar traurig aus. »Ich habe dir vertraut, und du hast mich belogen. Hast mich wie eine Idiotin dastehen lassen, während für dich selbst alles hervorragend gelaufen ist.«

Wozu es nichts zu sagen gab.

»Du hast von deiner Mitbewohnerin anscheinend deutlich mehr gelernt, als dir bewusst war«, fuhr sie fort und brach in Tränen aus. »Du bist eindeutig ein Naturtalent in diesen Dingen, Tess.«

Leise schniefend joggte sie in Richtung Strand, und ich stand da und sah ihr nach, bis sie in ihrem Haus verschwand und die Tür so laut ins Schloss warf, dass es selbst auf der Veranda noch zu hören war.

»Oje«, meinte Kekipi, als die Stille unerträglich wurde, fing aber im selben Augenblick wieder zu strahlen an. »Erzähl mir alles ganz genau.«

»Kekipi. Dies ist sicher kaum der rechte Augenblick«, ermahnte ihn mein Opa ehrenhalber.

»Doch, natürlich ist er das – denn schließlich fliegt sie in zwei Stunden ab. Also, Vanessa oder Tess oder wie du auch immer heißt. Ich möchte Einzelheiten hören.«

»Aber nur die Kurzversion«, schränkte ich ein, nahm wieder Platz und trank erst einmal einen Schluck Kaffee. »Und danach werde ich nie wieder davon sprechen. Also, ich wohne mit dieser Frau zusammen, die Vanessa heißt …«

Da Kekipi jede Menge Fragen stellte und mich immer wieder unterbrach, brauchte ich selbst für die Kurzversion eine gefühlte Ewigkeit. Al enthielt sich netterweise jedes Kommentars und warf nur ab und zu als Zeichen seiner Unterstützung einen leisen Seufzer ein. Er war der beste Opa ehrenhalber, den sich eine junge Frau nur wünschen konnte. Falls Artie beschloss, dass er den Mann nicht mehr als Vater wollte, würde ich ihn gern übernehmen.

»Dabei tue ich so was normalerweise wirklich nie. Ich bin für gewöhnlich nie spontan, habe so was wie mit Nick noch nie gemacht und lüge sonst auch nicht.« Traurig nagte ich an meiner Unterlippe und versuchte, möglichst ehrlich auszusehen. »Als ich vierzehn war, haben ich und meine Freundin uns *Der Exorzist* im Kino angesehen, obwohl meine Mum gesagt hat, dass ich das nicht soll, und als ich nach Hause kam, musste ich gleich raufgehen und sie wecken, denn die Schuldgefühle hätten mich fast umgebracht. Weil ich einfach nicht lügen kann. Ich kann den Leuten nicht mal sagen, dass sie gut in einer Jeans aussehen, wenn sie sie in Wahrheit fett macht.«

»Aber hast du nicht gesagt, dass du in der Werbebranche warst?« Fröhlich schenkte sich Kekipi einen riesigen Mimosa-Cocktail ein. »Ich dachte immer, dass da nur professionelle Lügner tätig sind.«

»Nicht unbedingt«, schränkte ich ein. »Vor allem ist das etwas völlig anderes.«

»Ich weiß, wir sollen Ihnen sagen, dass Sie eine schreckliche Person sind, und Sie dafür an den Pranger stellen.« Al streichelte sein Kinn durch seinen dichten Bart hindurch und stieß ein nachdenkliches Schniefen aus. »Aber davon bin ich immer noch nicht restlos überzeugt.«

»Was ich nicht verstehen kann. Denn Paige wird mir die Sache mit Nick Miller nie verzeihen, Nick wird mir das alles nie verzeihen, und in London bricht nach meiner Rückkehr garantiert die Hölle über mich herein.«

»Wenn sie echte Freunde sind, werden sie Ihnen irgendwann verzeihen«, widersprach mir Al. »Und falls sie es nicht sind, müssen Sie das akzeptieren. Wenn man älter wird, wird einem klar, dass die Zeit einfach nicht reicht, um Dinge, die man falsch gemacht hat, zu bereuen. Entschuldigen Sie sich, erklären Sie, was geschehen ist, und dann warten Sie ab, bis sie zu Ihnen kommen. Sie können Vergebung nicht forcieren, aber Sie dürfen auch nicht Ihr Leben damit vergeuden, dass Sie darauf warten.«

»Ich kann einfach nicht glauben, wie verständnisvoll

Sie sind. Ich wünschte mir, ich müsste nicht schon heute Nachmittag hier weg.«

»Ich würde Ihnen gerne anbieten zu bleiben, aber meiner Meinung nach müssen Sie erst mal heim und ein paar Dinge klären«, antwortete Al. »Kommen Sie einfach zurück, wenn Sie herausgefunden haben, wer Sie sind und wer Sie als Nächstes sein wollen.«

»Ich glaube, am liebsten wäre ich ganz einfach wieder Tess.« Ich raufte mir die Haare, zog sie über eine Schulter und begann, die Zotteln zu entwirren. »Ich wünschte mir, es könnte einfach wieder alles werden, wie es war.«

»Oh nein, das wollen Sie ganz sicher nicht.« Al sah mich lächelnd an. »Denn da waren Sie auch nicht glücklicher als jetzt.«

»Das stimmt«, räumte ich ein. »Aber es war deutlich einfacher.«

»Atmen Sie tief durch«, empfahl mein väterlicher Freund. »Und bevor Sie irgendetwas unternehmen, überlegen Sie sich erst mal, was Sie wirklich wollen. Nicht, was Sie womöglich wollen sollten oder was die anderen meinen, was Sie wollen. Denken Sie darüber nach, Tess. Denn wenn Sie das jetzt nicht machen, machen Sie es nie.«

Es kam mir seltsam vor, dass jemand mir nach allem, was geschehen war, einen solchen Ratschlag gab.

»Manchmal müssen wir ein paar verschiedene Persönlichkeiten ausprobieren, um uns selbst zu finden«, meinte er. »Ich gebe zu, nicht jeder geht dabei so weit wie Sie, und normalerweise bringen das die Menschen schon mit Anfang zwanzig hinter sich. Aber trotzdem haben Sie bei dieser Sache sicher etwas gelernt.«

»Auf jeden Fall. Auch wenn mir noch nicht wirklich klar ist, was.«

»Das finden Sie auf alle Fälle noch heraus.« Wieder schnitt er sich ein Stückchen Käse ab. »Das finden Sie auf alle Fälle noch heraus.«

Trotz Als weiser Worte war ich schwermütig und abgrundtief erschöpft, als ich zurück zu meinem Cottage ging. Kekipi hatte mir versprochen, mich zum Flughafen zu fahren, und auch wenn er mir wahrscheinlich einfach ein paar zusätzliche Infos über die Sache mit Nick entlocken wollte, war ich dankbar für das nette Angebot. Es wäre sicher nett, mir einen kleinen Vorrat lächelnder Gesichter zuzulegen, während es noch welche gab.

Ich musste langsam packen, aber ehe ich das bisschen Zeug von mir-Schrägstrich-Vanessa in den gähnend leeren Koffer werfen konnte, musste ich noch mal zu Nick.

Ich hatte ihn gebeten, kurz zu warten, war dann aber eine Ewigkeit verschwunden. Und wer wusste schon, zu welchem Schluss er während dieser Zeit gekommen war.

Ich schob mein Haar in eine halbwegs akzeptable Form, biss mir auf die Lippen, rieb mir kurz die Wangen, war mir aber gleichzeitig bewusst, dass mein Erscheinungsbild das Gegenteil meines Erscheinungsbilds von vor zwölf Stunden war. Valentino-Ballkleid, falsche Wimpern, weich fallende Locken und Vanessa – alles futsch. Jetzt gab es nur noch Tess. Und ich musste einfach hoffen, dass er sich mit ihr zufriedengab.

Ich klopfte an die Tür und wartete geduldig.

Nichts.

Ich klopfte abermals, und meine Aufregung, weil ich gleich heimfliegen und mich zuvor noch streiten musste, nahm noch zu.

Als er auch beim dritten Klopfen noch nicht an die Tür

kam, trat ich einfach ein. Denn schließlich machten das die wirklich coolen Mädels so.

»Nick?«, rief ich mit leiser Stimme.

In dem Cottage war es derart ruhig, dass selbst mein halbes Flüstern aufdringlich und störend klang.

»Bist du da?«

Was für eine blöde Frage. Denn natürlich war er nicht mehr da. Genauso wenig wie sein Zeug.

Nirgendwo im Haus fand sich auch nur die allerkleinste Spur von ihm. Seine Stifte, seine Blöcke und der kleine Stapel zerfledderter Taschenbücher, den ich letzte Nacht versehentlich umgeworfen hatte. Alles weg.

Traurig wanderte ich durch die Räume und versuchte, irgendwas zu finden, das mich davon überzeugen würde, dass er jemals hier gewesen war.

Ich atmete tief durch, betrat das Schlafzimmer und hoffte, dass er vielleicht schliefe und ganz einfach zu erschöpft gewesen war, um mich zu hören. Aber auch das Schlafzimmer war leer, und das Bettzeug lag zusammengeknüllt im Bad.

Was mir zeigte, dass er sicher nicht in Hochstimmung wohin auch immer aufgebrochen war.

Sachte strich ich mit den Fingerspitzen über die Matratze und erging mich während eines Augenblicks in grenzenlosem Selbstmitleid.

Natürlich war es meine Schuld, das war mir klar. Ich hätte ihm schon längst die Wahrheit sagen können. Ehe ich zum ersten Mal mit ihm im Bett gelandet war. Oder gestern Abend, als wir an dem Wasserfall gewesen waren.

Doch da wäre es bereits zu spät gewesen. Und davor zu früh.

Denn er hatte sich so schnell vom Widerling in meinen

Traumprinzen verwandelt, dass mir keine Zeit zum Luftholen geblieben war.

Und jetzt saß ich hier in seinem Hemd auf seinem Bett und fragte mich, wohin er urplötzlich verschwunden war.

Nun, zumindest hatte er mich nicht belogen, als er sich als unberechenbar beschrieben hatte. Traurig legte ich mich auf den Rücken und stellte mir vor, er läge neben mir.

Warum in aller Welt hatte nicht auch ich selbst es gleich von Anfang an mit Ehrlichkeit versucht?

22

Das Wohnzimmer sah noch genauso aus, wie ich es vor acht Tagen verlassen hatte. Die Vorhänge vorm Fenster waren halb geschlossen, auf der Armlehne des Sessels lag die Fernbedienung unserer Glotze, und als ich mich noch im Mantel auf das Sofa setzte, sah ich auf dem Boden einen hoffnungslos verstaubten, leeren Kaffeebecher stehen. Mein abermals in aller Eile mit Vanessas Zeug gepackter Koffer stand neben der Tür, und die gesamte Wohnung kam mir unnatürlich still und leblos vor.

Durch den Nebel, der mein Hirn wegen des Jetlags und vor allem meiner abgrundtiefen Müdigkeit umwogte, hörte ich das Knallen von Türen, lautes Hupen, Leute, die im harschen Londoner Akzent herumschrien, das Dröhnen der Busse auf der Straße und den Regen, der gegen die Fenster unserer Wohnung schlug. Weil es natürlich wieder mal in Strömen goss.

Ich starrte durch das Fenster auf die Schornsteine der Nachbarhäuser, während ich die Hände in die Ärmel meines Mantels schob. Es kam mir vor, als wäre ich nie weg gewesen. Alles war noch ganz genau so wie vor meiner Abreise nach Hawaii.

Während des gesamten Heimflugs hatte ich über die Worte meines Opas ehrenhalber nachgedacht. Al hatte mir erklärt, ich müsse rausfinden, wie es jetzt für mich weitergehen und wer ich sein wollte – was allerdings nicht ging, solange ich mit allen Menschen, die mir wichtig waren, zerstritten war.

Erst mal aber brauchte ich ganz dringend eine Mütze Schlaf. Müsste mich aus meinem Mantel schälen und mich in mein Zimmer schleppen, aber dafür reichte meine Energie beim besten Willen nicht mehr aus. Sofort nach meiner Ankunft hatte ich ins Schlafzimmer der Teufelsbrut geschaut – das wie der Rest der Wohnung völlig unverändert war. Anscheinend war sie also ebenfalls noch unterwegs. Vielleicht hatte sie ja eingesehen, dass sie sich dringend ändern müsste, und beschlossen, in ein Kloster einzutreten oder so. Auch wenn das eindeutig zu schön wäre, um wahr zu sein.

»Ich könnte ja auch hier schlafen«, wisperte ich und ließ mich auf das Sofa sinken, bis ich vollständig in der Horizontalen war. »Vanessa ist schließlich nicht da und wird es nie erfahren.«

Während ich jedoch die Augen schloss und meinen letzten Tropfen Energie darauf verwandte, auch noch meine Beine auf die Couch zu hieven, schob jemand von draußen einen Schlüssel in das Schloss der Wohnungstür.

»Tess? Ich kriege die verdammte Tür nicht auf.«

Ich atmete erleichtert auf. Weil draußen nicht die schreckliche Vanessa, sondern meine wunderbare, unflätige, fabelhafte Amy stand. Bei der ich mich beim Auszug aus dem Cottage, auf dem Weg zum Flughafen, während der endlosen Stunden, die ich in der Abflughalle hatte warten müssen, und während der Taxifahrt zu meiner Wohnung alle zwei Minuten hatte melden wollen. Nur hätte ich beim besten Willen nicht gewusst, was ich ihr hätte sagen sollen, und deshalb jedes Mal mein iPhone wieder eingesteckt.

»Du musst einfach ein bisschen fester drücken«, rief ich ihr, den Kopf im Kissen, zu. »Weil die Tür bei Regen manchmal klemmt.«

»Genau, wie wenn die Sonne scheint oder es schneit. Verdammtes Mistding«, brüllte sie zurück. Währenddessen prallte irgendetwas Schweres gegen meine Tür, und als sie aufschwang, purzelte ein kleiner Mensch in meinen Flur. »Du bist eindeutig selber schuld, wenn man dich dafür tritt, du blödes Teil.«

Niemand außer Amy hatte jemals, eine Plastiktüte in der Hand, auf meinem Fußboden gelegen und mit lauter Stimme einen toten Gegenstand beschimpft.

»Dann bist du also wieder da?« Sie klopfte sich die Hose ab und sprang mir auf den Rücken. »Ich habe dich vermisst, du blöde Kuh.«

»Hast du nicht vor Kurzem erst gesagt, dass du mich hasst?« Trotz meiner Erschöpfung wollte ich mich umdrehen und sie in die Arme nehmen, aber meine Arme waren zwischen ihren Beinen eingeklemmt. »Es tut mir alles furchtbar leid.«

»So leicht wirst du mich ganz bestimmt nicht los.« Sie schlang mir ihrerseits die Arme um den Hals und wippte gut gelaunt auf meinem Hintern auf und ab. Wahrscheinlich hätte sich mit dieser Nummer Geld verdienen lassen, wenn wir beide nackt und mit Gelee bedeckt gewesen wären. »Ich bin einfach ausgeflippt. Es tut mir selber leid. Aber wie dem auch sei, du bist zurück. Jetzt spielt das alles keine Rolle mehr.«

»Ich bin zurück.« Schon wieder kam es mir so vor, als ob ich niemals fort gewesen wäre. Was ich seltsam und in höchstem Maß erschreckend fand. »Bist du okay?«

»Es war seltsam, dass all das passiert ist, während du

nicht da warst.« Amy rollte sich von mir herunter und schmiegte sich rücklings an mich an. »Wenn du da gewesen wärst, wären wir zusammen ausgegangen, und ich hätte mich betrunken, und du hättest dich an Mineralwasser gehalten, mir den Kopf gewaschen und genau gewusst, was ich am besten machen soll.«

»Ich scheine ja aus deiner Sicht ein echter Spaßvogel zu sein«, fiel ich ihr schlecht gelaunt ins Wort. »Aber ich bin nicht deine Mum.«

»Oh, das war nicht negativ gemeint.« Sie gab mir eine Kopfnuss, und ich hielt den Mund. »Du hättest meine Probleme wie sonst auch auf deine Art gelöst, und ich hätte gar nicht erst versuchen müssen, selbst herauszufinden, was ich machen soll. Aber da du nun mal weg warst, blieb mir keine andere Wahl. Und ich habe meine Sache sogar ziemlich gut gemacht.«

Ich schmollte in mein Kissen. »Was hast du gemacht? Oder sollte ich dir diese Frage besser gar nicht stellen?«

»Ich habe mich mit Dave auf einen Drink getroffen«, meinte sie. »Und es war wirklich nett.«

»Oh, Aims.« Wahrscheinlich war es nicht bei einem Drink geblieben, und sie hatten angefangen, in Erinnerungen an die gute, alte Zeit zu schwelgen, ohne noch daran zu denken, wie sie ihm zum Beispiel einmal in der Obstabteilung eines Supermarkts eine riesige Melone an den Kopf geworfen hatte und dann wutschnaubend davongestoben war. »Das ist doch sicher nicht dein Ernst?«

»Du könntest ruhig etwas Vertrauen zu mir haben«, gab sie gut gelaunt zurück. »Ich habe ein Gläschen mit ihm getrunken, bin danach aufs Klo und habe mich gefragt, was würde Tess an meiner Stelle tun.«

»Also hast du einen falschen Namen angenommen und bist nach Hawaii gejettet oder was?«

»Nein, ich dachte, Tess würde ihn freundschaftlich umarmen, ihm zu der bevorstehenden Hochzeit gratulieren und dann brav nach Hause gehen. Und genau das habe ich getan. Mit einem kleinen Umweg durch den Supermarkt für eine möglichst große Flasche Wein und so viel Schokolade, wie ich tragen konnte.«

»Wow, da warst du aber echt vernünftig.« Dafür hatte sie ein sanftes Tätscheln ihres Kopfs verdient.

»Ich weiß. Ich habe mich gefragt, ob wir beide vielleicht unbewusst vor einer Woche im Körper der jeweils anderen wach geworden sind, aber im Grunde glaube ich, dass ich einfach etwas erwachsener werden musste, weil meine erwachsene Freundin plötzlich nicht zur Verfügung stand.«

»Ein erschreckender Gedanke.« Ich zog eine Strähne ihres Haars aus meinem Mund. »Aber im Grunde hast du in den letzten siebenundzwanzig Jahren auch schon jede Menge anderer Entscheidungen allein gefällt.«

»Nein, habe ich nicht.« Sie drückte mich. »Aber ich habe dir im Grunde auch nie eine Wahl gelassen, stimmt's? Weil du immer die Vernünftige und ich die Durchgeknallte von uns beiden war. Aber wie es aussieht, hatten wir jetzt beide urplötzlich die Nase voll von der Rolle, die wir jeweils hatten.«

»Du meinst, dass du jetzt die Vernünftige und ich die Durchgeknallte bin?« Inzwischen kämpfte ich mit jedem Atemzug gegen den Schlaf.

»Wie wäre es mit fifty-fifty?«, schlug mir Amy vor. »Weil ich auf Dauer ohne Aufpasser einfach verloren bin.«

»So geht's mir offensichtlich auch.« Ich riss den Mund

zu einem lauten Gähnen auf. »Wie spät ist es? Kann ich vielleicht langsam ins Bett?«

»Du bekommst erst dann ein Auge zu, wenn du mir alles ganz genau erzählt hast.« Amy rieb mir aufmunternd die Schultern. »Jede Einzelheit. Alles von dem heißen Mann, den Fotos und Hawaii.«

»Amy«, stieß ich mühsam aus. »Ich falle gleich ins Koma. Echt. Lass mich bitte, bitte eine Stunde schlafen. Dann erzähle ich dir alles, was du wissen willst.«

»In Ordnung. Eine Stunde, aber nur wenn ich solange *Buffy* gucken kann.«

»Meinetwegen. Aber vorher machst du mir noch eine Tasse Tee.« Ich warf sie von der Couch, schlurfte in mein Zimmer und zerrte den Koffer mit dem Diebesgut hinter mir her. »Möglichst süß. Mit jeder Menge Zucker, ja?«

»Ein Diabetesfördertrunk. Geht klar«, bestätigte sie mir und fügte gut gelaunt hinzu: »Ich bin echt froh, dass du zurück bist, Tess.«

»Schön«, murmelte ich und sank ermattet auf mein wunderschönes Bett. »Das heißt, dass sich zumindest ein Mensch freut.«

Der Jetlag war ein schlechter Freund. Ich schlief schon tief und fest, als Amy mir am Sonntagabend meinen Tee ins Zimmer brachte, schlug dafür am nächsten Tag die Augen auf, als es noch dunkel war, und sah mich um. In meinem alten Snoopy-T-Shirt und in leuchtend pinkfarbenen Strümpfen, die ihr selbst gehörten, schnarchte Amy friedlich neben mir.

Genau eine Stunde, nachdem sie am Vorabend mit *Buffy* angefangen hatte, hatte sie mir lang genug mit einem Finger in den Arm gepikst, bis ich ein Auge aufgeschlagen und ihr ausführlich berichtet hatte, was in den vergangenen sieben Tagen auf Hawaii geschehen war. Und erst, nachdem sie jede Einzelheit erfahren hatte, hatte sie mir kurz den Kopf getätschelt und den Fernseher in meinem Zimmer wieder angestellt.

Wenn ich mich nicht irrte, hatte sie dabei gesagt, sie wäre stolz auf mich.

Ich zog die Fernbedienung unter meiner Bettdecke hervor und schaltete die Glotze aus. Sie war offenbar die ganze Nacht gelaufen und hatte mir Albträume von grässlichen Vampirhorden beschert, die mich verfolgt hatten.

Wie bereits des Öfteren in der vergangenen Woche stand ich möglichst lautlos auf, lief in nichts als meinem Slip hinüber in die Küche und kochte mir dort den gewohnten morgendlichen Tee. Doch obwohl ich hier in meiner eigenen Wohnung war und tat, was ich seit Jahren jeden Morgen tat, erschien mir die Umgebung seltsam fremd. Die vergangenen sieben Tage auf Hawaii kamen mir realer als die letzten achtundzwanzig Jahre hier in England vor. Weil sie trotz der Ängste und der Dramen, die ich ausgestanden hatte, herrlich aufregend und amüsant gewesen waren. Weil dort alles neu für mich und ich zum ersten Mal seit langer Zeit nicht unglücklich gewesen war.

»Das ist der ganz normale Blues, wie man ihn nach den Ferien hat«, klärte ich den Toaster auf. »Es war einfach ein Urlaub, eine kurze Pause von der Wirklichkeit, sonst nichts. Doch die ist jetzt vorbei. Jetzt geht das wahre Leben weiter.«

Doch der Toaster wirkte nicht ganz überzeugt.

»Blödes Ding«, murmelte ich, trug meinen Tee ins Wohnzimmer und setzte mich dort auf die Couch.

In der Hoffnung, dass das Frühstücksfernsehen mich

vielleicht aus meinem tranceartigen Zustand holen würde, ließ ich mich zwei Stunden lang von irgendwelchen aufgeblasenen Wichtigtuern mit den unwichtigsten Neuigkeiten, die ich je gehört hatte, berieseln, bis ich nach der dritten Tasse Tee und meiner fünften Scheibe Toast ins Bad ging, duschte, mich dann möglichst leise anzog, meine Tasche mit dem Laptop, meinem Pass und fünf Tüten schokolierter Macadamianüsse schnappte und das Haus verließ.

Draußen angekommen suchte ich nach meinem iPhone und pikste mit meinem Zeigefinger auf das hoffnungslos zersplitterte Display, bis es die gesuchte Nummer fand.

»Hallo?«, meldete sich Charlie sofort nach dem ersten Klingeln.

»Hallo, ich bin's.« Der Asphalt unter den harten Sohlen meiner Schuhe fühlte sich sehr eigenartig an. »Können wir uns treffen? Vielleicht in dem Starbucks in der Nähe des Büros?«

Ich sagte mir, am besten brächte ich es sofort hinter mich, als ich den Bus bestieg. Bei Kaffee und bei Cookies, ohne Amy und solange ich noch unter Jetlag litt. Rein und raus und dann zurück ins Bett. Das reinste Kinderspiel. Was könnte da schon schiefgehen?

»Wow.«

Charlie trug hautenge Jeans, den marineblauen Pullover von Jack Wills, den er von mir zu Weihnachten bekommen hatte, und hielt eine Leder-Herrentasche, die ich nie zuvor gesehen hatte, in der rechten Hand. Seine blonden Haare hingen einmal nicht in seine großen braunen Welpenaugen, und bevor ich michs versah, sprang ich von meinem Stuhl und fiel ihm glücklich um den Hals. Was eindeutig ein Fehler war. Denn er sah wie Charlie aus, er roch wie Charlie, und er fühlte sich wie Charlie an, doch irgendwas an ihm war mir erschreckend fremd.

Eilig ließ ich von ihm ab, nahm wieder Platz und legte meine Hände um den Riesenkaffeebecher vor mir auf dem Tisch. Dies war mein zweites Wow in einer Woche. Oder eher das zweite Wow, das mir in meinem Leben je entfahren war.

»Du siehst super aus.« Charlie freute sich anscheinend wirklich, mich zu sehen. Wohingegen ich mir alle Mühe geben musste, um ihn nicht entgeistert anzustarren. Weil mir plötzlich hundeelend war.

»Ich sehe noch genau wie immer aus«, gab ich zurück. »Du hast mich einfach eine Woche nicht gesehen.«

»Das war die längste Woche meines Lebens.«

Als er meine Hand ergreifen wollte, zog ich meinen Arm zurück und starrte weiter meinen Kaffeebecher an.

»Okay, ich hole mir erst mal etwas zu trinken. Willst du auch noch was?«

Ich schüttelte den Kopf.

»Und ich Idiotin dachte, dass dabei nichts schiefgehen kann. Dass es bestimmt nicht weiter schlimm ist, ihn noch mal zu sehen«, murmelte ich wütend vor mich hin.

Wenn Nick jetzt hinter einer Zeitung an einem der Nachbartische säße, würde er bestimmt verständnislos in unsere Richtung schauen und es kaum erwarten können, mir zu sagen, dass ich selber eine Närrin und dass Charlie der totale Loser war. Bereits bei dem Gedanken, dass er in der Nähe sitzen könnte, rutschte ich nervös auf meinem Stuhl herum. Ich hatte noch immer keine Ahnung, was ich seinetwegen machen sollte, seit er vor inzwischen fast zwei Tagen einfach so verschwunden war.

»Eine bedauernswerte Liebschaft nach der anderen, Tess«, sagte ich zu mir, als Charlie mit einem Riesenbecher und zwei Schokoladenmuffins wiederkam.

»Ich weiß, du hast gesagt, dass du nichts willst, aber wann hast du jemals einen Muffin abgelehnt?« Er schob mir einen hin, nippte vorsichtig an seiner Latte und rieb sich nervös die Braue.

Mein Gefühl der Übelkeit verstärkte sich.

»Vor allem hoffe ich, dass du lange genug damit beschäftigt bist, um dir in Ruhe meinen Vorschlag anzuhören.«

»Deinen Vorschlag?« Ich verschluckte mich an meinem ersten großen Muffinstück. »Was für einen Vorschlag?«

»Geschäftlicher Natur«, schränkte er eilig ein. »Vielleicht hast du deine Mailbox noch nicht abgehört, aber ich habe dir auf Band gesprochen, dass ich Neuigkeiten habe. Und zwar die, dass es die Firma nicht mehr gibt.«

»Donovan & Dunning gibt's nicht mehr?« Ich hatte mich doch sicherlich verhört? Denn wie sollte das möglich sein?

»Sie haben dichtgemacht. Offenbar hat Donovan während der letzten beiden Jahre, seit es nicht mehr so gut lief, immer wieder mal ein bisschen Kohle von den Firmenkonten abgezwackt. Das ist erstens illegal, und zweitens war es offenkundig so, dass er am Schluss ein bisschen übertrieben hat. Auf alle Fälle sind die Steuerfahnder Freitagmorgen bei uns aufgetaucht und haben uns alle heimgeschickt. Du hättest das Gesicht von Raquel sehen sollen – sie war total verwirrt. Erst hat sie sich total gefreut, dass sie jede Menge Leute feuern konnte, doch am Schluss wurde ihr klar, dass auch sie selbst nicht bleiben kann. Alleine deshalb hat sich die ganze Sache beinah gelohnt.«

»Warte – dann hat also der gesamte Laden dichtgemacht? Das heißt, es gibt ihn gar nicht mehr?« Wenn mir nicht schon vorher schlecht gewesen wäre, hätte sich mein Magen spätestens in diesem Augenblick verkrampft.

»Ja, genau.« Charlie nickte zustimmend. »Offenbar hat Donovan versucht, die Bank dazu zu bringen, den Kreditrahmen noch einmal zu erweitern – weshalb du entlassen worden bist. Denn er durfte niemanden mehr einstellen, und technisch gesehen hätten sie das durch die Beförderung mit dir getan. Doch nachdem die Banker und die Steuerfahnder sich die Bücher angesehen haben, haben sie kurzerhand den ganzen Laden zugemacht.«

Ich verstand es einfach nicht. An diesem Ort hatte sich jahrelang mein ganzes Leben abgespielt. Und obwohl mich meine Kündigung noch immer wütend machte, tat es mir entsetzlich leid, dass jetzt auch alle meine Freunde auf der Straße standen und die ganze Arbeit, die ich über all die Zeit geleistet hatte, für die Katz gewesen war.

»Aber was ist mit den ganzen Kunden?« Die tanzenden Teelöffel, die sprechenden Toilettenbürsten und die übertrieben glücksstrahlenden Kunden irgendwelcher Möbelläden – alle diese Dinge hatte ich völlig umsonst erdacht. »Wer kümmert sich denn jetzt um sie?«

»Auf diese Frage hatte ich gehofft«, klärte er mich mit einem furchtbar selbstzufriedenen, beinahe Nick-mäßigen Lächeln auf. »Wir.«

Was hieß das, wir?

»Was heißt das, wir?«

»Du und ich.« Er zeigte erst auf mich und dann auf sich und gab sich alle Mühe, möglichst selbstbewusst und zuversichtlich auszusehen. Niemals in zehn Jahren war mir bisher aufgefallen, dass er keins von beidem wirklich war.

»Und wahrscheinlich auch noch ein paar andere Leute, aber hör mir zu, wir zwei wären die Chefs. Wilder & Brookes. Oder Brookes & Wilder. Oder meinetwegen such dir auch einen ganz anderen Namen aus. Ich kümmere mich um die Kunden, und du bist der kreative Kopf. Ein paar der Kunden habe ich schon angerufen – sie wären durchaus interessiert. Wenn wir zwei zusammen gehen würden, wären sie sogar regelrecht entzückt. Warum sollten wir es nicht versuchen?«

Warum wir es nicht versuchen sollten?

Ich war dankbar für die Hitze meines Kaffeebechers, denn sie rief mir in Erinnerung, dass es die Welt da draußen wirklich gab. Reglos starrte ich den Typen an, in den ich jahrelang verliebt gewesen war und der mir jetzt die Chance bot, kreative Leiterin in meiner eigenen Agentur zu werden. Zukünftig mit ihm zusammen nur für unsere eigenen Kunden zuständig zu sein. Das wäre beruflich die Erfüllung meines größten Traumes und persönlich offenbar das Beste, was mir je geboten würde – nämlich, Charlie weiterhin auf absehbare Zeit Tag für Tag zu sehen.

»Das klingt wirklich super, aber …« Ich brach ab, bevor ich etwas Dummes sagte, und vor allem, weil ich einfach keine Ahnung hatte, wie am besten fortzufahren war. »Ach, ich weiß nicht …«

»Mir ist klar, dass es wahrscheinlich anfangs etwas seltsam wird«, gab er verlegen zu und kam mir im Vergleich zu Nick urplötzlich wie ein kleiner Junge vor. »Weil ich es vermasselt habe.«

»Falls du die Geschichte mit Vanessa meinst«, erklärte ich, »kann wohl kaum die Rede von ›vermasseln‹ sein. Weil du dich dabei schließlich mit dem Teufel höchstpersönlich eingelassen hast.«

»Sie habe ich damit gar nicht gemeint«, gab er zurück. »Das heißt, wahrscheinlich schon, aber nur indirekt. Es geht mir um die Sache zwischen *uns*.«

»Die hätte nie passieren dürfen. Ja, ich weiß«, erklärte ich, bevor er die Gelegenheit dazu bekam.

»Sie hätte nie *auf diese Art* passieren dürfen«, korrigierte er mich sanft. »Die letzte Woche ohne dich war einfach grauenhaft. Ich habe die ganze Zeit daran gedacht, dass ich es verbockt, dir wehgetan und die Beziehung zwischen mir und meiner besten Freundin an die Wand gefahren habe und dass ich mir mehr als alles andere wünsche, dass du mich umarmst und sagst, dass es in Ordnung war. Weil du das schließlich immer machst.«

Ich bedeutete ihm nickend fortzufahren, konzentrierte mich darauf zu atmen und hörte ihm weiter schweigend zu.

»Aber dieses Mal warst du nicht hier, um alles wiedergutzumachen, und mir wurde klar, dass ich seit Jahren einfach immer zugelassen habe, dass du immer alles besser machst. Egal, was ich auch tue oder welchen Bock ich schieße, wird mit deiner Hilfe immer alles wieder gut.«

»Offenbar kommen du und Amy deutlich besser klar, wenn ich nicht in der Nähe bin.« Ich zupfte etwas Teig aus meinem Muffin und stieß ein nervöses Lachen aus. »Denn sie hatte ebenfalls eine Erleuchtung, als ich nicht in London war.«

»Ich kann nicht für Amy sprechen, und nach meinem letzten Telefongespräch mit ihr redet sie wahrscheinlich nie wieder mit mir.« Bei der Erinnerung an das Gespräch zog er die Schultern hoch. »Doch im Grunde hätte ich das auch verdient. Denn sie hatte völlig recht. Ich bin ein blöder Affenarsch.«

»Mir hat sie erzählt, sie hätte keinerlei Kontakt zu dir gehabt.« Dieses gemeine Biest. »Aber, wow. Ich gratuliere. Denn das ist der schlimmste Kraftausdruck, den sie jemals benutzt.«

»Danke«, stieß er lachend aus. »Ich fand den Vergleich sehr treffend. Vielleicht haben wir ja einen Platz für sie in unserer Agentur.«

»Vielleicht.« Ich rieb mir so lange die Augen, bis ich lauter kleine Funken vor den Lidern tanzen sah. Das alles war einfach zu viel für jemanden, der derart müde war. Und vor allem wusste ich noch immer nicht genau, wovon er sprach. »Ich bin gerade furchtbar müde, Charlie. Könnten wir wohl morgen weiterreden?«

»Ja, natürlich«, sagte er. »Wobei ich möglichst schnell mit unseren Kunden reden muss. Die meisten wollen vor allem dich. Es ist ihnen total egal, ob ich mit von der Partie bin oder nicht – du bist der kreative Kopf, du bist meine Muse. Deshalb wollen sie nur dich.«

»Es ist immer schön, wenn einen jemand will.« Seufzend schlürfte ich den nächsten Schluck Kaffee. Weil das, wovon er sprach, vollkommen unerwartet kam.

»Aber im Prinzip wärst du dabei?«

»Ich weiß es nicht.«

Er war schlau genug, nicht näher auf das Thema einzugehen.

»Und was ist mit der anderen Sache? Muss die auch bis morgen warten?«

»Was für eine andere Sache?«

»Na, du weißt schon.« Abermals griff er nach meiner Hand, und diesmal ließ ich es geschehen. »Die Sache zwischen mir und dir.«

»Warte, habe ich vielleicht etwas verpasst?« Mein Herz

fing an zu rasen. War ich vielleicht während eines Teils der Unterhaltung ohnmächtig gewesen? Was für eine Sache zwischen ihm und mir?

»Oh Gott, ich hatte Zeit, um mir zu überlegen, wie ich es am besten mache, und vermassele es trotzdem noch.« Charlie schob sich dicht an mich heran und drückte mir die Hand. »Ich bin echt ein blöder Affenarsch. Aber, Tess, ich hoffe, dass du mich noch willst, und denke, dass wir es versuchen sollten. Na, du weißt schon, du und ich als Paar.«

»Was?«

Mir wurde klar, dass ich das Wort geschrien hatte, als die Leute an den Nachbartischen alle gleichzeitig zusammenfuhren.

»Ist das dein Ernst?«, fuhr ich ihn zischend an.

»Auf jeden Fall.« Er sah sich leicht verlegen um. »Hast du mir denn gar nicht zugehört? Ich hatte eine Woche Zeit, um über alles nachzudenken. Du hast mir total gefehlt, und mir ist klar geworden, dass du für mich mehr als nur mein bester Kumpel bist. Amy ist natürlich außer sich, weil diese Sache zwischen uns so dämlich angefangen hat, aber das interessiert mich nicht. Das Einzige, was für mich zählt, ist, dass wir hier sitzen und ich dich ganz dringend küssen will.«

»Echt?« Ich hätte mich in dem Moment noch nicht mal selber küssen wollen. Denn ich sah einfach entsetzlich aus.

»Vielleicht würde ich auch gern noch etwas anderes tun, aber leider sind wir hier an einem öffentlichen Ort, und ich glaube nicht, dass man so was bei Starbucks gerne sieht«, gab er zurück.

Ich hatte mich geirrt. Denn jetzt war ich noch überraschter als zuvor. Nicht von dem Gedanken, es hier mitten im Café zu treiben, sondern von dem Vorschlag, dass wir es als Paar versuchen sollten. Er und ich. Als Freund und Freundin. Wie in meinem jahrelangen größten Traum.

»Du willst mich auf die Folter spannen, stimmt's?« Charlie schob die Ärmel seines Pullis hoch und sah mich traurig an. Genau dieses Gesicht machte er auch, wenn ich ihn vor dem Abendessen keine Schokolade essen ließ, obwohl ich das am Ende immer tat. Doch dieses Mal blieb ich hart.

»Ich habe zehn Jahre lang gewartet, Charlie«, seufzte ich. Denn. Plötzlich. War. Mir. Alles. Irgendwie. Zu. Viel. »Da kannst du sicher wenigstens so lange warten, bis ich wieder halbwegs munter bin.«

Ich schob den Rest des Muffins fort und stand entschlossen auf. Eilig sprang auch er von seinem Stuhl und beugte sich auf eine Art zu mir herab, die mir bisher immer das Gefühl gegeben hatte, dass ich klein und schutzbedürftig war, doch als er mich züchtig auf die Lippen küsste, dachte ich unweigerlich an Nick. Dessen Küsse alles andere als züchtig waren.

»Ich rufe dich an«, versprach ich Charlie. »Aber vorher muss ich ein paar Dinge klären.«

»Okay, dann schreibe ich dir in der Zwischenzeit. Oder warte einfach, bis du anrufst. Wenn die Zeit mir nicht zu lang wird. Denn dann schreibe ich dir sicher doch.«

Da mein Schädel von den vielen neuen Infos zu zerplatzen drohte, nickte ich nur stumm und trat dann in den kühlen Sommersonnenschein hinaus. Ich war total erschöpft, aber von den Mengen Koffein, die ich an diesem Vormittag bereits genossen hatte, derart aufgedreht, dass ich beschloss, zu Fuß zu gehen.

Ich lief an dem Büro vorbei, das es inzwischen nicht

mehr gab, zog mein iPhone aus der Tasche und fand eine Textnachricht von Amy, die mich fragte, ob sie mich vielleicht begleiten könnte, falls ich abermals in die Karibik flöge, und einen verpassten Anruf von Veronica. Natürlich hatte sie die Neuigkeiten schon gehört. Ich nahm allen meinen Mut zusammen, wählte ihre Nummer und betete stumm, dass kein von ihr bezahlter Heckenschütze mich mithilfe meines Handys fände.

Doch zumindest bräuchte ich mir, wenn sie mich ermorden ließe oder ihre Drohung, mich an meinen Titten aufzuhängen, in die Tat umsetzte, nicht zu überlegen, wie es zwischen mir und Charlie weitergehen sollte. Was ein eindeutiger Pluspunkt war.

»Die verdammte Tess Brookes.«

Genauso hatte ich mir die Agentin vorgestellt. Kurzes Haar, Fluppe im Mund, von Kopf bis Fuß in Schwarz und mit superteuren Schuhen. Womit ich nicht gerechnet hatte, war, dass sie um ihren Schreibtisch kommen und mich schmerzhaft in die Arme nehmen würde, als ich schüchtern ihr Büro betrat.

»Werden Sie mich jetzt umbringen?«, erkundigte ich mich und faltete nervös die Packung eines Schokoladenriegels auseinander, die ich in der Tasche meiner Hose fand. Als Henkersmahlzeit war der Riegel eher erbärmlich, aber etwas anderes hatte ich auf meinem Weg in ihr Büro ganz einfach nicht dabeigehabt. »Ist diese Umarmung vielleicht so was wie ein Mafiakuss?«

»Wollen Sie mich, verflucht noch mal, verarschen?«

Sie war eindeutig verrückt.

»Ihre Fotos kamen Samstag bei mir an, und als heute früh die Zeitschrift bei mir anrief, brauchte ich einen Moment, bevor ich draufgekommen bin, dass zwei und zwei was anderes als fünf ergibt. Aber dann hat's plötzlich klick gemacht. Sie waren diejenige, die nach Hawaii geflogen ist und dort die Aufnahmen gemacht hat, stimmt's?«

»Stimmt«, räumte ich ein, als sie mich endlich los- und sich erneut in ihren Schreibtischsessel fallen ließ. Sie zeigte auf den leeren Stuhl, der vor dem Schreibtisch stand, und nachdem ich mich kurz vergewissert hatte, dass unter der Sitzfläche keine Bombe klebte, nahm ich auf der Kante Platz.

»Und als ich bei Vanessa angerufen habe, waren Sie am Telefon?«

»Ja.

»Hätte ich mir denken sollen, dass das nicht die Schwanzlutscherin Kittler war. Denn sie geht nie ans Telefon. Ein wirklich widerliches Weib.«

Obwohl ich ihr bestimmt nicht widersprechen würde, fühlte ich mich immer noch nicht wirklich wohl in meiner Haut.

»Bin ich in Schwierigkeiten? Paige war außer sich vor Wut.«

»Was daran lag, dass Sie mit ihrem Typen in der Kiste waren.« Sie lachte schmutzig auf und ließ die Hand krachend auf ihren Schreibtisch fallen. »Weshalb sie mit Ihnen alles andere als glücklich ist. Im Gegensatz zu mir.«

»Ach ja?«, stieß ich mit rauer Flüsterstimme aus.

»Die Aufnahmen von Bertie Bennett waren echt der Hit«, erklärte sie und legte plötzlich eine völlig neue Gangart ein. »Sobald ich sie gesehen hatte, war mir klar, dass sie bestimmt nicht von Vanessa waren. Denn seit ich sie unter Vertrag genommen habe, hat sie nie so gute Bilder hingekriegt. Und nicht einmal die Bilder, derentwegen ich mich ihrer angenommen habe, waren so gut wie Ihre Bilder jetzt.«

»Ich höre immer wieder von den tollen Bildern, die sie irgendwann mal abgeliefert hat.« Ich entspannte mich ein wenig auf dem unbequemen Stuhl. »Haben Sie sie vielleicht hier?«

»Na klar, sie sind in ihrer Mappe – einen Augenblick.« Sie zündete sich gut gelaunt die nächste Zigarette an, klemmte sie dann zwischen ihren leuchtend roten Lippen fest und schwang mit ihrem Stuhl zu einem Regal voller Portfolios herum. »Natürlich unterschreiben Sie einen Vertrag mit mir, bevor Sie das Büro wieder verlassen. Denn ich habe schließlich erst die Wogen in der Redaktion von *Gloss* geglättet und Ihnen danach auch noch den ersten echten, eigenen Job besorgt.« Sie reichte mir ein dünnes braunes Lederbuch, auf dem in Silberschrift Vanessas Name stand. Was ich ein bisschen kitschig fand.

»Tut mir leid, ich kann Ihnen nicht folgen«, sagte ich und blätterte die Bilder in der Mappe durch. Die wirklich alles andere als super waren. Vanessa war als Fotografin offenkundig kein Naturtalent. »Was für einen Job?«

»Bertie Bennett, abgesehen von mir Ihr bester Freund auf Erden, will, dass Sie nach Mailand fliegen, wo eine Retrospektive auf sein Werk stattfinden wird. Er stellt dort jemandem eine Art von Ausstellung zusammen, und zugleich macht er ein Buch mit allem Drum und Dran. Hipp, hipp, hurra. Er will, dass Sie sämtliche Bilder machen und diesen Event dokumentieren. Sie müssten möglichst auf der Stelle los und kämen frühestens in einem Vierteljahr zurück.«

Ich war von Berties Vorschlag völlig sprachlos, aber plötzlich rang ich obendrein auch noch erstickt nach Luft.

»Das sind ihre Bilder?«, fragte ich und zeigte auf die Fotos, die ich in Vanessas Mappe sah.

»Ja, natürlich. Die, von denen überall die Rede ist. Weil sie darin etwas eingefangen hat.« Sie zog an ihrer Zigarette und streifte die Asche achtlos über ihrer Schulter ab. »Zur Abwechslung mal etwas anderes als die Geschlechtskrankheiten, die sie regelmäßig hat. Nur aufgrund von diesen Bildern habe ich sie überhaupt unter Vertrag genommen. Weil ich dachte, dass sie weiß, wie man Fotos sprechen lässt. Nur dass alles, was sie seither abgeliefert hat, totaler Schwachsinn war.«

Ich brachte keinen Ton heraus. Die Bilder waren wunderschön. Auf dem ersten saß ein altes Paar bei Sonnenuntergang an einem Teich, wo es lächelnd für die Enten Brot ins Wasser warf, bevor es auf dem zweiten händchenhaltend eine Landstraße hinunterlief. Auf dem dritten lächelten sich eine Mutter und ihr Baby an, und auf dem vierten warfen sich zwei junge Mädchen bitterböse Blicke zu.

»Die Bilder sind intim und ehrlich«, stellte die Agentin fest. »Ein bisschen so wie die, die Sie von Bennett abgeliefert haben.«

»Was wahrscheinlich daran liegt, dass nicht Vanessa diese Aufnahmen gemacht hat, sondern ich«, klärte ich sie zögernd auf. »Die Bilder sind von mir. Ich habe sie vor einer halben Ewigkeit gemacht. Sie waren offenbar noch auf der Speicherkarte, als sie meine Kamera bekommen hat.«

»Leck. Mich. Doch. Am. Arsch.« Trotz der Worte wirkte die Agentin hocherfreut. »Ist das Ihr Ernst? Oh ja, verdammt, es ist Ihr Ernst. Diese verlogene Kuh.«

»Ich weiß nicht, was ich sagen soll.« Das war inzwischen offenbar mein Standardspruch. Vielleicht sollte ich ihn auf ein T-Shirt drucken lassen und mir zukünftig den

Atem sparen. »Aber diese Bilder sind auf jeden Fall von mir. Das hier ist der Mühlteich in dem Dorf, in dem ich aufgewachsen bin. Ich kann einfach nicht glauben, dass sie so etwas getan hat.«

»Ach nein?« Im Gegensatz zu mir wirkte Veronica nicht im Geringsten überrascht. »Ich schon.«

»Ich … sie wusste ganz genau, wie sehr ich das Fotografieren geliebt habe, und hat mir trotzdem meine Canon abgeknöpft. Aber meine Aufnahmen als ihre eigenen auszugeben und darauf eine Karriere aufzubauen? Das ist doch vollkommen verrückt.«

»Sogar noch verrückter, als so zu tun, als wären Sie Ihre Mitbewohnerin, nach Hawaii zu fliegen und was mit dem Journalisten anzufangen, den ihr dort getroffen habt.« Die Agentin beugte sich über den Schreibtisch und schnipste mir ihren Fingern vor meinem Gesicht herum. »Aber das ist alles Schnee von gestern, Tess. Wir blicken jetzt nach vorn. Jetzt geht es um Ihre Zukunft und um meine riesengroße Provision. Sagen Sie bloß ja zu diesem Job. Dann buchen wir sofort den Flug. Dann können Sie schon heute wieder los, mit Ihrem Kumpel Bertie hübsche Models anziehen und Aufnahmen von ihnen machen, unter denen Ihr eigener Name stehen wird. Ist das nicht furchtbar aufregend?«

»Auf jeden Fall.« Ich starrte immer noch die Fotos in der Mappe an. »Hm, kann ich es mir vielleicht bis morgen überlegen?«

»Was?« Sie klang nicht annähernd so verständnisvoll, wie Charlie es gewesen war. »Was gibt's denn da zu überlegen?«

»Ich bin einfach hundemüde, leide noch unter dem Jetlag und brauche ganz einfach einen Augenblick.« Entschlossen klappte ich die Mappe wieder zu und warf sie angewidert auf den Tisch. »Ich brauche etwas Schlaf, bevor ich eine so große Entscheidung treffen kann.«

»Ihr Journalisten-Freund ist wieder in New York«, klärte mich Veronica mit einem beiläufigen Augenzwinkern auf. »Wie ich gehört habe, hat er nicht gerade positiv auf Ihr Geständnis reagiert.«

»Woher wissen Sie, dass er dort ist?« Ich richtete mich kerzengerade auf. »Kennen Sie ihn?«

»Wir sind flüchtige Bekannte.« Die Agentin schnalzte mit der Zunge, schnitt eine Grimasse und fuhr fort: »Außerdem war er im E-Mail-Verteiler von *Gloss*, und Bennett will, dass er über die Ausstellung in Mailand schreibt.«

»Hat er zugesagt?« Bereits bei der Erwähnung seines Namens hielt es mich kaum noch auf meinem Platz, und ich wusste, dass das neuerliche wilde Klopfen meines Herzens nicht mehr nur dem Koffein und Jetlag zuzuschreiben war. Denn er müsste auf alle Fälle mit mir reden, nähme er den Job in Mailand an.

»Bisher noch nicht. Er wollte erst mal wissen, ob Sie auch dort wären. Schreiben Sie ihm eine Mail. Erzählen Sie ihm Ihre Version der Geschichte, und warten Sie, wie er darauf reagiert. Auch wenn ich sonst kaum etwas von ihm weiß, kann ich mit Bestimmtheit sagen, dass er gute Storys liebt.«

Ich zog mein blödes, halb kaputtes iPhone aus der Tasche und suchte die Mail-Funktion. Aber was sollte ich schreiben?

»Ich meine doch nicht jetzt, Sie blödes Weib.« Die Agentin klatschte in die Hände, damit ich erneut in ihre Richtung sah. »Sie haben ziemlich Eindruck auf die Leute auf Hawaii gemacht. Ob im Positiven oder Negativen, weiß ich nicht, aber ich weiß, dass Sie eine echt gute Fotografin sind, und hätte Sie auf alle Fälle gern unter Vertrag.« Krachend ließ sie eine ihrer Hände auf den Schreibtisch fallen. »Und jetzt verschwinden Sie nach Hause, hauen sich ins Bett, rufen morgen früh hier an und bitten mich gefälligst um Verzeihung dafür, dass Sie mich einen verdammten Tag lang haben warten lassen, statt das Angebot jetzt gleich zu akzeptieren.«

Ich nickte wie der Wackeldackel, der immer im Auto meiner Oma mitgefahren war, stand auf und stolperte benommen Richtung Tür.

»Los, Brookes«, schrie Veronica mir hinterher. »Ich hab Ihnen gerade nicht nur einen Job, sondern obendrein noch einen wirklich leckeren Typen angeboten. Wie oft kommt so was schon vor?«

»Wenn Sie das wüssten, wären Sie sicher überrascht.« Ich öffnete die Tür und wünschte mir, ich hätte für den Rückweg einen zweiten Schokoriegel eingepackt. Oder vielleicht etwas Crack. Denn eine Prise Crack wäre jetzt sicher schön. »Sie wären wirklich überrascht.«

23

»Mir fehlen die Worte.« Amy saß im Schneidersitz auf unserer Couch, umklammerte ihre leuchtend pinkfarbenen Knöchel und wirkte zum ersten Mal in ihrem Leben vollkommen schockiert. »Ich. Bin. Wirklich. Sprachlos.«

Ich lag auf dem Wohnzimmerparkett, schlug leicht mit meinem Schädel auf den harten Boden und stemmte die Füße möglichst fest gegen die spitze Kante unseres Fernsehschranks. Nichts. Ich war noch immer völlig taub.

»Ich weiß.«

»Nee, echt, das alles ist total verrückt.« Amy schnappte sich die Fernbedienung, um die Glotze auszuschalten, in der lautlos eine Folge *Vampire Diaries* lief. Das hieß, die Lage war tatsächlich ernst. »Das mit der Agentur, dass du und dieser blöde Affenarsch mit einem Mal zusammenkommt und dass du jetzt nach Mailand fliegen sollst. Aber, Himmel, Arsch und Wolkenbruch, ich kann einfach nicht glauben, dass sie wirklich derart krank sein soll.«

»Ich weiß.«

In den letzten beiden Stunden hatte ich nichts anderes getan, als mir zu überlegen, was vielleicht gewesen wäre, wenn … Vanessa meine Fotos der Agentin vorgelegt und zugegeben hätte, dass sie nicht von ihr stammten, sondern von mir. Dann hätte ich bereits seit Jahren meinen Lebensunterhalt in diesem Job verdienen können. Hätte meine Zeit nicht bei der blöden Werbeagentur vergeudet, sondern mir bereits vor Jahren ein wirkliches Leben aufgebaut. Hätte vielleicht Charlie nicht so lange hinterhergetrauert, bis ich nicht mehr wusste, wie man eine funktionierende Beziehung zu jemandem unterhielt. In Ordnung, das mit der Beziehung war vielleicht etwas zu weit gegriffen. Denn bisher konnte ich schließlich nicht mal ein Gespräch über das Thema führen …

Aber davon abgesehen wäre vielleicht nichts in meinem Leben so gekommen, wie es dank Vanessas böser Tat gekommen war. Sie hatte mich des Lebens, das ich hätte führen sollen, beraubt.

Was, wenn man es bedachte, fast schon witzig war.

Aber vielleicht wäre trotzdem alles so gekommen, wie es nun einmal gekommen war. Vielleicht hätte ich das Angebot ja dankend abgelehnt und mich weiter in dem stickigen Büro ohne jeden Ausblick für den Hungerlohn, den ich bekommen hatte, abgerackert, weil mir meine Mum dazu geraten hätte. Keine Ahnung, und das Leben war, wie Al so zutreffend gesagt hatte, zu kurz, um irgendetwas zu bereuen. Doch für einen kurzen Akt der Rache war auf alle Fälle Zeit. Wenn ich nur wüsste, wo sie gerade war …

»Also, was wirst du jetzt machen?« Es war Amy deutlich anzuhören, dass sie dieses Drama umfänglich genoss. Aber schließlich bot ich ihr nur selten irgendwas, worin sie sich verbeißen konnte, deshalb nutzte sie die Chance nach Kräften aus. »Was sagt dein Bauch?«

»Mein Bauch sagt, dass ich mindestens ein Jahr lang keine Ananas mehr essen sollte«, antwortete ich. »Ach, ich weiß nicht. Ich bin völlig panisch. Denn in meinem Inneren ringen plötzlich mehr Gefühle miteinander, als ein Mensch aus meiner Sicht gleichzeitig haben kann.«

»Trink am besten noch ein bisschen Wein.« Sie schnappte sich die offene Flasche Weißwein und schenkte mir großzügig in meinen Snoopy-Becher ein. »Das hilft bestimmt.«

»Das hilft ganz sicher nicht, denn es ist gerade mal halb eins.« Trotzdem hob ich meinen Becher an den Mund. »Aber ich werde trotzdem etwas trinken, weil ich einfach keine Ahnung habe, was ich anderes machen soll.«

»Du wirkst gerade sehr emotional«, bemerkte Amy mit dem Maß an Mitgefühl, zu dem sie in der Lage war. »Wie als *Jersey Shore* geendet hat. Und ich weiß, wie hart das für dich war.«

»Ich habe mir einfach Gedanken darüber gemacht, was nach Ende der Dreharbeiten aus ihnen geworden ist.« Um die halbe Flasche Wein, die ich von Amy eingeschenkt bekommen hatte, nicht auf unserem Boden zu verschütten, stellte ich den Becher möglichst sachte ab. »Ich habe mich gefragt, wie ihr Leben jetzt wohl weitergehen wird.«

»Dann denkst du also über Mailand nach?« Sie schenkte sich den Rest des Weißweins ein und kam zurück zum Anfang unseres Gesprächs. »Und wirst bei Nick anrufen, um ihm deine Liebe zu gestehen?«

»Ich weiß es nicht.« Wahrscheinlich brauchte ich mehr Wein, als es im ganzen Universum gab. »Und vor allem liebe ich ihn nicht.«

»Oh doch, natürlich tust du das.« Amy trat mir sanft gegen die Hüfte. »Nur dass du auch Charlie offenbar noch immer liebst.«

»Ich weiß es nicht«, gab ich zum x-ten Mal zurück.

»Doch, du weißt es«, widersprach sie mir erneut und trat mir diesmal leicht gegen den Kopf. »Wobei das eher die Art von Liebe ist, die dem Stockholm-Syndrom entspringt. Ich bin im Team Nick. Und auf alle Fälle im Team Mailand.«

»Und was wirst du machen, wenn ich nach Italien fliege?« Ich entwirrte meinen Zopf und breitete mein Haar wie einen Fächer auf dem Boden aus. »Wirst du dann hierbleiben und rundherum vernünftig werden?«

»Nie im Leben«, kreischte sie. »Ich komme mit. Denn schließlich will ich diesen wahnsinnigen Sex-Magier kennenlernen, der dich endlich zur Vernunft gevögelt hat.«

»So hat es bisher noch niemand formuliert.« Ich starrte die mit Wasserflecken übersäte Decke an. Die bereits viel zu lange nicht mehr neu gestrichen worden war. »Aber diese Art Vernunft war mir bisher tatsächlich fremd.«

»Natürlich wäre es das Vernünftigste, mit Charlie diese Agentur zu gründen«, meinte sie, als wäre mir dieser Gedanke in der letzten Stunde nicht schon Tausende von Malen durch den Kopf gegangen. »Aber aufregender wäre es natürlich, diesen Job in Mailand anzunehmen und dort diesen Nick wiederzusehen.«

»Offenbar hast du vergessen, dass inzwischen Funkstille zwischen uns herrscht. Vielleicht fällt Nick also aus dieser Gleichung raus. Und in meiner anderen Gleichung sollte es auch keinen Charlie geben oder wenigstens nicht auf die sexuelle Art. Nicht, solange ich nicht weiß, was ich beruflich machen will.«

»Was du machen willst, oder was du denkst, dass du machen solltest?«, hakte Amy nach. »Mach die Augen zu und sag mir, wie es für dich aussieht, hierzubleiben und die Agentur zu gründen.«

»Gut«, erklärte ich und wackelte versonnen mit den Zehen. »Vertraut. Weil ich die Arbeit und die Kunden kenne. Es wäre witzig, eine eigene Agentur zu haben. In der ich wahrscheinlich sogar pünktlich Feierabend machen könnte und mir Zeit zum Leben bliebe.«

»Ja, genau«, schalt sie mit ungläubiger Stimme. »Und wie sähe Mailand für dich aus?«

»Keine Ahnung«, räumte ich mit einem leisen Lächeln ein. »Dort wäre ich in einem fremden Land, würde Fotos machen und mit Al zusammenarbeiten. Was super oder schrecklich werden könnte. Was von beidem, weiß ich nicht.«

»Ich bin mir ziemlich sicher, dass sogar die grauenhaften Dinge in Italien super sind«, warf Amy mit verträumter Stimme ein. »So ist es auf jeden Fall im Fernsehen.«

»Und das Fernsehen lügt nie«, bestätigte ich feierlich.

»Also, Tess, Kopf oder Herz? Was soll es sein? Und lass bitte deinen Unterleib bei der Entscheidung aus dem Spiel, denn der ist sowieso für Nick.«

»Ich brauche noch ein bisschen Wein.«

Während wir gemütlich tranken, plante Amy unser Abenteuer in Italien, und ich schwankte weiter zwischen dem Vertrauten und dem Neuen hin und her. Charlie oder Nick? Werbung oder Fotografie? Was, wenn ich mit den Bildern aus Hawaii nur einen Glückstreffer gelandet hatte? Vielleicht würde ich das nächste Shooting ja total vermasseln, und dann wäre ich schon wieder arbeitslos. Und die Gründung einer eigenen Werbeagentur, für die es bereits tolle Kunden gab, wäre ganz eindeutig nicht nur eine Notlösung für mich. Natürlich hatte ich bisher rund um die Uhr geschuftet und darüber vollkommen vergessen, dass es neben meinem Job auch noch ein anderes Leben gab. Doch ich hatte meine Arbeit in der Werbebranche stets geliebt und wirklich gut gemacht. Es gäbe keine

Zweifel und auch keine Ängste, ob ich dieser Aufgabe gewachsen wäre. Und natürlich hatte Charlie einen Riesenbock geschossen, als er etwas mit Vanessa angefangen hatte, aber wenn er sagte, dass er mich als Freundin wollte, meinte er das doch ganz sicher ernst. Wohingegen Nick noch nicht einmal mehr mit mir sprach. Ich müsste ihm ganz dringend schreiben, aber da ich immer noch nicht wusste, was ich schreiben sollte, schob ich diese Arbeit vor mir her. Doch ich bräuchte alle Infos, die ich kriegen könnte, ehe ich entscheiden könnte, ob die Zukunft in der Agentur oder in Mailand lag.

Amy blickte von der Couch auf mich herab. »Wir brauchen noch mehr Wein.«

»Das kann doch gar nicht sein.« Ich starrte ungläubig die leere grüne Flasche an, die direkt vor mir auf dem Boden stand, und fügte resigniert hinzu: »Wir sind zwei echte Saufziegen.«

»Wir sind moderne Frauen, die sich in einer Zwickmühle befinden«, korrigierte Amy mich. »Und in einer solchen Lage sind wir kulturell auf den Genuss von Alkohol konditioniert. Das ist nicht unsere Schuld, sondern allein die von Bridget Jones.«

»Wenn das so ist, hol am besten noch die Flasche, die im Kühlschrank steht. Und bring auch Kekse mit«, rief ich ihr hinterher, als sie vom Sofa sprang und durch die Küchentür verschwand. »Weil ich kulturell bedingt auch fürchterlich verfressen bin.«

Ich ruderte mit meinen Armen, als wollte ich einen Schneeengel auf das Parkett malen, und starrte abermals die Decke an. Die mir wie zuvor der blöde Toaster keine Antwort gab. Es wurde wirklich langsam Zeit, dass meine Wohnung sich an dem Gespräch beteiligte. Und auch wenn die Zimmerdecke sich auch weiter eines Kommentars enthielt, ließ sich die Wohnungstür dazu herab zu melden, dass Gefahr im Anzug war.

Amy stand vorm Kühlschrank in der Küche. Ich lag auf dem Boden vor der Couch. Deswegen konnte es nur eine sein.

»Was machst du denn da auf dem Boden?« Meine Mitbewohnerin stemmte die Hände in die schmalen Hüften, und als sie auf mich herunterblickte, fielen ihr die Haare wie ein makelloser, blonder Vorhang ins Gesicht »Du hattest doch nicht etwa einen Schlaganfall?«

»Nein, aber vielleicht bekomme ich den gleich«, gab ich zurück. »Wo bist du gewesen?«

»Oh, in einem Spa.« Sie schälte sich aus einer neuen, winzig kleinen Bikerjacke, warf sie auf die Couch und fuhr mit einem Seufzer fort: »Nach all dem Scheiß der letzten Woche brauchte ich erst einmal eine Pause. Ohne Handy, ohne Internet und ohne Fernsehen. Was einfach unglaublich war. Total spirituell.«

Mit einem neuerlichen, abgrundtiefen Seufzer ließ sie sich aufs Sofa sinken und zog ein brandneues, selbstverständlich nicht verkratztes iPhone aus der Tasche, um erst einmal ihre E-Mails durchzugehen. Ich fragte mich, ob sie vielleicht vergessen hatte, dass sie auch noch einen BlackBerry besaß.

»Ingwer- oder Schokoplätzchen?«, brüllte Amy, die noch immer vor dem Kühlschrank stand.

»Oh Gott, die kann sich gleich verpissen«, zischte meine Mitbewohnerin und scrollte sich durch ihre eingegangenen Mails. »Denn schließlich habe ich nicht gerade erst drei Riesen auf den Tisch gelegt, um zu lernen, wie man sich entspannt, um mich mit einer Verrückten rumzuärgern, kaum dass ich wieder zu Hause bin.«

Obwohl es sicher höchstens noch ein paar Sekunden dauern würde, bis sie einen Hinweis auf mein Abenteuer in ihrem verfluchten iPhone finden würde, fehlte mir einfach die Kraft, um aufzustehen. Also rollte ich mich einfach auf die Seite, zog die Beine an die Brust und wartete darauf, dass Amy auf der Bildfläche erschien.

»Ich habe Schokoplätzchen mitgebracht.« In einer Hand hielt sie die Packung mit den Keksen, in der anderen die offene Flasche Sauvignon. »Weil ich Wein und Ingwer etwas schwierig fand. Aber hallo, du bist wieder da. Na wunderbar.«

Welche Hexenkraft auch immer mich auch weiterhin am Boden hielt, brachte Amy dazu, dass sie urplötzlich wie angewurzelt vor dem Couchtisch stehen blieb.

Verwundert sah Vanessa vom Display des Handys auf.

»Habt ihr beiden irgendwas genommen oder so?«, erkundigte sie sich. »Aber egal, ich gehe erst einmal ins Bett. Und drücke beide Daumen, dass ihr, wenn ich wieder aufwache, verschwunden seid.«

»Du hast Fotos von Tess geklaut!«, schrie Amy sie mit der gesamten Kraft ihrer zum Glück eher kleinen Lungen an und wies mit ihrem ausgestreckten Zeigefinger anklagend auf meine Mitbewohnerin.

»Was?«

Eines musste ich Vanessa lassen. Die Verwirrung, die sie zeigte, wirkte völlig echt.

»Ich habe *was* gemacht?«

»Nachdem Tess dir ihre Kamera verkauft hat, bist du mit den Fotos, die auf ihrer Speicherkarte waren, zu der Agentur gegangen und hast nur aus diesem Grund den

Job als Fotografin überhaupt gekriegt. Obwohl du eigentlich gar keine Fotografin bist – du widerliches Miststück.« Zur Betonung dieses Worts stellte sie die volle Flasche krachend auf dem Couchtisch ab.

Und noch immer lag ich völlig reglos da.

»Huh.« Lässig schlug Vanessa ihre langen Beine in der teuren Lederhose übereinander und sah Amy fragend an. »Und wie hast du das alles rausgefunden, Sherlock?«

»Vielleicht habe ich mir meine Kamera von dir zurückgeborgt?«, mischte ich mich zaghaft in die Unterhaltung ein.

»Ach ja?« Inzwischen klang sie etwas angefressen. Was mir keineswegs gefiel. Weil das normalerweise dazu führte, dass am Ende irgendwas zerbrach. Aber trotzdem brachte ich es sicher besser einfach hinter mich.

»Und vielleicht habe ich auch so getan, als ob ich du wäre, bin im Auftrag von Veronica für eine Woche nach Hawaii geflogen, war dann heute früh in ihrer Agentur, habe dein Portfolio gesehen und weiß deshalb, dass du dich dort mit meinen Aufnahmen beworben hast.«

»Einen Augenblick, ich kann dir nicht ganz folgen.« Blinzelnd legte sie ihr iPhone fort. »Du hast *was* getan?«

»Sie ist nach Hawaii geflogen, hat dort wirklich tolle Aufnahmen gemacht, sich in einen wirklich tollen Mann verliebt, und du bist eine wirklich blöde Kuh«, stieß Amy zischend aus.

»Nie im Leben«, fauchte meine Mitbewohnerin, die plötzlich unter dem Make-up ein bisschen blass aussah. »Nie im Leben hast du das gemacht. Wahrscheinlich liegst du schon hier rum, seit ich fortgefahren bin.«

»Im Grunde ist es total egal, was ich gemacht habe oder woher ich weiß, dass ich von dir bestohlen worden bin.«

Ich war gespenstisch ruhig, als ich dort auf dem Boden lag und ihr erklärte, was genau geschehen war. »Du hast getan, als hättest du die Bilder auf der Speicherkarte meiner Kamera gemacht und über Jahre das Leben geführt, das ich selber hätte führen sollen. Ich schätze, deshalb ziehe ich am besten aus.«

»Dann fang am besten schon mal an zu packen. Denn ich will dich hier ganz sicher nicht mehr sehen. Aber erst mal frage ich Veronica, was dieser ganze Schwachsinn zu bedeuten hat.« Zornig tippte sie die Nummer der Agentin in ihr iPhone.

»Oh, dann stell bitte auf laut«, schlug ich ihr vor. »Denn wir würden schließlich alle gerne hören, was sie dir zu sagen hat.«

Natürlich stellte sie ihr iPhone nicht laut, was allerdings auch gar nicht nötig war. Weil ihre Exagentin, die jetzt *mich* vertreten wollte, von ganz allein so laut wie nötig sprach. Und auch wenn nicht alle ihre Worte zu verstehen waren, schloss die Rede eindeutig die Worte »hiermit bist du blödes Weib gefeuert« und »du widerliches und talentloses Stück Scheiße« ein. So was kannte ich bisher nur aus dem Fernsehen, aus *The Apprentice.* Am schönsten aber war Vanessas erst entgeistertes und danach grimmiges Gesicht.

»Ich verstehe.« Sie stieg aus ihren hochhackigen Schuhen und band ihr Haar zu einem Pferdeschwanz zusammen. Also ginge sie wahrscheinlich gleich mit ihren Fäusten auf mich los. »Das hast du nur gemacht, weil ich mit deinem Typen in der Kiste war. Ihr habt euch alle gegen mich verschworen. Das ist irgendeine schräge Rachefantasie, die ihr miteinander abgesprochen habt.«

»Als ob sich jemand deinetwegen solche Mühe machen

würde«, winkte ich, noch immer auf dem Boden liegend, ab. »Nee. Ich war auf alle Fälle auf Hawaii. Habe dort auf alle Fälle Aufnahmen gemacht. Die auf alle Fälle deutlich besser als all deine bisherigen Aufnahmen geworden sind.«

»Bertie Bennett will, dass Tess nach Mailand fliegt und Bilder für sein Buch und seine Ausstellung dort schießt, weil sie eine super Fotografin ist«, fiel Amy mir lautstark ins Wort. »Und Charlie hat dich sowieso niemals geliebt, denn er liebt Tess. Du bist den Leuten scheißegal, weil du der schlimmste Mensch bist, den es je auf Erden gab. Und außerdem sind deine Oberschenkel fett.«

»Jetzt reicht's!« Vanessa machte einen Hechtsprung über mich hinweg und rempelte die arme Amy derart unsanft an, dass die Packung mit den Schokoladenplätzchen durch die Gegend flog. Ich atmete erleichtert auf, weil sie die Flasche nicht mehr in den Händen hielt. »Du kleine Psychopathin solltest zusehen, dass du Land gewinnst!«

»Du bist hier der Psycho!«, brüllte Amy, als Vanessa eine Handvoll ihrer Haare packte, um sie Richtung Wohnungstür zu zerren. »Du hast Fotos von Tess geklaut und sie als deine eigenen ausgegeben. Das ist ja wohl total krank!«

»Ich will sie nicht verteidigen.« Ich rollte mich ein Stück zur Seite, denn auf ihrem Weg nach draußen kamen mir die beiden allzu nah. »Aber das, was ich getan habe, war auch nicht unbedingt normal.«

»Das bringt uns jetzt auch nicht weiter, Tess«, stieß Amy quietschend aus.

Den zusammengelaufenen Nachbarn bot sich ein beeindruckendes Bild. Barfuß und in schwarzen Leder-Leggins unter einer babyblauen Rüschenseidenbluse stolperte Vanessa über unsere Eingangstreppe, wobei sie noch immer eine dicke Haarsträhne von Amy in den Händen hielt. Was jedoch nicht hieß, dass Amy diesen Kampf verloren gab. Denn Vanessas Haare waren deutlich länger, und das nutzte meine Freundin schamlos aus.

Als sie auf die Straße fielen, sprang sie meine Mitbewohnerin in nichts als meinem Snoopy-T-Shirt, Slip und leuchtend pinkfarbenen Strümpfen rücklings an und hielt sich wie ein Äffchen an ihr fest.

Eilig stürzte ich zum Kopf der Treppe und warf mir die Hände vor den Mund.

»Dafür bringe ich dich um!« Hilfesuchend ruderte Vanessa mit den Armen durch die Luft, doch Amy schlang ihr einen ihrer Arme um den Hals und hatte sie dadurch im Würgegriff.

»Viel Glück!«

Ich hätte nie gedacht, dass all die Samstagnachmittage, an denen sie mit ihrem Opa in der Glotze Wrestlingkämpfe angesehen hatte, einmal derart nützlich wären.

Während sich die beiden auf der Straße balgten, zückten einige der Zuschauer begeistert ihre Handys, um die Keilerei zu filmen, während ich noch immer hilflos abseits stand. Mir war klar, dass ich das würdelose Schauspiel irgendwie beenden musste, doch wo sollte ich dabei am besten anfangen? Immer noch bemühte sich Vanessa, Amy abzuschütteln, aber meine beste Freundin war zu klein und schnell. Sie wirkte wie ein tollwütiger Klammeraffe, der am Hals einer in höchstem Maße bissigen Giraffe hing. Vor allem hatte sie sich schon des Öfteren mit Leuten angelegt, die deutlich größer waren als sie.

»Was ist hier los?«

Ich war so auf den Kampf der beiden und die Gruppe Schulkinder, die während ihrer Mittagspause einen

Ring um sie gebildet hatten und begeistert »schlagt euch, schlagt euch« schrien, konzentriert, dass ich gar nicht gesehen hatte, wie Paige Sullivan den Bürgersteig heraufgekommen war.

»Ist das Vanessa?«, fragte sie und zeigte auf das laut kreischende Bündel wild zuckender Glieder, das inzwischen in dem Wartehäuschen, das am Rand der Straße stand, gelandet war.

»Sie ist es«, sagte ich und griff mir unglücklich ans Herz. »Oh, Paige, es tut mir wirklich leid. Bitte ...«

»Erst mal rede ich, okay?« Sie hielt mir einen dicken braunen Umschlag hin und schüttelte den Kopf. »Vielleicht habe ich ja auf Hawaii ein bisschen überreagiert.«

»Oh nein. Ich hätte dir von mir und Nick erzählen oder besser noch auf Abstand zu ihm bleiben sollen. Weil man anderen Frauen nicht einfach den Typen wegschnappen darf. Du hattest recht – ich bin nicht besser als Vanessa«, widersprach ich ihr.

»Nick war nicht mit mir verlobt«, erklärte sie und sah dabei etwas verlegen aus. »Bei ihm werden wahrscheinlich alle Frauen schwach, und vor allem hat er mir geschrieben und gestanden, dass er sich an dich herangemacht hat, noch bevor wir zwei uns überhaupt zum ersten Mal begegnet sind. Also habe ich bestimmt ein bisschen überreagiert.«

»Trotzdem hätte ich es dir erzählen sollen«, wiederholte ich, während die beiden anderen Frauen von der Haltestelle weg wieder in unsere Richtung rollten. Da ihr Kampfgeist offenbar noch immer ungebrochen war. »Es tut mir wirklich leid.«

»Dann tut's eben uns beiden leid. Vielleicht sollten wir uns darauf einigen, dass wir denselben grässlichen Geschmack bei Männern haben, und dann einfach einen Schlussstrich unter diese Sache ziehen. Und bitte nimm endlich diesen verdammten Umschlag, ja?« Sie wedelte mir abermals damit vor dem Gesicht herum und wandte sich dem Kampfgeschehen zu. »Ist die Kleine eine Freundin?«

»Das ist Amy.« Vorsichtig riss ich den Umschlag auf, bevor ich plötzlich eine Reihe großer Hochglanzfotos in den Händen hielt. »Die beiden hatten Streit.«

»Womit sie auf der Liste der Empfänger meiner Weihnachtskarten ganz nach oben rückt.« Lässig lehnte Paige sich an die kleine Mauer neben unserer Haustür und verfolgte weiter das Geschehen. »Hat sie eine Chance gegen das Weib?«

»Amy könnte sogar einen Ochsen niederringen. Außerdem hat sie es schon seit Jahren auf Vanessa abgesehen und jetzt endlich einen Grund.«

»Weshalb sie mir schon jetzt sympathisch ist.« Paige lenkte ihren Blick zurück auf mich. »Wenn sie mit ihr fertig ist, sollten wir zusammen etwas trinken gehen. Ich habe mir nämlich den Rest des Tages freigenommen, um die Fotos selbst bei dir vorbeizubringen. Weil ich dachte, dass du sie bestimmt so schnell wie möglich sehen willst.«

Und tatsächlich konnte ich den Blick, obwohl ich gerne weiter zugesehen hätte, wie die gute Amy meiner Mitbewohnerin mit einer Flasche 7 Up, die ihr bestimmt von einem Schulkind überlassen worden war, eins auf den Schädel gab, nicht von den Bildern lösen. Weil sie wirklich wunderbar geworden waren. Al sah darauf glücklich, Martha rundherum bezaubernd und die Kleider einfach prächtig aus. Die Farben und das Licht waren perfekt, und sogar die Geschichten der verschiedenen Kleidungsstücke waren den Bildern deutlich anzusehen.

»Sie sind wirklich gut geworden, Tess«, unterbrach die künstlerische Leiterin von *Gloss* den Augenblick des stillen Glücks. »Und nirgendwo ist eine Ukulele oder Ananas in Sicht.«

Ehe ich ihr eine Antwort geben konnte, stolperte ein Wust aus schwarzem Leder und wild zerzaustem blondem Haar an uns vorbei.

»Hi, Vanessa.« Lässig winkte Paige ihr zu, und meine Mitbewohnerin blieb auf der Treppe stehen. Mit dem Veilchen und der aufgesprungenen Lippe sah sie wütend und verwirrt, vor allem aber vollkommen verängstigt aus. »Wie geht's?«

»Ihr seid doch alle völlig irre.« Wütend knallte sie die Wohnungstür hinter sich zu und sperrte sorgfältig von innen ab. »Versucht am besten gar nicht erst, hier reinzukommen. Denn dann rufe ich die Polizei.«

»Okay«, rief ich zurück. »Lass mich einfach wissen, wann du mal nicht da bist, damit ich vorbeikommen und meine Sachen holen kann.«

»Wir haben unsere Flasche Wein im Wohnzimmer vergessen.« Schmollend, doch ansonsten unversehrt, kam Amy angehüpft und wandte sich an Paige. »Hallo. Ich bin Amy.«

»Paige.«

Meine beste Freundin und die deutlich nettere Blondine reichten sich die Hände, und die Leute auf der Straße wandten sich enttäuscht zum Gehen.

»Cocktail?«

»Cocktail«, stimmte Amy zu und sah an sich herab. »Allzu schick sollte die Kneipe allerdings vielleicht nicht sein.«

»Ich weiß, wohin wir drei am besten fahren«, meinte

Paige und hob ihr iPhone an ihr Ohr. »An der Ecke steht ein Wagen mit Chauffeur.«

Ich sah mir immer noch die Bilder an. Das Hochzeitskleid von Givenchy, das schwarze Cocktailkleidchen von Dior und selbstverständlich auch das rote Valentino-Ballkleid sahen rundherum bezaubernd aus.

»Sie sind einfach wunderschön«, erklärte Amy und nahm mir die Fotos nacheinander ab. »Ich bin unglaublich stolz auf dich.«

»Danke«, sagte ich und blickte immer noch das rote Ballkleid an. Dann zog ich mein eigenes, kaputtes iPhone aus der Tasche, rief die eingegangenen E-Mails auf …

… und unterdrückte einen Freudenschrei, als ich die Nachricht von Nick Miller sah. Eilig drückte ich auf das Display, um mir die Nachricht durchzulesen, ehe mich der Mut verließ.

Alles, was dort stand, waren eine Nummer in den Staaten und drei Worte.

Ruf mich an.

Ich blinzelte, sah noch mal hin und lächelte. Weil seine Botschaft nicht verschwunden war. Ich hatte es mir nicht nur eingebildet. Nein, er hatte mir gemailt.

»Hier ist unser Wagen, meine Damen«, meinte Paige, als eine große schwarze Limousine um die Ecke bog. »Wollen wir?«

»Bist du sicher, dass du nicht erst noch mal reingehen und die Dinge klären willst?«, erkundigte sich Amy. »Was, wenn sie jetzt völlig durchdreht und dein ganzes Zeug verbrennt?«

»Dann kaufe ich mir einfach etwas Neues. Weil die Sachen, die ich habe, sowieso todlangweilig und ätzend sind.«

»Ich wollte bisher nie was sagen«, stimmte sie mir zu und hüpfte fröhlich auf und ab. »Aber ja, das sind sie. Weshalb du für Mailand dringend etwas Neues brauchst.«

»Oder für die Agentur.« Lächelnd lief ich hinter Paige zum Wagen, und der lächerliche Anblick, den wir sicher boten, war mir vollkommen egal. »Oder vielleicht mache ich ja auch was völlig anderes. Weil man schließlich nicht sein ganzes Leben schon im Voraus planen kann.«

Amy hakte sich entschlossen bei mir ein. »Wer sind Sie, und was haben Sie mit meiner besten Freundin angestellt?«

»Ich bin Tess Brookes«, gab ich zurück und drückte ihren Arm. »Freut mich, Sie kennenzulernen. Hätten Sie zufällig Lust auf einen Drink?«

Danksagung

Ich befürchte, dass die Liste all der Leute, denen ich zu danken habe, länger werden könnte als das Buch, fange aber trotzdem erst mal an.

Wie immer hätte ich es ohne meine brillante Agentin und noch bessere Freundin Rowan Lawton, die mir eines Tages kurzerhand empfohlen hat, den Mund zu halten, meinen Laptop zuzuklappen und ein Bad zu nehmen, und ohne Liane-Louise von Furniss Lawton nicht geschafft.

Thalia, ich weiß beim besten Willen nicht, wie du es geschafft hast, während der gesamten Zeit so ruhig zu bleiben, aber sicher hatte es etwas damit zu tun, dass du in den Momenten, wenn ich mal nicht hingesehen habe, ausgerastet bist. Danke, dass du ein so großer Schatz gewesen bist.

Und auch bei HarperCollins gibt es so viele Leute, denen ich zu Dank verpflichtet bin – Martha, Lucy, Elinor, Kate sowie natürlich Lynne. Danke, dass ihr mir – noch – keine reingehauen habt. Ein ebensolcher riesengroßer Dank all denen, die bei HarperCollins in Australien so nett (oder hinter meinem Rücken meinetwegen auch gemein) gewesen sind, vor allem der wundervollen Kimberley Allsop – Dinosaurierfreunde aller Welt, vereinigt euch. Dank auch Leo sowie meiner ganzen HarperCollins-Kanada-Familie. Es bedeutet mir wirklich sehr viel, dass ihr meine Bücher rausbringt *und* ich immer, wenn ich in Toronto bin, aus dem Büro von Paul Covello ein paar Süßigkeiten stehlen kann.

Auch wenn ich es schaffen sollte, das in 140 Zeichen auszudrücken, gibt es einfach nicht genügend Worte, um zu sagen, wie sehr mir die Twitter-Facebook-Internet-Community am Herzen liegt. Dank an Amy Portess für die Leihgabe ihres Namens und an Claire (Wo bist du, meine Margs?), Rachel Campbell, Amanda Harper, Edelle McGinn und Kay Parker dafür, dass sie Wörter vorgeschlagen haben, wenn ich auf dem Trockenen saß. Und auch Carly Thompsett und der Rest des Kelk-Teams (ihr Verrückten wisst schon, wen ich meine) sowie Kevin Loh – Freunde fürs Leben – hätten eine innige Umarmung verdient.

Das Schreiben führt zu einer ganz besonderen Form des Wahnsinns, doch dank dieser Frauen habe ich mich während dieser Zeiten nicht allein gefühlt: Ilana Fox, Katy Regan, Pippa Wright, Sarra Manning, Mhairi McFarlane, Kiera Cass, Katie Fforde, Meg Sanders, Lucy Robinson und WillHillAuthor, weil aus Gründen des Proporzes wenigstens ein Mann Erwähnung finden soll. Und wenn ich nicht online bin, ärgern sich die folgenden, bedauernswerten Menschen im wirklichen Leben mit mir rum: – VIELEN, VIELEN DANK Della Bolat, Terri White, Beth Ziemacki, Ana Mercedes Cardenas, Georgia Adey, Jackie Dunning, Sarah Donovan, Julie Allen, Rebecca Alimena, Erin Stein, Sam Hutchinson, Sarah Benton sowie Ryan Child. Mahalo (ihr Weiber), Emma Ingram. Offenkundig war Hawaii ganz einfach nicht bereit.

Außerdem muss ich meiner Familie danken, weil sie mich erst nach der Fertigstellung dieses Buchs gefragt hat, wann ich denn dieses dumme Leben endlich an den Nagel hängen und ein Kind bekommen würde, dazu einen großen Dank an Beyoncé, Detectives Eliot Stabler und Olivia Benson, die Sour Patch Kids, Hendricks Gin, CM Punk, das World Wrestling Entertainment Universe (jedoch nicht an Vince – denn du bist eindeutig ein böser Mann), Camera Obscura, Sam Cooke, Etta James und The National. Ich weiß, dass Sam und Etta nicht mehr leben, doch es wäre unhöflich, den beiden nicht zu danken. Weil sie schließlich an der Produktion des Buchs beteiligt waren.

Dank an dich, JM, dafür, dass du gelegentlich die metaphorische Peitsche geschwungen hast. Und jetzt hör auf zu feixen, ja?